T0262595

Contemporánea

Nacido en Bruselas en 1914, durante una estancia temporal de sus padres en esa ciudad, **Julio Cortázar** es uno de los escritores argentinos más importantes de todos los tiempos. Realizó estudios de Letras y de Magisterio y trabajó como docente en varias ciudades del interior de Argentina. En 1951 fijó su residencia definitiva en París, desde donde desarrolló una obra literaria única dentro de la lengua castellana. Algunos de sus cuentos se encuentran entre los más perfectos del género. Su novela *Rayuela* conmocionó el panorama cultural de su tiempo y marcó un hito insoslayable dentro de la narrativa contemporánea. Cortázar murió en París en 1984.

Julio Cortázar

Cuentos completos 2
(1969-1983)

DEBOLS!LLO

Papel certificado por el Forest Stewardship Council®

MIXTO
Papel | Apoyando la
silvicultura responsable
FSC® C117695
www.fsc.org

Penguin
Random House
Grupo Editorial

Primera edición en Debolsillo: mayo, 2016
Octava reimpresión: octubre de 2023

Printed in Spain – Impreso en España

ISBN: 978-84-663-3192-0
Depósito legal: B-21.692-2015

Impreso en Liberdúplex
Sant Llorenç d'Hortons (Barcelona)

P 3 3 1 9 2 A

ÚLTIMO ROUND
(1969)

Silvia

Vaya a saber cómo hubiera podido acabar algo que ni siquiera tenía principio, que se dio en mitad y cesó sin contorno preciso, esfumándose al borde de otra niebla; en todo caso hay que empezar diciendo que muchos argentinos pasan parte del verano en los valles del Luberon, los veteranos de la zona escuchamos con frecuencia sus voces sonoras que parecen acarrear un espacio más abierto, y junto con los padres vienen los chicos y eso es también Silvia, los canteros pisoteados, almuerzos con bifes en tenedores y mejillas, llantos terribles seguidos de reconciliaciones de marcado corte italiano, lo que llaman vacaciones en familia. A mí me hostigan poco porque me protege una justa fama de maleducado; el filtro se abre apenas para dejar paso a Raúl y a Nora Mayer, y desde luego a sus amigos Javier y Magda, lo que incluye a los chicos y a Silvia, el asado en casa de Raúl hace unos quince días, algo que ni siquiera tuvo principio y sin embargo es sobre todo Silvia, esta ausencia que ahora puebla mi casa de hombre solo, roza mi almohada con su medusa de oro, me obliga a escribir lo que escribo con una absurda esperanza de conjuro, de dulce golem de palabras. De todas maneras hay que incluir también a Jean Borel que enseña la literatura de nuestras tierras en una universidad occitana, a su mujer Liliane y al minúsculo Renaud en quien dos años de vida se amontonan tumultuosos. Cuánta gente para un asadito en el jardín de la casa de Raúl y Nora, bajo un vasto tilo que no parecía servir de sedante a la hora de las pugnas infantiles y las discusiones literarias. Llegué con botellas de vino y un sol que se acostaba en las colinas, Raúl y Nora me habían invitado porque Jean Borel andaba queriendo conocerme y no se animaba solo; en esos días Javier y Magda se alojaban también en la casa, el jardín era un campo de batalla mitad sioux mitad galorromano, guerreros emplumados se batían sin cuartel con voces de soprano y bolas de barro, Graciela y Lolita aliadas contra Álvaro, y en medio del fragor el pobre Renaud tambaleándose con sus bombachas llenas de algodón maternal y una tendencia a pasarse todo el tiempo de un bando a otro, traidor inocente y execrado del que sólo habría de ocuparse Silvia. Sé que amontono nombres, pero el orden y las genealogías también tardaron en llegar a mí, me acuerdo que bajé del auto con las botellas bajo el brazo y a los pocos metros vi asomar entre los arbustos la vincha de Bisonte Invencible, su mueca desconfiada frente al nuevo Cara Pálida; la batalla por el fuerte y los rehenes se libraba en torno a una pequeña tienda de campaña verde que parecía el cuartel general de Bisonte Invencible. Descuidando culpablemente una ofensiva acaso capital, Graciela dejó caer sus municiones pegajosas y terminó de limpiarse las manos en mi pescuezo; después se sentó imborrablemente en mis piernas y me explicó que Raúl y Nora estaban arriba con los otros grandes y que ya vendrían, detalles sin importancia al lado de la ruda batalla del jardín.

Graciela se ha sentido siempre en la obligación de explicarme cualquier cosa, partiendo del principio de que me considera tonto. Por ejemplo esa tarde el chiquito de los Borel no contaba para nada, no te das cuenta de que Renaud tiene dos años, todavía se hace caca en la bombacha, hace un rato le pasó y yo le iba a avisar a la mamá porque Renaud estaba llorando, pero Silvia se lo llevó al lado de la pileta, le lavó el culito y le cambió la ropa, Liliane no se enteró de nada porque sabés, se enoja mucho y por ahí le da un chirlo, entonces Renaud se pone a llorar de nuevo, nos fastidia todo el tiempo y no nos deja jugar.

—¿Y los otros dos, los más grandes?

—Son los chicos de Javier y de Magda, no te das cuenta, sonso. Álvaro es Bisonte Invencible, tiene siete años, dos meses más que yo y es el más grande. Lolita tiene seis pero ya juega, ella es la prisionera de Bisonte Invencible. Yo soy la Reina del Bosque y Lolita es mi amiga, de manera que la tengo que salvar, pero seguimos mañana porque ahora ya nos llamaron para bañarnos. Álvaro se hizo un tajo en el pie, Silvia le puso una venda. Soltame que me tengo que ir.

Nadie la sujetaba, pero Graciela tiende siempre a afirmar su libertad. Me levanté para saludar a los Borel que bajaban de la casa con Raúl y Nora. Alguien, creo que Javier, servía el primer *pastis*; la conversación empezó con la caída de la noche, la batalla cambió de naturaleza y edad, se volvió un estudio sonriente de hombres que acaban de conocerse; los chicos se bañaban, no había galos ni sioux en el jardín, Borel quería saber por qué yo no volvía a mi país, Raúl y Javier sonreían con sonrisas compatriotas. Las tres mujeres se ocupaban de la mesa; curiosamente se parecían, Nora y Magda unidas por el acento porteño mientras el español de Liliane caía del otro lado de los Pirineos. Las llamamos para que bebieran el *pastis*, descubrí que Liliane era más morena que Nora y Magda pero el parecido subsistía, una especie de ritmo común. Ahora se hablaba de poesía concreta, del grupo de la revista *Invenção*; entre Borel y yo surgía un terreno común, Eric Dolphy, la segunda copa iluminaba las sonrisas entre Javier y Magda, las otras dos parejas vivían ya ese tiempo en que la charla en grupo libera antagonismos, ventila diferencias que la intimidad acalla. Era casi de noche cuando los chicos empezaron a aparecer, limpios y aburridos, primero los de Javier discutiendo sobre unas monedas, Álvaro obstinado y Lolita petulante, después Graciela llevando de la mano a Renaud que ya tenía otra vez la cara sucia. Se juntaron cerca de la pequeña tienda de campaña verde; nosotros discutíamos a Jean-Pierre Faye y a Philippe Sollers, la noche inventó

11

el fuego del asado hasta entonces poco visible entre los árboles, se embadurnó con reflejos dorados y cambiantes que teñían el tronco de los árboles y alejaban los límites del jardín; creo que en ese momento vi por primera vez a Silvia, yo estaba sentado entre Borel y Raúl, y en torno a la mesa redonda bajo el tilo se sucedían Javier, Magda y Liliane; Nora iba y venía con cubiertos y platos. Que no me hubieran presentado a Silvia parecía extraño, pero era tan joven y quizá deseosa de mantenerse al margen, comprendí el silencio de Raúl o de Nora, evidentemente Silvia estaba en la edad difícil, se negaba a entrar en el juego de los grandes, prefería imponer autoridad o prestigio entre los chicos agrupados junto a la tienda verde. De Silvia había alcanzado a ver poco, el fuego iluminaba violentamente uno de los lados de la tienda y ella estaba agachada allí junto a Renaud, limpiándole la cara con un pañuelo o un trapo; vi sus muslos bruñidos, unos muslos livianos y definidos al mismo tiempo como el estilo de Francis Ponge del que estaba hablándome Borel, las pantorrillas quedaban en la sombra al igual que el torso y la cara, pero el pelo largo brillaba de pronto con los aletazos de las llamas, un pelo también de oro viejo, toda Silvia parecía entonada en fuego, en bronce espeso; la minifalda descubría los muslos hasta lo más alto, y Francis Ponge había sido culpablemente ignorado por los jóvenes poetas franceses hasta que ahora, con las experiencias del grupo de *Tel Quel*, se reconocía a un maestro; imposible preguntar quién era Silvia, por qué no estaba entre nosotros, y además el fuego engaña, quizá su cuerpo se adelantaba a su edad y los sioux eran todavía su territorio natural. A Raúl le interesaba la poesía de Jean Tardieu, y tuvimos que explicarle a Javier quién era y qué escribía; cuando Nora me trajo el tercer *pastis* no pude preguntarle por Silvia, la discusión era demasiado viva y Borel bebía mis palabras como si valieran tanto. Vi llevar una mesita baja cerca de la tienda, los preparativos para que los chicos cenaran aparte; Silvia ya no estaba allí, pero la sombra borroneaba la tienda y quizá se había sentado más lejos o se paseaba entre los árboles. Obligado a ventilar opiniones sobre el alcance de las experiencias de Jacques Roubaud, apenas si alcanzaba a sorprenderme de mi interés por Silvia, de que la brusca desaparición de Silvia me desasosegara ambiguamente; cuando terminaba de decirle a Raúl lo que pensaba de Roubaud, el fuego fue otra vez fugazmente Silvia, la vi pasar junto a la tienda llevando de la mano a Lolita y a Álvaro; detrás venían Graciela y Renaud saltando y bailando en un último avatar sioux; por supuesto Renaud se cayó de boca y su primer chillido sobresaltó a Liliane y a Borel. Desde el grupo se alzó la voz de Graciela: «¡No es nada, ya pasó!», y los padres volvieron al diálogo con esa soltura que da la monotonía cotidiana de los porrazos de los sioux; ahora se trataba de encontrarle un sentido a las experiencias aleatorias de Xenakis por las que Javier mostraba un interés que a Borel le parecía desmesurado. Entre los hombros de Magda y de Nora yo veía a lo lejos la silueta de Silvia, una vez más agachada junto a Renaud, mostrándole algún juguete para consolarlo; el fuego le desnudaba las piernas y el perfil, adiviné una nariz fina y ansiosa, unos labios de estatua arcaica (¿pero no acababa Borel de preguntarme algo sobre una estatuilla de las Cícladas de la que me hacía responsable, y la referencia de Javier a Xenakis no había desviado el tema hacia algo más valioso?). Sentí que si alguna cosa deseaba saber en ese momento era Silvia, saberla de cerca y sin los prestigios del fuego, devolverla a una probable mediocridad de muchachita tímida o confirmar esa silueta demasiado hermosa y viva como para quedarse en mero espectáculo; hubiera querido decírselo a Nora con quien tenía una vieja confianza, pero Nora organizaba la mesa y ponía servilletas de papel, no sin exigir de Raúl la compra inmediata de algún disco de Xenakis. Del territorio de Silvia, otra vez invisible, vino Graciela la gacelita, la sabelotodo; le tendí la vieja percha de la sonrisa, las manos que la ayudaron a instalarse en mis rodillas; me valí de sus apasionantes noticias sobre un escarabajo peludo para desligarme de la conversación sin que Borel me creyera descortés, apenas pude le pregunté en voz baja si Renaud se había hecho daño.

—Pero no, tonto, no es nada. Siempre se cae, tiene solamente dos años, vos te das cuenta. Silvia le puso agua en el chichón.

—¿Quién es Silvia, Graciela?

Me miró como sorprendida.

—Una amiga nuestra.

—¿Pero es hija de alguno de estos señores?

—Estás loco —dijo razonablemente Graciela—. Silvia es nuestra amiga. ¿Verdad, mamá, que Silvia es nuestra amiga?

Nora suspiró, colocando la última servilleta junto a mi plato.

—¿Por qué no te volvés con los chicos y dejás en paz a Fernando? Si se pone a hablarte de Silvia vas a tener para rato.

—¿Por qué, Nora?

—Porque desde que la inventaron nos tienen aturdidos con su Silvia —dijo Javier.

—Nosotros no la inventamos —dijo Graciela, agarrándome la cara con las dos manos para arrancarme a los grandes—. Preguntales a Lolita y a Álvaro, vas a ver.

—¿Pero quién es Silvia? —repetí.

Nora ya estaba lejos para escuchar, y Borel discutía otra vez con Javier y Raúl. Los ojos de Graciela estaban fijos en los míos, su boca sacaba como una trompita entre burlona y sabihonda.

—Ya te dije, bobo, es nuestra amiga. Ella juega con nosotros cuando quiere, pero no a los indios porque no le gusta. Ella es muy grande, comprendés, por eso lo cuida tanto a Renaud que solamente tiene dos años y se hace caca en la bombacha.

—¿Vino con el señor Borel? —pregunté en voz baja—. ¿O con Javier y Magda?

—No vino con nadie —dijo Graciela—. Preguntales a Lolita y a Álvaro, vas a ver. A Renaud no le pregunté porque es un chiquito y no comprende. Dejame que me tengo que ir.

Raúl, que siempre parece asistido por un radar, se arrancó a una reflexión sobre el letrismo para hacerme un gesto compasivo.

—Nora te previno, si les seguís el tren te van a volver loco con su Silvia.

—Fue Álvaro —dijo Magda—. Mi hijo es un mitómano y contagia a todo el mundo.

Raúl y Magda me seguían mirando, hubo una fracción de segundo en que yo pude haber dicho: «No entiendo», para forzar las explicaciones, o directamente: «Pero Silvia está ahí, acabo de verla». No creo, ahora que tengo demasiado tiempo para pensarlo, que la intervención distraída de Borel me impidiera decirlo. Borel acababa de preguntarme algo sobre *La casa verde*; empecé a hablar sin saber lo que decía, pero en todo caso no me dirigía ya a Raúl y a Magda. Vi a Liliane que se acercaba a la mesa de los chicos y los hacía sentarse en taburetes y cajones viejos; el fuego los iluminaba como en los grabados de las novelas de Héctor Malot o de Dickens, las ramas del tilo se cruzaban por momentos entre una cara o un brazo alzado, se oían risas y protestas. Yo hablaba de Fushía con Borel, me dejaba llevar corriente abajo en esa balsa de la memoria donde Fushía estaba tan terriblemente vivo. Cuando Nora me trajo un plato de carne le murmuré al oído: «No entendí demasiado eso de los chicos».

—Ya está, vos también caíste —dijo Nora, echando una mirada compasiva a los demás—. Menos mal que después se irán a dormir porque sos una víctima nata, Fernando.

—No les hagas caso —se cruzó Raúl—. Se ve que no tenés práctica, tomás demasiado en serio a los pibes. Hay que oírlos como quien oye llover, viejo, o es la locura.

Tal vez en ese momento perdí el posible acceso al mundo de Silvia, jamás sabré por qué acepté la fácil hipótesis de una broma, de que los amigos me estaban tomando el pelo (Borel no, Borel seguía por su camino que ya llegaba a Macondo); veía otra vez a Silvia que acababa de asomar de la sombra y se inclinaba entre Graciela y Álvaro como para ayudarlos a cortar la carne o quizá comer un bocado; la sombra de Liliane que venía a sentarse con nosotros se interpuso, alguien me ofreció vino; cuando miré de nuevo, el perfil de Silvia estaba como encendido por las brasas, el pelo le caía sobre un hombro, se deslizaba fundiéndose con la sombra de la cintura. Era tan hermosa que me ofendió la broma, el mal gusto, me puse a comer de cara al plato, escuchando de reojo a Borel que me invitaba a unos coloquios universitarios; si le dije que no iría fue por culpa de Silvia, por su involuntaria complicidad en la diversión socarrona de mis amigos. Esa noche no vi más a Silvia; cuando Nora se acercó a la mesa de los chicos con queso y frutas, entre ella y Lolita se ocuparon de hacer comer a Renaud que se iba quedando dormido. Nos pusimos a hablar de Onetti y de Felisberto, bebimos tanto vino en su honor que un segundo viento belicoso de sioux y de charrúas envolvió el tilo; trajeron a los chicos para que dijeran buenas noches, Renaud en los brazos de Liliane.

—Me tocó una manzana con gusano —me dijo Graciela con una enorme satisfacción—. Buenas noches, Fernando, sos muy malo.

—¿Por qué, mi amor?

—Porque no viniste ni una sola vez a nuestra mesa.

—Es cierto, perdoname. Pero ustedes tenían a Silvia, ¿verdad?

—Claro, pero lo mismo.

—Éste se la sigue —dijo Raúl mirándome con algo que debía ser piedad—. Te va a costar caro, esperá a que te agarren bien despiertos con su famosa Silvia, te vas a arrepentir, hermano.

Graciela me humedeció el mentón con un beso que olía fuertemente a yogur y a manzana. Mucho más tarde, al final

16

de una charla en la que el sueño empezaba a sustituir las opiniones, los invité a cenar en mi casa. Vinieron el sábado pasado hacia las siete, en dos autos; Álvaro y Lolita traían un barrilete de género y so pretexto de remontarlo acabaron inmediatamente con mis crisantemos. Yo dejé a las mujeres que se ocuparan de las bebidas, comprendí que nadie le impediría a Raúl tomar el timón del asado; les hice visitar la casa a los Borel y a Magda, los instalé en el living frente a mi óleo de Julio Silva y bebí un rato con ellos, fingiendo estar allí y escuchar lo que decían; por el ventanal se veía el barrilete en el viento, se escuchaban los gritos de Lolita y Álvaro. Cuando Graciela apareció con un ramo de pensamientos fabricado presumiblemente a costa de mi mejor cantero, salí al jardín anochecido y ayudé a remontar más alto el barrilete. La sombra bañaba las colinas en el fondo del valle y se adelantaba entre los cerezos y los álamos pero sin Silvia, Álvaro no había necesitado de Silvia para remontar el barrilete.

—Colea lindo —le dije, probándolo, haciéndolo ir y venir.

—Sí pero tené cuidado, a veces pica de cabeza y esos álamos son muy altos —me previno Álvaro.

—A mí no se me cae nunca —dijo Lolita, quizá celosa de mi presencia—. Vos le tirás demasiado del hilo, no sabés.

—Sabe más que vos —dijo Álvaro en rápida alianza masculina—. ¿Por qué no te vas a jugar con Graciela, no ves que molestás?

Nos quedamos solos, dándole hilo al barrilete. Esperé el momento en que Álvaro me aceptara, supiera que era tan capaz como él de dirigir el vuelo verde y rojo que se desdibujaba cada vez más en la penumbra.

—¿Por qué no trajeron a Silvia? —pregunté, tirando un poco del hilo.

Me miró de reojo entre sorprendido y socarrón, y me sacó el hilo de las manos, degradándome sutilmente.

—Silvia viene cuando quiere —dijo recogiendo el hilo.

—Bueno, hoy no vino, entonces.

—¿Qué sabés vos? Ella viene cuando quiere, te digo.

—Ah. ¿Y por qué tu mamá dice que vos la inventaste a Silvia?

—Mirá como colea —dijo Álvaro—. Che, es un barrilete fenómeno, el mejor de todos.

—¿Por qué no me contestás, Álvaro?

—Mamá se cree que yo la inventé —dijo Álvaro—. ¿Y vos por qué no lo creés, eh?

Bruscamente vi a Graciela y a Lolita a mi lado. Habían escuchado las últimas frases, estaban ahí mirándome fijamente; Graciela removía lentamente un pensamiento violeta entre los dedos.

—Porque yo no soy como ellos —dije—. Yo la vi, saben.

Lolita y Álvaro cruzaron una larga mirada, y Graciela se me acercó y me puso el pensamiento en la mano. El hilo del barrilete se tendió de golpe. Álvaro le dio juego, lo vimos perderse en la sombra.

—Ellos no creen porque son tontos —dijo Graciela—. Mostrame dónde tenés el baño y acompañame a hacer pis.

La llevé hasta la escalera exterior, le mostré el baño y le pregunté si no se perdería para bajar. En la puerta del baño, con una expresión en la que había como un reconocimiento, Graciela me sonrió.

—No, andate nomás, Silvia me va a acompañar.

—Ah, bueno —dije luchando contra vaya a saber qué, el absurdo o la pesadilla o el retardo mental—. Entonces vino, al final.

—Pero claro, sonso —dijo Graciela—. ¿No la ves ahí?

La puerta de mi dormitorio estaba abierta, las piernas desnudas de Silvia se dibujaban sobre la colcha roja de la cama. Graciela entró en el baño y oí que corría el pestillo. Me acerqué al dormitorio, vi a Silvia durmiendo en mi cama, el pelo como una medusa de oro sobre la almohada. Entorné la puerta a mi espalda, me acerqué no sé cómo, aquí hay huecos y látigos, un agua que corre por la cara cegando y mordiendo, un sonido como de profundidades fragosas, un instante sin tiempo, insoportablemente bello. No sé si Silvia estaba desnuda, para mí era como un álamo de bronce y de sueño, creo que la vi desnuda aunque luego no, debí imaginarla por debajo de lo que llevaba puesto, la línea de las pantorrillas y los muslos la dibujaba de lado contra la colcha roja, seguí la suave curva de la grupa abandonada en el avance de una pierna, la sombra de la cintura hundida, los pequeños senos imperiosos y rubios. «Silvia», pensé, incapaz de toda palabra, «Silvia, Silvia, pero entonces...». La voz de Graciela restalló a través de dos puertas como si me gritara al oído: «¡Silvia, vení a buscarme!». Silvia abrió los ojos, se sentó en el borde de la cama; tenía la misma minifalda de la primera noche, una blusa escotada, sandalias negras. Pasó a mi lado sin mirarme y abrió la puerta. Cuando salí, Graciela bajaba corriendo la escalera y Liliane, llevando a Renaud en los brazos, se cruzaba con ella camino del baño y del mercurocromo para el porrazo de las siete y media. Ayudé a consolar y a curar, Borel subía inquieto por los berridos de su hijo, me hizo un sonriente reproche por mi ausencia, bajamos al living para beber otra copa, todo el mundo andaba por la pintura de Graham Sutherland, fantasmas de ese tipo, teorías y entusiasmos que se perdían en el aire con el humo del tabaco. Magda y Nora concentraban a los chicos para que comieran estratégicamente aparte; Borel me dio su dirección, insistiendo en que le enviara la colaboración prometida a una revista de Poitiers, me dijo que partían a la mañana siguiente y que se llevaban a Javier y a Magda para hacerles visitar la región. «Silvia se irá con ellos», pensé oscuramente, y busqué una caja de fruta abrillantada, el pretexto para acercarme a la mesa de los chicos, quedarme allí un momento. No era fácil preguntarles, comían como lobos y me arrebataron los dulces en la mejor tradición de los sioux y los tehuelches. No sé por qué le hice la pregunta a Lolita, limpiándole de paso la boca con la servilleta.

—¿Qué sé yo? —dijo Lolita—. Preguntale a Álvaro.

—Y yo qué sé —dijo Álvaro, vacilando entre una pera y un higo—. Ella hace lo que quiere, a lo mejor se va por ahí.

—¿Pero con quién de ustedes vino?

—Con ninguno —dijo Graciela, pegándome una de sus mejores patadas por debajo de la mesa—. Ella estuvo aquí y ahora quién sabe, Álvaro y Lolita se vuelven a la Argentina y con Renaud te imaginás que no se va a quedar porque es muy chico, esta tarde se tragó una avispa muerta, qué asco.

—Ella hace lo que quiere, igual que nosotros —dijo Lolita.

Volví a mi mesa, vi terminarse la velada en una niebla de coñac y de humo. Javier y Magda se volvían a Buenos Aires (Álvaro y Lolita se volvían a Buenos Aires) y los Borel irían el año próximo a Italia (Renaud iría el año próximo a Italia).

—Aquí nos quedamos los más viejos —dijo Raúl. (Entonces Graciela se quedaba pero Silvia era los cuatro, Silvia era cuando estaban los cuatro y yo sabía que jamás volverían a encontrarse.)

Raúl y Nora siguen todavía aquí, en nuestro valle del Luberon, anoche fui a visitarlos y charlamos de nuevo bajo el tilo; Graciela me regaló un mantelito que acababa de bordar con punto cruz, supe de los saludos que me habían dejado Javier, Magda y los Borel. Comimos en el jardín, Graciela se negó a irse temprano a la cama, jugó conmigo a las adivinanzas. Hubo un momento en que nos quedamos solos, Graciela buscaba la respuesta a la adivinanza sobre la luna, no acertaba y su orgullo sufría.

—¿Y Silvia? —le pregunté, acariciándole el pelo.

—Mirá que sos tonto —dijo Graciela—. ¿Vos te creías que esta noche iba a venir por mí solita?

—Menos mal —dijo Nora, saliendo de la sombra—. Menos mal que no va a venir por vos solita, porque ya nos tenían hartos con ese cuento.

—Es la luna —dijo Graciela—. Qué adivinanza tan sonsa, che.

El viaje

Puede pasar en La Rioja, en una provincia que se llame La Rioja, en todo caso pasa de tarde, casi al comienzo de la noche aunque ha empezado antes en el patio de una estancia cuando el hombre ha dicho que el viaje es complicado pero que al final descansará, que finalmente va para eso porque se lo han aconsejado, que se va para pasar quince días tranquilos en Mercedes. Su mujer lo acompaña hasta el pueblo donde tiene que comprar los boletos, también le han dicho que le conviene comprar los boletos en la estación del pueblo y asegurarse de paso de que los horarios no han cambiado. Desde la estancia, con esa vida que llevan, se tiene la impresión de que los horarios y tantas otras cosas deben cambiar frecuentemente en el pueblo, y muchas veces es cierto. Más vale sacar el auto y bajar al pueblo aunque el tiempo sea ya un poco justo para alcanzar el primer tren en Chaves.

Son más de las cinco cuando llegan a la estación y dejan el auto en la plaza polvorienta, entre sulkys y carretas cargadas de fardos o de bidones; no han hablado mucho en el auto, aunque el hombre ha preguntado por unas camisas y su mujer le ha dicho que la valija está preparada y que no hay más que meter los papeles y algún libro en el portafolios.

—Juárez sabía los horarios —ha dicho el hombre—. Me explicó cómo tengo que viajar a Mercedes, dijo que es mejor sacar los boletos en el pueblo y comprobar la combinación de los trenes.

—Sí, ya me contaste —ha dicho la mujer.

—De la estancia a Chaves debe haber por lo menos sesenta kilómetros en auto. Parece que el tren que va a Peúlco pasa por Chaves a las nueve y minutos.

—El auto se lo dejás al jefe de la estación —ha dicho su mujer, entre preguntando y decidiendo.

—Sí. El tren de Chaves llega pasada medianoche a Peúlco, pero parece que en el hotel hay siempre piezas con baño. Lo malo es que no da mucho tiempo para descansar porque el otro tren sale a eso de las cinco de la mañana, habrá que preguntar ahora. Después hay un buen tirón hasta llegar a Mercedes.

—Queda lejos, sí.

No hay mucha gente en la estación, algunos paisanos que compran cigarrillos en el quiosco o esperan en el andén. La boletería está al final del andén, casi al borde de las playas de desvío. Es un salón con un mostrador sucio, paredes llenas de carteles y de mapas, y hacia el fondo dos escritorios y la caja de hierro. Un hombre en mangas de camisa atiende el mostrador, una muchacha manipula un aparato telegráfico en uno de los escritorios. Ya es casi de noche pero no han encendido la luz, aprovechan hasta lo último la claridad marrón que pasa lentamente por la ventana del fondo.

—Habrá que volver enseguida a la estancia —dice el hombre—. Falta cargar el equipaje y no sé si tengo bastante nafta.

—Sacá los boletos y nos vamos —dice la mujer, que se ha quedado un poco atrás.

—Sí. Esperá que piense. Entonces yo voy primero hasta Peúlco. No, quiero decir que hay que sacar boleto desde donde dijo Juárez, no me acuerdo bien.

—No te acordás —dice la mujer, con esa manera de hacer una pregunta que no es nunca del todo una pregunta.

—Siempre es igual con los nombres —dice él con una sonrisa de fastidio—. Se te vuelan justo en el momento de decirlos. Y después otro boleto desde Peúlco hasta Mercedes.

—Pero por qué dos boletos diferentes —dice la mujer.

—Me explicó Juárez que son dos compañías y por eso hacen falta dos boletos, pero en cambio en cualquier estación te venden los dos y da lo mismo. Una de esas cosas de los ingleses.

—Ya no son más ingleses —dice la mujer.

Un muchacho moreno ha entrado en la boletería y está averiguando algo. La mujer se acerca y se apoya con un codo en el mostrador, y es rubia y tiene una cara cansada y hermosa como perdida en un estuche de pelo dorado que alumbra vagamente su contorno. El boletero la mira un momento, pero ella no dice nada como esperando que su marido se acerque para comprar los boletos. Nadie se saluda en la boletería, está tan oscuro que no parece necesario.

—Aquí en este mapa se ha de ver —dice el hombre yendo hacia la pared de la izquierda—. Mirá, tiene que ser así. Nosotros estamos...

Su mujer se acerca y mira el dedo que vacila sobre el mapa vertical, buscando donde posarse.

—Ésta es la provincia —dice el hombre— y nosotros estamos por aquí. Esperá, es aquí. No, debe ser más al sur. Yo tengo que ir para allá, ésa es la dirección, ves. Y ahora estamos aquí, me parece.

Da un paso atrás y mira todo el mapa, lo mira largamente.

—Es la provincia, ¿no?

—Parece —dice la mujer—. Y vos decís que estamos aquí.

—Aquí, claro. Éste tiene que ser el camino. Sesenta kilómetros hasta esa estación, como dijo Juárez, el tren tiene que salir de ahí. No veo otra cosa.

—Bueno, entonces sacá los boletos —dice la mujer.

El hombre mira un momento más el mapa y se acerca al boletero. Su mujer lo sigue, vuelve a apoyarse con un codo en el mostrador como si se preparara a esperar mucho tiempo.

El muchacho termina de hablar con el boletero y va a consultar los horarios en la pared. Se enciende una luz azul en el escritorio de la telegrafista. El hombre ha sacado la cartera y busca dinero, elige algunos billetes.

—Tengo que ir a...

Se vuelve a su mujer que está mirando un dibujo en el mostrador, algo como un antebrazo mal dibujado con tinta roja.

—¿Cómo era la ciudad adonde tengo que ir? Se me escapa el nombre. No la otra, quiero decir la primera. Yo voy con el auto hasta la primera.

La mujer levanta los ojos y mira en dirección del mapa. El hombre hace un gesto de impaciencia porque el mapa está demasiado lejos para que sirva de algo. El boletero se ha acodado en el mostrador y espera sin hablar. Usa anteojos verdes y por el cuello abierto de la camisa le brota un chorro de pelos cobrizos.

—Vos habías dicho Allende, creo —dice la mujer.

—No, qué va a ser Allende.

—Yo no estaba cuando Juárez te explicó el viaje.

—Juárez me explicó los horarios y las combinaciones, pero yo te repetí los nombres en el auto.

—No hay ninguna estación que se llame Allende —dice el boletero.

—Por supuesto que no hay —dice el hombre—. Adonde yo voy es a...

La mujer está mirando otra vez el dibujo del antebrazo rojo, que no es un antebrazo, ahora está segura.

—Mire, quiero boleto de primera para... Yo sé que tengo que ir en auto, es hacia el norte de la estancia. ¿Entonces vos no te acordás?

—Tienen tiempo —dice el boletero—. Piensen tranquilos.

—No tengo tanto tiempo —dice el hombre—. Ya mismo tengo que ir en el auto hasta... Justamente necesito un boleto desde ahí hasta la otra estación donde se combina para seguir a Allende. Ahora usted dice que no es Allende. ¿Cómo no te acordás, vos?

Se acerca a su mujer, le hace la pregunta mirándola con una sorpresa casi escandalizada. Por un momento está a punto de volver al mapa y buscar, pero renuncia y espera, un poco inclinado sobre su mujer que pasa y repasa un dedo sobre el mostrador.

—Tienen tiempo —repite el boletero.

—Entonces... —dice el hombre—. Entonces, vos...

—Era algo como Moragua —dice la mujer como si preguntara.

El hombre mira hacia el mapa, pero ve que el boletero mueve negativamente la cabeza.

—No es eso —dice el hombre—. No puede ser que no nos acordemos, si justamente mientras veníamos...

—Siempre pasa —dice el boletero—. Lo mejor es distraerse hablando de cualquier cosa, y zas el nombre que cae como un pajarito, hoy mismo se lo decía a un señor que viajaba a Ramallo.

—A Ramallo —repite el hombre—. No, no es a Ramallo. Pero a lo mejor mirando una lista de las estaciones...

—Están ahí —dice el boletero mostrando el horario pegado en la pared—. Ahora que eso sí, son como trescientas. Hay muchos apeaderos y estaciones de carga, pero lo mismo tienen su nombre, no le parece.

El hombre se acerca al horario y apoya el dedo al comienzo de la primera columna. El boletero espera, se quita un cigarrillo de la oreja y lame la punta antes de encenderlo, mirando hacia la mujer que sigue apoyada en el mostrador. En la penumbra tiene la impresión de que la mujer sonríe, pero se ve mal.

—Hacé un poco de luz, Juana —dice el boletero, y la telegrafista estira el brazo hasta la llave de la pared y una lámpara se enciende en el cielo raso amarillento. El hombre ha llegado a la mitad de la segunda columna, su dedo se detiene, vuelve hacia arriba, baja otra vez, se aparta. Ahora sí la mujer sonríe francamente, el boletero la ha visto a la luz de la lámpara y está seguro, también él sonríe sin saber por qué, hasta que el hombre gira bruscamente y vuelve al mostrador. El muchacho moreno se ha sentado en un banco al lado de la puerta y es alguien más ahí, otro par de ojos paseándose de una cara a otra.

—Se me va a hacer tarde —dice el hombre—. Si por lo menos vos te acordaras, a mí se me van los nombres, ya sabés cómo estoy.

—Juárez te había explicado todo —dice la mujer.

—Dejalo tranquilo a Juárez, yo te estoy preguntando a vos.

—Había que tomar dos trenes —dice la mujer—. Primero ibas con el auto hasta una estación, me acuerdo que dijiste que le dejarías el auto al jefe.

—Eso no tiene nada que ver.

—Todas las estaciones tienen jefe —dice el boletero.

El hombre lo mira pero tal vez ni siquiera ha oído. Está esperando que su mujer se acuerde, de pronto parecería que todo depende de ella, de que se acuerde. Ya no le queda mucho tiempo, hay que volver a la estancia, cargar el equipaje y salir hacia el norte. De golpe el cansancio es como ese nombre que no recuerda, un vacío que pesa cada vez más. No ha visto sonreír a la mujer, solamente el boletero la ha visto. Todavía espera que ella se acuerde, la ayuda con su propia inmovilidad, apoya las manos en el mostrador, muy cerca del dedo de la mujer que sigue jugando con el dibujo del antebrazo rojo y lo recorre suavemente ahora que sabe que no es un antebrazo.

—Tiene razón —dice mirando al boletero—. Cuando uno piensa demasiado se le van las cosas. Pero vos, a lo mejor...

La mujer redondea los labios como si quisiera sorber algo.

26

—A lo mejor me acuerdo —dice—. En el auto hablamos de que primero ibas a... ¿No era a Allende, verdad? Entonces era algo como Allende. Fijate de nuevo en la *a* o en la *b*. Si querés me fijo yo.

—No, no era eso. Juárez me explicó la mejor combinación... Porque hay otra manera de ir, pero entonces hay que cambiar tres veces de tren.

—Es demasiado —dice el boletero—. Ya con dos cambios basta, y toda la tierra que se junta en el vagón, para no hablar del calor.

El hombre hace un gesto de impaciencia y da la espalda al boletero, se interpone entre él y la mujer. Alcanza a ver de costado al muchacho que los mira desde el banco, y gira un poco más para no ver ni al boletero ni al muchacho, para quedarse completamente solo contra la mujer que ha levantado el dedo del dibujo y se mira la uña barnizada.

—Yo no me acuerdo —dice el hombre en voz muy baja—. Yo no me acuerdo de nada, lo sabés. Pero vos sí, pensá un momento. Vas a ver que te acordás, estoy seguro.

La mujer vuelve a redondear los labios. Parpadea dos, tres veces. La mano del hombre le ciñe la muñeca y aprieta. Ella lo mira, ahora sin parpadear.

—Las Lomas —dice—. A lo mejor era Las Lomas.

—No —dice el hombre—. No puede ser que no te acuerdes.

—Ramallo, entonces. No, ya lo dije antes. Si no es Allende tiene que ser Las Lomas. Si querés me fijo en el mapa.

La mano suelta la muñeca, y la mujer se frota la marca en la piel y sopla levemente encima. El hombre ha agachado la cabeza y respira con trabajo.

—Tampoco hay una estación Las Lomas —dice el boletero.

La mujer lo mira por sobre la cabeza del hombre que se ha doblado todavía más contra el mostrador. Sin apurarse, como tanteando, el boletero le sonríe apenas.

—Peúlco —dice bruscamente el hombre—. Ahora me acuerdo. Era Peúlco, ¿verdad?

—Puede ser —dice la mujer—. A lo mejor es Peúlco, pero no me suena mucho.

—Si va a ir en auto hasta Peúlco tiene para un rato —dice el boletero.

—¿Vos no creés que era Peúlco? —insiste el hombre.

—No sé —dice la mujer—. Vos te acordabas hace un rato, yo no presté mucha atención. A lo mejor era Peúlco.

—Juárez dijo Peúlco, estoy seguro. De la estancia a la estación hay como sesenta kilómetros.

—Hay mucho más —dice el boletero—. No le conviene ir en auto hasta Peúlco. Y cuando esté allá, ¿para dónde sigue?

—¿Cómo para dónde sigo?

—Se lo digo porque Peúlco es un empalme y nada más. Tres casas locas y el hotel de la estación. La gente va a Peúlco para cambiar de tren. Ahora, si usted tiene algún negocio que hacer allá, eso es otra cosa.

—No puede quedar tan lejos —dice la mujer—. Juárez te habló de sesenta kilómetros, de manera que no puede ser Peúlco.

El hombre tarda en contestar, una mano apoyada contra la oreja como si estuviera escuchándose por dentro. El boletero no ha desviado los ojos de la mujer y espera. No está seguro de que ella le haya sonreído al hablar.

—Sí, tiene que ser Peúlco —dice el hombre—. Si está tan lejos es que es la segunda estación. Tengo que sacar boleto hasta Peúlco, y esperar el otro tren. Usted dijo que era un empalme y que había un hotel. Entonces es Peúlco.

—Pero no queda a sesenta kilómetros —dice el boletero.

—Claro que no —dice la mujer, enderezándose y alzando un poco la voz—. Peúlco sería la segunda estación, pero lo que mi marido no recuerda es la primera, y ésa sí queda a sesenta kilómetros. Juárez te lo dijo, creo.

—Ah —dice el boletero—. Bueno, en ese caso usted tendría que ir primero a Chaves y tomar el tren para Peúlco.

—Chaves —dice el hombre—. Podría ser Chaves, claro.

—Entonces de Chaves se va a Peúlco —dice la mujer, casi preguntando.

—Es la única manera de ir desde esta zona —dice el boletero.

—Ya ves —dice la mujer—. Si estás seguro de que la segunda estación es Peúlco...

—¿Vos no te acordás? —dice el hombre—. Ahora estoy casi seguro, pero cuando dijiste Las Lomas también pensé que podría ser ésa.

—Yo no dije Las Lomas, dije Allende.

—Allende no es —dice el hombre—. ¿No dijiste Las Lomas, vos?

—Puede ser, me parecía que en el auto habías hablado de Las Lomas.

—No hay ninguna estación Las Lomas —dice el boletero.

—Entonces habré dicho Allende, pero no estoy segura. Será Chaves y Peúlco como le parece a usted. Sacá boleto de Chaves a Peúlco, entonces.

—Claro —dice el boletero, abriendo un cajón—. Pero desde Peúlco... Porque ya le dije que no es más que un empalme.

El hombre ha buscado en la cartera con un movimiento rápido, pero las últimas palabras le detienen la mano en el aire. El boletero se apoya en el borde del cajón abierto y vuelve a esperar.

—Desde Peúlco quiero boleto para Moragua —dice el hombre, con una voz que se va quedando atrás, que se parece a su mano tendida en el aire con el dinero.

—No hay ninguna estación que se llame Moragua —dice el boletero.

—Era algo así —dice el hombre—. ¿Vos no te acordás?

—Sí, era algo así como Moragua —dice la mujer.

—Con eme hay unas cuantas estaciones —dice el boletero—. Quiero decir, desde Peúlco. ¿Se acuerda cuánto duraba el viaje más o menos?

—Toda la mañana —dice el hombre—. Unas seis horas, o quizá menos.

El boletero mira un mapa sujeto por un vidrio en el extremo del mostrador.

—Podría ser Malumbá, o a lo mejor Mercedes —dice—. A esa distancia no veo más que esas dos, tal vez Amorimba. Amorimba tiene dos emes, a lo mejor es ésa.

—No —dice el hombre—. No es ninguna de ésas.

—Amorimba es un pueblo chico, pero Mercedes y Malumbá son ciudades. Con eme no veo ninguna otra en la zona. Tiene que ser una de ésas si usted toma el tren en Peúlco.

El hombre mira a la mujer, arrugando lentamente los billetes en la mano todavía tendida, y la mujer redondea los labios y se encoge de hombros.

—Yo no sé, querido —dice—. A lo mejor era Malumbá, no te parece.

—Malumbá —repite el hombre—. Vos creés entonces que es Malumbá.

—No es que yo crea. El señor te dice que desde Peúlco no hay más que ésa y Mercedes. A lo mejor es Mercedes, pero...

—Yendo desde Peúlco tiene que ser Mercedes o Malumbá —dice el boletero.

—Ya ves —dice la mujer.

—Es Mercedes —dice el hombre—. Malumbá no me suena, pero en cambio Mercedes... Yo voy al hotel Mundial, a lo mejor usted me puede decir si está en Mercedes.

—Sí que está —dice el muchacho sentado en el banco—. El Mundial está a dos cuadras de la estación.

La mujer lo mira, y el boletero espera un momento antes de acercar los dedos al cajón donde se alinean los boletos.

El hombre se ha doblado sobre el mostrador como para alcanzarle mejor el dinero, y a la vez vuelve la cabeza y mira hacia el muchacho.

—Gracias —dice—. Muchas gracias, don.

—Es una cadena de hoteles —dice el boletero—. Perdóneme, pero en Malumbá también hay un Mundial, si vamos a eso, y seguro que en Amorimba, aunque ahí no estoy seguro.

—Entonces... —dice el hombre.

—Haga la prueba, total si no es Mercedes siempre puede tomar otro tren hasta Malumbá.

—A mí me suena más Mercedes —dice el hombre—. No sé por qué pero me suena más. ¿Y a vos?

—A mí también, sobre todo al principio.

—¿Cómo al principio?

—Cuando el joven te dijo lo del hotel. Pero si en Malumbá también hay un hotel Mundial...

—Es Mercedes —dice el hombre—. Estoy seguro de que es Mercedes.

—Sacá los boletos, entonces —dice la mujer como desentendiéndose.

—De Chaves a Peúlco, y de Peúlco a Mercedes —dice el boletero.

El pelo oculta el perfil de la mujer, que está mirando otra vez el dibujo rojo en el mostrador, y el boletero no puede verle la boca. Con la mano de uñas pintadas se frota lentamente la muñeca.

—Sí —dice el hombre después de una vacilación que dura apenas—. De Chaves a Peúlco, y de ahí a Mercedes.

—Va a tener que apurarse —dice el boletero, eligiendo un cartoncito azul y otro verde—. Son más de sesenta kilómetros hasta Chaves y el tren pasa a las nueve y cinco.

El hombre pone el dinero sobre el mostrador y el boletero empieza a darle el vuelto, mirando cómo la mujer se frota lentamente la muñeca. No puede saber si sonríe y poco le importa, pero lo mismo le hubiera gustado saber si sonríe detrás de todo ese pelo dorado que le cae sobre la boca.

—Anoche llovió tupido del lado de Chaves —dice el muchacho—. Mejor se apura, señor, los caminos estarán barrosos.

El hombre guarda el vuelto y se pone los boletos en el bolsillo del saco. La mujer se echa el pelo hacia atrás con dos dedos y mira al boletero. Tiene los labios juntos como si sorbiera alguna cosa. El boletero le sonríe.

—Vamos —dice el hombre—. Tengo el tiempo justo.

—Si sale enseguida va a llegar bien —dice el muchacho—. Por las dudas llévese las cadenas, debe estar pesado antes de Chaves.

El hombre asiente, y saluda vagamente con la mano en dirección del boletero. Cuando ya ha salido, la mujer empieza a caminar hacia la puerta que se ha cerrado sola.

—Sería una lástima que al final se hubiera equivocado, ¿no? —dice el boletero como hablándole al muchacho.

Casi en la puerta la mujer vuelve la cabeza y lo mira, pero la luz llega apenas hasta ella y ya es difícil saber si todavía se sonríe, si el golpe de la puerta al cerrarse lo ha dado ella o es el viento que se levanta casi siempre con la caída de la noche.

Siestas

Alguna vez, en un tiempo sin horizonte, se acordaría de cómo casi todas las tardes tía Adela escuchaba ese disco con las voces y los coros, de la tristeza cuando las voces empezaban a salir, una mujer, un hombre y después muchos juntos cantando una cosa que no se entendía, la etiqueta verde con explicaciones para los grandes, Te lucis ante terminum, Nunc dimittis, tía Lorenza decía que era latín y que hablaba de Dios y cosas así, entonces Wanda se cansaba de no comprender, de estar triste como cuando Teresita en su casa ponía el disco de Billie Holiday y lo escuchaban fumando porque la madre de Teresita estaba en el trabajo y el padre andaba por ahí en los negocios o dormía la siesta y entonces podían fumar tranquilas, pero escuchar a Billie Holiday era una tristeza hermosa que daba ganas de acostarse y llorar de felicidad, se estaba tan bien en el cuarto de Teresita con la ventana cerrada, con el humo, escuchando a Billie Holiday. En su casa le tenían prohibido cantar esas canciones porque Billie Holiday era negra y había muerto de tanto tomar drogas, tía María la obligaba a pasar una hora más en el piano estudiando arpegios, tía Ernestina la empezaba con el discurso sobre la juventud de ahora, Te lucis ante terminum resonaba en la sala donde tía Adela cosía alumbrándose con una esfera de cristal llena de agua que recogía (era hermoso) toda la luz de la lámpara para la costura. Menos mal que de noche Wanda dormía en la misma cama que tía Lorenza y allí no había latín ni conferencias sobre el tabaco y los degenerados de la calle, tía Lorenza apagaba la luz después de rezar y por un momento hablaban de cualquier cosa, casi siempre del perro Grock, y cuando Wanda iba a dormirse la ganaba un sentimiento de reconciliación, de estar un poco más protegida de la tristeza de la casa con el calor de tía Lorenza que resoplaba suavemente, casi como Grock, caliente y un poco ovillada y resoplando satisfecha como Grock en la alfombra del comedor.

—Tía Lorenza, no me dejes soñar más con el hombre de la mano artificial —había suplicado Wanda la noche de la pesadilla—. Por favor, tía Lorenza, por favor.

Después le había hablado de eso a Teresita y Teresita se había reído, pero no era para reírse y tampoco tía Lorenza se había reído mientras le secaba las lágrimas, le daba a beber un vaso de agua y la iba calmando poco a poco, ayudándola a alejar las imágenes, la mezcla de recuerdos del otro verano y la pesadilla, el hombre que se parecía tanto a los del álbum del padre de Teresita, o el callejón sin salida donde al anochecer el hombre de negro la había acorralado, acercándose lentamente hasta detenerse y mirarla con toda la luna llena en la cara, los anteojos de aro metálico, la sombra del sombrero melón ocultándole la frente, y entonces el movimiento del brazo derecho alzándose hacia ella, la boca de labios filosos, el alarido o la carrera que la había salvado del final, el vaso de agua y las caricias de tía Lorenza antes de un lento retorno amedrentado a un sueño que duraría hasta tarde, el purgante de tía Ernestina, la sopa liviana y los consejos, otra vez la casa y Nunc dimittis, pero al final permiso para ir a jugar con Teresita aunque esa muchacha no era de fiar con la educación que le daba la madre, capaz que hasta le enseñaba cosas pero en fin, peor era verle esa cara demacrada y un rato de diversión no le haría daño, antes las niñas bordaban a la hora de la siesta o estudiaban solfeo pero la juventud de ahora.

—No solamente son locas sino idiotas —había dicho Teresita, pasándole un cigarrillo de los que le robaba a su padre—. Qué tías que te mandaste, nena. ¿Así que te dieron un purgante? ¿Ya fuiste o qué? Tomá, mirá lo que me prestó la Chola, están todas las modas de otoño pero fijate primero en las fotos de Ringo, decime si no es un amor, miralo ahí con esa camisa abierta. Tiene pelitos, fijate.

Después había querido saber más, pero a Wanda le costaba seguir hablando de eso ahora que de golpe le volvía una visión de fuga, de enloquecida carrera por el callejón, y eso no era la pesadilla aunque casi tenía que ser el final de la pesadilla que había olvidado al despertarse gritando. A lo mejor antes, a fines del otro verano, habría podido hablarle a Teresita pero se había callado por miedo de que fuera con chismes a tía Ernestina, en esa época Teresita iba todavía a su casa y las tías le sonsacaban cosas con tostadas y dulce de leche hasta que se pelearon con la madre y ya no querían recibir más a Teresita aunque a ella la dejaban ir a su casa algunas tardes cuando tenían visitas y querían estar tranquilas. Ahora hubiera podido contarle todo a Teresita pero ya no valía la pena porque la pesadilla era también como lo otro, o a lo mejor lo otro había sido parte de la pesadilla, todo se parecía tanto al álbum del padre de Teresita y nada acababa de veras, era como esas calles en el álbum que se perdían a la distancia igual que en las pesadillas.

—Teresita, abrí un poco la ventana, hace tanto calor con este encierro.

—No seas pava, después mi vieja se aviva que estuvimos fumando. Tiene un olfato de tigre la Pecosa, en esta casa hay que andarse con cuidado.

—Avisá, ni que fueran a matarte a palos.

—Claro, vos te volvés a tu casa y qué te importa. Siempre la misma chiquilina, vos.

Pero Wanda ya no era una chiquilina aunque Teresita se lo refregaba todavía por la cara pero cada vez menos desde la tarde en que también hacía calor y habían hablado de cosas y después Teresita le había enseñado eso y todo se había vuelto diferente aunque todavía Teresita la trataba de chiquilina cuando se enojaba.

—No soy ninguna chiquilina —dijo Wanda, sacando el humo por la nariz.

—Bueno, bueno, no te pongás así. Tenés razón, hace un calor de tormenta. Mejor nos sacamos la ropa y nos preparamos un vino con hielo. Te voy a decir una cosa, vos eso lo soñaste por el álbum de papá, y eso que ahí no hay ninguna mano artificial pero los sueños ya se sabe. Mirá cómo se me están desarrollando.

Bajo la blusa no se notaba gran cosa, pero desnudos tomaban importancia, la volvían mujer, le cambiaban la cara. A Wanda le dio vergüenza quitarse el vestido y mostrar el pecho donde apenas si asomaban. Uno de los zapatos de Teresita voló hasta la cama, el otro se perdió bajo el sofá. Pero claro que era como los hombres del álbum del papá de Teresita, los hombres de negro que se repetían en casi todas las láminas, Teresita le había mostrado el álbum una tarde de siesta en que su papá acababa de irse y la casa estaba tan sola y callada como las salas y las casas del álbum. Riendo y empujándose de puro nerviosas habían subido al piso alto donde a veces los padres de Teresita las llamaban para tomar el té en la biblioteca como señoritas, y en esos días no era cosa de fumar ni de beber vino en la pieza de Teresita porque la Pecosa se daba cuenta enseguida, por eso aprovechaban que la casa era para ellas solas y subían gritando y empujándose como ahora que Teresita empujaba a Wanda hasta hacerla caer sentada en el canapé azul y casi con el mismo gesto se agachaba para bajarse el slip y quedar desnuda delante de Wanda, las dos mirándose con una risa un poco corta y rara hasta que Teresita soltó una carcajada y le preguntó si era sonsa o no sabía que ahí crecían pelitos como en el pecho de Ringo. «Pero yo también tengo», había dicho Wanda, «me empezaron el otro verano». Lo mismo que en el álbum donde todas las mujeres tenían y muchos, en casi todas las láminas iban y venían o estaban sentadas o acostadas en el pasto y en las salas de espera de las estaciones («son locas», opinaba Teresita), y también como ahora mirándose entre ellas con unos ojos muy grandes y siempre la luna llena aunque no se la viera en la lámina, todo pasaba en lugares donde había luna llena y las mujeres andaban desnudas por las calles y las estaciones, cruzándose como si no se vieran y estuvieran terriblemente solas, y a veces los señores de traje negro o guardapolvo gris que las miraban ir y venir o estudiaban piedras raras con un microscopio y sin sacarse el sombrero.

—Tenés razón —dijo Wanda—, se parecía mucho a los hombres del álbum, y también tenía un sombrero melón y anteojos, era como ellos pero con una mano artificial, y eso que la otra vez cuando...

—Acabala con la mano artificial —dijo Teresita—. ¿Te vas a quedar así toda la tarde? Primero te quejás del calor y después la que me desnudo soy yo.

—Tendría que ir al baño.

—¡El purgante! No, si tus tías son un caso. Andá rápido, y de vuelta traé más hielo, miralo a Ringo cómo me espía, ángel querido. ¿A usted le gusta esta barriguita, amoroso? Mírela bien, frótese así y así, la Chola me mata cuando le devuelva la foto arrugada.

En el baño Wanda había esperado lo más posible para no tener que volver de nuevo, estaba dolorida y le daba rabia el purgante y también después Teresita en el canapé azul mirándola como si fuera una nena, burlándose como la otra vez cuando le había enseñado eso y Wanda no había podido impedir que la cara se le pusiera como fuego, esas tardes en que todo era diferente, primero tía Adela dándole permiso para quedarse hasta más tarde en lo de Teresita, total está ahí al lado y yo tengo que recibir a la directora y a la secretaria de la escuela de María, con esta casa tan chica mejor te vas a jugar con tu amiga pero cuidado a la vuelta, venís directamente y nada de quedarte machoneando en la calle con Teresita, a ésa le gusta irse por ahí, la conozco, después fumando unos cigarrillos nuevos que el padre de Teresita se había olvidado en un cajón del escritorio, con filtro dorado y un olor raro, y al final

Teresita le había enseñado eso, era difícil acordarse cómo había ocurrido, estaban hablando del álbum, o a lo mejor lo del álbum era al principio del verano, aquella tarde estaban más abrigadas y Wanda tenía el pulóver amarillo, entonces no era todavía el verano, al final no sabían qué decir, se miraban y se reían, casi sin hablar habían salido a la calle para dar una vuelta por el lado de la estación, evitando la esquina de la casa de Wanda porque tía Ernestina no les perdía pisada aunque estuviera con la directora y la secretaria. En el andén de la estación se habían quedado un rato paseando como si esperaran el tren, mirando pasar las máquinas que hacían temblar los andenes y llenaban el cielo de humo negro. Entonces, o a lo mejor cuando ya estaban de vuelta y era hora de separarse, Teresita le había dicho como al descuido que tuviera cuidado con eso, no fuera cosa, y Wanda que había estado tratando de olvidarse se puso colorada y Teresita se rió y le dijo que lo de esa tarde no podía saberlo nadie pero que sus tías eran como la Pecosa y que si se descuidaba cualquier día la pescaban y entonces iba a ver. Se habían reído otra vez pero era cierto, tenía que ser tía Ernestina la que la sorprendiera al final de la siesta aunque Wanda había estado segura de que nadie entraría a esa hora en su cuarto, todo el mundo se había ido a dormir y en el patio se oía la cadena de Grock y el zumbido de las avispas furiosas de sol y de calor, apenas si había tenido tiempo de levantarse la sábana hasta el cuello y hacerse la dormida pero ya era tarde porque tía Ernestina estaba a los pies de la cama, le había arrancado la sábana de un tirón sin decir una palabra, solamente mirándole el pantalón del piyama enredado en las pantorrillas. En lo de Teresita cerraban con llave la puerta y eso que la Pecosa se los tenía prohibido, pero tía María y tía Ernestina hablaban de los incendios y de que los niños encerrados morían en las llamas, aunque ahora no era de eso que hablaban tía Ernestina y tía Adela, primero se le habían acercado sin decir nada y Wanda había tratado de fingir que no comprendía hasta que tía Adela le agarró la mano y se la retorció, y tía Ernestina le dio la primera bofetada, después otra y otra, Wanda se defendía llorando, de cara contra la almohada, gritando que no había hecho nada malo, que solamente le picaba y que entonces, pero tía Adela se sacó la zapatilla y empezó a pegarle en las nalgas mientras le sujetaba las piernas, y hablaban de degenerada y de seguramente Teresita y de la juventud y la ingratitud y las enfermedades y el piano y el encierro pero sobre todo de la degeneración y las enfermedades hasta que tía Lorenza se levantó asustada por los gritos y los llantos y de golpe hubo calma, quedó solamente tía Lorenza mirándola afligida, sin calmarla ni acariciarla pero siempre tía Lorenza como ahora que le daba un vaso de agua y la protegía del hombre de negro, repitiéndole al oído que iba a dormir bien, que no iba a tener de nuevo la pesadilla.

—Comiste demasiado puchero, me fijé. El puchero es pesado de noche, igual que las naranjas. Vamos, ya pasó, dormite, estoy aquí, no vas a soñar más.

—¿Qué estás esperando para sacarte la ropa? ¿Tenés que ir de nuevo al baño? Te vas a dar vuelta como un guante, tus tías son locas.

—No hace tanto calor como para estar desnudas —había dicho Wanda aquella tarde, quitándose el vestido.

—Vos fuiste la que empezó con lo del calor. Dame el hielo y traé los vasos, todavía queda vino dulce pero ayer la Pecosa estuvo mirando la botella y puso la cara. Si se la conoceré, la cara. No dice nada pero pone la cara y sabe que yo sé. Menos mal que el viejo no piensa más que en los negocios y se las pica todo el tiempo. Es cierto, ya tenés pelos pero pocos, todavía parecés una nena. Te voy a mostrar una cosa en la biblioteca si me jurás.

Teresita había descubierto el álbum por casualidad, la estantería cerrada con llave, tu papá guarda los libros científicos que no son cosas para tu edad, qué idiotas, se les había quedado entornada y había diccionarios y un libro con el lomo escondido, justamente como para no darse cuenta, y además otros con las láminas anatómicas que no eran como las del liceo, ésas estaban completamente terminadas, pero apenas sacó el álbum las planchas de anatomía dejaron de interesarle porque el álbum era como una fotonovela pero tan rara, los letreros una lástima en francés y apenas se entendían algunas palabras sueltas, la sérénité est sur le point de basculer, sérénité quería decir serenidad pero basculer quién sabe, era una palabra rara, bas quería decir media, les bas Dior de la Pecosa, pero culer, las medias del culer no quería decir nada, y las mujeres de las láminas estaban siempre desnudas o con polleras y túnicas pero no llevaban medias, a lo mejor culer era otra cosa y Wanda también había pensado lo mismo cuando Teresita le mostró el álbum y se habían reído como locas, eso era lo bueno con Wanda en las tardes de siesta cuando las dejaban solas en la casa.

—No hace tanto calor como para sacarse la ropa —dijo Wanda—. ¿Por qué sos tan exagerada? Yo dije, cierto, pero no quería decir eso.

—¿Entonces no te gusta estar como las mujeres de las láminas? —se burló Teresita estirándose en el canapé—. Mirame bien y decí si no estoy idéntica a ésa donde todo es como de cristal y a lo lejos se ve a un hombre chiquitito que viene por la calle. Sacate el slip, idiota, no ves que estropeás el efecto.

—No me acuerdo de esa lámina —dijo Wanda, apoyando indecisamente los dedos en el elástico del slip—. Ah sí, creo que me acuerdo, había una lámpara en el cielo raso y en el fondo un cuadro azul con la luna llena. Todo era azul, verdad.

Vaya a saber por qué la tarde del álbum se habían detenido mucho tiempo en esa lámina aunque había otras más excitantes y extrañas, por ejemplo la de Orphée que en el diccionario quería decir Orfeo el padre de la música que bajó a los infiernos, y eso que en la lámina no había ningún infierno y apenas una calle con casas de ladrillos rojos, un poco como al comienzo de la pesadilla aunque después todo había cambiado y era otra vez el callejón con el hombre de la mano artificial, y por esa calle con casas de ladrillos rojos venía Orfeo desnudo, Teresita le había mostrado enseguida aunque a primera vista Wanda había pensado que era otra de las mujeres desnudas hasta que Teresita soltó la risa y puso el dedo ahí mismo y Wanda vio que era un hombre muy joven pero un hombre y se quedaron mirando y estudiando a Orfeo y preguntándose quién sería la mujer de espaldas en el jardín y por qué estaría de espaldas con el cierre relámpago de la pollera desabrochado a medias como si eso fuera una manera de pasearse por el jardín.

—Es un adorno, no un cierre relámpago —descubrió Wanda—. Da la impresión pero si te fijás es una especie de dobladillo que parece un cierre. Lo que no se entiende es por qué Orfeo viene por la calle y está desnudo y la mujer se queda de espaldas en el jardín detrás de la pared, es rarísimo. Orfeo parece una mujer con esa piel tan blanca y esas caderas. Si no fuera por eso, claro.

—Vamos a buscar otra donde se lo vea de más cerca —dijo Teresita—. ¿Vos ya viste hombres?

—No, cómo querés —dijo Wanda—. Yo sé cómo es pero cómo querés que vea. Es como los nenes pero más grande, ¿no? Como Grock, pero es un perro, no es lo mismo.

—La Chola dice que cuando están enamorados les crece el triple y entonces es cuando se produce la fecundación.

—¿Para tener hijos? ¿La fecundación es eso o qué?

—Sos pava, nenita. Mirá esta otra, casi parece la misma calle pero hay dos mujeres desnudas. ¿Por qué pinta tantas mujeres ese desgraciado? Fijate, parecería que se cruzan sin conocerse y cada una sigue para su lado, están completamente locas, desnudas en plena calle y ningún vigilante que proteste, eso no puede suceder en ninguna parte. Fijate esta otra, hay un hombre pero está vestido y se esconde en una casa, se le ve nomás que la cara y una mano. Y esa mujer vestida de ramas y hojas, si te digo que están locas.

—No vas a soñar más —prometió tía Lorenza, acariciándola—. Dormite ahora, vas a ver que no vas a soñar más.

41

—Es cierto, ya tenés pelos pero pocos —había dicho Teresita—. Es raro, todavía parecés una nena. Encendeme el cigarrillo. Vení.

—No, no —había dicho Wanda, queriendo soltarse—. ¿Qué hacés? No quiero, dejame.

—Qué sonsa sos. Mirá, vas a ver, yo te enseño. Pero si no te hago nada, quedate quieta y vas a ver.

Por la noche la habían mandado a la cama sin permitirle que las besara, la cena había sido como en las láminas donde todo era silencio, solamente tía Lorenza la miraba de cuando en cuando y le servía la cena, por la tarde había escuchado de lejos el disco de tía Adela y las voces le llegaban como si la estuvieran acusando, Te lucis ante terminum, ya había decidido suicidarse y le hacía bien llorar pensando en tía Lorenza cuando la encontrara muerta y todas se arrepintieran, se suicidaría tirándose al jardín desde la azotea o abriéndose las venas con la gillette de tía Ernestina pero todavía no porque antes tenía que escribirle una carta de adiós a Teresita diciéndole que la perdonaba, y otra a la profesora de geografía que le había regalado el atlas encuadernado, y menos mal que tía Ernestina y tía Adela no estaban enteradas de que Teresita y ella habían ido a la estación para ver pasar los trenes y que por la tarde fumaban y tomaban vino, y sobre todo de aquella vez al caer la tarde cuando había vuelto de casa de Teresita y en vez de cruzar como le mandaban había dado una vuelta manzana y el hombre de negro se le había acercado para preguntarle la hora como en la pesadilla, y a lo mejor era solamente la pesadilla, oh sí Dios querido, justo en la entrada del callejón que terminaba en la tapia con enredaderas, y tampoco entonces se había dado cuenta (pero a lo mejor era solamente la pesadilla) de que el hombre escondía una mano en el bolsillo del traje negro hasta que empezó a sacarla muy despacio mientras le preguntaba la hora y era una mano como de cera rosa con los dedos duros y entrecerrados, que se atascaba en el bolsillo del saco y salía poco a poco a tirones, y entonces

Wanda había corrido alejándose de la entrada del callejón pero ya casi no se acordaba de haber corrido y de haber escapado del hombre que quería acorralarla en el fondo del callejón, había como un hueco porque el terror de la mano artificial y de la boca de labios filosos fijaba ese momento y no había ni antes ni después como cuando tía Lorenza le había dado a beber un vaso de agua, en la pesadilla no había ni antes ni después y para peor ella no podía contarle a tía Lorenza que no era solamente un sueño porque ya no estaba segura y tenía tanto miedo de que supieran y todo se mezclaba y Teresita y lo único seguro era que tía Lorenza estaba allí contra ella en la cama, abrigándola en sus brazos y prometiéndole un sueño tranquilo, acariciándole el pelo y prometiéndole.

—¿Verdad que te gusta? —dijo Teresita—. También se puede hacer así, mirá.

—No, no, por favor —dijo Wanda.

—Pero sí, todavía es mejor, se siente doble, la Chola lo hace así y yo también, ves cómo te gusta, no mientas, si querés acostate aquí y lo hacés vos misma ahora que sabés.

—Dormite, querida —había dicho tía Lorenza—, vas a ver que no vas a soñar más.

Pero era Teresita la que se reclinaba con los ojos entornados, como si de golpe estuviera tan cansada después de haberle enseñado a Wanda, y se parecía a la mujer rubia del canapé azul solamente que más joven y morocha, y Wanda pensaba en la otra mujer de la lámina que miraba una vela encendida aunque en la habitación de cristales había una lámpara en el cielo raso, y la calle con los faroles y el hombre a la distancia parecían entrar en la habitación, formar parte de la habitación como casi siempre en esas láminas aunque ninguna les había parecido tan rara como la que se llamaba las damiselas de Tongres, porque demoiselles en francés quería decir damiselas y mientras Wanda miraba a Teresita que respiraba fatigosamente como si estuviera muy cansada era lo mismo que estar viendo de nuevo la lámina con las damiselas de Tongres, que debía ser un lugar porque estaba con mayúscula, abrazándose envueltas en túnicas azules y rojas pero desnudas debajo de las túnicas, y una tenía los pechos al aire y acariciaba a la otra y las dos tenían boinas negras y pelo largo rubio, la acariciaba pasándole los dedos por abajo de la espalda como había hecho Teresita, y el hombre calvo con guardapolvo gris era como el doctor Fontana cuando tía Ernestina la había llevado y el doctor después de hablar en secreto con tía Ernestina le había dicho que se desvistiera y ella tenía trece años y ya le empezaba el desarrollo y por eso tía Ernestina la llevaba aunque a lo mejor no era solamente por eso porque el doctor Fontana se puso a reír y Wanda escuchó cuando le decía a tía Ernestina que esas cosas no tenían tanta importancia y que no había que exagerar, y después la auscultó y le miró los ojos y tenía un guardapolvo que parecía el de la lámina solamente que era blanco, y le dijo que se acostara en la camilla y la palpó por abajo y tía Ernestina estaba ahí pero se había ido a mirar por la ventana aunque no se podía ver la calle porque la ventana tenía visillos blancos, hasta que el doctor Fontana la llamó y le dijo que no se preocupara y Wanda se vistió mientras el doctor escribía una receta con un tónico y un jarabe para los bronquios, y la noche de la pesadilla había sido un poco así porque al principio el hombre de negro era amable y sonriente como el doctor Fontana y solamente quería saber la hora, pero después venía el callejón como la tarde en que ella había dado la vuelta manzana, y al final no le quedaba más remedio que suicidarse con la gillette o tirándose de la azotea después de escribirle a la profesora y a Teresita.

—Sos idiota —había dicho Teresita—. Primero dejás la puerta abierta como una pava, y después ni siquiera sos capaz de disimular. Te prevengo, si tus tías le vienen con el cuento a la Pecosa, porque seguro que me lo van a achacar a mí, voy de cabeza a un colegio interno, ya papá me previno.

—Bebé un poco más —dijo tía Lorenza—. Ahora vas a dormir hasta mañana sin soñar nada.

44

Eso era lo peor, no poder contarle a tía Lorenza, explicarle por qué se había escapado de la casa la tarde de tía Ernestina y tía Adela y había andado por calles y calles sin saber qué hacer, pensando que tenía que suicidarse enseguida, tirarse debajo de un tren, y mirando para todos lados porque a lo mejor el hombre estaba de nuevo ahí y cuando llegara a un lugar solitario se le acercaría para preguntarle la hora, a lo mejor las mujeres de las láminas andaban desnudas por esas calles porque también se habían escapado de sus casas y tenían miedo de esos hombres de guardapolvo gris o de traje negro como el hombre del callejón, pero en las láminas había muchas mujeres y en cambio ahora ella andaba sola por las calles, aunque menos mal que no estaba desnuda como las otras y que ninguna venía a abrazarla con una túnica roja o a decirle que se acostara como le habían dicho Teresita y el doctor Fontana.

—Billie Holiday era negra y murió de tanto tomar drogas —dijo Teresita—. Tenía alucinaciones y esas cosas.

—¿Qué es alucinaciones?

—No sé, algo terrible, gritan y se retuercen. ¿Sabés que tenés razón? Hace un calor de tormenta. Mejor nos sacamos la ropa.

—No hace tanto calor como para estar desnudas —había dicho Wanda.

—Comiste demasiado puchero —dijo tía Lorenza—. El puchero es pesado de noche, igual que las naranjas.

—También se puede hacer así, mirá —había dicho Teresita.

Quién sabe por qué la lámina que más recordaba era la de esa calle angosta con árboles de un lado y una puerta en primer plano en la otra acera, para colmo en mitad de la calle una mesita con una lámpara encendida y eso que era pleno día. «Acabala con la mano artificial», había dicho Teresita. «¿Te vas a quedar así toda la tarde? Primero te quejás del calor y después la que me desnudo soy yo.» En la lámina ella se alejaba arrastrando por el suelo una túnica oscura, y en la puerta en primer plano estaba Teresita mirando la mesa con la lámpara, sin darse cuenta de que en el fondo el hombre de negro esperaba a Wanda, inmóvil a un lado de la calle. «Pero no somos nosotras», había pensado Wanda, «son mujeres grandes que andan desnudas por la calle, no somos nosotras, es como la pesadilla, una cree que está pero no está, y tía Lorenza no me dejará seguir soñando». Si hubiera podido pedirle a tía Lorenza que la salvara de las calles, que no la dejara tirarse debajo de un tren, que no volviera a aparecer el hombre de negro que en la lámina esperaba en el fondo de la calle, ahora que estaba dando la vuelta manzana («vení directamente y nada de quedarte machoneando en la calle», había dicho tía Adela) y el hombre de negro se le acercaba para preguntarle la hora y la acorralaba lentamente en el callejón sin ventanas, cada vez más pegada a la tapia con enredaderas, incapaz de gritar o suplicar o defenderse como en la pesadilla, pero en la pesadilla había un hueco final porque tía Lorenza estaba ahí calmándola y todo se borraba con el sabor del agua fresca y las caricias, y también la tarde del callejón terminaba en un hueco cuando Wanda había salido corriendo sin mirar atrás hasta meterse en su casa y trancar la puerta y llamar a Grock para que cuidara la entrada ya que no podía contarle la verdad a tía Adela. Ahora de nuevo todo era como antes pero en el callejón ya no había ese hueco, ya no se podía escapar ni despertar, el hombre de negro la acorralaba contra la tapia y tía Lorenza no iba a calmarla, estaba sola en ese anochecer con el hombre de negro que le había preguntado la hora, que se acercaba a la tapia y empezaba a sacar la mano del bolsillo, cada vez más cerca de Wanda pegada contra las enredaderas, y el hombre de negro ya no preguntaba la hora, la mano de cera buscaba algo contra ella, debajo de la pollera, y la voz del hombre le decía al oído quedate quieta y no llores, que vamos a hacer lo que te enseñó Teresita.

OCTAEDRO
(1974)

Liliana llorando

Menos mal que es Ramos y no otro médico, con él siempre hubo un pacto, yo sabía que llegado el momento me lo iba a decir o por lo menos me dejaría comprender sin decírmelo del todo. Le ha costado al pobre, quince años de amistad y noches de póker y fines de semana en el campo, el problema de siempre; pero es así, a la hora de la verdad y entre hombres esto vale más que las mentiras de consultorio coloreadas como las pastillas o el líquido rosa que gota a gota me va entrando en las venas.

Tres o cuatro días, sin que me lo diga sé que él se va a ocupar que no haya eso que llaman agonía, dejar morir despacio al perro, para qué; puedo confiar en él, las últimas pastillas serán siempre verdes o rojas pero adentro habrá otra cosa, el gran sueño que desde ya le agradezco mientras Ramos se me queda mirando a los pies de la cama, un poco perdido porque la verdad lo ha vaciado, pobre viejo. No le digas nada a Liliana, por qué la vamos a hacer llorar antes de lo necesario, no te parece. A Alfredo sí, a Alfredo podés decírselo para que se vaya haciendo un hueco en el trabajo y se ocupe de Liliana y de mamá. Che, y decile a la enfermera que no me joda cuando escribo, es lo único que me hace olvidar el dolor aparte de tu eminente farmacopea, claro. Ah, y que me traigan un café cuando lo pido, esta clínica se toma las cosas tan en serio.

Es cierto que escribir me calma de a ratos, será por eso que hay tanta correspondencia de condenados a muerte, vaya

49

a saber. Incluso me divierte imaginar por escrito cosas que solamente pensadas en una de ésas se te atoran en la garganta, sin hablar de los lagrimales; me veo desde las palabras como si fuera otro, puedo pensar cualquier cosa siempre que enseguida lo escriba, deformación profesional o algo que se empieza a ablandar en las meninges. Solamente me interrumpo cuando viene Liliana, con los demás soy menos amable, como no quieren que hable mucho los dejo a ellos que cuenten si hace frío o si Nixon le va a ganar a McGovern, con el lápiz en la mano los dejo hablar y hasta Alfredo se da cuenta y me dice que siga nomás, que haga como si él no estuviera, tiene el diario y se va a quedar todavía un rato. Pero mi mujer no merece eso, a ella la escucho y le sonrío y me duele menos, le acepto ese beso un poquito húmedo que vuelve una y otra vez aunque cada día me canse más que me afeiten y debo lastimarle la boca, pobre querida. Hay que decir que el coraje de Liliana es mi mejor consuelo, verme ya muerto en sus ojos me quitaría este resto de fuerza con que puedo hablarle y devolverle alguno de sus besos, con que sigo escribiendo apenas se ha ido y empieza la rutina de las inyecciones y las palabritas simpáticas. Nadie se atreve a meterse con mi cuaderno, sé que puedo guardarlo bajo la almohada o en la mesa de noche, es mi capricho, hay que dejarlo puesto que el doctor Ramos, claro que hay que dejarlo, pobrecito, así se distrae.

O sea que el lunes o el martes, y el lugarcito en la bóveda el miércoles o el jueves. En pleno verano la Chacarita va a ser un horno y los muchachos la van a pasar mal, lo veo al Pincho con esos sacos cruzados y con hombreras que tanto lo divierten a Acosta, que por su parte se tendrá que trajear aunque le cueste, el rey de la campera poniéndose corbata y saco para acompañarme, eso va a ser grande. Y Fernandito, el trío completo, y también Ramos, claro, hasta el final, y Alfredo llevando del brazo a Liliana y a mamá, llorando con ellas. Y será de veras, sé cómo me quieren, cómo les voy a faltar; no irán como fuimos al entierro del gordo Tresa, la obligación partidaria y algunas vacaciones compartidas, cumplir rápido con la familia y mandarse mudar de vuelta a la vida y al olvido. Claro que tendrán un hambre bárbaro, sobre todo Acosta que a tragón no le gana nadie; aunque les duela y maldigan este absurdo de morirse joven y en plena carrera, hay la reacción que todos hemos conocido, el gusto de volver a entrar en el subte o en el auto, de pegarse una ducha y comer con hambre y vergüenza a la vez, cómo negar el hambre que sigue a las trasnochadas, al olor de las flores del velorio y los interminables cigarrillos y los paseos por la vereda, una especie de desquite que siempre se siente en esos momentos y que yo nunca me negué porque hubiera sido hipócrita. Me gusta pensar que Fernandito, el Pincho y Acosta se van a ir juntos a una parrilla, seguro que van a ir juntos porque también lo hicimos cuando el gordo Tresa, los amigos tienen que seguir un rato, beberse un litro de vino y acabar con unas achuras; carajo, como si los estuviera viendo, Fernandito va a ser el primero en hacer un chiste y tragárselo de costado con medio chorizo, arrepentido pero ya tarde, y Acosta lo mirará de reojo pero el Pincho ya habrá soltado la risa, es una cosa que no sabe aguantar, y entonces Acosta que es un pan de dios se dirá que no tiene por qué pasar por un ejemplo delante de los muchachos y se reirá también antes de prender un cigarrillo. Y hablarán largo de mí, cada uno se acordará de tantas cosas, la vida que nos fue juntando a los cuatro aunque como siempre llena de huecos, de momentos que no todos compartimos y que asomarán en el recuerdo de Acosta o del Pincho, tantos años y broncas y amoríos, la barra. Les va a costar separarse después del almuerzo porque es entonces cuando volverá lo otro, la hora de irse a sus casas, el último, definitivo entierro. Para Alfredo va a ser distinto y no porque no sea de la barra, al contrario, pero Alfredo va a ocuparse de Liliana y de mamá y eso ni Acosta ni los demás pueden hacerlo, la vida va creando contactos especiales entre los amigos, todos han venido siempre a casa pero Alfredo es otra cosa, esa cercanía que siempre me hizo bien, su placer de quedarse largo charlando con mamá de plantas y remedios, su gusto por llevarlo al Pocho al zoológico o al circo, el solterón disponible, paquete de masitas y siete y medio cuando mamá no estaba bien, su confianza tímida y clara con Liliana, el amigo de los amigos que ahora tendrá que pasar esos dos días tragándose las lágrimas, a lo mejor llevándolo al Pocho a su quinta y volviendo enseguida para estar con mamá y Liliana hasta lo último. Al fin y al cabo le va a tocar ser el hombre de la casa y aguantarse todas las complicaciones, empezando por la funeraria, esto tenía que pasar justo cuando el viejo anda por México o Panamá, vaya a saber si llega a tiempo para aguantarse el sol de las once en Chacarita, pobre viejo, de manera que será Alfredo el que lleve a Liliana porque no creo que la dejen ir a mamá, a Liliana del brazo, sintiéndola temblar contra su propio temblor, murmurándole todo lo que yo le habré murmurado a la mujer del gordo Tresa, la inútil necesaria retórica que no es consuelo ni mentira ni siquiera frases coherentes, un simple estar ahí, que es tanto.

También para ellos lo peor va a ser la vuelta, antes hay la ceremonia y las flores, hay todavía contacto con esa cosa inconcebible llena de manijas y dorados, el alto frente a la bóveda, la operación limpiamente ejecutada por los del oficio, pero después es el auto de remise y sobre todo la casa, volver a entrar en casa sabiendo que el día va a estancarse sin teléfono ni clínica, sin la voz de Ramos alargando la esperanza para Liliana, Alfredo hará café y le dirá que el Pocho está contento en la quinta, que le gustan los petisos y juega con los peoncitos, habrá que ocuparse de mamá y de Liliana pero Alfredo conoce cada rincón de la casa y seguro que se quedará velando en el sofá de mi escritorio, ahí mismo donde una vez lo tendimos a Fernandito víctima de un póker en el que no había visto una, sin hablar de los cinco coñacs compensatorios. Hace tantas semanas que Liliana duerme sola que tal vez el cansancio pueda más que ella, Alfredo no se olvidará de darles sedantes a Liliana y a mamá, estará la tía Zulema repartiendo manzanilla y tilo, Liliana se dejará ir poco a poco al sueño en ese silencio de la casa que Alfredo habrá cerrado concienzudamente antes de ir a tirarse en el sofá y prender otro de los cigarros que no se atreve a fumar delante de mamá por el humo que la hace toser.

En fin, hay eso de bueno, Liliana y mamá no estarán tan solas o en esa soledad todavía peor que es la parentela lejana invadiendo la casa del duelo; habrá la tía Zulema que siempre ha vivido en el piso de arriba, y Alfredo que también ha estado entre nosotros como si no estuviera, el amigo con llave propia; en las primeras horas tal vez será menos duro sentir irrevocablemente la ausencia que soportar un tropel de abrazos y de guirnaldas verbales, Alfredo se ocupará de poner distancias, Ramos vendrá un rato para ver a mamá y a Liliana, las ayudará a dormir y le dejará pastillas a la tía Zulema. En algún momento será el silencio de la casa a oscuras, apenas el reloj de la iglesia, una bocina a lo lejos porque el barrio es tranquilo. Es bueno pensar que va a ser así, que abandonándose de a poco a un sopor sin imágenes, Liliana va a estirarse con sus lentos gestos de gata, una mano perdida en la almohada húmeda de lágrimas y agua colonia, la otra junto a la boca en una recurrencia pueril antes del sueño. Imaginarla así hace tanto bien, Liliana durmiendo, Liliana al término del túnel negro, sintiendo confusamente que el hoy está cesando para volverse ayer, que esa luz en los visillos no será ya la misma que golpeaba en pleno pecho mientras la tía Zulema abría las cajas de donde iba saliendo lo negro en forma de ropa y de velos mezclándose sobre la cama con un llanto rabioso, una última, inútil protesta contra lo que aún tenía que venir. Ahora la luz de la ventana llegaría antes que nadie, antes que los recuerdos disueltos en el sueño y que sólo confusamente se abrirían paso en la última modorra. A solas, sabiéndose realmente a solas en esa cama y en esa pieza, en ese día que empezaba en otra dirección, Liliana podría llorar abrazada a la almohada sin que vinieran a calmarla, dejándola agotar el llanto hasta el final, y sólo mucho después, con un semisueño de engaño reteniéndola en el ovillo de las sábanas, el hueco del día empezaría a llenarse de café, de cortinas corridas, de la tía Zulema, de la voz del Pocho telefoneando desde la quinta con noticias sobre los girasoles y los caballos, un bagre pescado después de ruda lucha, una astilla en la mano pero no era grave, le habían puesto el remedio de don Contreras que era lo mejor para esas cosas. Y Alfredo esperando en el living con el diario en la mano diciéndole que mamá había dormido bien y que Ramos vendría a las doce, proponiéndole ir por la tarde a verlo al Pocho, con ese sol valía la pena correrse hasta la quinta y en una de esas hasta podían llevarla a mamá, le haría bien el aire del campo, a lo mejor quedarse el fin de semana en la quinta, y por qué no todos, con el Pocho que estaría tan contento teniéndolos allí. Aceptar o no daba lo mismo, todos lo sabían y esperaban las respuestas que las cosas y el paso de la mañana iban dando, entrar pasivamente en el almuerzo o en un comentario sobre las huelgas de los textiles, pedir más café y contestar el teléfono que en algún momento habían tenido que conectar, el telegrama del suegro en el extranjero, un choque estrepitoso en la esquina, gritos y pitadas, la ciudad ahí afuera, las dos y media, irse con mamá y Alfredo a la quinta porque en una de esas la astilla en la mano, nunca se sabe con los chicos, Alfredo tranquilizándolas en el volante, don Contreras era más seguro que un médico para esas cosas, las calles de Ramos Mejía y el sol como un jarabe hirviendo hasta el refugio en las grandes piezas encaladas, el mate de las cinco y el Pocho con su bagre que empezaba a oler pero tan lindo, tan grande, qué pelea sacarlo del arroyo, mamá, casi me corta el hilo, te juro, mirá qué dientes. Como estar hojeando un álbum o viendo una película, las imágenes y las palabras una tras otra rellenando el vacío, ahora va a ver lo que es el asado de tira de la

Carmen, señora, livianito y tan sabroso, una ensalada de lechuga y ya está, no hace falta más, con este calor más vale comer poco, traé el insecticida porque a esta hora los mosquitos. Y Alfredo ahí callado pero el Pocho, su mano palmeándolo al Pocho, vos viejo sos el campeón de la pesca, mañana vamos juntos tempranito y en una de esas quién te dice, me contaron de un paisano que pescó uno de dos kilos. Aquí bajo el alero se está bien, mamá puede dormir un rato en la mecedora si quiere, don Contreras tenía razón, ya no tenés nada en la mano, mostranos cómo lo montás al petiso tobiano, mirá mamá, mirame cuando galopo, por qué no venís con nosotros a pescar mañana, yo te enseño, vas a ver, el viernes con un sol rojo y los bagrecitos, la carrera entre el Pocho y el chico de don Contreras, el puchero a mediodía y mamá ayudando despacito a pelar los choclos, aconsejando sobre la hija de la Carmen que estaba con esa tos rebelde, la siesta en las piezas desnudas que olían a verano, la oscuridad contra las sábanas un poco ásperas, el atardecer bajo el alero y la fogata contra los mosquitos, la cercanía nunca manifiesta de Alfredo, esa manera de estar ahí y ocuparse del Pocho, de que todo fuera cómodo, hasta el silencio que su voz rompía siempre a tiempo, su mano ofreciendo un vaso de refresco, un pañuelo, encendiendo la radio para escuchar el noticioso, las huelgas y Nixon, era previsible, qué país.

El fin de semana y en la mano del Pocho apenas una marca de la astilla, volvieron a Buenos Aires el lunes muy temprano para evitar el calor, Alfredo los dejó en la casa para irse a recibir al suegro, Ramos también estaba en Ezeiza y Fernandito, que ayudó en esas horas del encuentro porque era bueno que hubiera otros amigos en la casa, Acosta a las nueve con su hija que podía jugar con el Pocho en el piso de la tía Zulema, todo se iba dando más amortiguado, volver atrás pero de otra manera, con Liliana obligándose a pensar en los viejos más que en ella, controlándose, y Alfredo entre ellos con Acosta y Fernandito desviando los tiros directos, cruzándose para ayudar a Liliana, para convencerlo al viejo de que descansara después de tamaño viaje, yéndose de a uno hasta que solamente Alfredo y la tía Zulema, la casa callada, Liliana aceptando una pastilla, dejándose llevar a la cama sin haber aflojado una sola vez, durmiéndose casi de golpe como después de algo cumplido hasta lo último. Por la mañana eran las carreras del Pocho en el living, arrastrar de las zapatillas del viejo, la primera llamada telefónica, casi siempre Clotilde o Ramos, mamá quejándose del calor o la humedad, hablando del almuerzo con la tía Zulema, a las seis Alfredo, a veces el Pincho con su hermana o Acosta para que el Pocho jugara con su hija, los colegas del laboratorio que reclamaban a Liliana, había que volver a trabajar y no seguir encerrada en la casa, que lo hiciera por ellos, estaban faltos de químicos y Liliana era necesaria, que viniera medio día en todo caso hasta que se sintiera con más ánimo; Alfredo la llevó la primera vez, Liliana no tenía ganas de manejar, después no quiso ser molesta y sacó el auto, a veces salía con el Pocho por la tarde, lo llevaba al zoológico o al cine, en el laboratorio le agradecían que les diera una mano con las nuevas vacunas, un brote epidémico en el litoral, quedarse hasta tarde trabajando, tomándole gusto, una carrera en equipo contra el reloj, veinte cajones de ampollas a Rosario, lo hicimos, Liliana, te portaste, vieja. Ver irse el verano en plena tarea, el Pocho en el colegio y Alfredo protestando, a estos chicos les enseñan de otra manera la aritmética, me hace cada pregunta que me deja tieso, y los viejos con el dominó, en nuestros tiempos todo era diferente, Alfredo, nos enseñaban caligrafía y mire la letra que tiene este chico, adónde vamos a parar. La recompensa silenciosa de mirarla a Liliana perdida en un sofá, una simple ojeada por encima del diario y verla sonreír, cómplice sin palabras, dándole la razón a los viejos, sonriéndole desde lejos casi como una chiquilina. Pero por primera vez una sonrisa de verdad, desde adentro como cuando fueron al circo con el Pocho que había mejorado en el colegio y lo llevaron a tomar helados, a pasear por el puerto. Empezaban los grandes fríos, Alfredo iba menos seguido a la casa porque había problemas sindicales y tenía que viajar a las provincias, a veces venía Acosta con su hija y los domingos el Pincho o Fernandito, ya no importaba, todo el mundo tenía tanto que hacer y los días eran cortos, Liliana volvía tarde del laboratorio y le daba una mano al Pocho perdido en los decimales y la cuenca del Amazonas, al final y siempre Alfredo, los regalitos para los viejos, esa tranquilidad nunca dicha de sentarse con él cerca del fuego ya tarde y hablar en voz baja de los problemas del país, de la salud de mamá, la mano de Alfredo apoyándose en el brazo de Liliana, te cansás demasiado, no tenés buena cara, la sonrisa agradecida negando, un día iremos a la quinta, este frío no puede durar toda la vida, nada podía durar toda la vida aunque Liliana lentamente retirara el brazo y buscara los cigarrillos en la mesita, las palabras casi sin sentido, los ojos encontrándose de otra manera hasta que de nuevo la mano resbalando por el brazo, las cabezas juntándose y el largo silencio, el beso en la mejilla.

No había nada que decir, había ocurrido así y no había nada que decir. Inclinándose para encenderle el cigarrillo que le temblaba entre los dedos, simplemente esperando sin hablar, acaso sabiendo que no habría palabras, que Liliana haría un esfuerzo para tragar el humo y lo dejaría salir con un quejido, que empezaría a llorar ahogadamente, desde otro tiempo, sin separar la cara de la cara de Alfredo, sin negarse y llorando callada, ahora solamente para él, desde todo lo otro que él comprendería. Inútil murmurar cosas tan sabidas, Liliana llorando era el término, el borde desde donde iba a empezar otra manera de vivir. Si calmarla, si devolverla a la tranquilidad hubiera sido tan simple como escribirlo con las palabras alineándose en un cuaderno como segundos congelados, pequeños dibujos del tiempo para ayudar el paso interminable de la tarde, si solamente fuera eso pero la noche llega y también Ramos, increíblemente la cara de Ramos mirando los análisis apenas terminados, buscándome el pulso, de golpe otro, incapaz de disimular, arrancándome las sábanas para mirarme desnudo, palpándome el costado, con una orden incomprensible a la enfermera, un lento, incrédulo reconocimiento al que asisto como desde lejos, casi divertido, sabiendo que no puede ser, que Ramos se equivoca y que no es verdad, que sólo era verdad lo otro, el plazo que no me había ocultado, y la risa de Ramos, su manera de palparme como si no pudiera admitirlo, su absurda esperanza, esto no me lo va a creer nadie, viejo, y yo forzándome a reconocer que a lo mejor es así, que en una de esas vaya a saber, mirándolo a Ramos que se endereza y se vuelve a reír y suelta órdenes con una voz que nunca le había oído en esa penumbra y esa modorra, teniendo que convencerme poco a poco de que sí, de que entonces voy a tener que pedírselo, apenas se vaya la enfermera voy a tener que pedirle que espere un poco, que espere por lo menos a que sea de día antes de decírselo a Liliana, antes de arrancarla a ese sueño en el que por primera vez no está más sola, a esos brazos que la aprietan mientras duerme.

Los pasos en las huellas

Crónica algo tediosa, estilo de ejercicio más que ejercicio
de estilo de un, digamos, Henry James que hubiera tomado
mate en cualquier patio porteño o platense de los años veinte.

Jorge Fraga acababa de cumplir cuarenta años cuando decidió estudiar la vida y la obra del poeta Claudio Romero.

La cosa nació de una charla de café en la que Fraga y sus amigos tuvieron que admitir una vez más la incertidumbre que envolvía la persona de Romero. Autor de tres libros apasionadamente leídos y envidiados, que le habían traído una celebridad efímera en los años posteriores al Centenario, la imagen de Romero se confundía con sus invenciones, padecía de la falta de una crítica sistemática y hasta de una iconografía satisfactoria. Aparte de artículos parsimoniosamente laudatorios en las revistas de la época, y de un libro cometido por un entusiasta profesor santafesino para quien el lirismo suplía las ideas, no se había intentado la menor indagación de la vida o la obra del poeta. Algunas anécdotas, fotos borrosas; el resto era leyenda para tertulias y panegíricos en antologías de vagos editores. Pero a Fraga le había llamado la atención que mucha gente siguiera leyendo los versos de Romero con el mismo fervor que los de Carriego o Alfonsina Storni. Él mismo los había descubierto en los años del bachillerato, y a pesar del tono adocenado y las imágenes desgastadas por los epígonos, los poemas del *vate platense* habían sido una de las experiencias decisivas de su juventud, como Almafuerte o Carlos de la Púa. Sólo más tarde, cuando ya era conocido como crítico y ensayista, se le ocurrió pensar seriamente en la obra de Romero y no tardó en darse cuenta de que casi nada se sabía de su sentido más personal y quizá más profundo. Frente a los versos de otros buenos poetas de comienzos de siglo, los de Claudio Romero se distinguían por una calidad especial, una resonancia menos enfática que le ganaba enseguida la confianza de los jóvenes, hartos de tropos altisonantes y evocaciones ripiosas. Cuando hablaba de sus poemas con alumnos o amigos, Fraga llegaba a preguntarse si el misterio no sería en el fondo lo que prestigiaba esa poesía de claves oscuras, de intenciones evasivas. Acabó por irritarlo la facilidad con que la ignorancia favorece la admiración; después de todo la poesía de Claudio Romero era demasiado alta como para que un mejor conocimiento de su génesis la menoscabara. Al salir de una de esas reuniones de café donde se había hablado de Romero con la habitual vaguedad admirativa, sintió como una obligación de ponerse a trabajar en serio sobre el poeta. También sintió que no debería quedarse en un mero ensayo con propósitos filológicos o estilísticos como casi todos los que llevaba escritos. La noción de una biografía en el sentido más alto se le impuso desde el principio: el hombre, la tierra y la obra debían surgir de una sola vivencia, aunque la empresa pareciera imposible en tanta niebla de tiempo. Terminada la etapa del fichero, sería necesario alcanzar la síntesis, provocar impensablemente el encuentro del poeta y su perseguidor; sólo ese contacto devolvería a la obra de Romero su razón más profunda.

Cuando decidió emprender el estudio, Fraga entraba en un momento crítico de su vida. Cierto prestigio académico le había valido un cargo de profesor adjunto en la universidad y el respeto de un pequeño grupo de lectores y alumnos. Al mismo tiempo una reciente tentativa para lograr el apoyo oficial que le permitiera trabajar en algunas bibliotecas de Europa había fracasado por razones de política burocrática. Sus publicaciones no eran de las que abren sin golpear las puertas de los ministerios. El novelista de moda, el crítico de la columna literaria podían permitirse más que él. A Fraga no se le ocultó que si su libro sobre Romero tenía éxito, los problemas más mezquinos se resolverían por sí solos. No era ambicioso pero lo irritaba verse postergado por los escribas del momento. También Claudio Romero, en su día, se había quejado altivamente de que el rimador de salones elegantes mereciera el cargo diplomático que a él se le negaba.

Durante dos años y medio reunió materiales para el libro. La tarea no era difícil, pero sí prolija y en algunos casos aburrida. Incluyó viajes a Pergamino, a Santa Cruz y a Mendoza, correspondencia con bibliotecarios y archivistas, examen de colecciones de periódicos y revistas, compulsa de textos, estudios paralelos de las corrientes literarias de la época. Hacia fines de 1954 los elementos centrales del libro estaban recogidos y valorados, aunque Fraga no había escrito todavía una sola palabra del texto.

Mientras insertaba una nueva ficha en la caja de cartón negro, una noche de septiembre, se preguntó si estaría en condiciones de emprender la tarea. No lo preocupaban los obstáculos; más bien era lo contrario, la facilidad de echar a correr sobre un campo suficientemente conocido. Los datos estaban ahí, y nada importante saldría ya de las gavetas o las memorias de los argentinos de su tiempo. Había recogido noticias y hechos aparentemente desconocidos, que perfeccionarían la imagen de Claudio Romero y su poesía. El único problema era el de no equivocar el enfoque central, las líneas de fuga y la composición del conjunto.

«Pero esa imagen, ¿es lo bastante clara para mí?», se preguntó Fraga mirando la brasa de su cigarrillo. «Las afinidades entre Romero y yo, nuestra común preferencia por ciertos valores estéticos y poéticos, eso que vuelve fatal la elección del tema por parte del biógrafo, ¿no me hará incurrir más de una vez en una autobiografía disimulada?»

A eso podía contestar que no le había sido dada ninguna capacidad creadora, que no era un poeta sino un gustador de poesía, y que sus facultades se afirmaban en la crítica, en la delectación que acompaña el conocimiento. Bastaría una actitud alerta, una vigilia afrontada a la sumersión en la obra del poeta, para evitar toda transfusión indebida. No tenía por qué desconfiar de su simpatía por Claudio Romero y de la fascinación de sus poemas. Como en los buenos aparatos fotográficos, habría que establecer la corrección necesaria para que el sujeto quedara exactamente encuadrado, sin que la sombra del fotógrafo le pisara los pies.

Ahora que lo esperaba la primera cuartilla en blanco como una puerta que de un momento a otro sería necesario empezar a abrir, volvió a preguntarse si sería capaz de escribir el libro tal como lo había imaginado. La biografía y la crítica podían derivar peligrosamente a la facilidad, apenas se las orientaba hacia ese tipo de lector que espera de un libro el equivalente del cine o de André Maurois. El problema consistía en no sacrificar ese anónimo y multitudinario consumidor que sus amigos socialistas llamaban «el pueblo», a la satisfacción erudita de un puñado de colegas. Hallar el ángulo que permitiera escribir un libro de lectura apasionante sin caer en recetas de *best seller*; ganar simultáneamente el respeto del mundo académico y el entusiasmo del hombre de la calle que quiere entretenerse en un sillón el sábado por la noche.

Era un poco la hora de Fausto, el momento del pacto. Casi al alba, el cigarrillo consumido, la copa de vino en la mano indecisa. *El vino, como un guante de tiempo*, había escrito Claudio Romero en alguna parte.

«Por qué no», se dijo Fraga, encendiendo otro cigarrillo. «Con todo lo que sé de él ahora, sería estúpido que me quedara en un mero ensayo, en una edición de trescientos ejemplares. Juárez o Riccardi pueden hacerlo tan bien como yo. Pero nadie sabe nada de Susana Márquez.»

Una alusión del juez de paz de Bragado, hermano menor de un difunto amigo de Claudio Romero, lo había puesto sobre la pista. Alguien que trabajaba en el registro civil de La

Plata le facilitó, después de no pocas búsquedas, una dirección en Pilar. La hija de Susana Márquez era una mujer de unos treinta años, pequeña y dulce. Al principio se negó a hablar, pretextando que tenía que cuidar el negocio (una verdulería); después aceptó que Fraga pasara a la sala, se sentara en una silla polvorienta y le hiciera preguntas. Al principio lo miraba sin contestarle; después lloró un poco, se pasó el pañuelo por los ojos y habló de su pobre madre. A Fraga le resultaba difícil darle a entender que ya sabía algo de la relación entre Claudio Romero y Susana, pero acabó por decirse que el amor de un poeta bien vale una libreta de casamiento, y lo insinuó con la debida delicadeza. A los pocos minutos de echar flores en el camino la vio venir hacia él, totalmente convencida y hasta emocionada. Un momento después tenía entre las manos una extraordinaria foto de Romero, jamás publicada, y otra más pequeña y amarillenta, donde al lado del poeta se veía a una mujer tan menuda y de aire tan dulce como su hija.

—También guardo unas cartas —dijo Raquel Márquez—. Si a usted le pueden servir, ya que dice que va a escribir sobre él...

Buscó largo rato, eligiendo entre un montón de papeles que había sacado de un musiquero, y acabó alcanzándole tres cartas que Fraga se guardó sin leer después de asegurarse que eran de puño y letra de Romero. Ya a esa altura de la conversación estaba seguro de que Raquel no era hija del poeta, porque a la primera insinuación la vio bajar la cabeza y quedarse un rato callada, como pensando. Después explicó que su madre se había casado más tarde con un militar de Balcarce («el pueblo de Fangio», dijo, casi como si fuera una prueba), y que ambos habían muerto cuando ella tenía solamente ocho años. Se acordaba muy bien de su madre, pero no mucho del padre. Era un hombre severo, eso sí.

Cuando Fraga volvió a Buenos Aires y leyó las tres cartas de Claudio Romero a Susana, los fragmentos finales del mosaico parecieron insertarse bruscamente en su lugar, revelando una composición total inesperada, el drama que la ignorancia y la mojigatería de la generación del poeta no habían sospechado siquiera. En 1917 Romero había publicado la serie de poemas dedicados a Irene Paz, entre los que figuraba la célebre *Oda a tu nombre doble* que la crítica había proclamado el más hermoso poema de amor jamás escrito en la Argentina. Y sin embargo, un año antes de la aparición del libro, otra mujer había recibido esas tres cartas donde imperaba el tono que definía la mejor poesía de Romero, mezcla de exaltación y desasimiento, como de alguien que fuese a la vez motor y sujeto de la acción, protagonista y coro. Antes de leer las cartas Fraga había sospechado la usual correspondencia amorosa, los espejos cara a cara aislando y petrificando su reflejo sólo para ellos importante. En cambio descubría en cada párrafo la reiteración del mundo de Romero, la riqueza de una visión totalizante del amor. No sólo su pasión por Susana Márquez no lo recortaba del mundo sino que a cada línea se sentía latir una realidad que agigantaba a la amada, justificación y exigencia de una poesía batallando en plena vida.

La historia en sí era simple. Romero había conocido a Susana en un desvaído salón literario de La Plata, y el principio de su relación coincidió con un eclipse casi total del poeta, que sus parvos biógrafos no se explicaban o atribuían a los primeros amagos de la tisis que había de matarlo dos años después. Las noticias sobre Susana habían escapado a todo el mundo, como convenía a su borrosa imagen, a los grandes ojos asustados que miraban fijamente desde la vieja fotografía. Maestra normal sin puesto, hija única de padres viejos y pobres, carente de amigos que pudieran interesarse por ella, su simultáneo eclipse de las tertulias platenses había coincidido con el período más dramático de la guerra europea, otros intereses públicos, nuevas voces literarias. Fraga podía considerarse afortunado por haber oído la indiferente alusión de un juez de paz de campaña; con ese hilo entre los dedos llegó a ubicar la lúgubre casa de Burzaco donde Romero y Susana habían vivido casi dos años; las cartas que le había confiado Raquel Márquez correspondían al final de ese período. La primera, fechada en La Plata, se refería a una correspondencia anterior en la que se había tratado de su matrimonio con Susana. El poeta confesaba su angustia por sentirse enfermo, y su resistencia a casarse con quien tendría que ser una enfermera antes que una esposa. La segunda carta era admirable, la pasión cedía terreno a una conciencia de una pureza casi insoportable, como si Romero luchara por despertar en su amante una lucidez análoga que hiciera menos penosa la ruptura necesaria. Una frase lo resumía todo: «Nadie tiene por qué saber de nuestra vida, y yo te ofrezco la libertad con el silencio. Libre, serás aún más mía para la eternidad. Si nos casáramos, me sentiría tu verdugo cada vez que entraras en mi cuarto con una flor en la mano». Y agregaba duramente: «No quiero toserte en la cara, no quiero que seques mi sudor. Otro cuerpo has conocido, otras rosas te he dado. Necesito la noche para mí solo, no te dejaré verme llorar». La tercera carta era más serena, como si Susana hubiera empezado a aceptar el sacrificio del poeta. En alguna parte se decía: «Insistes en que te magnetizo, en que te obligo a hacer mi voluntad... Pero mi voluntad es tu futuro, déjame sembrar estas semillas que me consolarán de una muerte estúpida».

En la cronología establecida por Fraga, la vida de Claudio Romero entraba a partir de ese momento en una etapa monótona, de reclusión casi continua en casa de sus padres. Ningún otro testimonio permitía suponer que el poeta y Susana Márquez habían vuelto a encontrarse, aunque tampoco pudiera afirmarse lo contrario; sin embargo, la mejor prueba de que el renunciamiento de Romero se había consumado, y que Susana había debido preferir finalmente la libertad antes que condenarse junto al enfermo, la constituía el ascenso del nuevo y resplandeciente planeta en el cielo de la poesía de Romero. Un año después de esa correspondencia y esa renuncia, una revista de Buenos Aires publicaba la *Oda a tu nombre doble*, dedicada a Irene Paz. La salud de Romero parecía haberse afirmado y el poema, que él mismo había leído en algunos salones, le trajo de golpe la gloria que su obra anterior preparaba casi secretamente. Como Byron, pudo decir que una mañana se había despertado para descubrir que era célebre, y no dejó de decirlo. Pero contra lo que hubiera podido esperarse, la pasión del poeta por Irene Paz no fue correspondida, y a juzgar por una serie de episodios mundanos contradictoriamente narrados o juzgados por los ingenios de la época, el prestigio personal del poeta descendió bruscamente, obligándolo a retraerse otra vez en casa de sus padres, alejado de amigos y admiradores. De esa época databa su último libro de poemas. Una hemoptisis brutal lo había sorprendido en plena calle pocos meses después, y Romero había muerto tres semanas más tarde. Su entierro había reunido a un grupo de escritores, pero por el tono de las oraciones fúnebres y las crónicas era evidente que el mundo al que pertenecía Irene Paz no había estado presente ni había rendido el homenaje que hubiera cabido esperar en esa circunstancia.

A Fraga no le resultaba difícil comprender que la pasión de Romero por Irene Paz había debido halagar y escandalizar en igual medida al mundo aristocrático platense y porteño. Sobre Irene no había podido hacerse una idea clara; de su hermosura informaban las fotos de sus veinte años, pero el resto eran meras noticias de las columnas de sociales. Fiel heredera de las tradiciones de los Paz, cabía imaginar su actitud frente a Romero; debió encontrarlo en alguna tertulia que los suyos ofrecían de tiempo en tiempo para escuchar a los que llamaban, marcando las comillas con la voz, los «artistas» y los «poetas» del momento. Si la *Oda* la halagó, si la admirable invocación inicial le mostró como un relámpago la verdad de una pasión que la reclamaba contra todos los obstáculos, sólo quizá Romero pudo saberlo, y aun eso no era seguro. Pero en este punto Fraga entendía que el problema dejaba de ser tal y que perdía toda importancia. Claudio Romero había sido demasiado lúcido para imaginar un solo instante que su pasión sería correspondida. La distancia, las barreras de todo orden, la inaccesibilidad total de Irene secuestrada en la doble prisión de su familia y de sí misma, espejo fiel de la casta, la hacían desde un comienzo inalcanzable. El tono de la *Oda* era inequívoco e iba mucho más allá de las imágenes corrientes de la poesía amorosa. Romero se llamaba a sí mismo «el Ícaro de tus pies de miel» —imagen que le había valido las burlas de un aristarco de *Caras y Caretas*—, y el poema no era más que un salto supremo en pos del ideal imposible y por eso más bello, el ascenso a través de los versos en un vuelo desesperado hacia el sol que iba a quemarlo y a precipitarlo en la muerte. Incluso el retiro y el silencio final del poeta se asemejaban punzantemente a las fases de una caída, de un retorno lamentable a la tierra que había osado abandonar por un sueño superior a sus fuerzas.

«Sí», pensó Fraga, sirviéndose otra copa de vino, «todo coincide, todo se ajusta; ahora no hay más que escribirlo».

El éxito de la *Vida de un poeta argentino* sobrepasó todo lo que habían podido imaginar el autor y los editores. Apenas comentado en las primeras semanas, un inesperado artículo en *La Razón* despertó a los porteños de su pachorra cautelosa y los incitó a una toma de posición que pocos se negaron a asumir. *Sur*, *La Nación*, los mejores diarios de las provincias, se apoderaron del tema del momento que invadió enseguida las charlas de café y las sobremesas. Dos violentas polémicas (acerca de la influencia de Darío en Romero, y una cuestión cronológica) se sumaron para interesar al público. La primera edición de la *Vida* se agotó en dos meses; la segunda, en un mes y medio. Obligado por las circunstancias y las ventajas que se le ofrecían, Fraga consintió en una adaptación teatral y otra radiofónica. Se llegó a ese momento en que el interés y la novedad en torno a una obra alcanzan el ápice temible tras del cual se agazapa ya el desconocido sucesor; certeramente, y como si se propusiera reparar una injusticia, el Premio Nacional se abrió paso hasta Fraga por la vía de dos amigos que se adelantaron a las llamadas telefónicas y al coro chillón de las primeras felicitaciones. Riendo, Fraga recordó que la atribución del Premio Nobel no le había impedido a Gide irse esa misma noche a ver una película de Fernandel; quizá por eso le divirtió aislarse en casa de un amigo y evitar la primera avalancha del entusiasmo colectivo con una tranquilidad que su mismo cómplice en el amistoso secuestro encontró excesiva y casi hipócrita. Pero en esos días Fraga andaba caviloso, sin explicarse por qué nacía en él como un deseo de soledad, de estar al margen de su figura pública que por vía fotográfica y radiofónica ganaba los extramuros, ascendía a los círculos provincianos y se hacía presente en los medios extranjeros. El Premio Nacional no era una sorpresa, apenas una reparación. Ahora vendría el resto, lo que en el fondo lo había animado a escribir la *Vida*. No se equivocaba: una semana más tarde el ministro de Relaciones Exteriores lo recibía en su casa («los diplomáticos sabemos que a los buenos escritores no les interesa el aparato oficial») y le proponía un cargo de agregado cultural en Europa. Todo tenía un aire casi onírico, iba de tal modo contra la corriente que Fraga tenía que esforzarse por aceptar de lleno el ascenso en la escalinata de los honores; peldaño tras peldaño, partiendo de las primeras reseñas, de la sonrisa y los abrazos del editor, de las invitaciones de los ateneos y círculos, llegaba ya al rellano desde donde, apenas inclinándose, podía alcanzar la totalidad del salón mundano, alegóricamente dominarlo y escudriñarlo hasta su último rincón, hasta la última corbata blanca y la ultima chinchilla de los protectores de la literatura entre bocado y bocado de foie-gras y Dylan Thomas. Más allá —o más acá, dependía del ángulo de visión, del estado de ánimo momentáneo— veía también la multitud humilde y aborregada de los devoradores de revistas, de los telespectadores y radioescuchas, del montón que un día sin saber cómo ni por qué se somete al imperativo de comprar un lavarropas o una novela, un objeto de ochenta pies cúbicos o trescientas dieciocho páginas, y lo compra, lo compra inmediatamente haciendo cualquier sacrificio, lo lleva a su casa donde la señora y los hijos esperan ansiosos porque ya la vecina lo tiene, porque el comentarista de moda en Radio El Mundo ha vuelto a encomiarlo en su audición de las once y cincuenta y cinco. Lo asombroso había sido que su libro ingresara en el catálogo de las cosas que hay que comprar y leer, después de tantos años en que la vida y la obra de Claudio Romero habían sido una mera manía de intelectuales, es decir de casi nadie. Pero cuando una y otra vez volvía a sentir la necesidad de quedarse a solas y pensar en lo que estaba ocurriendo (ahora era la semana de los contactos con productores cinematográficos), el asombro inicial cedía a una expectativa desasosegada de no sabía qué. Nada podía ocurrir que no fuera otro peldaño de la escalera de honor, salvo el día inevitable en que, como en los puentes de jardín, al último peldaño ascendente siguiera el primero del descenso, el camino respetable hacia la saciedad del público y su viraje en busca de emociones nuevas. Cuando tuvo que aislarse para preparar su discurso de recepción del Premio Nacional, la síntesis de las vertiginosas experiencias de esas semanas se resumía en una satisfacción irónica por lo que su triunfo tenía de desquite, mitigada por ese desasosiego inexplicable que por momentos subía a la superficie y buscaba proyectarlo hacia un territorio al que su sentido del equilibrio y del humor se negaban resueltamente. Creyó que la preparación de la conferencia le devolvería el placer del trabajo, y se fue a escribirla a la quinta de Ofelia Fernández, donde estaría tranquilo. Era el final del verano, el parque tenía ya los colores del otoño que le gustaba mirar desde el porche mientras charlaba con Ofelia y acariciaba a los perros. En una habitación del primer piso lo esperaban sus materiales de trabajo; cuando levantó la tapa del fichero principal, recorriéndolo distraídamente como un pianista que preludia, Fraga se dijo que todo estaba bien, que a pesar de la vulgaridad inevitable de todo triunfo literario en gran escala, la *Vida* era un acto de justicia, un homenaje a la raza y a la patria. Podía sentarse a escribir su conferencia, recibir el premio, preparar el viaje a Europa. Fechas y cifras se mezclaban en su memoria con cláusulas de contratos e invitaciones a comer. Pronto entraría Ofelia con un frasco de jerez, se acercaría silenciosa y atenta, lo miraría trabajar. Sí, todo estaba bien. No había más que tomar una cuartilla, orientar la luz, encender un habano oyendo a la distancia el grito de un tero.

Nunca supo exactamente si la revelación se había producido en ese momento o más tarde, después de hacer el amor con Ofelia, mientras fumaban de espaldas en la cama mirando una pequeña estrella verde en lo alto del ventanal. La invasión, si había que llamarla así (pero su verdadero nombre o naturaleza no importaban) pudo coincidir con la primera frase de la conferencia, redactada velozmente hasta un punto en que se había interrumpido de golpe, reemplazada, barrida por algo como un viento que le quitaba de golpe todo sentido. El resto había sido un largo silencio, pero tal vez ya todo estaba sabido cuando bajó de la sala, sabido e informulado, pesando como un dolor de cabeza o un comienzo de gripe. Inapresablemente, en un momento indefinible, el peso confuso, el viento negro se habían resuelto en certidumbre: la *Vida* era falsa, la historia de Claudio Romero nada tenía que ver con lo que había escrito. Sin razones, sin pruebas: todo falso. Después de años de trabajo, de compulsar datos, de seguir pistas, de evitar excesos personales: todo falso. Claudio Romero no se había sacrificado por Susana Márquez; no le había devuelto la libertad a costa de su renuncia, no había sido el Ícaro de los pies de miel de Irene Paz. Como si nadara bajo el agua, incapaz de volver a la superficie, azotado por el fragor de la corriente en sus oídos, sabía la verdad. Y no era suficiente como tortura; detrás, más abajo todavía, en un agua que ya era barro y basura, se arrastraba la certidumbre de que la había sabido desde el primer momento. Inútil encender otro cigarrillo, pensar en la neurastenia, besar los finos labios que Ofelia le ofrecía en la sombra. Inútil argüir que la excesiva consagración a su héroe podía provocar esa alucinación momentánea, ese rechazo por exceso de entrega. Sentía la mano de Ofelia acariciando su pecho, el calor entrecortado de su respiración. Inexplicablemente se durmió.

Por la mañana miró el fichero abierto, los papeles, y le fueron más ajenos que las sensaciones de la noche. Abajo, Ofelia se ocupaba de telefonear a la estación para averiguar la combinación de trenes. Llegó a Pilar a eso de las once y media, y fue directamente a la verdulería. La hija de Susana lo recibió con un curioso aire de resentimiento y adulación simultáneos, como de perro después de un puntapié. Fraga le pidió que le concediera cinco minutos, y volvió a entrar en la sala polvorienta y a sentarse en la misma silla con funda blanca. No tuvo que hablar mucho porque la hija de Susana, después de secarse unas lágrimas, empezó a aprobar con la cabeza gacha, inclinándose cada vez más hacia adelante.

—Sí, señor, es así. Sí, señor.

—¿Por qué no me lo dijo la primera vez?

Era difícil explicar por qué no se lo había dicho la primera vez. Su madre le había hecho jurar que nunca se referiría a ciertas cosas, y como después se había casado con el suboficial de Balcarce, entonces... Casi había pensado en escribirle cuando empezaron a hablar tanto del libro sobre Romero, porque...

Lo miraba perpleja, y de cuando en cuando le caía una lágrima hasta la boca.

—¿Y cómo supo? —dijo después.

—No se preocupe por eso —dijo Fraga—. Todo se sabe alguna vez.

—Pero usted escribió tan distinto en el libro. Yo lo leí, sabe. Lo tengo y todo.

—La culpa de que sea tan distinto es suya. Hay otras cartas de Romero a su madre. Usted me dio las que le convenían, las que hacían quedar mejor a Romero y de paso a su madre. Necesito las otras, ahora mismo. Démelas.

—Es solamente una —dijo Raquel Márquez—. Pero mamá me hizo jurar, señor.

—Si la guardó sin quemarla es porque no le importaba tanto. Démela. Se la compro.

—Señor Fraga, no es por eso que no se la doy...

—Tome —dijo brutalmente Fraga—. No será vendiendo zapallos que va a sacar esta suma.

Mientras la miraba inclinarse sobre el musiquero, revolviendo papeles, pensó que lo que sabía ahora ya lo había sabido (de otra manera, quizá, pero lo había sabido) el día de su primera visita a Raquel Márquez. La verdad no lo tomaba completamente de sorpresa, y ahora podía juzgarse retrospectivamente y preguntarse, por ejemplo, por qué había abreviado de tal modo su primera entrevista con la hija de Susana, por qué había aceptado las tres cartas de Romero como si fuesen las únicas, sin insistir, sin ofrecer algo en cambio, sin ir hasta el fondo de lo que Raquel sabía y callaba. «Es absurdo», pensó. «En ese momento yo no podía saber que Susana había llegado a ser una prostituta por culpa de Romero.» Pero por qué, entonces, había abreviado deliberadamente su conversación con Raquel, dándose por satisfecho con las fotos y las tres cartas. «Oh sí, lo sabía, vaya a saber cómo pero lo sabía, y escribí el libro sabiéndolo, y quizá también los lectores lo saben, y la crítica lo sabe, y todo es una inmensa mentira en la que estamos metidos hasta el último...» Pero era fácil salirse por la vía de las generalizaciones, no aceptar más que una pequeña parte de la culpa. También mentira: no había más que un culpable, él.

La lectura de la carta fue una mera sobreimpresión de palabras en algo que Fraga ya conocía desde otro ángulo y que la prueba epistolar sólo podía reforzar en caso de polémica. Caída la máscara, un Claudio Romero casi feroz asomaba en esas frases terminantes, de una lógica irreplicable. Condenando de hecho a Susana al sucio menester que habría de arrastrar en sus últimos años, y al que se aludía explícitamente en dos pasajes, le imponía para siempre el silencio, la distancia y el odio, la empujaba con sarcasmos y amenazas hacia una pendiente que él mismo había debido preparar en dos años de lenta, minuciosa corrupción. El hombre que se había complacido en escribir unas semanas antes: «Necesito la noche para mí solo, no te dejaré verme llorar», remataba ahora un párrafo con una alusión soez cuyo efecto debía prever malignamente, y agregaba recomendaciones y consejos irónicos, livianas despedidas interrumpidas por amenazas explícitas en caso de que Susana pretendiera verlo otra vez. Nada de eso sorprendía ya a Fraga, pero se quedó largo rato con el hombro apoyado en la ventanilla del tren, la carta en la mano, como si algo en él luchara por despertar de una pesadilla insoportablemente lenta. «Y eso explica el resto», se oyó pensar. El resto era Irene Paz, la *Oda a tu nombre doble*, el fracaso final de Claudio Romero. Sin pruebas ni razones pero con una certidumbre mucho más honda de la que podía emanar de una carta o de un testimonio cualquiera, los dos últimos años de la vida de Romero se ordenaban día a día en la memoria —si algún nombre había que darle— de quien a ojos de los pasajeros del tren de Pilar debía ser un señor que ha bebido un vermut de más. Cuando bajó en la estación eran las cuatro de la tarde y empezaba a llover. La volanta que lo traía a la quinta estaba fría y olía a cuero rancio. Cuánta sensatez había habitado bajo la altanera frente de Irene Paz, de qué larga experiencia aristocrática había nacido la negativa de su mundo. Romero había sido capaz de magnetizar a una pobre mujer, pero no tenía las alas de Ícaro que su poema pretendía. Irene, o ni siquiera ella, su madre o sus hermanos habían adivinado instantáneamente la tentativa del arribista, el salto grotesco del rastacueros que empieza por negar su origen, matándolo si es necesario (y ese crimen se llamaba

Susana Márquez, una maestra normal). Les había bastado una sonrisa, rehusar una invitación, irse a la estancia, las afiladas armas del dinero y los lacayos con consignas. No se habían molestado siquiera en asistir al entierro del poeta.

Ofelia esperaba en el porche. Fraga le dijo que tenía que ponerse a trabajar enseguida. Cuando estuvo frente a la página empezada la noche anterior, con un cigarrillo entre los labios y un enorme cansancio que le hundía los hombros, se dijo que nadie sabía nada. Era como antes de escribir la *Vida*, y él seguía siendo dueño de las claves. Sonrió apenas, y empezó a escribir su conferencia. Mucho más tarde se dio cuenta de que en algún momento del viaje había perdido la carta de Romero.

Cualquiera puede leer en los archivos de los diarios porteños los comentarios suscitados por la ceremonia de recepción del Premio Nacional, en la que Jorge Fraga provocó deliberadamente el desconcierto y la ira de las cabezas bien pensantes al presentar desde la tribuna una versión absolutamente descabellada de la vida del poeta Claudio Romero. Un cronista señaló que Fraga había dado la impresión de estar indispuesto (pero el eufemismo era claro), entre otras cosas porque varias veces había hablado como si fuera el mismo Romero, corrigiéndose inmediatamente pero recayendo en la absurda aberración un momento después. Otro cronista hizo notar que Fraga tenía unas pocas cuartillas borroneadas que apenas había mirado en el curso de la conferencia, dando la sensación de ser su propio oyente, aprobando o desaprobando ciertas frases apenas pronunciadas, hasta provocar una creciente y por fin insoportable irritación en el vasto auditorio que se había congregado con la expresa intención de aplaudirlo. Otro redactor daba cuenta del violento altercado entre Fraga y el doctor Jovellanos al final de la conferencia, mientras gran parte del público hacía abandono de la sala entre exclamaciones de reprobación, y señalaba con pesadumbre que a la intimación del doctor Jovellanos en el sentido de que presentara pruebas convincentes de las temerarias afirmaciones que calumniaban la sagrada memoria de Claudio Romero, el conferenciante se había encogido de hombros, terminando por llevarse una mano a la frente como si las pruebas requeridas no pasaran de su imaginación, y por último se había quedado inmóvil, mirando el aire, tan ajeno a la tumultuosa retirada del público como a los provocativos aplausos y felicitaciones de un grupo de jovencitos y humoristas que parecían encontrar admirable esa especial manera de recibir un Premio Nacional.

Cuando Fraga llegó a la quinta dos horas después, Ofelia le tendió en silencio una larga lista de llamadas telefónicas, desde una de la Cancillería hasta otra de un hermano con el que no se trataba. Miró distraídamente la serie de nombres, algunos subrayados, otros mal escritos. La hoja se desprendió de su mano y cayó sobre la alfombra. Sin recogerla empezó a subir la escalera que llevaba a su sala de trabajo.

Mucho más tarde Ofelia lo oyó caminar por la sala. Se acostó y trató de no pensar. Los pasos de Fraga iban y venían, interrumpiéndose a veces como si por un momento se quedara parado al pie del escritorio, consultando alguna cosa. Una hora después lo oyó bajar la escalera, acercarse al dormitorio. Sin abrir los ojos, sintió el peso de su cuerpo que se dejaba resbalar de espaldas junto a ella. Una mano fría apretó su mano. En la oscuridad, Ofelia lo besó en la mejilla.

—Lo único que no entiendo —dijo Fraga, como si no le hablara a ella— es por qué he tardado tanto en saber que todo eso lo había sabido siempre. Es idiota suponer que soy un médium, no tengo absolutamente nada que ver con él. Hasta hace una semana no tenía nada que ver con él.

—Si pudieras dormir un rato —dijo Ofelia.

—No, es que tengo que encontrarlo. Hay dos cosas: eso que no entiendo, y lo que va a empezar mañana, lo que ya empezó esta tarde. Estoy liquidado, comprendés, no me perdonarán jamás que les haya puesto el ídolo en los brazos y ahora se los haga volar en pedazos. Fijate que todo es absolutamente imbécil, Romero sigue siendo el autor de los mejores poemas del año veinte. Pero los ídolos no pueden tener pies de barro, y con la misma cursilería me lo van a decir mañana mis queridos colegas.

—Pero si vos creíste que tu deber era proclamar la verdad...

—Yo no lo creí, Ofelia. Lo hice, nomás. O alguien lo hizo por mí. De golpe no había otro camino después de esa noche. Era lo único que se podía hacer.

—A lo mejor hubiera sido preferible esperar un poco —dijo temerosamente Ofelia—. Así de golpe, en la cara de...

Iba a decir: «del ministro», y Fraga oyó las palabras tan claramente como si las hubiera pronunciado. Sonrió, le acarició la mano. Poco a poco las aguas empezaban a bajar, algo todavía oscuro buscaba proponerse, definirse. El largo, angustiado silencio de Ofelia lo ayudó a sentir mejor, mirando la oscuridad con los ojos bien abiertos. Jamás comprendería por qué no había sabido antes que todo estaba sabido, si seguía negándose que también él era un canalla, tan canalla como el mismo Romero. La idea de escribir el libro había encerrado ya el propósito de una revancha social, de un triunfo fácil, de la reivindicación de todo lo que él merecía y que otros más oportunistas le quitaban. Aparentemente rigurosa, la *Vida* había nacido armada de todos los recursos necesarios para abrirse paso en las vitrinas de los libreros. Cada etapa del triunfo esperaba, minuciosamente preparada en cada capítulo, en cada frase. Su irónica, casi desencantada aceptación progresiva de esas etapas, no pasaba de una de las muchas máscaras de la infamia. Tras de la cubierta anodina de la *Vida* habían estado ya agazapándose la radio, la TV, las películas, el Premio Nacional, el cargo diplomático en Europa, el dinero y los agasajos. Sólo que algo no previsto había esperado hasta el final para descargarse sobre la máquina prolijamente montada y hacerla saltar. Era inútil querer pensar en ese algo, inútil tener miedo, sentirse poseído por el súcubo.

—No tengo nada que ver con él —repitió Fraga, cerrando los ojos—. No sé cómo ha ocurrido, Ofelia, pero no tengo nada que ver con él.

La sintió que lloraba en silencio.

—Pero entonces es todavía peor. Como una infección bajo la piel, disimulada tanto tiempo y que de golpe revienta y te salpica de sangre podrida. Cada vez que me tocaba elegir, decidir en la conducta de ese hombre, elegía el reverso, lo que él pretendía hacer creer mientras estaba vivo. Mis elecciones eran las suyas, cuando cualquiera hubiese podido descifrar otra verdad en su vida, en sus cartas, en ese último año en que la muerte lo iba acorralando y desnudando. No quise darme cuenta, no quise mostrar la verdad porque entonces, Ofelia, entonces Romero no hubiera sido el personaje que me hacía falta como le había hecho falta a él para armar la leyenda, para...

Calló, pero todo seguía ordenándose y cumpliéndose. Ahora alcanzaba desde lo más hondo su identidad con Claudio Romero, que nada tenía que ver con lo sobrenatural. Hermanos en la farsa, en la mentira esperanzada de una ascensión fulgurante, hermanos en la brutal caída que los fulminaba y destruía. Clara y sencillamente sintió Fraga que cualquiera como él sería siempre Claudio Romero, que los Romero de ayer y de mañana serían siempre Jorge Fraga. Tal como lo había temido una lejana noche de septiembre, había escrito su autobiografía disimulada. Le dieron ganas de reírse, y al mismo tiempo pensó en la pistola que guardaba en el escritorio.

Nunca supo si había sido en ese momento o más tarde que Ofelia había dicho: «Lo único que cuenta es que hoy les mostraste la verdad». No se le había ocurrido pensar en eso, evocar otra vez la hora casi increíble en que había hablado frente a caras que pasaban progresivamente de la sonrisa admirativa o cortés al entrecejo adusto, a la mueca desdeñosa, al brazo que se levanta en señal de protesta. Pero eso era lo único que contaba, lo único cierto y sólido de toda la historia; nadie podía quitarle esa hora en que había triunfado de verdad, más allá de los simulacros y sus ávidos mantenedores. Cuando se inclinó sobre Ofelia para acariciarle el pelo, le pareció como si ella fuera un poco Susana Márquez, y que su caricia la salvaba y la retenía junto a él. Y al mismo tiempo el Premio Nacional, el cargo en Europa y los honores eran Irene Paz, algo que había que rechazar y abolir si no quería hundirse del todo en Romero, miserablemente identificado hasta lo último con un falso héroe de imprenta y radioteatro.

Más tarde —la noche giraba despaciosa con su cielo hirviente de estrellas—, otras barajas se mezclaron en el interminable solitario del insomnio. La mañana traería las llamadas telefónicas, los diarios, el escándalo bien armado a dos columnas. Le pareció insensato haber pensado por un momento que todo estaba perdido, cuando bastaba un mínimo de soltura y habilidad para ganar de punta a punta la partida. Todo dependía de unas pocas horas, de algunas entrevistas. Si le daba la gana, la cancelación del premio, la negativa de la Cancillería a confirmar su propuesta, podían convertirse en noticias que lo lanzarían al mundo internacional de las grandes tiradas y las traducciones. Pero también podía seguir de espaldas en la cama, negarse a ver a nadie, recluirse meses en la quinta, rehacer y continuar sus antiguos estudios filológicos, sus mejores y ya borrosas amistades. En seis meses estaría olvidado, suplido admirablemente por el más estólido periodista de turno en la cartelera del éxito. Los dos caminos eran igualmente simples, igualmente seguros. Todo estaba en decidir. Y aunque ya estaba decidido, siguió pensando por pensar, eligiendo y dándose razones para su elección, hasta que el amanecer empezó a frotarse en la ventana, en el pelo de Ofelia dormida, y el ceibo del jardín se recortó impreciso, como un futuro que cuaja en presente, se endurece poco a poco, entra en su forma diurna, la acepta y la defiende y la condena a la luz de la mañana.

Manuscrito hallado en un bolsillo

Ahora que lo escribo, para otros esto podría haber sido la ruleta o el hipódromo, pero no era dinero lo que buscaba, en algún momento había empezado a sentir, a decidir que un vidrio de ventanilla en el *métro* podía traerme la respuesta, el encuentro con una felicidad, precisamente aquí donde todo ocurre bajo el signo de la más implacable ruptura, dentro de un tiempo bajo tierra que un trayecto entre estaciones dibuja y limita así, inapelablemente abajo. Digo ruptura para comprender mejor (tendría que comprender tantas cosas desde que empecé a jugar el juego) esa esperanza de una convergencia que tal vez me fuera dada desde el reflejo en un vidrio de ventanilla. Rebasar la ruptura que la gente no parece advertir aunque vaya a saber lo que piensa esa gente agobiada que sube y baja de los vagones del *métro*, lo que busca además del transporte esa gente que sube antes o después para bajar después o antes, que sólo coincide en una zona de vagón donde todo está decidido por adelantado sin que nadie pueda saber si saldremos juntos, si yo bajaré primero o ese hombre flaco con un rollo de papeles, si la vieja de verde seguirá hasta el final, si esos niños bajarán ahora, está claro que bajarán porque recogen sus cuadernos y sus reglas, se acercan riendo y jugando a la puerta mientras allá en el ángulo hay una muchacha que se instala para durar, para quedarse todavía muchas estaciones en el asiento por fin libre, y esa otra muchacha es imprevisible, Ana era imprevisible, se mantenía muy derecha contra el respaldo en el asiento de la ventanilla, ya estaba ahí cuando subí en la estación Etienne Marcel y un negro abandonó el asiento de enfrente y a nadie pareció interesarle y yo pude resbalar con una vaga excusa entre las rodillas de los dos pasajeros sentados en los asientos exteriores y quedé frente a Ana y casi enseguida, porque había bajado al *métro* para jugar una vez más el juego, busqué el perfil de Margrit en el reflejo del vidrio de la ventanilla y pensé que era bonita, que me gustaba su pelo negro con una especie de ala breve que le peinaba en diagonal la frente.

No es verdad que el nombre de Margrit o de Ana viniera después o que sea ahora una manera de diferenciarlas en la escritura, cosas así se daban decididas instantáneamente por el juego, quiero decir que de ninguna manera el reflejo en el vidrio de la ventanilla podía llamarse Ana, así como tampoco podía llamarse Margrit la muchacha sentada frente a mí sin mirarme, con los ojos perdidos en el hastío de ese interregno en el que todo el mundo parece consultar una zona de visión que no es la circundante, salvo los niños que miran fijo y de lleno en las cosas hasta el día en que les enseñan a situarse también en los intersticios, a mirar sin ver con esa ignorancia civil de toda apariencia vecina, de todo contacto sensible, cada uno instalado en su burbuja, alineado entre paréntesis, cuidando la vigencia del mínimo aire libre entre rodillas y codos ajenos, refugiándose en *France-Soir* o en libros de bolsillo aunque casi siempre como Ana, unos ojos situándose en el hueco entre lo verdaderamente mirable, en esa distancia neutra y estúpida que iba de mi cara a la del hombre concentrado en el *Figaro*. Pero entonces Margrit, si algo podía yo prever era que en algún momento Ana se volvería distraída hacia la ventanilla y entonces Margrit vería mi reflejo, el cruce de miradas en las imágenes de ese vidrio donde la oscuridad del túnel pone su azogue atenuado, su felpa morada y moviente que da a las caras una vida en otros planos, les quita esa horrible máscara de tiza de las luces municipales del vagón y sobre todo, oh sí, no hubieras podido negarlo, Margrit, las hace mirar de verdad esa otra cara del cristal porque durante el tiempo instantáneo de la doble mirada no hay censura, mi reflejo en el vidrio no era el hombre sentado frente a Ana y que Ana no debía mirar de lleno en un vagón de *métro*, y además la que estaba mirando mi reflejo ya no era Ana sino Margrit en el momento en que Ana había desviado rápidamente los ojos del hombre sentado frente a ella porque no estaba bien que lo mirara, y al volverse hacia el cristal de la ventanilla había visto mi reflejo que esperaba ese instante para levemente sonreír sin insolencia ni esperanza cuando la mirada de Margrit cayera como un pájaro en su mirada. Debió durar un segundo, acaso algo más porque sentí que Margrit había advertido esa sonrisa que Ana reprobaba aunque no fuera más que por el gesto de bajar la cara, de examinar vagamente el cierre de su bolso de cuero rojo; y era casi justo seguir sonriendo aunque ya Margrit no me mirara porque de alguna manera el gesto de Ana acusaba mi sonrisa, la seguía sabiendo y ya no era necesario que ella o Margrit me miraran, concentradas aplicadamente en la nimia tarea de comprobar el cierre del bolso rojo.

Como ya con Paula (con Ofelia) y con tantas otras que se habían concentrado en la tarea de verificar un cierre, un botón, el pliegue de una revista, una vez más fue el pozo donde la esperanza se enredaba con el temor en un calambre de arañas a muerte, donde el tiempo empezaba a latir como un segundo corazón en el pulso del juego; desde ese momento cada estación del *métro* era una trama diferente del futuro porque así lo había decidido el juego; la mirada de Margrit y mi sonrisa, el retroceso instantáneo de Ana a la contemplación del cierre de su bolso eran la apertura de una ceremonia que alguna vez había empezado a celebrar contra todo lo razonable, prefiriendo los peores desencuentros a las cadenas estúpidas de una causalidad cotidiana. Explicarlo no es difícil pero jugarlo tenía mucho de combate a ciegas, de temblorosa suspensión coloidal en la que todo derrotero alzaba un árbol de imprevisible recorrido. Un plano del *métro* de París define en su esqueleto mondrianesco, en sus ramas rojas, amarillas, azules y negras una vasta pero limitada superficie de subtendidos seudópodos; y ese árbol está vivo veinte horas de cada veinticuatro, una savia atormentada lo recorre con finalidades precisas, la que baja en Châtelet o sube en Vaugirard, la que en Odeón cambia para seguir a La Motte-Picquet, las doscientas, trescientas, vaya a saber cuántas posibilidades de combinación para que cada célula codificada y programada ingrese en un sector del árbol y aflore en otro, salga de las Galeries Lafayette para depositar un paquete de toallas o una lámpara en un tercer piso de la rue Gay-Lussac.

Mi regla del juego era maniáticamente simple, era bella, estúpida y tiránica, si me gustaba una mujer, si me gustaba una mujer sentada frente a mí, si me gustaba una mujer sentada frente a mí junto a la ventanilla, si su reflejo en la ventanilla cruzaba la mirada con mi reflejo en la ventanilla, si mi sonrisa en el reflejo de la ventanilla turbaba o complacía o repelía al reflejo de la mujer en la ventanilla, si Margrit me veía sonreír y entonces Ana bajaba la cabeza y empezaba a examinar aplicadamente el cierre de su bolso rojo, entonces había juego, daba exactamente lo mismo que la sonrisa fuera acatada o respondida o ignorada, el primer tiempo de la ceremonia no iba más allá de eso, una sonrisa registrada por quien la había merecido. Entonces empezaba el combate en el pozo, las arañas en el estómago, la espera con su péndulo de estación en estación. Me acuerdo de cómo me acordé ese día: ahora eran Margrit y Ana, pero una semana atrás habían sido Paula y Ofelia, la chica rubia había bajado en una de las peores estaciones, Montparnasse-Bienvenue que abre su hidra maloliente a las máximas posibilidades de fracaso. Mi combinación era con la línea de la Porte de Vanves y casi enseguida, en el primer pasillo, comprendí que Paula (que Ofelia) tomaría el corredor que llevaba a la combinación con la Mairie d'Issy. Imposible hacer nada, sólo mirarla por última vez en el cruce de los pasillos, verla alejarse, descender una escalera. La regla del juego era ésa, una sonrisa en el cristal de la ventanilla y el derecho de seguir a una mujer y esperar desesperadamente que su combinación coincidiera con la decidida por mí antes de cada viaje; y entonces —siempre, hasta ahora— verla tomar otro pasillo y no poder seguirla, obligado a volver al mundo de arriba y entrar en un café y seguir viviendo hasta que poco a poco, horas o días o semanas, la sed de nuevo reclamando la posibilidad de que todo coincidiera alguna vez, mujer y cristal de ventanilla, sonrisa aceptada o repelida, combinación de trenes y entonces por fin sí, entonces el derecho de acercarme y decir la primera palabra, espesa de estancado tiempo, de inacabable merodeo en el fondo del pozo entre las arañas del calambre.

Ahora entrábamos en la estación Saint-Sulpice, alguien a mi lado se enderezaba y se iba, también Ana se quedaba sola frente a mí, había dejado de mirar el bolso y una o dos veces sus ojos me barrieron distraídamente antes de perderse en el anuncio del balneario termal que se repetía en los cuatro ángulos del vagón. Margrit no había vuelto a mirarme en la ventanilla pero eso probaba el contacto, su latido sigiloso; Ana era acaso tímida o simplemente le parecía absurdo aceptar el reflejo de esa cara que volvería a sonreír para Margrit; y además llegar a Saint-Sulpice era importante porque si todavía faltaban ocho estaciones hasta el fin del recorrido en la Porte d'Orléans, sólo tres tenían combinaciones con otras líneas, y sólo si Ana bajaba en una de esas tres me quedaría la posibilidad de coincidir; cuando el tren empezaba a frenar en Saint-Placide miré y miré a Margrit buscándole los ojos que Ana seguía apoyando blandamente en las cosas del vagón como admitiendo que Margrit no me miraría más, que era inútil esperar que volviera a mirar el reflejo que la esperaba para sonreírle.

No bajó en Saint-Placide, lo supe antes de que el tren empezara a frenar, hay ese apresto del viajero, sobre todo de

83

las mujeres que nerviosamente verifican paquetes, se ciñen el abrigo o miran de lado al levantarse, evitando rodillas en ese instante en que la pérdida de velocidad traba y atonta los cuerpos. Ana repasaba vagamente los anuncios de la estación, la cara de Margrit se fue borrando bajo las luces del andén y no pude saber si había vuelto a mirarme; tampoco mi reflejo hubiera sido visible en esa marea de neón y anuncios fotográficos, de cuerpos entrando y saliendo. Si Ana bajaba en Montparnasse-Bienvenue mis posibilidades eran mínimas; cómo no acordarme de Paula (de Ofelia) allí donde una cuádruple combinación posible adelgazaba toda previsión; y sin embargo el día de Paula (de Ofelia) había estado absurdamente seguro de que coincidiríamos, hasta último momento había marchado a tres metros de esa mujer lenta y rubia, vestida como con hojas secas, y su bifurcación a la derecha me había envuelto la cara como un latigazo. Por eso ahora Margrit no, por eso el miedo, de nuevo podía ocurrir abominablemente en Montparnasse-Bienvenue; el recuerdo de Paula (de Ofelia), las arañas en el pozo contra la menuda confianza en que Ana (en que Margrit). Pero quién puede contra esa ingenuidad que nos va dejando vivir, casi inmediatamente me dije que tal vez Ana (que tal vez Margrit) no bajaría en Montparnasse-Bienvenue sino en una de las otras estaciones posibles, que acaso no bajaría en las intermedias donde no me estaba dado seguirla; que Ana (que Margrit) no bajaría en Montparnasse-Bienvenue (no bajó), que no bajaría en Vavin, y no bajó, que acaso bajaría en Raspail que era la primera de las dos últimas posibles; y cuando no bajó y supe que sólo quedaba una estación en la que podría seguirla contra las tres finales en que ya todo daba lo mismo, busqué de nuevo los ojos de Margrit en el vidrio de la ventanilla, la llamé desde un silencio y una inmovilidad que hubieran debido llegarle como un reclamo, como un oleaje, le sonreí con la sonrisa que Ana ya no podía ignorar, que Margrit tenía que admitir aunque no mirara mi reflejo azotado por las semiluces del túnel desembocando en Denfert-Rochereau. Tal vez el primer golpe de frenos había hecho temblar el bolso rojo en los muslos de Ana, tal vez sólo el hastío le movía la mano hasta el mechón negro cruzándole la frente; en esos tres, cuatro segundos en que el tren se inmovilizaba en el andén, las arañas clavaron sus uñas en la piel del pozo para una vez más vencerme desde adentro; cuando Ana se enderezó con una sola y limpia flexión de su cuerpo, cuando la vi de espaldas entre dos pasajeros, creo que busqué todavía absurdamente el rostro de Margrit en el vidrio enceguecido de luces y movimientos. Salí como sin saberlo, sombra pasiva de ese cuerpo que bajaba al andén, hasta despertar a lo que iba a venir, a la doble elección final cumpliéndose irrevocable.

Pienso que está claro, Ana (Margrit) tomaría un camino cotidiano o circunstancial, mientras antes de subir a ese tren yo había decidido que si alguien entraba en el juego y bajaba en Denfert-Rochereau, mi combinación sería la línea Nation-Étoile, de la misma manera que si Ana (que si Margrit) hubiera bajado en Châtelet sólo hubiera podido seguirla en caso de que tomara la combinación Vincennes-Neuilly. En el último tiempo de la ceremonia el juego estaba perdido si Ana (si Margrit) tomaba la combinación de la Ligne de Sceaux o salía directamente a la calle; inmediatamente, ya mismo porque en esa estación no había los interminables pasillos de otras veces y las escaleras llevaban rápidamente a destino, a eso que en los medios de transporte también se llamaba destino. La estaba viendo moverse entre la gente, su bolso rojo como un péndulo de juguete, alzando la cabeza en busca de los carteles indicadores, vacilando un instante hasta orientarse hacia la izquierda; pero la izquierda era la salida que llevaba a la calle.

No sé cómo decirlo, las arañas mordían demasiado, no fui deshonesto en el primer minuto, simplemente la seguí para después quizás aceptar, dejarla irse por cualquiera de sus rumbos allá arriba; a mitad de la escalera comprendí que no, que acaso la única manera de matarlas era negar por una vez la ley, el código. El calambre que me había crispado en ese segundo en que Ana (en que Margrit) empezaba a subir la escalera vedada, cedía de golpe a una lasitud soñolienta, a un golem de lentos peldaños; me negué a pensar, bastaba saber que la seguía viendo, que el bolso rojo subía hacia la calle, que a cada paso el pelo negro le temblaba en los hombros. Ya era de noche y el aire estaba helado, con algunos copos de nieve entre ráfagas y llovizna; sé que Ana (que Margrit) no tuvo miedo cuando me puse a su lado y le dije: «No puede ser que nos separemos así, antes de habernos encontrado».

En el café, más tarde, ya solamente Ana mientras el reflejo de Margrit cedía a una realidad de cinzano y de palabras, me dijo que no comprendía nada, que se llamaba Marie-Claude, que mi sonrisa en el reflejo le había hecho daño, que por un momento había pensado en levantarse y cambiar de asiento, que no me había visto seguirla y que en la calle no había tenido miedo, contradictoriamente, mirándome en los ojos, bebiendo su cinzano, sonriendo sin avergonzarse de sonreír, de haber aceptado casi enseguida mi acoso en plena calle. En ese momento de una felicidad como de oleaje boca arriba, de abandono a un deslizarse lleno de álamos, no podía decirle lo que ella hubiera entendido como locura o manía y que lo era pero de otro modo, desde otras orillas de la vida; le hablé de su mechón de pelo, de su bolso rojo, de su manera de mirar el anuncio de las termas, de que no le había sonreído por donjuanismo ni aburrimiento sino para darle una flor que no tenía, el signo de que me gustaba, de que me hacía bien, de que viajar frente a ella, de que otro cigarrillo y otro cinzano. En ningún momento fuimos enfáticos, hablamos como desde un ya conocido y aceptado, mirándonos sin lastimarnos, yo creo que Marie-Claude me dejaba venir y estar en su presente como quizá Margrit hubiera respondido a mi sonrisa en el vidrio de no mediar tanto molde previo, tanto no tienes que contestar si te hablan en la calle o te ofrecen caramelos y quieren llevarte al cine, hasta que Marie-Claude, ya liberada de mi sonrisa a Margrit, Marie-Claude en la calle y el café había pensado que era una buena sonrisa, que el desconocido de ahí abajo no le había sonreído a Margrit para tantear otro terreno, y mi absurda manera de abordarla había sido la sola comprensible, la sola razón para decir que sí, que podíamos beber una copa y charlar en un café.

No me acuerdo de lo que pude contarle de mí, tal vez todo salvo el juego pero entonces tan poco, en algún momento nos reímos, alguien hizo la primera broma, descubrimos que nos gustaban los mismos cigarrillos y Catherine Deneuve, me dejó acompañarla hasta el portal de su casa, me tendió la mano con llaneza y consintió en el mismo café a la misma hora del martes. Tomé un taxi para volver a mi barrio, por primera vez en mí mismo como en un increíble país extranjero, repitiéndome que sí, que Marie-Claude, que Denfert-Rochereau, apretando los párpados para guardar mejor su pelo negro, esa manera de ladear la cabeza antes de hablar, de sonreír. Fuimos puntuales y nos contamos películas, trabajo, verificamos diferencias ideológicas parciales, ella seguía aceptándome como si maravillosamente le bastara ese presente sin razones, sin interrogación; ni siquiera parecía darse cuenta de que cualquier imbécil la hubiese creído fácil o tonta; acatando incluso que yo no buscara compartir la misma banqueta en el café, que en el tramo de la rue Froidevaux no le pasara el brazo por el hombro en el primer gesto de una intimidad, que sabiéndola casi sola —una hermana menor, muchas veces ausente del departamento en el cuarto piso— no le pidiera subir. Si algo no podía sospechar eran las arañas, nos habíamos encontrado tres o cuatro veces sin que mordieran, inmóviles en el pozo y esperando hasta el día en que lo supe como si no lo hubiera estado sabiendo todo el tiempo, pero los martes, llegar al café, imaginar que Marie-Claude ya estaría allí o verla entrar con sus pasos ágiles, su morena recurrencia que había luchado inocentemente contra las arañas otra vez despiertas, contra la transgresión del juego que sólo ella había podido defender sin más que darme una breve, tibia mano, sin más que ese mechón de pelo que se paseaba por su frente. En algún momento debió darse cuenta, se quedó mirándome callada, esperando; imposible ya que no me delatara el esfuerzo para hacer durar la tregua, para no admitir que volvían poco a poco a pesar de Marie-Claude, contra Marie-Claude que no podía comprender, que se quedaba mirándome callada, esperando; beber y fumar y hablarle, defendiendo hasta lo último el dulce interregno sin arañas, saber de su vida sencilla y a horario y hermana estudiante y alergias, desear tanto ese mechón negro que le peinaba la frente, desearla como un término, como de veras la última estación del último *métro* de la vida, y entonces el pozo, la distancia de mi silla a esa banqueta en la que nos hubiéramos besado, en la que mi boca hubiera bebido el primer perfume de Marie-Claude antes de llevármela abrazada hasta su casa, subir esa escalera, desnudarnos por fin de tanta ropa y tanta espera.

Entonces se lo dije, me acuerdo del paredón del cementerio y de que Marie-Claude se apoyó en él y me dejó hablar con la cara perdida en el musgo caliente de su abrigo, vaya a saber si mi voz le llegó con todas sus palabras, si fue posible que comprendiera; se lo dije todo, cada detalle del juego, las improbabilidades confirmadas desde tantas Paulas (desde tantas Ofelias) perdidas al término de un corredor, las arañas en cada final. Lloraba, la sentía temblar contra mí aunque siguiera abrigándome, sosteniéndome con todo su cuerpo apoyado en la pared de los muertos; no me preguntó nada, no quiso saber por qué ni desde cuándo, no se le ocurrió luchar contra una máquina montada por toda una vida a contrapelo de sí misma, de la ciudad y sus consignas, tan sólo ese llanto ahí como un animalito lastimado, resistiendo sin fuerza al triunfo del juego, a la danza exasperada de las arañas en el pozo.

En el portal de su casa le dije que no todo estaba perdido, que de los dos dependía intentar un encuentro legítimo; ahora ella conocía las reglas del juego, quizá nos fueran favorables puesto que no haríamos otra cosa que buscarnos. Me dijo que podría pedir quince días de licencia, viajar llevando un libro para que el tiempo fuera menos húmedo y hostil en el mundo de abajo, pasar de una combinación a otra, esperarme leyendo, mirando los anuncios. No quisimos pensar en la improbabilidad, en que acaso nos encontraríamos en un tren pero que no bastaba, que esta vez no se podría faltar a lo preestablecido; le pedí que no pensara, que dejara correr el *métro*, que no llorara nunca en esas dos semanas mientras yo la buscaba; sin palabras quedó entendido que si el plazo se cerraba sin volver a vernos o sólo viéndonos hasta que dos pasillos diferentes nos apartaran, ya no tendría sentido retornar al café, al portal de su casa. Al pie de esa escalera de barrio que una luz naranja tendía dulcemente hacia lo alto, hacia la imagen de Marie-Claude en su departamento, entre sus muebles, desnuda y dormida, la besé en el pelo, le acaricié las manos; ella no buscó mi boca, se fue apartando y la vi de espaldas, subiendo otra de las tantas escaleras que se las llevaban sin que pudiera seguirlas; volví a pie a mi casa, sin arañas, vacío y lavado para la nueva espera; ahora no podían hacerme nada, el juego iba a recomenzar como tantas otras veces pero con solamente Marie-Claude, el lunes bajando a la estación Couronnes por la mañana, saliendo en Max Dormoy en plena noche, el martes entrando en Crimée, el miércoles en Philippe Auguste, la precisa regla del juego, quince estaciones en las que cuatro tenían combinaciones, y entonces en la primera de las cuatro sabiendo que me tocaría seguir a la línea Sèvres-Montreuil como en la segunda tendría que tomar la combinación Clichy-Porte Dauphine, cada itinerario elegido sin razón especial porque no podía haber ninguna razón, Marie-Claude habría subido quizá cerca de su casa, en Denfert-Rochereau o en Corvisart, estaría cambiando en

Pasteur para seguir hacia Falguière, el árbol mondrianesco con todas sus ramas secas, el azar de las tentaciones rojas, azules, blancas, punteadas; el jueves, el viernes, el sábado. Desde cualquier andén ver entrar los trenes, los siete u ocho vagones, consintiéndome mirar mientras pasaban cada vez más lentos, correrme hasta el final y subir a un vagón sin Marie-Claude, bajar en la estación siguiente y esperar otro tren, seguir hasta la primera estación para buscar otra línea, ver llegar los vagones sin Marie-Claude, dejar pasar un tren o dos, subir en el tercero, seguir hasta la terminal, regresar a una estación desde donde podía pasar a otra línea, decidir que sólo tomaría el cuarto tren, abandonar la búsqueda y subir a comer, regresar casi enseguida con un cigarrillo amargo y sentarme en un banco hasta el segundo, hasta el quinto tren. El lunes, el martes, el miércoles, el jueves, sin arañas porque todavía esperaba, porque todavía espero en este banco de la estación Chemin Vert, con esta libreta en la que una mano escribe para inventarse un tiempo que no sea solamente esa interminable ráfaga que me lanza hacia el sábado en que acaso todo habrá concluido, en que volveré solo y las sentiré despertarse y morder, sus pinzas rabiosas exigiéndome el nuevo juego, otras Marie-Claudes, otras Paulas, la reiteración después de cada fracaso, el recomienzo canceroso. Pero es jueves, es la estación Chemin Vert, afuera cae la noche, todavía cabe imaginar cualquier cosa, incluso puede no parecer demasiado increíble que en el segundo tren, que en el cuarto vagón, que Marie-Claude en un asiento contra la ventanilla, que me haya visto y se enderece con un grito que nadie salvo yo puede escuchar así en plena cara, en plena carrera para saltar al vagón repleto, empujando a pasajeros indignados, murmurando excusas que nadie espera ni acepta, quedándome de pie contra el doble asiento ocupado por piernas y paraguas y paquetes, por Marie-Claude con su abrigo gris contra la ventanilla, el mechón negro que el brusco arranque del tren agita apenas como sus manos tiemblan sobre los muslos en una llamada que no tiene nombre, que es solamente eso que ahora va a suceder. No hay necesidad de hablarse, nada se podría decir sobre ese muro impasible y desconfiado de caras y paraguas entre Marie-Claude y yo; quedan tres estaciones que combinan con otras líneas, Marie-Claude deberá elegir una de ellas, recorrer el andén, seguir uno de los pasillos o buscar la escalera de salida, ajena a mi elección que esta vez no transgrediré. El tren entra en la estación Bastille y Marie-Claude sigue ahí, la gente baja y sube, alguien deja libre el asiento a su lado pero no me acerco, no puedo sentarme ahí, no puedo temblar junto a ella como ella estará temblando. Ahora vienen Ledru-Rollin y Froidherbe-Chaligny, en esas estaciones sin combinación Marie-Claude sabe que no puedo seguirla y no se mueve, el juego tiene que jugarse en Reuilly-Diderot o en Daumesnil; mientras el tren entra en Reuilly-Diderot aparto los ojos, no quiero que sepa, no quiero que pueda comprender que no es allí. Cuando el tren arranca veo que no se ha movido, que nos queda una última esperanza, en Daumesnil hay tan sólo una combinación y la salida a la calle, rojo o negro, sí o no. Entonces nos miramos, Marie-Claude ha alzado la cara para mirarme de lleno, aferrado al barrote del asiento soy eso que ella mira, algo tan pálido como lo que estoy mirando, la cara sin sangre de Marie-Claude que aprieta el bolso rojo, que va a hacer el primer gesto para levantarse mientras el tren entra en la estación Daumesnil.

Verano

Al atardecer Florencio bajó con la nena hasta la cabaña, siguiendo el sendero lleno de baches y piedras sueltas que sólo Mariano y Zulma se animaban a franquear con el yip. Zulma les abrió la puerta, y a Florencio le pareció que tenía los ojos como si hubiera estado pelando cebollas. Mariano vino desde la otra pieza, les dijo que entraran, pero Florencio solamente quería pedirles que guardaran a la nena hasta la mañana siguiente porque tenía que ir a la costa por un asunto urgente y en el pueblo no había nadie a quien pedirle el favor. Por supuesto, dijo Zulma, déjela nomás, le pondremos una cama aquí abajo. Pase a tomar una copa, insistió Mariano, total cinco minutos, pero Florencio había dejado el auto en la plaza del pueblo y tenía que seguir viaje enseguida; les agradeció, le dio un beso a su hijita que ya había descubierto la pila de revistas en la banqueta; cuando se cerró la puerta Zulma y Mariano se miraron casi interrogativamente, como si todo hubiera sucedido demasiado pronto. Mariano se encogió de hombros y volvió a su taller donde estaba encolando un viejo sillón; Zulma le preguntó a la nena si tenía hambre, le propuso que jugara con las revistas, en la despensa había una pelota y una red para cazar mariposas; la nena dio las gracias y se puso a mirar las revistas; Zulma la observó un momento mientras preparaba los alcauciles para la noche, y pensó que podía dejarla jugar sola.

Ya atardecía temprano en el sur, apenas les quedaba un mes antes de volver a la capital, entrar en la otra vida del invierno que al fin y al cabo era una misma sobrevivencia, estar distantemente juntos, amablemente amigos, respetando y ejecutando las múltiples nimias delicadas ceremonias convencionales de la pareja, como ahora que Mariano necesitaba una de las hornallas para calentar el tarro de cola y Zulma sacaba del fuego la cacerola de papas diciendo que después terminaría de cocinarlas, y Mariano agradecía porque el sillón ya estaba casi terminado y era mejor aplicar la cola de una sola vez, pero claro, calentala nomás. La nena hojeaba las revistas en el fondo de la gran pieza que servía de cocina y comedor, Mariano le buscó unos caramelos en la despensa; era la hora de salir al jardín para tomar una copa mirando anochecer en las colinas; nunca había nadie en el sendero, la primera casa del pueblo se perfilaba apenas en lo más alto; delante de ellos la falda seguía bajando hasta el fondo del valle ya en penumbras. Serví nomás, vengo enseguida, dijo Zulma. Todo se cumplía cíclicamente, cada cosa en su hora y una hora para cada cosa, con la excepción de la nena que de golpe desajustaba levemente el esquema; un banquito y un vaso de leche para ella, una caricia en el pelo y elogios por lo bien que se portaba. Los cigarrillos, las golondrinas arracimándose sobre la cabaña; todo se iba repitiendo, encajando, el sillón ya estaría casi seco, encolado como ese nuevo día que nada tenía de nuevo. Las insignificantes diferencias eran la nena esa tarde, como a veces a mediodía el cartero los sacaba un momento de la soledad con una carta para Mariano o para Zulma que el destinatario recibía y guardaba sin decir una palabra. Un mes más de repeticiones previsibles, como ensayadas, y el yip cargado hasta el tope los devolvería al departamento de la capital, a la vida que sólo era otra en las formas, el grupo de Zulma o los amigos pintores de Mariano, las tardes de tiendas para ella y las noches en los cafés para Mariano, un ir y venir separadamente aunque siempre se encontraran para el cumplimiento de las ceremonias bisagra, el beso matinal y los programas neutrales en común, como ahora que Mariano ofrecía otra copa y Zulma aceptaba con los ojos perdidos en las colinas más lejanas, teñidas ya de un violeta profundo.

Qué te gustaría cenar, nena. A mí como usted quiera, señora. A lo mejor no le gustan los alcauciles, dijo Mariano. Sí me gustan, dijo la nena, con aceite y vinagre pero poca sal porque pica. Se rieron, le harían una vinagreta especial. Y huevos pasados por agua, qué tal. Con cucharita, dijo la nena. Y poca sal porque pica, bromeó Mariano. La sal pica muchísimo, dijo la nena, a mi muñeca le doy el puré sin sal, hoy no la traje porque mi papá estaba apurado y no me dejó. Va a hacer una linda noche, pensó Zulma en voz alta, mirá qué transparente está el aire hacia el norte. Sí, no hará demasiado calor, dijo Mariano entrando los sillones al salón de abajo, encendiendo las lámparas junto al ventanal que daba al valle. Mecánicamente encendió también la radio, Nixon viajará a Pekín, qué me contás, dijo Mariano. Ya no hay religión, dijo Zulma, y soltaron la carcajada al mismo tiempo. La nena se había dedicado a las revistas y marcaba las páginas de las tiras cómicas como si pensara leerlas dos veces.

La noche llegó entre el insecticida que Mariano pulverizaba en el dormitorio de arriba y el perfume de una cebolla que Zulma cortaba canturreando un ritmo pop de la radio. A mitad de la cena la nena empezó a adormilarse sobre su huevo pasado por agua; le hicieron bromas, la alentaron a terminar; ya Mariano le había preparado el catre con un colchón neumático en el ángulo más alejado de la cocina, de manera de no molestarla si todavía se quedaban un rato en el salón de abajo, escuchando discos o leyendo. La nena comió su durazno y admitió que tenía sueño. Acuéstese, mi amor, dijo Zulma, ya sabe que si quiere hacer pipí no tiene más que subir, le dejaremos prendida la luz de la escalera. La nena los besó en la mejilla, ya perdida de sueño, pero antes de acostarse eligió una revista y la puso debajo de la almohada. Son increíbles, dijo Mariano, qué mundo inalcanzable, y pensar que fue el nuestro, el de todos. A lo mejor no es tan diferente, dijo Zulma que destendía la mesa, vos también tenés tus manías, el frasco de agua colonia a la izquierda y la gillette a la derecha, y yo no hablemos. Pero no eran manías, pensó Mariano, más bien una respuesta a la muerte y a la nada, fijar las cosas y los tiempos, establecer ritos y pasajes contra el desorden lleno de agujeros y de manchas. Solamente que ya no lo decía en voz alta, cada vez parecía haber menos necesidad de hablar con Zulma, y Zulma tampoco decía nada que reclamara un cambio de ideas. Llevá la cafetera, ya puse las tazas en la banqueta de la chimenea. Fijate si queda azúcar en la azucarera, hay un paquete nuevo en la despensa. No encuentro el tirabuzón, esta botella de aguardiente pinta bien, no te parece. Sí, lindo color. Ya que vas a subir traete los cigarrillos que dejé en la cómoda. De veras que es bueno este aguardiente. Hace calor, no encontrás. Sí, está pesado, mejor no abrir las ventanas, se va a llenar de mariposas y mosquitos.

Cuando Zulma oyó el primer ruido, Mariano estaba buscando en las pilas de discos una sonata de Beethoven que no había escuchado ese verano. Se quedó con la mano en el aire, miró a Zulma. Un ruido como en la escalera de piedra del jardín, pero a esa hora nadie venía a la cabaña, nadie venía nunca de noche. Desde la cocina encendió la lámpara que alumbraba la parte más cercana del jardín, no vio nada y la apagó. Un perro que anda buscando qué comer, dijo Zulma. Sonaba raro, casi como un bufido, dijo Mariano. En el ventanal chicoteó una enorme mancha blanca, Zulma gritó ahogadamente, Mariano de espaldas se volvió demasiado tarde, el vidrio reflejaba solamente los cuadros y los muebles del salón. No tuvo tiempo de preguntar, el bufido resonó cerca de la pared que daba al norte, un relincho sofocado como el grito de Zulma que tenía las manos contra la boca y se pegaba a la pared del fondo, mirando fijamente el ventanal. Es un caballo, dijo Mariano sin creerlo, suena como un caballo, oí los cascos, está galopando en el jardín. Las crines, los belfos como sangrantes, una enorme cabeza blanca rozaba el ventanal, el caballo los miró apenas, la mancha blanca se borró hacia la derecha, oyeron otra vez los cascos, un brusco silencio del lado de la escalera de piedra, el relincho, la carrera. Pero no hay caballos por aquí, dijo Mariano que había agarrado la botella de aguardiente por el gollete antes de darse cuenta y volver a ponerla sobre la banqueta. Quiere entrar, dijo Zulma pegada a la pared del fondo. Pero no, qué tontería, se habrá escapado de alguna chacra del valle y vino a la luz. Te digo que quiere entrar, está rabioso y quiere entrar. Los caballos no rabian que yo sepa, dijo Mariano, me parece que se ha ido, voy a mirar por la ventana de arriba. No, no, quedate aquí, lo oigo todavía, está en la escalera de la terraza, está pisoteando las plantas, va a volver, y si rompe el vidrio y entra. No seas sonsa, qué va a romper, dijo débilmente Mariano, a lo mejor si apagamos las luces se manda mudar. No sé, no sé, dijo Zulma resbalando hasta quedar sentada en la banqueta, oí cómo relincha, está ahí arriba. Oyeron los cascos bajando la escalera, el resoplar irritado contra la puerta, a Mariano le pareció sentir como una presión en la puerta, un roce repetido, y Zulma corrió hacia él gritando histéricamente. La rechazó sin violencia, tendió la mano hacia el interruptor; en la penumbra (quedaba la luz de la cocina donde dormía la nena) el relincho y los cascos se hicieron más fuertes, pero el caballo ya no estaba delante de la puerta, se lo oía ir y venir en el jardín. Mariano corrió a apagar la luz de la cocina, sin siquiera mirar hacia el rincón donde habían acostado a la nena; volvió para abrazar a Zulma que sollozaba, le acarició el pelo y la cara, pidiéndole que se callara para poder escuchar mejor. En el ventanal, la cabeza del caballo se frotó contra el gran vidrio, sin demasiada fuerza, la mancha blanca parecía transparente en la oscuridad; sintieron que el caballo miraba al interior como buscando algo, pero ya no podía verlos y sin embargo seguía ahí, relinchando y resoplando, con bruscas sacudidas a un lado y otro. El cuerpo de Zulma resbaló entre los brazos de Mariano, que la ayudó a sentarse otra vez en la banqueta, apoyándola contra la pared. No te muevas, no digas nada, ahora se va a ir, verás. Quiere entrar, dijo débilmente Zulma, sé que quiere entrar y si rompe la ventana, qué va a pasar si la rompe a patadas. Sh, dijo Mariano, callate por favor. Va a entrar, murmuró Zulma. Y no tengo ni una escopeta, dijo Mariano, le metería cinco balas en la cabeza, hijo de puta. Ya no está ahí, dijo Zulma levantándose bruscamente, lo oigo arriba, si ve la puerta de la terraza es capaz de entrar. Está bien cerrada, no tengas miedo, pensá que en la oscuridad no va a entrar en una casa donde ni siquiera podría moverse, no es tan idiota. Oh sí, dijo Zulma, quiere entrar, va a aplastarnos contra las paredes, sé que quiere entrar. Sh, repitió Mariano que también lo pensaba, que no podía hacer otra cosa que esperar con la espalda empapada de sudor frío. Una vez más los cascos resonaron en las lajas de la escalera, y de golpe el silencio, los grillos lejanos, un pájaro en el nogal de lo alto.

Sin encender la luz, ahora que el ventanal dejaba entrar la vaga claridad de la noche, Mariano llenó una copa de aguardiente y la sostuvo contra los labios de Zulma, obligándola a beber aunque los dientes chocaban contra la copa y el alcohol se derramaba en la blusa; después, del gollete, bebió un largo trago y fue hasta la cocina para mirar a la nena. Con las manos bajo la almohada como si sujetara la preciosa revista, dormía increíblemente y no había escuchado nada, apenas parecía estar ahí mientras en el salón el llanto de Zulma se cortaba cada tanto en un hipo ahogado, casi un grito. Ya pasó, ya pasó, dijo Mariano sentándose contra ella y sacudiéndola suavemente, no fue más que un susto. Va a volver, dijo Zulma con los ojos clavados en el ventanal. No, ya andará lejos, seguro que se escapó de alguna tropilla de allá abajo. Ningún caballo hace eso, dijo Zulma, ningún caballo quiere entrar así en una casa. Admito que es raro, dijo Mariano, mejor echemos un vistazo afuera, aquí tengo la linterna. Pero Zulma se había apretado contra la pared, la idea de abrir la puerta, de salir hacia la sombra blanca que podía estar cerca, esperando bajo los árboles, pronta a cargar. Mirá, si no nos aseguramos que se ha ido nadie va a dormir esta noche, dijo Mariano. Démosle un poco más de tiempo, entre tanto vos te acostás y te doy tu calmante; dosis extra, pobrecita, te la has ganado de sobra.

Zulma acabó por aceptar, pasivamente; sin encender las luces fueron hasta la escalera y Mariano mostró con la mano a la nena dormida, pero Zulma apenas la miró, subía la escalera trastabillando, Mariano tuvo que sujetarla al entrar en el dormitorio porque estaba a punto de golpearse en el marco de la puerta. Desde la ventana que daba sobre el alero miraron la escalera de piedra, la terraza más alta del jardín. Se ha ido, ves, dijo Mariano arreglando la almohada de Zulma, viéndola desvestirse con gestos mecánicos, la mirada fija en la ventana. Le hizo beber las gotas, le pasó agua colonia por el cuello y las manos, alzó suavemente la sábana hasta los hombros de Zulma que había cerrado los ojos y temblaba. Le secó las mejillas, esperó un momento y bajó a buscar la linterna; llevándola apagada en una mano y con un hacha en la otra, entornó poco a poco la puerta del salón y salió a la terraza inferior desde donde podía abarcar todo el lado de la casa que daba hacia el este; la noche era idéntica a tantas otras del verano, los grillos chirriaban lejos, una rana dejaba caer dos gotas alternadas de sonido. Sin necesidad de la linterna Mariano vio la mata de lilas pisoteada, las enormes huellas en el cantero de pensamientos, la maceta tumbada al pie de la escalera; no era una alucinación, entonces, y desde luego valía más que no lo fuera; por la mañana iría con Florencio a averiguar en las chacras del valle, no se la iban a llevar de arriba tan fácilmente. Antes de entrar enderezó la maceta, fue hasta los primeros árboles y escuchó largamente los grillos y la rana; cuando miró hacia la casa, Zulma estaba en la ventana del dormitorio, desnuda, inmóvil.

La nena no se había movido, Mariano subió sin hacer ruido y se puso a fumar al lado de Zulma. Ya ves, se ha ido, podemos dormir tranquilos; mañana veremos. Poco a poco la fue llevando hasta la cama, se desvistió, se tendió boca arriba, siempre fumando. Dormí, todo va bien, no fue más que un susto absurdo. Le pasó la mano por el pelo, los dedos resbalaron hasta el hombro, rozaron los senos. Zulma se volvió de lado, dándole la espalda, sin hablar; también eso era como tantas otras noches del verano.

Dormir tenía que ser difícil, pero Mariano se durmió bruscamente apenas había apagado el cigarrillo; la ventana seguía abierta y seguramente entrarían mosquitos, pero el sueño vino antes, sin imágenes, la nada total de la que salió en algún momento despedido por un pánico indecible, la presión de los dedos de Zulma en un hombro, el jadeo. Casi antes de comprender ya estaba escuchando la noche, el perfecto silencio puntuado por los grillos. Dormí, Zulma, no hay nada, habrás soñado. Obstinándose en que asintiera, que volviera a tenderse dándole la espalda ahora que de golpe había retirado la mano y estaba sentada, rígida, mirando hacia la puerta cerrada. Se levantó al mismo tiempo que Zulma, incapaz de impedirle que abriera la puerta y fuera hasta el nacimiento de la escalera, pegado a ella y preguntándose vagamente si no haría mejor en cachetearla, traerla a la fuerza hasta la cama, dominar por fin tanta lejanía petrificada. En la mitad de la escalera Zulma se detuvo, tomándose de la barandilla. ¿Vos sabés por qué está ahí la nena? Con una voz que debía pertenecer todavía a la pesadilla. ¿La nena? Otros dos peldaños, ya casi en el codo que se abría sobre la cocina. Zulma, por favor. Y la voz quebrada, casi en falsete, está ahí para dejarlo entrar, te digo que lo va a dejar entrar. Zulma, no me obligues a hacer una idiotez. Y la voz como triunfante, subiendo todavía más de tono, mirá, pero mirá si no me creés, la cama vacía, la revista en el suelo. De un empellón Mariano se adelantó a Zulma, saltó hasta el interruptor. La nena los miró, su piyama rosa contra la puerta que daba al salón, la cara adormilada. Qué hacés levantada a esta hora, dijo Mariano envolviéndose la cintura con un repasador. La nena miraba a Zulma desnuda, entre dormida y avergonzada la miraba como queriendo volverse a la cama, al borde del llanto. Me levanté para hacer pipí, dijo. Y saliste al jardín cuando te habíamos dicho que subieras al baño. La nena empezó a hacer pucheros, las manos cómicamente perdidas en los bolsillos del piyama. No es nada, volvete a la cama, dijo Mariano acariciándole el pelo. La arropó, le puso la revista debajo de la almohada; la nena se volvió contra la pared, un dedo en la boca como para consolarse. Subí, dijo Mariano, ya ves que no pasa nada, no te quedés ahí como una sonámbula. La vio dar dos pasos hacia la puerta del salón, se le cruzó en el camino, ya estaba bien así, qué diablos. Pero no te das cuenta de que le ha abierto la puerta, dijo Zulma con esa voz que no era la suya. Dejate de tonterías, Zulma. Andá a ver si no es cierto, o dejame ir a mí. La mano de Mariano se cerró en el antebrazo que temblaba. Subí ahora mismo, empujándola hasta llevarla al pie de la escalera, mirando al pasar a la nena que no se había movido, que ya debía dormir. En el primer peldaño Zulma gritó y quiso escapar, pero la escalera era estrecha y Mariano la empujaba con todo el cuerpo, el repasador se desciñó y cayó al pie de la escalera, sujetándola por los hombros y tironeándola hacia arriba la llevó hasta el rellano, la lanzó hacia el dormitorio, cerrando la puerta tras él. Lo va a dejar entrar, repetía Zulma, la puerta está abierta y va a entrar. Acostate, dijo Mariano. Te digo que la puerta está abierta. No importa, dijo Mariano, que entre si quiere, ahora me importa un carajo que entre o no entre. Atrapó las manos de Zulma que buscaban rechazarlo, la empujó de espaldas contra la cama, cayeron juntos, Zulma sollozando y suplicando, imposibilitada de moverse bajo el peso de un cuerpo que la ceñía cada vez más, que la plegaba a una voluntad murmurada boca a boca, rabiosamente, entre lágrimas y obscenidades. No quiero, no quiero, no quiero nunca más, no quiero, pero ya demasiado tarde, su fuerza y su orgullo cediendo a ese peso arrasador que la devolvía al pasado imposible, a los veranos sin cartas y sin caballos. En algún momento —empezaba a clarear— Mariano se vistió en silencio, bajó a la cocina; la nena dormía con el dedo en la boca, la puerta del salón estaba abierta. Zulma había tenido razón, la nena había abierto la puerta pero el caballo no había entrado en la casa. A menos que sí, lo pensó encendiendo el primer cigarrillo y mirando el filo azul de las colinas, a menos que también en eso Zulma tuviera razón y que el caballo hubiera entrado en la casa, pero cómo saberlo si no lo habían escuchado, si todo estaba en orden, si el reloj seguiría midiendo la mañana y después que Florencio viniera a buscar a la nena a lo mejor hacia las doce llegaría el cartero silbando desde lejos, dejándoles sobre la mesa del jardín las cartas que él o Zulma tomarían sin decir nada, un rato antes de decidir de común acuerdo lo que convenía preparar para el almuerzo.

Ahí pero dónde, cómo

Un cuadro de René Magritte representa una pipa que ocupa
el centro de la tela. Al pie de la pintura su título:
Esto no es una pipa.
A Paco, que gustaba de mis relatos.
(*Dedicatoria de* Bestiario, *1951*)

No depende de la voluntad

es él bruscamente: ahora (antes de empezar a escribir; la razón de que haya empezado a escribir) o ayer, mañana, no hay
ninguna indicación previa, él está o no está; ni siquiera puedo
decir que viene, no hay llegada ni partida; él es como un puro
presente que se manifiesta o no en este presente sucio, lleno
de ecos de pasado y obligaciones de futuro

A vos que me leés, ¿no te habrá pasado eso que empieza
en un sueño y vuelve en muchos sueños pero no es eso, no es
solamente un sueño? Algo que está ahí pero dónde, cómo; algo que pasa soñando, claro, puro sueño pero después también ahí, de otra manera porque blando y lleno de agujeros
pero ahí mientras te cepillás los dientes, en el fondo de la taza del lavabo lo seguís viendo mientras escupís el dentífrico o
metés la cara en el agua fría, y ya adelgazándose pero prendido todavía al piyama, a la raíz de la lengua mientras calentás
el café, ahí pero dónde, cómo, pegado a la mañana, con su silencio en el que ya entran los ruidos del día, el noticioso radial que pusimos porque estamos despiertos y levantados y el
mundo sigue andando. Carajo, carajo, ¿cómo puede ser, qué
es eso que fue, que fuimos en un sueño pero es otra cosa,
vuelve cada tanto y está ahí pero dónde, cómo está ahí y dónde es ahí? ¿Por qué otra vez Paco esta noche, ahora que lo es-

cribo en esta misma pieza, al lado de esta misma cama donde las sábanas marcan el hueco de mi cuerpo? ¿A vos no te pasa como a mí con alguien que se murió hace treinta años, que enterramos un mediodía de sol en la Chacarita, llevando a hombros el cajón con los amigos de la barra, con los hermanos de Paco?

su cara pequeña y pálida, su cuerpo apretado de jugador de pelota vasca, sus ojos de agua, su pelo rubio peinado con gomina, la raya al costado, su traje gris, sus mocasines negros, casi siempre una corbata azul pero a veces en mangas de camisa o con una bata de esponja blanca (cuando me espera en su pieza de la calle Rivadavia, levantándose con esfuerzo para que no me dé cuenta de que está tan enfermo, sentándose al borde de la cama envuelto en la bata blanca, pidiéndome el cigarrillo que le tienen prohibido)

Ya sé que no se puede escribir esto que estoy escribiendo, seguro que es otra de las maneras del día para terminar con las débiles operaciones del sueño; ahora me iré a trabajar, me encontraré con traductores y revisores en la conferencia de Ginebra donde estoy por cuatro semanas, leeré las noticias de Chile, esa otra pesadilla que ningún dentífrico despega de la boca; por qué entonces saltar de la cama a la máquina, de la casa de la calle Rivadavia en Buenos Aires donde acabo de estar con Paco, a esta máquina que no servirá de nada ahora que estoy despierto y sé que han pasado treinta y un años desde aquella mañana de octubre, ese nicho en un columbario, las pobres flores que casi nadie llevó porque maldito si nos importaban las flores mientras enterrábamos a Paco. Te digo, esos treinta y un años no son lo que importa, mucho peor es este paso del sueño a las palabras, el agujero entre lo que todavía sigue aquí pero se va entregando más y más a los nítidos filos de las cosas de este lado, al cuchillo de las palabras que sigo escribiendo y que ya no son eso que sigue ahí pero dónde, cómo. Y si sigo es porque no puedo más, tantas veces he sabido que Paco está vivo o que va a morirse, que está vivo de otra manera que nuestra manera de estar vivos o de ir a morirnos, que escribiéndolo por lo menos lucho contra lo inapresable, paso los dedos de las palabras por los agujeros de esa trama delgadísima que todavía me ataba en el cuarto de baño, en la tostadora, en el primer cigarrillo, que está todavía ahí pero dónde, cómo; repetir, reiterar, fórmulas de encantamiento, verdad, a lo mejor vos que me leés también tratás a veces de fijar con alguna salmodia lo que se te va yendo, repetís estúpidamente un verso infantil, arañita visita, arañita visita, cerrando los ojos para centrar la escena capital del sueño deshilachado, renunciando arañita, encogiéndote de hombros visita, el diariero llama a la puerta, tu mujer te mira sonriendo y te dice Pedrito, se te quedaron las telarañas en los ojos y tiene tanta razón pensás vos, arañita visita, claro que las telarañas.

cuando sueño con Alfredo, con otros muertos, puede ser cualquiera de sus tantas imágenes, de las opciones del tiempo y de la vida; a Alfredo lo veo manejando su Ford negro, jugando al póker, casándose con Zulema, saliendo conmigo del normal Mariano Acosta para ir a tomar un vermut en La Perla del Once; después, al final, antes, cualquiera de los días a lo largo de cualquiera de los años, pero Paco no, Paco es solamente la pieza desnuda y fría de su casa, la cama de hierro, la bata de esponja blanca, y si nos encontramos en el café y está con su traje gris y la corbata azul, la cara es la misma, la terrosa máscara final, los silencios de un cansancio irrestañable

No voy a perder más tiempo; si escribo es porque sé, aunque no pueda explicarme qué es eso que sé y apenas consiga separar lo más grueso, poner de un lado los sueños y del otro a Paco, pero hay que hacerlo si un día, si ahora mismo en cualquier momento alcanzo a manotear más lejos. Sé que sueño con Paco puesto que la lógica, puesto que los muertos no andan por la calle y hay un océano de agua y de tiempo entre este hotel de Ginebra y su casa de la calle Rivadavia, entre su casa de la calle Rivadavia y él muerto hace treinta y un años. Entonces es obvio que Paco está vivo (de qué inútil, horrible manera tendré que decirlo también para acercarme, para ganar algo de terreno) mientras yo duermo; eso que se llama soñar. Cada tanto, pueden pasar semanas e incluso años, vuelvo a saber mientras duermo que él está vivo y va a morirse; no hay nada de extraordinario en soñar con él y verlo vivo, ocurre con tantos otros en los sueños de todo el mundo, también yo a veces encuentro a mi abuela viva en mis sueños, o a Alfredo vivo en mis sueños, Alfredo que fue uno de los amigos de Paco y se murió antes que él. Cualquiera sueña con sus muertos y los ve vivos, no es por eso que escribo; si escribo es porque sé, aunque no pueda explicar qué es lo que sé. Mirá, cuando sueño con Alfredo el dentífrico cumple muy bien su tarea; queda la melancolía, la recurrencia de recuerdos añejos, después empieza la jornada sin Alfredo. Pero con Paco es como si se despertara también conmigo, puede permitirse el lujo de disolver casi enseguida las vívidas secuencias de la noche y seguir presente y fuera del sueño, desmintiéndolo con una fuerza que Alfredo, que nadie tiene en pleno día, después de la ducha y el diario. Qué le importa a él que yo me acuerde apenas de ese momento en que su hermano Claudio vino a buscarme, a decirme que Paco estaba muy enfermo, y que las escenas sucesivas, ya deshilachadas pero aún rigurosas y coherentes en el olvido, un poco como el hueco de mi cuerpo todavía marcado por las sábanas, se diluyan como todos los sueños. Lo que entonces sé es que haber soñado no es más que parte de algo diferente, una especie de superposición, una zona otra, aunque la expresión sea incorrecta pero también hay que superponer o violar las palabras si quiero acercarme, si espero alguna vez estar. Gruesamente, como lo estoy sintiendo ahora, Paco está vivo aunque

106

se va a morir, y si algo sé es que no hay nada de sobrenatural en eso; tengo mi idea sobre los fantasmas pero Paco no es un fantasma, Paco es un hombre, el hombre que fue hasta hace treinta y un años, mi camarada de estudios, mi mejor amigo. No ha sido necesario que volviera de mi lado una y otra vez, bastó el primer sueño para que yo lo supiera vivo más allá o más acá del sueño y otra vez me ganara la tristeza, como en las noches de la calle Rivadavia cuando lo veía ceder terreno frente a una enfermedad que se lo iba comiendo desde las vísceras, consumiéndolo sin apuro en la tortura más perfecta. Cada noche que he vuelto a soñarlo ha sido lo mismo, las variaciones del tema; no es la recurrencia la que podría engañarme, lo que sé ahora ya estaba sabido la primera vez, creo que en París en los años cincuenta, a quince años de su muerte en Buenos Aires. Es verdad, en aquel entonces traté de ser sano, de lavarme mejor los dientes; te rechacé, Paco, aunque ya algo en mí supiera que no estabas ahí como Alfredo, como mis otros muertos; también frente a los sueños se puede ser un canalla y un cobarde, y acaso por eso volviste, no por venganza sino para probarme que era inútil, que estabas vivo y tan enfermo, que te ibas a morir, que una y otra noche Claudio vendría a buscarme en sueños para llorar en mi hombro, para decirme Paco está mal, qué podemos hacer, Paco está tan mal.

su cara terrosa y sin sol, sin siquiera la luna de los cafés del Once, la vida noctámbula de los estudiantes, una cara triangular sin sangre, el agua celeste de los ojos, los labios despellejados por la fiebre, el olor dulzón de los nefríticos, su sonrisa delicada, la voz reducida al mínimo, teniendo que respirar entre cada frase, reemplazando las palabras por un gesto o una mueca irónica

Ves, eso es lo que sé, no es mucho pero lo cambia todo. Me aburren las hipótesis tempoespaciales, las *n* dimensiones, sin hablar de la jerga ocultista, la vida astral y Gustav Meyrinck. No voy a salir a buscar porque me sé incapaz de ilusión o quizás, en el mejor de los casos, de la capacidad para entrar en territorios diferentes. Simplemente estoy aquí y dispuesto, Paco, escribiendo lo que una vez más hemos vivido juntos mientras yo dormía; si en algo puedo ayudarte es en saber que no sos solamente mi sueño que ahí pero dónde, cómo, que ahí estás vivo y sufriendo. De ese ahí no puedo decir nada, sino que se me da soñando y despierto, que es un ahí sin asidero; porque cuando te veo estoy durmiendo y no sé pensar, y cuando pienso estoy despierto pero sólo puedo pensar; imagen o idea son siempre ese ahí pero dónde, ese ahí pero cómo.

releer esto es bajar la cabeza, putear de cara contra un nuevo cigarrillo, preguntarse por el sentido de estar tecleando en esta máquina, para quién, decime un poco, para quién que no se encoja de hombros y encasille rápido, ponga la etiqueta y pase a otra cosa, a otro cuento

Y además, Paco, por qué. Lo dejo para el final pero es lo más duro, es esta rebelión y este asco contra lo que te pasa. Te imaginás que no te creo en el infierno, nos haría tanta gracia si pudiéramos hablar de eso. Pero tiene que haber un por qué, no es cierto, vos mismo has de preguntarte porqué estás vivo ahí donde estás si de nuevo te vas a morir, si otra vez Claudio tiene que venir a buscarme, si como hace un momento voy a subir la escalera de la calle Rivadavia para encontrarte en tu pieza de enfermo, con esa cara sin sangre y los ojos como de agua, sonriéndome con labios desteñidos y resecos, dándome una mano que parece un papelito. Y tu voz, Paco, esa voz que te conocí al final, articulando precariamente las pocas palabras de un saludo o de una broma. Por supuesto que no estás en la casa de la calle Rivadavia, y que yo en Ginebra no he subido la escalera de tu casa en Buenos

Aires, eso es la utilería del sueño y como siempre al despertar las imágenes se deslíen y solamente quedás vos de este lado, vos que no sos un sueño, que me has estado esperando en tantos sueños pero como quien se cita en un lugar neutral, una estación o un café, la otra utilería que olvidamos apenas se echa a andar.

cómo decirlo, cómo seguir, hacer trizas la razón repitiendo que no es solamente un sueño, que si lo veo en sueños como a cualquiera de mis muertos, él es otra cosa, está ahí, dentro y fuera, vivo aunque

lo que veo de él, lo que oigo de él: la enfermedad lo ciñe, lo fija en esa última apariencia que es mi recuerdo de él hace treinta y un años; así está ahora, así es

¿Por qué vivís si te has enfermado otra vez, si vas a morirte otra vez? Y cuando te mueras, Paco, ¿qué va a pasar entre nosotros dos? ¿Voy a saber que te has muerto, voy a soñar, puesto que el sueño es la única zona donde puedo verte, que te enterramos de nuevo? Y después de eso, ¿voy a dejar de soñar, te sabré de veras muerto? Porque hace ya muchos años, Paco, que estás vivo ahí donde nos encontramos, pero con una vida inútil y marchita, esta vez tu enfermedad dura interminablemente más que la otra, pasan semanas o meses, pasa París o Quito o Ginebra y entonces viene Claudio y me abraza, Claudio tan joven y cachorro llorando silencioso contra mi hombro, avisándome que estás mal, que suba a verte, a veces es un café pero casi siempre hay que subir la estrecha escalera de esa casa que ya han echado abajo, desde un taxi miré hace un año esa cuadra de Rivadavia a la altura del Once y supe que la casa ya no estaba ahí o que la habían transformado, que falta la puerta y la angosta escalera que llevaba al primer piso, a las piezas de alto cielo raso y estucos amarillos, pasan semanas o meses y de nuevo sé que tengo que ir a verte, o simplemente te encuentro en cualquier lado o sé que estás en cualquier lado aunque no te vea, y nada termina, nada empieza ni termina mientras duermo o después en la oficina o aquí escribiendo, vos vivo para qué, vos vivo por qué, Paco, ahí pero dónde, viejo, dónde y hasta cuándo.

aducir pruebas de aire, montoncitos de ceniza como pruebas, seguridades de agujero; para peor con palabras, desde palabras incapaces de vértigo, etiquetas previas a la lectura, esa otra etiqueta final

noción de territorio contiguo, de pieza de al lado; tiempo de al lado, y a la vez nada de eso, demasiado fácil refugiarse en lo binario; como si todo dependiera de mí, de una simple clave que un gesto o un salto me darían, y saber que no, que mi vida me encierra en lo que soy, al borde mismo pero

tratar de decirlo de otra manera, insistir: por esperanza, buscando el laboratorio de medianoche, una alquimia impensable, una transmutación

No sirvo para ir más lejos, intentar cualquiera de los caminos que otros siguen en busca de sus muertos, la fe o los hongos o las metafísicas. Sé que no estás muerto, que las mesas de tres patas son inútiles; no iré a consultar videntes porque también ellos tienen sus códigos, me mirarían como a un demente. Sólo puedo creer en lo que sé, seguir por mi vereda como vos por la tuya empequeñecido y enfermo ahí donde estás, sin molestarme, sin pedirme nada pero apoyándote de alguna manera en mí que te sé vivo, en ese eslabón que te enlaza con esta zona a la que no pertenecés pero que te sostiene vaya a saber por qué, vaya a saber para qué. Y por eso, pienso, hay momentos en que te hago falta y es entonces cuando llega Claudio o cuando de golpe te encuentro en el café donde jugábamos al billar o en la pieza de los altos donde poníamos discos de Ravel y leíamos a Federico y a Rilke, y la alegría deslumbrada que me da saberte vivo es más fuerte que la palidez de tu cara y la fría debilidad de tu mano; porque en pleno sueño no me engaño como me engaña a veces ver a Alfredo o a Juan Carlos, la alegría no es esa horrible decepción al despertar y comprender que se ha soñado, con vos me despierto y nada cambia salvo que he dejado de verte, sé que estás vivo ahí donde estás, en una tierra que es esta tierra y no una esfera astral o un limbo abominable; y la alegría dura y está aquí mientras escribo, y no contradice la tristeza de haberte visto una vez más tan mal, es todavía la esperanza, Paco, si escribo es porque espero aunque cada vez sea lo mismo, la escalera que lleva a tu pieza, el café donde entre dos carambolas me dirás que estuviste enfermo pero que ya va pasando, mintiéndome con una pobre sonrisa; la esperanza de que alguna vez sea de otra manera, que Claudio no tenga que venir a buscarme y a llorar abrazado a mí, pidiéndome que vaya a verte.

aunque sea para estar otra vez cerca de él cuando se muera como en aquella noche de octubre, los cuatro amigos, la fría lámpara colgando del cielo raso, la última inyección de coramina, el pecho desnudo y helado, los ojos abiertos que uno de nosotros le cerró llorando

Y vos que me leés creerás que invento; poco importa, hace mucho que la gente pone en la cuenta de mi imaginación lo que de veras he vivido, o viceversa. Mirá, a Paco no lo encontré nunca en la ciudad de la que he hablado alguna vez, una ciudad con la que sueño cada tanto, y que es como el recinto de una muerte infinitamente postergada, de búsquedas turbias y de imposibles citas. Nada hubiera sido más natural que verlo ahí, pero ahí no lo he encontrado nunca ni creo que lo encontraré. Él tiene su territorio propio, gato en su mundo recortado y preciso, la casa de la calle Rivadavia, el café del billar, alguna esquina del Once. Quizá si lo hubiera encontrado en la ciudad de las arcadas y del canal del norte, lo habría sumado a la maquinaria de las búsquedas, a las interminables habitaciones del hotel, a los ascensores que se desplazan horizontalmente, a la pesadilla elástica que vuelve cada tanto; hubiera sido más fácil explicar su presencia, imaginarla parte de ese decorado que la hubiera empobrecido limándola, incorporándola a sus torpes juegos. Pero Paco está en lo suyo, gato solitario asomando desde su propia zona sin mezclas; quienes vienen a buscarme son solamente los suyos, es Claudio o su padre, alguna vez su hermano mayor. Cuando despierto después de haberlo encontrado en su casa o en el café, viéndole la muerte en los ojos como de agua, el resto se pierde en el fragor de la vigilia, sólo él queda conmigo mientras me lavo los dientes y escucho el noticioso antes de salir; ya no su imagen percibida con la cruel precisión lenticular del sueño (el traje gris, la corbata azul, los mocasines negros) sino la certidumbre de que impensablemente sigue ahí y que sufre.

> ni siquiera esperanza en lo absurdo, saberlo otra vez feliz, verlo en un torneo de pelota, enamorado de esas muchachas con las que bailaba en el club

> pequeña larva gris, *animula vagula blandula*, monito temblando de frío bajo las frazadas, tendiéndome una mano de maniquí, para qué, por qué

No habré podido hacerte vivir esto, lo escribo igual para vos que me leés porque es una manera de quebrar el cerco, de pedirte que busques en vos mismo si no tenés también uno de esos gatos, de esos muertos que quisiste y que están en ese ahí que ya me exaspera nombrar con palabras de papel. Lo hago por Paco, por si esto o cualquier otra cosa sirviera de algo, lo ayudara a curarse o a morirse, a que Claudio no volviera a buscarme, o simplemente a sentir por fin que todo era un engaño, que sólo sueño con Paco y que él vaya a saber por qué se agarra un poco más a mis tobillos que Alfredo, que mis otros muertos. Es lo que vos estarás pensando, qué otra cosa podrías pensar a menos que también te haya pasado con alguien, pero nadie me ha hablado nunca de cosas así y tampoco lo espero de vos, simplemente tenía que decirlo y esperar, decirlo y otra vez acostarme y vivir como cualquiera, haciendo lo posible por olvidar que Paco sigue ahí, que nada termina porque mañana o el año que viene me despertaré sabiendo como ahora que Paco sigue vivo, que me llamó porque esperaba algo de mí, y que no puedo ayudarlo porque está enfermo, porque se está muriendo.

Lugar llamado Kindberg

Llamado Kindberg, a traducir ingenuamente por montaña de los niños o a verlo como la montaña gentil, la amable montaña, así o de otra manera un pueblo al que llegan de noche desde una lluvia que se lava rabiosamente la cara contra el parabrisas, un viejo hotel de galerías profundas donde todo está preparado para el olvido de lo que sigue allí afuera golpeando y arañando, el lugar por fin, poder cambiarse, saber que se está tan bien, tan al abrigo; y la sopa en la gran sopera de plata, el vino blanco, partir el pan y darle el primer pedazo a Lina que lo recibe en la palma de la mano como si fuera un homenaje, y lo es, y entonces le sopla por encima vaya a saber por qué pero tan bonito ver que el flequillo de Lina se alza un poco y tiembla como si el soplido devuelto por la mano y por el pan fuera a levantar el telón de un diminuto teatro, casi como si desde ese momento Marcelo pudiera ver salir a escena los pensamientos de Lina, las imágenes y los recuerdos de Lina que sorbe su sopa sabrosa soplando siempre sonriendo.

Y no, la frente lisa y aniñada no se altera, al principio es sólo la voz que va dejando caer pedazos de persona, componiendo una primera aproximación a Lina: chilena, por ejemplo, y un tema canturreado de Archie Shepp, las uñas un poco comidas pero muy pulcras contra una ropa sucia de auto-stop y dormir en granjas o albergues de la juventud. La juventud, se ríe Lina sorbiendo la sopa como una osita, seguro que no te la imaginas: fósiles, fíjate, cadáveres vagando como en esa película de miedo de Romero.

Marcelo está por preguntarle qué Romero, primera noticia del tal Romero, pero mejor dejarla hablar, lo divierte asistir a esa felicidad de comida caliente, como antes su contento en la pieza con chimenea esperando crepitando, la burbuja burguesa protectora de una billetera de viajero sin problemas, la lluvia estrellándose ahí afuera contra la burbuja como esa tarde en la cara blanquísima de Lina al borde de la carretera a la salida del bosque en el crepúsculo, qué lugar para hacer auto-stop y sin embargo ya, otro poco de sopa osita, cómame que necesita salvarse de una angina, el pelo todavía húmedo pero ya chimenea crepitando esperando ahí en la pieza de gran cama Habsburgo, de espejos hasta el suelo con mesitas y caireles y cortinas y por qué estabas ahí bajo el agua decime un poco, tu mamá te hubiera dado una paliza.

Cadáveres, repite Lina, mejor andar sola, claro que si llueve pero no te creas, el abrigo es impermeable de veras, no más que un poco el pelo y las piernas, ya está, una aspirina si acaso. Y entre la panera vacía y la nueva llenita que ya la osezna saquea y qué manteca más rica, ¿y tú qué haces, por qué viajas en ese tremendo auto, y tú por qué, ah y tú argentino? Doble aceptación de que el azar hace bien las cosas, el previsible recuerdo de que si ocho kilómetros antes Marcelo no se hubiera detenido a beber un trago, la osita ahora metida en otro auto o todavía en el bosque, soy corredor de materiales prefabricados, es algo que obliga a viajar mucho pero esta vez ando vagando entre dos obligaciones. Osezna atenta y casi grave, qué es eso de prefabricados, pero desde luego tema aburrido, qué le va a hacer, no puede decirle que es domador de fieras o director de cine o Paul McCartney: la sal. Esa manera brusca de insecto o pájaro aunque osita flequillo bailoteándole, el refrán recurrente de Archie Shepp, tienes los discos, pero cómo, ah bueno. Dándose cuenta, piensa irónico Marcelo, de que lo normal sería que él no tuviera los discos de Archie Shepp y es idiota porque en realidad claro que los tiene y a veces los escucha con Marlene en Bruselas y solamente no sabe vivirlos como Lina que de golpe canturrea un trozo entre dos mordiscos, su sonrisa suma de free-jazz y bocado gúlasch y osita húmeda de auto-stop, nunca tuve tanta suerte, fuiste bueno. Bueno y consecuente, entona Marcelo revancha bandoneón, pero la pelota sale de la cancha, es otra generación, es una osita Shepp, ya no tango, che.

Por supuesto queda todavía la cosquilla, casi un calambre agridulce de eso a la llegada a Kindberg, el párking del hotel en el enorme hangar vetusto, la vieja alumbrándoles el camino con una linterna de época, Marcelo valija y portafolios, Lina mochila y chapoteo, la invitación a cenar aceptada antes de Kindberg, así charlamos un poco, la noche y la metralla de la lluvia, mala cosa seguir, mejor paramos en Kindberg y te invito a cenar, oh sí gracias qué rico, así se te seca la ropa, lo mejor es quedarse aquí hasta mañana, que llueva que llueva la vieja está en la cueva, oh sí dijo Lina, y entonces el párking, las galerías resonantes góticas hasta la recepción, qué calentito este hotel, qué suerte, una gota de agua la última en el borde del flequillo, la mochila colgando osezna girl-scout con tío bueno, voy a pedir las piezas así te secás un poco antes de cenar. Y la cosquilla, casi un calambre ahí abajo, Lina mirándolo toda flequillo, las piezas qué tontería, pide una sola. Y él no mirándola pero la cosquilla agradesagradable, entonces es un yiro, entonces es una delicia, entonces osita sopa chimenea, entonces una más y qué suerte viejo porque está bien linda. Pero después mirándola sacar de la mochila el otro par de blue-jeans y el pulóver negro, dándole la espalda charlando qué chimenea, huele, fuego perfumado, buscándole aspirinas en el fondo de la valija entre vitaminas y desodorantes y after-shave y hasta dónde pensás llegar, no sé, tengo una carta para unos hippies de Copenhague, unos dibujos que me dio Cecilia en Santiago, me dijo que son tipos estupendos, el biombo de raso y Lina colgando la ropa mojada, volcando indescriptible la mochila sobre la mesa franciscojosé dorada y arabescos James Baldwin kleenex botones anteojos negros cajas de cartón Pablo Neruda paquetitos higiénicos plano de Alemania, tengo hambre, Marcelo, me gusta tu nombre suena bien y tengo hambre, entonces vamos a comer, total para ducha ya tuviste bastante, después acabás de arreglar esa mochila, Lina levantando la cabeza bruscamente, mirándolo: Yo no arreglo nunca nada, para qué, la mochila es como yo y este viaje y la política, todo mezclado y qué importa. Mocosa, pensó Marcelo calambre, casi cosquilla (darle las aspirinas a la altura del café, efecto más rápido) pero a ella le molestaban esas distancias verbales, esos vos tan joven y cómo puede ser que viajés así sola, en mitad de la sopa se había reído: la juventud, fósiles, fíjate, cadáveres vagando como en esa película de Romero. Y el gúlasch y poco a poco desde el calor y la osezna de nuevo contenta y el vino, la cosquilla en el estómago cediendo a una especie de alegría, a una paz, que dijera tonterías, que siguiera explicándole su visión de un mundo que a lo mejor había sido también su visión alguna vez aunque ya no estaba para acordarse, que lo mirara desde el teatro de su flequillo, de golpe seria y como preocupada y después bruscamente Shepp, diciendo tan bueno estar así, sentirse seca y dentro de la burbuja y una vez en Avignon cinco horas esperando un stop con un viento que arrancaba las tejas, vi estrellarse un pájaro contra un árbol, cayó como un pañuelo fíjate: la pimienta por favor.

Entonces (se llevaban la fuente vacía) pensás seguir hasta Dinamarca siempre así, ¿pero tenés un poco de plata o qué? Claro que voy a seguir, ¿no comes la lechuga?, pásamela entonces, todavía tengo hambre, una manera de plegar las hojas con el tenedor y masticarlas despacio canturreándoles Shepp con de cuando en cuando una burbujita plateada plop en los labios húmedos, boca bonita recortada terminando justo donde debía, esos dibujos del renacimiento, Florencia en otoño con Marlene, esas bocas que pederastas geniales habían amado tanto, sinuosamente sensuales sutiles etcétera, se te está yendo a la cabeza este Riesling sesenta y cuatro, escuchándola entre mordiscos y canturreos no sé cómo acabé filosofía en Santiago, quisiera leer muchas cosas, es ahora cuando tengo que empezar a leer. Previsible, pobre osita tan contenta con su lechuga y su plan de tragarse Spinoza en seis meses mezclado con Allen Ginsberg y otra vez Shepp: cuánto lugar común desfilaría hasta el café (no olvidarse de darle la aspirina, si me empieza a estornudar es un problema, mocosa con el pelo mojado la cara toda flequillo pegado la lluvia manoteándola al borde del camino) pero paralelamente entre Shepp y el fin del gúlasch todo iba como girando de a poco, cambiando, eran las mismas frases y Spinoza o Copenhague y a la vez diferente, Lina ahí frente a él partiendo el pan bebiendo el vino mirándolo contenta, lejos y cerca al mismo tiempo, cambiando con el giro de la noche, aunque lejos y cerca no era una explicación, otra cosa, algo como una mostración, Lina mostrándole algo que no era ella misma pero entonces qué, decime un poco. Y dos tajadas al hilo de gruyère, por qué no comes, Marcelo, es riquísimo, no comiste nada, tonto, todo un señor como tú, porque tú eres un señor, ¿no?, y ahí fumando mando mando mando sin comer nada, oye, y un poquito más de vino, tú querrías, ¿no?, porque con este queso te imaginas, hay que darle una bajadita de nada, anda, come un poco: más pan, es increíble lo que como de pan, siempre me vaticinaron gordura, lo que oyes, es cierto que ya tengo barriguita, no parece pero sí, te juro, Shepp.

Inútil esperar que hablara de cualquier cosa sensata y por qué esperar (porque tú eres un señor, ¿no?), osezna entre las flores del postre mirando deslumbrada y a la vez con ojos calculadores el carrito de ruedas lleno de tortas compotas merengues, barriguita, sí, le habían vaticinado gordura, sic, ésta con más crema, y por qué no te gusta Copenhague, Marcelo. Pero Marcelo no había dicho que no le gustara Copenhague, solamente un poco absurdo eso de viajar en plena lluvia y semanas y mochila para lo más probablemente descubrir que los hippies ya andaban por California, pero no te das

cuenta que no importa, te dije que no los conozco, les llevo
unos dibujos que me dieron Cecilia y Marcos en Santiago y
un disquito de *Mothers of Invention*, ¿aquí no tendrán un tocadiscos para que te lo ponga?, probablemente demasiado tarde y Kindberg, date cuenta, todavía si fueran violines gitanos
pero esas madres, che, la sola idea, y Lina riéndose con mucha crema y barriguita bajo pulóver negro, los dos riéndose al
pensar en las madres aullando en Kindberg, la cara del hotelero y ese calor que hacía rato reemplazaba la cosquilla en el
estómago, preguntándose si no se haría la difícil, si al final la
espada legendaria en la cama, en todo caso el rollo de la almohada y uno de cada lado barrera moral espada moderna,
Shepp, ya está, empezás a estornudar, tomá la aspirina que ya
traen el café, voy a pedir coñac que activa el salicílico, lo
aprendí de buena fuente. Y en realidad él no había dicho que
no le gustara Copenhague pero la osita parecía entender el
tono de su voz más que las palabras, como él cuando aquella
maestra de la que se había enamorado a los doce años, que
importaban las palabras frente a ese arrullo, eso que nacía de
la voz como un deseo de calor, de que lo arroparan y caricias
en el pelo, tantos años después el psicoanálisis: angustia, bah,
nostalgia del útero primordial, todo al fin y al cabo desde el
vamos flotaba sobre las aguas, lea la Biblia, cincuenta mil pesos para curarse de los vértigos y ahora esa mocosa que le estaba como sacando pedazos de sí mismo, Shepp, pero claro,
si te la tragás en seco cómo no se te va a pegar en la garganta,
bobeta. Y ella revolviendo el café, de golpe levantando unos
ojos aplicados y mirándolo con un respeto nuevo, claro que si
le empezaba a tomar el pelo se lo iba a pagar doble pero no,
de veras Marcelo, me gustas cuando te pones tan doctor y papá, no te enojes, siempre digo lo que no tendría que, no te
enojes, pero si no me enojo, pavota, sí te enojaste un poquito
porque te dije doctor y papá, no era en ese sentido pero justamente se te nota tan bueno cuando me hablas de la aspirina
y fíjate que te acordaste de buscarla y traerla, yo ya me había

olvidado, Shepp, ves cómo me hacía falta, y eres un poco cómico porque me miras tan doctor, no te enojes, Marcelo, qué rico este coñac con el café, qué bien para dormir, tú sabes que. Y sí, en la carretera desde las siete de la mañana, tres autos y un camión, bastante bien en conjunto salvo la tormenta al final pero entonces Marcelo y Kindberg y el coñac Shepp. Y dejar la mano muy quieta, palma hacia arriba sobre el mantel lleno de miguitas cuando él se la acarició levemente para decirle que no, que no estaba enojado porque ahora sabía que era cierto, que de veras la había conmovido ese cuidado nimio, el comprimido que él había sacado del bolsillo con instrucciones detalladas, mucha agua para que no se pegara en la garganta, café y coñac; de golpe amigos, pero de veras, y el fuego debía estar entibiando todavía más el cuarto, la camarera ya habría plegado las sábanas como sin duda siempre en Kindberg, una especie de ceremonia antigua, de bienvenida al viajero cansado, a las oseznas bobas que querían mojarse hasta Copenhague y después, pero qué importa después, Marcelo, ya te dije que no quiero atarme, noquieronoquiero, Copenhague es como un hombre que encuentras y dejas (ah), un día que pasa, no creo en el futuro, en mi familia no hablan más que del futuro, me hinchan los huevos con el futuro, y a él también su tío Roberto convertido en el tirano cariñoso para cuidar de Marcelito huérfano de padre y tan chiquito todavía el pobre, hay que pensar en el mañana m'hijo, la jubilación ridícula del tío Roberto, lo que hace falta es un gobierno fuerte, la juventud de hoy no piensa más que en divertirse, carajo, en mis tiempos en cambio, y la osezna dejándole la mano sobre el mantel y por qué esa succión idiota, ese volver a un Buenos Aires del treinta o del cuarenta, mejor Copenhague, che, mejor Copenhague y los hippies y la lluvia al borde del camino, pero él nunca había hecho stop, prácticamente nunca, una o dos veces antes de entrar en la universidad, después ya tenía para ir tirando, para el sastre, y sin embargo hubiera podido aquella vez que los muchachos planeaban tomarse juntos un velero que tardaba tres meses en ir a Rotterdam, carga y escalas y total seiscientos pesos o algo así, ayudando un poco a la tripulación, divirtiéndose, claro que vamos, en el café *Rubí* del Once, claro que vamos, Monito, hay que juntar los seiscientos gruyos, no era fácil, se te va el sueldo en cigarrillos y alguna mina, un día ya no se vieron más, ya no se hablaba del velero, hay que pensar en el mañana, m'hijo, Shepp. Ah, otra vez; vení, tenés que descansar, Lina. Sí doctor, pero un momentito apenas más, fijate que me queda este fondo de coñac tan tibio, pruébalo, sí, ves cómo está tibio. Y algo que él había debido decir sin saber qué mientras se acordaba del *Rubí* porque de nuevo Lina con esa manera de adivinarle la voz, lo que realmente decía su voz más que lo que le estaba diciendo que era siempre idiota y aspirina y tenés que descansar o para qué ir a Copenhague por ejemplo cuando ahora, con esa manita blanca y caliente bajo la suya, todo podía llamarse Copenhague, todo hubiera podido llamarse velero si seiscientos pesos, si huevos, si poesía. Y Lina mirándolo y después bajando rápido los ojos como si todo eso estuviera ahí sobre la mesa, entre las migas, ya basura del tiempo, como si él le hubiera hablado de todo eso en vez de repetirle vení, tenés que descansar, sin animarse al plural más lógico, vení vamos a dormir, y Lina que se relamía y se acordaba de unos caballos (o eran vacas, le escuchaba apenas el final de la frase), unos caballos cruzando el campo como si algo los hubiera espantado de golpe: dos caballos blancos y uno alazán, en el fundo de mis tíos no sabes lo que era galopar por la tarde contra el viento, volver tarde y cansada y claro los reproches, machona, ya mismo, espera que termino este traguito y ya, ya mismo, mirándolo con todo el flequillo al viento como si a caballo en el fundo, soplándose en la nariz porque el coñac tan fuerte, tenía que ser idiota para plantearse problemas cuando había sido ella en el gran corredor negro, ella chapoteando y contenta y dos piezas qué tontería, pide una sola, asumiendo por supuesto todo el sentido de esa economía, sabiendo y a lo mejor acostumbrada y esperando eso al acabar cada etapa, pero y si al final no era así puesto que no parecía así, si al final sorpresas, la espada en la mitad de la cama, si al final bruscamente en el canapé del rincón, claro que entonces él, un caballero, no te olvides de la chalina, nunca vi una escalera tan ancha, seguro que fue un palacio, hubo condes que daban fiestas con candelabros y cosas, y las puertas, fíjate esa puerta, pero si es la nuestra, pintada con ciervos y pastores, no puede ser. Y el fuego, las rojas salamandras huyentes y la cama abierta blanquísima enorme y las cortinas ahogando las ventanas, ah qué rico, qué bueno, Marcelo, cómo vamos a dormir, espera que por lo menos te muestre el disco, tiene una tapa preciosa, les va a gustar, lo tengo aquí en el fondo con las cartas y los planos, no lo habré perdido, Shepp. Mañana me lo mostrás, te estás resfriando de veras, desvestite rápido, mejor apago así vemos el fuego, oh sí Marcelo, qué brasas, todos los gatos juntos, mira las chispas, se está bien en la oscuridad, da pena dormir, y él dejando el saco en el respaldo de un sillón, acercándose a la osezna acurrucada contra la chimenea, sacándose los zapatos junto a ella, agachándose para sentarse frente al fuego, viéndole correr la lumbre y las sombras por el pelo suelto, ayudándola a soltarse la blusa, buscándole el cierre del sostén, su boca ya contra el hombro desnudo, las manos yendo de caza entre las chispas, mocosa chiquita, osita boba, en algún momento ya desnudos de pie frente al fuego y besándose, fría la cama y blanca y de golpe ya nada, un fuego total corriendo por la piel, la boca de Lina en su pelo, en su pecho, las manos por la espalda, los cuerpos dejándose llevar y conocer y un quejido apenas, una respiración anhelosa y tener que decirle porque eso sí tenía que decírselo, antes del fuego y del sueño tenía que decírselo, Lina, no es por agradecimiento que lo hacés, ¿verdad?, y las manos perdidas en su espalda subiendo como látigos a su cara, a su garganta, apretándolo furiosas, inofensivas, dulcísimas y furiosas, chiquitas y rabiosamente hincadas, casi un sollozo, un quejido de protesta y negación, una rabia también en la voz, cómo puedes, cómo puedes Marcelo, y ya así, entonces sí, todo bien así, perdoname mi amor perdoname tenía que decírtelo perdoname dulce perdoname, las bocas, el otro fuego, las caricias de rosados bordes, la burbuja que tiembla entre los labios, fases del conocimiento, silencios en que todo es piel o lento correr de pelo, ráfaga de párpado, negación y demanda, botella de agua mineral que se bebe del gollete, que va pasando por una misma sed de una boca a otra, terminando en los dedos que tantean en la mesa de luz, que encienden, hay ese gesto de cubrir la pantalla con un slip, con cualquier cosa, de dorar el aire para empezar a mirar a Lina de espaldas, a la osezna de lado, a la osita boca abajo, la piel liviana de Lina que le pide un cigarrillo, que se sienta contra las almohadas, eres huesudo y peludísimo, Shepp, espera que te tape un poco si encuentro la frazada, mírala a los pies, me parece que se le chamuscaron los bordes, cómo no nos dimos cuenta, Shepp.

Después el fuego lento y bajo en la chimenea, en ellos, decreciendo y dorándose, ya el agua bebida, los cigarrillos, los cursos universitarios eran un asco, me aburría tanto, lo mejor lo fui aprendiendo en los cafés, leyendo antes del cine, hablando con Cecilia y con Pirucho, y él oyéndola, el *Rubí*, tan parecidamente el *Rubí* veinte años antes, Arlt y Rilke y Eliot y Borges, sólo que Lina sí, ella sí en su velero de auto-stop, en sus singladuras de Renault o de Volkswagen, la osezna entre hojas secas y lluvia en el flequillo, pero por qué otra vez tanto velero y tanto *Rubí*, ella que no los conocía, que no había nacido siquiera, chilenita mocosa vagabunda Copenhague, por qué desde el comienzo, desde la sopa y el vino blanco ese irle tirando a la cara sin saberlo tanta cosa pasada y perdida, tanto perro enterrado, tanto velero por seiscientos pesos, Lina mirándolo desde el semisueño, resbalando en las almohadas con un suspiro de bicho satisfecho, buscándole la cara con las manos, tú me gustas, huesudo, tú ya leíste todos los libros, Shepp, quiero decir que contigo se está bien, estás de vuelta, tienes esas manos grandes y fuertes, tienes vida detrás, tú no eres viejo. De manera que la osezna lo sentía vivo a pesar de, más vivo que los de su edad, los cadáveres de la película de Romero y quién sería ése debajo del flequillo donde el pequeño teatro resbalaba ahora húmedo hacia el sueño, los ojos entornados y mirándolo, tomarla dulcemente una vez más, sintiéndola y dejándola a la vez, escuchar su ronrón de protesta a medias, tengo sueño, Marcelo, así no, sí mi amor, sí, su cuerpo liviano y duro, los muslos tensos, el ataque devuelto duplicado sin tregua, no ya Marlene en Bruselas, las mujeres como él pausadas y seguras, con todos los libros leídos, ella la osezna, su manera de recibir su fuerza y contestarla pero después, todavía en el borde de ese viento lleno de lluvia y gritos, resbalando a su vez al semisueño, darse cuenta de que también eso era velero y Copenhague, su cara hundida entre los senos de Lina era la cara del *Rubí*, las primeras noches adolescentes con Mabel o con Nélida en el departamento prestado del Monito, las ráfagas furiosas y elásticas y casi enseguida por qué no salimos a dar una vuelta por el centro, dame los bombones, si mamá se entera. Entonces ni siquiera así, ni siquiera en el amor se abolía ese espejo hacia atrás, el viejo retrato de sí mismo joven que Lina le ponía por delante acariciándolo y Shepp y durmámonos ya y otro poquito de agua por favor; como haber sido ella, desde ella en cada cosa, insoportablemente absurdo irreversible y al final el sueño entre las últimas caricias murmuradas y todo el pelo de la osezna barriéndole la cara como si algo en ella supiera, como si quisiera borrarlo para que se despertara otra vez Marcelo, como se despertó a las nueve y Lina en el sofá se peinaba canturreando, vestida ya para otra carretera y otra lluvia. No hablaron mucho, fue un desayuno breve y había sol, a muchos kilómetros de Kindberg se pararon a tomar otro café, Lina cuatro terrones y la cara como lavada, ausente, una especie de felicidad abstracta, y entonces tú sabes, no te enojes, dime que no te vas a enojar, pero claro que no, decime lo que sea, si necesitás algo, deteniéndose justo al borde del lugar común porque la palabra había estado ahí como los billetes en su cartera, esperando que los usaran y ya a punto de decirla cuando la mano de Lina tímida en la suya, el flequillo tapándole los ojos y por fin preguntarle si podía seguir otro poco con él aunque ya no fuera la misma ruta, qué importaba, seguir un poco más con él porque se sentía tan bien, que durara un poquito más con este sol, dormiremos en un bosque, te mostraré el disco y los dibujos, solamente hasta la noche si quieres, y sentir que sí, que quería, que no había ninguna razón para que no quisiera, y apartar lentamente la mano y decirle que no, mejor no, sabés, aquí vas a encontrar fácil, es un gran cruce, y la osezna acatando como bruscamente golpeada y lejana, comiéndose cara abajo los terrones de azúcar, viéndolo pagar y levantarse y traerle la mochila y besarla en el pelo y darle la espalda y perderse en un furioso cambio de velocidades, cincuenta, ochenta, ciento diez, la ruta abierta para los corredores de materiales prefabricados, la ruta sin Copenhague y solamente llena de veleros podridos en las cunetas, de empleos cada vez mejor pagados, del murmullo porteño del *Rubí*, de la sombra del plátano solitario en el viraje, del tronco donde se incrustó a ciento sesenta con la cara metida en el volante como Lina había bajado la cara porque así la bajan las ositas para comer el azúcar.

Las fases de Severo

In memoriam Remedios Varo

Todo estaba como quieto, como de alguna manera congelado en su propio movimiento, su olor y su forma que seguían y cambiaban con el humo y la conversación en voz baja entre cigarrillos y tragos. El Bebe Pessoa había dado ya tres fijas para San Isidro, la hermana de Severo cosía las cuatro monedas en las puntas del pañuelo para cuando a Severo le tocara el sueño. No éramos tantos pero de golpe una casa resulta chica, entre dos frases se arma el cubo transparente de dos o tres segundos de suspensión, y en momentos así algunos debían sentir como yo que todo eso, por más forzoso que fuera, nos lastimaba por Severo, por la mujer de Severo y los amigos de tantos años.

Como a las once de la noche habíamos llegado con Ignacio, el Bebe Pessoa y mi hermano Carlos. Éramos un poco de la familia, sobre todo Ignacio que trabajaba en la misma oficina de Severo, y entramos sin que se fijaran demasiado en nosotros. El hijo mayor de Severo nos pidió que pasáramos al dormitorio, pero Ignacio dijo que nos quedaríamos un rato en el comedor; en la casa había gente por todas partes, amigos o parientes que tampoco querían molestar y se iban sentando en los rincones o se juntaban al lado de una mesa o de un aparador para hablar o mirarse. Cada tanto los hijos o la hermana de Severo traían café y copas de caña, y casi siempre en esos momentos todo se aquietaba como si se congelara en su propio movimiento y en el recuerdo empezaba a aletear la frase idiota: «Pasa un ángel», pero aunque después yo comentara un doblete del negro Acosta en Palermo, o Ignacio acariciara el pelo crespo del hijo menor de Severo, todos sentíamos que en el fondo la inmovilidad seguía, que estábamos como esperando cosas ya sucedidas o que todo lo que podía suceder era quizás otra cosa o nada, como en los sueños, aunque estábamos despiertos y de a ratos, sin querer escuchar, oíamos el llanto de la mujer de Severo, casi tímido en un rincón de la sala donde debían estar acompañándola los parientes más cercanos.

Uno se va olvidando de la hora en esos casos, o como lo dijo riéndose el Bebe Pessoa, es al revés y la hora se olvida de uno, pero al rato vino el hermano de Severo para decir que iba a empezar el sudor, y aplastamos los puchos y fuimos entrando de a uno en el dormitorio donde cabíamos casi todos porque la familia había sacado los muebles y no quedaban más que la cama y una mesa de luz. Severo estaba sentado en la cama, sostenido por las almohadas, y a los pies se veía un cobertor de sarga azul y una toalla celeste. No había ninguna necesidad de estar callado, y los hermanos de Severo nos invitaban con gestos cordiales (son tan buenas gentes todos) a acercarnos a la cama, a rodear a Severo que tenía las manos cruzadas sobre las rodillas. Hasta el hijo menor, tan chico, estaba ahora al lado de la cama mirando a su padre con cara de sueño.

La fase del sudor era desagradable porque al final había que cambiar las sábanas y el piyama, hasta las almohadas se iban empapando y pesaban como enormes lágrimas. A diferencia de otros que según Ignacio tendían a impacientarse, Severo se quedaba inmóvil, sin siquiera mirarnos, y casi enseguida el sudor le había cubierto la cara y las manos. Sus rodillas se recortaban como dos manchas oscuras, y aunque su hermana le secaba a cada momento el sudor de las mejillas, la transpiración brotaba de nuevo y caía sobre la sábana.

—Y eso que en realidad está muy bien —insistió Ignacio que se había quedado cerca de la puerta—. Sería peor si se moviera, las sábanas se pegan que da miedo.

—Papá es hombre tranquilo —dijo el hijo mayor de Severo—. No es de los que dan trabajo.

—Ahora se acaba —dijo la mujer de Severo, que había entrado al final y traía un piyama limpio y un juego de sábanas. Pienso que todos sin excepción la admiramos como nunca en ese momento, porque sabíamos que había estado llorando poco antes y ahora era capaz de atender a su marido con una cara tranquila y sosegada, hasta enérgica. Supongo que algunos de los parientes le dijeron frases alentadoras a Severo, yo ya estaba otra vez en el zaguán y la hija menor me ofrecía una taza de café. Me hubiera gustado darle conversación para distraerla, pero entraban otros y Manuelita es un poco tímida, a lo mejor piensa que me intereso por ella y prefiero permanecer neutral. En cambio el Bebe Pessoa es de los que van y vienen por la casa y por la gente como si nada, y entre él, Ignacio y el hermano de Severo ya habían formado una barra con algunas primas y sus amigas, hablando de cebar un mate amargo que a esa hora le vendría bien a más de cuatro porque asienta el asado. Al final no se pudo, en uno de esos momentos en que de golpe nos quedábamos inmóviles (insisto en que nada cambiaba, seguíamos hablando o gesticulando, pero era así y de alguna manera hay que decirlo y darle una razón o un nombre) el hermano de Severo vino con una lámpara de acetileno y desde la puerta nos previno que iba a empezar la fase de los saltos. Ignacio se bebió el café de un trago y dijo que esa noche todo parecía andar más rápido; fue de los que se ubicaron cerca de la cama, con la mujer de Severo y el chico menor que se reía porque la mano derecha de Severo oscilaba como un metrónomo. Su mujer le había puesto un piyama blanco y la cama estaba otra vez impecable; olimos el agua colonia y el Bebe le hizo un gesto admirativo a Manuelita, que debía haber pensado en eso. Severo dio el primer salto y quedó sentado al borde de la cama, mirando a su hermana que lo alentaba con una sonrisa un poco estúpida y de circunstancias. Qué necesidad había de eso, pensé yo que prefiero las cosas limpias; y qué podía importarle a Severo que su hermana lo alentara o no. Los saltos se sucedían rítmicamente: sentado al borde de la cama, sentado contra la cabecera, sentado en el borde opuesto, de pie en el medio de la cama, de pie sobre el piso entre Ignacio y el Bebe, en cuclillas sobre el piso entre su mujer y su hermano, sentado en el rincón de la puerta, de pie en el centro del cuarto, siempre entre dos amigos o parientes, cayendo justo en los huecos mientras nadie se movía y solamente los ojos lo iban siguiendo, sentado en el borde de la cama, de pie contra la cabecera, de cuclillas en el medio de la cama, arrodillado en el borde de la cama, parado entre Ignacio y Manuelita, de rodillas entre su hijo menor y yo, sentado al pie de la cama. Cuando la mujer de Severo anunció el fin de la fase, todos empezaron a hablar al mismo tiempo y a felicitar a Severo que estaba como ajeno; yo no me acuerdo quién lo acompañó de vuelta a la cama porque salíamos al mismo tiempo comentando la fase y buscando alguna cosa para calmar la sed, y yo me fui con el Bebe al patio a respirar el aire de la noche y a bebernos dos cervezas del gollete.

En la fase siguiente hubo un cambio, me acuerdo, porque según Ignacio tenía que ser la de los relojes y en cambio oíamos llorar otra vez a la mujer de Severo en la sala y casi enseguida vino el hijo mayor a decirnos que ya empezaban a entrar las polillas. Nos miramos un poco extrañados con el Bebe y con Ignacio, pero no estaba excluido que pudiera haber cambios y el Bebe dijo lo acostumbrado sobre el orden de los factores y esas cosas; pienso que a nadie le gustaba el cambio pero disimulábamos al ir entrando otra vez y formando círculo alrededor de la cama de Severo, que la familia había colocado como correspondía en el centro del dormitorio.

El hermano de Severo llegó el último con la lámpara de acetileno, apagó la araña del cielo raso y corrió la mesa de luz hasta los pies de la cama; cuando puso la lámpara en la mesa de luz nos quedamos callados y quietos, mirando a Severo que se había incorporado a medias entre las almohadas y no parecía demasiado cansado por las fases anteriores. Las polillas empezaron a entrar por la puerta, y las que ya estaban en las paredes o el cielo raso se sumaron a las otras y empezaron a revolotear en torno de la lámpara de acetileno. Con los ojos muy abiertos Severo seguía el torbellino ceniciento que aumentaba cada vez más, y parecía concentrar todas sus fuerzas en esa contemplación sin parpadeos. Una de las polillas (era muy grande, yo creo que en realidad era una falena pero en esa fase se hablaba solamente de polillas y nadie hubiera discutido el nombre) se desprendió de las otras y voló a la cara de Severo; vimos que se pegaba a la mejilla derecha y que Severo cerraba por un instante los ojos. Una tras otra las polillas abandonaron la lámpara y volaron en torno de Severo, pegándose en el pelo, la boca y la frente hasta convertirlo en una enorme máscara temblorosa en la que sólo los ojos seguían siendo los suyos y miraban empecinados la lámpara de acetileno donde una polilla se obstinaba en girar buscando la entrada. Sentí que los dedos de Ignacio se me clavaban en el antebrazo, y sólo entonces me di cuenta de que también yo temblaba y tenía una mano hundida en el hombro del Bebe. Alguien gimió, una mujer, probablemente Manuelita que no sabía dominarse como los demás, y en ese mismo instante la última polilla voló hacia la cara de Severo y se perdió en la masa gris. Todos gritamos a la vez, abrazándonos y palmeándonos mientras el hermano de Severo corría a encender la araña del cielo raso; una nube de polillas buscaba torpemente la salida y Severo, otra vez la cara de Severo, seguía mirando la lámpara ya inútil y movía cautelosamente la boca como si temiera envenenarse con el polvo de plata que le cubría los labios.

No me quedé ahí porque tenían que lavar a Severo y ya alguien estaba hablando de una botella de grapa en la cocina, aparte de que en esos casos siempre sorprende cómo las bruscas recaídas en la normalidad, por decirlo así, distraen y hasta engañan. Seguí a Ignacio que conocía todos los rincones, y le pegamos a la grapa con el Bebe y el hijo mayor de Severo. Mi hermano Carlos se había tirado en un banco y fumaba con la cabeza gacha, respirando fuerte; le llevé una copa y se la bebió de un trago. El Bebe Pessoa se empecinaba en que Manuelita tomara un trago, y hasta le hablaba de cine y de carreras; yo me mandaba una grapa tras otra sin querer pensar en nada, hasta que no pude más y busqué a Ignacio que parecía esperarme cruzado de brazos.

—Si la última polilla hubiera elegido... —empecé.

Ignacio hizo una lenta señal negativa con la cabeza. Por supuesto, no había que preguntar; por lo menos en ese momento no había que preguntar; no sé si comprendí del todo pero tuve la sensación de un gran hueco, algo como una cripta vacía que en alguna parte de la memoria latía lentamente con un gotear de filtraciones. En la negación de Ignacio (y desde lejos me había parecido que el Bebe Pessoa también negaba con la cabeza, y que Manuelita nos miraba ansiosamente, demasiado tímida para negar a su vez) había como una suspensión del juicio, un no querer ir más adelante; las cosas eran así en su presente absoluto, como iban ocurriendo. Entonces podíamos seguir, y cuando la mujer de Severo entró en la cocina para avisar que Severo iba a decir los números, dejamos las copas medio llenas y nos apuramos, Manuelita entre el Bebe y yo, Ignacio atrás con mi hermano Carlos que llega siempre tarde a todos lados.

Los parientes ya estaban amontonados en el dormitorio y no quedaba mucho sitio donde ubicarse. Yo acababa de entrar (ahora la lámpara de acetileno ardía en el suelo, al lado de la cama, pero la araña seguía encendida) cuando Severo se levantó, se puso las manos en los bolsillos del piyama, y mirando a su hijo mayor dijo: «6», mirando a su mujer dijo: «20», mirando a Ignacio dijo: «23», con una voz tranquila y desde abajo, sin apurarse. A su hermana le dijo 16, a su hijo menor 28, a otros parientes les fue diciendo números casi

132

siempre altos, hasta que a mí me dijo 2 y sentí que el Bebe me miraba de reojo y apretaba los labios, esperando su turno. Pero Severo se puso a decirles números a otros parientes y amigos, casi siempre por encima de 5 y sin repetirlos jamás. Casi al final al Bebe le dijo 14, y el Bebe abrió la boca y se estremeció como si le pasara un gran viento entre las cejas, se frotó las manos y después tuvo vergüenza y las escondió en los bolsillos del pantalón justo cuando Severo le decía 1 a una mujer de cara muy encendida, probablemente una parienta lejana que había venido sola y que casi no había hablado con nadie esa noche, y de golpe Ignacio y el Bebe se miraron y Manuelita se apoyó en el marco de la puerta y pareció que temblaba, que se contenía para no gritar. Los demás ya no atendían a sus números, Severo los decía igual pero ellos empezaban a hablar, incluso Manuelita cuando se repuso y dio dos pasos adelante y le tocó el 9, ya nadie se preocupaba y los números terminaron en un hueco 24 y un 12 que les tocaron a un pariente y a mi hermano Carlos; el mismo Severo parecía menos concentrado y con el último se echó hacia atrás y se dejó tapar por su mujer, cerrando los ojos como quien se desinteresa u olvida.

—Por supuesto es una cuestión de tiempo —me dijo Ignacio cuando salimos del dormitorio—. Los números por sí mismos no quieren decir nada, che.

—¿A vos te parece? —le pregunté bebiéndome de un trago la copa que me había traído el Bebe.

—Pero claro, che —dijo Ignacio—. Fijate que del 1 al 2 pueden pasar años, ponele diez o veinte, en una de ésas más.

—Seguro —apoyó el Bebe—. Yo que vos no me afligía.

Pensé que me había traído la copa sin que nadie se la pidiera, molestándose en ir hasta la cocina con toda esa gente. Y a él le había tocado el 14 y a Ignacio el 23.

—Sin contar que está el asunto de los relojes —dijo mi hermano Carlos que se había puesto a mi lado y me apoyaba la mano en el hombro—. Eso no se entiende mucho, pero a lo mejor tiene su importancia. Si te toca atrasar...

—Ventaja adicional —dijo el Bebe, sacándome la copa vacía de la mano como si tuviera miedo de que se me cayese al suelo.

Estábamos en el zaguán al lado del dormitorio, y por eso entramos de los primeros cuando el hijo mayor de Severo vino precisamente a decirnos que empezaba la fase de los relojes. Me pareció que la cara de Severo había enflaquecido de golpe, pero su mujer acababa de peinarlo y olía de nuevo a agua colonia que siempre da confianza. A mí me rodeaban mi hermano, Ignacio y el Bebe como para cuidarme el ánimo, y en cambio no había nadie que se ocupara de la parienta que había sacado el 1 y que estaba a los pies de la cama con la cara más roja que nunca, temblándole la boca y los párpados. Sin siquiera mirarla Severo le dijo a su hijo menor que adelantara, y el pibe no entendió y se puso a reír hasta que su madre lo agarró de un brazo y le quitó el reloj pulsera. Sabíamos que era un gesto simbólico, bastaba simplemente adelantar o atrasar las agujas sin fijarse en el número de horas o minutos, puesto que al salir de la habitación volveríamos a poner los relojes en hora. Ya a varios les tocaba adelantar o atrasar, Severo distribuía las indicaciones casi mecánicamente, sin interesarse; cuando a mí me tocó atrasar, mi hermano volvió a clavarme los dedos en el hombro; esta vez se lo agradecí, pensando como el Bebe que podía ser una ventaja adicional aunque nadie pudiera estar seguro; y también a la parienta de la cara colorada le tocaba atrasar, y la pobre se secaba unas lágrimas de gratitud, quizá completamente inútiles al fin y al cabo, y se iba para el patio a tener un buen ataque de nervios entre las macetas; algo oímos después desde la cocina, entre nuevas copas de grapa y las felicitaciones de Ignacio y de mi hermano.

—Pronto será el sueño —nos dijo Manuelita—, mamá manda decir que se preparen.

No había mucho que preparar, volvimos despacio al dormitorio, arrastrando el cansancio de la noche; pronto amanecería y era día hábil, a casi todos nos esperaban los empleos a las nueve o a las nueve y media; de golpe empezaba a hacer más frío, la brisa helada en el patio metiéndose por el zaguán, pero en el dormitorio las luces y la gente calentaban el aire, casi no se hablaba y bastaba mirarse para ir haciendo sitio, ubicándose alrededor de la cama después de apagar los cigarrillos. La mujer de Severo estaba sentada en la cama, arreglando las almohadas, pero se levantó y se puso en la cabecera; Severo miraba hacia arriba, ignorándonos miraba la araña encendida, sin parpadear, con las manos apoyadas sobre el vientre, inmóvil e indiferente miraba sin parpadear la araña encendida y entonces Manuelita se acercó al borde de la cama y todos le vimos en la mano el pañuelo con las monedas atadas en las cuatro puntas. No quedaba más que esperar, sudando casi en ese aire encerrado y caliente, oliendo agradecidos el agua colonia y pensando en el momento en que por fin podríamos irnos de la casa y fumar hablando en la calle, discutiendo o no lo de esa noche, probablemente no pero fumando hasta perdernos por las esquinas. Cuando los párpados de Severo empezaron a bajar lentamente, borrándole de a poco la imagen de la araña encendida, sentí cerca de mi oreja la respiración ahogada del Bebe Pessoa. Bruscamente había un cambio, un aflojamiento, se lo sentía como si no fuéramos más que un solo cuerpo de incontables piernas y manos y cabezas aflojándose de golpe, comprendiendo que era el fin, el sueño de Severo que empezaba, y el gesto de Manuelita al inclinarse sobre su padre y cubrirle la cara con el pañuelo, disponiendo las cuatro puntas de manera que lo sostuvieran naturalmente, sin arrugas ni espacios descubiertos, era lo mismo que ese suspiro contenido que nos envolvía a todos, nos tapaba a todos con el mismo pañuelo.

—Y ahora va a dormir —dijo la mujer de Severo—. Ya está durmiendo, fíjense.

Los hermanos de Severo se habían puesto un dedo en los labios pero no hacía falta, nadie hubiera dicho nada, empezábamos a movernos en puntas de pie, apoyándonos unos en otros para salir sin ruido. Algunos miraban todavía hacia atrás, el pañuelo sobre la cara de Severo, como si quisieran asegurarse de que Severo estaba dormido. Sentí contra mi mano derecha un pelo crespo y duro, era el hijo menor de Severo que un pariente había tenido cerca de él para que no hablara ni se moviera, y que ahora había venido a pegarse a mí, jugando a caminar en puntas de pie y mirándome desde abajo con unos ojos interrogantes y cansados. Le acaricié el mentón, las mejillas, llevándolo contra mí fui saliendo al zaguán y al patio, entre Ignacio y el Bebe que ya sacaban los atados de cigarrillos; el gris del amanecer con un gallo allá en lo hondo nos iba devolviendo a nuestra vida de cada uno, al futuro ya instalado en ese gris y ese frío, horriblemente hermoso. Pensé que la mujer de Severo y Manuelita (tal vez los hermanos y el hijo mayor) se quedaban adentro velando el sueño de Severo, pero nosotros íbamos ya camino de la calle, dejábamos atrás la cocina y el patio.

—¿No juegan más? —me preguntó el hijo de Severo, cayéndose de sueño pero con la obstinación de todos los pibes.

—No, ahora hay que ir a dormir —le dije—. Tu mamá te va a acostar, andate adentro que hace frío.

—Era un juego, ¿verdad, Julio?

—Sí, viejo, era un juego. Andá a dormir, ahora.

Con Ignacio, el Bebe y mi hermano llegamos a la primera esquina, encendimos otro cigarrillo sin hablar mucho. Otros ya andaban lejos, algunos seguían parados en la puerta de la casa, consultándose sobre tranvías o taxis; nosotros conocíamos bien el barrio, podíamos seguir juntos las primeras cuadras, después el Bebe y mi hermano doblarían a la izquierda, Ignacio seguiría unas cuadras más, y yo subiría a mi pieza y pondría a calentar la pava del mate, total no valía la pena acostarse por tan poco tiempo, mejor ponerse las zapatillas y fumar y tomar mate, esas cosas que ayudan.

Cuello de gatito negro

Por lo demás no era la primera vez que le pasaba, pero de todos modos siempre había sido Lucho el que llevaba la iniciativa, apoyando la mano como al descuido para rozar la de una rubia o una pelirroja que le caía bien, aprovechando los vaivenes en los virajes del *métro* y entonces por ahí había respuesta, había gancho, un dedito se quedaba prendido un momento antes de la cara de fastidio o indignación, todo dependía de tantas cosas, a veces salía bien, corría, el resto entraba en el juego como iban entrando las estaciones en las ventanillas del vagón, pero esa tarde pasaba de otra manera, primero que Lucho estaba helado y con el pelo lleno de nieve que se había derretido en el andén y le resbalaban gotas frías por dentro de la bufanda, había subido al *métro* en la estación de la rue du Bac sin pensar en nada, un cuerpo pegado a tantos otros esperando que en algún momento fuese la estufa, el vaso de coñac, la lectura del diario antes de ponerse a estudiar alemán entre siete y media y nueve, lo de siempre salvo ese guantecito negro en la barra de apoyo, entre montones de manos y codos y abrigos un guantecito negro prendido en la barra metálica y él con su guante marrón mojado firme en la barra para no írsele encima a la señora de los paquetes y la nena llorona, de golpe la conciencia de que un dedo pequeñito se estaba como subiendo a caballo por su guante, que eso venía desde una manga de piel de conejo más bien usada, la mulata parecía muy joven y miraba hacia abajo como ajena, un balanceo más entre el balanceo de tantos cuerpos apelmazados; a Lucho le había parecido un desvío de la regla más bien divertido, dejó la mano suelta, sin responder, imaginando que la chica estaba distraída, que no se daba cuenta de esa leve jineteada en el caballo mojado y quieto. Le hubiera gustado tener sitio suficiente como para sacar el diario del bolsillo y leer los titulares donde se hablaba de Biafra, de Israel y de Estudiantes de la Plata, pero el diario estaba en el bolsillo de la derecha y para sacarlo hubiera tenido que soltar la mano de la barra, perdiendo el apoyo necesario en los virajes, de manera que lo mejor era mantenerse firme, abriéndole un pequeño hueco precario entre sobretodos y paquetes para que la nena estuviera menos triste y su madre no le siguiera hablando con ese tono de cobrador de impuestos.

Casi no había mirado a la chica mulata. Ahora le sospechó la mata de pelo encrespado bajo la capucha del abrigo y pensó críticamente que con el calor del vagón bien podía haberse echado atrás la capucha, justamente cuando el dedo le acariciaba de nuevo el guante, primero un dedo y luego dos trepándose al caballo húmedo. El viraje antes de Montparnasse-Bienvenue empujó a la chica contra Lucho, su mano resbaló del caballo para apretarse a la barra, tan pequeña y tonta al lado del gran caballo que naturalmente le buscaba ahora las cosquillas con un hocico de dos dedos, sin forzar, divertido y todavía lejano y húmedo. La muchacha pareció darse cuenta de golpe (pero su distracción, antes, también había tenido algo de repentino y de brusco), y apartó un poco más la mano, mirando a Lucho desde el oscuro hueco que le hacía la capucha para fijarse luego en su propia mano como si no estuviera de acuerdo o estudiara las distancias de la buena educación. Mucha gente había bajado en Montparnasse-Bienvenue y Lucho ya podía sacar el diario, solamente que en vez de sacarlo se quedó estudiando el comportamiento de la manita enguantada con una atención un poco burlona, sin mirar a la chica que otra vez tenía los ojos puestos en los zapatos ahora bien visibles en el piso sucio donde de golpe faltaban la nena llorona y tanta gente que se estaba bajando en la estación Falguière. El tirón del arranque obligó a los dos guantes a crisparse en la barra, separados y obrando por su cuenta, pero el tren estaba detenido en la estación Pasteur cuando los dedos de Lucho buscaron el guante negro que no se retiró como la primera vez sino que pareció aflojarse en la barra, volverse todavía más pequeño y blando bajo la presión de dos, de tres dedos, de toda la mano que se subía en una lenta posesión delicada, sin apoyar demasiado, tomando y dejando a la vez, y en el vagón casi vacío ahora que se abrían las puertas en la estación Volontaires, la muchacha girando poco a poco sobre un pie enfrentó a Lucho sin alzar la cara, como mirándolo desde el guantecito cubierto por toda la mano de Lucho, y cuando al fin lo miró, sacudidos los dos por un barquinazo entre Volontaires y Vaugirard, sus grandes ojos metidos en la sombra de la capucha estaban ahí como esperando, fijos y graves, sin la menor sonrisa ni reproche, sin nada más que una espera interminable que vagamente le hizo mal a Lucho.

—Es siempre así —dijo la muchacha—. No se puede con ellas.

—Ah —dijo Lucho, aceptando el juego pero preguntándose por qué no era divertido, por qué no lo sentía juego aunque no podía ser otra cosa, no había ninguna razón para imaginar que fuera otra cosa.

—No se puede hacer nada —repitió la chica—. No entienden o no quieren, vaya a saber, pero no se puede hacer nada en contra.

Le estaba hablando al guante, mirando a Lucho sin verlo le estaba hablando al guantecito negro casi invisible bajo el gran guante marrón.

—A mí me pasa igual —dijo Lucho—. Son incorregibles, es cierto.

—No es lo mismo —dijo la chica.

—Oh, sí, usted vio.

139

—No vale la pena hablar —dijo ella, bajando la cabeza—. Discúlpeme, fue culpa mía.

Era el juego, claro, pero por qué no era divertido, por qué él no lo sentía juego aunque no podía ser otra cosa, no había ninguna razón para imaginar que fuera otra cosa.

—Digamos que fue culpa de ellas —dijo Lucho apartando su mano para marcar el plural, para denunciar a las culpables en la barra, las enguantadas silenciosas distantes quietas en la barra.

—Es diferente —dijo la chica—. A usted le parece lo mismo, pero es tan diferente.

—Bueno, siempre hay una que empieza.

—Sí, siempre hay una.

Era el juego, no había más que seguir las reglas sin imaginar que hubiera otra cosa, una especie de verdad o de desesperación. Por qué hacerse el tonto en vez de seguirle la corriente si le daba por ahí.

—Usted tiene razón —dijo Lucho—. Habría que hacer algo en contra, no dejarlas.

—No sirve de nada —dijo la chica.

—Es cierto, apenas uno se distrae, ya ve.

—Sí —dijo ella—. Aunque usted lo esté diciendo en broma.

—Oh no, hablo tan en serio como usted. Mírelas.

El guante marrón jugaba a rozar el guantecito negro inmóvil, le pasaba un dedo por la cintura, lo soltaba, iba hasta el extremo de la barra y se quedaba mirándolo, esperando. La chica agachó aún más la cabeza y Lucho volvió a preguntarse por qué todo eso no era divertido ahora que no quedaba más que seguir jugando.

—Si fuera en serio —dijo la chica, pero no le hablaba a él, no le hablaba a nadie en el vagón casi vacío—. Si fuera en serio, entonces a lo mejor.

—Es en serio —dijo Lucho— y realmente no se puede hacer nada en contra.

Ahora ella lo miró de frente, como despertándose; el *métro* entraba en la estación Convention.

—La gente no puede comprender —dijo la chica—. Cuando es un hombre, claro, enseguida se imagina que...

Vulgar, desde luego, y además habría que apurarse porque sólo quedaban tres estaciones.

—Y peor todavía si es una mujer —estaba diciendo la chica—. Ya me ha pasado y eso que las vigilo desde que subo, todo el tiempo, pero ya ve.

—Por supuesto —aceptó Lucho—. Llega ese minuto en que uno se distrae, es tan natural, y entonces se aprovechan.

—No hable por usted —dijo la chica—. No es lo mismo. Perdóneme, yo tuve la culpa, me bajo en Corentin Celton.

—Claro que tuvo la culpa —se burló Lucho—. Yo tendría que haber bajado en Vaugirard y ya ve, me ha hecho pasar dos estaciones.

El viraje los tiró contra la puerta, las manos resbalaron hasta juntarse en el extremo de la barra. La chica seguía diciendo algo, disculpándose tontamente; Lucho sintió otra vez los dedos del guante negro que se trepaban a su mano, la ceñían. Cuando ella lo soltó bruscamente murmurando una despedida confusa, no quedaba más que una cosa por hacer, seguirla por el andén de la estación, ponerse a su lado y buscarle la mano como perdida boca abajo al término de la manga, balanceándose sin objeto.

—No —dijo la chica—. Por favor, no. Déjeme seguir sola.

—Por supuesto —dijo Lucho sin soltarle la mano—. Pero no me gusta que se vaya así, ahora. Si hubiéramos tenido más tiempo en el *métro*...

—¿Para qué? ¿De qué sirve tener más tiempo?

—A lo mejor hubiéramos terminado por encontrar algo, juntos. Algo contra, quiero decir.

—Pero usted no comprende —dijo ella—. Usted piensa que...

141

—Vaya a saber lo que pienso —dijo honradamente Lucho—. Vaya a saber si en el café de la esquina tienen buen café, y si hay un café en la esquina, porque este barrio no lo conozco casi.

—Hay un café —dijo ella— pero es malo.

—No me niegue que se ha sonreído.

—No lo niego, pero el café es malo.

—De todas maneras hay un café en la esquina.

—Sí —dijo ella, y esta vez le sonrió mirándolo—. Hay un café pero el café es malo, y usted cree que yo...

—Yo no creo nada —dijo él, y era malditamente cierto.

—Gracias —dijo increíblemente la chica. Respiraba como si la escalera la fatigara, y a Lucho le pareció que estaba temblando, pero otra vez el guante negro pequeñito colgante tibio inofensivo ausente, otra vez lo sentía vivir entre sus dedos, retorcerse, apretarse enroscarse bullir estar bien estar tibio estar contento acariciante negro guante pequeñito dedos dos tres cuatro cinco uno, dedos buscando dedos y guante en guante, negro en marrón, dedo entre dedo, uno entre uno y tres, dos entre dos y cuatro. Eso sucedía, se balanceaba ahí cerca de sus rodillas, no se podía hacer nada, era agradable y no se podía hacer nada o era desagradable pero lo mismo no se podía hacer nada, eso ocurría ahí y no era Lucho quien estaba jugando con la mano que metía sus dedos entre los suyos y se enroscaba y bullía, y tampoco de alguna manera la chica que jadeaba al llegar a lo alto de la escalera y alzaba la cara contra la llovizna como si quisiera lavársela del aire estancado y caliente de las galerías del *métro*.

—Vivo ahí —dijo la chica, mostrando una ventana alta entre tantas ventanas de tantos altos inmuebles iguales en la acera opuesta—. Podríamos hacer un nescafé, es mejor que ir a un bar, yo creo.

—Oh sí —dijo Lucho, y ahora eran sus dedos los que se iban cerrando lentamente sobre el guante como quien aprieta el cuello de un gatito negro. La pieza era bastante grande y muy caliente, con una azalea y una lámpara de pie y discos de Nina Simone y una cama revuelta que la chica avergonzadamente y disculpándose rehízo a tirones. Lucho la ayudó a poner tazas y cucharas en la mesa cerca de la ventana, hicieron un nescafé fuerte y azucarado, ella se llamaba Dina y él Lucho. Contenta, como aliviada, Dina hablaba de la Martinica, de Nina Simone, por momentos daba una impresión de apenas núbil dentro de ese vestido liso color lacre, la minifalda le quedaba bien, trabajaba en una notaría, las fracturas de tobillo eran penosas pero esquiar en febrero en la Haute Savoie, ah. Dos veces se había quedado mirándolo, había empezado a decir algo con el tono de la barra en el *métro*, pero Lucho había bromeado, ya decidido a basta, a otra cosa, inútil insistir y al mismo tiempo admitiendo que Dina sufría, que a lo mejor le hacía daño renunciar tan pronto a la comedia como si eso tuviera ahora la menor importancia. Y a la tercera vez, cuando Dina se había inclinado para echar el agua caliente en su taza, murmurando de nuevo que no era culpa suya, que solamente de a ratos le pasaba, que ya veía él como todo era diferente ahora, el agua y la cucharita, la obediencia de cada gesto, entonces Lucho había comprendido pero vaya a saber qué, de golpe había comprendido y era diferente, era del otro lado, la barra valía, el juego no había sido un juego, las fracturas de tobillo y el esquí podían irse al diablo ahora que Dina hablaba de nuevo sin que él la interrumpiera o la desviara, dejándola, sintiéndola, casi esperándola, creyendo porque era absurdo, a menos que sólo fuera porque Dina con su carita triste, sus menudos senos que desmentían el trópico, sencillamente porque Dina. A lo mejor habría que encerrarme, había dicho Dina sin exageración, como un mero punto de vista. No se puede vivir así, compréndalo, en cualquier momento ocurre, usted es usted, pero otras veces. Otras veces qué. Otras veces insultos, manotazos a las nalgas, acostarse enseguida, nena, para qué perder tiempo. Pero entonces. Entonces qué. Pero entonces, Dina.

—Yo pensé que había comprendido —dijo Dina, hosca—. Cuando le digo que a lo mejor habría que encerrarme.

—Tonterías. Pero yo, al principio...

—Ya sé. Cómo no le iba a ocurrir al principio. Justamente es eso, al principio cualquiera se equivoca, es tan lógico. Tan lógico, tan lógico. Y encerrarme también sería lógico.

—No, Dina.

—Pero sí, carajo. Perdóneme. Pero sí. Sería mejor que lo otro, que tantas veces. Ninfo no sé cuánto. Putita, tortillera. Sería bastante mejor al fin y al cabo. O cortármelas yo misma con el hacha de picar carne. Pero no tengo una hacha —dijo Dina sonriéndole como para que la perdonara una vez más, tan absurda reclinada en el sillón, resbalando cansada, perdida, con la minifalda cada vez más arriba, olvidada de sí misma, mirándolas solamente tomar una taza, echar el nescafé, obedientes hipócritas hacendosas tortilleras putitas ninfo no sé cuánto.

—No diga tonterías —repitió Lucho, perdido en algo que jugaba a cualquier cosa ahora, a deseo, a desconfianza, a protección—. Ya sé que no es normal, habría que encontrar las causas, habría que. De todas maneras para qué ir tan lejos. El encierro o el hacha, quiero decir.

—Quién sabe —dijo ella—. A lo mejor habría que ir muy lejos, hasta el final. A lo mejor sería la única manera de salir.

—¿Qué quiere decir lejos? —preguntó Lucho, cansado—. ¿Y cuál es el final?

—No sé, no sé nada. Tengo solamente miedo. Yo también me impacientaría si otro me hablara así, pero hay días en que. Sí, días. Y noches.

—Ah —dijo Lucho acercando el fósforo al cigarrillo—. Porque también de noche, claro.

—Sí.

—Pero no cuando está sola.

144

—También cuando estoy sola.

—También cuando está sola. Ah.

—Entiéndame, quiero decir que.

—Está bien —dijo Lucho, bebiendo el café—. Está muy bueno, muy caliente. Lo que necesitábamos con un día así.

—Gracias —dijo ella simplemente, y Lucho la miró porque no había querido agradecerle nada, simplemente sentía la recompensa de ese momento de reposo, de que la barra hubiera cesado por fin.

—Y eso que no era malo ni desagradable —dijo Dina como si adivinara—. No me importa que no me crea, pero para mí no era malo ni desagradable, por primera vez.

—¿Por primera vez qué?

—Eso, que no fuera malo ni desagradable.

—¿Que se pusieran a...?

—Sí, que de nuevo se pusieran a, y que no fuera ni malo ni desagradable.

—¿Alguna vez la llevaron presa por eso? —preguntó Lucho, bajando la taza hasta el platillo con un movimiento lento y deliberado, guiando su mano para que la taza aterrizara exactamente en el centro del platillo. Contagioso, che.

—No, nunca, pero en cambio... Hay otras cosas. Ya le dije, los que piensan que es a propósito y también ellos empiezan, igual que usted. O se enfurecen, como las mujeres, y hay que bajarse en la primera estación o salir corriendo de la tienda o del café.

—No llorés —dijo Lucho—. No vamos a ganar nada si te ponés a llorar.

—No quiero llorar —dijo Dina—. Pero nunca había podido hablar con alguien así, después de... Nadie me cree, nadie puede creerme, usted mismo no me cree, solamente es bueno y no quiere hacerme daño.

—Ahora te creo —dijo Lucho—. Hasta hace dos minutos yo era como los otros. A lo mejor deberías reírte en vez de llorar.

—Ya ve —dijo Dina, cerrando los ojos—. Ya ve que es inútil. Tampoco usted, aunque lo diga, aunque lo crea. Es demasiado idiota.

—¿Te has hecho ver?

—Sí. Ya sabés, calmantes y cambio de aire. Unos cuantos días te engañás, pensás que...

—Sí —dijo Lucho, alcanzándole los cigarrillos—. Esperá. Así. A ver qué hace.

La mano de Dina tomó el cigarrillo con el pulgar y el índice, y a la vez el anular y el meñique buscaron enroscarse en los dedos de Lucho que mantenía el brazo tendido, mirando fijamente. Libre del cigarrillo, sus cinco dedos bajaron hasta envolver la pequeña mano morena, la ciñeron apenas, empezando una lenta caricia que resbaló hasta dejarla libre, temblando en el aire; el cigarrillo cayó dentro de la taza. Bruscamente las manos subieron hasta la cara de Dina, doblada sobre la mesa, quebrándose en un hipo como de vómito.

—Por favor —dijo Lucho, levantando la taza—. Por favor, no. No llorés así, es tan absurdo.

—No quiero llorar —dijo Dina—. No tendría que llorar, al contrario, pero ya ves.

—Tomá, te va a hacer bien, está caliente; yo haré otro para mí, esperá que lave la taza.

—No, dejame a mí.

Se levantaron al mismo tiempo, se encontraron al borde de la mesa. Lucho volvió a dejar la taza sucia sobre el mantel; las manos les colgaban lacias contra los cuerpos; solamente los labios se rozaron, Lucho mirándola de lleno y Dina con los ojos cerrados, las lágrimas.

—Tal vez —murmuró Lucho—, tal vez sea esto lo que tenemos que hacer, lo único que podemos hacer, y entonces.

—No, no, por favor —dijo Dina, inmóvil y sin abrir los ojos—. Vos no sabés lo que... No, mejor no, mejor no.

Lucho le había ceñido los hombros, la apretaba despacio contra él, la sentía respirar contra su boca, un aliento caliente con olor de café y de piel morena. La besó en plena boca, ahondando en ella, buscándole los dientes y la lengua; el cuerpo de Dina se aflojaba en sus brazos, cuarenta minutos antes su mano había acariciado la suya en la barra de un asiento de *metro*, cuarenta minutos antes un guante negro pequeñito sobre un guante marrón. La sentía resistir apenas, repetir la negativa en la que había habido como el principio de una prevención, pero todo cedía en ella, en los dos, ahora los dedos de Dina subían lentamente por la espalda de Lucho, su pelo le entraba en los ojos, su olor era un olor sin palabras ni prevenciones, la colcha azul contra sus cuerpos, los dedos obedientes buscando los cierres, dispersando ropas, cumpliendo las órdenes, las suyas y las de Dina contra la piel, entre los muslos, las manos como las bocas y las rodillas y ahora los vientres y las cinturas, un ruego murmurado, una presión resistida, un echarse atrás, un instantáneo movimiento para trasladar de la boca a los dedos y de los dedos a los sexos esa caliente espuma que lo allanaba todo, que en un mismo movimiento unía sus cuerpos y los lanzaba al juego. Cuando encendieron cigarrillos en la oscuridad (Lucho había querido apagar la lámpara y la lámpara había caído al suelo con un ruido de vidrios rotos, Dina se había enderezado como aterrada, negándose a la oscuridad, había hablado de encender por lo menos una vela y de bajar a comprar otra bombilla, pero él había vuelto a abrazarla en la sombra y ahora fumaban y se entreveían a cada aspiración del humo, y se besaban de nuevo), afuera llovía obstinadamente, la habitación recalentada los contenía desnudos y laxos, rozándose con manos y cinturas y cabellos se dejaban estar, se acariciaban interminablemente, se veían con un tacto repetido y húmedo, se olían en la sombra murmurando una dicha de monosílabos y diástoles. En algún momento las preguntas volverían, las ahuyentadas que la oscuridad guardaba en los rincones o debajo de la cama, pero cuando Lucho quiso saber, ella se le echó encima con su piel empapada y le calló la boca a besos,

a blandos mordiscos, sólo mucho más tarde, con otros cigarrillos entre los dedos, le dijo que vivía sola, que nadie le duraba, que era inútil, que había que encender una luz, que del
trabajo a su casa, que nunca la habían querido, que había esa
enfermedad, todo como si no importara en el fondo o fuese
demasiado importante para que las palabras sirvieran de algo,
o quizá como si todo aquello no fuera a durar más allá de la
noche y pudiera prescindir de explicaciones, algo apenas empezado en una barra de *métro*, algo en que sobre todo había
que encender una luz.

—Hay una vela en alguna parte —había insistido monótonamente, rechazando sus caricias—. Ya es tarde para bajar
a comprar una bombilla. Dejame buscarla, debe estar en algún cajón. Dame los fósforos. No hay que quedarse en la
oscuridad. Dame los fósforos.

—No la enciendas todavía —dijo Lucho—. Se está tan
bien así, sin vernos.

—No quiero. Se está bien pero ya sabés, ya sabés. A
veces.

—Por favor —dijo Lucho, tanteando en el suelo para
encontrar los cigarrillos—, por un rato que nos habíamos olvidado... ¿Por qué volvés a empezar? Estábamos bien, así.

—Dejame buscar la vela —repitió Dina.

—Buscala, da lo mismo —dijo Lucho alcanzándole los
fósforos. La llama flotó en el aire estancado de la pieza dibujando el cuerpo apenas menos negro que la oscuridad, un brillo de ojos y de uñas, otra vez tiniebla, frotar de otro fósforo,
oscuridad, frotar de otro fósforo, movimiento brusco de la
llama que se apagaba en el fondo de la pieza, una breve carrera como sofocada, el peso del cuerpo desnudo cayendo de
través sobre el suyo, haciéndole daño contra las costillas, su
jadeo. La abrazó estrechamente, besándola sin saber de qué o
por qué tenía que calmarla, le murmuró palabras de alivio, la
tendió contra él, bajo él, la poseyó dulcemente y casi sin deseo desde una larga fatiga, la entró y la remontó sintiéndola

crisparse y ceder y abrirse y ahora, ahora, ya, ahora, así, ya, y la resaca devolviéndolos a un descanso boca arriba mirando la nada, oyendo latir la noche con una sangre de lluvia allí afuera, interminable gran vientre de la noche guardándolos de los miedos, de barras de *métro* y lámparas rotas y fósforos que la mano de Dina no había querido sostener, que había doblado hacia abajo para quemarse y quemarla, casi como un accidente porque en la oscuridad el espacio y las posiciones cambian y se es torpe como un niño pero después el segundo fósforo aplastado entre dos dedos, cangrejo rabioso quemándose con tal de destruir la luz, entonces Dina había tratado de encender un último fósforo con la otra mano y había sido peor, no podía ni decirlo a Lucho que la oía desde un miedo vago, un cigarrillo sucio. No te das cuenta que no quieren, es otra vez. Otra vez qué. Eso. Otra vez qué. No, nada, hay que encontrar la vela. Yo la buscaré, dame los fósforos. Se cayeron allá, en el rincón. Quedate quieta, esperá. No, no vayas, por favor no vayas. Dejame, yo los encontraré. Vamos juntos, es mejor. No, dejame, yo los encontraré, decime dónde puede estar esa maldita vela. Por ahí, en la repisa, si encendieras un fósforo a lo mejor. No se verá nada, dejame ir. Rechazándola despacio, desanudándole las manos que le ceñían la cintura, levantándose poco a poco. El tirón en el sexo lo hizo gritar más de sorpresa que de dolor, buscó como un látigo el puño que lo ataba a Dina tendida de espaldas y gimiendo, le abrió los dedos y la rechazó violentamente. La oía llamarlo, pedirle que volviera, que no volvería a pasar, que era culpa de él por obstinarse. Orientándose hacia lo que creía el rincón se agachó junto a la cosa que podía ser la mesa y tanteó buscando los fósforos, le pareció encontrar uno pero era demasiado largo, quizás un escarbadientes, y la caja no estaba ahí, las palmas de las manos recorrían la vieja alfombra, de rodillas se arrastraba bajo la mesa; encontró un fósforo, después otro, pero no la caja; contra el piso parecía todavía más oscuro, olía a encierro y a tiempo. Sintió los garfios que le corrían por la espalda, subiendo hasta la nuca y el pelo, se enderezó de un salto rechazando a Dina que gritaba contra él y decía algo de la luz en el rellano de la escalera, abrir la puerta y la luz de la escalera, pero claro, cómo no habían pensado antes, dónde estaba la puerta, ahí al frente, no podía ser puesto que la mesa quedaba de lado, bajo la ventana, te digo que ahí, entonces andá vos que sabés, vamos los dos, no quiero quedarme sola ahora, soltame entonces, me hacés daño, no puedo, te digo que no puedo, soltame o te pego, no, no, te digo que me sueltes. El empellón lo dejó solo frente a un jadeo, algo que temblaba ahí al lado, muy cerca; estirando los brazos avanzó buscando una pared, imaginando la puerta; tocó algo caliente que lo evadió con un grito, su otra mano se cerró sobre la garganta de Dina como si apretara un guante o el cuello de un gatito negro, la quemazón le desgarró la mejilla y los labios, rozándole un ojo, se tiró hacia atrás para librarse de eso que seguía aferrando la garganta de Dina, cayó de espaldas en la alfombra, se arrastró de lado sabiendo lo que iba a ocurrir, un viento caliente sobre él, la maraña de uñas contra su vientre y sus costillas, te dije, te dije que no podía ser, que encendieras la vela, buscá la puerta enseguida, la puerta. Arrastrándose lejos de la voz suspendida en algún punto del aire negro, en un hipo de asfixia que se repetía y repetía, dio con la pared, la recorrió enderezándose hasta sentir un marco, una cortina, el otro marco, la falleba; un aire helado se mezcló con la sangre que le llenaba los labios, tanteó buscando el botón de la luz, oyó detrás la carrera y el alarido de Dina, su golpe contra la puerta entornada, debía haberse dado con la hoja en la frente, en la nariz, la puerta cerrándose a sus espaldas justo cuando apretaba el botón de la luz. El vecino que espiaba desde la puerta de enfrente lo miró y con una exclamación ahogada se metió adentro y trancó la puerta, Lucho desnudo en el rellano lo maldijo y se pasó los dedos por la cara que le quemaba mientras todo el resto era el frío del rellano, los pasos que subían corriendo desde el primer piso, abrime, abrí enseguida, por Dios abrí, ya hay luz, abrí que ya hay luz. Adentro el silencio y como una espera, la vieja envuelta en la bata violeta mirando desde abajo, un chillido, desvergonzado, a esta hora, vicioso, la policía, todos son iguales, ¡madame Roger, madame Roger! «No me va a abrir», pensó Lucho sentándose en el primer peldaño, sacándose la sangre de la boca y los ojos, «se ha desmayado con el golpe y está ahí en el suelo, no me va a abrir, siempre lo mismo, hace frío, hace frío». Empezó a golpear la puerta mientras escuchaba las voces en el departamento de enfrente, la carrera de la vieja que bajaba llamando a madame Roger, el inmueble que se despertaba en los pisos de abajo, preguntas y rumores, un momento de espera, desnudo y lleno de sangre, un loco furioso, madame Roger, abrime Dina, abrime, no importa que siempre haya sido así pero abrime, éramos otra cosa, Dina, hubiéramos podido encontrar juntos, por qué estás ahí en el suelo, qué te hice yo, por qué te golpeaste contra la puerta, madame Roger, si me abrieras encontraríamos la salida, ya viste antes, ya viste cómo todo iba tan bien, simplemente encender la luz y seguir buscando los dos, pero no querés abrirme, estás llorando, maullando como un gato lastimado, te oigo, te oigo, oigo a madame Roger, a la policía, y usted hijo de mil putas por qué me espía desde esa puerta, abrime, Dina, todavía podemos encontrar la vela, nos lavaremos, tengo frío, Dina, ahí vienen con una frazada, es típico, a un hombre desnudo se lo envuelve en una frazada, tendré que decirles que estás ahí tirada, que traigan otra frazada, que echen la puerta abajo, que te limpien la cara, que te cuiden y te protejan porque yo ya no estaré ahí, nos separarán enseguida, verás, nos bajarán separados y nos llevarán lejos uno de otro, qué mano buscarás, Dina, qué cara arañarás ahora mientras te llevan entre todos y madame Roger.

ALGUIEN QUE ANDA POR AHÍ
(1977)

Cambio de luces

Esos jueves al caer la noche cuando Lemos me llamaba después del ensayo en Radio Belgrano y entre dos cinzanos los proyectos de nuevas piezas, tener que escuchárselos con tantas ganas de irme a la calle y olvidarme del radioteatro por dos o tres siglos, pero Lemos era el autor de moda y me pagaba bien para lo poco que yo tenía que hacer en sus programas, papeles más bien secundarios y en general antipáticos. Tenés la voz que conviene, decía amablemente Lemos, el radioescucha te escucha y te odia, no hace falta que traiciones a nadie o que mates a tu mamá con estricnina, vos abrís la boca y ahí nomás media Argentina quisiera romperte el alma a fuego lento.

No Luciana, precisamente el día en que nuestro galán Jorge Fuentes al término de *Rosas de ignominia* recibía dos canastas de cartas de amor y un corderito blanco mandado por una estanciera romántica del lado de Tandil, el petiso Mazza me entregó el primer sobre lila de Luciana. Acostumbrado a la nada en tantas de sus formas, me lo guardé en el bolsillo antes de irme al café (teníamos una semana de descanso después del triunfo de *Rosas* y el comienzo de *Pájaro en la tormenta*) y solamente en el segundo martini con Juárez Celman y Olive me subió al recuerdo el color del sobre y me di cuenta de que no había leído la carta; no quise delante de ellos porque los aburridos buscan tema y un sobre lila es una mina de oro, esperé a llegar a mi departamento donde la gata por lo menos no se fijaba en esas cosas, le di su leche y su ración de arrumacos, conocí a Luciana.

No necesito ver una foto de usted, decía Luciana, no me importa que *Sintonía* y *Antena* publiquen fotos de Míguez y de Jorge Fuentes pero nunca de usted, no me importa porque tengo su voz, y tampoco me importa que digan que es antipático y villano, no me importa que sus papeles engañen a todo el mundo, al contrario, porque me hago la ilusión de ser la sola que sabe la verdad: usted sufre cuando interpreta esos papeles, usted pone su talento pero yo siento que no está ahí de veras como Míguez o Raquelita Bailey, usted es tan diferente del príncipe cruel de *Rosas de ignominia*. Creyendo que odian al príncipe lo odian a usted, la gente confunde y ya me di cuenta con mi tía Poli y otras personas el año pasado cuando usted era Vassilis, el contrabandista asesino. Esta tarde me he sentido un poco sola y he querido decirle esto, tal vez no soy la única que se lo ha dicho y de alguna manera lo deseo por usted, que se sepa acompañado a pesar de todo, pero al mismo tiempo me gustaría ser la única que sabe pasar al otro lado de sus papeles y de su voz, que está segura de conocerlo de veras y de admirarlo más que a los que tienen los papeles fáciles. Es como con Shakespeare, nunca se lo he dicho a nadie, pero cuando usted hizo el papel, Yago me gustó más que Otelo. No se crea obligado a contestarme, pongo mi dirección por si realmente quiere hacerlo, pero si no lo hace yo me sentiré lo mismo feliz de haberle escrito todo esto.

Caía la noche, la letra era liviana y fluida, la gata se había dormido después de jugar con el sobre lila en el almohadón del sofá. Desde la irreversible ausencia de Bruna ya no se cenaba en mi departamento, las latas nos bastaban a la gata y a mí, y a mí especialmente el coñac y la pipa. En los días de descanso (después tendría que trabajar el papel de *Pájaro en la tormenta*) releí la carta de Luciana sin intención de contestarla porque en ese terreno un actor, aunque solamente reciba una carta cada tres años, estimada Luciana, le contesté antes de irme al cine el viernes por la noche, me conmueven sus palabras y ésta no es una frase de cortesía. Claro que no lo era, escribí como si esa mujer que imaginaba más bien chiquita y triste y de pelo castaño con ojos claros estuviera sentada ahí y yo le dijera que me conmovían sus palabras. El resto salió más convencional porque no encontraba qué decirle después de la verdad, todo se quedaba en un relleno de papel, dos o tres frases de simpatía y de gratitud, su amigo Tito Balcárcel. Pero había otra verdad en la posdata: Me alegro de que me haya dado su dirección, hubiera sido triste no poder decirle lo que siento.

A nadie le gusta confesarlo, cuando no se trabaja uno termina por aburrirse un poco, al menos alguien como yo. De muchacho tenía bastantes aventuras sentimentales, en las horas libres podía recorrer el espinel y casi siempre había pesca, pero después vino Bruna y eso duró cuatro años, a los treinta y cinco la vida en Buenos Aires empieza a desteñirse y parece que se achicara, al menos para alguien que vive solo con una gata y no es gran lector ni amigo de caminar mucho. No que me sienta viejo, al contrario; más bien parecería que son los demás, las cosas mismas que envejecen y se agrietan; por eso a lo mejor preferir las tardes en el departamento, ensayar *Pájaro en la tormenta* a solas con la gata mirándome, vengarme de esos papeles ingratos llevándolos a la perfección, haciéndolos míos y no de Lemos, transformando las frases más simples en un juego de espejos que multiplicaba lo peligroso y fascinante del personaje. Y así a la hora de leer el papel en la radio todo estaba previsto, cada coma y cada inflexión de la voz, graduando los caminos del odio (otra vez uno de esos personajes con algunos aspectos perdonables pero cayendo poco a poco en la infamia hasta un epílogo de persecución al borde de un precipicio y salto final con gran contento de radioescuchas). Cuando entre dos mates encontré la carta de Luciana olvidada en el estante de las revistas y la releí de puro aburrido, pasó que de nuevo la vi, siempre he sido visual y fabrico fácil cualquier cosa, de entrada Luciana se me había dado más bien chiquita y de mi edad o por ahí, sobre todo con ojos claros y como transparentes, y de nuevo la imaginé así, volví a verla como pensativa antes de escribirme cada frase y después decidiéndose. De una cosa estaba seguro, Luciana no era mujer de borradores, seguro que había dudado antes de escribirme, pero después escuchándome en *Rosas de ignominia* le habían ido viniendo las frases, se sentía que la carta era espontánea y a la vez —acaso por el papel lila— dándome la sensación de un licor que ha dormido largamente en su frasco.

Hasta su casa imaginé con sólo entornar los ojos, su casa debía ser de esas con patio cubierto o por lo menos galería con plantas, cada vez que pensaba en Luciana la veía en el mismo lugar, la galería desplazando finalmente el patio, una galería cerrada con claraboyas de vidrios de colores y mamparas que dejaban pasar la luz agrisándola, Luciana sentada en un sillón de mimbre y escribiéndome usted es muy diferente del príncipe cruel de *Rosas de ignominia*, llevándose la lapicera a la boca antes de seguir, nadie lo sabe porque tiene tanto talento que la gente lo odia, el pelo castaño como envuelto por una luz de vieja fotografía, ese aire ceniciento y a la vez nítido de la galería cerrada, me gustaría ser la única que sabe pasar al otro lado de sus papeles y de su voz.

La víspera de la primera tanda de *Pájaro* hubo que comer con Lemos y los otros, se ensayaron algunas escenas de esas que Lemos llamaba clave y nosotros clavo, choque de temperamentos y andanadas dramáticas, Raquelita Bailey muy bien en el papel de Josefina, la altanera muchacha que lentamente yo envolvería en mi consabida telaraña de maldades para las que Lemos no tenía límites. Los otros calzaban justo en sus papeles, total maldita la diferencia entre ésa y las dieciocho radionovelas que ya llevábamos actuadas. Si me acuerdo del ensayo es porque el petiso Mazza me trajo la segunda carta de Luciana y esa vez sentí ganas de leerla enseguida y me fui un rato al baño mientras Angelita y Jorge Fuentes se juraban amor eterno en un baile de Gimnasia y

Esgrima, esos escenarios de Lemos que desencadenaban el entusiasmo de los habitués y daban más fuerza a las identificaciones psicológicas con los personajes, por lo menos según Lemos y Freud.

Le acepté la simple, linda invitación a conocerla en una confitería de Almagro. Había el detalle monótono del reconocimiento, ella de rojo y yo llevando el diario doblado en cuatro, no podía ser de otro modo y el resto era Luciana escribiéndome de nuevo en la galería cubierta, sola con su madre o tal vez su padre, desde el principio yo había visto un viejo con ella en una casa para una familia más grande y ahora llena de huecos donde habitaba la melancolía de la madre por otra hija muerta o ausente, porque acaso la muerte había pasado por la casa no hacía mucho, y si usted no quiere o no puede yo sabré comprender, no me corresponde tomar la iniciativa pero también sé —lo había subrayado sin énfasis— que alguien como usted está por encima de muchas cosas. Y agregaba algo que yo no había pensado y que me encantó, usted no me conoce salvo esa otra carta, pero yo hace tres años que vivo su vida, lo siento como es de veras en cada personaje nuevo, lo arranco del teatro y usted es siempre el mismo para mí cuando ya no tiene el antifaz de su papel. (Esa segunda carta se me perdió, pero las frases eran así, decían eso; recuerdo en cambio que la primera carta la guardé en un libro de Moravia que estaba leyendo, seguro que sigue ahí en la biblioteca.)

Si se lo hubiera contado a Lemos le habría dado una idea para otra pieza, clavado que el encuentro se cumplía después de algunas alternativas de suspenso y entonces el muchacho descubría que Luciana era idéntica a lo que había imaginado, prueba de cómo el amor se adelanta al amor y la vista a la vista, teorías que siempre funcionaban bien en Radio Belgrano. Pero Luciana era una mujer de más de treinta años, llevados eso sí con todas las de la ley, bastante menos menuda que la mujer de las cartas en la galería, y con un precioso pelo negro que vivía como por su cuenta cuando movía la cabeza. De la cara de Luciana yo no me había hecho una imagen precisa salvo los ojos claros y la tristeza; los que ahora me recibieron sonriéndome eran marrones y nada tristes bajo ese pelo movedizo. Que le gustara el whisky me pareció simpático, por el lado de Lemos casi todos los encuentros románticos empezaban con té (y con Bruna había sido café con leche en un vagón de ferrocarril). No se disculpó por la invitación, y yo que a veces sobreactúo porque en el fondo no creo demasiado en nada de lo que me sucede, me sentí muy natural y el whisky por una vez no era falsificado. De veras, lo pasamos muy bien y fue como si nos hubieran presentado por casualidad y sin sobrentendidos, como empiezan las buenas relaciones en que nadie tiene nada que exhibir o que disimular; era lógico que se hablara sobre todo de mí porque yo era el conocido y ella solamente dos cartas y Luciana, por eso sin parecer vanidoso la dejé que me recordara en tantas novelas radiales, aquella en que me mataban torturándome, la de los obreros sepultados en la mina, algunos otros papeles. Poco a poco yo le iba ajustando la cara y la voz, desprendiéndome con trabajo de las cartas, de la galería cerrada y el sillón de mimbre; antes de separarnos me enteré de que vivía en un departamento bastante chico en planta baja y con su tía Poli que allá por los años treinta había tocado el piano en Pergamino. También Luciana hacía sus ajustes como siempre en esas relaciones de gallo ciego, casi al final me dijo que me había imaginado más alto, con pelo crespo y ojos grises; lo del pelo crespo me sobresaltó porque en ninguno de mis papeles yo me había sentido a mí mismo con pelo crespo, pero acaso su idea era como una suma, un amontonamiento de todas las canalladas y las traiciones de las piezas de Lemos. Se lo comenté en broma y Luciana dijo que no, los personajes los había visto tal como Lemos los pintaba pero al mismo tiempo era capaz de ignorarlos, de hermosamente quedarse sólo conmigo, con mi voz y vaya a saber por qué con una imagen de alguien más alto, de alguien con el pelo crespo.

Si Bruna hubiera estado aún en mi vida no creo que me hubiera enamorado de Luciana; su ausencia era todavía demasiado presente, un hueco en el aire que Luciana empezó a llenar sin saberlo, probablemente sin esperarlo. En ella en cambio todo fue más rápido, fue pasar de mi voz a ese otro Tito Balcárcel de pelo lacio y menos personalidad que los monstruos de Lemos; todas esas operaciones duraron apenas un mes, se cumplieron en dos encuentros en cafés, un tercero en mi departamento, la gata aceptó el perfume y la piel de Luciana, se le durmió en la falda, no pareció de acuerdo con un anochecer en que de golpe estuvo de más, en que debió saltar maullando al suelo. La tía Poli se fue a vivir a Pergamino con una hermana, su misión estaba cumplida y Luciana se mudó a mi casa esa semana; cuando la ayudé a preparar sus cosas me dolió la falta de la galería cubierta, de la luz cenicienta, sabía que no las iba a encontrar y sin embargo había algo como una carencia, una imperfección. La tarde de la mudanza la tía Poli me contó dulcemente la módica saga de la familia, la infancia de Luciana, el novio aspirado para siempre por una oferta de frigoríficos de Chicago, el matrimonio con un hotelero de Primera Junta y la ruptura seis años atrás, cosas que yo había sabido por Luciana pero de otra manera, como si ella no hubiera hablado verdaderamente de sí misma ahora que parecía empezar a vivir por cuenta de otro presente, de mi cuerpo contra el suyo, los platitos de leche a la gata, el cine a cada rato, el amor.

Me acuerdo que fue más o menos en la época de *Sangre en las espigas* cuando le pedí a Luciana que se aclarara el pelo. Al principio le pareció un capricho de actor, si querés me compro una peluca, me dijo riéndose, y de paso a vos te quedaría tan bien una con el pelo crespo, ya que estamos. Pero cuando insistí unos días después, dijo que bueno, total lo mismo le daba el pelo negro o castaño, fue casi como si se diera cuenta de que en mí ese cambio no tenía nada que ver con mis manías de actor sino con otras cosas, una galería cubierta, un sillón de mimbre. No tuve que pedírselo otra vez, me gustó que lo hubiera hecho por mí y se lo dije tantas veces mientras nos amábamos, mientras me perdía en su pelo y sus senos y me dejaba resbalar con ella a otro largo sueño boca a boca. (Tal vez a la mañana siguiente, o fue antes de salir de compras, no lo tengo claro, le junté el pelo con las dos manos y se lo até en la nuca, le aseguré que le quedaba mejor así. Ella se miró en el espejo y no dijo nada, aunque sentí que no estaba de acuerdo y que tenía razón, no era mujer para recogerse el pelo, imposible negar que le quedaba mejor cuando lo llevaba suelto antes de aclarárselo, pero no se lo dije porque me gustaba verla así, verla mejor que aquella tarde cuando había entrado por primera vez en la confitería.)

Nunca me había gustado escucharme actuando, hacía mi trabajo y basta, los colegas se extrañaban de esa falta de vanidad que en ellos era tan visible; debían pensar, acaso con razón, que la naturaleza de mis papeles no me inducía demasiado a recordarlos, y por eso Lemos me miró levantando las cejas cuando le pedí los discos de archivo de *Rosas de ignominia*, me preguntó para qué los quería y le contesté cualquier cosa, problemas de dicción que me interesaba superar o algo así. Cuando llegué con el álbum de discos, Luciana se sorprendió también un poco porque yo no le hablaba nunca de mi trabajo, era ella que cada tanto me daba sus impresiones, me escuchaba por las tardes con la gata en la falda. Repetí lo que le había dicho a Lemos pero en vez de escuchar las grabaciones en otro cuarto traje el tocadiscos al salón y le pedí a Luciana que se quedara un rato conmigo, yo mismo preparé el té y arreglé las luces para que estuviera cómoda. Por qué cambiás de lugar esa lámpara, dijo Luciana, queda bien ahí. Quedaba bien como objeto pero echaba una luz cruda y caliente sobre el sofá donde se sentaba Luciana, era mejor que sólo le llegara la penumbra de la tarde desde la ventana, una luz un poco cenicienta que se envolvía en su pelo, en sus manos ocupándose del té. Me mimás demasiado, dijo Luciana, todo para mí y vos ahí en un rincón sin siquiera sentarte.

Desde luego puse solamente algunos pasajes de *Rosas*, el tiempo de dos tazas de té, de un cigarrillo. Me hacía bien mirar a Luciana atenta al drama, alzando a veces la cabeza cuando reconocía mi voz y sonriéndome como si no le importara saber que el miserable cuñado de la pobre Carmencita comenzaba sus intrigas para quedarse con la fortuna de los Pardo, y que la siniestra tarea continuaría a lo largo de tantos episodios hasta el inevitable triunfo del amor y la justicia según Lemos. En mi rincón (había aceptado una taza de té a su lado pero después había vuelto al fondo del salón como si desde ahí se escuchara mejor) me sentía bien, reencontraba por un momento algo que me había estado faltando; hubiera querido que todo eso se prolongara, que la luz del anochecer siguiera pareciéndose a la de la galería cubierta. No podía ser, claro, y corté el tocadiscos y salimos juntos al balcón después que Luciana hubo devuelto la lámpara a su sitio porque realmente quedaba mal allí donde yo la había corrido. ¿Te sirvió de algo escucharte?, me preguntó acariciándome una mano. Sí, de mucho, hablé de problemas de respiración, de vocales, cualquier cosa que ella aceptaba con respeto; lo único que no le dije fue que en ese momento perfecto sólo había faltado el sillón de mimbre y quizá también que ella hubiera estado triste, como alguien que mira el vacío antes de continuar el párrafo de una carta.

Estábamos llegando al final de *Sangre en las espigas*, tres semanas más y me darían vacaciones. Al volver de la radio encontraba a Luciana leyendo o jugando con la gata en el sillón que le había regalado para su cumpleaños junto con la mesa de mimbre que hacía juego. No tienen nada que ver con este ambiente, había dicho Luciana entre divertida y perpleja, pero si a vos te gustan a mí también, es un lindo juego y tan cómodo. Vas a estar mejor en él si tenés que escribir cartas, le dije. Sí, admitió Luciana, justamente estoy en deuda con tía Poli, pobrecita. Como por la tarde tenía poca luz en el sillón (no creo que se hubiera dado cuenta de que yo había cambiado la bombilla de la lámpara) acabó por poner la mesita y el sillón cerca de la ventana para tejer o mirar las revistas, y tal vez fue en esos días de otoño, o un poco después, que una tarde me quedé mucho tiempo a su lado, la besé largamente y le dije que nunca la había querido tanto como en ese momento, tal como la estaba viendo, como hubiera querido verla siempre. Ella no dijo nada, sus manos andaban por mi pelo despeinándome, su cabeza se volcó sobre mi hombro y se estuvo quieta, como ausente. ¿Por qué esperar otra cosa de Luciana, así al filo del atardecer? Ella era como los sobres lila, como las simples, casi tímidas frases de sus cartas. A partir de ahora me costaría imaginar que la había conocido en una confitería, que su pelo negro suelto había ondulado como un látigo en el momento de saludarme, de vencer la primera confusión del encuentro. En la memoria de mi amor estaba la galería cubierta, la silueta en un sillón de mimbre distanciándola de la imagen más alta y vital que de mañana andaba por la casa o jugaba con la gata, esa imagen que al atardecer entraría una y otra vez en lo que yo había querido, en lo que me hacía amarla tanto.

Decírselo, quizá. No tuve tiempo, pienso que vacilé porque prefería guardarla así, la plenitud era tan grande que no quería pensar en su vago silencio, en una distracción que no le había conocido antes, en una manera de mirarme por momentos como si buscara algo, un aletazo de mirada devuelta enseguida a lo inmediato, a la gata o a un libro. También eso entraba en mi manera de preferirla, era el clima melancólico de la galería cubierta, de los sobres lila. Sé que en algún despertar en la alta noche, mirándola dormir contra mí, sentí que había llegado el tiempo de decírselo, de volverla definitivamente mía por una aceptación total de mi lenta telaraña enamorada. No lo hice porque Luciana dormía, porque Luciana estaba despierta, porque ese martes íbamos al cine,

164

porque estábamos buscando un auto para las vacaciones, porque la vida venía a grandes pantallazos antes y después de los atardeceres en que la luz cenicienta parecía condensar su perfección en la pausa del sillón de mimbre. Que me hablara tan poco ahora, que a veces volviera a mirarme como buscando alguna cosa perdida, retardaban en mí la oscura necesidad de confiarle la verdad, de explicarle por fin el pelo castaño, la luz de la galería. No tuve tiempo, un azar de horarios cambiados me llevó al centro un fin de mañana, la vi salir de un hotel, no la reconocí al reconocerla, no comprendí al comprender que salía apretando el brazo de un hombre más alto que yo, un hombre que se inclinaba un poco para besarla en la oreja, para frotar su pelo crespo contra el pelo castaño de Luciana.

Vientos alisios

Vaya a saber a quién se le había ocurrido, tal vez a Vera la noche de su cumpleaños cuando Mauricio insistía en que empezaran otra botella de champaña y entre copa y copa bailaban en el salón pegajoso de humo de cigarro y medianoche, o quizás a Mauricio en ese momento en que *Blues in Thirds* les traía desde tan antes el recuerdo de los primeros tiempos, de los primeros discos cuando los cumpleaños eran más que una ceremonia cadenciosa y recurrente. Como un juego, hablar mientras bailaban, cómplices sonrientes en la modorra paulatina del alcohol y del humo, decirse que por qué no, puesto que al fin y al cabo, ya que podían hacerlo y allá sería el verano, habían mirado juntos e indiferentes el prospecto de la agencia de viajes, de golpe la idea, Mauricio o Vera, simplemente telefonear, irse al aeropuerto, probar si el juego valía la pena, esas cosas se hacen de una vez o no, al fin y al cabo qué, en el peor de los casos volverse con la misma amable ironía que los había devuelto de tantos viajes aburridos, pero probar ahora de otra manera, jugar el juego, hacer el balance, decidir.

Porque esta vez (y ahí estaba lo nuevo, la idea que se le había ocurrido a Mauricio pero que bien podía haber nacido de una reflexión casual de Vera, veinte años de vida en común, la simbiosis mental, las frases empezadas por uno y completadas desde el otro extremo de la mesa o el otro teléfono), esta vez podía ser diferente, no había más que codificarlo, divertirse desde el absurdo total de partir en diferentes aviones y llegar como desconocidos al hotel, dejar que el azar los presentara en el comedor o en la playa al cabo de uno o dos días, mezclarse con las nuevas relaciones del veraneo, tratarse cortésmente, aludir a profesiones y familias en la rueda de los cócteles, entre tantas otras profesiones y otras vidas que buscarían como ellos el leve contacto de las vacaciones. A nadie iba a llamarle la atención la coincidencia de apellido puesto que era un apellido vulgar, sería tan divertido graduar el lento conocimiento mutuo, ritmándolo con el de los otros huéspedes, distraerse con la gente cada uno por su lado, favorecer el azar de los encuentros y de cuando en cuando verse a solas y mirarse como ahora mientras bailaban *Blues in Thirds* y por momentos se detenían para alzar las copas de champaña y las chocaban suavemente con el ritmo exacto de la música, corteses y educados y cansados y ya la una y media entre tanto humo y el perfume que Mauricio había querido poner esa noche en el pelo de Vera, preguntándose si no se habría equivocado de perfume, si Vera alzaría un poco la nariz y aprobaría, la difícil y rara aprobación de Vera.

Siempre habían hecho el amor al final de sus cumpleaños, esperando con amable displicencia la partida de los últimos amigos, y esta vez en que no había nadie, en que no habían invitado a nadie porque estar con gente los aburría más que estar solos, bailaron hasta el final del disco y siguieron abrazados, mirándose en una bruma de semisueño, salieron del salón manteniendo todavía un ritmo imaginario, perdidos y casi felices y descalzos sobre la alfombra del dormitorio, se demoraron en un lento desnudarse al borde de la cama, ayudándose y complicándose y besos y botones y otra vez el encuentro con las inevitables preferencias, el ajuste de cada uno a la luz de la lámpara que los condenaba a la repetición de imágenes cansadas, de murmullos sabidos, el lento hundirse en la modorra insatisfecha después de la repetición de las fórmulas que volvían a las palabras y a los cuerpos como un necesario, casi tierno deber.

Por la mañana era domingo y lluvia, desayunaron en la cama y lo decidieron en serio; ahora había que legislar, establecer cada fase del viaje para que no se volviera un viaje más y sobre todo un regreso más. Lo fijaron contando con los dedos: irían separadamente, uno, vivirían en habitaciones diferentes sin que nada les impidiera aprovechar del verano, dos, no habría censuras ni miradas como las que tanto conocían, tres, un encuentro sin testigos permitiría cambiar impresiones y saber si valía la pena, cuatro, el resto era rutina, volverían en el mismo avión puesto que ya no importarían los demás (o sí, pero eso se vería con arreglo al artículo cuatro), cinco. Lo que iba a pasar después no estaba numerado, entraba en una zona a la vez decidida e incierta, suma aleatoria en la que todo podía darse y de la que no había que hablar. Los aviones para Nairobi salían los jueves y los sábados, Mauricio se fue en el primero después de un almuerzo en el que comieron salmón por si las moscas, recitándose brindis y regalándose talismanes, no te olvides de la quinina, acordate que siempre dejás en casa la crema de afeitar y las sandalias.

Divertido llegar a Mombasa, una hora de taxi y que la llevaran al *Trade Winds*, a un bungalow sobre la playa con monos cabriolando en los cocoteros y sonrientes caras africanas, ver de lejos a Mauricio ya dueño de casa, jugando en la arena con una pareja y un viejo de patillas rojas. La hora de los cócteles los acercó en la veranda abierta sobre el mar, se hablaba de caracoles y arrecifes, Mauricio entró con una mujer y dos hombres jóvenes, en algún momento quiso saber de dónde venía Vera y explicó que él llegaba de Francia y que era geólogo. A Vera le pareció bien que Mauricio fuera geólogo y contestó las preguntas de los otros turistas, la pediatría que cada tanto le reclamaba unos días de descanso para no caer en la depresión, el viejo de las patillas rojas era un diplomático jubilado, su esposa se vestía como si tuviera veinte años pero no le quedaba tan mal en un sitio donde casi todo parecía una película en colores, camareros y monos incluidos y hasta el nombre *Trade Winds* que recordaba a Conrad y a Somerset Maugham, los cócteles servidos en cocos, las camisas sueltas, la playa por la que se podía pasear después de la cena bajo una luna tan despiadada que las nubes proyectaban sus movientes sombras sobre la arena para asombro de gentes aplastadas por cielos sucios y brumosos.

Los últimos serán los primeros, pensó Vera cuando Mauricio dijo que le habían dado una habitación en la parte más moderna del hotel, cómoda pero sin la gracia de los bungalows sobre la playa. Se jugaba a las cartas por la noche, el día era un diálogo interminable de sol y sombra, mar y refugio bajo las palmeras, redescubrir el cuerpo pálido y cansado a cada chicotazo de las olas, ir a los arrecifes en piragua para sumergirse con máscaras y ver los corales azules y rojos, los peces inocentemente próximos. Sobre el encuentro con dos estrellas de mar, una con pintas rojas y la otra llena de triángulos violeta, se habló mucho el segundo día, a menos que ya fuera el tercero, el tiempo resbalaba como el tibio mar sobre la piel, Vera nadaba con Sandro que había surgido entre dos cócteles y se decía harto de Verona y de automóviles, el inglés de las patillas rojas estaba insolado y el médico vendría de Mombasa para verlo, las langostas eran increíblemente enormes en su última morada de mayonesa y rodajas de limón, las vacaciones. De Anna sólo se había visto una sonrisa lejana y como distanciadora, la cuarta noche vino a beber al bar y llevó su vaso a la veranda donde los veteranos de tres días la recibieron con informaciones y consejos, había erizos peligrosos en la zona norte, de ninguna manera debía pasear en piragua sin sombrero y algo para cubrirse los hombros, el pobre inglés lo estaba pagando caro y los negros se olvidaban de prevenir a los turistas porque para ellos, claro, y Anna agradeciendo sin énfasis, bebiendo despacio su martini, casi mostrando que había venido para estar sola desde algún Copenhague o Estocolmo necesitado de olvido. Sin siquiera pensarlo Vera decidió que Mauricio y Anna, seguramente

Mauricio y Anna antes de veinticuatro horas, estaba jugando al ping-pong con Sandro cuando los vio irse al mar y tenderse en la arena, Sandro bromeaba sobre Anna que le parecía poco comunicativa, las nieblas nórdicas, ganaba fácilmente las partidas pero el caballero italiano cedía de cuando en cuando algunos puntos y Vera se daba cuenta y se lo agradecía en silencio, veintiuno a dieciocho, no había estado tan mal, hacía progresos, cuestión de aplicarse.

En algún momento antes del sueño Mauricio pensó que después de todo lo estaban pasando bien, casi cómico decirse que Vera dormía a cien metros de su habitación en el envidiable bungalow acariciado por las palmeras, qué suerte tuviste, nena. Habían coincidido en una excursión a las islas cercanas y se habían divertido mucho nadando y jugando con los demás; Anna tenía los hombros quemados y Vera le dio una crema infalible, usted sabe que un médico de niños termina por saber todo sobre las cremas, retorno vacilante del inglés protegido por una bata celeste, de noche la radio hablando de Yomo Kenyatta y de los problemas tribales, alguien sabía mucho sobre los Massai y los entretuvo a lo largo de muchos tragos con leyendas y leones, Karen Blixen y la autenticidad de los amuletos de pelo de elefante, nailon puro y así iba todo en esos países. Vera no sabía si era miércoles o jueves, cuando Sandro la acompañó al bungalow después de un largo paseo por la playa donde se habían besado como esa playa y esa luna lo requerían, ella lo dejó entrar apenas él le apoyó una mano en el hombro, se dejó amar toda la noche, oyó extrañas cosas, aprendió diferencias, durmió lentamente, saboreando cada minuto del largo silencio bajo un mosquitero casi inconcebible. Para Mauricio fue la siesta, después de un almuerzo en que sus rodillas habían encontrado los muslos de Anna, acompañarla a su piso, murmurar un hasta luego frente a la puerta, ver cómo Anna demoraba la mano en el pestillo, entrar con ella, perderse en un placer que sólo los liberó por la noche, cuando ya algunos se preguntaban si no estarían enfermos y Vera sonreía inciertamente entre dos tragos, quemándose la lengua con una mezcla de Campari y ron keniano que Sandro batía en el bar para asombro de Moto y de Nikuku, esos europeos acabarían todos locos.

El código fijaba el sábado a las siete de la tarde, Vera aprovechó un encuentro sin testigos en la playa y mostró a la distancia un palmeral propicio. Se abrazaron con un viejo cariño, riéndose como chicos, acatando el artículo cuatro, buena gente. Había una blanda soledad de arena y ramas secas, cigarrillos y ese bronceado del quinto o sexto día en que los ojos se ponen a brillar como nuevos, en que hablar es una fiesta. Nos está yendo muy bien, dijo Mauricio casi enseguida, y Vera sí, claro que nos está yendo bien, se te ve en la cara y en el pelo, por qué en el pelo, porque te brilla de otra manera, es la sal, burra, puede ser pero la sal más bien apelmaza la pilosidad, la risa no los dejaba hablar, era bueno no hablar mientras se reían y se miraban, un último sol acostándose velozmente, el trópico, mirá bien y verás el rayo verde legendario, ya hice la prueba desde mi balcón y no vi nada, ah, claro, el señor tiene un balcón, sí señora un balcón pero usted goza de un bungalow para ukeleles y orgías. Resbalando sin esfuerzo, con otro cigarrillo, de verdad, es maravilloso, tiene una manera que. Así será, si vos lo decís. Y la tuya, hablá. No me gusta que digas la tuya, parece una distribución de premios. Es. Bueno, pero no así, no Anna. Oh, qué voz tan llena de glucosa, decís Anna como si le chuparas cada letra. Cada letra no, pero. Cochino. Y vos, entonces. En general no soy yo la que chupa, aunque. Me lo imaginaba, esos italianos vienen todos del decamerón. Momento, no estamos en terapia de grupo, Mauricio. Perdón, no son celos, con qué derecho. Ah, *good boy*. ¿Entonces sí? Entonces sí, perfecto, lentamente interminablemente perfecto. Te felicito, no me gustaría que te fuera menos bien que a mí. No sé cómo te va a vos pero el artículo cuatro manda que. De acuerdo, aunque no es fácil convertirlo en palabras, Anna es una ola, una estrella de mar. ¿La roja o la violeta? Todas juntas, un río dorado, los corales rosa. Este hombre es un poeta escandinavo. Y usted una libertina veneciana. No es de Venecia, de Verona. Da lo mismo, siempre se piensa en Shakespeare. Tenés razón, no se me había ocurrido. En fin, así vamos, verdad. Así vamos, Mauricio, y todavía nos quedan cinco días. Cinco noches, sobre todo, aprovechalas bien. Creo que sí, me ha prometido iniciaciones que él llama artificios para llegar a la realidad. Me los explicarás, espero. En detalle, imaginate, y vos me contarás de tu río de oro y los corales azules. Corales rosa, chiquita. En fin, ya ves que no estamos perdiendo el tiempo. Eso habrá que verlo, en todo caso no perdemos el presente y hablando de eso no es bueno que nos quedemos mucho en el artículo cuatro. ¿Otro remojón antes del whisky? Del whisky, qué grosería, a mí me dan Carpano combinado con ginebra y angostura. Oh, perdón. No es nada, los refinamientos llevan tiempo, vamos en busca del rayo verde, en una de ésas quién te dice.

Viernes, día de Robinson, alguien lo recordó entre dos tragos y se habló un rato de islas y naufragios, hubo un breve y violento chubasco caliente que plateó las palmeras y trajo más tarde un nuevo rumor de pájaros, las migraciones, el viejo marinero y su albatros, era gente que sabía vivir, cada whisky venía con su ración de folklore, de viejas canciones de las Hébridas o de Guadalupe, al término del día Vera y Mauricio pensaron lo mismo, el hotel merecía su nombre, era la hora de los vientos alisios para ellos, Anna la dadora de vértigos olvidados, Sandro el hacedor de máquinas sutiles, vientos alisios devolviéndolos a otros tiempos sin costumbres, cuando habían tenido también un tiempo así, invenciones y deslumbramientos en el mar de las sábanas, solamente que ahora, solamente que ya no ahora y por eso, por eso los alisios que soplarían aún hasta el martes, exactamente hasta el final del interregno que era otra vez el pasado remoto, un viaje instantáneo a las fuentes aflorando otra vez, bañándolos de una delicia presente pero ya sabida, alguna vez sabida antes de los códigos, de *Blues in Thirds*.

No hablaron de eso a la hora de encontrarse en el Boeing de Nairobi, mientras encendían juntos el primer cigarrillo del retorno. Mirarse como antes los llenaba de algo para lo que no había palabras y que los dos callaron entre tragos y anécdotas del *Trade Winds*, de alguna manera había que guardar el *Trade Winds*, los alisios tenían que seguir empujándolos, la buena vieja querida navegación a vela volviendo para destruir las hélices, para acabar con el sucio lento petróleo de cada día contaminando las copas de champaña del cumpleaños, la esperanza de cada noche. Vientos alisios de Anna y de Sandro, seguir bebiéndolos en plena cara mientras se miraban entre dos bocanadas de humo, por qué Mauricio ahora si Sandro seguía siempre ahí, su piel y su pelo y su voz afinando la cara de Mauricio como la ronca risa de Anna en pleno amor anegaba esa sonrisa que en Vera valía amablemente como una ausencia. No había artículo seis pero podían inventarlo sin palabras, era tan natural que en algún momento él invitara a Anna a beber otro whisky que ella, aceptándolo con una caricia en la mejilla, dijera que sí, dijera sí, Sandro, sería tan bueno tomarnos otro whisky para quitarnos el miedo de la altura, jugar así todo el viaje, ya no había necesidad de códigos para decidir que Sandro se ofrecería en el aeródromo para acompañar a Anna hasta su casa, que Anna aceptaría con el simple acatamiento de los deberes caballerescos, que una vez en la casa fuera ella quien buscara las llaves en el bolso e invitara a Sandro a tomar otro trago, le hiciera dejar la maleta en el zaguán y le mostrara el camino del salón, disculpándose por las huellas de polvo y el aire encerrado, corriendo las cortinas y trayendo hielo mientras Sandro examinaba con aire apreciativo las pilas de discos y el grabado de Friedlander. Eran más de las once de la noche, bebieron las copas de la amistad y Anna trajo una lata de paté y bizcochos, Sandro la ayudó a hacer canapés y no llegaron a probarlos, las manos y las bocas se buscaban, volcarse en la cama y desnudarse ya enlazados, buscarse entre cintas y trapos, arrancarse las últimas ropas y abrir la cama, bajar las luces y tomarse lentamente, buscando y murmurando, sobre todo esperando y murmurándose la esperanza.

Vaya a saber cuándo volvieron los tragos y los cigarrillos, las almohadas para sentarse en la cama y fumar bajo la luz de la lámpara en el suelo. Casi no se miraban, las palabras iban hasta la pared y volvían en un lento juego de pelota para ciegos, y ella la primera preguntándose como a sí misma qué sería de Vera y de Mauricio después del *Trade Winds*, qué sería de ellos después del regreso.

—Ya se habrán dado cuenta —dijo él—. Ya habrán comprendido y después de eso no podrán hacer nada más.

—Siempre se puede hacer algo —dijo ella—, Vera no se va a quedar así, bastaba con verla.

—Mauricio tampoco —dijo él—, lo conocí apenas pero era tan evidente. Ninguno de los dos se va a quedar así y casi es fácil imaginar lo que van a hacer.

—Sí, es fácil, es como verlo desde aquí.

—No habrán dormido, igual que nosotros, y ahora estarán hablándose despacio, sin mirarse. Ya no tendrán nada que decirse, creo que será Mauricio el que abra el cajón y saque el frasco azul. Así, ves, un frasco azul como éste.

—Vera las contará y las dividirá —dijo ella—. Le tocaban siempre las cosas prácticas, lo hará muy bien. Dieciséis para cada uno, ni siquiera el problema de un número impar.

—Las tragarán de a dos, con whisky y al mismo tiempo, sin adelantarse.

—Serán un poco amargas —dijo ella.

—Mauricio dirá que no, más bien ácidas.

—Sí, puede que sean ácidas. Y después apagarán la luz, no se sabe por qué.

—Nunca se sabe por qué, pero es verdad que apagarán la luz y se abrazarán. Eso es seguro, sé que se abrazarán.

—En la oscuridad —dijo ella buscando el interruptor—. Así, verdad.

—Así —dijo él.

Segunda vez

No más que los esperábamos, cada uno tenía su fecha y su hora, pero eso sí, sin apuro, fumando despacio, de cuando en cuando el negro López venía con café y entonces dejábamos de trabajar y comentábamos las novedades, casi siempre lo mismo, la visita del jefe, los cambios de arriba, las performances en San Isidro. Ellos, claro, no podían saber que los estábamos esperando, lo que se dice esperando, esas cosas tenían que pasar sin escombro, ustedes procedan tranquilos, palabras del jefe, cada tanto lo repetía por las dudas, ustedes la van piano piano, total era fácil, si algo patinaba no se la iban a tomar con nosotros, los responsables estaban arriba y el jefe era de ley, ustedes tranquilos, muchachos, si hay lío aquí la cara la doy yo, lo único que les pido es que no se me vayan a equivocar de sujeto, primero la averiguación para no meter la pata y después pueden proceder nomás.

Francamente no daban trabajo, el jefe había elegido oficinas funcionales para que no se amontonaran, y nosotros los recibíamos de a uno como corresponde, con todo el tiempo necesario. Para educados nosotros, che, el jefe lo decía vuelta a vuelta y era cierto, todo sincronizado que reíte de las IBM, aquí se trabajaba con vaselina, minga de apuro ni de córranse adelante. Teníamos tiempo para los cafecitos y los pronósticos del domingo, y el jefe era el primero en venir a buscar las fijas que para eso el flaco Bianchetti era propiamente un oráculo. Así que todos los días lo mismo, llegábamos con los diarios, el negro López traía el primer café y al rato empezaban a caer para el trámite. La convocatoria decía eso, trámite que le concierne, nosotros solamente ahí esperando. Ahora que eso sí, aunque venga en papel amarillo una convocatoria siempre tiene un aire serio; por eso María Elena la había mirado muchas veces en su casa, el sello verde rodeando la firma ilegible y las indicaciones de fecha y lugar. En el ómnibus volvió a sacarla de la cartera y le dio cuerda al reloj para más seguridad. La citaban a una oficina de la calle Maza, era raro que ahí hubiera un ministerio pero su hermana había dicho que estaban instalando oficinas en cualquier parte porque los ministerios ya resultaban chicos, y apenas se bajó del ómnibus vio que debía ser cierto, el barrio era cualquier cosa, con casas de tres o cuatro pisos y sobre todo mucho comercio al por menor, hasta algunos árboles de los pocos que iban quedando en la zona.

«Por lo menos tendrá una bandera», pensó María Elena al acercarse a la cuadra del setecientos, a lo mejor era como las embajadas que estaban en los barrios residenciales pero se distinguían desde lejos por el trapo de colores en algún balcón. Aunque el número figuraba clarito en la convocatoria, la sorprendió no ver la bandera patria y por un momento se quedó en la esquina (era demasiado temprano, podía hacer tiempo) y sin ninguna razón le preguntó al del quiosco de diarios si en esa cuadra estaba la Dirección.

—Claro que está —dijo el hombre—, ahí a la mitad de cuadra, pero antes por qué no se queda un poquito para hacerme compañía, mire lo solo que estoy.

—A la vuelta —le sonrió María Elena yéndose sin apuro y consultando una vez más el papel amarillo. Casi no había tráfico ni gente, un gato delante de un almacén y una gorda con una nena que salían de un zaguán. Los pocos autos estaban estacionados a la altura de la Dirección, casi todos con alguien en el volante leyendo el diario o fumando. La entrada era angosta como todas en la cuadra, con un zaguán de mayólicas y la escalera al fondo; la chapa en la puerta parecía

178

apenas la de un médico o un dentista, sucia y con un papel pegado en la parte de abajo para tapar alguna de las inscripciones. Era raro que no hubiese ascensor, un tercer piso y tener que subir a pie después de ese papel tan serio con el sello verde y la firma y todo.

La puerta del tercero estaba cerrada y no se veía ni timbre ni chapa. María Elena tanteó el picaporte y la puerta se abrió sin ruido; el humo del tabaco le llegó antes que las mayólicas verdosas del pasillo y los bancos a los dos lados con la gente sentada. No eran muchos pero con ese humo y el pasillo tan angosto parecía que se tocaban con las rodillas, las dos señoras ancianas, el señor calvo y el muchacho de la corbata verde. Seguro que habían estado hablando para matar el tiempo, justo al abrir la puerta María Elena alcanzó un final de frase de una de las señoras, pero como siempre se quedaron callados de golpe mirando a la que llegaba último, y también como siempre y sintiéndose tan sonsa María Elena se puso colorada y apenas si le salió la voz para decir buenos días y quedarse parada al lado de la puerta hasta que el muchacho le hizo una seña mostrándole el banco vacío a su lado. Justo cuando se sentaba, dándole las gracias, la puerta del otro extremo del pasillo se entornó para dejar salir a un hombre de pelo colorado que se abrió paso entre las rodillas de los otros sin molestarse en pedir permiso. El empleado mantuvo la puerta abierta con un pie, esperando hasta que una de las dos señoras se enderezó dificultosamente y disculpándose pasó entre María Elena y el señor calvo; la puerta de salida y la de la oficina se cerraron casi al mismo tiempo, y los que quedaban empezaron de nuevo a charlar, estirándose un poco en los bancos que crujían.

Cada uno tenía su tema, como siempre, el señor calvo la lentitud de los trámites, si esto es así la primera vez qué se puede esperar, dígame un poco, más de media hora para total qué, a lo mejor cuatro preguntas y chau, por lo menos supongo.

—No se crea —dijo el muchacho de la corbata verde—, yo es la segunda vez y le aseguro que no es tan corto, entre que copian todo a máquina y por ahí uno no se acuerda bien de una fecha, esas cosas, al final dura bastante.

El señor calvo y la señora anciana lo escuchaban interesados porque para ellos era evidentemente la primera vez, lo mismo que María Elena aunque no se sentía con derecho a entrar en la conversación. El señor calvo quería saber cuánto tiempo pasaba entre la primera y la segunda convocatoria, y el muchacho explicó que en su caso había sido cosa de tres días. ¿Pero por qué dos convocatorias?, quiso preguntar María Elena, y otra vez sintió que le subían los colores a la cara y esperó que alguien le hablara y le diera confianza, la dejara formar parte, no ser ya más la última. La señora anciana había sacado un frasquito como de sales y lo olía suspirando. Capaz que tanto humo la estaba descomponiendo, el muchacho se ofreció a apagar el cigarrillo y el señor calvo dijo que claro, que ese pasillo era una vergüenza, mejor apagaban los cigarrillos si se sentía mal, pero la señora dijo que no, un poco de fatiga solamente que se le pasaba enseguida, en su casa el marido y los hijos fumaban todo el tiempo, ya casi no me doy cuenta. María Elena que también había tenido ganas de sacar un cigarrillo vio que los hombres apagaban los suyos, que el muchacho lo aplastaba contra la suela del zapato, siempre se fuma demasiado cuando se tiene que esperar, la otra vez había sido peor porque había siete u ocho personas antes, y al final ya no se veía nada en el pasillo con tanto humo.

—La vida es una sala de espera —dijo el señor calvo, pisando el cigarrillo con mucho cuidado y mirándose las manos como si ya no supiera qué hacer con ellas, y la señora anciana suspiró un asentimiento de muchos años y guardó el frasquito justo cuando se abría la puerta del fondo y la otra señora salía con ese aire que todos le envidiaron, el buenos días casi compasivo al llegar a la puerta de salida. Pero entonces no se tardaba tanto, pensó María Elena; tres personas antes que ella, pongamos tres cuartos de hora, claro que en una de ésas el trámite se hacía más largo con algunos, el muchacho ya había estado una primera vez y lo había dicho. Pero cuando el señor calvo entró en la oficina, María Elena se animó a preguntar para estar más segura, y el muchacho se quedó pensando y después dijo que la primera vez algunos habían tardado mucho y otros menos, nunca se podía saber. La señora anciana hizo notar que la otra señora había salido casi enseguida, pero el señor de pelo colorado había tardado una eternidad.

—Menos mal que quedamos pocos —dijo María Elena—, estos lugares deprimen.

—Hay que tomarlo con filosofía —dijo el muchacho—, no se olvide que va a tener que volver, así que mejor quedarse tranquila. Cuando yo vine la primera vez no había nadie con quien hablar, éramos un montón pero no sé, no se congeniaba, y en cambio hoy desde que llegué el tiempo va pasando bien porque se cambian ideas.

A María Elena le gustaba seguir charlando con el muchacho y la señora, casi no sintió pasar el tiempo hasta que el señor calvo salió y la señora se levantó con una rapidez que no le habrían sospechado a sus años, la pobre quería acabar rápido con los trámites.

—Bueno, ahora nosotros —dijo el muchacho—. ¿No le molesta si fumo un pitillo? No aguanto más, pero la señora parecía tan descompuesta...

—Yo también tengo ganas de fumar.

Aceptó el cigarrillo que él le ofrecía y se dijeron sus nombres, dónde trabajaban, les hacía bien cambiar impresiones olvidándose del pasillo, del silencio que por momentos parecía demasiado, como si las calles y la gente hubieran quedado muy lejos. María Elena también había vivido en Floresta pero de chica, ahora vivía por Constitución. A Carlos no le gustaba ese barrio, prefería el oeste, mejor aire, los árboles. Su ideal hubiera sido vivir en Villa del Parque, cuando se casara a lo mejor alquilaba un departamento por ese lado, su futuro suegro le había prometido ayudarlo, era un señor con muchas relaciones y en una de ésas conseguía algo.

—Yo no sé por qué, pero algo me dice que voy a vivir toda mi vida por Constitución —dijo María Elena—. No está tan mal, después de todo. Y si alguna vez...

Vio abrirse la puerta del fondo y miró casi sorprendida al muchacho que le sonreía al levantarse, ya ve cómo pasó el tiempo charlando, la señora los saludaba amablemente, parecía tan contenta de irse, todo el mundo tenía un aire más joven y más ágil al salir, como un peso que les hubieran quitado de encima, el trámite acabado, una diligencia menos y afuera la calle, los cafés donde a lo mejor entrarían a tomarse una copita o un té para sentirse realmente del otro lado de la sala de espera y los formularios. Ahora el tiempo se le iba a hacer más largo a María Elena sola, aunque si todo seguía así Carlos saldría bastante pronto, pero en una de ésas tardaba más que los otros porque era la segunda vez y vaya a saber qué trámite tendría.

Casi no comprendió al principio cuando vio abrirse la puerta y el empleado la miró y le hizo un gesto con la cabeza para que pasara. Pensó que entonces era así, que Carlos tendría que quedarse todavía un rato llenando papeles y que entre tanto se ocuparían de ella. Saludó al empleado y entró en la oficina; apenas había pasado la puerta cuando otro empleado le mostró una silla delante de un escritorio negro. Había varios empleados en la oficina, solamente hombres, pero no vio a Carlos. Del otro lado del escritorio un empleado de cara enfermiza miraba una planilla; sin levantar los ojos tendió la mano y María Elena tardó en comprender que le estaba pidiendo la convocatoria, de golpe se dio cuenta y la buscó un poco perdida, murmurando excusas, sacó dos o tres cosas de la cartera hasta encontrar el papel amarillo.

—Vaya llenando esto —dijo el empleado alcanzándole un formulario—. Con mayúsculas, bien clarito.

182

Eran las pavadas de siempre, nombre y apellido, edad, sexo, domicilio. Entre dos palabras María Elena sintió como que algo le molestaba, algo que no estaba del todo claro. No en la planilla, donde era fácil ir llenando los huecos; algo afuera, algo que faltaba o que no estaba en su sitio. Dejó de escribir y echó una mirada alrededor, las otras mesas con los empleados trabajando o hablando entre ellos, las paredes sucias con carteles y fotos, las dos ventanas, la puerta por donde había entrado, la única puerta de la oficina. *Profesión,* y al lado la línea punteada; automáticamente rellenó el hueco. La única puerta de la oficina, pero Carlos no estaba ahí. *Antigüedad en el empleo.* Con mayúsculas, bien clarito.

Cuando firmó al pie, el empleado la estaba mirando como si hubiera tardado demasiado en llenar la planilla. Estudió un momento el papel, no le encontró defectos y lo guardó en una carpeta. El resto fueron preguntas, algunas inútiles porque ella ya las había contestado en la planilla, pero también sobre la familia, los cambios de domicilio en los últimos años, los seguros, si viajaba con frecuencia y adónde, si había sacado pasaporte o pensaba sacarlo. Nadie parecía preocuparse mucho por las respuestas, y en todo caso el empleado no las anotaba. Bruscamente le dijo a María Elena que podía irse y que volviera tres días después a las once; no hacía falta convocatoria por escrito, pero que no se le fuera a olvidar.

—Sí, señor —dijo María Elena levantándose—, entonces el jueves a las once.

—Que le vaya bien —dijo el empleado sin mirarla.

En el pasillo no había nadie, y recorrerlo fue como para todos los otros, un apurarse, un respirar liviano, unas ganas de llegar a la calle y dejar lo otro atrás. María Elena abrió la puerta de salida y al empezar a bajar la escalera pensó de nuevo en Carlos, era raro que Carlos no hubiera salido como los otros. Era raro porque la oficina tenía solamente una puerta, claro que en una de ésas no había mirado bien porque eso no podía ser, el empleado había abierto la puerta para que ella entrara y Carlos no se había cruzado con ella, no había salido primero como todos los otros, el hombre del pelo colorado, las señoras, todos menos Carlos.

El sol se estrellaba contra la vereda, era el ruido y el aire de la calle; María Elena caminó unos pasos y se quedó parada al lado de un árbol, en un sitio donde no había autos estacionados. Miró hacia la puerta de la casa, se dijo que iba a esperar un momento para ver salir a Carlos. No podía ser que Carlos no saliera, todos habían salido al terminar el trámite. Pensó que a lo mejor él tardaba porque era el único que había venido por segunda vez; vaya a saber, a lo mejor era eso. Parecía tan raro no haberlo visto en la oficina, aunque a lo mejor había una puerta disimulada por los carteles, algo que se le había escapado, pero lo mismo era raro porque todo el mundo había salido por el pasillo como ella, todos los que habían venido por primera vez habían salido por el pasillo.

Antes de irse (había esperado un rato, pero ya no podía seguir así) pensó que el jueves tendría que volver. Capaz que entonces las cosas cambiaban y que la hacían salir por otro lado aunque no supiera por dónde ni por qué. Ella no, claro, pero nosotros sí lo sabíamos, nosotros la estaríamos esperando a ella y a los otros, fumando despacito y charlando mientras el negro López preparaba otro de los tantos cafés de la mañana.

184

Usted se tendió a tu lado

*A G. H., que me contó esto con una gracia que
no encontrará aquí.*

¿Cuándo lo había visto desnudo por última vez?

Casi no era una pregunta, usted estaba saliendo de la cabina, ajustándose el sostén de la bikini mientras buscaba la silueta de su hijo que la esperaba al borde del mar, y entonces eso en plena distracción, la pregunta pero una pregunta sin verdadera voluntad de respuesta, más bien una carencia bruscamente asumida; el cuerpo infantil de Roberto en la ducha, un masaje en la rodilla lastimada, imágenes que no habían vuelto desde vaya a saber cuándo, en todo caso meses y meses desde la última vez que lo había visto desnudo; más de un año, el tiempo para que Roberto luchara contra el rubor cada vez que al hablar le salía un gallo, el final de la confianza, del refugio fácil entre sus brazos cuando algo dolía o apenaba; otro cumpleaños, los quince, ya siete meses atrás, y entonces la llave en la puerta del baño, las buenas noches con el piyama puesto a solas en el dormitorio, apenas si cediendo de tanto en tanto a una costumbre de salto al pescuezo, de violento cariño y besos húmedos, mamá, mamá querida, Denise querida, mamá o Denise según el humor y la hora, vos el cachorro, vos Roberto el cachorrito de Denise, tendido en la playa mirando las algas que dibujaban el límite de la marea, levantando un poco la cabeza para mirarla a usted que venía desde las cabinas, apretando el cigarrillo entre los labios como una afirmación mientras la mirabas.

Usted se tendió a tu lado y vos te enderezaste para buscar el paquete de cigarrillos y el encendedor.

—No, gracias, todavía no —dijo usted sacando los anteojos de sol del bolso que le habías cuidado mientras Denise se cambiaba.

—¿Querés que te vaya a buscar un whisky? —le preguntaste.

—Mejor después de nadar. ¿Vamos ya?

—Sí, claro —dijiste.

—Te da igual, ¿verdad? A vos todo te da igual en estos días, Roberto.

—No seas pajarona, Denise.

—No es un reproche, comprendo que estés distraído.

—Ufa —dijiste, desviando la cara.

—¿Por qué no vino a la playa?

—¿Quién, Lilian? Qué sé yo, anoche no se sentía bien, me lo dijo.

—Tampoco veo a los padres —dijo usted barriendo el horizonte con una lenta mirada un poco miope—. Habrá que averiguar en el hotel si hay alguien enfermo.

—Yo voy después —dijiste hosco, cortando el tema.

Usted se levantó y la seguiste a unos pasos, esperaste que se tirara al agua para entrar lentamente, nadar lejos de ella que levantó los brazos y te hizo un saludo, entonces soltaste el estilo mariposa y cuando fingiste chocar contra ella usted lo abrazó riendo, manoteándolo, siempre el mismo mocoso bruto, hasta en el mar me pisás los pies. Jugando, escabulléndose, terminaron por nadar con lentas brazadas mar afuera; en la playa empequeñecida la silueta repentina de Lilian era una pulguita roja un poco perdida.

—Que se embrome —dijiste antes de que usted alzara un brazo llamándola—, si llega tarde peor para ella, nosotros seguimos aquí, el agua está rebuena.

—Anoche la llevaste a caminar hasta el farallón y volviste tarde. ¿No se enojó Úrsula con Lilian?

—¿Por qué se va a enojar? No era tan tarde, che, Lilian no es una nena.

—Para vos, no para Úrsula que todavía la ve con un babero, y no hablemos de José Luis porque ése no se convencerá nunca de que la nenita tiene sus reglas en la fecha justa.

—Oh, vos con tus groserías —dijiste halagado y confuso—. Te corro hasta el espigón, Denise, te doy cinco metros.

—Quedémonos aquí, ya le correrás a Lilian que seguro te gana. ¿Te acostaste con ella anoche?

—¿Qué? ¿Pero vos...?

—Tragaste agua, tontolín —dijo usted agarrándolo por la barbilla y jugando a echarlo de espaldas—. Hubiera sido lógico, ¿no? Te la llevaste de noche por la playa, volvieron tarde, ahora Lilian aparece a última hora, cuidado, burro, otra vez me diste en un tobillo, ni mar afuera se está seguro con vos.

Volcándote en una plancha que usted imitó sin apuro, te quedaste callado, como esperando, pero usted esperaba también y el sol les ardía en los ojos.

—Yo quise, mamá —dijiste—, pero ella no, ella...

—¿Quisiste de veras, o solamente de palabra?

—Ella me parece que también quería, estábamos cerca del farallón y ahí era fácil porque yo conozco una gruta que... Pero después no quiso, se asustó... ¿Qué vas a hacer?

Usted pensó que quince años y medio eran muy pocos años, le atrapó la cabeza y lo besó en el pelo, mientras vos protestabas riendo y ahora sí, ahora realmente esperabas que Denise te siguiera hablando de eso, que increíblemente fuera ella la que te estaba hablando de eso.

—Si te pareció que Lilian quería, lo que no hicieron anoche lo harán hoy o mañana. Ustedes dos son un par de chiquilines y no se quieren de veras, pero eso no tiene nada que ver, por supuesto.

—Yo la quiero, mamá, y ella también, estoy seguro.

—Un par de chiquilines —repitió usted—, y precisamente por eso te estoy hablando, porque si te acostás con Lilian esta noche o mañana es seguro que van a hacer las cosas como chambones que son.

La miraste entre dos olas blanditas, usted casi se le rió en la cara porque era evidente que Roberto no entendía, que ahora estabas como escandalizado, casi temiendo que Denise pretendiera explicarte el abecé, madre mía, nada menos que eso.

—Quiero decir que ni vos ni ella van a tener el menor cuidado, bobeta, y que el resultado de este final de veraneo es que en una de ésas Úrsula y José Luis se van a encontrar con la nena embarazada. ¿Entendés ahora?

No dijiste nada pero claro que entendiste, lo habías estado entendiendo desde los primeros besos con Lilian, te habías hecho la pregunta y después habías pensado en la farmacia y punto, de eso no pasabas.

—A lo mejor me equivoco, pero por la cara de Lilian se me hace que no sabe nada de nada, salvo en teoría que viene a ser lo mismo. Me alegro por vos, si querés, pero ya que sos un poco más grande tendrías que ocuparte de eso.

Te vio meter la cara en el agua, frotártela fuerte, quedarte mirándola como quien acata con bronca. Nadando despacio de espaldas, usted esperó que te acercaras de nuevo para hablarte de eso mismo que vos habías estado pensando todo el tiempo como si estuvieras en el mostrador de la farmacia.

—No es lo ideal, ya sé, pero si ella no lo hizo nunca me parece difícil hablarle de la píldora, sin contar que aquí...

—Yo también había pensado en eso —dijiste con tu voz más gruesa.

—¿Y entonces qué estás esperando? Los comprás y los tenés en el bolsillo, y sobre todo no perdés del todo la cabeza y los usás.

Vos te sumergiste de golpe, la empujaste de abajo hasta hacerla gritar y reír, la envolviste en un colchón de espuma y de manotazos de donde las palabras te salían a jirones, rotas por estornudos y golpes de agua, no te animabas, nunca habías comprado eso y no te animabas, no ibas a saber hacerlo, en la farmacia estaba la vieja Delcasse, no había vendedores hombres, vos te das cuenta, Denise, cómo le voy a pedir eso, no voy a poder, me da calor.

A los siete años habías llegado una tarde de la escuela con un aire avergonzado, y usted que nunca lo apuraba en esos casos había esperado hasta que a la hora de dormir te enroscaste en sus brazos, la anaconda mortal como le llamaban al juego de abrazarse antes del sueño, y había bastado una simple pregunta para saber que en uno de los recreos te había empezado a picar la entrepierna y el culito, que te habías rascado hasta sacarte sangre y que tenías miedo y vergüenza porque pensabas que a lo mejor era sarna, que te habías contagiado con los caballos de don Melchor. Y usted, besándolo entre las lágrimas de miedo y confusión que te llenaban la cara, lo había tendido boca abajo, le había separado las piernas y después de mirarlo mucho había visto las picaduras de chinche o de pulga, gajes de la escuela, pero si no es sarna, pavote, solamente que te has rascado hasta hacerte sangre. Todo tan sencillo, alcohol y pomada con esos dedos que acariciaban y calmaban, sentirte del otro lado de la confesión, feliz y confiado, claro que no es nada, tonto, dormite y mañana por la mañana vamos a mirar de nuevo. Tiempos en que las cosas eran así, imágenes volviendo desde un pasado tan próximo, entre dos olas y dos risas y la brusca distancia decidida por el cambio de la voz, la nuez de Adán, el bozo, los ridículos ángeles expulsores del paraíso. Era para burlarse y usted sonrió debajo del agua, tapada por una ola como una sábana, era para burlarse porque en el fondo no había ninguna diferencia entre la vergüenza de confesar una picazón sospechosa y la de no sentirse lo bastante crecido como para hacerle frente a la vieja Delcasse. Cuando de nuevo te acercaste sin mirarla, nadando como un perrito alrededor de su cuerpo flotando boca arriba, usted ya sabía lo que estabas esperando entre ansioso y humillado, como antes cuando tenías que entregarte a sus ojos y a sus manos que te harían las cosas necesarias y era vergonzoso y dulce, era Denise sacándote una vez más de un dolor de barriga o de un calambre en la pantorrilla.

—Si es así iré yo misma —dijo usted—. Parece mentira que puedas ser tan tilingo, m'hijito.

—¿Vos? ¿Vos vas a ir?

—Claro, yo, la mamá del nene. No la vas a mandar a Lilian, supongo.

—Denise, carajo...

—Tengo frío —dijo usted casi duramente—, ahora sí te acepto el whisky y antes te corro hasta el espigón. Sin ventaja, lo mismo te voy a ganar.

Era como levantar despacio un papel carbónico y ver debajo la copia exacta del día precedente, el almuerzo con los padres de Lilian y el señor Guzzi experto en caracoles, la siesta larga y caliente, el té con vos que no te hacías ver demasiado pero a esa hora era el ritual, las tostadas en la terraza, la noche poco a poco, a usted le daba casi lástima verte tan con la cola entre las piernas, pero tampoco quería quebrar el ritual, ese encuentro vespertino en cualquier lugar donde estuvieran, el té antes de irse a sus cosas. Era obvio y patético que no supieras defenderte, pobre Roberto, que estuvieras perrito pasando la manteca y la miel, buscándote la cola perrito torbellino tragando tostadas entre frases también tragadas a medias, de nuevo té, de nuevo cigarrillo.

Raqueta de tenis, mejillas tomate, bronce por todos lados, Lilian buscándote para ir a ver esa película antes de la cena. Usted se alegró cuando se fueron, vos estabas realmente perdido y no encontrabas tu rincón, había que dejarte salir a flote del lado de Lilian, lanzados a ese para usted casi incomprensible intercambio de monosílabos, risotadas y empujones de la nueva ola que ninguna gramática pondría en claro y que era la vida misma riéndose una vez más de la gramática. Usted se sentía bien así sola, pero de golpe algo como tristeza, ese silencio civilizado, esa película que solamente ellos iban a ver. Se puso unos pantalones y una blusa que siempre le hacía bien ponerse, y bajó por el malecón parándose en las tiendas y en el kiosko, comprando una revista y cigarrillos. La farmacia del pueblo tenía un anuncio de neón que recordaba a una pagoda tartamuda, y debajo de esa increíble cofia verde y roja el saloncito con olor a yerbas medicinales, la vieja Delcasse y la empleada jovencita, la que de verdad te daba miedo aunque solamente hubieras hablado de la vieja Delcasse. Había dos clientes arrugados y charlatanes que necesitaban aspirinas y pastillas para el estómago, que pagaban sin irse del todo, mirando las vitrinas y haciendo durar un minuto un poco menos aburrido que los otros en sus casas. Usted les dio la espalda sabiendo que el local era tan chico que nadie perdería palabra, y después de coincidir con la vieja Delcasse en que el tiempo era una maravilla, le pidió un frasco de alcohol como quien concede un último plazo a los dos clientes que ya no tenían nada que hacer ahí, y cuando llegó el frasco y los viejos seguían contemplando las vitrinas con alimentos para niños, usted bajó lo más posible la voz, necesito algo para mi hijo que él no se anima a comprar, sí, exactamente, no sé si vienen en cajas pero en todo caso deme unos cuantos, ya después él se arreglará por su cuenta. Cómico, ¿verdad?

Ahora que lo había dicho, usted misma podía contestar que sí, que era cómico y casi soltar la risa en la cara de la vieja Delcasse, su voz de loro seco explicando desde el diploma amarillo entre las vitrinas, vienen en sobrecitos individuales y también en cajas de doce y veinticuatro. Uno de los clientes se había quedado mirando como si no creyera y el otro, una vieja metida en una miopía y una pollera hasta el suelo, retrocedía paso a paso diciendo buenas noches, buenas noches, y la dependiente más joven divertidísima, buenas noches señora de Pardo, la vieja Delcasse tragando por fin saliva y antes de darse vuelta murmurando en fin, es violento para usted, por qué no me dijo de pasar a la trastienda, y usted imaginándote a vos en la misma situación y teniéndote lástima porque seguro no te habrías animado a pedirle a la vieja Delcasse que te llevara a la trastienda, un hombre y esas cosas. No, dijo o pensó (nunca lo supo bien y daba igual), no veo por qué tenía que hacer un secreto o un drama por una caja de preservativos, si se la hubiera pedido en la trastienda me hubiera traicionado, hubiera sido tu cómplice, acaso dentro de unas semanas hubiera tenido que repetirlo y eso no, Roberto, una vez está bien, ahora cada uno por su lado, realmente no volveré a verte nunca más desnudo, m'hijito, esta vez ha sido la última, sí, la caja de doce, señora.

—Usted los dejó completamente helados —dijo la empleada joven que se moría de risa pensando en los clientes.

—Me di cuenta —dijo usted sacando dinero—, no son cosas de hacer, realmente.

Antes de vestirse para la cena dejó el paquete sobre tu cama, y cuando volviste del cine corriendo porque se hacía tarde viste el bulto blanco contra la almohada y te pusiste de todos colores y lo abriste, entonces Denise, mamá, dejame entrar, mamá, encontré lo que vos. Escotada, muy joven en su traje blanco, te recibió mirándote desde el espejo, desde algo lejano y diferente.

—Sí, y ahora arreglate solo, nene, más no puedo hacer por ustedes.

Estaba convenido desde hacía mucho que no te llamaría nunca más nene, comprendiste que se cobraba, que te hacía devolver la plata. No supiste en qué pie pararte, fuiste hasta la ventana, después te acercaste a Denise y la sujetaste por los hombros, te pegaste a su espalda besándola en el cuello, muchas veces y húmedo y nene, mientras usted terminaba de arreglarse el pelo y buscaba el perfume. Cuando sintió el calor de la lágrima en la piel, giró en redondo y te empujó blandamente hacia atrás, riendo sin que se oyera su voz, una lenta risa de cine mudo.

—Se va a hacer tarde, bobo, ya sabés que a Úrsula no le gusta esperar en la mesa. ¿Era buena la película?

Rechazar la idea aunque cada vez más difícil en la duermevela, medianoche y un mosquito aliado al súcubo para no dejarla resbalar al sueño. Encendiendo el velador, bebió un largo trago de agua, volvió a tenderse de espaldas; el calor era insoportable pero en la gruta haría fresco, casi al borde del sueño usted la imaginaba con su arena blanca, ahora de veras súcubo inclinado sobre Lilian boca arriba con los ojos muy abiertos y húmedos mientras vos le besabas los senos y balbuceabas palabras sin sentido, pero naturalmente no habías sido capaz de hacer bien las cosas y cuando te dieras cuenta sería tarde, el súcubo hubiera querido intervenir sin molestarlos, simplemente ayudar a que no hicieran la bobada, una vez más la vieja costumbre, conocer tan bien tu cuerpo boca abajo que buscaba acceso entre quejas y besos, volver a mirarte de cerca los muslos y la espalda, repetir las fórmulas frente a los porrazos o la gripe, aflojá el cuerpo, no te va a hacer daño, un chico grande no llora por una inyección de nada, vamos. Y otra vez el velador, el agua, seguir leyendo la revista estúpida, ya se dormiría más tarde, después que vos volvieras en puntas de pie y usted te oyera en el baño, el elástico crujiendo apenas, el murmullo de alguien que habla en sueños o que se habla buscando dormirse.

El agua estaba más fría pero a usted le gustó su chicotazo amargo, nadó hasta el espigón sin detenerse, desde allá vio a los que chapoteaban en la orilla, a vos que fumabas al sol sin muchas ganas de tirarte. Descansó en la planchada, y ya de vuelta se cruzó con Lilian que nadaba despacio, concentrada en el estilo, y que le dijo el «hola» que parecía su máxima concesión a los grandes. Vos en cambio te levantaste de un salto y envolviste a Denise en la toalla, le hiciste un lugar del buen lado del viento.

—No te va a gustar, está helada.

—Me lo imaginé, tenés piel de gallina. Esperá, este encendedor no anda, tengo otro aquí. ¿Te traigo un nescafé calentito?

Boca abajo, las abejas del sol empezando a zumbar sobre la piel, el guante sedoso de la arena, una especie de interregno. Vos trajiste el café y le preguntaste si siempre volvían el domingo o si prefería quedarse más. No, para qué, ya empezaba a refrescar.

—Mejor —dijiste, mirando lejos—. Volvemos y se acabó, la playa está bien quince días, después te secás.

Esperaste, claro, pero no fue así, solamente su mano vino a acariciarte el pelo, apenas.

—Decime algo, Denise, no te quedés así, me...

—Sh, si alguien tiene algo que decir sos vos, no me conviertas en la madre araña.

—No, mamá, es que...

—No tenemos más nada que decirnos, sabés que lo hice por Lilian y no por vos. Ya que te sentís un hombre, aprendé a manejarte solo ahora. Si al nene le duele la garganta, ya sabe dónde están las pastillas.

La mano que te había acariciado el pelo resbaló por tu hombro y cayó en la arena. Usted había marcado duramente cada palabra pero la mano había sido la invariable mano de Denise, la paloma que ahuyentaba los dolores, dispensadora de cosquillas y caricias entre algodones y agua oxigenada. También eso tenía que cesar antes o después, lo supiste como un golpe sordo, el filo del límite tenía que caer en una noche o una mañana cualquiera. Vos habías hecho los primeros gestos de la distancia, encerrarte en el baño, cambiarte a solas, perderte largas horas en la calle, pero era usted quien haría caer el filo del límite en un momento que acaso era ahora, esa última caricia en tu espalda. Si al nene le dolía la garganta, ya sabía donde estaban las pastillas.

—No te preocupes, Denise —dijiste oscuramente, la boca tapada a medias por la arena—, no te preocupes por Lilian.

No quiso, sabés, al final no quiso. Es sonsa esa chica, qué querés.

Usted se enderezó, llenándose los ojos de arena con su brusca sacudida. Viste entre lágrimas que le temblaba la boca.

—Te he dicho que basta, ¿me oís? ¡Basta, basta!

—Mamá...

Pero te volvió la espalda y se tapó la cara con el sombrero de paja. El íncubo, el insomnio, la vieja Delcasse, era para reírse. El filo del límite, ¿qué filo, qué límite? Todavía era posible que uno de esos días la puerta del baño no estuviera cerrada con llave y que usted entrara y te sorprendiera desnudo y enjabonado y de golpe confuso. O al revés, que vos te quedaras mirándola desde la puerta cuando usted saliera de la ducha, como tantos años se habían mirado y jugado mientras se secaban y se vestían. ¿Cuál era el límite, cuál era realmente el límite?

—Hola —dijo Lilian, sentándose entre los dos.

En nombre de Boby

Ayer cumplió los ocho años, le hicimos una linda fiesta y Boby estuvo contento con el tren a cuerda, la pelota de fútbol y la torta con velitas. Mi hermana había tenido miedo de que justamente en esos días viniera con malas notas de la escuela pero fue al revés, mejoró en aritmética y en lectura y no había motivo para suprimirle los juguetes, al contrario. Le dijimos que invitara a sus amigos y trajo al Beto y a Juanita; también vino Mario Panzani pero se quedó poco porque el padre estaba enfermo. Mi hermana los dejó jugar en el patio hasta la noche y Boby estrenó la pelota, aunque las dos teníamos miedo de que nos rompieran las plantas con el entusiasmo. Cuando fue la hora de la naranjada y la torta con velitas le cantamos a coro el «apio verde» y nos reímos mucho porque todo el mundo estaba contento, sobre todo Boby y mi hermana; yo, claro, no dejé de vigilar a Boby y eso que me parecía estar perdiendo el tiempo, vigilando qué si no había nada que vigilar; pero lo mismo vigilándolo a Boby cuando él estaba distraído, buscándole esa mirada que mi hermana no parece advertir y que me hace tanto daño.

Ese día solamente la miró así una vez, justo cuando mi hermana encendía las velitas, apenas un segundo antes de bajar los ojos y decir como el niño bien educado que es: «Muy linda la torta, mamá», y Juanita aprobó también, y Mario Panzani. Yo había puesto el cuchillo largo para que Boby cortara la torta y en ese momento sobre todo lo vigilé desde la otra punta de la mesa, pero Boby estaba tan contento con

197

la torta que apenas la miró así a mi hermana y se concentró en la tarea de cortar las tajadas bien igualitas y repartirlas. «Vos la primera, mamá», dijo Boby dándole su tajada, y después a Juanita y a mí porque primero las damas. Enseguida se fueron al patio para seguir jugando salvo Mario Panzani que tenía al padre enfermo, pero antes Boby le dijo de nuevo a mi hermana que la torta estaba muy rica, y a mí vino corriendo y me saltó al pescuezo para darme uno de sus besos húmedos. «Qué lindo el trencito, tía», y por la noche se me trepó a las rodillas para confiarme el gran secreto: «Ahora tengo ocho años, sabés, tía».

Nos acostamos bastante tarde, pero era sábado y Boby podía remolonear como nosotras hasta entrada la mañana. Yo fui la última en irme a la cama y antes me ocupé de arreglar el comedor y poner las sillas en su sitio, los chicos habían jugado al barco hundido y a otros juegos que siempre dejan la casa patas arriba. Guardé el cuchillo largo y antes de acostarme vi que mi hermana ya dormía como una bendita; fui hasta la piecita de Boby y lo miré, estaba boca abajo como le gustaba ponerse desde chiquito, ya había tirado las sábanas al suelo y tenía una pierna fuera de la cama, pero dormía tan bien con la cara enterrada en la almohada. Si yo hubiera tenido un hijo también lo habría dejado dormir así, pero para qué pensar en esas cosas. Me acosté y no quise leer, capaz que hice mal porque no me venía el sueño y me pasaba lo de siempre a esa hora en que se pierde la voluntad y las ideas saltan de todos lados y parecen ciertas, todo lo que se piensa de golpe es cierto y casi siempre horrible y no hay manera de quitárselo de encima ni rezando. Bebí agua con azúcar y esperé contando desde trescientos, de atrás para adelante que es más difícil y hace venir el sueño; justo cuando ya estaba por dormirme me entró la duda de si había guardado el cuchillo o si estaba todavía en la mesa. Era sonso porque había ordenado cada cosa y me acordaba que había puesto el cuchillo en el cajón de abajo de la alacena, pero lo mismo. Me levanté y cla-

198

ro, estaba ahí en el cajón mezclado con los otros cubiertos de trinchar. No sé por qué tuve como ganas de guardarlo en mi dormitorio, hasta lo saqué un momento pero ya era demasiado, me miré en el espejo y me hice una morisqueta. Tampoco eso me gustó mucho a esa hora, y entonces me serví un vasito de anís aunque era una imprudencia con mi hígado, y lo tomé de a sorbitos en la cama para ir buscando el sueño; de a ratos se oía roncar a mi hermana, y Boby como siempre hablaba o se quejaba.

Justo cuando ya me dormía todo volvió de golpe, la primera vez que Boby le había preguntado a mi hermana por qué era mala con él y mi hermana que es una santa, eso dicen todos, se había quedado mirándolo como si fuera una broma y hasta se había reído, pero yo que estaba ahí preparando el mate me acuerdo que Boby no se rió, al contrario estaba como afligido y quería saber, en esa época debía tener ya siete años y siempre hacía preguntas raras como todos los chicos, me acuerdo del día en que me preguntó a mí por qué los árboles eran diferentes de nosotros y yo a mi vez le pregunté por qué y Boby dijo: «Pero tía, ellos se abrigan en verano y se desabrigan en invierno», y yo me quedé con la boca abierta porque realmente, ese chico; todos son así, pero en fin. Y ahora mi hermana lo miraba extrañada, ella no había sido nunca mala con él, se lo dijo, solamente severa a veces cuando se portaba mal o estaba enfermo y había que hacerle cosas que no le gustaban, también las mamás de Juanita o de Mario Panzani eran severas con sus hijos cuando hacía falta, pero Boby la seguía mirando triste y al final explicó que no era de día, que ella era mala de noche cuando él estaba durmiendo, y las dos nos quedamos de una pieza y creo que fui yo la que empezó a explicarle que nadie tiene la culpa de lo que pasa en los sueños, que habría sido una pesadilla y ya está, no tenía que preocuparse. Ese día Boby no insistió, él siempre aceptaba nuestras explicaciones y no era un chico difícil, pero unos días después amaneció llorando a gritos y cuando yo llegué a su cama me abrazó y no quiso hablar, solamente lloraba y lloraba, otra pesadilla seguro, hasta que al mediodía se acordó de golpe en la mesa y volvió a preguntarle a mi hermana por qué cuando él estaba durmiendo ella era tan mala con él. Esta vez mi hermana lo tomó a pecho, le dijo que ya era demasiado grande para no distinguir y que si seguía insistiendo con eso le iba a avisar al doctor Kaplan porque a lo mejor tenía lombrices o apendicitis y había que hacerle algo. Yo sentí que Boby se iba a poner a llorar y me apuré a explicarle de nuevo lo de las pesadillas, tenía que darse cuenta de que nadie lo quería tanto como su mamá, ni siquiera yo que lo quería tanto, y Boby escuchaba muy serio, secándose una lágrima, y dijo que claro, que él sabía, se bajó de la silla para ir a besar a mi hermana que no sabía qué hacer, y después se quedó pensativo mirando al aire, y por la tarde lo fui a buscar al patio y le pedí que me contara a mí que era su tía, a mí podía confiarme todo como a su mamá, y si no quería decírselo a ella que me lo dijera a mí. Se sentía que no quería hablar, le costaba demasiado pero al final dijo algo como que de noche todo era distinto, habló de unos trapos negros, de que no podía soltar las manos ni los pies, cualquiera tiene pesadillas así pero era una lástima que Boby las tuviera justamente con mi hermana que tantos sacrificios había hecho por él, se lo dije y se lo repetí y él claro, estaba de acuerdo, claro que sí.

Justo después de eso mi hermana tuvo la pleuresía y a mí me tocó ocuparme de todo, Boby no me daba trabajo porque con lo chiquito que era se las arreglaba casi solo, me acuerdo que entraba a ver a mi hermana y se quedaba al lado de la cama sin hablar, esperando que ella le sonriera o le acariciara el pelo, y después se iba a jugar calladito al patio o a leer a la sala; ni siquiera tuve necesidad de decirle que no tocara el piano en esos días, con lo mucho que le gustaba. La primera vez que lo vi triste le expliqué que su mamá ya estaba mejor y que al otro día se levantaría un rato a tomar sol. Boby hizo un gesto raro y me miró de reojo; no sé, la idea me vino de golpe y le pregunté si de nuevo estaba con las pesadillas. Se puso a llorar muy callado, escondiendo la cara, después dijo que sí, que por qué su mamá era así con él; esa vez me di cuenta de que tenía miedo, cuando le bajé las manos para secarle la cara le vi el miedo y me costó hacerme la indiferente y explicarle de nuevo que no eran más que sueños. «A ella no le digas nada», le pedí, «fijate que todavía está débil y se va a impresionar». Boby asintió callado, tenía tanta confianza en mí, pero más tarde llegué a pensar que lo había tomado al pie de la letra porque ni siquiera cuando mi hermana estaba convaleciente le habló otra vez de eso, yo se lo adivinaba algunas mañanas cuando lo veía salir de su cuarto con esa expresión perdida, y también porque se quedaba todo el tiempo conmigo, rondándome en la cocina. Una o dos veces no pude más y le hablé en el patio o cuando lo bañaba, y era siempre lo mismo, haciendo un esfuerzo para no llorar, tragándose las palabras, por qué su mamá era así con él de noche, pero más allá no podía ir, lloraba demasiado. Yo no quería que mi hermana se enterara porque había quedado mal de la pleuresía y capaz que la afectaba demasiado, se lo expliqué de nuevo a Boby que comprendía muy bien, a mí en cambio podía contarme cualquier cosa, ya iba a ver que cuando creciera un poco más iba a dejar de tener esas pesadillas; mejor que no comiera tanto pan por la noche, yo le iba a preguntar al doctor Kaplan si no le convendría algún laxante para dormir sin malos sueños. No le pregunté nada, claro, era difícil hablarle de una cosa así al doctor Kaplan que tenía tanta clientela y no estaba para perder tiempo. No sé si hice bien pero Boby poco a poco dejó de preocuparme tanto, a veces lo veía con ese aire un poco perdido por las mañanas y me decía que a lo mejor de nuevo y entonces esperaba que él viniera a confiarse, pero Boby se ponía a dibujar o se iba a la escuela sin decirme nada y volvía contento y cada día más fuerte y sano y con las mejores notas.

La última vez fue cuando la ola de calor de febrero, mi hermana ya estaba curada y hacíamos la vida de siempre. No sé si se daba cuenta, pero yo no quería decirle nada porque la conozco y sé que es demasiado sensible, sobre todo cuando se trata de Boby, bien que me acuerdo de cuando Boby era chiquito y mi hermana todavía estaba bajo el golpe del divorcio y esas cosas, lo que le costaba aguantar cuando Boby lloraba o hacía alguna travesura y yo tenía que llevármelo al patio y esperar que todo se calmara, para eso estamos las tías. Más bien pienso que mi hermana no se daba cuenta de que a veces Boby se levantaba como si volviera de un largo viaje, con una cara perdida que le duraba hasta el café con leche, y cuando nos quedábamos solas yo siempre esperaba que ella dijera alguna cosa, pero no; y a mí me parecía mal recordarle algo que tenía que hacerla sufrir, más bien me imaginaba que en una de ésas Boby volvería a preguntarle por qué era mala con él, pero Boby también debía pensar que no tenía derecho o algo así, capaz que se acordaba de mi pedido y creía que nunca más tendría que hablarle de eso a mi hermana. Por momentos me venía la idea de que era yo la que estaba inventando, seguro que Boby ya no soñaba nada malo con su madre, a mí me lo hubiera dicho enseguida para consolarse; pero después le veía esa carita de algunas mañanas y volvía a preocuparme. Menos mal que mi hermana no se daba cuenta de nada, ni siquiera la primera vez que Boby la miró así, yo estaba planchando y él desde la puerta de la antecocina la miró a mi hermana y no sé, cómo se puede explicar una cosa así, solamente que la plancha casi me agujerea el camisón azul, la saqué justo a tiempo y Boby todavía estaba mirando así a mi hermana que amasaba para hacer empanadas. Cuando le pregunté qué buscaba, por decirle algo, él se sobresaltó y contestó que nada, que hacía demasiado calor afuera para jugar a la pelota. No sé con qué tono le había hecho la pregunta pero él repitió la explicación como para convencerme y se fue a dibujar a la sala. Mi hermana dijo que Boby estaba muy sucio y que lo iba a bañar esa misma tarde, con lo grande que era se olvidaba siempre de lavarse las orejas y los pies. Al final fui yo quien lo bañé porque mi hermana todavía se cansaba por la tarde, y mientras lo enjabonaba en la bañadera y él jugaba con el pato de plástico que nunca había querido abandonar, me animé a preguntarle si dormía mejor esa temporada.

—Más o menos —me dijo, después de un momento dedicado a hacer nadar el pato.

—¿Cómo más o menos? ¿Soñás o no soñás cosas feas?

—La otra noche sí —dijo Boby, sumergiendo el pato y manteniéndolo bajo el agua.

—¿Le contaste a tu mamá?

—No, a ella no. A ella...

No me dio tiempo a nada, enjabonado y todo se me tiró encima y me abrazó llorando, temblando, poniéndome a la miseria mientras yo trataba de rechazarlo y su cuerpo se me resbalaba entre los dedos hasta que él mismo se dejó caer sentado en la bañadera y se tapó la cara con las manos, llorando a gritos. Mi hermana vino corriendo y creyó que Boby se había resbalado y que le dolía algo, pero él dijo que no con la cabeza, dejó de llorar con un esfuerzo que le arrugaba la cara, y se levantó en la bañadera para que viéramos que no le había pasado nada, negándose a hablar, desnudo y enjabonado y tan solo en su llanto contenido que ni mi hermana ni yo podíamos calmarlo aunque viniéramos con toallas y caricias y promesas.

Después de eso yo buscaba siempre la oportunidad de darle confianza a Boby sin que se diera cuenta de que lo quería hacer hablar, pero las semanas fueron pasando y nunca quiso decirme nada, ahora cuando me adivinaba algo en la cara se iba enseguida o me abrazaba para pedirme caramelos o permiso para ir a la esquina con Juanita y Mario Panzani. A mi hermana no le pedía nada, era muy atento con ella que en el fondo seguía bastante delicada de salud y no se preocupaba demasiado de atenderlo porque yo llegaba siempre primero y Boby me aceptaba cualquier cosa, hasta lo más desagradable cuando era necesario, de manera que mi hermana no alcanzaba a darse cuenta de eso que yo había visto enseguida, esa manera de mirarla así por momentos, de quedarse en la puerta antes de entrar mirándola hasta que yo me daba cuenta y él bajaba rápido la vista o se ponía a correr o a hacer una cabriola. Lo del cuchillo fue casualidad, yo estaba cambiando el papel en la alacena de la antecocina y había sacado todos los cubiertos; no me di cuenta de que Boby había entrado hasta que me di vuelta para cortar otra tira de papel y lo vi mirando el cuchillo más largo. Se distrajo enseguida o quiso que no me diera cuenta, pero yo esa manera de mirar ya se la conocía y no sé, es estúpido pensar cosas pero me vino como un frío, casi un viento helado en esa antecocina tan recalentada. No fui capaz de decirle nada pero por la noche pensé que Boby había dejado de preguntarle a mi hermana por qué era mala con él, solamente a veces la miraba como había mirado el cuchillo largo, esa mirada diferente. Sería casualidad, claro, pero no me gustó cuando a la semana le volví a ver la misma cara mientras yo estaba justamente cortando pan con el cuchillo largo y mi hermana le explicaba a Boby que ya era tiempo que aprendiera a lustrarse solo los zapatos. «Sí, mamá», dijo Boby, solamente atento a lo que yo le estaba haciendo al pan, acompañando con los ojos cada movimiento del cuchillo y balanceándose un poco en la silla casi como si él mismo estuviera cortando el pan; a lo mejor pensaba en los zapatos y se movía como si los lustrara, seguro que mi hermana se imaginó eso porque Boby era tan obediente y tan bueno.

Por la noche se me ocurrió si no tendría que hablarle a mi hermana, pero qué le iba a decir si no pasaba nada y Boby sacaba las mejores notas del grado y esas cosas, solamente que no me podía dormir porque de golpe todo se juntaba de nuevo, era como una masa que se iba espesando y entonces el miedo, imposible saber de qué porque Boby y mi hermana ya estaban durmiendo y de a ratos se los oía moverse o suspirar, dormían tan bien, mucho mejor que yo ahí pensando toda la noche. Y claro, al final busqué a Boby en el jardín después que lo vi mirar otra vez así a mi hermana, le pedí que me ayudara a trasplantar un almácigo y hablamos de un montón de cosas y él me confió que Juanita tenía una hermana que estaba de novia.

—Naturalmente, ya es grande —le dije—. Mirá, andá traeme el cuchillo largo de la cocina para cortar estas rafias.

Salió corriendo como siempre, porque nadie le ganaba en servicial conmigo, y me quedé mirando hacia la casa para verlo volver, pensando que en realidad tendría que haberle preguntado por los sueños antes de pedirle el cuchillo, para estar segura. Cuando volvió caminando muy despacio, como frotándose en el aire de la siesta para tardar más, vi que había elegido uno de los cuchillos cortos aunque yo había dejado el más largo bien a la vista porque quería estar segura de que lo iba a ver apenas abriera el cajón de la alacena.

—Éste no sirve —le dije. Me costaba hablar, era estúpido con alguien tan chiquito e inocente como Boby, pero ni siquiera alcanzaba a mirarlo en los ojos. Solamente sentí el envión cuando se me tiró en los brazos soltando el cuchillo y se apretó contra mí, se apretó tanto contra mí sollozando. Creo que en ese momento vi algo que debía ser su última pesadilla, no podría preguntárselo pero pienso que vi lo que él había soñado la última vez antes de dejar de tener las pesadillas y en cambio mirar así a mi hermana, mirar así el cuchillo largo.

Apocalipsis de Solentiname

Los ticos son siempre así, más bien calladitos pero llenos de sorpresas, uno baja en San José de Costa Rica y ahí están esperándote Carmen Naranjo y Samuel Rovinski y Sergio Ramírez (que es de Nicaragua y no tico pero qué diferencia en el fondo si es lo mismo, qué diferencia en que yo sea argentino aunque por gentileza debería decir tino, y los otros nicas o ticos). Hacía uno de esos calores y para peor todo empezaba enseguida, conferencia de prensa con lo de siempre, ¿por qué no vivís en tu patria, qué pasó que *Blow-Up* era tan distinto de tu cuento, te parece que el escritor tiene que estar comprometido? A esta altura de las cosas ya sé que la última entrevista me la harán en las puertas del infierno y seguro que serán las mismas preguntas, y si por caso es chez San Pedro la cosa no va a cambiar, ¿a usted no le parece que allá abajo escribía demasiado hermético para el pueblo?

Después el hotel Europa y esa ducha que corona los viajes con un largo monólogo de jabón y de silencio. Solamente que a las siete cuando ya era hora de caminar por San José y ver si era sencillo y parejito como me habían dicho, una mano se me prendió del saco y detrás estaba Ernesto Cardenal y qué abrazo, poeta, qué bueno que estuvieras ahí después del encuentro en Roma, de tantos encuentros sobre el papel a lo largo de años. Siempre me sorprende, siempre me conmueve que alguien como Ernesto venga a verme y a buscarme, vos dirás que hiervo de falsa modestia pero decilo nomás viejo, el chacal aúlla pero el ómnibus pasa, siempre seré un aficionado, alguien que desde abajo quiere tanto a algunos que un día resulta que también lo quieren, son cosas que me superan, mejor pasamos a la otra línea.

La otra línea era que Ernesto sabía que yo llegaba a Costa Rica y dale, de su isla se había venido en avión porque el pajarito que le lleva las noticias lo tenía informado de que los ticas me planeaban un viaje a Solentiname y a él le parecía irresistible la idea de venir a buscarme, con lo cual dos días después Sergio y Oscar y Ernesto y yo colmábamos la demasiado colmable capacidad de una avioneta Piper Aztec, cuyo nombre será siempre un enigma para mí pero que volaba entre hipos y borborigmos ominosos mientras el rubio piloto sintonizaba unos calipsos contrarrestantes y parecía por completo indiferente a mi noción de que el azteca nos llevaba derecho a la pirámide del sacrificio. No fue así, como puede verse, bajamos en Los Chiles y de ahí un yip igualmente tambaleante nos puso en la finca del poeta José Coronel Urteche, a quien más gente haría bien en leer y en cuya casa descansamos hablando de tantos otros amigos poetas, de Roque Dalton y de Gertrude Stein y de Carlos Martínez Rivas hasta que llegó Luis Coronel y nos fuimos para Nicaragua en su yip y en su panga de sobresaltadas velocidades. Pero antes hubo fotos de recuerdo con una cámara de esas que dejan salir ahí nomás un papelito celeste que poco a poco y maravillosamente y polaroid se va llenando de imágenes paulatinas, primero ectoplasmas inquietantes y poco a poco una nariz, un pelo crespo, la sonrisa de Ernesto con su vincha nazarena, doña María y don José recortándose contra la veranda. A todos les parecía muy normal eso porque desde luego estaban habituados a servirse de esa cámara pero yo no, a mí ver salir de la nada, del cuadradito celeste de la nada esas caras y esas sonrisas de despedida me llenaba de asombro y se los dije, me acuerdo de haberle preguntado a Oscar qué pasaría si alguna vez después de una foto de familia el papelito celeste de la nada empezara a llenarse con Napoleón a caballo, y la carcajada de don José Coronel que todo lo escuchaba como siempre, el yip, vámonos ya para el lago.

A Solentiname llegamos entrada la noche, allí esperaban Teresa y William y un poeta gringo y los otros muchachos de la comunidad; nos fuimos a dormir casi enseguida pero antes vi las pinturas en un rincón, Ernesto hablaba con su gente y sacaba de una bolsa las provisiones y regalos que traía de San José, alguien dormía en una hamaca y yo vi las pinturas en un rincón, empecé a mirarlas. No me acuerdo quién me explicó que eran trabajos de los campesinos de la zona, ésta la pintó el Vicente, ésta es de la Ramona, algunas firmadas y otras no pero todas tan hermosas, una vez más la visión primera del mundo, la mirada limpia del que describe su entorno como un canto de alabanza: vaquitas enanas en prados de amapola, la choza de azúcar de donde va saliendo la gente como hormigas, el caballo de ojos verdes contra un fondo de cañaverales, el bautismo en una iglesia que no cree en la perspectiva y se trepa o se cae sobre sí misma, el lago con botecitos como zapatos y en último plano un pez enorme que ríe con labios de color turquesa. Entonces vino Ernesto a explicarme que la venta de las pinturas ayudaba a tirar adelante, por la mañana me mostraría trabajos en madera y piedra de los campesinos y también sus propias esculturas; nos íbamos quedando dormidos pero yo seguí todavía ojeando los cuadritos amontonados en un rincón, sacando las grandes barajas de tela con las vaquitas y las flores y esa madre con dos niños en las rodillas, uno de blanco y el otro de rojo, bajo un cielo tan lleno de estrellas que la única nube quedaba como humillada en un ángulo, apretándose contra la varilla del cuadro, saliéndose ya de la tela de puro miedo.

Al otro día era domingo y misa de once, la misa de Solentiname en la que los campesinos y Ernesto y los amigos de visita comentan juntos un capítulo del Evangelio que ese día era el arresto de Jesús en el huerto, un tema que la gente de Solentiname trataba como si hablaran de ellos mismos, de la amenaza de que les cayeran en la noche o en pleno día, esa vida en permanente incertidumbre de las islas y de la tierra firme y de toda Nicaragua y no solamente de toda Nicaragua sino de casi toda América Latina, vida rodeada de miedo y de muerte, vida de Guatemala y vida de El Salvador, vida de la Argentina y de Bolivia, vida de Chile y de Santo Domingo, vida del Paraguay, vida de Brasil y de Colombia.

Ya después hubo que pensar en volverse y fue entonces que pensé de nuevo en los cuadros, fui a la sala de la comunidad y empecé a mirarlos a la luz delirante de mediodía, los colores más altos, los acrílicos o los óleos enfrentándose desde caballitos y girasoles y fiestas en los prados y palmares simétricos. Me acordé que tenía un rollo de color en la cámara y salí a la veranda con una brazada de cuadros; Sergio que llegaba me ayudó a tenerlos parados en la buena luz, y de uno en uno los fui fotografiando con cuidado, centrando de manera que cada cuadro ocupara enteramente el visor. Las casualidades son así: me quedaban tantas tomas como cuadros, ninguno se quedó afuera y cuando vino Ernesto a decirnos que la panga estaba lista le conté lo que había hecho y él se rió, ladrón de cuadros, contrabandista de imágenes. Sí, le dije, me los llevo todos, allá los proyectaré en mi pantalla y serán más grandes y más brillantes que éstos, jodete.

Volví a San José, estuve en La Habana y anduve por ahí haciendo cosas, de vuelta a París con un cansancio lleno de nostalgia, Claudine calladita esperándome en Orly, otra vez la vida de reloj pulsera y *merci monsieur, bonjour madame*, los comités, los cines, el vino tinto y Claudine, los cuartetos de Mozart y Claudine. Entre tanta cosa que los sapos maletas habían escupido sobre la cama y la alfombra, revistas, recortes, pañuelos y libros de poetas centroamericanos, los tubos de plástico gris con los rollos de películas, tanta cosa a lo largo de dos meses, la secuencia de la Escuela Lenin de La Habana, las calles de Trinidad, los perfiles del volcán Irazú y su cubeta de agua hirviente verde donde Samuel y yo y Sarita habíamos imaginado patos ya asados flotando entre gasas de humo azufrado. Claudine llevó los rollos a revelar, una tarde andando por el barrio latino me acordé y como tenía la boleta en el bolsillo los recogí y eran ocho, pensé enseguida en los cuadritos de Solentiname y cuando estuve en mi casa busqué en las cajas y fui mirando la primera diapositiva de cada serie, me acordaba que antes de fotografiar los cuadritos había estado sacando la misa de Ernesto, unos niños jugando entre las palmeras igualitos a las pinturas, niños y palmeras y vacas contra un fondo violentamente azul de cielo y de lago apenas un poco más verde, o a lo mejor al revés, ya no lo tenía claro. Puse en el cargador la caja de los niños y la misa, sabía que después empezaban las pinturas hasta el final del rollo.

Anochecía y yo estaba solo, Claudine vendría al salir del trabajo para escuchar música y quedarse conmigo; armé la pantalla y un ron con mucho hielo, el proyector con su cargador listo y su botón de telecomando; no hacía falta correr las cortinas, la noche servicial ya estaba ahí encendiendo las lámparas y el perfume del ron; era grato pensar que todo volvería a darse poco a poco, después de los cuadritos de Solentiname empezaría a pasar las cajas con las fotos cubanas, pero por qué los cuadritos primero, por qué la deformación profesional, el arte antes que la vida, y por qué no, le dijo el otro a éste en su eterno indesarmable diálogo fraterno y rencoroso, por qué no mirar primero las pinturas de Solentiname si también son la vida, si todo es lo mismo.

Pasaron las fotos de la misa, más bien malas por errores de exposición, los niños en cambio jugaban a plena luz y dientes tan blancos. Apretaba sin ganas el botón de cambio, me hubiera quedado tanto rato mirando cada foto pegajosa de recuerdo, pequeño mundo frágil de Solentiname rodeado de agua y de esbirros como estaba rodeado el muchacho que miré sin comprender, yo había apretado el botón y el muchacho estaba ahí en un segundo plano clarísimo, una cara ancha y lisa como llena de incrédula sorpresa mientras su cuerpo se vencía hacia adelante, el agujero nítido en mitad de la frente, la pistola del oficial marcando todavía la trayectoria de la bala, los otros a los lados con las metralletas, un fondo confuso de casas y de árboles.

Se piensa lo que se piensa, eso llega siempre antes que uno mismo y lo deja tan atrás; estúpidamente me dije que se habrían equivocado en la óptica, que me habían dado las fotos de otro cliente, pero entonces la misa, los niños jugando en el prado, entonces cómo. Tampoco mi mano obedecía cuando apretó el botón y fue un salitral interminable a mediodía con dos o tres cobertizos de chapas herrumbradas, gente amontonada a la izquierda mirando los cuerpos tendidos boca arriba, sus brazos abiertos contra un cielo desnudo y gris; había que fijarse mucho para distinguir en el fondo al grupo uniformado de espaldas y yéndose, el yip que esperaba en lo alto de una loma.

Sé que seguí; frente a eso que se resistía a toda cordura lo único posible era seguir apretando el botón, mirando la esquina de Corrientes y San Martín y el auto negro con los cuatro tipos apuntando a la vereda donde alguien corría con una camisa blanca y zapatillas, dos mujeres queriendo refugiarse detrás de un camión estacionado, alguien mirando de frente, una cara de incredulidad horrorizada, llevándose una mano al mentón como para tocarse y sentirse todavía vivo, y de golpe la pieza casi a oscuras, una sucia luz cayendo de la alta ventanilla enrejada, la mesa con la muchacha desnuda boca arriba y el pelo colgándole hasta el suelo, la sombra de espaldas metiéndole un cable entre las piernas abiertas, los dos tipos de frente hablando entre ellos, una corbata azul y un pulóver verde. Nunca supe si seguía apretando o no el botón, vi un claro de selva, una cabaña con techo de paja y árboles en primer plano, contra el tronco del más próximo un muchacho flaco mirando hacia la izquierda donde un grupo confuso, cinco o seis muy juntos le apuntaban con fusiles y pistolas; el muchacho de cara larga y un mechón cayéndole en la frente morena los miraba, una mano alzada a medias, la otra a lo mejor en el bolsillo del pantalón, era como si les estuviera diciendo algo sin apuro, casi displicentemente, y aunque la foto era borrosa yo sentí y supe y vi que el muchacho era Roque Dalton, y entonces sí apreté el botón como si con eso pudiera salvarlo de la infamia de esa muerte y alcancé a ver un auto que volaba en pedazos en pleno centro de una ciudad que podía ser Buenos Aires o São Paulo, seguí apretando y apretando entre ráfagas de caras ensangrentadas y pedazos de cuerpos y carreras de mujeres y de niños por una ladera boliviana o guatemalteca, de golpe la pantalla se llenó de mercurio y de nada y también de Claudine que entraba silenciosa volcando su sombra en la pantalla antes de inclinarse y besarme en el pelo y preguntar si eran lindas, si estaba contento de las fotos, si se las quería mostrar.

Corrí el cargador y volví a ponerlo en cero, uno no sabe cómo ni por qué hace las cosas cuando ha cruzado un límite que tampoco sabe. Sin mirarla, porque hubiera comprendido o simplemente tenido miedo de eso que debía ser mi cara, sin explicarle nada porque todo era un solo nudo desde la garganta hasta las uñas de los pies, me levanté y despacio la senté en mi sillón y algo debí decir de que iba a buscarle un trago y que mirara, que mirara ella mientras yo iba a buscarle un trago. En el baño creo que vomité, o solamente lloré y después vomité o no hice nada y solamente estuve sentado en el borde de la bañadera dejando pasar el tiempo hasta que pude ir a la cocina y prepararle a Claudine su bebida preferida, llenársela de hielo y entonces sentir el silencio, darme cuenta de que Claudine no gritaba ni venía corriendo a preguntarme, el silencio nada más y por momentos el bolero azucarado que se filtraba desde el departamento de al lado. No sé cuánto tardé en recorrer lo que iba de la cocina al salón, ver la parte de atrás de la pantalla justo cuando ella llegaba al final y la pieza se llenaba con el reflejo del mercurio instantáneo y después la penumbra, Claudine apagando el proyector y echándose atrás en el sillón para tomar el vaso y sonreírme despacito, feliz y gata y tan contenta.

—Qué bonitas te salieron, esa del pescado que se ríe y la madre con los dos niños y las vaquitas en el campo; espera, y esa otra del bautismo en la iglesia, decime quién los pintó, no se ven las firmas.

Sentado en el suelo, sin mirarla, busqué mi vaso y lo bebí de un trago. No le iba a decir nada, qué le podía decir ahora, pero me acuerdo que pensé vagamente en preguntarle una idiotez, preguntarle si en algún momento no había visto una foto de Napoleón a caballo. Pero no se lo pregunté, claro.

San José, La Habana, abril de 1976.

214

La barca o Nueva visita a Venecia

Desde joven me tentó la idea de reescribir textos literarios que me habían conmovido pero cuya factura me parecía inferior a sus posibilidades internas; creo que algunos relatos de Horacio Quiroga llevaron esa tentación a un límite que se resolvió, como era preferible, en silencio y abandono. Lo que hubiera tratado de hacer por amor sólo podía recibirse como insolente pedantería; acepté lamentar a solas que ciertos textos me parecieran por debajo de lo que algo en ellos y en mí había reclamado inútilmente.

El azar y un paquete de viejos papeles me dan hoy una apertura análoga sobre ese deseo no realizado, pero en este caso la tentación es legítima puesto que se trata de un texto mío, un largo relato titulado La barca. *En la última página del borrador encuentro esta nota: «¡Qué malo! Lo escribí en Venecia en 1954; lo releo diez años después, y me gusta, y es tan malo».*

El texto y la acotación estaban olvidados; doce años más se sumaron a los diez primeros, y al releer ahora estas páginas coincido con mi nota, sólo que quisiera saber mejor por qué el relato me parecía y me parece malo, y por qué me gustaba y me gusta.

Lo que sigue es una tentativa de mostrarme a mí mismo que el texto de La barca *está mal escrito porque es falso, porque pasa al lado de una verdad que entonces no fui capaz de aprehender y que ahora me resulta evidente. Reescribirlo sería fatigoso y, de alguna manera poco clara, desleal, casi como si fuese el relato de otro autor y yo cayera en la pedantería que señalé al comienzo. Puedo en cambio dejarlo tal como nació, y mostrar al mismo tiempo lo que ahora alcanzo a ver en él. Es entonces que Dora entra en escena.*

Si Dora hubiera pensado en Pirandello, desde un principio hubiera venido a buscar al autor para reprocharle su ignorancia o su persistente hipocresía. Pero soy yo quien va ahora hacia ella para que finalmente ponga las cartas boca arriba. Dora no puede saber quién es el autor del relato, y sus críticas se dirigen solamente a lo que en éste sucede visto desde adentro, allí donde ella existe; pero que ese suceder sea un texto y ella un personaje de su escritura no cambian en nada su derecho igualmente textual a rebelarse frente a una crónica que juzga insuficiente o insidiosa.

Así, la voz de Dora interrumpe hoy de tanto en tanto el texto original que, aparte de correcciones de puro detalle y la eliminación de breves pasajes repetitivos, es el mismo que escribí a mano en la Pensione dei Dogi en 1954. El lector encontrará en él todo lo que me parece malo como escritura y a Dora malo como contenido, y que quizás, una vez más, sea el efecto recíproco de una misma causa.

El turismo juega con sus adeptos, los inserta en una temporalidad engañosa, hace que en Francia salgan de un bolsillo las monedas inglesas sobrantes, que en Holanda se busque vanamente un sabor que sólo da Poitiers. Para Valentina el pequeño bar romano de la via Quattro Fontane se reducía a Adriano, al sabor de una copa de martini pegajoso y la cara de Adriano que le había pedido disculpas por empujarla contra el mostrador. Casi no se acordaba si Dora estaba con ella esa mañana, seguramente sí porque Roma la estaban «haciendo» juntas, organizando una camaradería empezada tontamente como tantas en Cook y American Express.

Claro que yo estaba. Desde el comienzo se finge no verme, reducirme a comparsa a veces cómoda y a veces afligente.

De todos modos aquel bar cerca de piazza Barberini era Adriano, otro viajero, otro desocupado circulando como circula todo turista en las ciudades, fantasma entre hombres que van y vienen del trabajo, tienen familias, hablan un mismo idioma y saben lo que está ocurriendo en ese momento y no en la arqueología de la Guía Azul.

De Adriano se borraban enseguida los ojos, el pelo, la ropa; sólo quedaba la boca grande y sensible, los labios que temblaban un poco después de haber hablado, mientras escuchaba. «Escucha con la boca», había pensado Valentina cuando del primer diálogo nació una invitación a beber el famoso cóctel del bar, que Adriano recomendaba y que Beppo, agitándolo en un cabrilleo de cromos, proclamaba la joya de Roma, el Tirreno metido en una copa con todos sus tritones y sus hipocampos. Ese día Dora y Valentina encontraron simpático a Adriano;

Hm.

no parecía turista (él se consideraba un viajero y acentuaba sonriendo el distingo) y el diálogo de mediodía fue un encanto más de Roma en abril. Dora lo olvidó enseguida

Falso. Distinguir entre savoir faire *y* tilinguería. *Nadie como yo (o Valentina, claro) podía olvidar así nomás a alguien como Adriano; pero me sucede que soy inteligente y desde el vamos sentí que mi largo de onda no era el suyo. Hablo de amistad, no de otra cosa porque en eso ni siquiera se podía hablar de ondas. Y puesto que no quedaba nada posible, ¿para qué perder el tiempo?*

ocupadísima en visitar el Laterano, San Clemente, todo en una tarde porque se iban dos días después, Cook acababa de venderles un complicado itinerario; por su lado Valentina encontró el pretexto de unas compras para volver a la mañana siguiente al bar de Beppo. Cuando vio a Adriano, que vivía en un hotel vecino, ninguno de los dos fingió sorpresa. Adriano se iba a Florencia una semana después y discutieron itinerarios, cambio, hoteles, guías. Valentina creía en los *pullmans* pero Adriano era pro tren; fueron a debatir el problema a una trattoria de la Suburra donde se comía pescado en un ambiente pintoresco para los que sólo iban una vez.

De las guías pasaron a los informes personales, Adriano supo del divorcio de Valentina en Montevideo y ella de su vida familiar en un fundo cercano a Osorno. Compararon impresiones de Londres, París, Nápoles. Valentina miró una y otra vez la boca de Adriano, la miraba al desnudo en ese momento en que el tenedor lleva la comida a los labios que se apartan para recibirla, cuando no se debe mirar. Y él lo sabía y apretaba en la boca el trozo de pulpo frito como si fuera una lengua de mujer, como si ya estuviera besando a Valentina.

Falso por omisión: Valentina no miraba así a Adriano, sino a toda persona que la atraía; conmigo lo había hecho apenas nos conocimos en el mostrador de American Express, y sé que me pregunté si no sería como yo; esa manera de clavarme los ojos siempre un poco dilatados...

Casi enseguida supe que no, personalmente no me hubiera molestado intimar con ella como parte de la no man's land del viaje, pero cuando decidimos compartir el hotel yo sabía que había otra cosa, que esa mirada venía de algo que podía ser miedo o necesidad de olvido. Palabras exageradas a esa altura de simples risas, shampoo y felicidad turística; pero después... En todo caso Adriano debió tomar como un cumplido lo que también hubiera recibido un barman amable o una vendedora de carteras. Dicho de paso, también hay ahí un plagio avant la lettre de una famosa escena de Tom Jones en el cine.

La besó esa tarde, en su hotel de la via Nazionale, después que Valentina telefoneó a Dora para decirle que no iría con ella a las termas de Caracalla.

¡Malgastar así una llamada!

Adriano había hecho subir vino helado, y en su habitación había revistas inglesas y un ventanal contra el cielo del oeste. Sólo la cama les resultó incómoda por demasiado angosta, pero los hombres como Adriano hacen casi siempre el amor en camas estrechas, y Valentina tenía demasiados malos recuerdos del lecho matrimonial para no alegrarse del cambio.

Si Dora sospechaba algo, lo calló.

Falso: ya lo sabía. Exacto: que me callé.

Valentina le dijo aquella noche que se había encontrado casualmente con Adriano, y que tal vez dieran de nuevo con él en Florencia; cuando tres días después lo vieron salir de Orsanmichele, Dora pareció la más contenta de los tres.

En casos así hay que hacerse la estúpida para que no la tomen a una por estúpida.

Adriano había encontrado inesperadamente exasperante la separación. De pronto comprendía que le faltaba Valentina, que no le había bastado la promesa del reencuentro, de las horas que pasarían juntos. Sentía celos de Dora, los disimulaba apenas mientras ella —más fea, más vulgar— le repetía cosas aplicadamente leídas en la guía del Touring Club Italiano.

Nunca he usado las guías del Touring Club Italiano porque me resultan incomprensibles; la Michelin en francés me basta de sobra. Passons sur le reste.

Cuando se encontraron en el hotel de Adriano, al atardecer, Valentina midió la diferencia entre esa cita y la primera en Roma; ahora las precauciones estaban tomadas, la cama era perfecta y, sobre una mesa curiosamente incrustada, la esperaba una cajita envuelta en papel azul y dentro un admirable camafeo florentino que ella —mucho más tarde, cuando bebían sentados junto a la ventana— prendió en su pecho con el gesto fácil, casi familiar del que gira una llave en la cerradura cotidiana.

220

No puedo saber cuáles eran los gestos de Valentina en ese momento, pero en todo caso nunca pudieron ser fáciles; todo en ella era nudo, eslabón y látigo. De noche, desde mi cama la miraba dar vueltas antes de acostarse, tomando y dejando una y otra vez un frasco de perfume, un tubo de pastillas, yendo a la ventana como si escuchara ruidos insólitos; o más tarde, mientras dormía, esa manera de sollozar en mitad de un sueño, despertándome bruscamente, llevándome a pasarme a su cama, ofrecerle un vaso de agua, acariciarle la frente hasta que volvía a dormirse más calmada. Y sus desafíos esa primera noche en Roma cuando vino a sentarse a mi lado, vos no me conocés, Dora, no tenés idea de lo que me anda por dentro, este vacío lleno de espejos mostrándome una calle de Punta del Este, un niño que llora porque no estoy ahí. ¿Fáciles, sus gestos? A mí, por lo menos, me habían mostrado desde el principio que nada tenía que esperar de ella en un plano afectivo, aparte de la camaradería. Me cuesta imaginar que Adriano, por masculinamente ciego que estuviera, no alcanzara a sospechar que Valentina estaba besando la nada en su boca, que antes y después del amor Valentina seguiría llorando en sueños.

Hasta entonces Adriano no se había enamorado de sus amantes; algo en él lo llevaba a tomarlas demasiado pronto como para crear el aura, la necesaria zona de misterio y de deseo, para organizar la cacería mental que alguna vez podría llamarse amor. Con Valentina había sido igual, pero en los días de separación, en esos últimos atardeceres de Roma y el viaje a Florencia, algo diferente había estallado en Adriano. Sin sorpresa, sin humildad, casi sin maravilla, la vio surgir en la penumbra dorada de Orsanmichele, brotando del tabernáculo de Orcagna como si una de las innumerables figurillas de piedra se desgajara del monumento para venir a su encuentro. Quizá sólo entonces comprendió que estaba enamorándose de ella. O quizá después, en el hotel, cuando Valentina había llorado abrazada a él, sin darle razones, dejándose ir como una niña que se abandona a una necesidad largamente contenida y encuentra un alivio mezclado con vergüenza, con reprobación.

En lo inmediato y exterior Valentina lloraba por lo precario del encuentro. Adriano seguiría su camino unos días más tarde; no volverían a encontrarse porque el episodio entraba en un vulgar calendario de vacaciones, un marco de hoteles y cócteles y frases rituales. Sólo los cuerpos saldrían saciados, como siempre, por un rato tendrían la plenitud del perro que termina de mascar y se tira al sol con un gruñido de contento. En sí el encuentro era perfecto, cuerpos hechos para apretarse, enlazarse, retardar o provocar la delicia. Pero cuando miraba a Adriano sentado al borde de la cama (y él la miraba con su boca de labios gruesos) Valentina sentía que el rito acababa de cumplirse sin un contenido real, que los instrumentos de la pasión estaban huecos, que el espíritu no los habitaba. Todo eso le había sido llevadero e incluso favorable en otros lances de la hora, y sin embargo esta vez hubiera querido retener a Adriano, demorar el momento de vestirse y salir, esos gestos que de alguna manera anunciaban ya una despedida.

Aquí se ha querido decir algo sin decirlo, sin entender más que un rumor incierto. También a mí Valentina me había mirado así mientras nos bañábamos y vestíamos en Roma, antes de Adriano; también yo había sentido que esas rupturas en lo continuo le hacían daño, la tiraban hacia el futuro. La primera vez cometí el error de insinuarlo, de acercarme y acariciarle el pelo y proponerle que hiciéramos subir bebidas y nos quedáramos mirando el atardecer desde la ventana. Su respuesta fue seca, no había venido desde el Uruguay para vivir en un hotel. Pensé simplemente que seguía desconfiando de mí, que atribuía un sentido preciso a ese esbozo de caricia, así como yo había entendido mal su primera mirada en la agencia de viajes. Valentina miraba, sin saber exactamente por qué; éramos los otros quienes cedíamos a ese interrogar oscuro que tenía algo de acoso, pero un acoso que no nos concernía.

Dora los esperaba en uno de los cafés de la Signoria, acababa de descubrir a Donatello y lo explicó con demasiado énfasis, como si su entusiasmo le sirviera de manta de viaje y la ayudara a disimular alguna irritación.

—Claro que iremos a ver las estatuas —dijo Valentina—, pero esta tarde no podíamos entrar en los museos, demasiado sol para ir a los museos.

—No van a estar tanto tiempo aquí como para sacrificar todo eso al sol.

Adriano hizo un gesto vago, esperó las palabras de Valentina. Le era difícil saber lo que representaba Dora para Valentina, si el viaje de las dos estaba ya definido y no admitiría cambios. Dora volvía a Donatello, multiplicaba las inútiles referencias que se hacen en ausencia de las obras; Valentina miraba la torre de la Signoria, buscaba mecánicamente los cigarrillos.

Creo que sucedió exactamente así, y que por primera vez Adriano sufrió de veras, temió que yo representara el viaje sagrado, la cultura como deber, las reservas de trenes y de hoteles. Pero si alguien le hubiera preguntado por la otra solución posible, sólo hubiera podido pensar en algo parecido junto a Valentina, sin un término preciso.

Al otro día fueron a los Uffizi. Como hurtándose a la necesidad de una decisión, Valentina se aferraba obstinadamente a la presencia de Dora para no dejar resquicios a Adriano. Sólo en un momento fugaz, cuando Dora se había retrasado mirando un retrato, él pudo hablarle de cerca.

—¿Vendrás esta tarde?

—Sí —dijo Valentina sin mirarlo—, a las cuatro.

—Te quiero tanto —murmuró Adriano, rozándole el hombro con dedos casi tímidos—. Valentina, te quiero tanto.

Entraba un grupo de turistas norteamericanos precedidos por la voz nasal del guía. Los separaron sus caras vacuamente ávidas, falsamente interesadas en la pintura que olvidarían una hora después entre spaghetti y vino de los Castelli Romani. También venía Dora hojeando su guía, perdida porque no le coincidían los números del catálogo con los cuadros colgados.

A propósito, por supuesto. Dejarlos hablar, citarse, hartarse. No él, eso ya lo sabía, pero ella. Tampoco hartarse, más bien volver al perpetuo impulso de la fuga que quizá la devolvería a mi manera de acompañarla sin hostigamiento, a esperar simplemente a su lado aunque no sirviera de nada.

—Te quiero tanto —repetía esa tarde Adriano inclinándose sobre Valentina que descansaba boca arriba—. Tú lo sientes, ¿verdad? No está en las palabras, no tiene nada que ver con decirlo, con buscarle nombres. Dime que lo sientes, que no te lo explicas pero que lo sientes ahora que...

Hundió la cara entre sus senos, besándola largamente como si bebiera la fiebre que latía en la piel de Valentina, que le acariciaba el pelo con un gesto lejano, distraído.

¿D'Annunzio vivió en Venecia, no? A menos que fueran los dialoguistas de Hollywood...

—Sí, me quieres —dijo ella—. Pero es como si tú también tuvieras miedo de algo, no de quererme pero... No miedo, quizá, más bien ansiedad. Te preocupa lo que va a venir ahora.

—No sé lo que va a venir, no tengo la menor idea. ¿Cómo tenerle miedo a tanto vacío? Mi miedo eres tú, es un miedo concreto, aquí y ahora. No me quieres como yo a ti, Valentina, o me quieres de otra manera, limitada o contenida vaya a saber por qué razones.

Valentina lo escuchaba cerrando los ojos. Despacio, coincidiendo con lo que él acababa de decir, entreveía algo detrás, algo que al principio no era sino un hueco, una in-

224

quietud. Se sentía demasiado dichosa en ese momento para tolerar que la menor falla se inmiscuyera en esa hora perfecta y pura en la que ambos se habían amado sin otro pensamiento que el de no querer pensar. Pero tampoco podía impedirse entender las palabras de Adriano. Medía de pronto la fragilidad de esa situación turística bajo un techo prestado, entre sábanas ajenas, amenazados por guías ferroviarias, itinerarios que llevaban a vidas diferentes, a razones desconocidas y probablemente antagónicas como siempre.

—No me quieres como yo a ti —repitió Adriano, rencoroso—. Te sirvo, te sirvo como un cuchillo o un camarero, nada más.

—Por favor—dijo Valentina—. *Je t'en prie.*

Tan difícil darse cuenta de por qué ya no eran felices a tan pocos momentos de algo que había sido como la felicidad.

—Sé muy bien que tendré que volver —dijo Valentina sin retirar los dedos de la cara ansiosa de Adriano—. Mi hijo, mi trabajo, tantas obligaciones. Mi hijo es muy pequeño, muy indefenso.

—También yo tengo que volver —dijo Adriano desviando los ojos—. También yo tengo mi trabajo, mil cosas.

—Ya ves.

—No, no veo. ¿Cómo quieres que vea? Si me obligas a considerar esto como un episodio de viaje, le quitas todo, lo aplastas como a un insecto. Te quiero, Valentina. Querer es más que recordar o prepararse a recordar.

—No es a mí a quien tienes que decírselo. No, no es a mí. Tengo miedo del tiempo, el tiempo es la muerte, su horrible disfraz. ¿No te das cuenta de que nos amamos contra el tiempo, que al tiempo hay que negarlo?

—Sí —dijo Adriano, dejándose caer de espaldas junto a ella—, y ocurre que tú te vas pasado mañana a Bologna, y yo un día después a Lucca.

—Cállate.

—¿Por qué? Tu tiempo es el de Cook, aunque pretendas llenarlo de metafísica. El mío en cambio lo decide mi capricho, mi placer, los horarios de trenes que prefiero o rechazo.

—Ya lo ves —murmuró Valentina—. Ya lo ves que tenemos que rendirnos a las evidencias. ¿Qué más queda?

—Venir conmigo. Deja tu famosa excursión, deja a Dora que habla de lo que no sabe. Vámonos juntos.

Alude a mis entusiasmos pictóricos, no vamos a discutir si tiene razón. En todo caso los dos se hablan con sendos espejos por delante, un perfecto diálogo de best seller para llenar dos páginas con nada en particular. Que sí, que no, que el tiempo... Todo era tan claro para mí, Valentina piuma al vento, la neura y la depre y doble dosis de valium por la noche, el viejo, viejo cuadro de nuestra joven, joven época. Una apuesta conmigo mismo (en ese momento, me acuerdo bien): de dos males, Valentina elegiría el menor, yo. Conmigo ningún problema (si me elegía); al final del viaje adiós querida, fue tan dulce y tan bello, adiós adiós. En cambio Adriano... Las dos habíamos sentido lo mismo: con la boca de Adriano no se jugaba. Esos labios... (Pensar que ella les permitía que conocieran cada rincón de su piel; hay cosas que me rebasan, claro que es cuestión de libido, we know we know we know).

Y sin embargo era más fácil besarlo, ceder a su fuerza, resbalar blandamente bajo la ola del cuerpo que la ceñía; era más fácil entregarse que negarle ese asentimiento que él, perdido otra vez en el placer, olvidaba ya.

Valentina fue la primera en levantarse. El agua de la ducha la azotó largamente. Poniéndose una bata de baño, volvió a la habitación donde Adriano seguía en la cama, a medias incorporado y sonriéndole como desde un sarcófago etrusco, fumando despacioso.

—Quiero ver cómo anochece desde el balcón.

A orillas del Arno, el hotel recibía las últimas luces. Aún no se habían encendido las lámparas en el Ponte Vecchio, y el río era una cinta de color violeta con franjas más claras, sobrevolado por pequeños murciélagos que cazaban insectos invisibles; más arriba chirriaban las tijeras de las golondrinas. Valentina se tendió en la mecedora, respiró un aire ya fresco. La ganaba una fatiga dulce, hubiera podido dormirse, quizá durmió unos instantes. Pero en ese interregno de abandono seguía pensando en Adriano, en Adriano y el tiempo, las palabras monótonas volvían como estribillos de una canción tonta, el tiempo es la muerte, un disfraz de la muerte, el tiempo es la muerte. Miraba el cielo, las golondrinas que jugaban sus límpidos juegos, chirriando brevemente como si trizaran la loza azul profundo del crepúsculo. Y también Adriano era la muerte.

> *Curioso. De golpe se toca fondo a partir de tanta falsa premisa. Tal vez sea siempre así (pensarlo otro día, en otros contextos). Asombra que seres tan alejados de su propia verdad (Valentina más que Adriano, es cierto) acierten por momentos; claro que no se dan cuenta y es mejor así, lo que sigue lo prueba. (Quiero decir que es mejor para mí, bien mirado.)*

Se enderezó, rígida. También Adriano era la muerte. ¿Ella había pensado eso? También Adriano era la muerte. No tenía el menor sentido, había mezclado palabras como en un refrán infantil, y resultaba ese absurdo. Volvió a tenderse, relajándose, y miró otra vez las golondrinas. Quizá no fuera tan absurdo; de todos modos haber pensado eso valía tan sólo como una metáfora puesto que renunciar a Adriano mataría algo en ella, la arrancaría de una parte momentánea de sí misma, la dejaría a solas con una Valentina diferente, Valentina sin Adriano, sin el amor de Adriano, si era amor ese balbuceo de tan pocos días, si en ella misma era amor esa entrega furiosa a un cuerpo que la anegaba y la devolvía como exhausta al abandono del atardecer. Entonces sí, entonces visto así Adriano era la muerte. Todo lo que se posee es la muerte

227

porque anuncia la desposesión, organiza el vacío a venir. Refranes infantiles, mantantiru liru lá, pero ella no podía renunciar a su itinerario, quedarse con Adriano. Cómplice de la muerte, entonces, lo dejaría irse a Lucca nada más que porque era inevitable a corto o largo plazo, allá a lo lejos Buenos Aires y su hijo eran como las golondrinas sobre el Arno, chirriando débilmente, reclamando en el anochecer que crecía como un vino negro.

—Me quedaré —murmuró Valentina—. Lo quiero, lo quiero. Me quedaré y me lo llevaré un día conmigo.

Sabía bien que no iba a ser así, que Adriano no cambiaría su vida por ella, Osorno por Buenos Aires.

¿Cómo podía saberlo? Todo apunta en la dirección contraria; es Valentina la que jamás cambiará Buenos Aires por Osorno, su instalada vida, sus rutinas rioplatenses. En el fondo no creo que ella pensara eso que le hacen pensar; también es cierto que la cobardía tiende a proyectar en otros la propia responsabilidad, etcétera.

Se sintió como suspendida en el aire, casi ajena a su cuerpo, tan sólo miedo y algo como congoja. Veía una bandada de golondrinas que se había arracimado sobre el centro del río, volando en grandes círculos. Una de las golondrinas se apartó de las otras, perdiendo altura, acercándose. Cuando parecía que iba a remontarse otra vez, algo falló en la máquina maravillosa. Como un turbio pedazo de plomo, girando sobre sí misma, se precipitó diagonalmente y golpeó con un golpe opaco a los pies de Valentina en el balcón.

Adriano oyó el grito y vino corriendo. Valentina se tapaba la cara y temblaba horriblemente, refugiada en el otro extremo del balcón. Adriano vio la golondrina muerta y la empujó con el pie. La golondrina cayó a la calle.

—Ven, entra —dijo él, tomando por los hombros a Valentina—. No es nada, ya pasó. Te asustaste, pobre querida.

Valentina callaba, pero cuando él le apartó las manos y le vio la cara, tuvo miedo. No hacía más que copiar el miedo de ella, quizás el miedo final de la golondrina desplomándose fulminada en un aire que de pronto, esquivo y cruel, había dejado de sostenerla.

A Dora le gustaba charlar antes de dormir, y pasó media hora con noticias sobre Fiésole y el piazzale Michelangelo. Valentina la escuchaba como de lejos, perdida en un rumor interno que no podía confundir con una meditación. La golondrina estaba muerta, había muerto en pleno vuelo. Un anuncio, una intimación. Como si en un semisueño extrañamente lúcido, Adriano y la golondrina empezaran a confundirse en ella, resolviéndose en un deseo casi feroz de fuga, de arrancamiento. No se sentía culpable de nada pero sentía la culpa en sí, la golondrina como una culpa golpeando sordamente a sus pies.

En pocas palabras le dijo a Dora que iba a cambiar de planes, que seguiría directamente a Venecia.

—Me encontrarás allá de todos modos. No hago más que adelantarme unos días, de verdad prefiero estar sola unos días.

Dora no pareció demasiado sorprendida. Lástima que Valentina se perdiera Ravenna, Ferrara. De todos modos comprendía que prefiriera irse directamente y sola a Venecia; mejor ver bien una ciudad que mal dos o tres... Valentina ya no la escuchaba, perdida en su fuga mental, en la carrera que debía alejarla del presente, de un balcón sobre el Arno.

Aquí casi siempre se acierta partiendo del error, es irónico y diverti-
do. Acepto eso de que yo no estaba demasiado sorprendida y que
cumplí con el lip service necesario para tranquilizar a Valentina. Lo
que no se sabe es que mi falta de sorpresa tenía otras fuentes, la voz
y la cara de Valentina contándome el episodio del balcón, tan despro-
porcionado a menos de sentirlo como ella lo sentía, un anuncio fuera

de toda lógica y por eso irresistible. Y también una deliciosa, cruel sospecha de que Valentina estaba confundiendo las razones de su miedo, confundiéndome con Adriano. Su cortés distancia esa noche, su veloz manera de asearse y acostarse sin darme la menor oportunidad de compartir el espejo del baño, los ritos de la ducha, le temps d'un sein nu / entre deux chemises. Adriano, sí, digamos que sí, que Adriano. ¿Pero por qué esa manera de acostarse dándome la espalda, tapándose la cara con un brazo para sugerirme que apagara la luz lo antes posible, que la dejara dormir sin más palabras, sin siquiera un leve beso de buenas noches entre amigas de viaje?

En el tren lo pensó mejor, pero el miedo seguía. ¿De qué estaba escapando? No era fácil aceptar las soluciones de la prudencia, elogiarse por haber roto el lazo a tiempo. Quedaba el enigma del miedo como si Adriano, el pobre Adriano, fuera el diablo, como si la tentación de enamorarse de veras de él fuese el balcón abierto sobre el vacío, la invitación al salto irrestañable.

Vagamente pensó Valentina que estaba huyendo de sí misma más que de Adriano. Hasta la prontitud con que se le había entregado en Roma probaba su resistencia a toda seriedad, a todo recomienzo fundamental. Lo fundamental había quedado al otro lado del mar, hecho trizas para siempre, y ahora era el tiempo de la aventura sin amarras, como ya otras antes y durante el viaje, la aceptación de circunstancias sin análisis moral ni lógico, la compañía episódica de Dora como resultado de un mostrador en una agencia de viajes, Adriano en otro mostrador, el tiempo de un cóctel o una ciudad, momentos y placeres tan borrosos como el moblaje de las piezas de los hoteles que se van dejando atrás.

Compañía episódica, sí. Pero quiero creer que hay más que eso en una referencia que por lo menos me equipara a Adriano como dos lados de un triángulo en el que el tercero es un mostrador.

230

Y sin embargo Adriano en Florencia había avanzado hacia ella con el reclamo del poseedor, ya no el amante fugitivo de Roma; peor, exigiendo reciprocidad, esperándola y urgiéndola. Quizás el miedo nacía de eso, no era más que un sucio y mezquino miedo a las complicaciones mundanas, Buenos Aires/Osorno, la gente, los hijos, la realidad instalándose tan diferente en el calendario de la vida compartida. Y quizá no: detrás, siempre, otra cosa, inapresable como una golondrina al vuelo. Algo que de pronto hubiera podido precipitarse sobre ella, un cuerpo muerto golpeándola.

Hm. ¿Por qué le iba mal con los hombres? Mientras piensa como se la hace pensar, hay como la imagen de algo acorralado, sitiado: la verdad profunda, cercada por las mentiras de un conformismo irrenunciable. Pobrecita, pobrecita.

Los primeros días en Venecia fueron grises y casi fríos, pero al tercero estalló el sol desde temprano y el calor vino enseguida, derramándose con los turistas que salían entusiastas de los hoteles y llenaban la piazza San Marco y la Merceria en un alegre desorden de colores y de lenguas.

A Valentina le agradó dejarse llevar por la cadenciosa serpiente que remontaba la Merceria rumbo al Rialto. Cada recodo, el puente dei Baretieri, San Salvatore, el oscuro recinto postal de la Fondamenta dei Tedeschi, la recibían con esa calma impersonal de Venecia para con sus turistas, tan diferente de la convulsa expectativa de Nápoles o el ancho darse de los panoramas de Roma. Recogida, siempre secreta, Venecia jugaba una vez más a hurtar su verdadero rostro, sonriendo impersonalmente a la espera de que en el día y la hora propicios su voluntad de mostrarse de verdad al buen viajero lo recompensara de su fidelidad. Desde el Rialto miró Valentina los fastos del Canal Grande, y se asombró de la distancia inesperada entre ella y ese lujo de aguas y de góndolas. Penetró en las callejuelas que de *campo* en *campo* la llevaban a iglesias y museos, salió a los muelles desde donde podían enfrentarse las fachadas de los grandes palacios corroídos por un tiempo plomizo y verde. Todo lo veía, todo lo admiraba, sabiendo sin embargo que sus reacciones eran convencionales y casi forzadas, como el elogio repetido a las fotos que nos van mostrando en los álbumes de familia. Algo —sangre, ansiedad, o tan sólo ganas de vivir— parecía haber quedado atrás. Valentina odió de pronto el recuerdo de Adriano, le repugnó la petulancia de Adriano que había cometido la falta de enamorarse de ella. Su ausencia lo hacía aún más odioso porque su falta era de las que sólo se castigan o se perdonan en persona. Venecia

La opción ya tomada, se hace pensar como se quiere a Valentina, pero otras opciones son posibles si se tiene en cuenta que ella optó por irse sola a Venecia. Términos exagerados como odio y repugnancia, ¿se aplican en verdad a Adriano? Un mero cambio de prisma, y no es en Adriano que piensa Valentina mientras vaga por Venecia. Por eso mi amable infidencia florentina era necesaria, había que seguir proyectando a Adriano en el centro de una acción que acaso así, acaso hacia el final del viaje, me devolviera a ese comienzo en el que yo había esperado como todavía era capaz de esperar.

se le daba como un admirable escenario sin los actores, sin la savia de la participación. Mejor así, pero también mucho peor; andar por las callejuelas, demorarse en los pequeños puentes que cubren como un párpado el sueño de los canales, empezaba a parecer una pesadilla. Despertar, despertarse por cualquier medio, pero Valentina sentía que sólo algo que se pareciera a un látigo podría despertarla. Aceptó la oferta de un gondolero que le proponía llevarla hasta San Marco a través de los canales interiores; sentada en el viejo sillón de cojines rojos sintió cómo Venecia empezaba a moverse delicadamente, a pasar por ella que la miraba como un ojo fijo, clavado obstinadamente en sí mismo.

—Ca d'Oro —dijo el gondolero rompiendo un largo silencio, y con la mano le mostró la fachada del palacio. Después, entrando por el rio di San Felice, la góndola se sumió en un laberinto oscuro y silencioso, oliente a moho. Valentina admiraba como todo turista la impecable destreza del remero, su manera de calcular las curvas y sortear los obstáculos. Lo sentía a sus espaldas, invisible pero vivo, hundiendo el remo casi sin ruido, cambiando a veces una breve frase en dialecto con alguien de la orilla. Casi no lo había mirado al subir, le pareció como la mayoría de los gondoleros, alto y esbelto, ceñido el cuerpo por los angostos pantalones negros, la chaqueta vagamente española, el sombrero de paja amarilla con una cinta roja. Más bien recordaba su voz, dulce pero sin bajeza, ofreciendo: *Gondola, signorina, gondola, gondola.* Ella había aceptado el precio y el itinerario, distraídamente, pero ahora cuando el hombre le llamó la atención sobre el Ca d'Oro y tuvo que volverse para verlo, notó la fuerza de sus rasgos, la nariz casi imperiosa y los ojos pequeños y astutos; mezcla de soberbia y de cálculo, también presente en el vigor sin exageración del torso y la relativa pequeñez de la cabeza, con algo de víbora en el entronque del cuello, quizás en los movimientos impuestos por el remar cadencioso.

Mirando otra vez hacia proa, Valentina vio venir un pequeño puente. Ya antes se había dicho que sería delicioso el instante de pasar por debajo de los puentes, perdiéndose un momento en su concavidad rezumante de moho, imaginando a los viandantes en lo alto, pero ahora vio venir el puente con una vaga angustia como si fuera la tapa gigantesca de un arcón que iba a cerrarse sobre ella. Se obligó a guardar los ojos abiertos en el breve tránsito, pero sufrió, y cuando la angosta raja de cielo brillante surgió nuevamente sobre ella, hizo un confuso gesto de agradecimiento. El gondolero le estaba señalando otro palacio, de esos que sólo aceptan dejarse ver desde los canales interiores y que los transeúntes no sospechan puesto que sólo ven las puertas de servicio, iguales a tantas otras. A Valentina le hubiera gustado comentar, interesarse por la simple información que le iba dando el gondolero; de pronto necesitaba estar cerca de alguien vivo y ajeno a la vez, mezclarse en un diálogo que la alejara de esa ausencia, de esa nada que le viciaba el día y las cosas. Enderezándose, fue a sentarse en un ligero travesaño situado más a proa. La góndola osciló por un momento

Si la «ausencia» era Adriano, no encuentro proporción entre la conducta precedente de Valentina y esta angst que le arruina un paseo en góndola, por lo demás nada barato. Nunca sabré cómo habían sido sus noches venecianas en el hotel, la habitación sin palabras ni recuentos de jornada; tal vez la ausencia de Adriano ganaba peso en Valentina, pero una vez más como la máscara de otra distancia, de otra carencia que ella no quería o no podía mirar cara a cara. (Wishful thinking, acaso; pero, ¿y la celebérrima intuición femenina? La noche en que tomamos al mismo tiempo un pote de crema y mi mano se apoyó en la suya, y nos miramos... ¿Por qué no completé la caricia que el azar empezaba? De alguna manera todo quedó como suspendido en el aire, entre nosotras, y los paseos en góndola son, es sabido, exhumadores de semisueños, de nostalgias y de recuentos arrepentidos.)

pero el remero no pareció asombrarse de la conducta de su pasajera. Y cuando ella le preguntó sonriendo qué había dicho, él repitió sus informes con más detalle, satisfecho del interés que despertaba.

—¿Qué hay del otro lado de la isla? —quiso saber Valentina en su italiano elemental.

—¿Del otro lado, *signorina*? ¿En la Fondamenta Nuove?

—Si se llama así... Quiero decir al otro lado, donde no van los turistas.

—Sí, la Fondamenta Nuove —dijo el gondolero, que remaba ahora muy lentamente—. Bueno, de ahí salen los barcos para Burano y para Torcello.

234

—Todavía no he ido a esas islas.

—Es muy interesante, *signorina*. Las fábricas de puntillas. Pero ese lado no es tan interesante, porque la Fondamenta Nuove...

—Me gusta conocer lugares que no sean turísticos —dijo Valentina repitiendo aplicadamente el deseo de todos los turistas—. ¿Qué más hay en la Fondamenta Nuove?

—Enfrente está el cementerio —dijo el gondolero—. No es interesante.

—¿En una isla?

—Sí, frente a la Fondamenta Nuove. Mire, *signorina, ecco Santi Giovanni e Paolo. Bella chiesa, bellissima... Ecco il Colleone, capolavoro dal Verrocchio...*

«Turista», pensó Valentina. «Ellos y nosotros, unos para explicar y otros para creer que entendemos. En fin, miremos tu iglesia, miremos tu monumento, *molto interessante, vero...*»

Cuánto artificio barato, después de todo. Se hace hablar y pensar a Valentina cuando se trata de tonterías: lo otro, silencio o atribuciones casi siempre dirigidas en la mala dirección. ¿Por qué no escuchamos lo que Valentina pudo murmurar antes de dormirse, por qué no sabemos más de su cuerpo en la soledad, de su mirada al abrir la ventana del hotel cada mañana?

La góndola atracó en la Riva degli Schiavoni, a la altura de la *piazzetta* colmada de paseantes. Valentina tenía hambre y se aburría por adelantado pensando que iba a comer sola. El gondolero la ayudó a desembarcar, recibió con una sonrisa brillante el pago y la propina.

—Si la *signorina* quisiera pasear de nuevo, yo estoy siempre allí —señalaba un atracadero distante, marcado por cuatro pértigas con farolillos—. Me llamo Dino —agregó, tocándose la cinta del sombrero.

—Gracias —dijo Valentina. Iba a alejarse, a hundirse en la marea humana entre gritos y fotografías. Ahí quedaría a sus espaldas el único ser viviente con el que había cambiado unas palabras.

—Dino.

—¿*Signorina*?

—Dino... ¿dónde se puede comer bien?

El gondolero rió francamente, pero miraba a Valentina como si comprendiera al mismo tiempo que la pregunta no era una estupidez de turista.

—¿La *signorina* conoce los *ristoranti* sobre el Canal? —preguntó un poco al azar, tanteando.

—Sí —dijo Valentina que no los conocía—. Quiero decir un lugar tranquilo, sin mucha gente.

—¿Sin mucha gente... como la *signorina*? —dijo brutalmente el hombre.

Valentina le sonrió, divertida. Dino no era tonto, por lo menos.

—Sin turistas, sí. Un lugar como...

«Allí donde comen tú y tus amigos», pensaba, pero no lo dijo. Sintió que el hombre apoyaba los dedos en su codo, sonriendo, y la invitaba a subir a la góndola. Se dejó llevar, casi intimidada, pero la sombra del aburrimiento se borró de golpe como arrastrada por el gesto de Dino al clavar la pala del remo en el fondo de la laguna e impulsar la góndola con un limpio gesto en el que apenas se advertía el esfuerzo.

Imposible recordar la ruta. Habían pasado bajo el Ponte dei Sospiri, pero después todo era confuso. Valentina cerraba a ratos los ojos y se dejaba llevar por otras vagas imágenes que desfilaban paralelamente a lo que renunciaba a ver. El sol de mediodía alzaba en los canales un vapor maloliente, y todo se repetía, los gritos a la distancia, las señales convenidas en los recodos. Había poca gente en las calles y los puentes de esa zona, Venecia ya estaba almorzando. Dino remaba con fuerza y acabó metiendo la góndola en un canal angosto y recto, al fondo del cual se entreveía el gris verdoso de la laguna. Valentina se dijo que allá debía estar la Fondamenta

Nuove, la orilla opuesta, el lugar que no era interesante. Iba a volverse y preguntar cuando sintió que la barca se detenía junto a unos peldaños musgosos. Dino silbó largamente, y una ventana en el segundo piso se abrió sin ruido.

—Es mi hermana —dijo—. Vivimos aquí. ¿Quiere comer con nosotros, *signorina*?

La aceptación de Valentina se adelantó a su sorpresa, a su casi irritación. El desparpajo del hombre era de los que no admitían términos medios; Valentina podía haberse negado con la misma fuerza con que acababa de aceptar. Dino la ayudó a subir los peldaños y la dejó esperando mientras amarraba la góndola. Ella lo oía canturrear en dialecto, con una voz un poco sorda. Sintió una presencia a su espalda y se volvió; una mujer de edad indefinible, mal vestida de rosa viejo, se asomaba a la puerta. Dino le dijo unas rápidas frases ininteligibles.

—La *signorina* es muy gentil —agregó en toscano—. Hazla pasar, Rosa.

Y ella va a entrar, claro. Cualquier cosa con tal de seguir escapando, de seguir mintiéndose. Life, lie, ¿no era un personaje de O'Neill que mostraba cómo la vida y la mentira están apenas separadas por una sola, inocente letra?

Comieron en una habitación de techo bajo, lo que sorprendió a Valentina ya habituada a los grandes espacios italianos. En la mesa de madera negra había lugar para seis personas. Dino, que se había cambiado de camisa sin borrar con eso el olor a transpiración, se sentaba frente a Valentina. Rosa estaba a su izquierda. A la derecha el gato favorito, que los ayudó con su digna belleza a romper el hielo del primer momento. Había *pasta asciutta*, un gran frasco de vino y pescado. Valentina lo encontró todo excelente, y estaba casi contenta de lo que su amortiguada reflexión seguía considerando una locura.

—La *signorina* tiene buen apetito —dijo Rosa, que casi no hablaba—. Coma un poco de queso.

—Sí, gracias.

Dino comía ávidamente, mirando más al plato que a Valentina, pero ella tuvo la impresión de que la observaba de alguna manera, sin hacerle preguntas; ni siquiera había preguntado por su nacionalidad, al revés de casi todos los italianos. A la larga, pensó Valentina, una situación tan absurda tiene que estallar. ¿Qué se dirían cuando el último bocado fuera consumido? Ese momento terrible de una sobremesa entre desconocidos. Acarició al gato, le dio a probar un trocito de queso. Dino reía ahora, su gato no comía más que pescado.

—¿Hace mucho que es gondolero? —preguntó Valentina, buscando una salida.

—Cinco años, *signorina*.

—¿Le gusta?

—*Non si sta male*.

—De todos modos no parece un trabajo tan duro.

—No... ése no.

«Entonces se ocupa de otras cosas», pensó ella. Rosa le servía vino otra vez, y aunque se negaba a beber más, los hermanos insistieron sonriendo y llenaron las copas. «El gato no bebe», dijo Dino mirándola en los ojos por primera vez en mucho rato. Los tres rieron.

Rosa salió y volvió con un plato de frutillas. Después Dino aceptó un Camel y dijo que el tabaco italiano era malo. Fumaba echado hacia atrás, entornando los ojos; el sudor le corría por el cuello tenso, bronceado.

—¿Queda muy lejos de aquí mi hotel? —preguntó Valentina—. No quiero seguir molestándolos.

«En realidad yo debería pagar este almuerzo», pensaba, debatiendo el problema y sin saber cómo resolverlo. Nombró su hotel, y Dino dijo que la llevaría. Hacía un momento que Rosa no estaba en el comedor. El gato, tendido en un rincón, se adormecía en el calor de la siesta. Olía a canal, a casa vieja.

—Bueno, ustedes han sido tan amables... —dijo Valentina, corriendo la tosca silla y levantándose—. Lástima que no sé decirlo en buen italiano... De todos modos usted me comprende.

—Oh, claro —dijo Dino sin moverse.

—Me gustaría saludar a su hermana, y...

—Oh, Rosa. Ya se habrá ido. Siempre se va a esta hora.

Valentina recordó el breve diálogo incomprensible, a mitad del almuerzo. Era la única vez que habían hablado en dialecto, y Dino le había pedido disculpas. Sin saber por qué pensó que la partida de Rosa nacía de ese diálogo, y sintió un poco de miedo y también de vergüenza por tener miedo.

Dino se levantó a su vez. Recién entonces vio ella lo alto que era. Los ojillos miraban hacia la puerta, la única puerta. La puerta daba a un dormitorio (los hermanos se habían disculpado al hacerla pasar por ahí camino del comedor). Valentina levantó su sombrero de paja y el bolso. «Tiene un hermoso pelo», pensó sin palabras. Se sentía intranquila y a la vez segura, ocupada. Era mejor que el amargo hueco de toda aquella mañana; ahora había algo, enfrentaba confiadamente a alguien.

—Lo siento mucho —dijo—, me hubiera gustado saludar a su hermana. Gracias por todo.

Tendió la mano, y él la estrechó sin apretar, soltándola enseguida. Valentina sintió que la vaga inquietud se disipaba ante el gesto rústico, lleno de timidez. Avanzó hacia la puerta, seguida por Dino. Entró en la otra habitación, distinguiendo apenas los muebles en la penumbra. ¿No estaba a la derecha la puerta de salida al pasillo? Oyó a su espalda que Dino acababa de cerrar la puerta del comedor. Ahora la habitación parecía mucho más oscura. Con un gesto involuntario se volvió para esperar que él se adelantara. Una vaharada de sudor la envolvió un segundo antes de que los brazos de

Dino la apretaran brutalmente. Cerró los ojos, resistiéndose apenas. De haber podido lo hubiera matado en el acto, golpeándolo hasta hundirle la cara, deshacerle la boca que la besaba en la garganta mientras una mano corría por su cuerpo contraído. Trató de soltarse, y cayó bruscamente hacia atrás, en la sombra de una cama. Dino se dejó resbalar sobre ella, trabándole las piernas, besándola en plena boca con labios húmedos de vino. Valentina volvió a cerrar los ojos. «Si por lo menos se hubiera bañado», pensó, dejando de resistir. Dino la mantuvo todavía un momento prisionera, como asombrado de ese abandono. Después, murmurando y besándola, se incorporó sobre ella y buscó con dedos torpes el cierre de la blusa.

Perfecto, Valentina. Como lo enseña la sagesse anglosajona que ha evitado así muchas muertes por estrangulación, lo único que cabía en esa circunstancia era el inteligente relax and enjoy it.

A las cuatro, con el sol todavía alto, la góndola atracó frente a San Marco. Como la primera vez, Dino ofreció el antebrazo para que Valentina se apoyara, y se mantuvo como a la espera, mirándola en los ojos.

—*Arrivederci* —dijo Valentina, y echó a andar.

—Esta noche estaré ahí —dijo Dino señalando el atracadero—. A las diez.

Valentina fue directamente al hotel y reclamó un baño caliente. Nada podía ser más importante que eso, quitarse el olor de Dino, la contaminación de ese sudor, de esa saliva que la manchaban. Con un quejido de placer resbaló en la bañera humeante, y por largo rato fue incapaz de tender la mano hacia la pastilla de jabón verde. Después, aplicadamente, al ritmo de su pensamiento que volvía poco a poco, empezó a lavarse.

El recuerdo no era penoso. Todo lo que había tenido de sórdido como preparación parecía borrarse frente a la cosa misma. La habían engañado, atraído a una trampa estúpida, pero era demasiado inteligente para no comprender que ella misma había tejido la red. En esa confusa maraña de recuerdos le repugnaba sobre todo Rosa, la figura evasiva de la cómplice que ahora, a la luz de lo ocurrido, resultaba difícil creerla hermana de Dino. Su esclava, mejor, su amante complaciente por necesidad, para conservarlo todavía un poco.

Se estiró en el baño, dolorida. Dino se había conducido como lo que era, reclamando rabiosamente su placer sin consideraciones de ninguna especie. La había poseído como un animal, una y otra vez, exigiéndole torpezas que no hubieran sido tales si él hubiera tenido el mínimo de gentileza. Y Valentina no lo lamentaba, ni lamentaba el olor a viejo de la cama revuelta, el jadeo de perro de Dino, la vaga tentativa de reconciliación posterior (porque Dino tenía miedo, medía ya las posibles consecuencias de su atropello a una extranjera). En realidad no lamentaba nada que no fuera la falta de gracia de la aventura. Y quizá ni eso lamentaba, la brutalidad había estado ahí como el ajo en los guisos populares, el requisito indispensable y sabroso.

La divertía, un poco histéricamente

Pero no, ninguna histeria. Sólo yo podía ver aquí la expresión de Valentina la noche en que le conté la historia de mi condiscípula Nancy en Marruecos, una situación equivalente pero mucho más torpe, con su violador islámicamente defraudado al enterarse de que Nancy estaba en pleno período menstrual, y obligándola a bofetadas y latigazos a cederle la otra vía. (No encontré lo que buscaba al contárselo, pero le vi unos ojos como de loba, apenas un instante antes de rechazar el tema y buscar como siempre el pretexto del cansancio y el sueño.) Acaso si Adriano hubiera procedido como Dino, sin el ajo y el sudor, hábil y bello. Acaso si yo, en vez de dejarla irse al sueño...

pensar que Dino, mientras con manos absurdamente torpes trataba de ayudarla a vestirse, había pretendido ternuras de amante, demasiado grotescas para que él mismo creyera en ellas. La cita, por ejemplo, al despedirla en San Marco, era ridícula. Imaginarse que ella podía volver a su casa, entregársele a sangre fría... No le causaba la menor inquietud, estaba segura de que Dino era un individuo excelente a su manera, que no había sumado el robo a la violación, lo cual hubiera sido fácil, y hasta admitía en lo sucedido un tono más normal, más lógico que en su encuentro con Adriano.

¿Ves, Dora, ves, estúpida?

Lo terrible era darse cuenta hasta qué punto Dino estaba lejos de ella, sin la menor posibilidad de comunicación. Con el último gesto del placer empezaba el silencio, la turbación, la comedia ridícula. Era una ventaja, al fin y al cabo, de Dino no necesitaba huir como de Adriano. Ningún peligro de enamorarse; ni siquiera él se enamoraría, por supuesto. ¡Qué libertad! Con toda su mugre, la aventura no la disgustaba, sobre todo después de haberse jabonado.

A la hora de cenar llegó Dora de Padua, bullente de noticias sobre Giotto y Altichiero. Encontró que Valentina estaba muy bien, y dijo que Adriano había hablado vagamente de renunciar a su viaje a Lucca, pero que después lo había perdido de vista. «Yo diría que se ha enamorado de ti», soltó al pasar, con su risa de soslayo. Le encantaba Venecia, de la que aún no había visto nada, y se jactaba de deducir las maravillas de la ciudad por la sola conducta de los camareros y los *facchini*. «Tan fino todo, tan fino», repetía saboreando sus camarones.

Con perdón de la palabra, en mi puta vida he dicho una frase semejante. ¿Qué clase de ignorada venganza habita esto? O bien (sí, empiezo a adivinarlo, a creerlo) todo nace de un subconsciente que

también ha hecho nacer a Valentina, que desconociéndola en la su-
perficie y equivocándose todo el tiempo sobre sus conductas y sus
razones, acierta sin saberlo en las aguas profundas, allí donde Va-
lentina no ha olvidado Roma, el mostrador de la agencia, la acepta-
ción de compartir un cuarto y un viaje. En esos relámpagos que na-
cen como peces abisales para asomar un segundo sobre las aguas, yo
soy deliberadamente deformada y ofendida, me vuelvo lo que me
hacen decir.

Se habló de *Venice by night*, pero Dora estaba rendida
por las bellas artes y se fue al hotel después de dos vueltas a la
plaza. Valentina cumplió el ritual de beber un oporto en el
Florian, y esperó a que fueran las diez. Mezclada con la gente
que comía helados y sacaba fotos con flash, atisbó el embarcadero. Había sólo dos góndolas de ese lado, con los faroles
encendidos. Dino estaba en el muelle, junto a una pértiga.
Esperaba.

«Realmente cree que voy a ir», pensó casi sorprendida.
Un matrimonio con aire inglés se acercaba al gondolero. Valentina vio que se quitaba el sombrero y ofrecía la góndola.
Los otros se embarcaron casi enseguida; el farolillo temblaba
en la noche de la laguna.

Vagamente inquieta, Valentina se volvió al hotel.

La luz de la mañana la lavó de los malos sueños pero sin
quitarle la sensación como de náusea, la opresión en la boca
del estómago. Dora la esperaba en el salón para desayunar, y
Valentina se servía té cuando un camarero vino a la mesa.

—Afuera está el gondolero de la *signorina*.

—¿Gondolero? No he pedido ninguna góndola.

—El hombre dio las señas de la *signorina*.

Dora la miraba curiosa, y Valentina se sintió bruscamente desnuda. Hizo un esfuerzo para beber un trago de té,
y se levantó después de dudar un momento. Divertida, Dora
encontró que sería gracioso mirar la escena desde la ventana.
Vio al gondolero, a Valentina que le iba al encuentro, el saludo

cortado pero decidido del hombre. Valentina le hablaba casi sin gestos, pero le vio alzar una mano como rogando —claro que no podía ser— algo que el otro se negaba a otorgar. Después fue él quien habló moviendo los brazos a la italiana. Valentina parecía esperar que se fuera, pero el otro insistía, y Dora se quedó el tiempo suficiente para ver cómo Valentina miraba por fin su reloj pulsera y hacía un gesto de asentimiento.

—Me había olvidado completamente —explicó al volver—, pero un gondolero no olvida a sus clientes. ¿No vas a salir, tú?

—Sí, claro —dijo Dora—. ¿Todos son tan buenos mozos como los que se ven en el cine?

—Todos, naturalmente —dijo Valentina sin sonreír. La osadía de Dino la había dejado tan estupefacta que le costaba sobreponerse. Por un momento la inquietó la idea de que Dora le propondría sumarse al paseo; tan lógico y tan Dora. «Pero ésa sería precisamente la solución», se dijo. «Por bruto que sea no va a animarse a hacer un escándalo. Es un histérico, se ve, pero no tonto.»

Dora no dijo nada, aunque le sonreía con una amabilidad que a Valentina le pareció vagamente repugnante. Sin saber bien por qué, no le propuso tomar juntas la góndola. Era extraordinario cómo en esas semanas las cosas importantes las hacía todas sin saber por qué.

Tu parles, ma fille. *Lo que parecía increíble se coaguló en simple evidencia apenas me dejaron fuera del paseíto. Claro que eso no podía tener importancia, apenas un paréntesis de consuelo barato y enérgico sin el menor riesgo futuro. Pero era la recurrencia a bajo nivel de la misma comprobación: Adriano o un gondolero, y yo una vez más la outsider. Todo eso valía otra taza de té y preguntarse si no quedaba todavía algo por hacer para perfeccionar la pequeña relojería que ya había puesto en marcha —oh, con toda inocencia— antes de irme de Florencia.*

Dino la condujo por el Canal Grande hasta más allá del Rialto, eligiendo amablemente el recorrido más extenso. A la altura del palacio Valmarana entraron por el rio dei Santi Apostoli y Valentina, mirando obstinada hacia adelante, vio venir otra vez, uno tras otro, los pequeños puentes negros hormigueantes. Le costaba convencerse de que estaba de nuevo en esa góndola, apoyando la espalda en el vetusto almohadón rojo. Un hilo de agua corría por el fondo; agua del canal, agua de Venecia. Los famosos carnavales. El Dogo se casaba con el mar. Los famosos palacios y carnavales de Venecia. *Vine a buscarla porque usted no fue a buscarme anoche. Quiero llevarla en la góndola.* El Dogo se casaba con el mar. Con una frescura perfecta. Frescura. Y ahora la estaba llevando en la góndola, lanzando de vez en cuando un grito entre melancólico y huraño antes de enfilar un canal interior. A lo lejos, todavía muy lejos, Valentina atisbó la franja abierta y verde. Otra vez la Fondamenta Nuove. Era previsible, los cuatro peldaños mohosos, reconocía el sitio. Ahora él iba a silbar y Rosa se asomaría a la ventana.

> *Lírico y obvio. Faltan los papeles de Aspern, el barón Corvo y Tadzio, el bello Tadzio y la peste. Falta también una cierta llamada telefónica a un hotel cerca del teatro La Fenice, aunque no es culpa de nadie (quiero decir la ausencia del detalle, no la llamada telefónica).*

Pero Dino arrimaba la góndola en silencio y esperaba. Valentina se volvió por primera vez desde que embarcara y lo miró. Dino sonreía hermosamente. Tenía unos estupendos dientes, que con un poco de dentífrico hubieran quedado perfectos.

«Estoy perdida», pensó Valentina, y saltó al primer escalón sin apoyarse en el antebrazo que él le tendía.

> *¿Lo pensó de verdad? Habría que tener cuidado con las metáforas, las figuras elocutivas o como se llamen. También eso viene de abajo;*

si yo lo hubiera sabido en ese momento, tal vez no hubiera... Pero tampoco a mí me estaba dado entrar en el más allá del tiempo.

Cuando bajó a cenar, Dora la esperaba con la noticia de que (aunque no estaba del todo segura) había visto a Adriano entre los turistas de la Piazza.

—Muy de lejos, en una de las recovas, sabes. Pienso que era él por ese traje claro un poco ajustado. A lo mejor llegó esta tarde... Persiguiéndote, supongo.

—Oh, vamos.

—¿Por qué no? Éste no era su itinerario.

—Tampoco estás segura de que sea él —dijo hostilmente Valentina. La noticia no le había chocado demasiado, pero echaba a andar la maquinaria lamentable de las ideas. «Otra vez eso», pensó. «Otra vez.» Se lo encontraría, era seguro, en Venecia se vive como dentro de una botella, todo el mundo termina por reconocerse en la Piazza o en el Rialto. Huir de nuevo, pero por qué. Estaba harta de huir de la nada, de no saber de qué huía y si realmente estaba huyendo o hacía lo que las palomas ahí al alcance de sus ojos, las palomas que fingían hurtarse al asalto envanecido de los machos y al fin consentían blandamente, en un plomizo rebullir de plumas.

—Tomemos el café en el *Florian* —propuso Dora—. A lo mejor lo encontramos, es tan buen muchacho.

Lo vieron casi enseguida, estaba de espaldas a la plaza bajo los arcos de la recova, abstraído en la contemplación de unos horrendos cristales de Murano. Cuando el saludo de Dora lo hizo volverse, su sorpresa era tan mínima, tan civil, que Valentina se sintió aliviada. Nada de teatro, por lo menos. Adriano saludó a Dora con su cortesía distante, y estrechó la mano de Valentina.

—Vaya, entonces es cierto que el mundo es pequeño. Nadie escapa a la Guía Azul, un día u otro.

—Nosotras no, por lo menos.

—Ni a los helados de Venecia. ¿Puedo invitarlas?

Casi enseguida Dora hizo el gasto de la conversación. Tenía en su haber dos o tres ciudades más que ellos, y naturalmente buscaba arrollarlos con el catálogo de todo lo que se habían perdido. Valentina hubiera querido que sus temas no se acabaran nunca o que Adriano se decidiera por fin a mirarla de lleno, a hacerle el peor de los reproches, los ojos que se clavan en la cara con algo que siempre es más que una acusación o un reproche. Pero él comía aplicadamente su helado o fumaba con la cabeza un poco inclinada —su bella cabeza sudamericana—, atento a cada palabra de Dora. Sólo Valentina podía medir el ligero temblor de los dedos que apretaban el cigarrillo.

Yo también, mi querida, yo también. Y no me gustaba nada porque esa calma escondía algo que hasta ahora no me había parecido tan violento, ese resorte tenso como a la espera del gatillo que lo liberaría. Tan diferente de su tono casi glacial y matter of fact en el teléfono. Por el momento yo quedaba fuera del juego, nada podía hacer para que las cosas ocurrieran como las había esperado. Prevenir a Valentina... Pero era mostrarle todo, volver a la Roma de esas noches en que ella había resbalado, alejándose, dejándome libre la ducha y el jabón, acostándose de espaldas a mí, murmurando que tenía tanto sueño, que ya estaba medio dormida.

La charla se hizo circular, vino el cotejo de museos y de pequeños infortunios turísticos, más helados y tabaco. Se habló de recorrer juntos la ciudad a la mañana siguiente.

—Quizá —dijo Adriano— molestaremos a Valentina que prefiere andar sola.

—¿Por qué me incluye a mí? —rió Dora—. Valentina y yo nos entendemos a fuerza de no entendernos. Ella no comparte su góndola con nadie, y yo tengo unos canalitos que son solamente míos. Haga la prueba de entenderse así con ella.

—Siempre se puede hacer una prueba —dijo Adriano—. En fin, de todas maneras pasaré por el hotel a las diez y media, y ustedes ya habrán decidido o decidirán.

Cuando subían (tenían habitaciones en el mismo piso), Valentina apoyó una mano en el brazo de Dora.

Fue la última vez que me tocaste. Así, como siempre, apenas.

—Quiero pedirte un favor.

—Claro.

—Déjame salir sola con Adriano mañana por la mañana. Será la única vez.

Dora buscaba la llave que había dejado caer en el fondo del bolso. Le llevó tiempo encontrarla.

—Sería largo de explicar ahora —agregó Valentina—, pero me harás un favor.

—Sí, por supuesto —dijo Dora abriendo su puerta—. Tampoco a él quieres compartirlo.

—¿Tampoco a él? Si piensas...

—Oh, no es más que una broma. Que duermas bien.

Ahora ya no importa, pero cuando cerré la puerta me hubiera clavado las uñas en plena cara. No, ahora ya no importa; pero si Valentina hubiera atado cabos... Ese «tampoco a él» era la punta del ovillo; ella no se dio cuenta del todo, lo dejó escapar en la confusión en que estaba viviendo. Mejor para mí, desde luego, pero quizá... En fin, realmente ahora ya no importa; a veces basta con el valium.

Valentina lo esperó en el *lobby* y a Adriano no se le ocurrió siquiera preguntar por la ausencia de Dora; como en Florencia o Roma, no parecía demasiado sensible a su presencia. Caminaron por la calle Orsolo, mirando apenas el pequeño lago interior donde dormían las góndolas por la noche, y tomaron en dirección del Rialto. Valentina iba un poco adelante, vestida de claro. No habían cambiado más que dos o tres frases rituales pero al entrar en una calleja (ya estaban perdidos, ninguno de los dos miraba su mapa), Adriano se adelantó y la tomó del brazo.

—Es demasiado cruel, sabes. Hay algo de canalla en lo que has hecho.

—Sí, ya lo sé. Yo empleo palabras peores.

—Irte así, mezquinamente. Sólo porque una golondrina se muere en el balcón. Histéricamente.

—Reconoce —dijo Valentina— que la razón, si es ésa, era poética.

—Valentina...

—Ah, basta —dijo ella—. Vayamos a un sitio tranquilo y hablemos de una vez.

—Vamos a mi hotel.

—No, a tu hotel no.

—A un café, entonces.

—Están llenos de turistas, lo sabes. Un sitio tranquilo, que no sea interesante... —vaciló porque la frase le traía un nombre—. Vamos a la Fondamenta Nuove.

—¿Qué es eso?

—La otra orilla, al norte. ¿Tienes un plano? Por aquí, eso es. Vamos.

Más allá del teatro Malibrán, callejas sin comercios, con hileras de puertas siempre cerradas, algún niño mal vestido jugando en los umbrales, llegaron a la calle del Fumo y vieron ya muy cerca el brillo de la laguna. Se desembocaba bruscamente, saliendo de la penumbra gris, a una costanera deslumbrante de sol, poblada de obreros y vendedores ambulantes. Algunos cafés de mal aspecto se adherían como lapas a las casillas flotantes de donde salían los *vaporettos* a Burano y al cementerio. Valentina había visto enseguida el cementerio, se acordaba de la explicación de Dino. La pequeña isla, su paralelogramo rodeado hasta donde alcanzaba a verse por una muralla rojiza. Las copas de los árboles funerarios sobresalían como un festón oscuro. Se veía con toda claridad el muelle de desembarco, pero en ese momento la isla parecía no contener más que a los muertos; ni una barca, nadie en los peldaños de mármol del muelle. Y todo ardía secamente bajo el sol de las once.

Indecisa, Valentina echó a andar hacia la derecha. Adriano la seguía hoscamente, casi sin mirar a su alrededor. Cruzaron un puente bajo el cual uno de los canales interiores comunicaba con la laguna. El calor se hacía sentir, sus moscas invisibles en la cara. Venía otro puente de piedra blanca, y Valentina se detuvo en lo alto del arco, apoyándose en el pretil, mirando hacia el interior de la ciudad. Si en algún lugar había que hablar, que fuera ese tan neutro, tan poco interesante, con el cementerio a la espalda y el canal que penetraba profundamente en Venecia, separando orillas sin gracia, casi desiertas.

—Me fui —dijo Valentina— porque eso no tenía sentido. Déjame hablar. Me fui porque de todas maneras uno de los dos tenía que irse, y tú estás dificultando las cosas, sabiendo de sobra que uno de los dos tenía que irse. ¿Qué diferencia hay, como no sea de tiempo? Una semana antes o después...

—Para ti no hay diferencia —dijo Adriano—. Para ti es exactamente lo mismo.

—Si te pudiera explicar... Pero nos vamos a quedar en las palabras. ¿Por qué me seguiste? ¿Qué sentido tiene esto?

Si hizo esas preguntas, me queda por lo menos el saber que no me imaginó mezclada con la presencia de Adriano en Venecia. Detrás, claro, la amargura de siempre: esa tendencia a ignorarme, a ni siquiera sospechar que había una tercera mano mezclando las cartas.

—Ya sé que no tiene ningún sentido —dijo Adriano—. Es así, nada más.

—No debiste venir.

—Y tú no debiste irte así, abandonándome como...

—No uses las grandes palabras, por favor. ¿Cómo puedes llamar abandono a algo que no era más que lo normal al fin y al cabo? La vuelta a lo normal, si prefieres.

—Todo es tan normal para ti —dijo él rabiosamente. Le temblaban los labios, y apretó las manos en el pretil como para calmarse con el contacto blanco e indiferente de la piedra.

Valentina miraba el fondo del canal, viendo avanzar una góndola más grande que las comunes, todavía imprecisa a la distancia. Temía encontrar los ojos de Adriano y su único deseo era que él se marchara, que la cubriera de insultos si era necesario y después se marchara. Pero Adriano seguía ahí en la perfecta voluptuosidad de su sufrimiento, prolongando lo que habían creído una explicación y no pasaba de dos monólogos.

—Es absurdo —murmuró al fin Valentina, sin dejar de mirar la góndola que se acercaba poco a poco—. ¿Por qué tengo que ser como tú? ¿No estaba bien claro que no quería verte más?

—En el fondo me quieres —dijo grotescamente Adriano—. No puede ser que no me quieras.

—¿Por qué no puede ser?

—Porque eres distinta a tantas otras. No te entregaste como una cualquiera, como una histérica que no sabe qué hacer en un viaje.

—Tú supones que yo me entregué, pero yo podría decir que fuiste tú quien se entregó. Las viejas ideas sobre las mujeres, cuando...

Etcétera.

Pero no ganamos nada con esto, Adriano, todo es tan inútil. O me dejas sola hoy mismo, ahora mismo, o yo me voy de Venecia.

—Te seguiré —dijo él, casi con petulancia.

—Nos pondremos en ridículo los dos. ¿No sería mejor que...?

Cada palabra de ese hablar sin sentido se le volvía penosa hasta la náusea. Fachada de diálogo, mano de pintura bajo la cual se estancaba algo inútil y corrompido como las aguas del canal. A mitad de la pregunta Valentina empezaba a darse cuenta de que la góndola era distinta de las otras. Más ancha, como una barcaza, con cuatro remeros de pie sobre los travesaños donde algo parecía alzarse como un catafalco negro y dorado. Pero *era* un catafalco, y los remeros estaban de negro, sin los alegres sombreros de paja. La barca había llegado hasta el muelle junto al cual corría un edificio pesado y mortecino. Había un embarcadero frente a algo que parecía una capilla. «El hospital», pensó. «La capilla del hospital.» Salía gente, un hombre llevando coronas de flores que arrojó distraídamente en la barca de la muerte. Otros aparecían ya con el ataúd, y empezó la maniobra del embarque. El mismo Adriano parecía absorbido por el claro horror de eso que estaba ocurriendo bajo el sol de la mañana, en la Venecia que no era interesante, adonde no debían ir los turistas. Valentina lo oyó murmurar algo, o quizás era como un sollozo contenido. Pero no podía apartar los ojos de la barca, de los cuatro remeros que esperaban con los remos clavados para que los otros pudieran meter el féretro en el nicho de cortinas negras. En la proa se veía un bulto brillante en vez del adorno dentado y familiar de las góndolas. Parecía un enorme búho de plata, un mascarón con algo de vivo, pero cuando la góndola avanzó por el canal (la familia del muerto estaba en el muelle, y dos muchachos sostenían a una anciana) se vio que el búho era una esfera y una cruz plateadas, lo único claro y brillante en toda la barca. Avanzaba hacia ellos, iba a pasar bajo el puente, exactamente bajo sus pies. Hubiera bastado un salto para caer sobre la proa, sobre el ataúd. El puente parecía moverse ligeramente hacia la barca («¿Entonces no vendrás conmigo?») tan fijamente miraba Valentina la góndola que los remeros movían lentamente.

—No, no iré. Déjame sola, déjame en paz.

No podía decir otra cosa entre tantas que hubiera podido decir o callar, ahora que sentía el temblor del brazo de Adriano contra el suyo, lo escuchaba repetir la pregunta y respirar con esfuerzo, como si jadeara. Pero tampoco podía mirar otra cosa que la barca cada vez más cerca del puente. Iba a pasar bajo el puente, casi contra ellos, saldría por el otro lado a la laguna abierta y cruzaría como un lento pez negro hasta la isla de los muertos, llevando otro ataúd, amontonando otro muerto en el pueblo silencioso detrás de las murallas rojas.

Casi no la sorprendió ver que uno de los remeros era Dino,

¿Habrá sido cierto, no se está abusando de un azar demasiado gratuito? Imposible saberlo ya, como también imposible saber por qué Adriano no le reprochaba su aventura barata. Pienso que lo hizo, que ese diálogo de puras nadas que subtiende la escena no fue el real, el que nacía de otros hechos y llevaba a algo que sin él parece inconcebible por extremo, por horrible. Vaya a saber, quizás él calló lo que sabía para no delatarme; sí, ¿pero qué importancia iba a tener su delación si casi enseguida...? Valentina, Valentina, Valentina, la delicia de que me lo reprocharas, de que me insultaras, de que estuvieras ahí injuriándome, de que fueras tú gritándome, el consuelo de volver a verte Valentina, de sentir tus bofetadas, tu saliva en mi cara... (Un comprimido entero, esta vez. Ahora mismo, m'hijita.)

el más alto, en la popa, y que Dino la había visto y había visto a Adriano a su lado, y que había dejado de remar para mirarla, alzando hacia ella los ojillos astutos llenos de interrogación y probablemente («No insistas, por favor») de rabia celosa. La góndola estaba a pocos metros, se veía cada clavo de cabeza plateada, cada flor, y los modestos herrajes del ataúd («Me haces daño, déjame»). Sintió en el codo la presión insoportable de los dedos de Adriano, y cerró por un segundo los ojos pensando que iba a golpearla. La barca pareció huir bajo sus pies, y la cara de Dino (asombrada, sobre todo, era cómico pensar que el pobre imbécil también se había hecho ilusiones) resbaló vertiginosamente, se perdió bajo el puente. «Ahí voy yo», alcanzó a decirse Valentina, ahí iba ella en ese ataúd, más allá de Dino, más allá de esa mano que le apretaba brutalmente el brazo. Sintió que Adriano hacía un movimiento como para sacar algo, quizá los cigarrillos con el gesto del que busca ganar tiempo, prolongarlo a toda costa. Los cigarrillos o lo que fuera, qué importaba ya si ella iba embarcada en la góndola negra, camino de su isla sin miedo, aceptando por fin la golondrina.

Reunión con un círculo rojo

*A Borges**

A mí me parece, Jacobo, que esa noche usted debía tener mucho frío, y que la lluvia empecinada de Wiesbaden se fue sumando para decidirlo a entrar en el *Zagreb*. Quizás el apetito fue la razón dominante, usted había trabajado todo el día y ya era tiempo de cenar en algún lugar tranquilo y callado; si al *Zagreb* le faltaban otras cualidades, reunía en todo caso esas dos y usted, pienso que encogiéndose de hombros como si se tomara un poco el pelo, decidió cenar ahí. En todo caso las mesas sobraban en la penumbra del salón vagamente balcánico, y fue una buena cosa poder colgar el impermeable empapado en el viejo perchero y buscar ese rincón donde la vela verde de la mesa removía blandamente las sombras y dejaba entrever antiguos cubiertos y una copa muy alta donde la luz se refugiaba como un pájaro.

Primero fue esa sensación de siempre en un restaurante vacío, algo entre molestia y alivio; por su aspecto no debía ser malo, pero la ausencia de clientes a esa hora daba que pensar. En una ciudad extranjera esas meditaciones no duran mucho, qué sabe uno de costumbres y de horarios, lo que cuenta es el calor, el menú donde se proponen sorpresas o reencuentros, la diminuta mujer de grandes ojos y pelo negro que llegó como desde la nada, dibujándose de golpe junto al mantel blan-

*Este relato se incluyó en el catálogo de una exposición del pintor venezolano Jacobo Borges.

255

co, una leve sonrisa fija a la espera. Pensó que acaso ya era demasiado tarde dentro de la rutina de la ciudad pero casi no tuvo tiempo de alzar una mirada de interrogación turística; una mano pequeña y pálida depositaba una servilleta y ponía en orden el salero fuera de ritmo. Como era lógico usted eligió pinchitos de carne con cebolla y pimientos rojos, y un vino espeso y fragante que nada tenía de occidental; como a mí en otros tiempos, le gustaba escapar a las comidas del hotel donde el temor a lo demasiado típico o exótico se resuelve en insipidez, e incluso pidió el pan negro que acaso no convenía a los pinchitos pero que la mujer le trajo inmediatamente. Sólo entonces, fumando un primer cigarrillo, miró con algún detalle el enclave transilvánico que lo protegía de la lluvia y de una ciudad alemana no excesivamente interesante. El silencio, las ausencias y la vaga luz de las bujías eran ya casi sus amigos, en todo caso lo distanciaban del resto y lo dejaban hermosamente solo con su cigarrillo y su cansancio.

La mano que vertía el vino en la alta copa estaba cubierta de pelos, y a usted le llevó un sobresaltado segundo romper la absurda cadena lógica y comprender que la mujer pálida ya no estaba a su lado y que en su lugar un camarero atezado y silencioso lo invitaba a probar el vino con un gesto en el que sólo parecía haber una espera automática. Es raro que alguien encuentre malo el vino, y el camarero terminó de llenar la copa como si la interrupción no fuera más que una mínima parte de la ceremonia. Casi al mismo tiempo otro camarero curiosamente parecido al primero (pero los trajes típicos, las patillas negras, los uniformaban) puso en la mesa la bandeja humeante y retiró con un rápido gesto la carne de los pinchitos. Las escasas palabras necesarias habían sido cambiadas en el mal alemán previsible en el comensal y en quienes lo servían; nuevamente lo rodeaba la calma en la penumbra de la sala y del cansancio, pero ahora se oía con más fuerza el golpear de la lluvia en la calle. También eso cesó casi enseguida y usted, volviéndose apenas, comprendió que la puerta de entrada se había abierto para dejar paso a otro comensal, una mujer que debía ser miope no solamente por el grosor de los anteojos sino por la seguridad insensata con que avanzó entre las mesas hasta sentarse en el rincón opuesto de la sala, apenas iluminado por una o dos velas que temblaron a su paso y mezclaron su figura incierta con los muebles y las paredes y el espeso cortinado rojo del fondo, allí donde el restaurante parecía adosarse al resto de una casa imprevisible.

Mientras comía, lo divirtió vagamente que la turista inglesa (no se podía ser otra cosa con ese impermeable y un asomo de blusa entre solferino y tomate) se concentrara con toda su miopía en un menú que debía escapársele totalmente, y que la mujer de los grandes ojos negros se quedara en el tercer ángulo de la sala, donde había un mostrador con espejos y guirnaldas de flores secas, esperando que la turista terminara de no entender para acercarse. Los camareros se habían situado detrás del mostrador, a los lados de la mujer, y esperaban también con los brazos cruzados, tan parecidos entre ellos que el reflejo de sus espaldas en el azogue envejecido tenía algo de falso, como una cuadruplicación difícil y engañosa. Todos ellos miraban a la turista inglesa que no parecía darse cuenta del paso del tiempo y seguía con la cara pegada al menú. Hubo todavía una espera mientras usted sacaba otro cigarrillo, y la mujer terminó por acercarse a su mesa y preguntarle si deseaba alguna sopa, tal vez queso de oveja a la griega, avanzaba en las preguntas a cada cortés negativa, los quesos eran muy buenos, pero entonces tal vez algunos dulces regionales. Usted solamente quería un café a la turca porque el plato había sido abundante y empezaba a tener sueño. La mujer pareció indecisa, como dándole la oportunidad de que cambiara de opinión y se decidiera a pedir la bandeja de quesos, y cuando no lo hizo repitió mecánicamente café a la turca y usted dijo que sí, café a la turca, y la mujer tuvo como una respiración corta y rápida, alzó la mano hacia los camareros y siguió a la mesa de la turista inglesa.

El café tardó en llegar, contrariamente al rápido principio de la cena, y usted tuvo tiempo de fumar otro cigarrillo y terminar lentamente la botella de vino, mientras se divertía viendo a la turista inglesa pasear una mirada de gruesos vidrios por toda la sala, sin detenerse especialmente en nada. Había en ella algo de torpe o de tímido, le llevó un buen rato de vagos movimientos hasta que se decidió a quitarse el impermeable brillante de lluvia y colgarlo en el perchero más próximo; desde luego que al volver a sentarse debió mojarse el trasero, pero eso no parecía preocuparla mientras terminaba su incierta observación de la sala y se quedaba muy quieta mirando el mantel. Los camareros habían vuelto a ocupar sus puestos detrás del mostrador, y la mujer aguardaba junto a la ventanilla de la cocina; los tres miraban a la turista inglesa, la miraban como esperando algo, que llamara para completar un pedido o acaso cambiarlo o irse, la miraban de una manera que a usted le pareció demasiado intensa, en todo caso injustificada. De usted habían dejado de ocuparse, los dos camareros estaban otra vez cruzados de brazos, y la mujer tenía la cabeza un poco gacha y el largo pelo lacio le tapaba los ojos, pero acaso era la que miraba más fijamente a la turista y a usted eso le pareció desagradable y descortés aunque el pobre topo miope no pudiera enterarse de nada ahora que revolvía en su bolso y sacaba algo que no se podía ver en la penumbra pero que se identificó con el ruido que hizo el topo al sonarse. Uno de los camareros le llevó el plato (parecía gulasch) y volvió inmediatamente a su puesto de centinela; la doble manía de cruzarse de brazos apenas terminaban su trabajo hubiera sido divertida pero de alguna manera no lo era, ni tampoco que la mujer se pusiera en el ángulo más alejado del mostrador y desde ahí siguiera con una atención concentrada la operación de beber el café que usted llevaba a cabo con toda la lentitud que exigía su buena calidad y su perfume. Bruscamente el centro de atención parecía haber cambiado, porque también los dos camareros lo miraban beber el café,

258

y antes de que lo terminara la mujer se acercó a preguntarle si quería otro, y usted aceptó casi perplejo porque en todo eso, que no era nada, había algo que se le escapaba y que hubiera querido entender mejor. La turista inglesa, por ejemplo, por qué de golpe los camareros parecían tener tanta prisa en que la turista terminara de comer y se fuera, y para eso le quitaban el plato con el último bocado y le ponían el menú abierto contra la cara y uno de ellos se iba con el plato vacío mientras el otro esperaba como urgiéndola a que se decidiera.

Usted, como pasa tantas veces, no hubiera podido precisar el momento en que creyó entender; también en el ajedrez y en el amor hay esos instantes en que la niebla se triza y es entonces que se cumplen las jugadas o los actos que un segundo antes hubieran sido inconcebibles. Sin siquiera una idea articulable olió el peligro, se dijo que por más atrasada que estuviera la turista inglesa en su cena era necesario quedarse ahí fumando y bebiendo hasta que el topo indefenso se decidiera a enfundarse en su burbuja de plástico y se largara otra vez a la calle. Como siempre le habían gustado el deporte y el absurdo, encontró divertido tomar así algo que a la altura del estómago estaba lejos de serlo; hizo un gesto de llamada y pidió otro café y una copa de barack, que era lo aconsejable en el enclave. Le quedaban tres cigarrillos y pensó que alcanzarían hasta que la turista inglesa se decidiera por algún postre balcánico; desde luego no tomaría café, era algo que se le veía en los anteojos y la blusa; tampoco pediría té porque hay cosas que no se hacen fuera de la patria. Con un poco de suerte pagaría la cuenta y se iría en unos quince minutos más.

Le sirvieron el café pero no el barack, la mujer extrajo los ojos de la mata de pelo para adoptar la expresión que convenía al retardo; estaban buscando una nueva botella en la bodega, el señor tendría la bondad de esperar unos pocos minutos. La voz articulaba claramente las palabras aunque estuvieran mal pronunciadas, pero usted advirtió que la mujer se mantenía atenta a la otra mesa donde uno de los camareros presentaba la cuenta con un gesto de autómata, alargando el brazo y quedándose inmóvil dentro de una perfecta descortesía respetuosa. Como si finalmente comprendiera, la turista se había puesto a revolver en su bolso, todo era torpeza en ella, probablemente encontraba un peine o un espejo en vez del dinero que finalmente debió asomar a la superficie porque el camarero se apartó bruscamente de la mesa en el momento en que la mujer llegaba a la suya con la copa de barack. Usted tampoco supo muy bien por qué le pidió simultáneamente la cuenta, ahora que estaba seguro de que la turista se iría antes y que bien podía dedicarse a saborear el barack y fumar el último cigarrillo. Tal vez la idea de quedarse nuevamente solo en la sala, eso que había sido tan agradable al llegar y ahora era diferente, cosas como la doble imagen de los camareros detrás del mostrador y la mujer que parecía vacilar ante el pedido, como si fuera una insolencia apresurarse de ese modo, y luego le daba la espalda y volvía al mostrador hasta cerrar una vez más el trío y la espera. Después de todo debía ser deprimente trabajar en un restaurante tan vacío, tan como lejos de la luz y el aire puro; esa gente empezaba a agostarse, su palidez y sus gestos mecánicos eran la única respuesta posible a la repetición de tantas noches interminables. Y la turista manoteaba en torno a su impermeable, volvía hasta la mesa como si creyera haberse olvidado de algo, miraba debajo de la silla, y entonces usted se levantó lentamente, incapaz de quedarse un segundo más, y se encontró a mitad de camino con uno de los camareros que le tendió la bandejita de plata en la que usted puso un billete sin mirar la cuenta. El golpe de viento coincidió con el gesto del camarero buscando el vuelto en los bolsillos del chaleco rojo, pero usted sabía que la turista acababa de abrir la puerta y no esperó más, alzó la mano en una despedida que abarcaba al mozo y a los que seguían mirándolo desde el mostrador, y calculando exactamente la distancia recogió al pasar su impermeable y salió a la calle donde ya no llovía. Sólo ahí respiró de verdad, como si hasta entonces y sin darse cuenta hubiera estado conteniendo la respiración; sólo ahí tuvo verdaderamente miedo y alivio al mismo tiempo.

La turista estaba a pocos pasos, marchando lentamente en la dirección de su hotel, y usted la siguió con el vago recelo de que bruscamente se acordara de haber olvidado alguna otra cosa y se le ocurriera volver al restaurante. No se trataba ya de comprender nada, todo era un simple bloque, una evidencia sin razones: la había salvado y tenía que asegurarse de que no volvería, de que el torpe topo metido en su húmeda burbuja llegaría con una total inconsciencia feliz al abrigo de su hotel, a un cuarto donde nadie la miraría como la habían estado mirando.

Cuando dobló en la esquina, y aunque ya no había razones para apresurarse, se preguntó si no sería mejor seguirla de cerca para estar seguro de que no iba a dar la vuelta a la manzana con su errática torpeza de miope; se apuró a llegar a la esquina y vio la callejuela mal iluminada y vacía. Las dos largas tapias de piedra sólo mostraban un portón a la distancia, donde la turista no había podido llegar; sólo un sapo exaltado por la lluvia cruzaba a saltos de una acera a otra.

Por un momento fue la cólera, cómo podía esa estúpida... Después se apoyó en una de las tapias y esperó, pero era casi como si se esperara a sí mismo, a algo que tenía que abrirse y funcionar en lo más hondo para que todo eso alcanzara un sentido. El sapo había encontrado un agujero al pie de la tapia y esperaba también, quizás algún insecto que anidaba en el agujero o un pasaje para entrar en un jardín. Nunca supo cuánto tiempo se había quedado ahí ni por qué volvió a la calle del restaurante. Las vitrinas estaban a oscuras pero la estrecha puerta seguía entornada; casi no le extrañó que la mujer estuviera ahí como esperándolo sin sorpresa.

—Pensamos que volvería —dijo—. Ya ve que no había por qué irse tan pronto.

Abrió un poco más la puerta y se hizo a un lado; ahora hubiera sido tan fácil darle la espalda e irse sin siquiera contestar, pero la calle con las tapias y el sapo era como un desmentido a todo lo que había imaginado, a todo lo que había creído una obligación inexplicable. De alguna manera le daba lo mismo entrar que irse, aunque sintiera la crispación que lo echaba hacia atrás; entró antes de alcanzar a decidirlo en ese nivel donde nada había sido decidido esa noche, y oyó el frote de la puerta y del cerrojo a sus espaldas. Los dos camareros estaban muy cerca, y sólo quedaban unas pocas bujías alumbradas en la sala.

—Venga —dijo la voz de la mujer desde algún rincón—, todo está preparado.

Su propia voz le sonó como distante, algo que viniera desde el otro lado del espejo del mostrador.

—No comprendo —alcanzó a decir—, ella estaba ahí y de pronto...

Uno de los camareros rió, apenas un comienzo de risa seca.

—Oh, ella es así —dijo la mujer, acercándose de frente—. Hizo lo que pudo por evitarlo, siempre lo intenta, la pobre. Pero no tienen fuerza, solamente pueden hacer algunas cosas y siempre las hacen mal, es tan distinto de como la gente los imagina.

Sintió a los dos camareros a su lado, el roce de sus chalecos contra el impermeable.

—Casi nos da lástima —dijo la mujer—, ya van dos veces que viene y tiene que irse porque nada le sale bien. Nunca le salió bien nada, no hay más que verla.

—Pero ella...

—Jenny —dijo la mujer—. Es lo único que pudimos saber de ella cuando la conocimos, alcanzó a decir que se llamaba Jenny, a menos que estuviera llamando a otra, después no fueron más que los gritos, es absurdo que griten tanto.

Usted los miró sin hablar, sabiendo que hasta mirarlos era inútil, y yo le tuve tanta lástima, Jacobo, cómo podía yo saber que usted iba a pensar lo que pensó de mí y que iba a

262

tratar de protegerme, yo que estaba ahí para eso, para conseguir que lo dejaran irse. Había demasiada distancia, demasiadas imposibilidades entre usted y yo; habíamos jugado el mismo juego pero usted estaba todavía vivo y no había manera de hacerle comprender. A partir de ahora iba a ser diferente si usted lo quería, a partir de ahora seríamos dos para venir en las noches de lluvia, tal vez así saliera mejor, o por lo menos sería eso, seríamos dos en las noches de lluvia.

Las caras de la medalla

*A la que un día lo leerá, ya tarde
como siempre.*

Las oficinas del CERN daban a un pasillo sombrío, y a
Javier le gustaba salir de su despacho y fumar un cigarrillo
yendo y viniendo, imaginando a Mireille detrás de la puerta
de la izquierda. Era la cuarta vez en tres años que iba a trabajar como temporero a Ginebra, y a cada regreso Mireille
lo saludaba cordialmente, lo invitaba a tomar té a las cinco
con otros dos ingenieros, una secretaria y un mecanógrafo
poeta y yugoslavo. Nos gustaba el pequeño ritual porque no
era diario y por tanto mecánico; cada tres o cuatro días,
cuando nos encontrábamos en un ascensor o en el pasillo,
Mireille lo invitaba a reunirse con sus colegas a la hora del té
que improvisaban sobre su escritorio. Tal vez Javier le caía
simpático porque no disimulaba su aburrimiento y sus ganas
de terminar el contrato y volverse a Londres. Era difícil saber por qué lo contrataban, en todo caso los colegas de Mireille se sorprendían ante su desprecio por el trabajo y la leve música del transistor japonés con que acompañaba sus
cálculos y sus diseños. Nada parecía acercarnos en ese entonces, Mireille se quedaba horas y horas en su escritorio y
era inútil que Javier intentara cábalas absurdas para verla salir después de treinta y tres idas y venidas por el pasillo; pero si hubiera salido, sólo habrían cambiado un par de frases
cualquiera sin que Mireille imaginara que él se paseaba con
la esperanza de verla salir, así como él se paseaba por juego,
por ver si antes de treinta y tres Mireille o una vez más fracaso. Casi no nos conocíamos, en el CERN casi nadie se co-

noce de veras, la obligación de coexistir tantas horas por semana fabrica telarañas de amistad o enemistad que cualquier viento de vacaciones o de cesantía manda al diablo. A eso jugamos durante esas dos semanas que volvían cada año, pero para Javier el retorno a Londres era también Eileen y una lenta, irrestañable degradación de algo que alguna vez había tenido la gracia del deseo y el goce, Eileen gata trepada a un barrilete, saltarina de garrocha sobre el hastío y la costumbre. Con ella había vivido un safari en plena ciudad, Eileen lo había acompañado a cazar antílopes en Piccadilly Circus, a encender hogueras de vivac en Hampstead Heath, todo se había acelerado como en las películas mudas hasta una última carrera de amor en Dinamarca, o había sido en Rumania, de pronto las diferencias siempre conocidas y negadas, las cartas que cambian de posición en la baraja y modifican las suertes, Eileen prefiriendo el cine a los conciertos o viceversa, Javier yéndose solo a buscar discos porque Eileen tenía que lavarse el pelo, ella que sólo se lo había lavado cuando realmente no había otra cosa que hacer, protestando contra la higiene y por favor enjuagame la cara que tengo shampoo en los ojos. El primer contrato del CERN había llegado cuando ya nada quedaba por decirse salvo que el departamento de Earl's Court seguía allí con las rutinas matinales, el amor como la sopa o el *Times*, como tía Rosa y sus cumpleaños en la finca de Bath, las facturas del gas. Todo eso que era ya un turbio vacío, un presente pasado de contradictorias recurrencias, llenaba el ir y venir de Javier por el pasillo de las oficinas, veinticinco, veintiséis, veintisiete, tal vez antes de treinta la puerta y Mireille y hola, Mireille que iría a hacer pipí o a consultar un dato con el estadígrafo inglés de patillas blancas, Mireille morena y callada, blusa hasta el cuello donde algo debía latir despacio, un pajarito de vida sin demasiados altibajos, una madre lejana, algún amor desdichado y sin secuelas, Mireille ya un poco solterona, un poco oficinista pero a veces silbando un tema de Mahler en el ascensor, vestida sin capricho, casi siempre de pardo o de traje sastre, una edad demasiado puesta, una discreción demasiado hosca.

Sólo uno de los dos escribe esto pero es lo mismo, es como si lo escribiéramos juntos aunque ya nunca más estaremos juntos, Mireille seguirá en su casita de las afueras ginebrinas, Javier viajará por el mundo y volverá a su departamento de Londres con la obstinación de la mosca que se posa cien veces en un brazo, en Eileen. Lo escribimos como una medalla es al mismo tiempo su anverso y su reverso que no se encontrarán jamás, que sólo se vieron alguna vez en el doble juego de espejos de la vida. Nunca podremos saber de verdad cuál de los dos es más sensible a esta manera de no estar que para él y para ella tiene el otro. Cada uno de su lado, Mireille llora a veces mientras escucha un determinado quinteto de Brahms, sola al atardecer en su salón de vigas oscuras y muebles rústicos, al que por momentos llega el perfume de las rosas del jardín. Javier no sabe llorar, sus lágrimas eligen condensarse en pesadillas que lo despiertan brutalmente junto a Eileen, de las que se despoja bebiendo coñac y escribiendo textos que no contienen forzosamente las pesadillas aunque a veces sí, a veces las vuelca en inútiles palabras y por un rato es el amo, el que decide lo que será dicho o lo que resbalará poco a poco al falso olvido de un nuevo día.

A nuestra manera los dos sabemos que hubo un error, una equivocación restañable pero que ninguno fue capaz de restañar. Estamos seguros de no habernos juzgado nunca, de simplemente haber aceptado que las cosas se daban así y que no se podía hacer más que lo que hicimos. No sé si pensamos entonces en fuerzas como el orgullo, la renuncia, la decepción, si solamente Mireille o solamente Javier las pensaron mientras el otro las aceptaba como algo fatal, sometiéndose a un sistema que los abarcaba y los sometía; es demasiado fácil ahora decirse que todo pudo depender de una rebeldía instantánea, de encender el velador al lado de la cama cuando

Mireille se negaba, de guardar a Javier a su lado toda la noche cuando él buscaba ya sus ropas para volver a vestirse; es demasiado fácil echarle la culpa a la delicadeza, a la imposibilidad de ser brutal u obstinado o generoso. Entre seres más simples o más ignorantes eso no hubiera sucedido así, acaso una bofetada o un insulto hubieran contenido la caridad y el justo camino que el decoro nos vedó cortésmente. Nuestro respeto venía de una manera de vivir que nos acercó como las caras de la medalla; lo aceptamos cada cual de su lado, Mireille en un silencio de distancia y renuncia, Javier murmurándole su esperanza ya ridícula, callándose por fin en mitad de una frase, en mitad de una última carta. Y después de todo sólo nos quedaba, nos queda la lúgubre tarea de seguir siendo dignos, de seguir viviendo con la vana esperanza de que el olvido no nos olvide demasiado.

Un mediodía nos encontramos en casa de Mireille, casi como por obligación ella lo había invitado a almorzar con otros colegas, no podía dejarlo de lado cuando Gabriela y Tom habían aludido al almuerzo mientras tomaban el té en su oficina, y Javier había pensado que era triste que Mireille lo invitara por una simple presión social pero había comprado una botella de Jack Daniels y conocido la cabaña de las afueras de Ginebra, el pequeño rosedal y el barbecue donde Tom oficiaba entre cócteles y un disco de los Beatles que no era de Mireille, que ciertamente no estaba en la severa discoteca de Mireille pero que Gabriela había echado a girar porque para ella y Tom y medio CERN el aire era irrespirable sin esa música. No hablamos mucho, en algún momento Mireille lo llevó por el rosedal y él le preguntó si le gustaba Ginebra y ella le contestó con sólo mirarlo y encogerse de hombros, la vio afanarse con platos y vasos, le oyó decir una palabrota porque una chispa en la mano, los fragmentos se iban reuniendo y tal vez fue entonces que la deseó por primera vez, el mechón de pelo cruzándole la frente morena, los blue-jeans marcándole la cintura, la voz un poco grave que debía saber cantar lieder, decir las cosas importantes como un simple murmullo musgoso. Volvió a Londres al fin de la semana y Eileen estaba en Helsinki, un papel sobre la mesa informaba de un trabajo bien pagado, tres semanas, quedaba un pollo en la heladera, besos.

La vez siguiente el CERN ardía en una conferencia de alto nivel, Javier tuvo que trabajar de veras y Mireille pareció tenerle lástima cuando él se lo dijo lúgubremente entre el quinto piso y la calle; le propuso ir a un concierto de piano, fueron, coincidieron en Schubert pero no en Bartok, bebieron en un cafecito casi desierto, ella tenía un viejo auto inglés y lo dejó en su hotel, él le había traído un disco de madrigales y fue bueno saber que no lo conocía, que no sería necesario cambiarlo. Domingo y campo, la transparencia de una tarde casi demasiado suiza, dejamos el auto en una aldea y anduvimos por los trigales, en algún momento Javier le contó de Eileen, así por contarlo, sin necesidad precisa, y Mireille lo escuchó callada, le ahorró la compasión y los comentarios que sin embargo él hubiera querido de alguna manera porque esperaba de ella algo que empezara a parecerse a lo que sentía, su deseo de besarla dulcemente, de apoyarla contra el tronco de un árbol y conocer sus labios, toda su boca. Casi no hablamos de nosotros a la vuelta, nos dejábamos ir por los senderos que proponían sus temas a cada recodo, los setos, las vacas, un cielo con nubes plateadas, la tarjeta postal del buen domingo. Pero cuando bajamos corriendo una cuesta entre empalizadas, Javier sintió la mano de Mireille cerca de la suya y la apretó y siguieron corriendo como si se impulsaran mutuamente, y ya en el auto Mireille lo invitó a tomar el té en su cabaña, le gustaba llamarla cabaña porque no era una cabaña pero tenía tanto de cabaña, y escuchar discos. Fue un alto en el tiempo, una línea que cesa de pronto en el ritmo del dibujo antes de recomenzar en otra parte del papel, buscando una nueva dirección.

Hicimos un balance muy claro esa tarde: Mahler sí, Brahms sí, la edad media en conjunto sí, jazz no (Mireille), jazz sí (Javier). Del resto no hablamos, quedaban por explorar el renacimiento, el barroco, Pierre Boulez, John Cage (pero Mireille no Cage, eso era seguro aunque no hubieran hablado de él, y probablemente Boulez músico no, aunque director sí, esos matices importantes). Tres días después fuimos a un concierto, cenamos en la ciudad vieja, había una postal de Eileen y una carta de la madre de Mireille pero no hablamos de ellas, todo era todavía Brahms y un vino blanco que a Brahms le hubiera gustado porque estábamos seguros de que el vino blanco tenía que haberle gustado a Brahms. Mireille lo dejó en el hotel y se besaron en las mejillas, quizá no demasiado rápido como cuando en las mejillas, pero en las mejillas. Esa noche Javier contestó la postal de Eileen, y Mireille regó sus rosas bajo la luna, no por romanticismo porque nada tenía de romántica, sino porque el sueño tardaba en venir.

Faltaba la política, salvo comentarios aislados que mostraban poco a poco nuestras diferencias parciales. Tal vez no habíamos querido afrontarla, tal vez cobardemente; el té en la oficina desató la cosa, el mecanógrafo poeta golpeó duro contra los israelíes, Gabriela los encontró maravillosos, Mireille dijo solamente que estaban en su derecho y qué demonios, Javier le sonrió sin ironía y observó que exactamente lo mismo podía decirse de los palestinos. Tom estaba por un arreglo internacional con cascos azules y el resto de la farándula, lo demás fue té y previsiones sobre la semana de trabajo. Alguna vez hablaríamos en serio de todo eso, ahora solamente nos gustaba mirarnos y sentirnos bien, decirnos que dentro de poco tendríamos una velada Beethoven en el Victoria Hall; de ella hablamos en la cabaña, Javier había traído coñac y un juguete absurdo que según él tenía que gustarle muchísimo a Mireille pero que ella encontró sumamente tonto aunque lo mismo lo puso en un estante después de darle cuerda y contemplar amablemente sus contorsiones. Esa tarde fue Bach, fue el violonchelo de Rostropovich y una luz que descendía poco a poco como el coñac en las burbujas de las copas. Nada podía ser más nuestro que ese acuerdo de silencio, jamás habíamos necesitado alzar un dedo o callar un comentario; sólo después, con el gesto de cambiar el disco, entraban las primeras palabras. Javier las dijo mirando al suelo, preguntó simplemente si alguna vez le sería dado saber lo que ella ya sabía de él, su Londres y su Eileen de ella.

Sí, claro que podía saber pero no, en todo caso no ahora. Alguna vez, de joven, nada que contar salvo que bueno, había días en que todo pesaba tanto. En la penumbra Javier sintió que las palabras le llegaban como mojadas, un instantáneo ceder pero secándose ya los ojos con el revés de la manga sin darle tiempo a preguntar más o a pedirle perdón. Confusamente la rodeó con un brazo, buscó su cara que no lo rechazaba pero que estaba como en otra parte, en otro tiempo. Quiso besarla y ella resbaló de lado murmurando una excusa blanda, otro poco de coñac, no había que hacerle caso, no había que insistir.

Todo se mezcla poco a poco, no nos acordaríamos en detalle del antes o el después de esas semanas, el orden de los paseos o los conciertos, las citas en los museos. Acaso Mireille hubiera podido ordenar mejor las secuencias, Javier no hacía más que poner sus pocas cartas boca arriba, la vuelta a Londres que se acercaba, Eileen, los conciertos, descubrir por una simple frase la religión de Mireille, su fe y sus valores precisos, eso que en él no era más que esperanza de un presente casi siempre derogado. En un café, después de pelearnos riendo por una cuestión de quién pagaría, nos miramos como viejos amigos, bruscamente camaradas, nos dijimos palabrotas privadas de sentido, zarpas de osos jugando. Cuando volvimos a escuchar música en la cabaña había entre nosotros otra manera de hablar, otra familiaridad de la mano

271

que empujaba una cintura para franquear la puerta, el derecho de Javier de buscar por su cuenta un vaso o pedir que Telemann no, que primero Lotte Lehman y mucho, mucho hielo en el whisky. Todo estaba como sutilmente trastrocado, Javier lo sentía y algo lo perturbó sin saber qué, un haber llegado antes de llegar, un derecho de ciudad que nadie le había dado. Nunca nos mirábamos a la hora de la música, bastaba con estar ahí en el viejo sofá de cuero y que anocheciera y Lotte Lehman. Cuando él le buscó la boca y sus dedos rozaron la comba de sus senos, Mireille se mantuvo inmóvil y se dejó besar y respondió a su beso y le cedió durante un segundo su lengua y su saliva, pero siempre sin moverse, sin responder a su gesto de levantarla del sillón, callando mientras él le balbuceaba el pedido, la llamaba a todo lo que estaba esperando en el primer peldaño de la escalera, en la noche entera para ellos.

También él esperó, creyendo comprender, le pidió perdón pero antes, todavía con la boca muy cerca de su cara, le preguntó por qué, le preguntó si era virgen, y Mireille negó agachando la cabeza, sonriéndole un poco como si preguntar eso fuera tonto, fuera inútil. Escucharon otro disco comiendo bizcochos y bebiendo, la noche había cerrado y él tendría que irse. Nos levantamos al mismo tiempo, Mireille se dejó abrazar como si hubiera perdido las fuerzas, no dijo nada cuando él volvió a murmurarle su deseo; subieron la estrecha escalera y en el rellano se separaron, hubo esa pausa en que se abren puertas y se encienden luces, un pedido de espera y una desaparición que se prolongó mientras en el dormitorio Javier se sentía como fuera de sí mismo, incapaz de pensar que no hubiera debido permitir eso, que eso no podía ser así, la espera intermedia, las probables precauciones, la rutina casi envilecedora. La vio regresar envuelta en una bata de baño de esponja blanca, acercarse a la cama y tender la mano hacia el velador. «No apagues la luz», le pidió, pero Mireille negó con la cabeza y apagó, lo dejó desnudarse en la oscuridad total, buscar a tientas el borde de la cama, resbalar en la sombra contra su cuerpo inmóvil.

No hicimos el amor. Estuvimos a un paso después que Javier conoció con las manos y los labios el cuerpo silencioso que lo esperaba en la tiniebla. Su deseo era otro, verla a la luz de la lámpara, sus senos y su vientre, acariciar una espalda definida, mirar las manos de Mireille en su propio cuerpo, detallar en mil fragmentos ese goce que precede al goce. En el silencio y la oscuridad totales, en la distancia y la timidez que caían sobre él desde Mireille invisible y muda, todo cedía a una irrealidad de entresueño y a la vez él era incapaz de hacerle frente, de saltar de la cama y encender la luz y volver a imponer una voluntad necesaria y hermosa. Pensó confusamente que después, cuando ella ya lo hubiera conocido, cuando la verdadera intimidad comenzara, pero el silencio y la sombra y el tictac de ese reloj en la cómoda podían más. Balbuceó una excusa que ella acalló con un beso de amiga, se apretó contra su cuerpo, se sintió insoportablemente cansado, tal vez durmió un momento.

Tal vez dormimos, sí, tal vez en esa hora quedamos abandonados a nosotros mismos y nos perdimos. Mireille se levantó la primera y encendió la luz, envuelta en su bata volvió al cuarto de baño mientras Javier se vestía mecánicamente, incapaz de pensar, la boca como sucia y la resaca del coñac mordiéndole el estómago. Apenas hablaron, apenas se miraban, Mireille dijo que no era nada, que en la esquina había siempre taxis, lo acompañó hasta abajo. Él no fue capaz de romper la rígida cadena de causas y consecuencias, la rutina obligada que desde mucho más atrás de ellos mismos le exigía agachar la cabeza y marcharse de la cabaña en plena noche; sólo pensó que al otro día hablarían más tranquilos, que trataría de hacerle comprender, pero comprender qué. Y es verdad que hablaron en el café de siempre y que Mireille volvió a decir que no era nada, no tenía importancia, otra vez acaso sería mejor, no había que pensar. Él se volvía a Londres tres días más tarde, cuando le pidió que lo dejara acompañarla a la cabaña ella le dijo que no, mejor no. No supimos hacer ni decir otra cosa, ni siquiera supimos callarnos, abrazarnos en cualquier esquina, encontrarnos en cualquier mirada. Era como si Mireille esperara de Javier algo que él esperaba de Mireille, una cuestión de iniciativas o de prelaciones, de gestos de hombre y acatamientos de mujer, la inmutabilidad de las secuencias decididas por otros, recibidas desde fuera; habíamos avanzado por un camino en el que ninguno había querido forzar la marcha, quebrar la armoniosa paridad; ni siquiera ahora, después de saber que habíamos errado ese camino, éramos capaces de un grito, de un manotón hacia la lámpara, del impulso por encima de las ceremonias inútiles, de las batas de baño y no es nada, no te preocupes por eso, otra vez será mejor. Hubiera sido preferible aceptarlo entonces, enseguida. Hubiera sido preferible repetir juntos: por delicadeza / perdemos nuestra vida; el poeta nos hubiera perdonado que habláramos también por nosotros.

Dejamos de vernos durante meses. Javier escribió, por supuesto, y puntualmente le llegaron unas pocas frases de Mireille, cordiales y distantes. Entonces él empezó a telefonearle por las noches, casi siempre los sábados cuando la imaginaba sola en la cabaña, disculpándose si interrumpía un cuarteto o una sonata, pero Mireille respondía siempre que había estado leyendo o cuidando el jardín, que estaba muy bien que llamara a esa hora. Cuando viajó a Londres seis meses más tarde para visitar a una tía enferma, Javier le reservó un hotel, se encontraron en la estación y fueron a visitar los museos, King's Road, se divirtieron con una película de Milos Forman. Hubo esa hora como de antaño, en un pequeño restaurante de Whitechapel las manos se encontraron con una confianza que abolía el recuerdo, y Javier se sintió mejor y se lo dijo, le dijo que la deseaba más que nunca pero que no volvería a hablarle de eso, que todo dependía de ella, del día en que decidiera volver al primer peldaño de la primera noche y simplemente le tendiera los brazos. Ella asintió sin mirarlo, sin aquiescencia ni negativa, solamente encontró absurdo que él siguiera rechazando los contratos que le proponían en Ginebra. Javier la acompañó hasta el hotel y Mireille se despidió en el lobby, no le pidió que subiera pero le sonrió al besarlo livianamente en la mejilla, murmurando un hasta pronto.

Sabemos tantas cosas, que la aritmética es falsa, que uno más uno no siempre son uno sino dos o ninguno, nos sobra tiempo para hojear el álbum de agujeros, de ventanas cerradas, de cartas sin voz y sin perfume. La oficina cotidiana, Eileen convencida de prodigar felicidad, las semanas y los meses. Otra vez Ginebra en el verano, el primer paseo al borde del lago, un concierto de Isaac Stern. En Londres quedaba ahora la sombra menuda de María Elena que Javier había encontrado en un cóctel y que le había dado tres semanas de livianos juegos, el placer por sí mismo allí donde el resto era un amable vacío diurno con María Elena volviéndose infatigable al tenis y a los Rolling Stones, un adiós sin melancolía después de un último week-end gozado como eso, como un adiós sin melancolía. Se lo dijo a Mireille, y sin necesidad de preguntárselo supo que ella no, que ella la oficina y las amigas, que ella siempre la cabaña y los discos. Le agradeció sin palabras que Mireille lo escuchara con su grave, atento silencio comprensivo, dejándole la mano en la mano mientras miraban anochecer sobre el lago y decidían el lugar de la cena.

Después fue el trabajo, una semana de encuentros aislados, la noche en el restaurante rumano, la ternura. Nunca habían hablado de eso que nuevamente estaba ahí en el gesto de verter el vino o mirarse lentamente al término de un diálogo. Fiel a su palabra, Javier esperaba una hora que no se creía con derecho a esperar. Pero la ternura, entonces, algo allí presente entre tanta otra cosa, un gesto de Mireille al bajar la cabeza y pasarse la mano por los ojos, su simple frase para decirle que lo acompañaría a su hotel. En el auto volvieron a besarse como la noche de la cabaña, él ciñó su cuerpo y sintió abrirse sus muslos bajo la mano que subía y acariciaba. Cuando entraron en la habitación Javier no pudo esperar y la abrazó de pie, perdiéndose en su boca y su pelo, llevándola paso a paso hacia la cama. La escuchó murmurar un no ahogado, pedirle que esperara un momento, la sintió separarse de él y buscar la puerta del baño, cerrarla y tiempo, silencio y agua y tiempo mientras él arrancaba el cobertor y dejaba solamente una luz en un ángulo, se sacaba los zapatos y la camisa, dudando entre desnudarse del todo o esperar porque su bata estaba en el baño y si la luz encendida, si Mireille al volver lo encontraba desnudo y de pie, grotescamente erecto o dándole la espalda todavía más grotescamente para que ella no lo viera así como realmente hubiera tenido que verlo ahora que entraba con una toalla de baño envolviéndola, se acercaba a la cama con la mirada gacha y él estaba con los pantalones puestos, había que quitárselos y quitarse el slip y entonces sí abrazarla, arrancarle la toalla y tenderla en la cama y verla dorada y morena y otra vez besarla hasta lo más hondo y acariciarla con dedos que acaso la lastimaban porque gimió, se echó hacia atrás tendiéndose en lo más alejado de la cama y parpadeando contra la luz, una vez más pidiéndole una oscuridad que él no le daría porque nada le daría, su sexo repentinamente inútil buscando un paso que ella le ofrecía y que no iba a ser franqueado, las manos exasperadas buscando excitarla y excitarse, la mecánica de gestos y palabras que Mireille rechazaría poco a poco, rígida y distante, comprendiendo que tampoco ahora, que para ella nunca, que la ternura y eso se habían vuelto inconciliables, que su aceptación y su deseo no habían servido más que para dejarla de nuevo junto a un cuerpo que cesaba de luchar, que se pegaba a ella sin moverse, que ni siquiera intentaba recomenzar.

Puede ser que hayamos dormido, estábamos demasiado distantes y solos y sucios, la repetición se había cumplido como en un espejo, sólo que ahora era Mireille la que se vestía para irse y él la acompañaba hasta el auto, la sentía despedirse sin mirarlo y el leve beso en la mejilla, el auto que arrancaba en el silencio de la alta noche, el regreso al hotel y ni siquiera saber llorar, ni siquiera saber matarse, solamente el sofá y el alcohol y el tictac de la noche y del alba, la oficina a las nueve, la tarjeta de Eileen y el teléfono esperando, ese número interno que en algún momento habría que marcar porque en algún momento habría que decir alguna cosa. Pero sí, no te preocupes, bueno, en el café a las siete. Pero decirle eso, decirle no te preocupes, en el café a las siete, venía después de ese viaje interminable hasta la cabaña, acostarse en una cama helada y tomar un somnífero inútil, volver a ver cada escena de esa progresión hacia la nada, repetir entre náuseas el instante en que se habían levantado en el restaurante y ella le había dicho que lo acompañaría al hotel, las rápidas operaciones en el baño, la toalla para ceñirse la cintura, la fuerza caliente de los brazos que la llevaban y la acostaban, la sombra murmurante tendiéndose sobre ella, las caricias y esa sensación fulgurante de una dureza contra su vientre, entre los muslos, la inútil protesta por la luz encendida y de pronto la ausencia, las manos resbalando perdidas, la voz murmurando dilaciones, la espera inútil, el sopor, todo de nuevo, todo por qué, la ternura por qué, la aquiescencia por qué, el hotel por qué, y el somnífero inocuo, la oficina a las nueve, sesión extraordinaria del consejo, imposible faltar, imposible todo salvo lo imposible.

Nunca habremos hablado de esto, la imaginación nos reúne hoy tan vanamente como entonces la realidad. Nunca buscaremos juntos la culpa o la responsabilidad o el acaso no inimaginable recomienzo. En Javier hay solamente un sentimiento de castigo, pero qué quiere decir castigo cuando se ama y se desea, qué grotesco atavismo se desencadena ahí donde estaba esperando la felicidad, por qué antes y después este presente Eileen o María Elena o Doris en el que un pasado Mireille le clavará hasta el fin su cuchillo de silencio y de desprecio. De silencio solamente aunque él piense en desprecio a cada náusea de recuerdo, porque no hay desprecio en Mireille, silencio sí y tristeza, decirse que ella o él pero también ella y él, decirse que no todo hombre se cumple en la hora del amor y no toda mujer sabe encontrar en él a un hombre. Quedan las mediaciones, los últimos recursos, la invitación de Javier a irse juntos de viaje, pasar dos semanas en cualquier rincón lejano para romper el maleficio, variar la fórmula, encontrarse por fin de otra manera sin toallas ni esperas ni emplazamientos. Mireille dijo que sí, que más adelante, que le telefoneara desde Londres, tal vez podría pedir dos semanas de licencia. Se estaban despidiendo en la estación ferroviaria, ella se volvía en tren a la cabaña porque el auto tenía un desperfecto. Javier ya no podía besarla en la boca pero la apretó contra él, le pidió otra vez que aceptara el viaje, la miró hasta hacerle daño, hasta que ella bajó los ojos y repitió que sí, que todo saldría bien, que se fuera tranquilo a Londres, que todo terminaría por salir bien. También a los niños les hablamos así antes de llevarlos al médico o hacerles cosas que les duelen, Mireille de su lado de la medalla ya no esperaría nada, no volvería a creer en nada, simplemente retornaría a la cabaña y a los discos, sin siquiera imaginar otra manera de correr hacia lo que no habían alcanzado. Cuando él le telefoneó desde Londres proponiéndole la costa dálmata, dándole fechas e indicaciones con una minucia que apenas escondía el temor de una negativa, Mireille contestó que le escribiría. Desde su lado de la medalla Javier sólo pudo decir que sí, que se quedaría esperando, como si de alguna manera supiera ya que la carta sería breve y gentil y no, inútil recomenzar algo perdido, mejor ser solamente amigos; en apenas ocho líneas un abrazo de Mireille. Cada cual de su lado, incapaces de derribar la medalla de un empujón, Javier escribió una carta que hubiera querido mostrar el único camino que les quedaba por inventar juntos, el único que no estuviera ya trazado por otros, por el uso y los acatamientos, que no pasara forzosamente por una escalera o un ascensor para llegar a un dormitorio o a un hotel, que no le exigiera quitarse la ropa en el mismo momento en que ella se quitaba la ropa; pero su carta no era más que un pañuelo mojado, ni siquiera pudo terminarla y la firmó en mitad de una frase, la enterró en el sobre sin siquiera leerla. De Mireille no hubo respuesta, las ofertas de trabajo de Ginebra fueron cortésmente rechazadas, la medalla está ahí entre nosotros, vivimos distantes y nunca más nos escribiremos, Mireille en su casita de las afueras, Javier viajando por el mundo y volviendo a su departamento con la obstinación de la mosca que se posa cien veces en un brazo. En algún atardecer Mireille ha llorado mientras escuchaba un determinado quinteto de Brahms, pero Javier no sabe llorar, sólo tiene pesadillas de las que se despoja escribiendo textos que tratan de ser como las pesadillas, allí donde nadie tiene su verdadero nombre pero acaso su verdad, allí donde no hay medallas de canto con anverso y reverso ni peldaños consagrados que hay que subir; pero, claro, son solamente textos.

Alguien que anda por ahí

A Esperanza Machado, pianista cubana.

A Jiménez lo habían desembarcado apenas caída la noche y aceptando todos los riesgos de que la caleta estuviera tan cerca del puerto. Se valieron de la lancha eléctrica, claro, capaz de resbalar silenciosa como una raya y perderse de nuevo en la distancia mientras Jiménez se quedaba un momento entre los matorrales esperando que se le habituaran los ojos, que cada sentido volviera a ajustarse al aire caliente y a los rumores de tierra adentro. Dos días atrás había sido la peste del asfalto caliente y las frituras ciudadanas, el desinfectante apenas disimulado en el lobby del *Atlantic*, los parches casi patéticos del *bourbon* con que todos ellos buscaban tapar el recuerdo del ron; ahora, aunque crispado y en guardia y apenas permitiéndose pensar, lo invadía el olor de Oriente, la sola inconfundible llamada del ave nocturna que quizá le daba la bienvenida, mejor pensarlo así como un conjuro.

Al principio a York le había parecido insensato que Jiménez desembarcara tan cerca de Santiago, era contra todos los principios; por eso mismo, y porque Jiménez conocía el terreno como nadie, York aceptó el riesgo y arregló lo de la lancha eléctrica. El problema estaba en no mancharse los zapatos, llegar al motel con la apariencia del turista provinciano que recorre su país; una vez ahí Alfonso se encargaría de instalarlo, el resto era cosa de pocas horas, la carga de plástico en el lugar convenido y el regreso a la costa donde esperarían la lancha y Alfonso; el telecomando estaba a bordo y una vez mar afuera el reverberar de la explosión y las primeras llamaradas en la fábrica los despediría con todos los honores. Por el momento había que subir hasta el motel valiéndose del viejo sendero abandonado desde que habían construido la nueva carretera más al norte, descansando un rato antes del último tramo para que nadie se diera cuenta del peso de la maleta cuando Jiménez se encontrara con Alfonso y éste la tomara con el gesto del amigo, evitando al maletero solícito y llevándose a Jiménez hasta una de las piezas bien situadas del motel. Era la parte más peligrosa del asunto, pero el único acceso posible se daba desde los jardines del motel; con suerte, con Alfonso, todo podía salir bien.

Por supuesto no había nadie en el sendero invadido por las matas y el desuso, solamente el olor de Oriente y la queja del pájaro que irritó por un momento a Jiménez como si sus nervios necesitaran un pretexto para soltarse un poco, para que él aceptara contra su voluntad que estaba ahí indefenso, sin una pistola en el bolsillo porque en eso York había sido terminante, la misión se cumplía o fracasaba pero una pistola era inútil en los dos casos y en cambio podía estropearlo todo. York tenía su idea sobre el carácter de los cubanos y Jiménez la conocía y lo puteaba desde tan adentro mientras subía por el sendero y las luces de las pocas casas y del motel se iban abriendo como ojos amarillos entre las últimas matas. Pero no valía la pena putear, todo iba according to schedule como hubiera dicho el maricón de York, y Alfonso en el jardín del motel pegando un grito y qué carajo donde dejaste el carro, chico, los dos empleados mirando y escuchando, hace un cuarto de hora que te espero, sí pero llegamos con atraso y el carro siguió con una compañera que va a la casa de la familia, me dejó ahí en la curva, vaya, tú siempre tan caballero, no me jodas, Alfonso, si es sabroso caminar por aquí, la maleta pasando de mano con una liviandad perfecta, los músculos tensos pero el gesto como de plumas, anda, vamos por tu llave y después nos echamos un trago, cómo dejaste a la Choli y a los niños, medio tristes, viejo, querían venir pero ya sabes la escuela y el trabajo, esta vez no coincidimos, mala suerte.

La ducha rápida, verificar que la puerta cerraba bien, la valija abierta sobre la otra cama y el envoltorio verde en el cajón de la cómoda entre camisas y diarios. En la barra Alfonso ya había pedido extrasecos con mucho hielo, fumaron hablando de Camagüey y de la última pelea de Stevenson, el piano llegaba como de lejos aunque la pianista estaba ahí nomás al término de la barra, tocando muy suave una habanera y después algo de Chopin, pasando a un danzón y a una vieja balada de película, algo que en los buenos tiempos había cantado Irene Dunne. Se tomaron otro ron y Alfonso dijo que por la mañana volvería para llevarlo de recorrida y mostrarle los nuevos barrios, había tanto que ver en Santiago, se trabajaba duro para cumplir los planes y sobrepasarlos, las microbrigadas eran del carajo, Almeida vendría a inaugurar dos fábricas, por ahí en una de ésas hasta caía Fidel, los compañeros estaban arrimando el hombro que daba gusto.

—Los santiagueros no se duermen —dijo el barman, y ellos se rieron aprobando, quedaba poca gente en el comedor y a Jiménez ya le habían destinado una mesa cerca de una ventana. Alfonso se despidió después de repetir lo del encuentro por la mañana; estirando largo las piernas, Jiménez empezó a estudiar la carta. Un cansancio que no era solamente del cuerpo lo obligaba a vigilarse en cada movimiento. Todo ahí era plácido y cordial y calmo y Chopin, que ahora volvía desde ese preludio que la pianista tocaba muy lento, pero Jiménez sentía la amenaza como un agazapamiento, la menor falla y esas caras sonrientes se volverían máscaras de odio. Conocía esas sensaciones y sabía cómo controlarlas; pidió un mojito para ir haciendo tiempo y se dejó aconsejar en la comida, esa noche pescado mejor que carne. El comedor estaba casi vacío, en la barra una pareja joven y más allá un hombre que parecía extranjero y que bebía sin mirar su vaso, los ojos perdidos en la pianista que repetía el tema de Irene

Dunne, ahora Jiménez reconocía *Hay humo en tus ojos*, aquella Habana de entonces, el piano volvía a Chopin, uno de los estudios que también Jiménez había tocado cuando estudiaba piano de muchacho antes del gran pánico, un estudio lento y melancólico que le recordó la sala de la casa, la abuela muerta, y casi a contrapelo la imagen de su hermano que se había quedado a pesar de la maldición paterna, Robertico muerto como un imbécil en Girón en vez de ayudar a la reconquista de la verdadera libertad.

Casi sorprendido comió con ganas, saboreando lo que su memoria no había olvidado, admitiendo irónicamente que era lo único bueno al lado de la comida esponjosa que tragaban del otro lado. No tenía sueño y le gustaba la música, la pianista era una mujer todavía joven y hermosa, tocaba como para ella sin mirar jamás hacia la barra donde el hombre con aire de extranjero seguía el juego de sus manos y entraba en otro ron y otro cigarro. Después del café Jiménez pensó que se le iba a hacer largo esperar la hora en la pieza, y se acercó a la barra para beber otro trago. El barman tenía ganas de charlar pero lo hacía con respeto hacia la pianista, casi un murmullo como si comprendiera que el extranjero y Jiménez gustaban de esa música, ahora era uno de los valses, la simple melodía donde Chopin había puesto algo como una lluvia lenta, como talco o flores secas en un álbum. El barman no hacía caso del extranjero, tal vez hablaba mal el español o era hombre de silencio, ya el comedor se iba apagando y habría que irse a dormir pero la pianista seguía tocando una melodía cubana que Jiménez fue dejando atrás mientras encendía otro cigarro y con un buenas noches circular se iba hacia la puerta y entraba en lo que esperaba más allá, a las cuatro en punto sincronizadas en su reloj y el de la lancha.

Antes de entrar en su cuarto acostumbró los ojos a la penumbra del jardín para estar seguro de lo que le había explicado Alfonso, la picada a unos cien metros, la bifurcación hacia la carretera nueva, cruzarla con cuidado y seguir hacia el oeste. Desde el motel sólo veía la zona sombría donde empezaba la picada, pero era útil detectar las luces en el fondo y dos o tres hacia la izquierda para tener una noción de las distancias. La zona de la fábrica empezaba a setecientos metros al oeste, al lado del tercer poste de cemento encontraría el agujero por donde franquear la alambrada. En principio era raro que los centinelas estuvieran de ese lado, hacían una recorrida cada cuarto de hora pero después preferían charlar entre ellos del otro lado donde había luz y café; de todos modos ya no importaba mancharse la ropa, habría que arrastrarse entre las matas hasta el lugar que Alfonso le había descrito en detalle. La vuelta iba a ser fácil sin el envoltorio verde, sin todas esas caras que lo habían rodeado hasta ahora.

Se tendió en la cama casi enseguida y apagó la luz para fumar tranquilo; hasta dormiría un rato para aflojar el cuerpo, tenía el hábito de despertarse a tiempo. Pero antes se aseguró de que la puerta cerraba bien por dentro y que sus cosas estaban como las había dejado. Tarareó el valsecito que se le había hincado en la memoria, mezclándole el pasado y el presente, hizo un esfuerzo para dejarlo irse, cambiarlo por *Hay humo en tus ojos*, pero el valsecito volvía o el preludio, se fue adormeciendo sin poder quitárselos de encima, viendo todavía las manos tan blancas de la pianista, su cabeza inclinada como la atenta oyente de sí misma. El ave nocturna cantaba otra vez en alguna mata o en el palmar del norte.

Lo despertó algo que era más oscuro que la oscuridad del cuarto, más oscuro y pesado, vagamente a los pies de la cama. Había estado soñando con Phyllis y el festival de música pop, con luces y sonidos tan intensos que abrir los ojos fue como caer en un puro espacio sin barreras, un pozo lleno de nada, y a la vez su estómago le dijo que no era así, que una parte de eso era diferente, tenía otra consistencia y otra negrura. Buscó el interruptor de un manotazo; el extranjero de la barra estaba sentado al pie de la cama y lo miraba sin apuro, como si hasta ese momento hubiera estado velando su sueño.

Hacer algo, pensar algo era igualmente inconcebible. Vísceras, el puro horror, un silencio interminable y acaso instantáneo, el doble puente de los ojos. La pistola, el primer pensamiento inútil; si por lo menos la pistola. Un jadeo volviendo a hacer entrar el tiempo, rechazo de la última posibilidad de que eso fuera todavía el sueño en que Phyllis, en que la música y las luces y los tragos.

—Sí, es así —dijo el extranjero, y Jiménez sintió como en la piel el acento cargado, la prueba de que no era de allí como ya algo en la cabeza y en los hombros cuando lo había visto por primera vez en la barra.

Enderezándose de a centímetros, buscando por lo menos una igualdad de altura, desventaja total de posición, lo único posible era la sorpresa pero también en eso iba a pura pérdida, roto por adelantado; no le iban a responder los músculos, le faltaría la palanca de las piernas para el envión desesperado, y el otro lo sabía, se estaba quieto y como laxo al pie de la cama. Cuando Jiménez lo vio sacar un cigarro y malgastar la otra mano hundiéndola en el bolsillo del pantalón para buscar los fósforos, supo que perdería el tiempo si se lanzaba sobre él; había demasiado desprecio en su manera de no hacerle caso, de no estar a la defensiva. Y algo todavía peor, sus propias precauciones, la puerta cerrada con llave, el cerrojo corrido.

—¿Quién eres? —se oyó preguntar absurdamente desde eso que no podía ser el sueño ni la vigilia.

—Qué importa —dijo el extranjero.

—Pero Alfonso...

Se vio mirado por algo que tenía como un tiempo aparte, una distancia hueca. La llama del fósforo se reflejó en unas pupilas dilatadas, de color avellana. El extranjero apagó el fósforo y se miró un momento las manos.

—Pobre Alfonso —dijo—. Pobre, pobre Alfonso.

No había lástima en sus palabras, solamente como una comprobación desapegada.

—¿Pero quién coño eres? —gritó Jiménez sabiendo que eso era la histeria, la pérdida del último control.

—Oh, alguien que anda por ahí —dijo el extranjero—. Siempre me acerco cuando tocan mi música, sobre todo aquí, sabes. Me gusta escucharla cuando la tocan aquí, en esos pianitos pobres. En mi tiempo era diferente, siempre tuve que escucharla lejos de mi tierra. Por eso me gusta acercarme, es como una reconciliación, una justicia.

Apretando los dientes para desde ahí dominar el temblor que lo ganaba de arriba abajo, Jiménez alcanzó a pensar que la única cordura era decidir que el hombre estaba loco. Ya no importaba cómo había entrado, cómo sabía, porque desde luego sabía pero estaba loco y ésa era la sola ventaja posible. Ganar tiempo, entonces, seguirle la corriente, preguntarle por el piano, por la música.

—Toca bien —dijo el extranjero—, pero claro, solamente lo que escuchaste, las cosas fáciles. Esta noche me hubiera gustado que tocara ese estudio que llaman revolucionario, de veras que me hubiera gustado mucho. Pero ella no puede, pobrecita, no tiene dedos para eso. Para eso hacen falta dedos así.

Las manos alzadas a la altura de los hombros, le mostró a Jiménez los dedos separados, largos y tensos. Jiménez alcanzó a verlos un segundo antes de que solamente los sintiera en la garganta.

Cuba, 1976

La noche de Mantequilla

Eran esas ideas que se le ocurrían a Peralta, él no daba mayores explicaciones a nadie pero esa vez se abrió un poco más y dijo que era como el cuento de la carta robada, Estévez no entendió al principio y se quedó mirándolo a la espera de más; Peralta se encogió de hombros como quien renuncia a algo y le alcanzó la entrada para la pelea, Estévez vio bien grande un número 3 en rojo sobre fondo amarillo, y abajo 235; pero ya antes, cómo no verlo con esas letras que saltaban a los ojos, MONZÓN V. NÁPOLES. La otra entrada se la harán llegar a Walter, dijo Peralta. Vos estarás ahí antes de que empiecen las peleas (nunca repetía instrucciones, y Estévez escuchó reteniendo cada frase) y Walter llegará en la mitad de la primera preliminar, tiene el asiento a tu derecha. Cuidado con los que se avivan a último momento y buscan mejor sitio, decile algo en español para estar seguro. Él vendrá con una de esas carteras que usan los hippies, la pondrá entre los dos si es un tablón o en el suelo si son sillas. No le hablés más que de las peleas y fijate bien alrededor, seguro habrá mexicanos o argentinos, tenelos bien marcados para el momento en que pongas el paquete en la cartera. ¿Walter sabe que la cartera tiene que estar abierta?, preguntó Estévez. Sí, dijo Peralta como sacándose una mosca de la solapa, solamente esperá hasta el final cuando ya nadie se distrae. Con Monzón es difícil distraerse, dijo Estévez. Con Mantequilla tampoco, dijo Peralta. Nada de charla, acordate. Walter se irá primero, vos dejá que la gente vaya saliendo y andate por otra puerta.

Volvió a pensar en todo eso como un repaso final mientras el *métro* lo llevaba a la Défense entre pasajeros que por la pinta iban también a ver la pelea, hombres de a tres o cuatro, franceses marcados por la doble paliza de Monzón a Bouttier, buscando una revancha vicaria o acaso ya conquistados secretamente. Qué idea genial la de Peralta, darle esa misión que por venir de él tenía que ser crítica, y a la vez dejarlo ver de arriba una pelea que parecía para millonarios. Ya había comprendido la alusión a la carta robada, a quién se le iba a ocurrir que Walter y él podrían encontrarse en el box, en realidad no era una cuestión de encuentro porque eso podía haber ocurrido en mil rincones de París, sino de responsabilidad de Peralta que medía despacio cada cosa. Para los que pudieran seguir a Walter o seguirlo a él, un cine o un café o una casa eran posibles lugares de encuentro, pero esa pelea valía como una obligación para cualquiera que tuviese la plata suficiente, y si por ahí los seguían se iban a dar un chasco del carajo delante de la carpa de circo montada por Alain Delon; allí no entraría nadie sin el papelito amarillo, y las entradas estaban agotadas desde una semana antes, lo decían todos los diarios. Más todavía a favor de Peralta, si por ahí lo venían siguiendo o lo seguían a Walter, imposible verlos juntos ni a la entrada ni a la salida, dos aficionados entre miles y miles que asomaban como bocanadas de humo del *métro* y de los ómnibus, apretándose a medida que el camino se hacía uno solo y la hora se acercaba.

Vivo, Alain Delon: una carpa de circo montada en un terreno baldío al que se llegaba después de cruzar una pasarela y seguir unos caminos improvisados con tablones. Había llovido la noche anterior y la gente no se apartaba de los tablones, ya desde la salida del *métro* orientándose por las enormes flechas que indicaban el buen rumbo y MONZÓN-NÁPOLES a todo color. Vivo, Alain Delon, capaz de meter sus propias flechas en el territorio sagrado del *métro* aunque le costara plata. A Estévez no le gustaba el tipo, esa manera prepotente de organizar el campeonato mundial por su cuenta, armar una carpa y dale que va previo pago de qué sé yo cuánta guita, pero había que reconocer, algo daba en cambio, no hablemos de Monzón y Mantequilla pero también las flechas de colores en el *métro*, esa manera de recibir como un señor, indicándole el camino a la hinchada que se hubiera armado un lío en las salidas y los terrenos baldíos llenos de charcos.

Estévez llegó como debía, con la carpa a medio llenar, y antes de mostrar la entrada se quedó mirando un momento los camiones de la policía y los enormes tráilers iluminados por fuera pero con cortinas oscuras en las ventanillas, que comunicaban con la carpa por galerías cubiertas como para llegar a un jet. Ahí están los boxeadores, pensó Estévez, el tráiler blanco y más nuevo seguro que es el de Carlitos, a ése no me lo mezclan con los otros. Nápoles tendría su tráiler del otro lado de la carpa, la cosa era científica y de paso pura improvisación, mucha lona y tráilers encima de un terreno baldío. Así se hace la guita, pensó Estévez, hay que tener la idea y los huevos, che.

Su fila, la quinta a partir de la zona del ringside, era un tablón con los números marcados en grande, ahí parecía haberse acabado la cortesía de Alain Delon porque fuera de las sillas del ringside el resto era de circo y de circo malo, puros tablones aunque eso sí unas acomodadoras con minifaldas que te apagaban de entrada toda protesta. Estévez verificó por su cuenta el 235, aunque la chica le sonreía mostrándole el número como si él no supiera leer, y se sentó a hojear el diario que después le serviría de almohadilla. Walter iba a estar a su derecha, y por eso Estévez tenía el paquete con la plata y los papeles en el bolsillo izquierdo del saco; cuando fuera el momento podría sacarlo con la mano derecha, llevándolo inmediatamente hacia las rodillas lo deslizaría en la cartera abierta a su lado.

La espera se le hacía larga, había tiempo para pensar en Marisa y en el pibe que estarían acabando de cenar, el pibe ya medio dormido y Marisa mirando la televisión. A lo mejor pasaban la pelea y ella la veía, pero él no iba a decirle que había estado, por lo menos ahora no se podía, a lo mejor alguna vez cuando las cosas estuvieran más tranquilas. Abrió el diario sin ganas (Marisa mirando la pelea, era cómico pensar que no le podría decir nada con las ganas que tendría de contarle, sobre todo si ella le comentaba de Monzón y de Nápoles), entre las noticias del Vietnam y las noticias de policía la carpa se iba llenando, detrás de él un grupo de franceses discutía las chances de Nápoles, a su izquierda acababa de instalarse un tipo cajetilla que primero observó largamente y con una especie de horror el tablón donde iban a envilecerse sus perfectos pantalones azules. Más abajo había parejas y grupos de amigos, y entre ellos tres que hablaban con un acento que podía ser mexicano; aunque Estévez no era muy ducho en acentos, los hinchas de Mantequilla debían abundar esa noche en que el retador aspiraba nada menos que a la corona de Monzón. Aparte del asiento de Walter quedaban todavía algunos claros, pero la gente se agolpaba en las entradas de la carpa y las chicas tenían que emplearse a fondo para instalar a todo el mundo. Estévez encontraba que la iluminación del ring era demasiado fuerte y la música demasiado pop, pero ahora que empezaba la primera preliminar el público no perdía tiempo en críticas y seguía con ganas una mala pelea a puro zapallazo y clinches; en el momento en que Walter se sentó a su lado Estévez llegaba a la conclusión de que ése no era un auténtico público de box, por lo menos alrededor de él; se tragaban cualquier cosa por esnobismo, por puro ver a Monzón o a Nápoles.

—Disculpe —dijo Walter acomodándose entre Estévez y una gorda que seguía la pelea semiabrazada a su marido también gordo y con aire de entendido.

—Póngase cómodo —dijo Estévez—. No es fácil, estos franceses calculan siempre para flacos.

292

Walter se rió mientras Estévez empujaba suave hacia la izquierda para no ofender al de los pantalones azules; al final quedó espacio para que Walter pasara la cartera de tela azul desde las rodillas al tablón. Ya estaban en la segunda preliminar que también era mala, la gente se divertía sobre todo con lo que pasaba fuera del ring, la llegada de un espeso grupo de mexicanos con sombreros de charro pero vestidos como lo que debían ser, bacanes capaces de fletar un avión para venirse a hinchar por Mantequilla desde México, tipos petisos y anchos, de culos salientes y caras a lo Pancho Villa, casi demasiado típicos mientras tiraban los sombreros al aire como si Nápoles ya estuviera en el ring, gritando y discutiendo antes de incrustarse en los asientos del ringside. Alain Delon debía tenerlo todo previsto porque los altoparlantes escupieron ahí nomás una especie de corrido que los mexicanos no dieron la impresión de reconocer demasiado. Estévez y Walter se miraron irónicos, y en ese mismo momento por la entrada más distante desembocó un montón de gente encabezado por cinco o seis mujeres más anchas que altas, con pulóveres blancos y gritos de «¡Argentina, Argentina!», mientras los de atrás enarbolaban una enorme bandera patria y el grupo se abría paso contra acomodadoras y butacas, decidido a progresar hasta el borde del ring donde seguramente no estaban sus entradas. Entre gritos delirantes terminaron por armar una fila que las acomodadoras llevaron con ayuda de algunos gorilas sonrientes y muchas explicaciones hacia dos tablones semivacíos, y Estévez vio que las mujeres lucían un MONZÓN negro en la espalda del pulóver. Todo eso regocijaba considerablemente a un público a quien poco le daba la nacionalidad de los púgiles puesto que no eran franceses, y ya la tercera pelea iba duro y parejo aunque Alain Delon no parecía haber gastado mucha plata en mojarritas cuando los dos tiburones estarían ya listos en sus tráilers y eran lo único que le importaba a la gente.

Hubo como un cambio instantáneo en el aire, algo se trepó a la garganta de Estévez; de los altoparlantes venía un tango tocado por una orquesta que bien podía ser la de Pugliese. Sólo entonces Walter lo miró de lleno y con simpatía, y Estévez se preguntó si sería un compatriota. Casi no habían cambiado palabra aparte de algún comentario pegado a una acción en el ring, a lo mejor uruguayo o chileno pero nada de preguntas, Peralta había sido bien claro, gente que se encuentra en el box y da la casualidad que los dos hablan español, pare de contar.

—Bueno, ahora sí —dijo Estévez. Todo el mundo se levantaba a pesar de las protestas y los silbidos, por la izquierda un revuelo clamoroso y los sombreros de charro volando entre ovaciones, Mantequilla trepaba al ring que de golpe parecía iluminarse todavía más, la gente miraba ahora hacia la derecha donde no pasaba nada, los aplausos cedían a un murmullo de expectativa y desde sus asientos Walter y Estévez no podían ver el acceso al otro lado del ring, el casi silencio y de pronto el clamor como única señal, bruscamente la bata blanca recortándose contra las cuerdas, Monzón de espaldas hablando con los suyos, Nápoles yendo hacia él; un apenas saludo entre flashes y el árbitro esperando que bajaran el micrófono, la gente que volvía a sentarse poco a poco, un último sombrero de charro yendo a parar muy lejos, devuelto en otra dirección por pura joda, bumerang tardío en la indiferencia porque ahora las presentaciones y los saludos, Georges Carpentier, Nino Benvenuti, un campeón francés, Jean-Claude Bouttier, fotos y aplausos y el ring vaciándose de a poco, el himno mexicano con más sombreros y al final la bandera argentina desplegándose para esperar el himno, Estévez y Walter sin pararse aunque a Estévez le dolía pero no era cosa de chambonear a esa altura, en todo caso le servía para saber que no tenía compatriotas demasiado cerca, el grupo de la bandera cantaba el final del himno y el trapo azul y blanco se sacudía de una manera que obligó a los gorilas a correr para ese lado por las dudas, la voz anunciando los nombres y los pesos, segundos afuera.

—¿Qué pálpito tenés? —preguntó Estévez. Estaba nervioso, infantilmente emocionado ahora que los guantes se rozaban en el saludo inicial y Monzón, de frente, armaba esa guardia que no parecía una defensa, los brazos largos y delgados, la silueta casi frágil frente a Mantequilla más bajo y morrudo, soltando ya dos golpes de anuncio.

—Siempre me gustaron los desafiantes —dijo Walter, y atrás un francés explicando que a Monzón lo iba a ayudar la diferencia de estatura, golpes de estudio, Monzón entrando y saliendo sin esfuerzo, round casi obligadamente parejo. Así que le gustaban los desafiantes, desde luego no era argentino porque entonces; pero el acento, clavado un uruguayo, le preguntaría a Peralta que seguro no le contestaría. En todo caso no debía llevar mucho tiempo en Francia porque el gordo abrazado a su mujer le había hecho algún comentario y Walter contestaba en forma tan incomprensible que el gordo hacía un gesto desalentado y se ponía a hablar con uno de más abajo. Nápoles pega duro, pensó Estévez inquieto, dos veces había visto a Monzón tirarse atrás y la réplica llegaba un poco tarde, a lo mejor había sentido los golpes. Era como si Mantequilla comprendiera que su única chance estaba en la pegada, boxearlo a Monzón no le serviría como siempre le había servido, su maravillosa velocidad encontraba como un hueco, un torso que viraba y se le iba mientras el campeón llegaba una, dos veces a la cara y el francés de atrás repetía ansioso ya ve, ya ve cómo lo ayudan los brazos, quizá la segunda vuelta había sido de Nápoles, la gente estaba callada, cada grito nacía aislado y era como mal recibido, en la tercera vuelta Mantequilla salió con todo y entonces lo esperable, pensó Estévez, ahora van a ver la que se viene, Monzón contra las cuerdas, un sauce cimbreando, un uno-dos de látigo, el clinch fulminante para salir de las cuerdas, una agarrada mano a mano hasta el final del round, los mexicanos subidos en los asientos y los de atrás vociferando protestas o parándose a su vez para ver.

—Linda pelea, che —dijo Estévez—, así vale la pena.

—Ajá.

Sacaron cigarrillos al mismo tiempo, los intercambiaron sonriendo, el encendedor de Walter llegó antes. Estévez miró un instante su perfil, después lo vio de frente, no era cosa de mirarse mucho, Walter tenía el pelo canoso pero se lo veía muy joven, con los blue-jeans y el polo marrón. ¿Estudiante, ingeniero? Rajando de allá como tantos, entrando en la lucha, con amigos muertos en Montevideo o Buenos Aires, quién te dice en Santiago, tendría que preguntarle a Peralta aunque después de todo seguro que no volvería a verlo a Walter, cada uno por su lado se acordaría alguna vez que se habían encontrado la noche de Mantequilla que se estaba jugando a fondo en la quinta vuelta, ahora con un público de pie y delirante, los argentinos y los mexicanos barridos por una enorme ola francesa que veía la lucha más que los luchadores, que atisbaba las reacciones, el juego de piernas, al final Estévez se daba cuenta de que casi todos entendían la cosa a fondo, apenas uno que otro festejando idiotamente un golpe aparatoso y sin efectos mientras se perdía lo que de veras estaba sucediendo en ese ring donde Monzón entraba y salía aprovechando una velocidad que a partir de ese momento distanciaba más y más la de Mantequilla cansado, tocado, batiéndose con todo frente al sauce de largos brazos que otra vez se hamacaba en las sogas para volver a entrar arriba y abajo, seco y preciso. Cuando sonó el gong, Estévez miró a Walter que sacaba otra vez los cigarrillos.

—Y bueno, es así —dijo Walter tendiéndole el paquete—. Si no se puede no se puede.

Era difícil hablarse en el griterío, el público sabía que el round siguiente podía ser el decisivo, los hinchas de Nápoles lo alentaban casi como despidiéndolo, pensó Estévez con una simpatía que ya no iba en contra de su deseo ahora que Monzón buscaba la pelea y la encontraba y a lo largo de veinte interminables segundos entrando en la cara y el cuerpo mientras Mantequilla buscaba el clinch como quien se tira al agua, cerrando los ojos. No va a aguantar más, pensó Estévez, y con esfuerzo sacó la vista del ring para mirar la cartera de tela en el tablón, habría que hacerlo justo en el descanso cuando todos se sentaran, exactamente en ese momento porque después volverían a pararse y otra vez la cartera sola en el tablón, dos izquierdas seguidas en la cara de Nápoles que volvía a buscar el clinch, Monzón fuera de distancia, esperando apenas para volver con un gancho exactísimo en plena cara, ahora las piernas, había que mirar sobre todo las piernas, Estévez ducho en eso veía a Mantequilla pesado, tirándose adelante sin ese ajuste tan suyo mientras los pies de Monzón resbalaban de lado o hacia atrás, la cadencia perfecta para que esa última derecha calzara con todo en pleno estómago, muchos no oyeron el gong en el clamoreo histérico pero Walter y Estévez sí, Walter se sentó primero enderezando la cartera sin mirarla y Estévez, siguiéndolo más despacio, hizo resbalar el paquete en una fracción de segundo y volvió a levantar la mano vacía para gesticular su entusiasmo en las narices del tipo de pantalón azul que no parecía muy al tanto de lo que estaba sucediendo.

—Eso es un campeón —le dijo Estévez sin forzar la voz porque de todos modos el otro no lo escucharía en ese clamoreo—. Carlitos, carajo.

Miró a Walter que fumaba tranquilo, el hombre empezaba a resignarse, qué se le va a hacer, si no se puede no se puede. Todo el mundo parado a la espera de la campana del séptimo round, un brusco silencio incrédulo y después el alarido unánime al ver la toalla en la lona, Nápoles siempre en su rincón y Monzón avanzando con los guantes en alto, más campeón que nunca, saludando antes de perderse en el torbellino de los abrazos y los flashes. Era un final sin belleza pero indiscutible, Mantequilla abandonaba para no ser el punching-ball de Monzón, toda esperanza perdida ahora que se levantaba para acercarse al vencedor y alzar los guantes hasta su cara, casi una caricia mientras Monzón le ponía los suyos en los hombros y otra vez se separaban, ahora sí para siempre, pensó Estévez, ahora para ya no encontrarse nunca más en un ring.

—Fue una linda pelea —le dijo a Walter que se colgaba la cartera del hombro y movía los pies como si se hubiera acalambrado.

—Podría haber durado más —dijo Walter—, seguro que los segundos de Nápoles no lo dejaron salir.

—¿Para qué? Ya viste como estaba sentido, che, demasiado boxeador para no darse cuenta.

—Sí, pero cuando se es como él hay que jugarse entero, total nunca se sabe.

—Con Monzón sí —dijo Estévez, y se acordó de las órdenes de Peralta, tendió la mano cordialmente—. Bueno, fue un placer.

—Lo mismo digo. Hasta pronto.

—Chau.

Lo vio salir por su lado, siguiendo al gordo que discutía a gritos con su mujer, y se quedó detrás del tipo de los pantalones azules que no se apuraba; poco a poco fueron derivando hacia la izquierda para salir de entre los tablones. Los franceses de atrás discutían sobre técnicas, pero a Estévez lo divirtió ver que una de las mujeres abrazaba a su amigo o su marido, gritándole vaya a saber qué al oído lo abrazaba y lo besaba en la boca y en el cuello. Salvo que el tipo sea un idiota, pensó Estévez, tiene que darse cuenta de que ella lo está besando a Monzón. El paquete no pesaba ya en el bolsillo del saco, era como si se pudiera respirar mejor, interesarse por lo que pasaba, la muchacha apretada al tipo, los mexicanos saliendo con los sombreros que de golpe parecían más chicos, la bandera argentina arrollada a medias pero agitándose todavía, los dos italianos gordos mirándose con aire de entendidos, y uno de ellos diciendo casi solemnemente, glie-l'a messo in culo, y el otro asintiendo a tan perfecta síntesis, las puertas atestadas, una lenta salida cansada y los senderos de tablas hasta la pasarela en la noche fría y lloviznando, al final la pasarela crujiendo bajo una carga crítica, Peralta y Chaves fumando apoyados en la baranda, sin hacer un gesto porque sabían que Estévez iba a verlos y que disimularía su sorpresa, se acercaría como se acercó, sacando a su vez un cigarrillo.

—Lo hizo moco —informó Estévez.

—Ya sé —dijo Peralta—, yo estaba allí.

Estévez lo miró sorprendido, pero ellos se dieron vuelta al mismo tiempo y bajaron la pasarela entre la gente que ya empezaba a ralear. Supo que tenía que seguirlos y los vio salir de la avenida que llevaba al *métro* y entrar por una calle más oscura, Chaves se dio vuelta una sola vez para asegurarse de que no los había perdido de vista, después fueron directamente al auto de Chaves y entraron sin apuro pero sin perder tiempo. Estévez se metió atrás con Peralta, el auto arrancó en dirección al sur.

—Así que estuviste —dijo Estévez—. No sabía que te gustaba el boxeo.

—Me importa un carajo —dijo Peralta—, aunque Monzón vale la plata que cuesta. Fui para mirarte de lejos por las dudas, no era cosa de que estuvieras solo si en una de ésas.

—Bueno, ya viste. Sabés, el pobre Walter hinchaba por Nápoles.

—No era Walter —dijo Peralta.

El auto seguía hacia el sur, Estévez sintió confusamente que por esa ruta no llegarían a la zona de la Bastilla, lo sintió como muy atrás porque todo el resto era una explosión en plena cara, Monzón pegándole a él y no a Mantequilla. Ni siquiera pudo abrir la boca, se quedó mirando a Peralta y esperando.

—Era tarde para prevenirte —dijo Peralta—. Lástima que te fueras tan temprano de tu casa, cuando telefoneamos Marisa nos dijo que ya habías salido y que no ibas a volver.

—Tenía ganas de caminar un rato antes de tomar el *métro* —dijo Estévez—. Pero entonces, decime.

—Todo se fue al diablo —dijo Peralta—. Walter telefoneó al llegar a Orly esta mañana, le dijimos lo que tenía que hacer, nos confirmó que había recibido la entrada para la pelea, todo estaba al pelo. Quedamos en que él me llamaría desde el aguantadero de Lucho antes de salir, cosa de estar seguros. A las siete y media no había llamado, telefoneamos a Geneviève y ella llamó de vuelta para avisar que Walter no había llegado a lo de Lucho.

—Lo estaban esperando a la salida de Orly —dijo la voz de Chaves.

—¿Pero entonces quién era el que...? —empezó Estévez, y dejó la frase colgada, de golpe comprendía y era sudor helado brotándole del cuello, resbalando por debajo de la camisa, la tuerca apretándole el estómago.

—Tuvieron siete horas para sacarle los datos —dijo Peralta—. La prueba, el tipo conocía cada detalle de lo que tenía que hacer con vos. Ya sabés cómo trabajan, ni Walter pudo aguantar.

—Mañana o pasado lo encontrarán en algún terreno baldío —dijo casi aburridamente la voz de Chaves.

—Qué te importa ahora —dijo Peralta—. Antes de venir a la pelea arreglé para que se las picaran de los aguantaderos. Sabés, todavía me quedaba alguna esperanza cuando entré en esa carpa de mierda, pero él ya había llegado y no había nada que hacer.

—Pero entonces —dijo Estévez—, cuando se fue con la plata...

—Lo seguí, claro.

—Pero antes, si ya sabías...

—Nada que hacer —repitió Peralta—. Perdido por perdido el tipo hubiera hecho la pata ancha ahí mismo y nos hubieran encanado a todos, ya sabés que ellos están palanqueados.

—¿Y qué pasó?

—Afuera lo esperaban otros tres, uno tenía un pase o algo así y en menos que te cuento estaban en un auto del parking para la barra de Delon y la gente de guita, con canas por todos lados. Entonces volví a la pasarela donde Chaves nos esperaba, y ahí tenés. Anoté el número del auto, claro, pero no va a servir para un carajo.

—Nos estamos saliendo de París —dijo Estévez.

—Sí, vamos a un sitio tranquilo. El problema ahora sos vos, te habrás dado cuenta.

—¿Por qué yo?

—Porque ahora el tipo te conoce y van a acabar por encontrarte. Ya no hay aguantaderos después de lo de Walter.

—Me tengo que ir, entonces —dijo Estévez. Pensó en Marisa y en el pibe, cómo llevárselos, cómo dejarlos solos, todo se le mezclaba con árboles de un comienzo de bosque, el zumbido en los oídos como si todavía la muchedumbre estuviera clamando el nombre de Monzón, ese instante en que había habido como una pausa de incredulidad y la toalla cayendo en medio del ring, la noche de Mantequilla, pobre viejo. Y el tipo había estado a favor de Mantequilla, ahora que lo pensaba era raro que hubiese estado del lado del perdedor, tendría que haber estado con Monzón, llevarse la plata como Monzón, como alguien que da la espalda y se va con todo, para peor burlándose del vencido, del pobre tipo con la cara rota o con la mano tendida diciéndole bueno, fue un placer. El auto frenaba entre los árboles y Chaves cortó el motor. En la oscuridad ardió el fósforo de otro cigarrillo, Peralta.

—Me tengo que ir, entonces —repitió Estévez—. A Bélgica, si te parece, allá está el que sabés.

—Estarías seguro si llegaras —dijo Peralta—, pero ya viste con Walter, tienen gente en todas partes y mucha manija.

—A mí no me agarrarán.

—Como Walter, quién iba a agarrarlo a Walter y hacerlo cantar. Vos sabés otras cosas que Walter, eso es lo malo.

—A mí no me agarran —repitió Estévez—. Mirá, solamente tengo que pensar en Marisa y el pibe, ahora que todo se fue a la mierda no los puedo dejar aquí, se van a vengar con ella. En un día arreglo todo y me los llevo a Bélgica, lo veo al que sabés y sigo solo a otro lado.

—Un día es demasiado tiempo —dijo Chaves volviéndose en el asiento. Los ojos se acostumbraban a la oscuridad, Estévez vio su silueta y la cara de Peralta cuando se llevaba el cigarrillo a la boca y pitaba.

—Está bien, me iré lo antes que pueda —dijo Estévez.

—Ahora mismo —dijo Peralta sacando la pistola.

UN TAL LUCAS
(1979)

Propos de mes Parents:
—Pauvre Léopold!
Maman:
—Coeur trop impressionnable...
Tout petit, Léopold était déjà singulier.
Ses jeux n'étaient pas naturels.
A la mort du voisin Jacquelin, tombé d'un prunier,
il a fallu prendre des précautions. Léopold grimpait
dans les branches les plus mignonnes de l'arbre fatal...
A douze années, il circulait imprudemment sur
les terrasses et donnait tout son bien.
Il recueillait les insectes morts dans le jardin
et les alignait dans des boîtes de coquillages
ornées de glaces intérieures.
Il écrivait sur des papiers:
Petit scarabée — mort.
Mante religieuse — morte.
Papillon — mort.
Mouche — morte...
Il accrochait des banderoles aux arbres du jardin.
Et l'on voyait les papiers blancs se balancer
au moindre souffle du vent sur les parterres de fleurs.
Papa disait:
—Étudiant inégal...
Coeur aventureux, tumultueux et faible.
Incompris de ses principaux camarades
et de Messieurs les Maîtres. Marqué du destin.

...

Papa et Maman:
—Pauvre Léopold!

MAURICE FOURRÉ
La nuit du Rose-Hôtel

I

Lucas, sus luchas con la hidra

Ahora que se va poniendo viejo se da cuenta de que no es fácil matarla.

Ser una hidra es fácil pero matarla no, porque si bien hay que matar a la hidra cortándole sus numerosas cabezas (de siete a nueve según los autores o bestiarios consultables), es preciso dejarle por lo menos una, puesto que la hidra es el mismo Lucas y lo que él quisiera es salir de la hidra pero quedarse en Lucas, pasar de lo poli a lo unicéfalo. Ahí te quiero ver, dice Lucas envidiándolo a Heracles que nunca tuvo tales problemas con la hidra y que después de entrarle a mandoble limpio la dejó como una vistosa fuente de la que brotaban siete o nueve juegos de sangre. Una cosa es matar a la hidra y otra ser esa hidra que alguna vez fue solamente Lucas y quisiera volver a serlo. Por ejemplo, le das un tajo en la cabeza que colecciona discos, y le das otro en la que invariablemente pone la pipa del lado izquierdo del escritorio y el vaso con los lápices de fieltro a la derecha y un poco atrás. Se trata ahora de apreciar los resultados.

Hm, algo se ha conseguido, dos cabezas menos ponen un tanto en crisis a las restantes, que agitadamente piensan y piensan frente al luctuoso fato. O sea: por un rato al menos deja de ser obsesiva esa necesidad urgente de completar la serie de los madrigales de Gesualdo, príncipe de Venosa (a Lucas le faltan dos discos de la serie, parece que están agotados y que no se reeditarán, y eso le estropea la presencia de los otros discos. Muera de limpio tajo la cabeza que así piensa y desea y

309

carcome). Además es inquietantemente novedoso que al ir a tomar la pipa se descubra que no está en su sitio. Aprovechemos esta voluntad de desorden y tajo ahí nomás a esa cabeza amiga del encierro, del sillón de lectura al lado de la lámpara, del scotch a las seis y media con dos cubitos y poca soda, de los libros y revistas apilados por orden de prioridad.

Pero es muy difícil matar a la hidra y volver a Lucas, él lo siente ya en mitad de la cruenta batalla. Para empezar la está describiendo en una hoja de papel que sacó del segundo cajón de la derecha del escritorio, cuando en realidad hay papel a la vista y por todos lados, pero no señor, el ritual es ése y no hablemos de la lámpara extensible italiana cuatro posiciones cien vatios colocada cual grúa sobre obra en construcción y delicadísimamente equilibrada para que el haz de luz etcétera. Tajo fulgurante a esa cabeza escriba egipcio sentado. Una menos, uf. Lucas está acercándose a sí mismo, la cosa empieza a pintar bien.

Nunca llegará a saber cuántas cabezas le falta cortar porque suena el teléfono y es Claudine que habla de ir co-rrien-do al cine donde pasan una de Woody Allen. Por lo visto Lucas no ha cortado las cabezas en el orden ontológico que correspondía puesto que su primera reacción es no, de ninguna manera, Claudine hierve como un cangrejito del otro lado, Woody Allen Woody Allen, y Lucas nena, no me apurés si me querés sacar bueno, vos te pensás que yo puedo bajarme de esta pugna chorreante de plasma y factor Rhesus solamente porque a vos te da el Woody Woody, comprendé que hay valores y valores. Cuando del otro lado dejan caer el Annapurna en forma de receptor en la horquilla, Lucas comprende que le hubiera convenido matar primero la cabeza que ordena, acata y jerarquiza el tiempo, tal vez así todo se hubiera aflojado de golpe y entonces pipa Claudine lápices de fieltro Gesualdo en secuencias diferentes, y Woody Allen, claro. Ya es tarde, ya no Claudine, ya ni siquiera palabras para seguir contando la batalla puesto que no hay batalla, qué cabeza cortar si siempre quedará otra más autoritaria, es hora de contestar la correspondencia atrasada, dentro de diez minutos el scotch con sus hielitos y su sodita, es tan claro que le han vuelto a crecer, que no le sirvió de nada cortarlas. En el espejo del baño Lucas ve la hidra completa con sus bocas de brillantes sonrisas, todos los dientes afuera. Siete cabezas, una por cada década; para peor, la sospecha de que todavía pueden crecerle dos para conformar a ciertas autoridades en materia hídrica, eso siempre que haya salud.

Lucas, sus compras

En vista de que la Tota le ha pedido que baje a comprar una caja de fósforos, Lucas sale en piyama porque la canícula impera en la metrópoli, y se constituye en el café del gordo Muzzio donde antes de comprar los fósforos decide mandarse un aperital con soda. Va por la mitad de este noble digestivo cuando su amigo Juárez entra también en piyama y al verlo prorrumpe que tiene a su hermana con la otitis aguda y el boticario no quiere venderle las gotas calmantes porque la receta no aparece y las gotas son una especie de alucinógeno que ya ha electrocutado a más de cuatro hippies del barrio. A vos te conoce bien y te las venderá, vení enseguida, la Rosita se retuerce que no la puedo ni mirar.

Lucas paga, se olvida de comprar los fósforos y va con Juárez a la farmacia donde el viejo Olivetti dice que no es cosa, que nada, que se vayan a otro lado, y en ese momento su señora sale de la trastienda con una kódak en la mano y usted, señor Lucas, seguro que sabe cómo se la carga, estamos de cumpleaños de la nena y dése cuenta justo se nos acaba el rollo, se nos acaba. Es que tengo que llevarle fósforos a la Tota, dice Lucas antes que Juárez le pise un pie y Lucas se comida a cargar la kódak al comprender que el viejo Olivetti le va a retribuir con las gotas ominosas, Juárez se deshace en gratitud y sale echando putas mientras la señora agarra a Lucas y lo mete toda contenta en el cumpleaños, no se va a ir sin probar la torta de manteca que hizo doña Luisa, que los cumplas muy felices dice Lucas a la nena que le contesta con un bor-

borigmo a través de la quinta tajada de torta. Todos cantan el apio verde tuyú y otro brindis con naranjada, pero la señora tiene una cervecita bien helada para el señor Lucas que además va a sacar las fotos porque ahí no tienen mucha cancha, y Lucas atenti al pajarito, ésta con flash y ésta en el patio porque la nena quiere que también salga el jilguero, quiere.

—Bueno —dice Lucas— yo voy a tener que irme porque resulta que la Tota.

Frase eternamente inconclusa puesto que en la farmacia cunden alaridos y toda clase de instrucciones y contraórdenes, Lucas corre a ver y de paso a rajar, y se encuentra con el sector masculino de la familia Salinsky y en el medio el viejo Salinsky que se ha caído de la silla y lo traen porque viven al lado y no es cosa de molestar al doctor si no tiene fractura de coxis o algo peor. El petiso Salinsky que es como fierro con Lucas se le agarra del piyama y le dice que el viejo es duro pero que el porlan del patio es peor, razón por la cual no sería de excluir una fractura fatal máxime cuando el viejo se ha puesto verde y ni siquiera atina a frotarse el culo como es su costumbre habitual. Este detalle contradictorio no se le ha escapado al viejo Olivetti que pone a su señora al teléfono y en menos de cuatro minutos hay una ambulancia y dos camilleros, Lucas ayuda a subir al viejo que vaya a saber por qué le ha pasado los brazos por el pescuezo ignorando por completo a sus hijos, y cuando Lucas va a bajarse de la ambulancia los camilleros se la cierran en la cara porque están discutiendo lo de Boca versus River el domingo y no es cosa de distraerse con parentescos, total que Lucas va a parar al suelo con el arranque supersónico y el viejo Salinsky desde la camilla jodete, pibe, ahora vas a saber cómo duele.

En el hospital que queda en la otra punta del ovillo Lucas tiene que explicar el fato, pero eso es algo que lleva su tiempo en un nosocomio y usted es de la familia, no, en realidad yo, pero entonces qué, espere que le voy a explicar lo que pasó, está bien pero muestre sus documentos, es que estoy en piyama, doctor, su piyama tiene dos bolsillos, de acuerdo pero resulta que la Tota, no me va a decir que este viejo se llama Tota, quiero decir que yo tenía que comprarle una caja de fósforos a la Tota y en eso viene Juárez y. Está bien, suspira el médico, bajale los calzoncillos al viejo, Morgada, usted se puede ir. Me quedo hasta que llegue la familia y me den plata para un taxi, dice Lucas, así no voy a tomar el colectivo. Depende, dice el médico, ahora se usan indumentos de alta fantasía, la moda es tan versátil, hacele una radio decúbito, Morgada.

Cuando los Salinsky desembocan de un taxi Lucas les da las noticias y el petiso le larga la guita justa pero eso sí le agradece cinco minutos la solidaridad y el compañerismo, de golpe no hay taxis por ninguna parte y Lucas que ya no puede más se larga calle abajo pero es raro andar en piyama fuera del barrio, nunca se le había ocurrido que es propio como estar en pelotas, para peor ni siquiera un colectivo rasposo hasta que al final el 128 y Lucas parado entre dos chicas que lo miran estupefactas, después una vieja que desde su asiento le va subiendo los ojos por las rayas del piyama como para apreciar el grado de decencia de esa vestimenta que poco disimula las protuberancias, Santa Fe y Cánning no llegan nunca y con razón porque Lucas ha tomado el colectivo que va a Saavedra, entonces bajarse y esperar en una especie de potrero con dos arbolitos y un peine roto, la Tota debe estar como una pantera en un lavarropas, una hora y media madre querida y cuándo carajo va a venir el colectivo.

A lo mejor ya no viene nunca se dice Lucas con una especie de siniestra iluminación, a lo mejor esto es algo así como el alejamiento de Almotásim, piensa Lucas culto. Casi no ve llegar a la viejita desdentada que se le arrima de a poco para preguntarle si por casualidad no tiene un fósforo.

Lucas, su patriotismo

De mi pasaporte me gustan las páginas de las renovaciones y los sellos de visados redondos / triangulares / verdes / cuadrados / negros / ovalados / rojos; de mi imagen de Buenos Aires el transbordador sobre el Riachuelo, la plaza Irlanda, los jardines de Agronomía, algunos cafés que acaso ya no están, una cama en un departamento de Maipú casi esquina Córdoba, el olor y el silencio del puerto a medianoche en verano, los árboles de la plaza Lavalle.

Del país me queda un olor de acequias mendocinas, los álamos de Uspallata, el violeta profundo del cerro de Velasco en La Rioja, las estrellas chaqueñas en Pampa de Guanacos yendo de Salta a Misiones en un tren del año cuarenta y dos, un caballo que monté en Saladillo, el sabor del Cinzano con ginebra Gordon en el Boston de Florida, el olor ligeramente alérgico de las plateas del Colón, el superpúlman del Luna Park con Carlos Beulchi y Mario Díaz, algunas lecherías de la madrugada, la fealdad de la Plaza Once, la lectura de *Sur* en los años dulcemente ingenuos, las ediciones a cincuenta centavos de *Claridad*, con Roberto Arlt y Castelnuovo, y también algunos patios, claro, y sombras que me callo, y muertos.

Lucas, su patrioterismo

No es por el lado de las efemérides, no se vaya a creer, ni Fangio o Monzón o esas cosas. De chico, claro, Firpo podía mucho más que San Martín, y Justo Suárez que Sarmiento, pero después la vida le fue bajando la cresta a la historia militar y deportiva, vino un tiempo de desacralización y autocrítica, sólo aquí y allá quedaron pedacitos de escarapela y Febo asoma.

Le da risa cada vez que pesca algunos, que se pesca a sí mismo engallado y argentino hasta la muerte, porque su argentinidad es por suerte otra cosa pero dentro de esa cosa sobrenadan a veces cachitos de laureles (sean eternos los) y entonces Lucas en pleno King's Road o malecón habanero oye su voz entre voces de amigos diciendo cosas como que nadie sabe lo que es carne si no conoce el asado de tira criollo, ni dulce que valga el de leche ni cóctel comparable al Demaría que sirven en *La Fragata* (¿todavía, lector?) o en el *Saint James* (¿todavía, Susana?).

Como es natural, sus amigos reaccionan venezolana o guatemaltecamente indignados, y en los minutos que siguen hay un superpatrioterismo gastronómico o botánico o agropecuario o ciclista que te la debo. En esos casos Lucas procede como perro chico y deja que los grandes se hagan bolsa entre ellos, mientras él se sanciona mentalmente pero no tanto, a la final decime de dónde salen las mejores carteras de cocodrilo y los zapatos de piel de serpiente.

Lucas, su patiotismo

El centro de la imagen serán los malvones, pero hay también glicinas, verano, mate a las cinco y media, la máquina de coser, zapatillas y lentas conversaciones sobre enfermedades y disgustos familiares, de golpe un pollo dejando su firma entre dos sillas o el gato atrás de una paloma que lo sobra canchera. Todo eso huele a ropa tendida, a almidón azulado y a lejía, huele a jubilación, a factura surtida o tortas fritas, casi siempre a radio vecina con tangos y los avisos del Geniol, del aceite Cocinero que es de todos el primero, y a chicos pateando la pelota de trapo en el baldío del fondo, el Beto metió el gol de sobrepique.

Tan convencional todo, tan dicho que Lucas de puro pudor busca otras salidas, a la mitad del recuerdo decide acordarse de cómo a esa hora se encerraba a leer Homero y Dickson Carr en su cuartito atorrante para no escuchar de nuevo la operación del apéndice de la tía Pepa con todos los detalles luctuosos y la representación en vivo de las horribles náuseas de la anestesia, o la historia de la hipoteca de la calle Bulnes en la que el tío Alejandro se iba hundiendo de mate en mate hasta la apoteosis de los suspiros colectivos y todo va de mal en peor, Josefina, aquí hace falta un gobierno fuerte, carajo. Por suerte la Flora ahí para mostrar la foto de Clark Gable en el rotograbado de *La Prensa* y rememurmurar los momentos estelares de *Lo que el viento se llevó*. A veces la abuela se acordaba de Francesca Bertini y el tío Alejandro de Bárbara La Marr que era la mar de bárbara, vos y las vampiresas, ah los hombres, Lucas comprende que no hay nada que hacer, que ya está de nuevo en el patio, que la tarjeta postal sigue clavada para siempre al borde del espejo del tiempo, pintada a mano con su franja de palomitas, con su leve borde negro.

Lucas, sus comunicaciones

Como no solamente escribe sino que le gusta pasarse al otro lado y leer lo que escriben los demás, Lucas se sorprende a veces de lo difícil que le resulta entender algunas cosas. No es que sean cuestiones particularmente abstrusas (horrible palabra, piensa Lucas que tiende a sopesarlas en la palma de la mano y familiarizarse o rechazar según el color, el perfume o el tacto), pero de golpe hay como un vidrio sucio entre él y lo que está leyendo, de donde impaciencia, relectura forzada, bronca en puerta y al final gran vuelo de la revista o libro hasta la pared más próxima con caída subsiguiente y húmedo plof.

Cuando las lecturas terminan así, Lucas se pregunta qué demonios ha podido ocurrir en el aparentemente obvio pasaje del comunicante al comunicado. Preguntar eso le cuesta mucho, porque en su caso no se plantea jamás esa cuestión y por más enrarecido que esté el aire de su escritura, por más que algunas cosas sólo puedan venir y pasar al término de difíciles transcursos, Lucas no deja nunca de verificar si la venida es válida y si el paso se opera sin obstáculos mayores. Poco le importa la situación individual de los lectores, porque cree en una medida misteriosamente multiforme que en la mayoría de los casos cae como un traje bien cortado, y por eso no es necesario ceder terreno ni en la venida ni en la ida: entre él y los demás se dará puente siempre que lo escrito nazca de semilla y no de injerto. En sus más delirantes invenciones algo hay a la vez de tan sencillo, de tan pajarito y escoba de quince. No se trata de escribir para los demás sino para uno mismo, pero uno mismo tiene que ser también los demás; tan elementary, my dear Watson, que hasta da desconfianza, preguntarse si no habrá una inconsciente demagogia en esa corroboración entre remitente, mensaje y destinatario. Lucas mira en la palma de su mano la palabra destinatario, le acaricia apenas el pelaje y la devuelve a su limbo incierto; le importa un bledo el destinatario puesto que lo tiene ahí a tiro, escribiendo lo que él lee y leyendo lo que él escribe, qué tanto joder.

Lucas, sus intrapolaciones

En una película documental y yugoslava se ve cómo el instinto del pulpo hembra entra en juego para proteger por todos los medios a sus huevos, y entre otras medidas de defensa organiza su propio camuflaje amontonando algas y disimulándose tras ellas para no ser atacada por las murenas durante los dos meses que dura la incubación.

Como todo el mundo, Lucas contempla antropomórficamente las imágenes: el pulpo *decide* protegerse, *busca* las algas, las *dispone* frente a su refugio, se *esconde*. Pero todo eso (que en una primera tentativa de explicación igualmente antropomórfica fue llamado *instinto* a falta de mejor cosa) sucede fuera de toda conciencia, de todo conocimiento por rudimentario que pueda ser. Si por su parte Lucas hace el esfuerzo de asistir también como desde fuera, ¿qué le queda? Un *mecanismo*, tan ajeno a las posibilidades de su empatía como el moverse de los pistones en los émbolos o el resbalar de un líquido por un plano inclinado.

Considerablemente deprimido, Lucas se dice que a esas alturas lo único que cabe es una especie de intrapolación: también esto, lo que está pensando en este momento, es un mecanismo que su conciencia cree comprender y controlar, también esto es un antropomorfismo aplicado ingenuamente al hombre.

«No somos nada», piensa Lucas por él y por el pulpo.

Lucas, sus desconciertos

Allá por el año del gofio Lucas iba mucho a los conciertos y dale con Chopin, Zoltan Kodaly, Pucciverdi y para qué te cuento Brahms y Beethoven y hasta Ottorino Respighi en las épocas flojas.

Ahora no va nunca y se las arregla con los discos y la radio o silbando recuerdos, Menuhin y Friedrich Gulda y Marian Anderson, cosas un poco paleolíticas en estos tiempos acelerados, pero la verdad es que en los conciertos le iba de mal en peor hasta que hubo un acuerdo de caballeros entre Lucas que dejó de ir y los acomodadores y parte del público que dejaron de sacarlo a patadas. ¿A qué se debía tan espasmódica discordancia? Si le preguntás, Lucas se acuerda de algunas cosas, por ejemplo la noche en el Colón cuando un pianista a la hora de los bises se lanzó con las manos armadas de Khatchaturian contra un teclado por completo indefenso, ocasión aprovechada por el público para concederse una crisis de histeria cuya magnitud correspondía exactamente al estruendo alcanzado por el artista en los paroxismos finales, y ahí lo tenemos a Lucas buscando alguna cosa por el suelo entre las plateas y manoteando para todos lados.

—¿Se le perdió algo, señor? —inquirió la señora entre cuyos tobillos proliferaban los dedos de Lucas.

—La música, señora —dijo Lucas, apenas un segundo antes de que el senador Poliyatti le zampara la primera patada en el culo.

Hubo asimismo la velada de lieder en que una dama aprovechaba delicadamente los pianissimos de Lotte Lehman para emitir una tos digna de las bocinas de un templo tibetano, razón por la cual en algún momento se oyó la voz de Lucas diciendo: «Si las vacas tosieran, toserían como esa señora», diagnóstico que determinó la intervención patriótica del doctor Chucho Beláustegui y el arrastre de Lucas con la cara pegada al suelo hasta su liberación final en el cordón de la vereda de la calle Libertad.

Es difícil tomarle gusto a los conciertos cuando pasan cosas así, se está mejor at home.

Lucas, sus críticas de la realidad

Jekyll sabe muy bien quién es Hyde, pero el conocimiento no es recíproco. A Lucas le parece que casi todo el mundo comparte la ignorancia de Hyde, lo que ayuda a la ciudad del hombre a guardar su orden. Él mismo opta habitualmente por una versión unívoca, Lucas a secas, pero sólo por razones de higiene pragmática. Esta planta es esta planta, Dorita = Dorita, así. Sólo que no se engaña y esta planta vaya a saber lo que es en otro contexto, y no hablemos de Dorita porque.

En los juegos eróticos tempranamente encontró Lucas uno de los primeros refractantes, obliterantes o polarizadores del supuesto principio de identidad. Allí de pronto A no es A, o A es no A. Regiones de extrema delicia a las nueve y cuarenta virarán al desagrado a las diez y media, sabores que exaltan el delirio incitarían al vómito si fueran propuestos por encima de un mantel. Esto (ya) no es esto, porque yo (ya) no soy yo (el otro yo).

¿Quién cambia allí, en una cama o en el cosmos: el perfume o el que lo huele? La relación objetiva-subjetiva no interesa a Lucas; en un caso como en otro, términos definidos escapan a su definición, Dorita A no es Dorita A, o Lucas B no es Lucas B. Y partiendo de una instantánea relación A = B, o B = A, la fisión de la costra de lo real se da en cadena. Tal vez cuando las papilas de A rozan delectablemente las mucosas de B, *todo* está resbalando a otra cosa y juega otro juego y calcina los diccionarios. El tiempo de un quejido, claro, pero

Hyde y Jekyll se miran cara a cara en una relación A ⇒ B / B ⇒ A. No estaba mal aquella canción del jazz de los años cuarenta, *Doctor Hekyll and Mister Jyde*...

Lucas, sus clases de español

En la Berlitz donde lo toman medio por lástima el director que es de Astorga le previene nada de argentinismos ni de qué galicados, aquí se enseña castizo, coño, al primer che que le pesque ya puede tomarse el portante. Eso sí usted les enseña a hablar corriente y nada de culteranismos que aquí los franceses lo que vienen a aprender es a no hacer papelones en la frontera y en las fondas. Castizo y práctico, métaselo en el digamos meollo.

Lucas perplejo busca enseguida textos que respondan a tan preclaro criterio, y cuando inaugura su clase frente a una docena de parisienses ávidos de olé y de quisiera una tortilla de seis huevos, les entrega unas hojitas donde ha policopiado un pasaje de un artículo de *El País* del 17 de septiembre de 1978, fíjese qué moderno, y que a su juicio debe ser la quintaesencia de lo castizo y lo práctico puesto que se trata de toreo y los franceses no piensan más que en precipitarse a las arenas apenas tengan el diploma en el bolsillo, razón por la cual este vocabulario les será sumamente útil a la hora del primer tercio, las banderillas y todo el resto. El texto dice lo siguiente, a saber:

El galache, precioso, terciado, mas con trapío, muy bien armado y astifino, encastado, que era noble, seguía entregado a los vuelos de la muleta, que el maestro salmantino manejaba con soltura y mando. Relajada la figura, trenzaba los muletazos, y cada uno de ellos era el dominio absoluto por el que tenía que seguir el toro

331

un semicírculo en torno al diestro, y el remate, limpio y preciso, para dejar a la fiera en la distancia adecuada. Hubo naturales inmejorables y de pecho grandiosos, y ayudados por alto y por bajo a dos manos, y pases de la firma, pero no se nos irá de la retina un natural ligado con el de pecho, y el dibujo de éste, con salida por el hombro contrario, quizá los más acabados muletazos que haya dado nunca El Viti.

Como es natural, los estudiantes se precipitan inmediatamente a sus diccionarios para traducir el pasaje, tarea que al cabo de tres minutos se ve sucedida por un desconcierto creciente, intercambio de diccionarios, frotación de ojos y preguntas a Lucas que no contesta nada porque ha decidido aplicar el método de la autoenseñanza y en esos casos el profesor debe mirar por la ventana mientras se cumplen los ejercicios. Cuando el director aparece para inspeccionar la performance de Lucas, todo el mundo se ha ido después de dar a conocer en francés lo que piensan del español y sobre todo de los diccionarios que sus buenos francos les han costado. Sólo queda un joven de aire erudito, que le está preguntando a Lucas si la referencia al «maestro salmantino» no será una alusión a Fray Luis de León, cosa a la que Lucas responde que muy bien podría ser aunque lo más seguro es que quién sabe. El director espera a que el alumno se vaya y le dice a Lucas que no hay que empezar por la poesía clásica, desde luego que Fray Luis y todo eso, pero a ver si encuentra algo más sencillo, coño, digamos algo típico como la visita de los turistas a un colmado o a una plaza de toros, ya verá cómo se interesan y aprenden en un santiamén.

Lucas, sus meditaciones ecológicas

En esta época de retorno desmelenado y turístico a la Naturaleza, en que los ciudadanos miran la vida de campo como Rousseau miraba al buen salvaje, me solidarizo más que nunca con: a) Max Jacob, que en respuesta a una invitación para pasar el fin de semana en el campo, dijo entre estupefacto y aterrado: «¿El campo, ese lugar donde los pollos se pasean crudos?»; b) el doctor Johnson, que en mitad de una excursión al parque de Greenwich, expresó enérgicamente su preferencia por Fleet Street; c) Baudelaire, que llevó el amor de lo artificial hasta la noción misma de paraíso.

Un paisaje, un paseo por el bosque, un chapuzón en una cascada, un camino entre las rocas, sólo pueden colmarnos estéticamente si tenemos asegurado el retorno a casa o al hotel, la ducha lustral, la cena y el vino, la charla de sobremesa, el libro o los papeles, el erotismo que todo lo resume y lo recomienza. Desconfío de los admiradores de la naturaleza que cada tanto se bajan del auto para contemplar el panorama y dar cinco o seis saltos entre las peñas; en cuanto a los otros, esos boy-scouts vitalicios que suelen errabundear bajo enormes mochilas y barbas desaforadas, sus reacciones son sobre todo monosilábicas o exclamatorias; todo parece consistir en quedarse una y otra vez como estúpidos delante de una colina o una puesta de sol que son las cosas más repetidas imaginables.

Los civilizados mienten cuando caen en el deliquio bucólico; si les falta el *scotch on the rocks* a las siete y media de la tarde, maldecirán el minuto en que abandonaron su casa para venir a padecer tábanos, insolaciones y espinas; en cuanto a los más próximos a la naturaleza, son tan estúpidos como ella. Un libro, una comedia, una sonata, no necesitan regreso ni ducha; es allí donde nos alcanzamos por todo lo alto, donde somos lo más que podemos ser. Lo que busca el intelectual o el artista que se refugia en la campaña es tranquilidad, lechuga fresca y aire oxigenado; con la naturaleza rodeándolo por todos lados, él lee o pinta o escribe en la perfecta luz de una habitación bien orientada; si sale de paseo o se asoma a mirar los animales o las nubes, es porque se ha fatigado de su trabajo o de su ocio. No se fíe, che, de la contemplación absorta de un tulipán cuando el contemplador es un intelectual. Lo que hay allí es tulipán + distracción, o tulipán + meditación (casi nunca sobre el tulipán). Nunca encontrará un escenario natural que resista más de cinco minutos a una contemplación ahincada, y en cambio sentirá abolirse el tiempo en la lectura de Teócrito o de Keats, sobre todo en los pasajes donde aparecen escenarios naturales. Sí, Max Jacob tenía razón: los pollos, cocidos.

Lucas, sus soliloquios

Che, ya está bien que tus hermanos me hayan escorchado hasta nomáspoder, pero ahora que yo te estaba esperando con tantas ganas de salir a caminar, llegás hecho una sopa y con esa cara entre plomo y paraguas dado vuelta que ya te conocí tantas veces. Así no es posible entenderse, te das cuenta. ¿Qué clase de paseo va a ser éste si me basta mirarte para saber que con vos me voy a empapar el alma, que se me va a meter el agua por el pescuezo y que los cafés olerán a humedad y casi seguro habrá una mosca en el vaso de vino?

Parecería que darte cita no sirve de nada, y eso que la preparé tan despacio, primero arrinconando a tus hermanos que como siempre hacen lo posible por hartarme, irme sacando las ganas de que vengas vos a traerme un poco de aire fresco, un rato de esquinas asoleadas y parques con chicos y trompos. De a uno, sin contemplaciones, los fui ignorando para que no pudieran cargarme la romana como es su estilo, abusar del teléfono, de las cartas urgentes, de esa manera que tienen de aparecerse a las ocho de la mañana y plantarse para toda la siega. Nunca fui grosero con ellos, hasta me comedí a tratarlos con gentileza, simplemente haciéndome el que no me daba cuenta de sus presiones, de la extorsión permanente que me inflingen desde todos los ángulos, como si te tuvieran envidia, quisieran menoscabarte por adelantado para quitarme el deseo de verte llegar, de salir con vos. Ya sabemos, la familia, pero ahora ocurre que en vez de estar de mi lado contra ellos, vos también te les plegás sin darme tiempo a nada, ni siquiera a resignarme y contemporizar, te aparecés así, chorreando agua, un agua gris de tormenta y de frío, una negación aplastante de lo que yo tanto había esperado mientras me sacaba poco a poco de encima a tus hermanos y trataba de guardar fuerzas y alegría, de tener los bolsillos llenos de monedas, de planear itinerarios, papas fritas en ese restaurante bajo los árboles donde es tan lindo almorzar entre pájaros y chicas y el viejo Clemente que recomienda el mejor provolone y a veces toca el acordeón y canta.

Perdoname si te bato que sos un asco, ahora tengo que convencerme de que eso está en la familia, que no sos diferente aunque siempre te esperé como la excepción, ese momento en que todo lo abrumador se detiene para que entre lo liviano, la espuma de la charla y la vuelta de las esquinas; ya ves, resulta todavía peor, te aparecés como el reverso de mi esperanza, cínicamente me golpeás la ventana y te quedás ahí esperando a que yo me ponga galochas, a que saque la gabardina y el paraguas. Sos el cómplice de los otros, yo que tantas veces te supe diferente y te quise por eso, ya van tres o cuatro veces que me hacés lo mismo, de qué me va a servir que cada tanto respondas a mi deseo si al final es esto, verte ahí con las crenchas en los ojos, los dedos chorreando un agua gris, mirándome sin hablar. Casi mejor tus hermanos, finalmente, por lo menos luchar contra ellos me hace pasar el tiempo, todo va mejor cuando se defiende la libertad y la esperanza; pero vos, vos no me das más que este vacío de quedarme en casa, de saber que todo rezuma hostilidad, que la noche vendrá como un tren atrasado en un andén lleno de viento, que sólo llegará después de muchos mates, de muchos informativos, con tu hermano lunes esperando detrás de la puerta la hora en que el despertador me va a poner de nuevo cara a cara con él que es el peor, pegado a vos pero vos ya de nuevo tan lejos de él, detrás del martes y el miércoles y etcétera.

Lucas, su arte nuevo de pronunciar conferencias

—Señoras, señoritas, etc. Es para mí un honor, etc. En este recinto ilustrado por, etc. Séame permitido en este momento, etc. No puedo entrar en materia sin que, etc.

Quisiera, ante todo, precisar con la mayor exactitud posible el sentido y el alcance del tema. Algo de temerario hay en toda referencia al porvenir cuando la mera noción del presente se presenta como incierta y fluctuante, cuando el continuo espacio-tiempo en el que somos los fenómenos de un instante que se vuelve a la nada en el acto mismo de concebirlo es más una hipótesis de trabajo que una certidumbre corroborable. Pero sin caer en un regresionalismo que vuelve dudosas las más elementales operaciones del espíritu, esforcémonos por admitir la realidad de un presente e incluso de una historia que nos sitúa colectivamente con las suficientes garantías como para proyectar sus elementos estables y sobre todo sus factores dinámicos con miras a una visión del porvenir de Honduras en el concierto de las democracias latinoamericanas. En el inmenso escenario continental (*gesto de la mano abarcando toda la sala*) un pequeño país como Honduras (*gesto de la mano abarcando la superficie de la mesa*) representa tan sólo una de las téselas multicolores que componen el gran mosaico. Ese fragmento (*palpando con más atención la mesa y mirándola con la expresión del que ve una cosa por primera vez*) es extrañamente concreto y evasivo al mismo tiempo, como todas las expresiones de la materia. ¿Qué es esto que toco? Madera, desde luego, y en su conjunto un objeto voluminoso que se sitúa entre ustedes y yo, algo que de alguna manera nos separa con su seco y maldito tajo de caoba. ¡Una mesa! ¿Pero qué es esto? Se siente claramente que aquí abajo, entre estas cuatro patas, hay una zona hostil y aún más insidiosa que las partes sólidas; un paralelepípedo de aire, como un acuario de transparentes medusas que conspiran contra nosotros, mientras que aquí encima (*pasa la mano como para convencerse*) todo sigue plano y resbaloso y absolutamente espía japonés. ¿Cómo nos entenderemos, separados por tantos obstáculos? Si esa señora semidormida que se parece extraordinariamente a un topo indigestado quisiera meterse debajo de la mesa y explicarnos el resultado de sus exploraciones, quizá podríamos anular la barrera que me obliga a dirigirme a ustedes como si me estuviera alejando del muelle de Southampton a bordo del *Queen Mary*, navío en el que siempre tuve la esperanza de viajar, y con un pañuelo empapado en lágrimas y lavanda Yardley agitara el único mensaje todavía posible hacia las plateas lúgubremente amontonadas en el muelle. Hiato aborrecible entre todos, ¿por qué la comisión directiva ha interpuesto aquí esta mesa semejante a un obsceno cachalote? Es inútil, señor, que se ofrezca a retirarla, porque un problema no resuelto vuelve por la vía del inconsciente como tan bien lo ha demostrado Marie Bonaparte en su análisis del caso de madame Lefèvre, asesina de su nuera a bordo de un automóvil. Agradezco su buena voluntad y sus músculos proclives a la acción, pero me parece imprescindible que nos adentremos en la naturaleza de este dromedario indescriptible, y no veo otra solución que la de abocarnos cuerpo a cuerpo, ustedes de su lado y yo del mío, a esta censura lígnea que retuerce lentamente su abominable cenotafio. ¡Fuera, objeto oscurantista! No se va, es evidente. ¡Un hacha, un hacha! No se asusta en lo más mínimo, tiene el agitado aire de inmovilidad de las peores maquinaciones del negativismo que se inserta solapado en las fábricas de la imaginación para no dejarla remontar sin un lastre de mortalidad

338

hacia las nubes, que serían su verdadera patria si la gravedad, esa mesa omnímoda y ubicua, no pesara tanto en los chalecos de todos ustedes, en la hebilla de mi cinturón y hasta en las pestañas de esa preciosura que desde la quinta fila no ha hecho otra cosa que suplicarme silenciosamente que la introduzca sin tardar en Honduras. Advierto signos de impaciencia, los ujieres están furiosos, habrá renuncias en la comisión directiva, preveo desde ahora una disminución del presupuesto para actos culturales; entramos en la entropía, la palabra es como una golondrina cayendo en una sopera de tapioca, ya nadie sabe lo que pasa y eso es precisamente lo que pretende esta mesa hija de puta, quedarse sola en una sala vacía mientras todos lloramos o nos deshacemos a puñetazos en las escaleras de salida. ¿Irás a triunfar, basilisco repugnante? Que nadie finja ignorar esta presencia que tiñe de irrealidad toda comunicación, toda semántica. Mírenla clavada entre nosotros, entre nosotros a cada lado de esta horrenda muralla con el aire que reina en un asilo de idiotas cuando un director progresista pretende dar a conocer la música de Stockhausen. Ah, nos creíamos libres, en alguna parte la presidenta del ateneo tenía preparado un ramo de rosas que me hubiera entregado la hija menor del secretario mientras ustedes restablecían con aplausos fragorosos la congelada circulación de sus traseros. Pero nada de eso pasará por culpa de esta concreción abominable que ignorábamos, que veíamos al entrar como algo tan obvio hasta que un roce ocasional de mi mano la reveló bruscamente en su agresiva hostilidad agazapada. ¿Cómo pudimos imaginar una libertad inexistente, sentarnos aquí cuando nada era concebible, nada era posible si antes no nos librábamos de esta mesa? ¡Molécula viscosa de un gigantesco enigma, aglutinante testigo de las peores servidumbres! La sola idea de Honduras suena como un globo reventado en el apogeo de una fiesta infantil. ¿Quién puede ya concebir a Honduras, es que esa palabra tiene algún sentido mientras estemos a cada lado de este río de fuego negro? ¡Y yo iba a pronunciar una conferencia! ¡Y ustedes se disponían a escucharla! No, es demasiado, tengamos al menos el valor de despertar o por lo menos de admitir que queremos despertar y que lo único que puede salvarnos es el casi insoportable valor de pasar la mano sobre esta indiferente obscenidad geométrica, mientras decimos todos juntos: Mide un metro veinte de ancho y dos cuarenta de largo más o menos, es de roble macizo, o de caoba, o de pino barnizado. ¿Pero acabaremos alguna vez, sabremos lo que es esto? No lo creo, será inútil.

Aquí, por ejemplo, algo que parece un nudo de la madera... ¿Usted cree, señora, que es un nudo de la madera? Y aquí, lo que llamábamos pata, ¿qué significa esta precipitación en ángulo recto, este vómito fosilizado hacia el piso? Y el piso, esa seguridad de nuestros pasos, ¿qué esconde debajo del parqué lustrado?

(En general la conferencia termina —la terminan— mucho antes, y la mesa se queda sola en la sala vacía. Nadie, claro, la verá levantar una pata como hacen siempre las mesas cuando se quedan solas.)

Lucas, sus hospitales (I)

Como la clínica donde se ha internado Lucas es una clínica de cinco estrellas, los-enfermos-tienen-siempre-razón, y decirles que no cuando piden cosas absurdas es un problema serio para las enfermeras, todas ellas a cual más ricucha y casi siempre diciendo que sí por las razones que preceden.

Desde luego no es posible acceder al pedido del gordo de la habitación 12, que en plena cirrosis hepática reclama cada tres horas una botella de ginebra, pero en cambio con qué placer, con qué gusto las chicas dicen que sí, que cómo no, que claro, cuando Lucas que ha salido al pasillo mientras le ventilan la habitación y ha descubierto un ramo de margaritas en la sala de espera, pide casi tímidamente que le permitan llevar una margarita a su cuarto para alegrar el ambiente.

Después de acostar la flor en la mesa de luz, Lucas toca el timbre y solicita un vaso de agua para darle a la margarita una postura más adecuada. Apenas le traen el vaso y le instalan la flor, Lucas hace notar que la mesa de luz está abarrotada de frascos, revistas, cigarrillos y tarjetas postales, de manera que tal vez se podría poner una mesita a los pies de la cama, ubicación que le permitiría gozar de la presencia de la margarita sin tener que dislocarse el pescuezo para distinguirla entre los diferentes objetos que proliferan en la mesa de luz.

La enfermera trae enseguida lo solicitado y pone el vaso con la margarita en el ángulo visual más favorable, cosa que Lucas le agradece haciéndole notar de paso que como muchos amigos vienen a visitarlo y las sillas son un tanto escasas, nada mejor que aprovechar la presencia de la mesita para agregar dos o tres sillones confortables y crear un ambiente más apto para la conversación.

Tan pronto las enfermeras aparecen con los sillones, Lucas les dice que se siente sumamente obligado hacia sus amigos que tanto lo acompañan en el mal trago, razón por la cual la mesa se prestaría perfectamente, previa colocación de un mantelito, para soportar dos o tres botellas de whisky y media docena de vasos, de ser posible esos que tienen el cristal facetado, sin hablar de un termo con hielo y botellas de soda.

Las chicas se desparraman en busca de estos implementos y los disponen artísticamente sobre la mesa, ocasión en la que Lucas se permite señalar que la presencia de vasos y botellas desvirtúa considerablemente la eficacia estética de la margarita, bastante perdida en el conjunto, aunque la solución es muy simple porque lo que falta de verdad en esa pieza es un armario para guardar la ropa y los zapatos, toscamente amontonados en un placard del pasillo, por lo cual bastará colocar el vaso con la margarita en lo alto del armario para que la flor domine el ambiente y le dé ese encanto un poco secreto que es la clave de toda buena convalecencia.

Sobrepasadas por los acontecimientos pero fieles a las normas de la clínica, las chicas acarrean trabajosamente un vasto armario sobre el cual termina por posarse la margarita como un ojo ligeramente estupefacto pero lleno de benevolencia. Las enfermeras se trepan al armario para agregar un poco de agua fresca en el vaso, y entonces Lucas cierra los ojos y dice que ahora todo está perfecto y que va a tratar de dormir un rato. Tan pronto le cierran la puerta se levanta, saca la margarita del vaso y la tira por la ventana, porque no es una flor que le guste particularmente.

II

...papeles donde se diseñaban desembarcos
en países no situados en el tiempo ni en el espacio,
como un desfile de banda militar china entre
la eternidad y la nada.

JOSÉ LEZAMA LIMA, *Paradiso.*

Destino de las explicaciones

En algún lugar debe haber un basural donde están amontonadas las explicaciones.

Una sola cosa inquieta en este justo panorama: lo que pueda ocurrir el día en que alguien consiga explicar también el basural.

El copiloto silencioso

Curioso enlace de una historia y una hipótesis a muchos años y a una remota distancia; algo que ahora puede ser un hecho exacto pero que hasta el azar de una charla en París no cuajó, veinte años *antes*, en una carretera solitaria de la provincia de Córdoba en la Argentina.

La historia la contó Aldo Franceschini, la hipótesis la puse yo, y las dos sucedieron en un taller de pintura de la calle Paul Valéry entre tragos de vino, tabaco, y ese gusto de hablar sobre cosas de nuestra tierra sin los meritorios suspiros folklóricos de tantos otros argentinos que andan por ahí sin que se sepa bien por qué. Me parece que se empezó con los hermanos Gálvez y con los álamos de Uspallata; en todo caso yo aludí a Mendoza, y Aldo que es de allí se apiló firme y cuando acordamos ya se venía en auto de Mendoza a Buenos Aires, cruzaba Córdoba en plena noche y de golpe se quedaba sin nafta o sin agua para el radiador en mitad de la carretera. Su historia puede caber en estas palabras:

—Era una noche muy oscura en un lugar completamente desierto, y no se podía hacer otra cosa que esperar el paso de algún auto que nos sacara de apuros. En esos años era raro que en tramos tan largos no se llevaran latas con nafta y agua de repuesto; en el peor de los casos el que pasara podría levantarnos a mi mujer y a mí hasta el hotel del primer pueblo que tuviera un hotel. Nos quedamos en la oscuridad, el auto bien arrimado a la banquina, fumando y esperando. A eso de la una vimos venir un coche que bajaba hacia Buenos

Aires, y yo me puse a hacer señas con la linterna en mitad de la carretera.

»Esas cosas no se entienden ni se verifican en el momento, pero antes de que el auto se detuviera sentí que el conductor no quería parar, que en ese auto que llegaba a toda máquina había como un deseo de seguir de largo aunque me hubiesen visto tirado en el camino con la cabeza rota. Tuve que hacerme a un lado a último momento porque la mala voluntad de la frenada se lo llevó cuarenta metros más adelante; corrí para alcanzarlo, y me acerqué a la ventanilla del lado del volante. Había apagado la linterna porque el reflejo del tablero de dirección bastaba para recortar la cara del hombre que manejaba. Rápidamente le expliqué lo que pasaba y le pedí auxilio, y mientras lo hacía se me apretaba el estómago porque la verdad es que ya al acercarme a ese auto había empezado a sentir miedo, un miedo sin razón puesto que el más inquieto debía ser el automovilista en esa oscuridad y en ese lugar. Mientras le explicaba la cosa miraba dentro del auto, atrás no viajaba nadie, pero en el otro asiento delantero había algo sentado. Te digo algo por falta de mejor palabra y porque todo empezó y acabó con tal rapidez que lo único verdaderamente definido era un miedo como no había sentido nunca. Te juro que cuando el conductor aceleró brutalmente el motor mientras decía: "No tenemos nafta", y arrancaba al mismo tiempo, me sentí como aliviado. Volví a mi coche; no hubiera podido explicarle a mi mujer lo que había pasado, pero lo mismo se lo expliqué y ella comprendió ese absurdo como si lo que nos amenazaba desde ese auto la hubiese alcanzado también a tanta distancia y sin ver lo que yo había visto.

»Ahora vos me preguntarás qué había visto, y tampoco sé. Al lado del que manejaba había algo sentado, ya te dije, una forma negra que no hacía el menor movimiento ni volvía la cara hacia mí. Al fin y al cabo nada me hubiera impedido encender la linterna para iluminar a los dos pasajeros, pero decime por qué mi brazo era incapaz de ese gesto, por qué todo duró apenas unos segundos, por qué casi le di gracias a Dios cuando el auto arrancó para perderse en la distancia, y sobre todo por qué carajo no lamenté pasarme la noche en pleno campo hasta que al amanecer un camionero nos dio una mano y hasta unos tragos de grapa.

»Lo que no comprenderé nunca es que todo eso antecediera a lo que alcancé a ver, que además era casi nada. Fue como si ya hubiese tenido miedo al sentir que los del auto no querían parar y que sólo lo hacían a la fuerza, para no atropellarme; pero no es una explicación, porque al fin y al cabo a nadie le gusta que lo detengan en plena noche y en esa soledad. He llegado a convencerme de que la cosa empezó mientras le hablaba al conductor, y con todo es posible que algo me hubiese llegado ya por otra vía mientras me acercaba al auto, una atmósfera, si querés llamarlo así. No puedo entender de otra manera que me sintiera como helado mientras cambiaba esas palabras con el del volante, y que la entrevisión *del otro*, en el que instantáneamente se concentró el espanto, fuese la verdadera razón de todo eso. Pero de ahí a comprender... ¿Era un monstruo, un tarado horripilante que llevaban en plena noche para que nadie lo viese? ¿Un enfermo con la cara deformada o llena de pústulas, un anormal que irradiaba una fuerza maligna, un aura insoportable? No sé, no sé. Pero nunca he tenido más miedo en mi vida, hermano».

Como yo me he traído conmigo treinta y ocho años de recuerdos argentinos bien apilados, la historia de Aldo hizo click en alguna parte y la IBM se agitó un momento y al final sacó una ficha con la hipótesis, quizá con la explicación. Me acordé incluso de que yo también había sentido algo así la primera vez que me habían hablado de aquello en un café porteño, un miedo puramente mental como estar en el cine viendo *Vampyr;* tantos años después ese miedo se entendía con el de Aldo, y como siempre ese entendimiento le daba toda su fuerza a la hipótesis.

—Lo que iba esa noche al lado del conductor era un muerto —le dije—. Curioso que nunca hubieras oído hablar de la industria del transporte de cadáveres en los años treinta y cuarenta, en especial tuberculosos que morían en los sanatorios de Córdoba y que la familia quería enterrar en Buenos Aires. Una cuestión de derechos federales o algo por el estilo volvía carísimo el traslado del cadáver; así nació la idea de maquillar un poco al muerto, sentarlo junto al conductor de un auto, y hacer la etapa de Córdoba a Buenos Aires en plena noche para llegar antes del alba a la capital. Cuando me hablaron del asunto sentí casi lo mismo que vos; después traté de imaginar la falta de imaginación de los tipos que se ganaban la vida en esa forma, y nunca pude conseguirlo. ¿Te ves en un auto con un muerto pegado a tu hombro, corriendo a ciento veinte en plena soledad pampeana? Cinco o seis horas en las que podían pasar tantas cosas, porque un cadáver no es un ente tan rígido como se piensa, y un vivo no puede ser tan paquidermo como también se está tentado de pensar. Corolario más amable mientras nos tomamos otro vinito: por lo menos dos de los que estaban en esa industria llegaron más tarde a ser grandes volantes en las competencias sobre carretera. Y es curioso, ahora que pienso, que esta conversación empezara con los hermanos Gálvez, no creo que hicieran ese trabajo pero corrieron contra otros que lo habían hecho. También es cierto que en esas carreras de locos se andaba siempre con un muerto muy pegado al cuerpo.

350

Nos podría pasar, me crea

El *verba volant* les parece más o menos aceptable, pero lo que no pueden tolerar es el *scripta manent*, y ya van miles de años de manera que calcule. Por eso aquel mandamás recibió con entusiasmo la noticia de que un sabio bastante desconocido había inventado el tirón de la piolita y se lo vendía casi gratis porque al final de su vida se había vuelto misántropo. Lo recibió el mismo día y le ofreció té con tostadas, que es lo que conviene ofrecer a los sabios.

—Seré conciso —dijo el invitado—. A usted la literatura, los poemas y esas cosas, ¿no?

—Eso, doctor —dijo el mandamás—. Y los panfletos, los diarios de oposición, toda esa mierda.

—Perfecto, pero usted se dará cuenta de que el invento no hace distingos, quiero decir que su propia prensa, sus plumíferos.

—Qué le vamos a hacer, de cualquier modo salgo ganando si es verdad que.

—En ese caso —dijo el sabio sacando un aparatito del chaleco—. La cosa es facilísima. ¿Qué es una palabra sino una serie de letras y qué es una letra sino una línea que forma un dibujo dado? Ahora que estamos de acuerdo yo aprieto este botoncito de nácar y el aparato desencadena el tirón que actúa en cada letra y la deja planchada y lisa, una piolita horizontal de tinta. ¿Lo hago?

—Hágalo, carajo —bramó el mandamás.

El diario oficial, sobre la mesa, cambió vistosamente de aspecto; páginas y páginas de columnas llenas de rayitas como un morse idiota que solamente dijera - - - - -.

—Échele un vistazo a la enciclopedia Espasa —dijo el sabio que no ignoraba la sempiterna presencia de ese artefacto en los ambientes gubernativos. Pero no fue necesario porque ya sonaba el teléfono, entraba a los saltos el ministro de Cultura, la plaza llena de gente, esa noche en todo el planeta ni un solo libro impreso, ni una sola letra perdida en el fondo de un cajón de tipografía.

Yo pude escribir esto porque soy el sabio, y además porque no hay regla sin excepción.

Lazos de familia

Odian de tal manera a la tía Angustias que se aprovechan hasta de las vacaciones para hacérselo saber. Apenas la familia sale hacia diversos rumbos turísticos, diluvio de tarjetas postales en Agfacolor, en Kodachrome, hasta en blanco y negro si no hay otras a tiro, pero todas sin excepción recubiertas de insultos. De Rosario, de San Andrés de Giles, de Chivilcoy, de la esquina de Chacabuco y Moreno, los carteros cinco o seis veces por día a las puteadas, la tía Angustias feliz. Ella no sale nunca de su casa, le gusta quedarse en el patio, se pasa los días recibiendo las tarjetas postales y está encantada.

Modelos de tarjetas: «Salud, asquerosa, que te parta un rayo, Gustavo». «Te escupo en el tejido, Josefina.» «Que el gato te seque a meadas los malvones, tu hermanita.» Y así consecutivamente.

La tía Angustias se levanta temprano para atender a los carteros y darles propinas. Lee las tarjetas, admira las fotografías y vuelve a leer los saludos. De noche saca su álbum de recuerdos y va colocando con mucho cuidado la cosecha del día, de manera que se puedan ver las vistas pero también los saludos. «Pobres ángeles, cuántas postales me mandan», piensa la tía Angustias, «ésta con la vaquita, ésta con la iglesia, aquí el lago Traful, aquí el ramo de flores», mirándolas una a una enternecida y clavando alfileres en cada postal, cosa de que no vayan a salirse del álbum, aunque eso sí clavándolas siempre en las firmas, vaya a saber por qué.

Cómo se pasa al lado

Los descubrimientos importantes se hacen en las circunstancias y los lugares más insólitos. La manzana de Newton, mire si no es cosa de pasmarse. A mí me ocurrió que en mitad de una reunión de negocios pensé sin saber por qué en los gatos —que no tenían nada que ver con el orden del día— y descubrí bruscamente que los gatos son teléfonos. Así nomás, como siempre las cosas geniales.

Desde luego un descubrimiento parecido suscita una cierta sorpresa, puesto que nadie está habituado a que los teléfonos vayan y vengan y sobre todo que beban leche y adoren el pescado. Lleva su tiempo comprender que se trata de teléfonos especiales, como los walkie-talkies que no tienen cables, y además que también nosotros somos especiales en el sentido de que hasta ahora no habíamos comprendido que los gatos eran teléfonos y por lo tanto no se nos había ocurrido utilizarlos.

Dado que esta negligencia remonta a la más alta antigüedad, poco puede esperarse de las comunicaciones que logremos establecer a partir de mi descubrimiento, pues resulta evidente la falta de un código que nos permita comprender los mensajes, su procedencia y la índole de quienes nos los envían. No se trata, como ya se habrá advertido, de descolgar un tubo inexistente para discar un número que nada tiene que ver con nuestras cifras, y mucho menos comprender lo que desde el otro lado puedan estar diciéndonos con algún motivo igualmente confuso. Que el teléfono funciona, todo gato lo prueba con una honradez mal retribuida por parte de los abonados bípedos; nadie negará que su teléfono negro, blanco, barcino o angora llega a cada momento con un aire decidido, se detiene a los pies del abonado y produce un mensaje que nuestra literatura primaria y patética translitera estúpidamente en forma de *miau* y otros fonemas parecidos. Verbos sedosos, afelpados adjetivos, oraciones simples y compuestas pero siempre jabonosas y glicerinadas forman un discurso que en algunos casos se relaciona con el hambre, en cuya oportunidad el teléfono no es nada más que un gato, pero otras veces se expresa con absoluta prescindencia de su persona, lo que prueba que un gato es un teléfono.

Torpes y pretenciosos, hemos dejado pasar milenios sin responder a las llamadas, sin preguntarnos de dónde venían, quiénes estaban del otro lado de esa línea que una cola trémula se hartó de mostrarnos en cualquier casa del mundo. ¿De qué me sirve y nos sirve mi descubrimiento? Todo gato es un teléfono pero todo hombre es un pobre hombre. Vaya a saber lo que siguen diciéndonos, los caminos que nos muestran; por mi parte sólo he sido capaz de discar en mi teléfono ordinario el número de la universidad para la cual trabajo y anunciar casi avergonzadamente mi descubrimiento. Parece inútil mencionar el silencio de tapioca congelada con que lo han recibido los sabios que contestan a ese tipo de llamadas.

Un pequeño paraíso

Las formas de la felicidad son muy variadas, y no debe extrañar que los habitantes del país que gobierna el general Orangu se consideren dichosos a partir del día en que tienen la sangre llena de pescaditos de oro.

De hecho los pescaditos no son de oro sino simplemente dorados, pero basta verlos para que sus resplandecientes brincos se traduzcan de inmediato en una urgente ansiedad de posesión. Bien lo sabía el gobierno cuando un naturalista capturó los primeros ejemplares, que se reprodujeron velozmente en un cultivo propicio. Técnicamente conocido por Z-8, el pescadito de oro es sumamente pequeño, a tal punto que si fuera posible imaginar una gallina del tamaño de una mosca, el pescadito de oro tendría el tamaño de esa gallina. Por eso resulta muy simple incorporarlo al torrente sanguíneo de los habitantes en la época en que éstos cumplen los dieciocho años; la ley fija esa edad y el procedimiento técnico correspondiente.

Es así como cada joven del país espera ansioso el día en que le será dado ingresar en uno de los centros de implantación, y su familia lo rodea con la alegría que acompaña siempre a las grandes ceremonias. Una vena del brazo es conectada a un tubo que baja de un frasco transparente lleno de suero fisiológico, en el cual llegado el momento se introducen veinte pescaditos de oro. La familia y el beneficiado pueden admirar largamente los cabrilleos y las evoluciones de los pescaditos de oro en el frasco de cristal, hasta que uno tras otro son absorbidos por el tubo, descienden inmóviles y acaso un poco azorados como otras tantas gotas de luz, y desaparecen en la vena. Media hora más tarde el ciudadano posee su número completo de pescaditos de oro y se retira para festejar largamente su acceso a la felicidad.

Bien mirado, los habitantes son dichosos por imaginación más que por contacto directo con la realidad. Aunque ya no pueden verlos, cada uno sabe que los pescaditos de oro recorren el gran árbol de sus arterias y sus venas, y antes de dormirse les parece asistir en la concavidad de sus párpados al ir y venir de las centellas relucientes, más doradas que nunca contra el fondo rojo de los ríos y los arroyos por donde se deslizan. Lo que más los fascina es la noción de que los veinte pescaditos de oro no tardan en multiplicarse, y así los imaginan innumerables y radiantes en todas partes, resbalando bajo la frente, llegando a las extremidades de los dedos, concentrándose en las grandes arterias femorales, en la yugular, o escurriéndose agilísimos en las zonas más estrechas y secretas. El paso periódico por el corazón constituye la imagen más deliciosa de esta visión interior, pues ahí los pescaditos de oro han de encontrar toboganes, lagos y cascadas para sus juegos y concilios, y es seguramente en ese gran puerto rumoroso donde se reconocen, se eligen y se aparean. Cuando los muchachos y las muchachas se enamoran, lo hacen convencidos de que también en sus corazones algún pescadito de oro ha encontrado su pareja. Incluso ciertos cosquilleos incitantes son inmediatamente atribuidos al acoplamiento de los pescaditos de oro en las zonas interesadas. Los ritmos esenciales de la vida se corresponden así por fuera y por dentro; sería difícil imaginar una felicidad más armoniosa.

El único obstáculo a este cuadro lo constituye periódicamente la muerte de alguno de los pescaditos de oro. Longevos, llega sin embargo el día en que uno de ellos perece y su cuerpo, arrastrado por el flujo sanguíneo, termina por obstruir el pasaje de una arteria a una vena o de una vena a un vaso. Los habitantes conocen los síntomas, por lo demás muy simples: la respiración se vuelve dificultosa y a veces se sienten vértigos. En ese caso se procede a utilizar una de las ampollas inyectables que cada cual almacena en su casa. A los pocos minutos el producto desintegra el cuerpo del pescadito muerto y la circulación vuelve a ser normal. Según las previsiones del gobierno, cada habitante está llamado a utilizar dos o tres ampollas por mes, puesto que los pescaditos de oro se han reproducido enormemente y su índice de mortalidad tiende a subir con el tiempo.

El gobierno del general Orangu ha fijado el precio de cada ampolla en un equivalente de veinte dólares, lo que supone un ingreso anual de varios millones; si para los observadores extranjeros esto equivale a un pesado impuesto, los habitantes jamás lo han entendido así pues cada ampolla los devuelve a la felicidad y es justo que paguen por ella. Cuando se trata de familias sin recursos, cosa muy habitual, el gobierno les facilita las ampollas a crédito, cobrándoles como es lógico el doble de su precio al contado. Si aun así hay quienes carecen de ampollas, queda el recurso de acudir a un próspero mercado negro que el gobierno, comprensivo y bondadoso, deja florecer para mayor dicha de su pueblo y de algunos coroneles. ¿Qué importa la miseria, después de todo, cuando se sabe que cada uno tiene sus pescaditos de oro, y que pronto llegará el día en que una nueva generación los recibirá a su vez y habrá fiestas y habrá cantos y habrá bailes?

Vidas de artistos

Cuando los niños empiezan a ingresar en la lengua española, el principio general de las desinencias en «o» y «a» les parece tan lógico que lo aplican sin vacilar y con muchísima razón a las excepciones, y así mientras la Beba es idiota, el Toto es idioto, un águila y una gaviota forman su hogar con un águilo y un gavioto, y casi no hay galeoto que no haya sido encadenado al remo por culpa de una galeota. A mí me parece esto tan justo que sigo convencido de que actividades tales como las de turista, artista, contratista, pasatista y escapista deberían formar su desinencia con arreglo al sexo de sus ejercitantes. Dentro de una civilización resueltamente androcrática como la de Latinoamérica, corresponde hablar de artistos en general, y de artistos y de artistas en particular. En cuanto a las vidas que siguen, son modestas pero ejemplares y me encolerizaré con el que sostenga lo contrario.

Kitten on the Keys

A un gato le enseñaron a tocar el piano, y este animal sentado en un taburete tocaba y tocaba el repertorio existente para piano, y además cinco composiciones suyas dedicadas a diversos perros.

Por lo demás el gato era de una estupidez perfecta, y en los intervalos de los conciertos componía nuevas piezas con una obstinación que dejaba a todos estupefactos. Así llegó al opus ochenta y nueve, en cuyas circunstancias fue víctima de un ladrillo arrojado por alguien con saña tenaz. Duerme hoy el último sueño en el foyer del Gran Rex, Corrientes 640.

La armonía natural o no se puede andar violándola

Un niño tenía trece dedos en cada mano, y sus tías lo pusieron enseguida al arpa, cosa de aprovechar las sobras y completar el profesorado en la mitad del tiempo de los pobres pentadígitos.

Con esto el niño llegó a tocar de tal manera que no había partitura que le bastara. Cuando empezó a producir conciertos era tan extraordinaria la cantidad de música que concentraba en el tiempo y el espacio con sus veintiséis dedos que los oyentes no podían seguirlo y acababan siempre retrasados, de modo que cuando el joven artisto liquidaba *La fuente de Aretusa* (transcripción) la pobre gente estaba todavía en el *Tambourin Chinois* (arreglo). Esto naturalmente creaba confusiones hórridas, pero todos reconocían que el niño tocaba-como-un-ángel.

Así pasó que los oyentes fieles, tales como los abonados a palcos y los críticos de los diarios, continuaron yendo a los conciertos del niño, tratando con toda buena voluntad de no quedarse atrás en el desarrollo del programa. Tanto escuchaban que a varios de ellos empezaron a crecerles orejas en la cara, y a cada nueva oreja que les crecía se acercaban un poco más a la música de los veintiséis dedos en el arpa. El inconveniente residía en que a la salida de la Wagneriana se producían desmayos por docena al ver aparecer a los oyentes con el semblante recubierto de orejas, y entonces el Intendente Municipal cortó por lo sano, y al niño lo pusieron en Impuestos Internos sección mecanografía, donde trabajaba tan rápido que era un placer para sus jefes y la muerte para sus compañeros. En cuanto a la música, del salón en el ángulo oscuro, por su dueño tal vez olvidada, silenciosa y cubierta de polvo veíase el arpa.

Costumbres en la Sinfónica «La Mosca»

El director de la Sinfónica «La Mosca», maestro Tabaré Piscitelli, era el autor del lema de la orquesta: «Creación en libertad». A tal fin autorizaba el uso del cuello volcado, del anarquismo, de la benzedrina, y daba personalmente un alto ejemplo de independencia. ¿No se lo vio acaso, en mitad de una sinfonía de Mahler, pasar la batuta a uno de los violines (que se llevó el jabón de su vida) e irse a leer *La Razón* a una platea vacía?

Los violoncelistas de la Sinfónica «La Mosca» amaban en bloque a la arpista, señora viuda de Pérez Sangiácomo. Este amor se traducía en una notable tendencia a romper el orden de la orquesta y rodear con una especie de biombo de violoncelos a la azorada ejecutante, cuyas manos sobresalían como señales de socorro durante todo el programa. Por lo demás, nunca un abonado a los conciertos oyó un solo arpegio del arpa, pues los zumbidos vehementes de los violoncelos tapaban sus delicadas efusiones.

Conminada por la Comisión Directiva, la señora de Pérez Sangiácomo manifestó la preferencia de su corazón por el violoncelista Remo Persutti, quien fue autorizado a mantener su instrumento junto al arpa, mientras los otros se volvían, triste procesión de escarabajos, al lugar que la tradición asigna a sus caparazones pensativas.

En esta orquesta uno de los fagotes no podía tocar su instrumento sin que le ocurriera el raro fenómeno de ser absorbido e instantáneamente expulsado por el otro extremo, con tal rapidez que el estupefacto músico se descubría de golpe al otro lado del fagote y tenía que dar la vuelta a gran velocidad y continuar tocando, no sin que el director lo menoscabara con horrendas referencias personales.

Una noche en que se ejecutaba la *Sinfonía de la Muñeca*, de Alberto Williams, el fagote atacado de absorción se halló de pronto al otro lado del instrumento, con el grave inconveniente esta vez de que dicho lugar del espacio estaba ocupado por el clarinetista Perkins Virasoro, quien de resultas de la colisión fue proyectado sobre los contrabajos y se levantó marcadamente furioso y pronunciando palabras que nadie ha oído nunca en boca de una muñeca; tal fue al menos la opinión de las señoras abonadas y del bombero de turno en la sala, padre de varias criaturas.

Habiendo faltado el violoncelista Remo Persutti, el personal de esta cuerda se trasladó en corporación al lado de la arpista, señora viuda de Pérez Sangiácomo, de donde no se movió en toda la velada. El personal del teatro puso una alfombra y macetas con helechos para llenar el sensible vacío producido.

El timbalero Alcides Radaelli aprovechaba los poemas sinfónicos de Richard Strauss para enviar mensajes en Morse a su novia, abonada al superpúlman, izquierda ocho.

Un telegrafista del ejército, presente en el concierto por haberse suspendido el box en el Luna Park a causa del duelo familiar de uno de los contendientes, descifró con gran estupefacción la siguiente frase que brotaba a la mitad de *Así hablaba Zaratustra*: «¿Vas mejor de la urticaria, Cuca?».

El tenor Américo Scravellini, del elenco del teatro Marconi, cantaba con tanta dulzura que sus admiradores lo llamaban «el ángel».

Así nadie se sintió demasiado sorprendido cuando a mitad de un concierto, viose bajar por el aire a cuatro hermosos serafines que, con un susurro inefable de alas de oro y de carmín, acompañaban la voz del gran cantante. Si una parte del público dio comprensibles señales de asombro, el resto, fascinado por la perfección vocal del tenor Scravellini, acató la presencia de los ángeles como un milagro casi necesario, o más bien como si no fuese un milagro. El mismo cantante, entregado a su efusión, limitábase a alzar los ojos hacia los ángeles y seguía cantando con esa media voz impalpable que le había dado celebridad en todos los teatros subvencionados.

Dulcemente los ángeles lo rodearon, y sosteniéndolo con infinita ternura y gentileza, ascendieron por el escenario mientras los asistentes temblaban de emoción y maravilla, y el cantante continuaba su melodía que, en el aire, se volvía más y más etérea.

Así los ángeles lo fueron alejando del público, que por fin comprendía que el tenor Scravellini no era de este mundo. El celeste grupo llegó hasta lo más alto del teatro; la voz del cantante era cada vez más extraterrena. Cuando de su garganta nacía la nota final y perfectísima del aria, los ángeles lo soltaron.

Texturologías

De los seis trabajos críticos citados sólo se da una breve síntesis de sus enfoques respectivos.

Jarabe de pato, poemas de José Lobizón (*Horizontes*, La Paz, Bolivia, 1974). Reseña crítica de Michel Pardal en el *Bulletin Sémantique*, Universidad de Marsella, 1975 (traducido del francés):

> Pocas veces nos ha sido dado leer un producto tan paupérrimo de la poesía latinoamericana. Confundiendo tradición con creación, el autor acumula un triste rosario de lugares comunes que la versificación sólo consigue volver aún más huecos.

Artículo de Nancy Douglas en *The Phenomenological Review*, Nebraska University, 1975 (traducido del inglés):

> Es obvio que Michel Pardal maneja erróneamente los conceptos de creación y tradición, en la medida en que esta última es la suma decantada de una creación pretérita, y no puede ser opuesta en modo alguno a la creación contemporánea.

Artículo de Boris Romanski en *Sovietskaya Biéli*, Unión de Escritores de Mongolia, 1975 (traducido del ruso):

Con una frivolidad que no engaña acerca de sus verdaderas intenciones ideológicas, Nancy Douglas carga a fondo el platillo más conservador y reaccionario de la crítica, pretendiendo frenar el avance de la literatura contemporánea en nombre de una supuesta «fecundidad del pasado». Lo que tantas veces se reprochó injustamente a las letras soviéticas, se vuelve ahora un dogma dentro del campo capitalista. ¿No es justo, entonces, hablar de frivolidad?

Artículo de Philip Murray en *The Nonsense Tabloid*, Londres, 1976 (traducido del inglés):

El lenguaje del profesor Boris Romanski merece la calificación más bien bondadosa de jerga adocenada. ¿Cómo es posible enfrentar la propuesta crítica en términos perceptiblemente historicistas? ¿Es que el profesor Romanski viaja todavía en calesa, sella sus cartas con cera y se cura el resfrío con jarabe de marmota? Dentro de la perspectiva actual de la crítica, ¿no es tiempo de reemplazar las nociones de tradición y de creación por galaxias simbióticas tales como «entropía histórico-cultural» y «coeficiente antropodinámico»?

Artículo de Gérard Depardiable en *Quel Sel*, París, 1976 (traducido del francés):

¡Albión, Albión, fiel a ti misma! Parece increíble que al otro lado de un canal que puede cruzarse a nado se acontezca y se persista involucionando hacia la ucronía más irreversible del espacio crítico. Es obvio: Philip Murray no ha leído a Saussure, y sus propuestas aparentemente polisémicas son en definitiva tan obsoletas como las que critica. Para nosotros la dicotomía ínsita en el continuo aparencial del decurso escriturante se proyecta como significado a término y como significante en implosión virtual (demóticamente, pasado y presente).

Artículo de Benito Almazán en *Ida Singular*, México, 1977:

Admirable trabajo heurístico el de Gérard Depardiable, que bien cabe calificar de estructuralógico por su doble riqueza *ur*-semiótica y su rigor coyuntural en un campo tan propicio al mero epifonema. Dejaré que un poeta resuma premonitoriamente estas conquistas textológicas que anuncian ya la parametainfracrítica del futuro. En su magistral libro *Jarabe de pato*, José Lobizón dice al término de un extenso poema:

Cosa una es ser el pato por las plumas,
cosa otra ser las plumas desde el pato.

¿Qué agregar a esta deslumbrante absolutización de lo contingente?

¿Qué es un polígrafo?

Mi tocayo Casares no terminará jamás de asombrarme. Dado lo que sigue, me disponía a titular *Poligrafía* este capítulo, pero un instinto como de perro me llevó a la página 840 del pterodáctilo ideológico, y ahí zas: Por un lado un polígrafo es, en segunda acepción, «el escritor que trata de materias diferentes», pero en cambio la poligrafía es exclusivamente el arte de escribir de modo que sólo pueda descifrar lo escrito quien previamente conozca la clave, y también el arte de descifrar los escritos de esta clase. Con lo cual no se le puede llamar «Poligrafía» a mi capítulo, que trata nada menos que del doctor Samuel Johnson.

En 1756, a los cuarenta y siete años de edad y según los datos del empecinado Boswell, el doctor Johnson empezó a colaborar en *The Literary Magazine, or Universal Review*. A lo largo de quince números mensuales se publicaron de él los ensayos siguientes: «Introducción a la situación política de Gran Bretaña», «Observaciones sobre la ley de las milicias», «Observaciones sobre los tratados de su Majestad Británica con la Emperatriz de Rusia y el Landgrave de Hesse Cassel», «Observaciones sobre la situación actual», y «Memorias de Federico III, rey de Prusia». En ese mismo año y los tres primeros meses de 1757, Johnson reseñó los libros siguientes:

Historia de la Royal Society, de Birch.
Diario de la Gray's-Inn, de Murphy.

Ensayo sobre las obras y el genio de Pope, de Warton.

Traducción de Polibio, de Hampton.

Memorias de la corte de Augusto, de Blackwell.

Historia natural de Aleppo, de Russel.

Argumentos de Sir Isaac Newton para probar la existencia de la divinidad.

Historia de las islas de Scilly, de Borlase.

Los experimentos de blanqueo de Holmes.

Moral cristiana, de Browne.

Destilación del agua del mar, ventiladores en los barcos y corrección del mal gusto de la leche, de Hales.

Ensayo sobre las aguas, de Lucas.

Catálogo de los obispos escoceses, de Keith.

Historia de Jamaica, de Browne.

Actas de filosofía, volumen XLIX.

Traducción de las memorias de Sully, de Mrs. Lennox.

Misceláneas, de Elizabeth Harrison.

Mapa e informe sobre las colonias de América, de Evans.

Carta sobre el caso del almirante Byng.

Llamamiento al pueblo acerca del almirante Byng.

Viaje de ocho días, y ensayo sobre el té, de Hanway.

El cadete, tratado militar.

Otros detalles relativos al caso del almirante Byng, por un caballero de Oxford.

Conducta del Ministerio con referencia a la guerra actual, imparcialmente analizada.

Libre examen de la naturaleza y el origen del mal.

En poco más de un año, cinco ensayos y veinticinco reseñas de un hombre cuyo defecto principal según él mismo y sus críticos era la indolencia... El célebre *Diccionario* de Johnson fue completado en tres años, y hay pruebas de que el autor trabajó prácticamente solo en esa gigantesca labor. Garrick, el actor, celebra en un poema que Johnson «haya vencido a cuarenta franceses», alusión a los compo-

nentes de la Academia Francesa que trabajaban corporati-
vamente en el diccionario de su lengua.

Yo le tengo gran simpatía a los polígrafos que agitan en
todas direcciones la caña de pescar, pretextando al mismo
tiempo estar medio dormidos como el doctor Johnson, y que
encuentran la manera de cumplir una labor extenuante sobre
temas tales como el té, la corrección del mal gusto de la leche
y la corte de Augusto, para no hablar de los obispos escoceses. Al fin y al cabo es lo que estoy haciendo en este libro, pero la indolencia del doctor Johnson me parece una furia de
trabajo tan inconcebible que mis mejores esfuerzos no pasan
de vagos desperezamientos de siesta en una hamaca paragua-
ya. Cuando pienso que hay novelistas argentinos que produ-
cen un libro cada diez años, y en el intervalo convencen a periodistas y señoras de que están agotados por su trabajo
interior...

Observaciones ferroviarias

El despertar de la señora de Cinamomo no es alegre, pues al meter los pies en las pantuflas descubre que éstas se le han llenado de caracoles. Armada de un martillo, la señora de Cinamomo procede a aplastar los caracoles, tras de lo cual se ve precisada a tirar las pantuflas a la basura. Con tal intención baja a la cocina y se pone a charlar con la mucama.

—La casa va a estar tan sola ahora que se fue la Ñata.

—Sí, señora —dice la mucama.

—Qué concurrida la estación, anoche. Todos los andenes llenos de gente. La Ñata tan emocionada.

—Salen muchos trenes —dice la mucama.

—Eso, m'hijita. El ferrocarril llega a todos lados.

—Es el progreso —dice la mucama.

—Los horarios tan justos. El tren salía a las ocho y uno, y salió nomás, eso que iba lleno.

—Le conviene —dice la mucama.

—Qué hermoso el compartimento que le tocó a la Ñata, vieras. Todo con barras doradas.

—Sería en primera —dice la mucama.

—Una parte hacía como un balcón y era de material plástico transparente.

—Qué cosa —dice la mucama.

—Iban solamente tres personas, todas con asiento reservado, unas tarjetitas divinas. A la Ñata le tocó de ventanilla, del lado de las barras doradas.

—No me diga —dice la mucama.

—Estaba tan contenta, podía asomarse al balcón y regar las plantas.

—¿Había plantas? —dice la mucama.

—Las que crecen entre las vías. Se pide un vaso de agua y se las riega. La Ñata enseguida pidió uno.

—¿Y se lo trajeron? —dice la mucama.

—No —dice tristemente la señora de Cinamomo, tirando a la basura las pantuflas llenas de caracoles muertos.

Nadando en la piscina de gofio

El profesor José Migueletes inventó en 1964 la piscina de gofio* apoyó en un principio el notable perfeccionamiento técnico que el profesor Migueletes aportaba al arte natatorio. Sin embargo no tardaron en verse los resultados en el campo deportivo cuando en los Juegos Ecológicos de Bagdad el campeón japonés Akiro Teshuma batió el récord mundial al nadar los cinco metros en un minuto cuatro segundos.

Entrevistado por entusiastas periodistas, Teshuma afirmó que la natación en gofio superaba de lejos la tradicional en H₂O. Para empezar, la acción de la gravedad no se hace sentir, y más bien hay que esforzarse para hundir el cuerpo en el suave colchón harinoso; así, la zambullida inicial consiste sobre todo en resbalar sobre el gofio, y quien sepa hacerlo

---

* que, por si no se sabe, es harina de garbanzos molida muy fina, y que mezclada con azúcar hacía las delicias de los niños argentinos de mi tiempo. Hay quien sostiene que el gofio se hace con harina de maíz, pero sólo el diccionario de la academia española lo proclama, y en esos casos ya se sabe. El gofio es un polvo parduzco y viene en unas bolsitas de papel que los niños se llevan a la boca con resultados que tienden a culminar en la sofocación. Cuando yo cursaba el cuarto grado en Banfield (Ferrocarril del Sud) comíamos tanto gofio en los recreos que de treinta alumnos sólo veintidós llegamos a fin de curso. Las maestras aterradas nos aconsejaban respirar antes de ingerir el gofio, pero los niños, le juro, qué lucha. Terminada esta explicación de los méritos y deméritos de tan nutritiva sustancia, el lector ascenderá a la parte superior de la página para enterarse de que nadie

ganará de entrada varios centímetros sobre sus esforzados rivales. A partir de esa fase los movimientos natatorios se basan en la técnica tradicional de la cuchara en la polenta, mientras los pies aplican una rotación de tipo ciclista o, mejor, al estilo de los venerables barcos de ruedas que todavía circulan en algunos cines. El problema que exige una nítida superación es, como lo sospecha cualquiera, el respiratorio. Probado que el estilo espalda no facilita el avance en el gofio, preciso es nadar boca abajo o levemente de lado, con lo cual los ojos, la nariz, las orejas y la boca se entierran inmediatamente en una más que volátil capa que sólo algunos clubes adinerados perfuman con azúcar en polvo. El remedio a este pasajero inconveniente no exige mayores complicaciones: lentes de contacto debidamente impregnados de silicatos contrarrestan las tendencias adherentes del gofio, dos bolas de goma arreglan la cosa por el lado de las orejas, la nariz está provista de un sistema de válvulas de seguridad, y en cuanto a la boca se las rebusca por su cuenta, ya que los cálculos del Tokio Medical Research Center estiman que a lo largo de una carrera de diez metros sólo se tragan unos cuatrocientos gramos de gofio, lo que multiplica la descarga de adrenalina, la vivacidad metabólica y el tono muscular más que nunca esencial en estas competiciones.

Interrogado sobre los motivos por los cuales muchos atletas internacionales muestran una proclividad cada vez mayor por la natación en gofio, Tashuma se limitó a contestar que a lo largo de algunos milenios se ha terminado por comprobar una cierta monotonía en el hecho de tirarse al agua y salir completamente mojado y sin que nada cambie demasiado en el deporte. Dio a entender que la imaginación está tomando poco a poco el poder, y que ya es hora de aplicar formas revolucionarias a los viejos deportes cuyo único incentivo es bajar las marcas por fracciones de segundo, eso cuando se puede, y se puede bastante poco. Modestamente se declaró incapaz de sugerir descubrimientos equivalentes para el fútbol y el tenis, pero hizo una oblicua referencia a un nuevo enfoque del deporte, habló de una pelota de cristal que se habría utilizado en un encuentro de basketbol en Naga, y cuya ruptura accidental pero posibilísima entrañó el harakiri del equipo culpable. Todo puede esperarse de la cultura nipona, sobre todo si se pone a imitar a la mexicana, pero para no salirnos de Occidente y del gofio, este último ha empezado a cotizarse a precios elevados, con particular delectación de sus países productores, todos ellos del Tercer Mundo. La muerte por asfixia de siete niños australianos que pretendían practicar saltos ornamentales en la nueva piscina de Camberra muestra, sin embargo, los límites de este interesante producto, cuyo empleo no debería exagerarse cuando se trata de aficionados.

Familias

—A mí lo que me gusta es tocarme los pies —dice la señora de Bracamonte.

La señora de Cinamomo expresa su escándalo. Cuando la Ñata era chica le daba por tocarse aquí y más allá. Tratamiento: bofetada va y bofetada viene, la letra con sangre entra.

—Hablando de sangre hay que decir que la nena tenía de donde heredar —confidencia la señora de Cinamomo—. No es por decir pero su abuela paterna, de día nada más que vino pero a la noche la empezaba con la vodka y otras porquerías comunistas.

—Los estragos del alcohol —lividece la señora de Bracamonte.

—Le diré, con la educación que le he dado, créame que no le queda ni huella. Ya le voy a dar vino yo a ésa.

—La Ñata es un encanto —dice la señora de Bracamonte.

—Ahora está en Tandil —dice la señora de Cinamomo.

Now shut up, you distasteful Adbekunkus

Quizá los moluscos no sean neuróticos, pero de ahí para arriba no hay más que mirar bien; por mi parte he visto gallinas neuróticas, gusanos neuróticos, perros incalculablemente neuróticos; hay árboles y flores que la psiquiatría del futuro tratará psicosomáticamente porque ya hoy sus formas y colores nos resultan francamente morbosos. A nadie le extrañará entonces mi indiferencia cuando a la hora de tomar una ducha me escuché mentalmente decir con visible placer vindicativo: *Now shut up, you distasteful Adbekunkus.*

Mientras me jabonaba, la admonición se repitió rítmicamente y sin el menor análisis consciente de mi parte, casi como formando parte de la espuma del baño. Sólo al final, entre el agua colonia y la ropa interior, me interesé en mí mismo y de ahí en Adbekunkus, a quien había ordenado callar con tanta insistencia a lo largo de media hora. Me quedó una buena noche de insomnio para interrogarme sobre esa leve manifestación neurótica, ese brote inofensivo pero insistente que continuaba como una resistencia al sueño; empecé a preguntarme dónde podía estar hablando y hablando ese Adbekunkus para que algo en mí que lo escuchaba le exigiese perentoriamente y en inglés que se callara.

Deseché la hipótesis fantástica, demasiado fácil: no había nada ni nadie llamado Adbekunkus, dotado de facilidad elocutiva y fastidiosa. Que se trataba de un nombre propio no lo dudé en ningún momento; hay veces en que uno hasta ve la mayúscula de ciertos sonidos compuestos. Me sé bastante dotado para la invención de palabras que parecen desprovistas de sentido o que lo están hasta que yo lo infundo a mi manera, pero no creo haber suscitado jamás un nombre tan desagradable, tan grotesco y tan rechazable como el de Adbekunkus. Nombre de demonio inferior, de triste adlátere, uno de los tantos que invocan los grimorios; nombre desagradable como su dueño: *distasteful Adbekunkus*. Pero quedarse en el mero sentimiento no llevaba a ninguna parte; tampoco, es verdad, el análisis analógico, los ecos mnemónicos, todos los recursos asociativos. Terminé por aceptar que Adbekunkus no se vinculaba con ningún elemento consciente; lo neurótico parecía precisamente estar en que la frase exigía silencio a algo, a alguien que era un perfecto vacío. Cuántas veces un nombre asomando desde una distracción cualquiera termina por suscitar una imagen animal o humana; esta vez no, era necesario que Adbekunkus se callara pero no se callaría jamás porque jamás había hablado o gritado. ¿Cómo luchar contra esa concreción de vacío? Me dormí un poco como él, hueco y ausente.

Y después de hacer todo lo que hacen, se levantan, se bañan, se entalcan, se perfuman, se peinan, se visten, y así progresivamente van volviendo a ser lo que no son.

Novedades en los servicios públicos

In a Swiftian mood.

Personas dignas de crédito han hecho notar que el autor de estas informaciones conoce de una manera casi enfermiza el sistema de transportes subterráneos de la ciudad de París, y que su tendencia a volver sobre el tema revela trasfondos por lo menos inquietantes. Sin embargo, ¿cómo callar las noticias sobre el restaurante que circula en el *métro* y que provoca comentarios contradictorios en los medios más diversos? Ninguna publicidad desaforada lo ha dado a conocer a la posible clientela; las autoridades guardan un silencio acaso incómodo, y sólo la lenta mancha de aceite de la *vox populi* se abre paso a tantos metros de profundidad. No es posible que una innovación semejante se limite al perímetro privilegiado de una urbe que todo lo cree permitido; es justo e incluso necesario que México, Suecia, Uganda y la Argentina se enteren *inter alia* de una experiencia que va mucho más allá de la gastronomía.

La idea debió de partir de *Maxim's*, puesto que a este templo del morfe le ha sido dada la concesión del coche restaurante, inaugurado poco menos que en silencio a mediados del año en curso. La decoración y el equipo parecen haber repetido sin imaginación especial la atmósfera de cualquier restaurante ferroviario, salvo que en éste se come infinitamente mejor aunque a un precio también infinitamente, detalles que bastan para seleccionar de por sí a la clientela. No faltan quienes se preguntan perplejos la razón de promover una empresa a tal punto refinada en el contexto de un medio de transporte más bien grasa como el *métro*; otros, entre los cuales se cuenta este autor, guardan el silencio deploratorio que merece tal pregunta, puesto que en ella está contenida obviamente la respuesta. En estas cimas de la civilización occidental poco puede interesar ya el paso monótono de un Rolls Royce a un restaurante de lujo, entre galones y reverencias, mientras que es fácil imaginar la delicia estremecedora que representa descender las sucias escaleras del *métro* para colocar el billete en la ranura del mecanismo que permitirá el acceso a andenes invadidos por el número, el sudor y el agobio de las multitudes que salen de fábricas y oficinas para volver a sus casas, y esperar entre boinas, gorras y tapaditos de calidad dudosa el arribo del tren donde aparezca un vagón que los viajeros vulgares sólo podrán contemplar en el breve instante de su detención. El deleite, por lo demás, va mucho más lejos que esta primera e insólita experiencia, como se explicará enseguida.

La idea motora de tan brillante iniciativa tiene antecedentes a lo largo de la historia, desde las expediciones de Mesalina a la Suburra hasta los hipócritas paseos de Harún Al Raschid por las callejuelas de Bagdad, sin hablar del gusto innato en toda auténtica aristocracia por los contactos clandestinos con la peor ralea y la canción norteamericana *Let's go slumming*. Obligada por su condición a circular en automóviles privados, aviones y trenes de lujo, la gran burguesía parisiense descubre por fin algo que hasta ahora consistía sobre todo en escaleras que se pierden en la profundidad y que sólo se emprenden en raras ocasiones y con marcada repugnancia. En una época en que los obreros franceses tienden a renunciar a las reivindicaciones que tanta fama les han dado en la historia de nuestro siglo, con tal de cerrar las manos sobre el volante de un auto propio y remacharse a la pantalla de un televisor en sus escasas horas libres, ¿quién puede escandalizarse de que la burguesía adinerada vuelva la espalda a cosas que amenazan volverse comunes y busque, con una ironía que sus intelectuales no dejarán de hacer notar, un terreno que proporciona en apariencia la máxima cercanía con el proletariado y que a la vez lo distancia mucho más que en la vulgar superficie urbana? Inútil decir que los concesionarios del restaurante y la propia clientela serían los primeros en rechazar indignados un propósito que de alguna manera podría parecer irónico; después de todo, basta reunir el dinero necesario para ascender al restaurante y hacerse servir como cualquier cliente, y es bien sabido que muchos de los mendigos que duermen en los bancos del *métro* tienen inmensas fortunas, al igual que los gitanos y los dirigentes de izquierda.

La administración del restaurante comparte, desde luego, estas rectificaciones, pero no por eso ha dejado de tomar las medidas que tácitamente le reclama su refinada clientela, puesto que el dinero no es el único santo y seña en un lugar basado en la decencia, los buenos modales y el uso imprescindible de desodorantes. Incluso podemos afirmar que esa obligada selección constituyó el problema esencial de los encargados del restaurante, y que no fue sencillo encontrarle una solución a la vez natural y estricta. Ya se sabe que los andenes del *métro* son comunes a todos, y que entre los vagones de segunda y el de primera no existe discriminación importante, al punto que los inspectores suelen descuidar sus verificaciones y en las horas de afluencia el vagón de primera se llena sin que nadie piense en discutir si los pasajeros tienen o no derecho a llenarlo. Por consiguiente, encauzar a los clientes del restaurante de manera de permitirles un fácil acceso presenta dificultades que hasta ahora parecen haberse superado, aunque los responsables no disimulan casi nunca la inquietud que los invade en el momento en que el tren se detiene en cada estación. El método, en líneas generales, consiste en mantener las puertas cerradas mientras el público asciende y desciende de los coches comunes, y abrirlas cuando sólo faltan algunos segundos para la partida; a tal efecto, el tren restaurante está provisto de un anuncio sonoro especial que indica el momento de abrir las puertas para la entrada o salida de los comensales. Esta operación debe realizarse sin obstrucciones de ninguna especie, razón por la cual los guardias del restaurante actúan sincronizadamente con los de la estación, formando en escasos instantes una doble fila que encuadra a los clientes e impide al mismo tiempo que algún advenedizo, un turista inocente o un malvado provocador político logre inmiscuirse en el salón restaurante.

Como es natural, gracias a la publicidad privada del establecimiento, los clientes están informados de que deberán esperar al tren en un sector preciso del andén, sector que cambia cada quince días para despistar a los pasajeros ordinarios, y que tiene como clave secreta uno de los carteles de propaganda de quesos, detergentes o aguas minerales fijados en las paredes del andén. Aunque el sistema resulta costoso, la administración ha preferido informar sobre estos cambios por medio de un boletín confidencial en vez de colocar una flecha u otra indicación precisa en el lugar necesario, puesto que muchos jóvenes desocupados o los vagabundos que se sirven del *métro* como de un hotel no tardarían en concentrarse allí, aunque sólo fuera para admirar de cerca la brillante escenografía del coche restaurante que, sin duda, despertaría sus más bajos apetitos.

El boletín informativo contiene otras indicaciones igualmente necesarias para la clientela; en efecto, es preciso que ésta conozca la línea por la cual circulará el restaurante en las horas del almuerzo y de la cena, y que esa línea cambie cotidianamente a fin de multiplicar las experiencias agradables de los comensales. Existe así un calendario preciso, que acompaña la indicación de las especialidades del cocinero en jefe que se propondrán en cada quincena, y aunque el cambio diario de línea multiplica las dificultades de la administración en materia de embarco y desembarco, evita que la atención de los pasajeros comunes se concentre acaso peligrosamente en los dos períodos gastronómicos de la jornada. Nadie que no haya recibido el boletín puede saber si el restaurante recorrerá las estaciones que van de la Mairie de Montreuil a la Porte de Sèvres, o si lo hará en la línea que une el Château de Vincennes a la Porte de Neuilly; al placer que significa para la clientela visitar diversos tramos de la red del *métro* y apreciar las diferencias no siempre inexistentes entre las estaciones, se suma un importante elemento de seguridad frente a las imprevisibles reacciones que podría provocar una reiteración diaria del coche restaurante en estaciones donde se da una reiteración parecida de pasajeros.

Quienes han comido a lo largo de cualquiera de los itinerarios coinciden en afirmar que al placer de una mesa refinada se suma una agradable y a veces útil experiencia sociológica. Instalados de manera de gozar de una vista directa sobre las ventanillas que dan al andén, los clientes tienen oportunidad de presenciar en múltiples formas, densidades y ritmos, el espectáculo de un pueblo laborioso que se encamina a sus ocupaciones o que al término de la jornada se prepara a un bien merecido descanso, muchas veces durmiéndose de pie y por adelantado en los andenes. Para favorecer la espontaneidad de estas observaciones, los boletines de la administración recomiendan a la clientela no concentrar excesivamente la mirada en los andenes, pues es preferible que sólo lo hagan entre bocado y bocado o en los intervalos de sus conversaciones; es evidente que un exceso de curiosidad científica podría ocasionar alguna reacción intempestiva y desde luego injusta por parte de personas poco versadas culturalmente para comprender la envidiable latitud mental que poseen las democracias modernas. Conviene evitar particularmente un examen ocular prolongado cuando en el andén predominan grupos de obreros o estudiantes; la observación puede hacerse sin riesgos en el caso de personas que por su edad o su vestimenta muestran un mayor grado de relación posible con los comensales, e incluso llegan a saludarlos y a mostrar que su presencia en el tren es un motivo de orgullo nacional o un síntoma positivo de progreso.

En las últimas semanas, en que el conocimiento público de este nuevo servicio ha llegado a casi todos los sectores urbanos, se advierte un mayor despliegue de fuerzas policiales en las estaciones visitadas por el coche restaurante, lo cual prueba el interés de los organismos oficiales por el mantenimiento de tan interesante innovación. La policía se muestra particularmente activa en el momento del desembarco de los comensales, sobre todo si se trata de personas aisladas o de parejas; en ese caso, una vez franqueada la doble línea de orientación trazada por los empleados ferroviarios y del restaurante, un número variable de policías armados acompaña gentilmente a los clientes hasta la salida del *métro*, donde generalmente los espera su automóvil, puesto que la clientela tiene buen cuidado de organizar en detalle sus agradables excursiones gastronómicas. Estas precauciones se explican sobradamente; en tiempos en que la violencia más irresponsable e injustificada convierte en una jungla el *métro* de Nueva York y, a veces, el de París, la prudente previsión de las autoridades merece todos los elogios no sólo de los clientes del restaurante, sino de los pasajeros en general, que, sin duda, agradecerán no verse arrastrados por turbias maniobras de provocadores o de enfermos mentales, casi siempre socialistas o comunistas, cuando no anarquistas, y la lista sigue y es más larga que esperanza de pobre.

Burla burlando ya van seis delante

Más allá de los cincuenta años empezamos a morirnos poco a poco en otras muertes. Los grandes magos, los shamanes de la juventud parten sucesivamente. A veces ya no pensábamos tanto en ellos, se habían quedado atrás en la historia; *other voices, other rooms* nos reclamaban. De alguna manera estaban siempre allí pero como los cuadros que ya no se miran como al principio, los poemas que sólo perfuman vagamente la memoria.

Entonces —cada cual tendrá sus sombras queridas, sus grandes intercesores— llega el día en que el primero de ellos invade horriblemente los diarios y la radio. Tal vez tardaremos en darnos cuenta de que también nuestra muerte ha empezado ese día; yo sí lo supe la noche en que en mitad de una cena alguien aludió indiferente a una noticia de la televisión, en Milly-la-Fôret acababa de morir Jean Cocteau, un pedazo de mí también caía muerto sobre los manteles, entre las frases convencionales.

Los otros han ido siguiendo, siempre del mismo modo, la radio o los diarios, Louis Armstrong, Pablo Picasso, Stravinsky, Duke Ellington, y anoche, mientras yo tosía en un hospital de La Habana, anoche en una voz de amigo que me traía hasta la cama el rumor del mundo de afuera, Charles Chaplin. Saldré de este hospital. Saldré curado, eso es seguro, pero por sexta vez un poco menos vivo.

Diálogo de ruptura

Para leer a dos voces,
imposiblemente por supuesto.

—No es tanto que ya no sepamos

—Sí, sobre todo eso, no encontrar

—Pero acaso lo hemos buscado desde el día en que

—Tal vez no, y sin embargo cada mañana que

—Puro engaño, llega el momento en que uno se mira como

—Quién sabe, yo todavía

—No basta con quererlo, si además no hay la prueba de

—Ves, de nada vale esa seguridad que

—Cierto, ahora cada uno exige una evidencia frente a

—Como si besarse fuera firmar un descargo, como si mirarse

—Debajo de la ropa ya no espera esa piel que

—No es lo peor, pienso a veces; hay lo otro, las palabras cuando

—O el silencio, que entonces valía como

—Sabíamos abrir la ventana apenas

—Y esa manera de dar vuelta la almohada buscando

—Como un lenguaje de perfumes húmedos que

—Gritabas y gritabas mientras yo

—Caíamos en una misma enceguecida avalancha hasta

—Yo esperaba escuchar eso que siempre

—Y jugar a dormirse entre nudos de sábanas y a veces

—Si habremos insultado entre caricias el despertador que

—Pero era dulce levantarse y competir por la

—Y el primero, empapado, dueño de la toalla seca

—El café y las tostadas, la lista de las compras, y eso

—Todo sigue lo mismo, se diría que

—Exactamente igual, sólo que en vez

—Como querer contar un sueño que después de

—Pasar el lápiz sobre una silueta, repetir de memoria algo tan

—Sabiendo al mismo tiempo cómo

—Oh sí, pero esperando casi un encuentro con

—Un poco más de mermelada y de

—Gracias, no tengo

Cazador de crepúsculos

Si yo fuera cineasta me dedicaría a cazar crepúsculos. Todo lo tengo estudiado menos el capital necesario para el safari, porque un crepúsculo no se deja cazar así nomás, quiero decir que a veces empieza poquita cosa y justo cuando se lo abandona le salen todas las plumas, o inversamente es un despilfarro cromático y de golpe se nos queda como un loro enjabonado, y en los dos casos se supone una cámara con buena película de color, gastos de viaje y pernoctaciones previas, vigilancia del cielo y elección del horizonte más propicio, cosas nada baratas. De todas maneras creo que si fuera cineasta me las arreglaría para cazar crepúsculos, en realidad un solo crepúsculo, pero para llegar al crepúsculo definitivo tendría que filmar cuarenta o cincuenta porque si fuera cineasta tendría las mismas exigencias que con la palabra, las mujeres o la geopolítica.

No es así y me consuelo imaginando el crepúsculo ya cazado, durmiendo en su larguísima espiral enlatada. Mi plan: no solamente la caza sino la restitución del crepúsculo a mis semejantes que poco saben de ellos, quiero decir la gente de la ciudad que ve ponerse el sol, si lo ve, detrás del edificio de correos, de los departamentos de enfrente o en un subhorizonte de antenas de televisión y faroles de alumbrado. La película sería muda, o con una banda sonora que registrara solamente los sonidos contemporáneos del crepúsculo filmado, probablemente algún ladrido de perro o zumbidos de moscardones, con suerte una campanita de oveja o un golpe de ola si el crepúsculo fuera marino.

Por experiencia y reloj pulsera sé que un buen crepúsculo no va más allá de veinte minutos entre el clímax y el anti-
clímax, dos cosas que eliminaría para dejar tan sólo su lento
juego interno, su calidoscopio de imperceptibles mutaciones;
se tendría una película de esas que llaman documentales y
que se pasan antes de Brigitte Bardot mientras la gente se va
acomodando y mira la pantalla como si todavía estuviera en
el ómnibus o en el subte. Mi película tendría una leyenda im-
presa (acaso una voz off) dentro de estas líneas: «Lo que va a
verse es el crepúsculo del 7 de junio de 1976, filmado en X
con película M y con cámara fija, sin interrupción durante Z
minutos. El público queda informado de que fuera del crepúsculo no sucede absolutamente nada, por lo cual se le
aconseja proceder como si estuviera en su casa y hacer lo que
se le dé la santa gana; por ejemplo, mirar el crepúsculo, darle
la espalda, hablar con los demás, pasearse, etcétera. Lamen-
tamos no poder sugerirle que fume, cosa siempre tan hermosa a la hora del crepúsculo, pero las condiciones medievales
de las salas cinematográficas requieren como se sabe la prohibición de este excelente hábito. En cambio no está vedado
tomarse un buen trago del frasquito de bolsillo que el distri-
buidor de la película vende en el foyer».

Imposible predecir el destino de mi película; la gente
va al cine para olvidarse de sí misma, y un crepúsculo tiende
precisamente a lo contrario, es la hora en que acaso nos vemos un poco más al desnudo, a mí en todo caso me pasa, y
es penoso y útil; tal vez que otros también aprovechen,
nunca se sabe.

Maneras de estar preso

Ha sido cosa de empezar y ya. Primera línea que leo de este texto y me rompo la cara contra todo porque no puedo aceptar que Gago esté enamorado de Lil; de hecho sólo lo he sabido varias líneas más adelante pero aquí el tiempo es otro, vos por ejemplo que empezás a leer esta página te enterás de que yo no estoy de acuerdo y conocés así por adelantado que Gago se ha enamorado de Lil, pero las cosas no son así: vos no estabas todavía aquí (y el texto tampoco) cuando Gago era ya mi amante; tampoco yo estoy aquí puesto que eso no es el tema del texto por ahora y yo no tengo nada que ver con lo que ocurrirá cuando Gago vaya al cine Libertad para ver una película de Bergman y entre dos flashes de publicidad barata descubra las piernas de Lil junto a las suyas y exactamente como lo describe Stendhal empiece una fulgurante cristalización (Stendhal piensa que es progresiva pero Gago). En otros términos rechazo este texto donde alguien escribe que yo rechazo este texto; me siento atrapado, vejado, traicionado porque ni siquiera soy yo quien lo dice sino que alguien me manipula y me regula y me coagula, yo diría que me toma el pelo como de yapa, bien claro está escrito: yo diría que me toma el pelo como de yapa.

También te lo toma a vos (que empezás a leer esta página, así está escrito más arriba) y por si fuera poco a Lil, que ignora no sólo que Gago es mi amante sino que Gago no entiende nada de mujeres aunque en el cine Libertad etcétera. Cómo voy a aceptar que a la salida ya estén hablando de

Bergman y de Liv Ullmann (los dos han leído las memorias de Liv y claro, tema para whisky y gran fraternización estético-libidinosa, el drama de la actriz madre que quiere ser madre sin dejar de ser actriz con atrás Bergman la más de las veces gran hijo de puta en el plano paternal y marital): todo eso alcanza hasta las ocho y cuarto cuando Lil dice me voy a casa, mamá está un poco enferma, Gago yo la llevo, tengo el coche estacionado en plaza Lavalle y Lil de acuerdo, usted me hizo beber demasiado, Gago permítame, Lil pero sí, la firmeza tibia del antebrazo desnudo (dice así, dos adjetivos, dos sustantivos tal cual) y yo tengo que aceptar que suban al Ford que entre otras cualidades tiene la de ser mío, que Gago lleve a Lil hasta San Isidro gastándome la nafta con lo que cuesta, que Lil le presente a la madre artrítica pero erudita en Francis Bacon, de nuevo whisky y me da pena que ahora tenga que hacer todo ese camino de vuelta hasta el centro, Lil, pensaré en usted y el viaje será corto, Gago, aquí le anoto el teléfono, Lil, oh gracias, Gago.

De sobra se ve que de ninguna manera puedo estar de acuerdo con cosas que pretenden modificar la realidad profunda; persisto en creer que Gago no fue al cine ni conoció a Lil aunque el texto procure convencerme y por lo tanto desesperarme. ¿Tengo que aceptar un texto porque simplemente dice que tengo que aceptar un texto? Puedo en cambio inclinarme ante lo que una parte de mí mismo considera de una pérfida ambigüedad (porque a lo mejor sí; a lo mejor el cine), pero por lo menos las frases siguientes llevan a Gago al centro donde deja el auto mal estacionado como siempre, sube a mi departamento sabiendo que lo espero al final de este párrafo ya demasiado largo como toda espera de Gago, y después de bañarse y ponerse la bata naranja que le regalé para su cumpleaños viene a recostarse en el diván donde estoy leyendo con alivio y amor que Gago viene a recostarse en el diván donde estoy leyendo con alivio y amor, perfumado e insidioso es el Chivas Regal y el tabaco rubio de la medianoche, su pelo rizado donde hundo suavemente la mano para suscitar ese primer quejido soñoliento, sin Lil ni Bergman (qué delicia leerlo exactamente así, sin Lil ni Bergman) hasta ese momento en que muy despacio empezaré a aflojar el cinturón de la bata naranja, mi mano bajará por el pecho liso y tibio de Gago, andará en la espesura de su vientre buscando el primer espasmo, enlazados ya derivaremos hacia el dormitorio y caeremos juntos en la cama, buscaré su garganta donde tan dulcemente me gusta mordisquearlo y él murmurará un momento, murmurará esperá un momento que tengo que telefonear. A Lil of course, llegué muy bien, gracias, silencio, entonces nos vemos mañana a las once, silencio, a las once y media de acuerdo, silencio, claro a almorzar tontita, silencio, dije tontita, silencio, por qué de usted, silencio, no sé pero es como si nos conociéramos hace mucho, silencio, sos un tesoro, silencio, y yo que me pongo de nuevo la bata y vuelvo al living y al Chivas Regal, por lo menos me queda eso, el texto dice que por lo menos me queda eso, que me pongo de nuevo la bata y vuelvo al living y al Chivas Regal mientras Gago le sigue telefoneando a Lil, inútil releerlo para estar seguro, lo dice así, que me vuelvo al living y al Chivas Regal mientras Gago le sigue telefoneando a Lil.

La dirección de la mirada

A John Barth

En vagamente Ilión, acaso en campiñas toscanas al término de güelfos y gibelinos y por qué no en tierras de daneses o en esa región de Brabante mojada por tantas sangres: escenario móvil como la luz que corre sobre la batalla entre dos nubes negras, desnudando y cubriendo regimientos y retaguardias, encuentros cara a cara con puñales o alabardas, visión anamórfica sólo dada al que acepte el delirio y busque en el perfil de la jornada su ángulo más agudo, su coágulo entre humos y desbandes y oriflamas.

Una batalla, entonces, el derroche usual que rebasa sentidos y venideras crónicas. ¿Cuántos vieron al héroe en su hora más alta, rodeado de enemigos carmesíes? Máquina eficaz del aedo o del bardo: lentamente, elegir y narrar. También el que escucha o el que lee: sólo intentando la desmultiplicación del vértigo. Entonces acaso sí, como el que desgaja de la multitud ese rostro que cifrará su vida, la opción de Charlotte Corday ante el cuerpo desnudo de Marat, un pecho, un vientre, una garganta. Así ahora desde hogueras y contraórdenes, en el torbellino de gonfalones huyentes o de infantes aqueos concentrando el avance contra el fondo obsesionante de las murallas aún invictas: el ojo ruleta clavando la bola en la cifra que hundirá treinta y cinco esperanzas en la nada para exaltar una sola suerte roja o negra.

Inscrito en un escenario instantáneo, el héroe en cámara lenta retira la espada de un cuerpo todavía sostenido por el aire, mirándolo desdeñoso en su descenso ensangrentado.

Cubriéndose frente a los que lo embisten, el escudo les tira a la cara una metralla de luz donde la vibración de la mano hace temblar las imágenes del bronce. Lo atacarán, es seguro, pero no podrán dejar de ver lo que él les muestra en un desafío último. Deslumbrados (el escudo, espejo ustorio, los abrasa en una hoguera de imágenes exasperadas por el reflejo del crepúsculo y los incendios), apenas si alcanzan a separar los relieves del bronce y los efímeros fantasmas de la batalla.

En la masa dorada buscó representarse el propio herrero en su fragua, batiendo el metal y complaciéndose en el juego concéntrico de forjar un escudo que alza su combado párpado para mostrar entre tantas figuras (lo está mostrando ahora a quienes mueren o matan en la absurda contradicción de la batalla) el cuerpo desnudo del héroe en un claro de selva, abrazado a una mujer que le hunde la mano en el pelo como quien acaricia o rechaza. Yuxtapuestos los cuerpos en la brega que la escena envuelve con una lenta respiración de frondas (un ciervo entre dos árboles, un pájaro temblando sobre las cabezas), las líneas de fuerza parecerían concentrarse en el espejo que guarda la otra mano de la mujer y en el que sus ojos, acaso no queriendo ver a quien así la desflora entre fresnos y helechos, van a buscar desesperados la imagen que un ligero movimiento orienta y precisa.

Arrodillado junto a un manantial, el adolescente se ha quitado el casco y sus rizos sombríos le caen sobre los hombros. Ya ha bebido y tiene los labios húmedos, gotas de un bozo de agua; la lanza yace al lado, descansando de una larga marcha. Nuevo Narciso, el adolescente se mira en la temblorosa claridad a sus pies pero se diría que sólo alcanza a ver su memoria enamorada, la inalcanzable imagen de una mujer perdida en remota contemplación.

Es otra vez ella, no ya su cuerpo de leche entrelazado con el que la abre y la penetra, sino grácilmente expuesto a la luz de un ventanal de anochecer, vuelto casi de perfil hacia una pintura de caballete que el último sol lame con naranja y ámbar. Se diría que sus ojos sólo alcanzan a ver el primer plano de esa pintura en la que el artista se representó a sí mismo, secreto y desapegado. Ni él ni ella miran hacia el fondo del paisaje donde junto a una fuente se entrevén cuerpos tendidos, el héroe muerto en la batalla bajo el escudo que su mano empuña en un último reto, y el adolescente que una flecha en el espacio parece designar multiplicando al infinito la perspectiva que se resuelve en lo lejano por una confusión de hombres en retirada y de estandartes rotos.

El escudo ya no refleja el sol; su lámina apagada, que no se diría de bronce, contiene la imagen del herrero que termina la descripción de una batalla, parece signarla en su punto más intenso con la figura del héroe rodeado de enemigos, pasando la espada por el pecho del más próximo y alzando para defenderse su escudo ensangrentado en el que poco se alcanza a ver entre el fuego y la cólera y el vértigo, a menos que esa imagen desnuda sea la de la mujer, que su cuerpo sea el que se rinde sin esfuerzo a la lenta caricia del adolescente que ha posado su lanza al borde de un manantial.

III

«No, no. No crime», said Sherlock Holmes, laughing. «Only one of those whimsical little incidents which will happen when you have four million human beings all jostling each other within the space of a few square miles.»

SIR ARTHUR CONAN DOYLE,
The Blue Carbuncle.

Lucas, sus errantes canciones

De niño la había escuchado en un crepitante disco cuya sufrida baquelita ya no aguantaba el peso de los pick-ups con diafragma de mica y tremenda púa de acero, la voz de Sir Harry Lauder venía como desde muy lejos y era así, había entrado en el disco desde las brumas de Escocia y ahora salía al verano enceguecedor de la pampa argentina. La canción era mecánica y rutinaria, una madre despedía a su hijo que se marchaba lejos y Sir Harry era una madre poco sentimental aunque su voz metálica (casi todas lo eran después del proceso de grabación) destilaba sin embargo una melancolía que ya entonces el niño Lucas empezaba a frecuentar demasiado.

Veinte años después la radio le trajo un pedazo de la canción en la voz de la gran Ethel Waters. La dura, irresistible mano del pasado lo empujó a la calle, lo metió en la Casa Iriberri, y esa noche escuchó el disco y creo que lloró por muchas cosas, solo en su cuarto y borracho de autocompasión y de grapa catamarqueña que es conocidamente lacrimógena. Lloró sin saber demasiado por qué lloraba, qué oscuro llamado lo requería desde esa balada que ahora, ahora sí, cobraba todo su sentido, su cursi hermosura. En la misma voz de quien había tomado por asalto a Buenos Aires con su versión de *Stormy Wheather* la vieja canción volvía a un probable origen sureño, rescatada de la trivialidad *music-hall* con que la había cantado Sir Harry. Vaya a saber al final si esa balada era de Escocia o del Mississippi, ahora en todo caso se llenaba de negritud desde las primeras palabras:

So you're going to leave the old home, Jim,
To-day you're going away,
You're going among the city folks to dwell—

Ethel Waters despedía a su hijo con una premonitoria visión de desgracia, sólo rescatable por un regreso a la Peer Gynt, rotas las alas y todo orgullo bebido. El oráculo buscaba agazaparse detrás de algunos *if* que nada tenían que ver con los de Kipling, unos *if* llenos de convicto cumplimiento:

If sickness overtakes you,
If old companion shakes you,
And through this world you wander all alone,
If friends you've got not any,
In your pockets not a penny—

If todo eso, siempre le quedaba a Jim la llave de la última puerta:

There's a mother always waiting
For you at home, old sweet home.

Claro, doctor Freud, la araña y todo eso. Pero la música es una tierra de nadie donde poco importa que Turandot sea frígida o Siegfried ario puro, los complejos y los mitos se resuelven en melodía y qué, sólo cuenta una voz murmurando las palabras de la tribu, la recurrencia de lo que somos, de lo que vamos a ser:

And if you get in trouble, Jim,
Just write and let me know—

Tan fácil, tan bello, tan Ethel Waters. *Just write*, claro. El problema es el sobre. Qué nombre, qué casa hay que poner en el sobre, Jim.

410

Lucas, sus pudores

En los departamentos de ahora ya se sabe, el invitado va al baño y los otros siguen hablando de Biafra y de Michel Foucault, pero hay algo en el aire como si todo el mundo quisiera olvidarse de que tiene oídos y al mismo tiempo las orejas se orientaran hacia el lugar sagrado que naturalmente en nuestra sociedad encogida está apenas a tres metros del lugar donde se desarrollan estas conversaciones de alto nivel, y es seguro que a pesar de los esfuerzos que hará el invitado ausente para no manifestar sus actividades, y los de los contertulios para activar el volumen del diálogo, en algún momento reverberará uno de esos sordos ruidos que oír se dejan en las circunstancias menos indicadas, o en el mejor de los casos el rasguido patético de un papel higiénico de calidad ordinaria cuando se arranca una hoja del rollo rosa o verde.

Si el invitado que va al baño es Lucas, su horror sólo puede compararse a la intensidad del cólico que lo ha obligado a encerrarse en el ominoso reducto. En ese horror no hay neurosis ni complejos, sino la certidumbre de un comportamiento intestinal recurrente, es decir que todo empezará lo más bien, suave y silencioso, pero ya hacia el final, guardando la misma relación de la pólvora con los perdigones en un cartucho de caza, una detonación más bien horrenda hará temblar los cepillos de dientes en sus soportes y agitarse la cortina de plástico de la ducha.

Nada puede hacer Lucas para evitarlo; ha probado todos los métodos, tales como inclinarse hasta tocar el suelo con la cabeza, echarse hacia atrás al punto que los pies rozan la pared de enfrente, ponerse de costado e incluso, recurso supremo, agarrarse las nalgas y separarlas lo más posible para aumentar el diámetro del conducto proceloso. Vana es la multiplicación de silenciadores tales como echarse sobre los muslos todas las toallas al alcance y hasta las salidas de baño de los dueños de casa; prácticamente siempre, al término de lo que hubiera podido ser una agradable transferencia, el pedo final prorrumpe tumultuoso.

Cuando le toca a otro ir al baño, Lucas tiembla por él pues está seguro que de un segundo a otro resonará el primer halalí de la ignominia; lo asombra un poco que la gente no parezca preocuparse demasiado por cosas así, aunque es evidente que no están desatentas a lo que ocurre e incluso lo cubren con choque de cucharitas en las tazas y corrimiento de sillones totalmente inmotivados. Cuando no sucede nada, Lucas es feliz y pide de inmediato otro coñac, al punto que termina por traicionarse y todo el mundo se da cuenta de que había estado tenso y angustiado mientras la señora de Broggi cumplimentaba sus urgencias. Cuán distinto, piensa Lucas, de la simplicidad de los niños que se acercan a la mejor reunión y anuncian: Mamá, quiero caca. Qué bienaventurado, piensa a continuación Lucas, el poeta anónimo que compuso aquella cuarteta donde se proclama que no hay placer más exquisito / que cagar bien despacito / ni placer más delicado / que después de haber cagado. Para remontarse a tales alturas ese señor debía estar exento de todo peligro de ventosidad intempestiva o tempestuosa, a menos que el baño de la casa estuviera en el piso de arriba o fuera esa piecita de chapas de zinc separada del rancho por una buena distancia.

Ya instalado en el terreno poético, Lucas se acuerda del verso del Dante en el que los condenados *avevan dal cul fatto trombetta*, y con esta remisión mental a la más alta cultura se considera un tanto disculpado de meditaciones que poco tienen que ver con lo que está diciendo el doctor Berenstein a propósito de la ley de alquileres.

Lucas, sus estudios sobre la sociedad de consumo

Como el progreso no-conoce-límites, en España se venden paquetes que contienen treinta y dos cajas de fósforos (léase cerillas), cada una de las cuales reproduce vistosamente una pieza de un juego completo de ajedrez.

Velozmente un señor astuto ha lanzado a la venta un juego de ajedrez cuyas treinta y dos piezas pueden servir como tazas de café; casi de inmediato el Bazar Dos Mundos ha producido tazas de café que permiten a las señoras más bien blandengues una gran variedad de corpiños lo suficientemente rígidos, tras de lo cual Yves St. Laurent acaba de suscitar un corpiño que permite servir dos huevos pasados por agua de una manera sumamente sugestiva.

Lástima que hasta ahora nadie ha encontrado una aplicación diferente a los huevos pasados por agua, cosa que desalienta a los que los comen entre grandes suspiros; así se cortan ciertas cadenas de la felicidad que se quedan solamente en cadenas y bien caras dicho sea de paso.

Lucas, sus amigos

La mersa es grande y variada, pero vaya a saber por qué ahora se le ocurre pensar especialmente en los Cedrón, y pensar en los Cedrón significa una tal cantidad de cosas que no sabe por dónde empezar. La única ventaja para Lucas es que no conoce a todos los Cedrón sino solamente a tres, pero andá a saber si al final es una ventaja. Tiene entendido que los hermanos se cifran en la modesta suma de seis o nueve, en todo caso él conoce a tres y agarrate Catalina que vamos a galopar.

Estos tres Cedrón consisten en el músico Tata (que en la partida de nacimiento se llama Juan, y de paso qué absurdo que estos documentos se llamen partida cuando son todo lo contrario), Jorge el cineasta y Alberto el pintor. Tratarlos por separado ya es cosa seria, pero cuando les da por juntarse y te invitan a comer empanadas entonces son propiamente la muerte en tres tomos.

Qué te cuento de la llegada, desde la calle se oye una especie de fragor en uno de los pisos altos, y si te cruzás con alguno de los vecinos parisienses les ves en la cara esa palidez cadavérica de quienes asisten a un fenómeno que sobrepasa todos los parámetros de esa gente estricta y amortiguada. Ninguna necesidad de averiguar en qué piso están los Cedrón porque el ruido te guía por las escaleras hasta una de las puertas que parece menos puerta que las otras y además da la impresión de estar calentada al rojo por lo que pasa adentro, al punto que no conviene llamar muy seguido porque se te carbonizan los nudillos. Claro que en general la puerta está entornada ya que los Cedrón entran y salen todo el tiempo y además para qué se va a cerrar una puerta cuando permite una ventilación tan buena con la escalera.

Lo que pasa al entrar vuelve imposible toda descripción coherente, porque apenas se franquea el umbral hay una nena que te sujeta por las rodillas y te llena la gabardina de saliva, y al mismo tiempo un pibe que estaba subido a la biblioteca del zaguán se te tira al pescuezo como un kamikaze, de modo que si tuviste la peregrina idea de allegarte con una botella de tintacho, el instantáneo resultado es un vistoso charco en la alfombra. Esto naturalmente no preocupa a nadie, porque en ese mismo momento aparecen desde diferentes habitaciones las mujeres de los Cedrón, y mientras una de ellas te desenreda los nenes de encima las otras absorben el malogrado borgoña con unos trapos que datan probablemente del tiempo de las cruzadas. Ya a todo esto Jorge te ha contado en detalle dos o tres novelas que tiene la intención de llevar a la pantalla, Alberto contiene a otros dos chicos armados de arco y flechas y lo que es peor dotados de singular puntería, y el Tata viene de la cocina con un delantal que conoció el blanco en sus orígenes y que lo envuelve majestuosamente de los sobacos para abajo, dándole una sorprendente semejanza con Marco Antonio o cualquiera de los tipos que vegetan en el Louvre o trabajan de estatuas en los parques. La gran noticia proclamada simultáneamente por diez o doce voces es que hay empanadas, en cuya confección intervienen la mujer del Tata y el Tata himself, pero cuya receta ha sido considerablemente mejorada por Alberto, quien opina que dejarlos al Tata y a su mujer solos en la cocina sólo puede conducir a la peor de las catástrofes. En cuanto a Jorge, que no por nada rehúsa quedarse atrás en lo que venga, ya ha producido generosas cantidades de vino y todo el mundo, una vez resueltos estos preliminares tumultuosos, se instala en la cama, en el suelo o donde no haya un nene llorando o haciendo pis que viene a ser lo mismo desde alturas diferentes.

Una noche con los Cedrón y sus abnegadas señoras (pongo lo de abnegadas porque si yo fuera mujer, y además mujer de uno de los Cedrón, hace rato que el cuchillo del pan habría puesto voluntario remate a mis sufrimientos; pero ellas no solamente no sufren sino que son todavía peores que los Cedrón, cosa que me regocija porque es bueno que alguien les remache el clavo de cuando en cuando, y ellas creo que se lo remachan todo el tiempo), una noche con los Cedrón es una especie de resumen sudamericano que explica y justifica la estupefacta admiración con que los europeos asisten a su música, a su literatura, a su pintura y a su cine o teatro. Ahora que pienso en esto me acuerdo de algo que me contaron los Quilapayún, que son unos cronopios tan enloquecidos como los Cedrón pero todos músicos, lo que no se sabe si es mejor o peor. Durante una gira por Alemania (la del Este pero creo que da igual a los efectos del caso), los Quilas decidieron hacer un asado al aire libre y a la chilena, pero para sorpresa general descubrieron que en ese país no se puede armar un picnic en el bosque sin permiso de las autoridades. El permiso no fue difícil, hay que reconocerlo, y tan en serio se lo tomaron en la policía que a la hora de encender la fogata y disponer los animalitos en sus respectivos asadores, apareció un camión del cuerpo de bomberos, el cual cuerpo se diseminó en las adyacencias del bosque y se pasó cinco horas cuidando de que el fuego no fuera a propagarse a los venerables abetos wagnerianos y otros vegetales que abundan en los bosques teutónicos. Si mi memoria es fiel, varios de esos bomberos terminaron morfando como corresponde al prestigio del gremio, y ese día hubo una confraternización poco frecuente entre uniformados y civiles. Es cierto que el uniforme de los bomberos es el menos hijo de puta de todos los uniformes, y que el día en que con ayuda de millones de Quilapayún y de Cedrones mandemos a la basura todos los uniformes sudamericanos, sólo se salvarán los de los bomberos e incluso les inventaremos modelos más vistosos para que los muchachos estén contentos mientras sofocan incendios o salvan a pobres chicas ultrajadas que han decidido tirarse al río por falta de mejor cosa.

A todo esto las empanadas disminuyen con una velocidad digna de quienes se miran con odio feroz porque éste siete y el otro solamente cinco y en una de ésas se acaba el ir y venir de fuentes y algún desgraciado propone un café como si eso fuera un alimento. Los que parecen siempre menos interesados son los nenes, cuyo número seguirá siendo un enigma para Lucas pues apenas uno desaparece detrás de una cama o en el pasillo, otros dos irrumpen de un armario o resbalan por el tronco de un gomero hasta caer sentados en plena fuente de empanadas. Estos infantes fingen cierto desprecio por tan noble producto argentino, so pretexto de que sus respectivas madres ya los han nutrido precavidamente media hora antes, pero a juzgar por la forma en que desaparecen las empanadas hay que convencerse de que son un elemento importante en el metabolismo infantil, y que si Herodes estuviera ahí esa noche otro gallo nos cantara y Lucas en vez de doce empanadas hubiera podido comerse diecisiete, eso sí con los intervalos necesarios para mandarse a bodega un par de litros de vino que como se sabe asienta la proteína.

Por encima, por debajo y entre las empanadas cunde un clamor de declaraciones, preguntas, protestas, carcajadas y muestras generales de alegría y cariño, que crean una atmósfera frente a la cual un consejo de guerra de los tehuelches o de los mapuches parecería el velorio de un profesor de derecho de la avenida Quintana. De cuando en cuando se oyen golpes en el techo, en el piso y en las dos paredes medianeras, y casi siempre es el Tata (locatario del departamento) quien informa que se trata solamente de los vecinos, razón por la cual no hay que preocuparse en absoluto. Que ya sea la una de la mañana no constituye un índice agravante ni mucho menos, como tampoco que a las dos y media bajemos de a cuatro la escalera cantando *que te abrás en las paradas / con cafishos milongueros*. Ya ha habido tiempo suficiente para resolver la mayoría de los problemas del planeta, nos hemos puesto de acuerdo para jorobar a más de cuatro que se lo merecen y cómo, las libretitas se han llenado de teléfonos y direcciones y citas en cafés y otros departamentos, y mañana los Cedrón se van a dispersar porque Alberto se vuelve a Roma, el Tata sale con su cuarteto para cantar en Poitiers, y Jorge raja vaya a saber adónde pero siempre con el fotómetro en la mano y andá atajalo. No es inútil agregar que Lucas regresa a su casa con la sensación de que arriba de los hombros tiene una especie de zapallo lleno de moscardones, Boeing 707 y varios solos superpuestos de Max Roach. Pero qué le importa la resaca si abajo hay algo calentito que deben ser las empanadas, y entre abajo y arriba hay otra cosa todavía más calentita, un corazón que repite qué jodidos, qué jodidos, qué grandes jodidos, qué irreemplazables jodidos, puta que los parió.

Lucas, sus lustradas 1940

Lucas en el salón de lustrar cerca de Plaza de Mayo, me pone pomada negra en el izquierdo y amarilla en el derecho. ¿Lo qué? Negra aquí y amarilla aquí. Pero señor. Aquí ponés la negra, pibe, y basta que tengo que concentrarme en hípicas.

Cosas así no son nunca fáciles, parece poco pero es casi como Copérnico o Galileo, esas sacudidas a fondo de la higuera que dejan a todo el mundo mirando paltecho. Esta vez por ejemplo hay el vivo de turno que desde el fondo del salón le dice al de al lado que los maricones ya no saben qué inventar, che, entonces Lucas se extrae de la posible fija en la cuarta (jockey Paladino) y casi dulcemente lo consulta al lustrador: ¿La patada en el culo te parece que se la encajo con el amarillo o con el negro?

El lustrador ya no sabe a qué zapato encomendarse, ha terminado con el negro y no se decide, realmente no se decide a empezar con el otro. Amarillo, reflexiona Lucas en voz alta, y eso al mismo tiempo es una orden, mejor con el amarillo que es un color dinámico y entrador, y vos qué estás esperando. Sí señor enseguida. El del fondo ha empezado a levantarse para venir a investigar eso de la patada, pero el diputado Poliyatti, que no por nada es presidente del club *Unione e Benevolenza*, hace oír su fogueada elocución, señores no hagan ola que ya bastante tenemos con las isobaras, es increíble lo que uno suda en esta urbe, el incidente es nimio y sobre gustos no hay nada escrito, aparte de que tengan en cuenta que la seccional está ahí enfrente y los canas andan hiperestésicos esta semana después de la última estudiantina o juvenilia como decimos los que ya hemos dejado atrás las borrascas de la primera etapa de la existencia. Eso, doctor, aprueba uno de los olfas del diputado, aquí no se permiten las vías de hecho. Él me insultó, dice el del fondo, yo me refería a los putos en general. Peor todavía, dice Lucas, de todas maneras yo voy a estar ahí en la esquina el próximo cuarto de hora. Qué gracia, dice el del fondo, justo delante de la comi. Por supuesto, dice Lucas, a ver si encima de puto me vas a tomar por gil. Señores, proclama el diputado Poliyatti, este episodio ya pertenece a la historia, no hay lugar a duelo, por favor no me obliguen a valerme de mis fueros y esas cosas. Eso, doctor, dice el olfa.

Con lo cual Lucas sale a la calle y los zapatos le brillan cual girasol a la derecha y Oscar Peterson a la izquierda. Nadie viene a buscarlo cumplido el cuarto de hora, cosa que le produce un no despreciable alivio que festeja en el acto con una cerveza y un cigarrillo morocho, cosa de mantener la simetría cromática.

Lucas, sus regalos de cumpleaños

Sería demasiado fácil comprar la torta en la confitería «Los dos Chinos»; hasta Gladis se daría cuenta, a pesar de que es un tanto miope, y Lucas estima que bien vale la pena pasarse medio día preparando personalmente un regalo cuya destinataria merece eso y mucho más, pero por lo menos eso. Ya desde la mañana recorre el barrio comprando harina flor de trigo y azúcar de caña, luego lee atentamente la receta de la torta Cinco Estrellas, obra cumbre de doña Gertrudis, la mamá de todas las buenas mesas, y la cocina de su departamento se transforma en poco tiempo en una especie de laboratorio del doctor Mabuse. Los amigos que pasan a verlo para discutir los pronósticos hípicos no tardan en irse al sentir los primeros síntomas de asfixia, pues Lucas tamiza, cuela, revuelve y espolvorea los diversos y delicados ingredientes con una tal pasión que el aire tiende a no prestarse demasiado a sus funciones usuales.

Lucas posee experiencia en la materia y además la torta es para Gladis, lo que significa varias capas de hojaldre (no es fácil hacer un buen hojaldre) entre las cuales se van disponiendo exquisitas confituras, escamas de almendras de Venezuela, coco rallado pero no solamente rallado sino molido hasta la desintegración atómica en un mortero de obsidiana; a eso se agrega la decoración exterior, modulada en la paleta de Raúl Soldi pero con arabescos considerablemente inspirados por Jackson Pollock, salvo en la parte más austera dedicada a la inscripción SOLAMENTE PARA TI, cuyo relieve casi sobrecogedor lo proporcionan guindas y mandarinas almibaradas y que Lucas compone en Baskerville cuerpo catorce, que pone una nota casi solemne en la dedicatoria.

Llevar la torta Cinco Estrellas en una fuente o un plato le parece a Lucas de una vulgaridad digna de banquete en el Jockey Club, de manera que la instala delicadamente en una bandeja de cartón blanco cuyo tamaño sobrepasa apenas el de la torta. A la hora de la fiesta se pone su traje a rayas y transpone el zaguán repleto de invitados llevando la bandeja con la torta en la mano derecha, hazaña de por sí notable, mientras con la izquierda aparta amablemente a maravillados parientes y a más de cuatro colados que ahí nomás juran morir como héroes antes de renunciar a la degustación del espléndido regalo. Por esa razón a espaldas de Lucas se organiza enseguida una especie de cortejo en el que abundan gritos, aplausos y borborigmos de saliva propiciatoria, y la entrada de todos en el salón de recibo no dista demasiado de una versión provincial de *Aída*. Comprendiendo la gravedad del instante, los padres de Gladis juntan las manos en un gesto más bien conocido pero siempre bien visto, y la homenajeada abandona una conversación bruscamente insignificante para adelantarse con todos los dientes en primera fila y los ojos mirando al cielo raso. Feliz, colmado, sintiendo que tantas horas de trabajo culminan en algo que se aproxima a la apoteosis, Lucas arriesga el gesto final de la Gran Obra: su mano asciende en el ofertorio de la torta, la inclina peligrosamente ante la ansiedad pública y la zampa en plena cara de Gladis. Todo esto toma apenas más tiempo del que tarda Lucas en reconocer la textura del adoquinado de la calle, envuelto en tal lluvia de patadas que reíte del diluvio.

Lucas, sus métodos de trabajo

Como a veces no puede dormir, en vez de contar corderitos contesta mentalmente la correspondencia atrasada, porque su mala conciencia tiene tanto insomnio como él. Las
cartas de cortesía, las apasionadas, las intelectuales, una a una
las va contestando a ojos cerrados y con grandes hallazgos de
estilo y vistosos desarrollos que lo complacen por su espontaneidad y eficacia, lo que naturalmente multiplica el insomnio. Cuando se duerme, toda la correspondencia ha sido
puesta al día.

Por la mañana, claro, está deshecho, y para peor tiene
que sentarse a escribir todas las cartas pensadas por la noche,
las cuales cartas le salen mucho peor, frías o torpes o idiotas,
lo que hace que esa noche tampoco podrá dormir debido al
exceso de fatiga, aparte de que entre tanto le han llegado
nuevas cartas de cortesía, apasionadas o intelectuales y que
Lucas en vez de contar corderitos se pone a contestarlas con
tal perfección y elegancia que Madame de Sevigné lo hubiera
aborrecido minuciosamente.

Lucas, sus discusiones partidarias

Casi siempre empieza igual, notable acuerdo político en montones de cosas y gran confianza recíproca, pero en algún momento los militantes no literarios se dirigirán amablemente a los militantes literarios y les plantearán por archienésima vez la cuestión del mensaje, del contenido inteligible para el mayor número de lectores (o auditores o espectadores, pero sobre todo de lectores, oh sí).

En esos casos Lucas tiende a callarse, puesto que sus libritos hablan vistosamente por él, pero como a veces lo agreden más o menos fraternalmente y ya se sabe que no hay peor trompada que la de tu hermano, Lucas pone cara de purgante y se esfuerza por decir cosas como las que siguen, a saber:

—Compañeros, la cuestión jamás será planteada
por escritores que entiendan y vivan su tarea
como las máscaras de proa, adelantadas
en la carrera de la nave, recibiendo
todo el viento y la sal de las espumas. Punto.

Y no será planteada

porque ser escritor $\left\{\begin{array}{l}\text{poeta}\\\text{novelista}\\\text{narrador}\end{array}\right.$

es decir ficcionante, imaginante, delirante,
mitopoyético, oráculo o llamale equis,
quiere decir en primerísimo lugar
que el lenguaje es un medio, como siempre,

pero este medio es más que medio,
es como mínimo tres cuartos.

Abreviando dos tomos y un apéndice,
lo que ustedes le piden

al escritor { poeta
narrador
novelista
es que renuncie a adelantarse
y se instale hic et nunc (¡traduzca, López!)
para que su mensaje no rebase
las esferas semánticas, sintácticas,
cognoscitivas, paramétricas
del hombre circundante. Ejem.

Dicho en otras palabras, que se abstenga
de explorar más allá de lo explorado,
o que explore explicando lo explorado
para que toda exploración se integre
a las exploraciones terminadas.

Direles en confianza
que ojalá se pudiera
frenarse en la carrera
a la vez que se avanza. (Esto me salió flor.)
Pero hay leyes científicas que niegan
la posibilidad de tan contradictorio esfuerzo,
y hay otra cosa, simple y grave:
no se conocen límites a la imaginación
como no sean los del verbo,
lenguaje e invención son enemigos fraternales
y de esa lucha nace la literatura,
el dialéctico encuentro de musa con escriba,
lo indecible buscando su palabra,
la palabra negándose a decirlo

hasta que le torcemos el pescuezo
y el escriba y la musa se concilian
en ese raro instante que más tarde
llamaremos Vallejo o Maiakovski.

Sigue un silencio más bien cavernoso.

—Ponele —dice alguien—, pero frente a la coyuntura histórica el escritor y el artista que no sean pura Torredemarfil tienen el deber, oíme bien, el deber de proyectar su mensaje en un nivel de máxima recepción. —Aplausos.

—Siempre he pensado —observa modestamente Lucas— que los escritores a que aludís son gran mayoría, razón por la cual me sorprende esa obstinación en transformar una gran mayoría en unanimidad. Carajo, ¿a qué le tienen tanto miedo ustedes? ¿Y a quién si no a los resentidos y a los desconfiados les pueden molestar las experiencias digamos extremas y por lo tanto difíciles (difíciles *en primer término* para el escritor, y sólo después para el público, conviene subrayarlo) cuando es obvio que sólo unos pocos las llevan adelante? ¿No será, che, que para ciertos niveles todo lo que no es inmediatamente claro es culpablemente oscuro? ¿No habrá una secreta y a veces siniestra necesidad de uniformar la escala de valores para poder sacar la cabeza por encima de la ola? Dios querido, cuánta pregunta.

—Hay una sola respuesta —dice un contertulio— y es ésta: Lo claro suele ser difícil de lograr, por lo cual lo difícil tiende a ser una estratagema para disimular lo difícil que es ser fácil. (Ovación retardada.)

—Y seguiremos años y más años —gime Lucas—
y volveremos siempre al mismo punto,
ya que éste es un asunto
lleno de desengaños. (Débil aprobación.)

Porque nadie podrá, salvo el poeta y a veces,
entrar en la palestra de la página en blanco
donde todo se juega en el misterio
de leyes ignoradas, si son leyes,
de cópulas extrañas entre ritmo y sentido,
de últimas Thules en mitad de la estrofa o del relato.
Nunca podremos defendernos
porque nada sabemos de este vago saber,
de esta fatalidad que nos conduce
a nadar por debajo de las cosas, a trepar a un adverbio
que nos abre un compás, cien nuevas islas,
bucaneros de Remington o pluma
al asalto de verbos o de oraciones simples
o recibiendo en plena cara el viento
de un sustantivo que contiene un águila.

—O sea que, para simplificar —concluye Lucas tan harto como sus compañeros—, yo propongo digamos un pacto.

—Nada de transacciones —brama el de siempre en estos casos.

—Un pacto, simplemente. Para ustedes, el *primum vivere, deinde filosofare* se vuelca a fondo en el *vivere* histórico, lo cual está muy bien y a lo mejor es la única manera de preparar el terreno para el filosofar y el ficcionar y el poetizar del futuro. Pero yo aspiro a suprimir la divergencia que nos aflige, y por eso el pacto consiste en que ustedes y nosotros abandonemos al mismo tiempo nuestras más extremadas conquistas a fin de que el contacto con el prójimo alcance su radio máximo. Si nosotros renunciamos a la creación verbal en su nivel más vertiginoso y rarefacto, ustedes renuncian a la ciencia y a la tecnología en sus formas igualmente vertiginosas y rarefactas, por ejemplo, las computadoras y los aviones a reacción. Si nos vedan el avance poético, ¿por qué van a usufructuar tan panchos el avance científico?

—Está completamente piantado —dice uno con anteojos.

—Por supuesto —concede Lucas—, pero hay que ver lo que me divierto. Vamos, acepten. Nosotros escribimos más sencillo (es un decir, porque en realidad no podremos), y ustedes suprimen la televisión (cosa que tampoco van a poder). Nosotros vamos a lo directamente comunicable, y ustedes se dejan de autos y de tractores y agarran la pala para sembrar papas. ¿Se dan cuenta de lo que sería esa doble vuelta a lo simple, a lo que todo el mundo entiende, a la comunión sin intermediarios con la naturaleza?

—Propongo defenestración inmediata previa unanimidad —dice un compañero que ha optado por retorcerse de risa.

—Voto en contra —dice Lucas, que ya está manoteando la cerveza que siempre llega a tiempo en esos casos.

Lucas, sus traumatoterapias

A Lucas una vez lo operaron de apendicitis, y como el cirujano era un roñoso se le infectó la herida y la cosa iba muy mal porque además de la supuración en radiante tecnicolor Lucas se sentía más aplastado que pasa de higo. En ese momento entran Dora y Celestino y le dicen nos vamos ahora mismo a Londres, venite a pasar una semana, no puedo, gime Lucas, resulta que, bah, yo te cambio las compresas, dice Dora, en el camino compramos agua oxigenada y curitas, total que se toman el tren y el ferry y Lucas se siente morir porque aunque la herida no le duele en absoluto dado que apenas tiene tres centímetros de ancho, lo mismo él se imagina lo que está pasando debajo del pantalón y el calzoncillo, cuando al fin llegan al hotel y se mira, resulta que no hay ni más ni menos supuración que en la clínica, y entonces Celestino dice ya ves, en cambio aquí vas a tener la pintura de Turner, Laurence Olivier y los *steak and kidney pies* que son la alegría de mi vida.

Al otro día después de haber caminado kilómetros Lucas está perfectamente curado, Dora le pone todavía dos o tres curitas por puro placer de tirarle de los pelos, y desde ese día Lucas considera que ha descubierto la traumatoterapia que como se ve consiste en hacer exactamente lo contrario de lo que mandan Esculapio, Hipócrates y el doctor Fleming.

En numerosas ocasiones Lucas que tiene buen corazón ha puesto en práctica su método con sorprendentes resultados en la familia y amistades. Por ejemplo, cuando su tía

Angustias contrajo un resfrío de tamaño natural y se pasaba días y noches estornudando desde una nariz cada vez más parecida a la de un ornitorrinco, Lucas se disfrazó de Frankenstein y la esperó detrás de una puerta con una sonrisa cadavérica. Después de proferir un horripilante alarido la tía Angustias cayó desmayada sobre los almohadones que Lucas había preparado precavidamente, y cuando los parientes la sacaron del soponcio la tía estaba demasiado ocupada en contar lo sucedido como para acordarse de estornudar, aparte de que durante varias horas ella y el resto de la familia sólo pensaron en correr detrás de Lucas armados de palos y cadenas de bicicleta. Cuando el doctor Feta hizo la paz y todos se juntaron a comentar los acontecimientos y beberse una cerveza, Lucas hizo notar distraídamente que la tía estaba perfectamente curada del resfrío, a lo cual y con la falta de lógica habitual en esos casos la tía le contestó que ésa no era una razón para que su sobrino se portara como un hijo de puta.

Cosas así desaniman a Lucas, pero de cuando en cuando se aplica a sí mismo o ensaya en los demás su infalible sistema, y así cuando don Crespo anuncia que está con hígado, diagnóstico siempre acompañado de una mano sosteniéndose las entrañas y los ojos como la Santa Teresa del Bernini, Lucas se las arregla para que su madre se mande el guiso de repollo con salchichas y grasa de chancho que don Crespo ama casi más que las quinielas, y a la altura del tercer plato ya se ve que el enfermo vuelve a interesarse por la vida y sus alegres juegos, tras de lo cual Lucas lo invita a festejar con grapa catamarqueña que asienta la grasa. Cuando la familia se aviva de estas cosas hay conato de linchamiento, pero en el fondo empiezan a respetar la traumatoterapia, que ellos llaman toterapia o traumatota, les da igual.

Lucas, sus sonetos

Con la misma henchida satisfacción de una gallina, de tanto en tanto Lucas pone un soneto. Nadie se extrañe: huevo y soneto se parecen por lo riguroso, lo acabado, lo terso, lo frágilmente duro. Efímeros, incalculables, el tiempo y algo como la fatalidad los reiteran, idénticos y monótonos y perfectos.

Así, a lo muy largo de su vida Lucas ha puesto algunas docenas de sonetos, todos excelentes y algunos decididamente geniales. Aunque el rigor y lo cerrado de la forma no dejan mayor espacio para la innovación, su estro (en primera y también en segunda acepción) ha tratado de verter vino nuevo en odre viejo, apurando las aliteraciones y los ritmos, sin hablar de esa vieja maniática, la rima, a la cual le ha hecho hacer cosas tan extenuantes como aparear a Drácula con mácula. Pero hace ya tiempo que Lucas se cansó de operar internamente en el soneto y decidió enriquecerlo en su estructura misma, cosa aparentemente demencial dada la inflexibilidad quitinosa de este cangrejo de catorce patas.

Así nació el *Zipper Sonnet*, título que revela culpable indulgencia hacia las infiltraciones anglosajonas en nuestra literatura, pero que Lucas esgrimió después de considerar que el término «cierre relámpago» era penetrantemente estúpido, y que «cierre de cremallera» no mejoraba la situación. El lector habrá comprendido que este soneto puede y debe leerse como quien sube y baja un «zipper», lo que ya está bien, pero que además la lectura de abajo arriba no da precisamente lo mismo que la de arriba abajo, resultado más bien obvio como intención pero difícil como escritura.

A Lucas lo asombra un poco que cualquiera de las dos lecturas den (o en todo caso le den) una impresión de naturalidad, de por supuesto, de pero claro, de elementary my dear Watson, cuando para decir la verdad la fabricación del soneto le llevó un tiempo loco. Como causalidad y temporalidad son omnímodas en cualquier discurso apenas se quiere comunicar un significado complejo, digamos el contenido de un cuarteto, su lectura patas arriba pierde toda coherencia aunque cree imágenes o relaciones nuevas, ya que fallan los nexos sintácticos y los pasajes que la lógica del discurso exige incluso en las asociaciones más ilógicas. Para lograr puentes y pasajes fue preciso que la inspiración funcionara de manera pendular, dejando ir y venir el desarrollo del poema a razón de dos o a lo más tres versos, probándolos apenas salidos de la pluma (Lucas pone sonetos con pluma, otra semejanza con la gallina) para ver si después de haber bajado la escalera se podía subirla sin tropezones nefandos. El *hic* es que catorce peldaños son muchos peldaños, y este *Zipper Sonnet* tiene en todo caso el mérito de una perseverancia maniática, cien veces rota por palabrotas y desalientos y bollos de papel al canasto pluf.

Pero al final, hosanna, helo aquí el *Zipper Sonnet* que sólo espera del lector, aparte de la admiración, que establezca mental y respiratoriamente la puntuación, ya que si ésta figurara con sus signos no habría modo de pasar los peldaños sin tropezar feo.

ZIPPER SONNET

de arriba abajo o bien de abajo arriba
este camino lleva hacia sí mismo
simulacro de cima ante el abismo
árbol que se levanta o se derriba

436

quien en la alterna imagen lo conciba
será el poeta de este paroxismo
en un amanecer de cataclismo
náufrago que a la arena al fin arriba

vanamente eludiendo su reflejo
antagonista de la simetría
para llegar hasta el dorado gajo

visionario amarrándose a un espejo
obstinado hacedor de la poesía
de abajo arriba o bien de arriba abajo

¿Verdad que funciona? ¿Verdad que es —que son— bello(s)?

Preguntas de esta índole hacíase Lucas trepando y descolgándose a y de los catorce versos resbalantes y metamorfoseantes, cuando hete aquí que apenas había terminado de esponjarse satisfecho como toda gallina que ha puesto su huevo tras meritorio empujón retropropulsor, desembarcó procedente de São Paulo su amigo el poeta Haroldo de Campos, a quien toda combinatoria semántica exalta a niveles tumultuosos, razón por la cual pocos días después Lucas vio con maravillada estupefacción su soneto vertido al portugués y considerablemente mejorado como podrá verificarse a continuación:

ZIPPER SONNET

de cima abaixo ou jà de baixo acima
este caminho é o mesmo em seu tropismo
simulacro de cimo frente o abismo
árvore que ora alteia ora declina

quem na dupla figura assim o imprima
será o poeta deste paroxismo

num desanoitecer de cataclismo
náufrago que na areia ao fim reclina

iludido a eludir o seu reflexo
contraventor da própria simetria
ao ramo de ouro erguendo o alterno braço

visionário a que o espelho empresta um nexo
refator contumaz desta poesia
de baixo acima o já de cima abaixo.

«Como verás», le escribía Haroldo, «no es verdaderamente una versión: más bien una "contraversión" muy llena
de licencias. Como no pude obtener una rima consonante
adecuada para *acima* (arriba), cambié la convención legalista
del soneto y establecí una rima asonante, reforzada por la casi homofonía de los sonidos nasales *m* y *n* (aciMA y decliNA).
Para justificarme (prepararme un *alibi*) repetí el procedimiento infractor en los puntos correspondientes de la segunda estrofa (escamoteo vicioso, trastrocado por una seudosi-
metría también perversa)».

A esta altura de la carta Lucas empezó a decirse que sus
fatigas zipperianas eran poca cosa frente a las de quien se había impuesto la tarea de rehacer lusitanamente una escalera
de peldaños castellanos. Trujamán veterano, estaba en condiciones de valorar el montaje operado por Haroldo; un bello
juego poético inicial se potenciaba y ahora, cosa igualmente
bella, Lucas podía saborear su soneto sin la inevitable dero-
gación que significa ser el autor y tender por lo tanto e insensatamente a la modestia y a la autocrítica. Nunca se le hubiera ocurrido publicar su soneto con notas, pero en cambio le
encantó reproducir las de Haroldo, que de alguna manera
parafraseaban sus propias dificultades a la hora de escribirlo.

«En los tercetos», continuaba Haroldo, «dejo firmada
(confesada y atestiguada) mi *infelix culpa* dragománica (N.B.:

dragomaníaca). El "antagonista" de tu soneto es ahora explícitamente un "contraventor"; el "obstinado hacedor de la poesía", un *re*-fator contumaz (sin pérdida de la connotación forense...) *desta* poesía (de este poema, del *Zipper Sonnet*). Última signatura del *échec impuni: braço* (brazo) rimando imperfectamente con *abaixo* (abajo) en los versos terminales de los dos tercetos. Hay también un adjetivo "migratorio": *alterna*, que salta del primer verso de tu segunda estrofa ("alterna imagen") para insinuarse en el último de mi terceto segundo, "alterno braço" (¿el gesto del traductor como otredad irredenta y duplicidad irrisoria?)».

En el balance final de este sutil trabajo de Aracné, agregaba Haroldo: «La métrica, la autonomía de los sintagmas, la *zip-lectura* al revés, sin embargo, quedaron a salvo sobre las ruinas del vencido (aunque no convencido) *traditraduttore*; quien así, "derridianamente", por no poder sobrepasarlas, difiere sus diferencias *(différences)*...».

También Lucas había diferido sus diferencias, porque si un soneto es de por sí una relojería que sólo excepcionalmente alcanza a dar la hora justa de la poesía, un *zipper sonnet* reclama por un lado el decurso temporal corriente y por otro la cuenta al revés, que lanzarán respectivamente una botella al mar y un cohete al espacio. Ahora, con la biopsia operada por Haroldo de Campos en su carta, podía tenerse una idea de la máquina; ahora se podía publicar el doble *zipper* argentino-brasileño sin irrumpir en la pedantería. Animado, optimista, mishkinianamente idiota como siempre, Lucas empezó a soñar con otro *zipper sonnet* cuya doble lectura fuera una contradicción recíproca y a la vez la fundación de una tercera lectura posible. A lo mejor alcanzará a escribirlo; por ahora el balance es una lluvia de bollos de papel, vasos vacíos y ceniceros llenos. Pero de cosas así se alimenta la poesía, y en una de ésas quién te dice, o le dice a un tercero que recogerá esa esperanza para una vez más colmar, calmar a Violante.

Lucas, sus sueños

A veces les sospecha una estrategia concéntrica de leopardos que se acercaran paulatinamente a un centro, a una bestia temblorosa y agazapada, la razón del sueño. Pero se despierta antes de que los leopardos hayan llegado a su presa y sólo le queda el olor a selva y a hambre y a uñas; con eso apenas, tiene que imaginar a la bestia y no es posible. Comprende que la cacería puede durar muchos otros sueños, pero se le escapa el motivo de esa sigilosa dilación, de ese acercarse sin término. ¿No tiene un propósito el sueño, y no es la bestia ese propósito? ¿A qué responde esconder repetidamente su posible nombre: sexo, madre, estatura, incesto, tartamudeo, sodomía? ¿Por qué si el sueño es para eso, para mostrarle al fin la bestia? Pero no, entonces el sueño es para que los leopardos continúen su espiral interminable y solamente le dejen un asomo de claro de selva, una forma acurrucada, un olor estancándose. Su ineficacia es un castigo, acaso un adelanto del infierno; nunca llegará a saber si la bestia despedazará a los leopardos, si alzará rugiendo las agujas de tejer de la tía que le hizo aquella extraña caricia mientras le lavaba los muslos, una tarde en la casa de campo, allá por los años veinte.

Lucas, sus hospitales (II)

Un vértigo, una brusca irrealidad. Es entonces cuando la otra, la ignorada, la disimulada realidad salta como un sapo en plena cara, digamos en plena calle (¿pero qué calle?) una mañana de agosto en Marsella. Despacio, Lucas, vamos por partes, así no se puede contar nada coherente. Claro que. *Coherente*. Bueno, de acuerdo, pero intentemos agarrar el piolín por la punta del ovillo, ocurre que a los hospitales se ingresa habitualmente como enfermo pero también se puede llegar en calidad de acompañante, es lo que te sucedió hace tres días y más precisamente en la madrugada de anteayer cuando una ambulancia trajo a Sandra y a vos con ella, vos con su mano en la tuya, vos viéndola en coma y delirando, vos con el tiempo justo de meter en un bolsón cuatro o cinco cosas todas equivocadas o inútiles, vos con lo puesto que es tan poco en agosto en Provenza, pantalón y camisa y alpargatas, vos resolviendo en una hora lo del hospital y la ambulancia y Sandra negándose y médico con inyección calmante, de golpe los amigos de tu pueblito en las colinas ayudando a los camilleros a entrar a Sandra en la ambulancia, vagos arreglos para mañana, teléfonos, buenos deseos, la doble puerta blanca cerrándose cápsula o cripta y Sandra en la camilla delirando blandamente y vos a los tumbos parado junto a ella porque la ambulancia tiene que bajar por un sendero de piedras rotas hasta alcanzar la carretera, medianoche con Sandra y dos enfermeros y una luz que es ya de hospital, tubos y frascos y olor de ambulancia perdida en plena noche en las colinas

443

hasta llegar a la autopista, bufar como tomando empuje y largarse a toda carrera con el doble sonido de su bocina, ese mismo tantas veces escuchado desde fuera de una ambulancia y siempre con la misma contracción del estómago, el mismo rechazo.

Desde luego que conocías el itinerario pero Marsella enorme y el hospital en la periferia, dos noches sin dormir no ayudan a entender las curvas ni los accesos, la ambulancia caja blanca sin ventanillas, solamente Sandra y los enfermeros y vos casi dos horas hasta una entrada, trámites, firmas, cama, médico interno, cheque por la ambulancia, propinas, todo en una niebla casi agradable, un sopor amigo ahora que Sandra duerme y vos también vas a dormir, la enfermera te ha traído un sillón extensible, algo que de sólo verlo preludia los sueños que se tendrán en él, ni horizontales ni verticales, sueños de trayectoria oblicua, de riñones castigados, de pies colgando en el aire. Pero Sandra duerme y entonces todo va bien, Lucas fuma otro cigarrillo y sorprendentemente el sillón le parece casi cómodo y ya estamos en la mañana de anteayer, cuarto 303 con una gran ventana que da sobre lejanas sierras y demasiado cercanos parkings donde obreros de lentos movimientos se desplazan entre tubos y camiones y basuras, lo necesario para remontarle el ánimo a Sandra y a Lucas.

Todo va muy bien porque Sandra se despierta aliviada y más lúcida, le hace bromas a Lucas y vienen los internos y el profesor y las enfermeras y pasa todo lo que tiene que pasar en un hospital por la mañana, la esperanza de salir enseguida para volver a las colinas y al descanso, yogur y agua mineral, termómetro en el culito, presión arterial, más papeles para firmar en la administración y es entonces cuando Lucas, que ha bajado para firmar esos papeles y se pierde a la vuelta y no encuentra los pasillos ni el ascensor, tiene como la primera y aún débil sensación de sapo en plena cara, no dura nada porque todo está bien, Sandra no se ha movido de la cama y le pide que vaya a comprarle cigarrillos (buen síntoma) y a telefonear a los amigos para que sepan cómo todo va bien y lo prontísimo que Sandra va a volver con Lucas a las colinas y a la calma, y Lucas dice que sí mi amor, que cómo no, aunque sabe que eso de volver pronto no será nada pronto, busca el dinero que por suerte se acordó de traer, anota los teléfonos y entonces Sandra le dice que no tienen dentífrico (buen síntoma) ni toallas porque a los hospitales franceses hay que venir con su toalla y su jabón y a veces con sus cubiertos, entonces Lucas hace una lista de compras higiénicas y agrega una camisa de recambio para él y otro slip y para Sandra un camisón y unas sandalias porque a Sandra la sacaron descalza por supuesto para subirla a la ambulancia y quién va a pensar a medianoche en cosas así cuando se llevan dos días sin dormir.

Esta vez Lucas acierta a la primera tentativa el camino hasta la salida que no es tan difícil, ascensor a la planta baja, un pasaje provisional de planchas de conglomerado y piso de tierra (están modernizando el hospital y hay que seguir las flechas que marcan las galerías aunque a veces no las marcan o las marcan de dos maneras), después un larguísimo pasaje pero éste de veras, digamos el pasaje titular con infinitas salas y oficinas a cada lado, consultorios y radiología, camillas con camilleros y enfermos o solamente camilleros o solamente enfermos, un codo a la izquierda y otro pasaje con todo lo ya descrito y mucho más, una galería angosta que da a un crucero y por fin la galería final que lleva a la salida. Son las diez de la mañana y Lucas un poco sonámbulo pregunta a la señora de *Informaciones* cómo se consiguen los artículos de la lista y la señora le dice que hay que salir del hospital por la derecha o la izquierda, da lo mismo, al final se llega a los centros comerciales y claro, nada está muy cerca porque el hospital es enorme y funge en un barrio excéntrico, calificación que Lucas habría encontrado perfecta si no estuviera tan sonado, tan salido, tan todavía en el otro contexto allá en las colinas, de manera que ahí va Lucas con sus zapatillas de entrecasa y su camisa arrugada por los dedos de la noche en el sillón de supuesto reposo, se equivoca de rumbo y acaba en otro pabellón del hospital, desanda las calles interiores y al fin da con una puerta de salida, hasta ahí todo bien aunque de cuando en cuando un poco el sapo en plena cara, pero él se aferra al hilo mental que lo une a Sandra allá arriba en ese pabellón ya invisible y le hace bien pensar que Sandra está un poco mejor, que va a traerle un camisón (si encuentra) y dentífrico y sandalias. Calle abajo siguiendo el paredón del hospital que ripiosamente hace pensar en el de un cementerio, un calor que ha ahuyentado a la gente, *no hay nadie*, sólo los autos raspándolo al pasar porque la calle es estrecha, sin árboles ni sombra, la hora cenital tan alabada por el poeta y que aplasta a Lucas un poco desanimado y perdido, esperando ver por fin un supermercado o al menos dos o tres boliches, pero nada, más de medio kilómetro para al fin después de un viraje descubrir que Mammón no ha muerto, estación de servicio que ya es algo, tienda (cerrada) y más abajo el supermercado con viejas acanastadas saliendo y entrando y carritos y parkings llenos de autos. Allí Lucas divaga por las diferentes secciones, encuentra jabón y dentífrico pero le falla todo lo otro, no puede volver a Sandra sin la toalla y el camisón, le pregunta a la cajera que le aconseja tomar a la derecha después a la izquierda (no es exactamente la izquierda pero casi) y la avenida Michelet donde hay un gran supermercado con toallas y esas cosas. Todo suena como en un mal sueño porque Lucas se cae de cansado y hace un calor terrible y no es una zona de taxis y cada nueva indicación lo aleja más y más del hospital. Venceremos, se dice Lucas secándose la cara, es cierto que todo es un mal sueño, Sandra osita, pero venceremos, verás, tendrás la toalla y el camisón y las sandalias, puta que los parió.

Dos, tres veces se para a secarse la cara, ese sudor no es natural, es algo casi como miedo, un absurdo desamparo en medio (o al final) de una populosa urbe, la segunda de Francia, es algo como un sapo cayéndole de golpe entre los ojos, ya no sabe realmente dónde está (está en Marsella pero dónde, y ese *dónde* no es tampoco el lugar donde está), todo se da como ridículo y absurdo y mediodía el justo, entonces una señora le dice ah el supermercado, siga por ahí, después da vuelta a la derecha y llega al bulevar, enfrente está Le Corbusier y enseguida el supermercado, claro que sí, camisones eso seguro, el mío por ejemplo, de nada, acuérdese primero por ahí y después da vuelta.

A Lucas le arden las zapatillas, el pantalón es un mero grumo sin hablar del slip que parece haberse vuelto subcutáneo, primero por ahí y después da vuelta y de golpe la *Cité Radieuse*, de golpe y contragolpe está delante de un bulevar arbolado y ahí enfrente el célebre edificio de Le Corbusier que veinte años atrás visitó entre dos etapas de un viaje por el sur, solamente que entonces a espaldas del edificio radiante no había ningún supermercado y a espaldas de Lucas no había veinte años más. Nada de eso importa realmente porque el edificio radiante está tan estropeado y poco radiante como la primera vez que lo vio. No es lo que importa ahora que está pasando bajo el vientre del inmenso animal de cemento armado para acercarse a los camisones y a las toallas. No es eso pero de todos modos ocurre ahí, justamente en el único lugar que Lucas conoce dentro de esa periferia marsellesa a la que ha llegado sin saber cómo, especie de paracaidista lanzado a las dos de la mañana en un territorio ignoto, en un hospital laberinto, en un avanzar y avanzar a lo largo de instrucciones y de calles vacías de hombres, solo peatón entre automóviles como bólidos indiferentes, y ahí bajo el vientre y las patas de concreto de lo único que conoce y reconoce en lo desconocido, es ahí que el sapo le cae de veras en plena cara, un vértigo, una brusca irrealidad, y es entonces que la otra, la ignorada, la disimulada realidad se abre por un segundo como un tajo en el magma que lo circunda, Lucas ve duele tiembla huele la verdad, estar perdido y sudando lejos de los pilares, los apoyos, lo conocido, lo familiar, la casa en las colinas, las cosas en la cocina, las rutinas deliciosas, lejos hasta de Sandra que está tan cerca pero dónde porque ahora habrá que preguntar de nuevo para volver, jamás encontrará un taxi en esa zona hostil y Sandra no es Sandra, es un animalito dolorido en una cama de hospital pero justamente sí, ésa es Sandra, ese sudor y esa angustia son el sudor y la angustia, Sandra es eso ahí cerca en la incertidumbre y los vómitos, y la realidad última, el tajo en la mentira es estar perdido en Marsella con Sandra enferma y no la felicidad con Sandra en la casa de las colinas.

Claro que esa realidad no durará, por suerte, claro que Lucas y Sandra saldrán del hospital, que Lucas olvidará este momento en que solo y perdido se descubre en lo absurdo de no estar ni solo ni perdido y sin embargo, sin embargo. Piensa vagamente (se siente mejor, empieza a burlarse de esas puerilidades) en un cuento leído hace siglos, la historia de una falsa banda de música en un cine de Buenos Aires. Debe haber algo de parecido entre el tipo que imaginó ese cuento y él, vaya a saber qué, en todo caso Lucas se encoge de hombros (de veras, lo hace) y termina por encontrar el camisón y las sandalias, lástima que no hay alpargatas para él, cosa insólita y hasta escandalosa en una ciudad del justo mediodía.

448

Lucas, sus pianistas

Larga es la lista como largo el teclado, blancas y negras, marfil y caoba; vida de tonos y semitonos, de pedales fuertes y sordinas. Como el gato sobre el teclado, cursi delicia de los años treinta, el recuerdo apoya un poco al azar y la música salta de aquí y de allá, ayeres remotos y hoyes de esta mañana (tan cierto, porque Lucas escribe mientras un pianista toca para él desde un disco que rechina y burbujea como si le costara vencer cuarenta años, saltar al aire aún no nacido el día en que grabó *Blues in Thirds*).

Larga es la lista, Jelly Roll Morton y Wilhelm Backhaus, Monique Haas y Arthur Rubinstein, Bud Powell y Dinu Lipati. Las desmesuradas manos de Alexander Brailovsky, las pequeñitas de Clara Haskil, esa manera de escucharse a sí misma de Margarita Fernández, la espléndida irrupción de Friedrich Gulda en los hábitos porteños del cuarenta, Walter Gieseking, Georges Arvanitas, el ignorado pianista de un bar de Kampala, don Sebastián Piana y sus milongas, Maurizio Pollini y Marian McPartland, entre olvidos no perdonables y razones para cerrar una nomenclatura que acabaría en cansancio, Schnabel, Ingrid Haebler, las noches de Solomon, el bar de Ronnie Scott en Londres donde alguien que volvía al piano estuvo a punto de volcar un vaso de cerveza en el pelo de la mujer de Lucas y ese alguien era Thelonious, Thelonious Sphere, Thelonious Sphere Monk.

A la hora de su muerte, si hay tiempo y lucidez, Lucas pedirá escuchar dos cosas, el último quinteto de Mozart y un cierto solo de piano sobre el tema de *I ain't got nobody*. Si siente que el tiempo no alcanza, pedirá solamente el disco de piano. Larga es la lista, pero él ya ha elegido. Desde el fondo del tiempo, Earl Hines lo acompañará.

Lucas, sus largas marchas

Todo el mundo sabe que la Tierra está separada de los otros astros por una cantidad variable de años luz. Lo que pocos saben (en realidad, solamente yo) es que Margarita está separada de mí por una cantidad considerable de años caracol.

Al principio pensé que se trataba de años tortuga, pero he tenido que abandonar esa unidad de medida demasiado halagadora. Por poco que camine una tortuga, yo hubiera terminado por llegar a Margarita, pero en cambio Osvaldo, mi caracol preferido, no me deja la menor esperanza. Vaya a saber cuándo se inició la marcha que lo fue distanciando imperceptiblemente de mi zapato izquierdo, luego que lo hube orientado con extrema precisión hacia el rumbo que lo llevaría a Margarita. Repleto de lechuga fresca, cuidado y atendido amorosamente, su primer avance fue promisorio, y me dije esperanzadamente que antes de que el pino del patio sobrepasara la altura del tejado, los plateados cuernos de Osvaldo entrarían en el campo visual de Margarita para llevarle mi mensaje simpático; entre tanto, desde aquí podía ser feliz imaginando su alegría al verlo llegar, la agitación de sus trenzas y sus brazos.

Tal vez los años luz son todos iguales, pero no los años caracol, y Osvaldo ha cesado de merecer mi confianza. No es que se detenga, pues me ha sido posible verificar por su huella argentada que prosigue su marcha y que mantiene la buena dirección, aunque esto suponga para él subir y bajar in-

451

contables paredes o atravesar íntegramente una fábrica de fideos. Pero más me cuesta a mí comprobar esa meritoria exactitud, y dos veces he sido arrestado por guardianes enfurecidos a quienes he tenido que decir las peores mentiras puesto que la verdad me hubiera valido una lluvia de trompadas. Lo triste es que Margarita, sentada en su sillón de terciopelo rosa, me espera del otro lado de la ciudad. Si en vez de Osvaldo yo me hubiera servido de los años luz, ya tendríamos nietos; pero cuando se ama larga y dulcemente, cuando se quiere llegar al término de una paulatina esperanza, es lógico que se elijan los años caracol. Es tan difícil, después de todo, decidir cuáles son las ventajas y cuáles los inconvenientes de estas opciones.

UN TAL LUCAS (INESPERADO)

Nota de los editores:

Completamos esta edición de *Un tal Lucas* con las once piezas que aparecen a continuación, publicadas en el volumen *Papeles inesperados* (Alfaguara, 2009).

Hospital Blues

La visita de los tártaros

Son como cuervos, uno no consigue ingresar tranquilo a un hospital porque tres horas después ahí están preguntando si se puede, si no molestan, en una palabra instalándose para un buen rato. Vienen juntos, por supuesto, porque Calac sin Polanco es como Polanco sin Calac, y me traen el diario de la tarde con el aire de quienes han hecho un gran sacrificio.

—Desde luego no será contagioso —dice Polanco, que da la impresión de presumir exactamente lo contrario—. Mejor no te damos la mano, porque uno viene del ámbito ecológico con toda clase de gérmenes nocivos, y hay que pensar en tu situación.

—En cambio conviene fumar —dice Calac sentándose en la mejor silla—, eso desalienta al microbio.

Les estoy agradecido, claro, pero tengo fiebre (de Malta, parece) y cruzo los dedos para que se vayan lo antes posible.

—¿Tenés calambres en las manos? —dice Calac—. Podría ser un síntoma útil para el galeno.

Descruzo los dedos mientras veo cómo mi atado de cigarrillos entra en un ciclo de disminución acelerada.

—El hospital tiene sus ventajas —sostiene Polanco—, vos te relajás de las crispaciones de la vida, y esas ricuchas que circulan por el pasillo se ocupan de vos y te dicen que todo va bien, cosa que otros no se animarían porque en una de ésas andá a saber.

—En su caso no hay problema —dice Calac mirando duro a Polanco—. ¿Ya te hicieron el diagnóstico?

—A medias —digo—. Parece que tengo un virus que se pasea por todos lados, razón por la cual —subrayado— mucha tranquilidad, silencio —subrayadísimo—, reposo, sueño y aire puro.

—Para todo eso no hay como los amigos —dice Polanco—, te levantan el ánimo y te refrescan el alma, a mí una vez me mordió un perro y por las dudas estuve diez días en el Instituto Pasteur, fijate como sería de favorable el ambiente que la barra del café Toscano venía a verme y un día trajeron la guitarra y todo.

—¿Y les permitían? —murmuro aterrado.

—Al principio sí, pero después vino el jefe de la sala y dijo que en su opinión también a ellos había que hacerles el tratamiento antirrábico, con lo cual la concurrencia se desmedró bastante. La gente no comprende la *joie de vivre*, vos te das cuenta.

—Aquí se ve que es otra cosa —concede Calac—, hay más cultura, fijate ese lavatorio y la repisita debajo del espejo. Son detalles, pero expresan una cosmovisión.

"Debe ser la fiebre", pienso yo.

—¿Y cómo te va con las enfermeras, o sea las nurses? —dice Polanco.

—Como salva sea la parte —contesto—, ya que justamente es la única que me han colonizado hasta ahora para acribillarme a antibióticos.

—Madre querida —dice Polanco—. ¿Pero vos no sabías que los antibióticos son el peor espejismo de este tiempo? Te vas a quedar sin flora intestinal y sin glóbulos rojos, te vas a deshidratar, corrés peligro de descalcificación molar, el oído se resiente, hay trastornos vegetativos, falla el metabolismo, y al final...

—¿Qué te pareció la goleada de Racing? —dice rápido Calac, mientras Polanco se frota el tobillo donde evidentemente le acaban de pegar una patada como proemio al cambio de tema.

—No pude ver el partido —digo—, aquí te prohíben la TV y la radio.

—Si es así —dice Calac mirándome inquieto—, supongo que te pasas el tiempo escribiendo.

—Sí.

—Ah. Entonces va a ser mejor que nos vayamos.

—No sea cosa —apoya Polanco, ya en la puerta.

—Quédense un poco más —miento como un vendedor de alfombras.

—Mejor que descanses —dicen los tártaros a un tiempo, y hasta cierran la puerta al desaparecer. Me lleva un rato sobreponerme a la estupefacción después de semejante mutis, hasta que comprendo. La idea de saberme escribiendo algo los pone fuera de sí, los obliga a tomar distancia hasta que poco a poco pierden el miedo y recuperan esa soltura que entre otras cosas los ha ayudado a irse con mis únicos cigarrillos. Me quedo triste en el crepúsculo del hospital. Después de todo, ¿por qué se inquietan tanto? Nunca los he tratado mal, que yo sepa. Al contrario, hay mucha gente que los estima y se divierte con ellos a través de mí. Ahora mismo, ¿los he mostrado acaso bajo una luz desfavorable? Vuelvan, che, tráiganme el diario y tabaco. Vuelvan uno de estos días, yo estaré mejor y charlaremos largo y tupido hasta que la enfermera los eche. Vuelvan, muchachos.

Largas horas diferentes

Si se está obligado a no moverse de la cama, una pieza de hospital se vuelve cabina estratosférica: todo en ella responde a un ritmo que poco tiene que ver con el ritmo cotidiano de la ciudad ahí afuera, ahí al lado. Se está en otro orden, se entra en otros ciclos, como un astronauta que sin embargo siguiera viendo los árboles más allá de la ventana, el paso de las nubes, la grúa anaranjada que va y viene transportando cemento y ladrillos.

El tiempo se contrae y se dilata aquí de una manera que nada tiene que ver con ese otro tiempo por el que oigo correr los autos en la calle del hospital. A la hora en que mis amigos duermen profundamente, la luz se enciende en mi pieza y la primera enfermera del día viene a tomarme el pulso y la temperatura. Jamás, del otro lado, tomé el desayuno tan temprano, y al principio me quedaba dormido sobre mi modesta ración de pan sin sal y mi tazón de té; el hombre de fuera lucha con el de dentro, su cuerpo no comprende esta mutación.

Por eso después del desayuno me duermo de nuevo, mientras del otro lado la gente se levanta, toma su café y se va al trabajo; estamos ya en plena diferencia, que se acentuará a medida que avance el día. Aquí, por ejemplo, hay una saturación máxima de actividades entre las diez y las doce, que comparativamente supera la del otro lado; las enfermeras preparan al paciente para la visita de los médicos, hay que levantarse para que nos tiendan la cama, el agua y el jabón invaden el suelo, llega el médico jefe con su séquito de internos y estudiantes, se discute y se diagnostica, se saca la lengua y se muestra la barriga, se dice treintatrés y se hacen preguntas ansiosas a las que responden sonrisas diplomadas. Apenas ha terminado esta convulsiva acumulación de actividades cuando llega el almuerzo, exactamente a la hora en que mis amigos estiran las piernas y toman un cafecito hablando de cosas livianas. Y cuando ellos salgan a almorzar y los restaurantes se llenen de voces, servilletas y pucheros a la española, aquí se ha pasado ya al gran silencio, al silencio un poco pavoroso de la larga tarde que empieza.

De la una a las seis no ocurre nada, el tiempo para los insomnes o los que no aman la lectura se vuelve como un disco de cuarenta y cinco revoluciones pasado a dieciséis, una lenta goma resbalosa. Incluso las visitas, reglamentariamente muy cortas, no alcanzan a anular ese desierto de tiempo, que sentiremos todavía más cuando se hayan ido. Entre tanto el mundo de afuera alcanza en esas horas su paroxismo de trabajo, de tráfico, los ministros celebran entrevistas trascendentales, el dólar sube o baja, las grandes tiendas no dan abasto, el cielo concentra la máxima cantidad de aviones, mientras aquí en el hospital llenamos lentamente un vaso de agua, lo bebemos haciéndolo durar, encendemos un cigarrillo como un ritual que inscriba un contenido mínimo y precioso en ese silencio de los pasillos, en esa duración interminable. Entonces llegará la cena entre cinco y media y seis, y cuando a su vez la gente de fuera se disponga a cenar nosotros estaremos ya durmiendo, irremediablemente desplazados de lo que era nuestra lejanísima vida de una semana atrás.

Imagino que las cárceles y los cuarteles responderán también a ritmos diferentes del gran ritmo. A las nueve de la noche el prisionero y el soldado pensarán como nosotros que en ese instante se levantan los telones de los teatros, que la gente entra en los cines y los restaurantes. Por razones diferentes pero análogas la ciudad nos margina, y eso, de alguna manera más o menos clara, duele. Acaso ese dolor hace que algunos tardemos en mejorar, que otros vuelvan a la delincuencia, y que otros descubran poco a poco un placer en la idea de matar.

Observaciones inquietantes

La ciencia médica hace prodigios en los hospitales, y se acerca el día en que habrá barrido definitivamente con los variados gérmenes, microbios y virus que nos obligan a asilarnos en sus blancas salas protectoras. Lo único que la ciencia no conseguirá vencer jamás es las miguitas de pan.

Las llamo miguitas porque me gusta la palabra, pero en realidad las peligrosas son las costritas o cascaritas, eso que todo pan bien nacido disemina en torno suyo apenas le metemos mano con fines de deglución. Sin que nos demos cuenta hay como silenciosas explosiones en la superficie del pan, y cuando creemos haberlo comido ocurre que las miguitas han saltado a los lugares menos esperables y están ahí, invencibles y sigilosas, prontas a lo peor.

Uno agota su imaginación tratando de averiguar lo que pasa. Después de haber almorzado en su cama, bien sentado, con las colchas y las sábanas perfectamente tendidas, la bandeja sobre las rodillas como una protección suplementaria, ¿cómo es posible que en ese instante en que suspiramos satisfechos y nos disponemos a encender un cigarrillo, una miguita se nos incruste dolorosamente allí donde la espalda cambia de nombre? Incrédulos, pensamos que es una reacción alérgica, un insecto capaz de burlar la higiene del hospital, cualquier cosa menos una miguita; pero cuando levantamos las sábanas y la región martirizada, toda duda se desvanece: la miguita está ahí, convicta y confesa, a menos que se haya adherido con todos sus dientes a nuestra más sensible piel y tengamos que arrancarla con las uñas.

He hecho la prueba: después de levantarme indignado, he abierto la cama en toda su longitud y procedido a una minuciosa sucesión de sacudidas y soplidos hasta tener la seguridad de que la sábana se presenta tan impoluta como una banquisa polar. Nuevamente acostado, llega el agradable momento de abrir la novela que estoy leyendo y encender el cigarrillo que tan bien se alía con el crepúsculo. Pasa un rato de perfecta paz, el hospital empieza a dormirse como un gran dragón bondadoso; entonces, en plena pantorrilla, una punzada pequeñita pero no menos devastadora. Enfurecido me tiro de la cama y miro; miro sin necesidad puesto que ya sé que está ahí, microscópi-

460

ca y perversa. Siempre estarán ahí, a pesar de Pasteur, del doctor Fleming y de las potentes aspiradoras que todo lo tragan; todo, sí, menos a ella. Ah, si pudiéramos decir: ¡El pan nuestro de cada día dánoslo hoy, pero quédate con las miguitas!

Los diálogos imposibles

El profesor llega a las once con su séquito de internos, enfermeras, estudiantes y gente del laboratorio. Entra amable y distante, pregunta cómo me siento, y en vez de escuchar mi respuesta (la escucha, claro, pero sin acuse de recibo) me toma el pulso y me mira la lengua. Armado de un profuso expediente, el interno le expone el resultado de los interrogatorios y los exámenes previos, y el profesor hasta echa una mirada de soslayo a mi diagrama de temperatura, que a mí me parece ominosamente parecido a uno de esos rayos que después de fulminar en zig-zag dieciocho eucaliptus terminan debajo de las faldas de una inocente pastora y liquidan de paso todo el rebaño de ovejas.

En general pasa que el profesor me hace una pregunta, y en mitad de mi respuesta intercambia miradas codificadas con el interno y ambos murmuran cosas tales como brucelosis, coagulación acelerada, dosaje de colesterol y otros términos pocas veces insertados en una frase que resulte comprensible para un lego. Es el momento en que yo tendría muchas cosas que decirle al profesor, cosas que siento, cosas que me pasan, por ejemplo la diferencia entre mi mundo onírico en tiempos de salud y la espantosa descarga de pesadillas que se abaten sobre mí desde hace un mes. Alcanzo a decirle uno que otro síntoma que me parece significativo; lo escucha amablemente pero en vez de tomar por ese camino bifurca de pronto en cosas como: "¿Así que usted empezó a sentirse mal en Turquía?". Todo el mundo lo sabe menos él en el hospital, aunque en realidad él también lo sabe pero de golpe lo único que parece interesarle es averiguar si Bodrum es un bello puerto, y hasta dónde viajé con mis amigos antes de volver a Francia. Me confía que conoce solamente las islas griegas, y entra en detalles sobre Delos y Mitilene, mientras el séquito guarda un silencio respetuoso y el enfermo se pregunta si la medicina no estará volviendo poco a poco a la magia de la cual salió. Tal vez sea simplemente eso: contestar acertadamente una cierta pregunta por absurda que parezca, o, inversamente, acertar con una pregunta que instantáneamente fulmine todos los microbios en varios metros a la redonda.

Ay, ojalá fuera así; la realidad es más prosaica y más triste: simplemente no hay contacto entre dos realidades que apenas se rozan tangencialmente unos pocos minutos por día, la realidad de un médico y la de un enfermo en un hospital. Si el enfermo es ingenuo e inocente, verá en el médico al taumaturgo y probablemente se curará por la suma de la fe y de los antibióticos. Pero si el diálogo se entabla entre el médico y un enfermo de su mismo calibre intelectual, este último sentirá casi enseguida la imposibilidad de decirle al médico lo que era necesario decir, lo que explicaba las razones de tantas cosas que dichas sin esas razones se vuelven absurdas o anodinas. La medicina psicosomática de nuestros días se toma su tiempo y permite ahondar en el pasado de una patología; pero ese tiempo no existe en torno de una cama de hospital, en el ritmo de trabajo de un profesor que va de enfermo en enfermo como el presidente de la nación cuando felicita a los vencedores del campeonato de fútbol y se detiene un segundo frente a cada uno para hacerle una pregunta y estrecharle la mano. Entonces lo único que queda es ser razonable y contestar en la misma línea: "Sí, doctor, las playas turcas son muy bonitas. Sí, excelencia, fue un partido duro, pero ya ve que al final les metimos la goleada padre".

Epílogo a cargo de mi amigo Lucas y una clínica de lujo*

Como la clínica donde se ha internado mi amigo Lucas es una clínica de cinco estrellas, los-enfermos-tienen-siempre-razón, y decirles que no cuando piden cosas absurdas es un problema serio para las enfermeras, todas ellas a cuál más ricucha y casi siempre diciendo que sí por las razones que preceden.

Desde luego no es posible acceder al pedido del gordo de la habitación 12, que en plena cirrosis hepática reclama cada tres horas una botella de ginebra, pero en cambio con qué placer, con qué gusto las chicas dicen que sí, que cómo no, que claro, cuando Lucas que ha salido al pasillo mientras le ventilan la habitación y ha descubierto un ramo de margaritas en la sala de espera, pide casi tímidamente que le permitan llevar una margarita a su pieza para alegrar el ambiente.

Después de acostar la flor en la mesa de luz, Lucas toca el timbre y solicita un vaso con agua para darle a la margarita una postura más adecuada. Apenas le traen el vaso y le instalan la flor, Lucas hace notar que la mesa de luz esta abarrotada de frascos, revistas, cigarrillos y tarjetas postales, de manera que tal vez se podría instalar una mesita a los pies de la cama, ubicación que le permitiría gozar de la presencia de la margarita sin tener que dislocarse el pescuezo para distinguirla entre los diferentes objetos que proliferan en la mesa de luz.

La enfermera trae enseguida lo solicitado y pone el vaso con la margarita en el ángulo visual más favorable, cosa que Lucas le agradece haciéndole notar de paso que como muchos amigos vienen a visitarlo y las sillas son tan

* Publicado como "Lucas, sus hospitales I" en *Un tal Lucas*.

escasas, nada mejor que aprovechar la presencia de la mesa para agregar dos o tres silloncitos confortables y crear un ambiente apto para la conversación.

Tan pronto las enfermeras aparecen con los sillones, Lucas les dice que se siente sumamente obligado hacia sus amigos que tanto lo acompañan en el mal trago, razón por la cual la mesa se prestaría perfectamente, previa colocación de un mantelito, para soportar dos o tres botellas de whisky y media docena de vasos, de ser posible esos que tienen el cristal facetado, sin hablar de un termo con hielo y botellas de soda.

Las chicas se desparraman en busca de estos implementos y los disponen artísticamente sobre la mesa, ocasión en la que Lucas se permite señalar que la presencia de vasos y botellas desvirtúa considerablemente la eficacia estética de la margarita, bastante perdida en el conjunto, aunque la solución es muy simple porque lo que falta de verdad en esa pieza es un armario para guardar la ropa y los zapatos, toscamente amontonados en un placard del pasillo, por lo cual bastará colocar el vaso con la margarita en lo alto del armario para que la flor domine el ambiente y le dé ese encanto un poco secreto que es la clave de toda buena convalecencia.

Sobrepasadas por los acontecimientos pero fieles a las normas de la clínica, las chicas acarrean trabajosamente un vasto armario sobre el cual termina por posarse la margarita como un ojo ligeramente estupefacto pero lleno de dorada benevolencia. Las enfermeras se trepan al armario para agregar un poco de agua fresca al vaso, y entonces Lucas cierra los ojos y dice que ahora todo está perfecto y que va a tratar de dormir un rato. Tan pronto le cierran la puerta se levanta, saca la margarita del vaso y la tira por la ventana porque no es una flor que le guste particularmente.

Lucas, las cartas que recibe

Rufino Bustos
Escribano público

De mi distinguida consideración:
                                    Tengo a honor comunicarle
que habiéndose vencido el plazo para el pago del alquiler
del departamento ocupado por usted, y no obstante los
siete avisos sucesivos que han quedado sin respuesta de
su parte, cúmpleme la obligación de intimar el abono del
susodicho alquiler más la multa del 5 % fijada por la ley,
siendo el último plazo el día jueves 16 de marzo de 1977.
En caso de no comparecencia o comunicación epistolar, se-
ráme preciso apelar al procedimiento de desalojo judicial,
con las costas a su cargo.
                                    Quedo de usted muy aten-
tamente

                                            Rufino Bustos

P. D. Anoche me creció otro dedo en cada pie.

Lucas, sus descubrimientos azarosos[*]

Hélène Cixous me enseña que *azar* viene de *az-zahr*, dado o juego de dados en árabe (siglo xii). Así, un *coup de dés jamais ne abolira le hasard* regresa a sí mismo, los dados no abolirán los dados, el azar no puede nada contra el azar

el azar es más fuerte que sí mismo,

hasarder, es decir osar (por qué no, entonces, *hazar*): el azar se vuelve activo, se mueve a sí mismo desde su propia terrible fuerza,

no puede impedirse, se propulsa, hazar es osar por sí mismo y desde sí mismo, sin poder abolirse, y como *toute pensée emet un coup de dés*, todo pensar haza, propulsa lo pensado inaboliblemente, fénix.

Resumen provisional de la dinámica humana: soy, ergo hazo,

y hazo porque soy,

y sólo soy hazando.

* Publicado como "Descubrimientos azarosos" en *Unomásuno*, México, 11 de abril de 1981.

Lucas, sus erratas*

Los textos escritos por Lucas han sido siempre espléndidos, es obvio, y por eso desde el principio lo aterraron las erratas que se sigilosaban en ellos para no solamente enchastrar una transparente efusión sino para cambiarle las más de las veces el sentido, con lo cual los motetes de Palestrina se metamorfoseaban en matetes de Palestina y así vamos.

El horror de Lucas ha sido tema de insomnio para más de cuatro correctores de pruebas, sin hablar de las puteadas de tanto abnegado linotipista a quien le llegaron originales llenos de *guarda con esto, ojo, attenti al piatto, aquí donde dice coño léase coño, carajo*, observaciones neuróticas que a veces son como un libro paralelo y en general más interesante que el contratado por un editor al borde de la hidrofobia.

Todo es inútil (pensamiento que Lucas pensó seriamente convertir en el título de un libro) porque las erratas como es sabido viven una vida propia y es precisamente esa idiosincrasia que llevó a Lucas a estudiarlas lupa en mano y preguntarse una noche de iluminación si el misterio de su sigilosancia no estaría en eso, en que no son palabras como las otras sino algo que invade ciertas palabras, un virus de la lengua, la CIA del idioma, la transnacional de la semántica. De ahí a la verdad sólo había un sapo (un paso) y Lucas tachó sapo porque no era en absoluto un sapo sino

* *Point of Contact*, Nueva York, vol. IV, n.° 1, otoño-invierno de 1994.

algo todavía más siniestro. En primer lugar el error estaba en agarrárselas contra las pobres palabras atacadas por el virus, y de paso contra el noble tipógrafo que se rendía a la contaminación. ¿Cómo nadie se había dado cuenta de que el enemigo cual caballo de Troya moraba en la mismísima ciudadela del idioma, y que su guarida era la palabra que, con brillante aplicación de las teorías del *chevalier* Dupin, se paseaba a vista y paciencia de sus victimas contextuales? A Lucas se le encendió la lamparita al mirar una vez más (porque acababa de escribirla con una bronca indecible) la palabra errata. De golpe vio por lo menos dos cosas, y eso que estaba ciegoderabia. Vio que en la palabra había una rata, que la errata era la rata de la lengua, y que su maniobra más genial consistía precisamente en ser la primera errata a partir de la cual podía salir en plan de abierta depredación sin que nadie se avivara. La segunda cosa era la prueba de un doble mecanismo de defensa, y a la vez de una necesidad de confesión disimulada (otra vez Poe); lo que hubiera podido leerse allí era *ergo rata*, conclusión cartesiana + estructuralista de una profunda intuición: *Escribo, ergo rata*. Diez puntos.

—Turras —dijo Lucas en brillante síntesis. De ahí a la acción no había más que un sapo. Si las erratas eran palabras invadidas por las ratas, gruyeres deformes donde el roedor se pasea impune, sólo cabía el ataque como la mejor defensa, y eso antes que nada, en el manuscrito original ahí donde el enemigo encontraba sus primeras vitaminas, los aminoácidos, el magnesio y el feldespato necesarios para su metabolismo. Provisto de una alcuza de DDT, nuestro Lucas espolvoreó las páginas apenas sacadas de la Smith-Corona eléctrica, colocando montoncitos de polvo letal sobre cada metida de pata (de rata, ahora se descubría que el viejo lugar común era otra prueba de la presencia omnímoda del adversario).

Como Lucas para equivocarse en la máquina es un as, no (la coma puede ser otra errata) le sobró gran cosa de polvo pero en cambio pudo gozar del vistoso espectáculo de una mesa recubierta de páginas y sobre ellas cantidad de volcancitos amarillos que dejó toda una noche para estar más seguro. Estos volcancitos estaban idénticos por la mañana, y su único resultado parecía ser una pobre polilla muerta encima de la palabra *elegía* que se situaba entre tres volcancitos de lo más copetones. En cuanto a las erratas, ni modo: cada una en su lugar, y un lagar para cada una.

Estornudando de rabia y de DDT, nuestro Lucas se fue a casa del ñato Pedotti que era una luz para el artesanado, y le encargó cincuenta tramperas miniaturas, que el ñato fabricó con ayuda de un joyero japonés y que costaron un hueco. Apenas las tuvo, más o menos ocho meses más tarde, Lucas puso sus últimas páginas en la mesa y con ayuda de una lupa y una pinza para cejas cortó microtajadas de queso tandil y montó las tramperas al lado de cada errata. Puede decirse que esa noche no durmió, en parte por los nervios y también porque se la pasó bailando con una nena martiniquesa en una milonga de barrio, cosa de despejar el ambiente hogareño para que el silencio y las tinieblas coadyuvaran con la tarea lustral. A las nueve, después de arropar bien a la nena porque tendía a la coriza, volvió a su casa y encontró las cincuenta tramperas tan abiertas como al principio salvo una que se había cerrado al cuete.

Desde ese día Lucas progresa en una teoría con arreglo a la cual las ratas no viven ni comen en las erratas sino que se alojan del lado del que escribe o compone, a partir del cual operan salidas y retiradas fulminantes que les permiten elegir los mejores bocados, hacer polvo a las pobres palabras preferidas y volverse en un siesnoés a su lugar de origen. En ese caso cabe preguntarse si moran en los diez dedos, en los ojos o todavía peor en la materia gris del escriba. Claro que esta teoría, por alucinante que parezca, deja perfectamente frío a Lucas porque le da la impresión de que ya otros la enunciaron cambiando solamente el vocabulario, complejos, Edipo, castración, Jung, acto falluto, etc. Andá ponele DDT a cosas así, después me contás.

Lucas, sus experiencias cabalísticas*

Todo le viene de un amigo que cada diez palabras se para en seco y estudia lo que ha dicho Lucas y empieza a darle vuelta las palabras y las frases como si fueran guantes, ocupación repugnante para Lucas pero qué le va a hacer si el otro por ahí le saca cosas como conejos de la galera. Cuando no es anagrama es palindroma o rima interna o doble sentido, al final apenas Lucas dice buenos días el otro se lo explaya y cuando te das cuenta es lo que el viento se llevó en tres tomos, mejor callarse y aceptar, otro cafecito y esas cosas.

El tipo no se pierde una, y le cuenta a Lucas que para él las palabras no son más que un comienzo, una faceta de un poliedro vertiginoso, y si Lucas trata de pararlo con una de sus sonrisas sardónicas que siempre le valieron el horror de los contertulios del café Rubí su amigo se revira y le dice mirá, yo qué puedo hacer contra esos biombos que parecen tan chicos ahí en la sala, vos estás mirando el biombo con su dibujo de arrozales y un paisano montado en un búfalo, pensás que los biombos son como los párpados de las casas, esas imágenes vistosas, y en eso la señora de Cinamomo se le acerca y lo despliega una vez y dos veces y después tres veces, el biombo se agranda y los arrozales se achican porque ahora hay un río, vos qué te ibas a imaginar que en ese biombo había un río y de golpe una ciudad con gentes

* *Point of Contact*, Nueva York, vol. IV, n.º 1, otoño-invierno de 1994.

que van y vienen, casitas con gente que toma el té y geishas como mariposas a menos que sean mariposas con kimono. A mí eso me pasó siempre con las palabras desde que era un pibe guagua gurí escuincle criança (acabala, interfiere Lucas, ya entendí que te referís a la infancia), pero eso no es nada, viejo, las letras me sacaban ya de las casillas, las siglas o las iniciales, las miraba y bóing, del otro lado, supersónicamente, cosas y cosas y cosas mientras mi tía me pellizcaba y puta si me acuerdo cómo decía: Este chico debe ser idiota, a la mitad de una palabra se queda como un opa mirando pa'el lao de los tomates. Mis iniciales, fíjate, un día las escribo en el cuaderno de aritmética porque la maestra quería orden y progreso en los deberes, y cuando veo J. C. paf, el satori, veo Jesús Cristo y encima (o detrás, por respeto) Jean Cocteau. Parece nada, pero son cosas que marcan, para peor cuarenta años más tarde estoy en San Francisco charlando con una amiga entre dos viajes de esos que la moral repudia, y le cuento y ella se tapa con la sábana porque le viene como un repeluzno y me pregunta si además de las dos iniciales no tengo otro nombre de pila y yo le digo que sí, que me da vergüenza porque es horrible pero que además de Julio me llamo Florencio, y entonces ella suelta una de esas carcajadas que acaban con todos los objetos de la mesita de luz, y me dice:

—*Jesus Fucking Christ!*

Se comprende que después de eso, Lucas aluda a la Cábala con un pavoroso respeto.

Lucas, sus hipnofobias*

En todo lo que toca al sueño Lucas se muestra muy prudente. Cuando el doctor Feta proclama que para él no hay nada mejor que el apoliyo, Lucas aprueba educadamente, y cuando la nena de su corazón se enrolla como una oruguita y le dice que no sea malo y la deje dormir otro poco en vez de empezar de nuevo la clase de geografía íntima, él suspira resignado y la tapa después de darle un chirlito ahí donde a la nena más bien le gusta.

Pasa que en el fondo Lucas desconfía del sueño llamado reparador porque a él no le repara gran cosa. En general antes de irse a la cama está en forma, no le duele nada, respira como un puma, y si no fuera que tiene sueño (ésa es la contra) se quedaría toda la noche escuchando discos o leyendo poesía, que son dos grandes cosas para la noche. Al final se mete en el sobre, qué va a hacer si se le cierran los ojos con saña tenaz, y duerme de una sentada hasta las ocho y media, hora en que misteriosamente tiende siempre a despertarse.

Cuando rejunta las primeras ideas que difícilmente se abren paso entre bostezos y gruñidos, Lucas suele descubrir que algo ha empezado a dolerle o a picarle, a veces es un diluvio de estornudos, un hipo de pótamo o una tos de granada lacrimógena. En el mejor de los casos está cansa-

* *Cuadernos Hispanoamericanos*, Madrid, n.º 364-366, octubre-diciembre de 1980.

dísimo y la idea de cepillarse los dientes le parece más agobiante que una tesis sobre Amado Nervo. Poco a poco se ha ido dando cuenta de que el sueño es algo que fatiga horriblemente, y el día en que un hombre sabio le dijo que el organismo pierde muchas de sus defensas en aras de Morfeo, nuestro Lucas bramó de entusiasmo porque la biología le estaba refrendando la cenestesia, si cabe la perífrasis.

En esto por lo menos Lucas es serio. Tiene miedo de dormir porque tiene miedo de lo que va a encontrar al despertarse, y cada vez que se acuesta es como si estuviera en un andén despidiéndose a sí mismo. El nuevo encuentro matinal tiene la ominosa calidad de casi todos los re-encuentros: Lucas 1 descubre que Lucas 2 respira mal, al sonarse siente un dolor terrible en la nariz y el espejo le revela la irrupción nocturna de un tremendo grano. Hay que convencerse: estaba tan bien la noche antes y ahora, aprovechando esa especie de renuncia de ocho horas, su toma de aire aparece coronada por este glorufo que le hace ver el sol *e l'altre stelle* porque como tiene que sonarse a cada momento *because* el resfrío matinal, qué te cuento lo que duele.

Las anginas, la gripe, las maléficas jaquecas, el estreñimiento, la diarrea, los eczemas, se anuncian con el canto del gallo, animal de mierda, y ya es tarde para pararles el carro, el sueño ha sido una vez más su fábrica y su cómplice, ahora empieza el día, o sea las aspirinas y el bismuto y los antihistamínicos. Casi dan ganas de irse a dormir de nuevo puesto que ya muchos poetas decretaron que en el sueño espera el olvido, pero Lucas sabe que Hipnos es el hermano de Tánatos y entonces se prepara un café renegrido y un buen par de huevos fritos rociados con estornudos y puteadas, pensando que otro poeta dijo que la vida es una cebolla y que hay que pelarla llorando.

Lucas, sus huracanes*

*Para Carol, que en el malecón
de La Habana sospechaba que el viento
del norte no era del todo inocente.*

El otro día instalé una fábrica de huracanes en la costa
de la Florida, que se presta por tantas razones, y ahí nomás
hice entrar en acción los helicoides turbinantes, los proyec-
tarráfagas a neutrones comprimidos y los atorbellinadores
de suspensión coloidal, todo al mismo tiempo para hacerme una idea de conjunto sobre la performance.

Por la radio y la televisión fue fácil seguir el derrotero
de mi huracán (lo reivindico expresamente porque nunca
faltan otros que se pueden calificar de espontáneos), y ahí
te quiero ver porque mi huracán se metió en el Caribe a
doscientos por hora, hizo polvo una docena de cayos, todas
las palmeras de Jamaica, torció inexplicablemente hacia el
este y se perdió por el lado de Trinidad arrebatando los instrumentos a numerosas *steel bands* que participaban en un
festival adventista, todo esto entre otros daños que me im-
presiona un poco detallar porque lo que me gusta a mí es el
huracán en sí mismo, pero no el precio que cobra para ser
verdaderamente un huracán y colocarse alto en el ranking
homologado por el British Weather Board.

A todo esto vino la señora de Cinamomo a increpar-
me, porque había estado escuchando las noticias y allí se
hablaba con términos sacados del más bajo sentimentalismo radial tales como destrucción, devastación, gente sin

* *Cuadernos Hispanoamericanos*, Madrid, n.º 364-366, octubre-diciembre
de 1980.

abrigo, vacas propulsadas a lo alto de cocoteros y otros epifenómenos sin ninguna gravitación científica. Le hice notar a la señora de Cinamomo que, relativamente hablando, ella era mucho más nociva y devastadora para con su marido y sus hijas que yo con mi hermoso huracán impersonal y objetivo, a lo cual me contestó tratándome de Atila, patronímico que no me gustó nada, vaya a saber por qué, puesto que en realidad suena bastante bien. Atila, Atilita, Atilucho, Atilísimo, Atilón, Atilango, fíjese todas las variantes tan bonitas.

Desde luego no soy vengativo, pero la próxima vez voy a orientar los helicoides turbinantes para que le peguen un susto a la señora de Cinamomo. No le va a gustar nada que su dentadura postiza aparezca en un maizal de Guatemala, o que su peluca pelirroja vaya a parar al Capitolio de Washington; desde luego este acto de justicia no se podrá cumplir sin otros desplazamientos quizá enojosos, pero siempre hay que pagar algún precio por las cosas, qué joder.

Lucas, sus palabras moribundas*

Toda repatriación es agradable en principio, pues patria y repatriado congenian naturalmente. Sin embargo, si a usted lo repatrian o repatrían sin consulta previa, ¿estará satisfecho? Se abre aquí una duda, pues no siempre repatriante y repatriado están de acuerdo, y una repatriación forzada podría, al producirse un brusco contacto con la patria, crear un sentimiento antipatriótico e incluso apátrida en el repatriado, pues repatriar de oficio a quien estaba lejos de la patria suscita en ocasiones una reacción que bajo otras circunstancias no se hubiese traducido en un antipatriotismo que parece estar en las antípodas de esa relación entre la patria y el repatriado y que debería unirlos para siempre bajo la forma de patriotismo.

Será por eso, piensa Lucas, que en algunos sujetos termina por manifestarse un patriotismo que asume para sorpresa general la forma de un sentimiento de antirrepatriación, cosa que perturba a esos patriotas que jamás imaginaron ser expatriados y todavía menos repatriados. Cuando la antirrepatriación alcanza el nivel ofensivo de la contrarrepatriación, cosa que se ha dado algunas veces, la patria no sabe qué hacer por intermedio de sus patrióticos gestores, y hay palidez y congoja en más de cuatro consulados y un triste agitar de pasaportes vencidos y otras boletas de compra y venta. En esas ocasiones los expatria-

* *Point of Contact*, Nueva York, vol. IV, n.º 1, otoño-invierno de 1994.

dos quisieran explicar lo que estiman un punto de vista genuinamente patriótico, pero los cónsules de la patria, ellos mismos sumamente patriotas como se les exige con razón y abundantes decretos, terminan por suspirar apesadumbrados. El expatriado que tiene conflictos con la repatriación hace lo mismo, y las oficinas consulares parecen una playa llena de focas resoplantes. Todo eso no importa, hay quienes piensan que algún día iremos y vendremos como se nos dé la gana, y que la palabra repatriación (es decir la palabra expatriación y su contraparte forzosa) se marchitará en el diccionario cerca de palabras tales como paracresis, perucho y ectima.

Lucas, sus poemas escritos en la Unesco

Calculadora electrónica

Pusieron las tarjetas perforadas
para que dedujera coeficientes.
Apretaron botones y bajaron palancas,
ella hizo pfúm y enseguida pss pss,
ronroneó murmuró xeroxeó tres minutos
veinticinco segundos
y después
fue sacando una cosa muy pequeña un bracito
con una mano pendulante y rosa
en la que dulcemente se hamacaba y rodaba
una gota salada

Historia del pequeño analfabeto

Cuando le enseñaron la A
lloró
En la B
se puso el dedo en la nariz
En la C dijo mierda
En la D pensó un rato

En la R
le robó el sueldo al padre

En la T
se acostó con su hermana

En la Z
consiguió su diploma.

Lucas, sus roces sociales

A Lucas no hay que invitarlo a nada, pero la señora de Cinamomo ignora el detalle y gran ambigú con asistencia selecta el viernes a partir de las dieciocho. Cuando Calac ve llegar a Lucas, no hace más que agarrarse de las solapas de Polanco y madre querida vos te das cuenta, diversas señoras se preguntan por qué esos dos se ríen en esa forma, el diputado Poliyatti sospecha un buen cuento verde y se constituye, hay ese momento idiota pero jamás superado en que oh señor Lucas cuánto gusto, el gusto es mío señora, la sobrina que cumple años apio verde tuyú, todo eso en el salón de prosapia con whisky y bocaditos preparados especialmente en la confitería *La nueva Mao Tsé Tung*.

Lleva tiempo contarlo pero en realidad sucede rápido, los huéspedes se han sentado para escuchar a la nena que va a tocar el piano, pero Lucas. Póngase cómodo, por favor. No, dice Lucas, yo no me siento nunca en una silla Luis XV. Qué curioso, dice la señora de Cinamomo que ha gastado ríos de guita en esas cosas con cuatro patas, y por qué señor Lucas. Porque soy argentino y de este siglo, y no veo la razón de sentarme en una silla francesa y de época obsoleta, si me hace traer el banco de la cocina o un cajón de kerosene voy a estar muy bien. Para un cumpleaños con ambigú y piano resulta un tanto descolocante, pero ya se sabe que hay artistas que, y esas cosas, de manera que rictus apropiado y no faltaba más, le pondremos este taburete que fue del coronel Olazábal. Tiene solamente tres patas pero es la mar de cómodo, me crea.

A todo esto la nena en el claro de luna y Beethoven como la mona.

Lucas, sus papelitos sueltos

El atado de cigarrillos sobre el escritorio, la vasta nube potencial del humo concentrada en sí misma, obligada a esperar en ese paralelepípedo cuyas aristas y ángulos constriñen una voluntad esférica, un interminable helecho de volutas.

O lo contrario, la niebla matinal desflecándose contra los techos de la ciudad, buscando torpemente concretarse en un ideal de rigor inmóvil, en el paquete que dura, que permanece sobre el escritorio.

*

Entonces miró largamente su mano, y cuando verdaderamente la vio, la aplastó contra sus ojos, allí donde la proximidad era la única posibilidad de un negro olvido.

QUEREMOS TANTO A GLENDA
(1980)

I

Orientación de los gatos

A Juan Soriano

Cuando Alana y Osiris me miran no puedo quejarme del menor disimulo, de la menor duplicidad. Me miran de frente, Alana su luz azul y Osiris su rayo verde. También entre ellos se miran así, Alana acariciando el negro lomo de Osiris que alza el hocico del plato de leche y maúlla satisfecho, mujer y gato conociéndose desde planos que se me escapan, que mis caricias no alcanzan a rebasar. Hace tiempo que he renunciado a todo dominio sobre Osiris, somos buenos amigos desde una distancia infranqueable; pero Alana es mi mujer y la distancia entre nosotros es otra, algo que ella no parece sentir pero que se interpone en mi felicidad cuando Alana me mira, cuando me mira de frente igual que Osiris y me sonríe o me habla sin la menor reserva, dándose en cada gesto y cada cosa como se da en el amor, allí donde todo su cuerpo es como sus ojos, una entrega absoluta, una reciprocidad ininterrumpida.

Es extraño; aunque he renunciado a entrar de lleno en el mundo de Osiris, mi amor por Alana no acepta esa llaneza de cosa concluida, de pareja para siempre, de vida sin secretos. Detrás de esos ojos azules hay más, en el fondo de las palabras y los gemidos y los silencios alienta otro reino, respira otra Alana. Nunca se lo he dicho, la quiero demasiado para trizar esta superficie de felicidad por la que ya se han deslizado tantos días, tantos años. A mi manera me obstino en comprender, en descubrir; la observo pero sin espiarla; la sigo pero sin desconfiar; amo una maravillosa estatua mutilada, un texto no terminado, un fragmento de cielo inscrito en la ventana de la vida.

Hubo un tiempo en que la música me pareció el camino que me llevaría de verdad a Alana; mirándola escuchar nuestros discos de Bártok, de Duke Ellington, de Gal Costa, una transparencia paulatina me ahondaba en ella, la música la desnudaba de una manera diferente, la volvía cada vez más Alana porque Alana no podía ser solamente esa mujer que siempre me había mirado de lleno sin ocultarme nada. Contra Alana, más allá de Alana yo la buscaba para amarla mejor; y si al principio la música me dejó entrever otras Alanas, llegó el día en que frente a un grabado de Rembrandt la vi cambiar todavía más, como si un juego de nubes en el cielo alterara bruscamente las luces y las sombras de un paisaje. Sentí que la pintura la llevaba más allá de sí misma para ese único espectador que podía medir la instantánea metamorfosis nunca repetida, la entrevisión de Alana en Alana. Intercesores involuntarios, Keith Jarrett, Beethoven y Aníbal Troilo me habían ayudado a acercarme, pero frente a un cuadro o un grabado Alana se despojaba todavía más de eso que creía ser, por un momento entraba en un mundo imaginario para sin saberlo salir de sí misma, yendo de una pintura a otra, comentándolas o callando, juego de cartas que cada nueva contemplación barajaba para aquel que sigiloso y atento, un poco atrás o llevándola del brazo, veía sucederse las reinas y los ases, los piques y los tréboles, Alana.

¿Qué se podía hacer con Osiris? Darle su leche, dejarlo en su ovillo negro satisfactorio y ronroneante; pero a Alana yo podía traerla a esta galería de cuadros como lo hice ayer, una vez más asistir a un teatro de espejo y de cámaras oscuras, de imágenes tensas en la tela frente a esa otra imagen de alegres jeans y blusa roja que después de aplastar el cigarrillo a la entrada iba de cuadro en cuadro, deteniéndose exactamente a la distancia que su mirada requería, volviéndose a mí de tanto en tanto para comentar o comparar. Jamás hubiera podido descubrir que yo no estaba ahí por los cuadros, que un poco atrás o de lado mi manera de mirar nada tenía que ver con la suya. Jamás se daría cuenta de que su lento y reflexivo paso de cuadro en cuadro la cambiaba hasta obligarme a cerrar los ojos y luchar para no apretarla en los brazos y llevármela al delirio, a una locura de carrera en plena calle. Desenvuelta, liviana en su naturalidad de goce y descubrimiento, sus altos y sus demoras se inscribían en un tiempo diferente del mío, ajeno a la crispada espera de mi sed.

Hasta entonces todo había sido un vago anuncio, Alana en la música, Alana frente a Rembrandt. Pero ahora mi esperanza empezaba a cumplirse casi insoportablemente; desde nuestra llegada Alana se había dado a las pinturas con una atroz inocencia de camaleón, pasando de un estado a otro sin saber que un espectador agazapado acechaba en su actitud, en la inclinación de su cabeza, en el movimiento de sus manos o sus labios el cromatismo interior que la recorría hasta mostrarla otra, allí donde la otra era siempre Alana sumándose a Alana, las cartas agolpándose hasta completar la baraja. A su lado, avanzando poco a poco a lo largo de los muros de la galería, la iba viendo darse a cada pintura, mis ojos multiplicaban un triángulo fulminante que se tendía de ella al cuadro y del cuadro a mí mismo para volver a ella y aprehender el cambio, la aureola diferente que la envolvía un momento para ceder después a un aura nueva, a una tonalidad que la exponía a la verdadera, a la última desnudez. Imposible prever hasta dónde se repetiría esa ósmosis, cuántas nuevas Alanas me llevarían por fin a la síntesis de la que saldríamos los dos colmados, ella sin saberlo y encendiendo un nuevo cigarrillo antes de pedirme que la llevara a tomar un trago, yo sabiendo que mi larga búsqueda había llegado a puerto y que mi amor abarcaría desde ahora lo visible y lo invisible, aceptaría la limpia mirada de Alana sin incertidumbres de puertas cerradas, de pasajes vedados.

Frente a una barca solitaria y un primer plano de rocas negras, la vi quedarse inmóvil largo tiempo; un imperceptible ondular de las manos la hacía como nadar en el aire, buscar el mar abierto, una fuga de horizontes. Ya no podía extrañarme que esa otra pintura donde una reja de agudas puntas vedaba el acceso a los árboles linderos la hiciera retroceder como buscando un punto de mira, de golpe era la repulsa, el rechazo de un límite inaceptable. Pájaros, monstruos marinos, ventanas dándose al silencio o dejando entrar un simulacro de la muerte, cada nueva pintura arrasaba a Alana despojándola de su color anterior, arrancando de ella las modulaciones de la libertad, del vuelo, de los grandes espacios, afirmando su negativa frente a la noche y a la nada, su ansiedad solar, su casi terrible impulso de ave fénix. Me quedé atrás sabiendo que no me sería posible soportar su mirada, su sorpresa interrogativa cuando viera en mi cara el deslumbramiento de la confirmación, porque eso era también yo, eso era mi proyecto Alana, mi vida Alana, eso había sido deseado por mí y refrenado por un presente de ciudad y parsimonia, eso ahora al fin Alana, al fin Alana y yo desde ahora, desde ya mismo. Hubiera querido tenerla desnuda en los brazos, amarla de tal manera que todo quedara claro, todo quedara dicho para siempre entre nosotros, y que de esa interminable noche de amor, nosotros que ya conocíamos tantas, naciera la primera alborada de la vida.

Llegábamos al final de la galería, me acerqué a la puerta de salida ocultando todavía la cara, esperando que el aire y las luces de la calle me volvieran a lo que Alana conocía de mí. La vi detenerse ante un cuadro que otros visitantes me habían ocultado, quedarse largamente inmóvil mirando la pintura de una ventana y un gato. Una última transformación hizo de ella una lenta estatua nítidamente separada de los demás, de mí que me acercaba indeciso buscándole los ojos perdidos en la tela. Vi que el gato era idéntico a Osiris y que miraba a lo lejos algo que el muro de la ventana no nos dejaba ver. Inmóvil en su contemplación, parecía menos inmóvil que la inmovilidad de Alana. De alguna manera sentí que el triángulo se había roto, cuando Alana volvió hacia mí la cabeza el triángulo ya no existía, ella había ido al cuadro pero no estaba de vuelta, seguía del lado del gato mirando más allá de la ventana donde nadie podía ver lo que ellos veían, lo que solamente Alana y Osiris veían cada vez que me miraban de frente.

Queremos tanto a Glenda

En aquel entonces era difícil saberlo. Uno va al cine o al teatro y vive su noche sin pensar en los que ya han cumplido la misma ceremonia, eligiendo el lugar y la hora, vistiéndose y telefoneando y fila once o cinco, la sombra y la música, la tierra de nadie y de todos allí donde todos son nadie, el hombre o la mujer en su butaca, acaso una palabra para excusarse por llegar tarde, un comentario a media voz que alguien recoge o ignora, casi siempre el silencio, las miradas vertiéndose en la escena o la pantalla, huyendo de lo contiguo, de lo de este lado. Realmente era difícil saber por encima de la publicidad, de las colas interminables, de los carteles y las críticas, que éramos tantos los que queríamos a Glenda.

Llevó tres o cuatro años y sería aventurado afirmar que el núcleo se formó a partir de Irazusta o de Diana Rivero, ellos mismos ignoraban cómo en algún momento, en las copas con los amigos después del cine, se dijeron o se callaron cosas que bruscamente habrían de crear la alianza, lo que después todos llamamos el núcleo y los más jóvenes el club. De club no tenía nada, simplemente queríamos a Glenda Garson y eso bastaba para recortarnos de los que solamente la admiraban. Al igual que ellos también nosotros admirábamos a Glenda y además a Anouk, a Marilina, a Annie, a Silvana y por qué no a Marcello, a Yves, a Vittorio y a Dirk, pero solamente nosotros queríamos tanto a Glenda, y el núcleo se definió por eso y desde eso, era algo que sólo nosotros sabíamos y confiábamos a aquellos que a lo largo de las charlas habían ido mostrando poco a poco que también querían a Glenda.

A partir de Diana o Irazusta el núcleo se fue dilatando lentamente: el año de *El fuego de la nieve* debíamos ser apenas seis o siete, cuando estrenaron *El uso de la elegancia* el núcleo se amplió y sentimos que crecía casi insoportablemente y que estábamos amenazados de imitación esnob o de sentimentalismo estacional. Los primeros, Irazusta y Diana y dos o tres más decidimos cerrar filas, no admitir sin pruebas, sin el examen disimulado por los whiskys y los alardes de erudición (tan de Buenos Aires, tan de Londres y de México esos exámenes de medianoche). A la hora del estreno de *Los frágiles retornos* nos fue preciso admitir, melancólicamente triunfantes, que éramos muchos los que queríamos a Glenda. Los reencuentros en los cines, las miradas a la salida, ese aire como perdido de las mujeres y el dolido silencio de los hombres nos mostraban mejor que una insignia o un santo y seña. Mecánicas no investigables nos llevaron a un mismo café del centro, las mesas aisladas empezaron a acercarse, hubo la grácil costumbre de pedir el mismo cóctel para dejar de lado toda escaramuza inútil y mirarnos por fin en los ojos, allí donde todavía alentaba la última imagen de Glenda en la última escena de la última película.

Veinte, acaso treinta, nunca supimos cuántos llegamos a ser porque a veces Glenda duraba meses en una sala o estaba al mismo tiempo en dos o cuatro, y hubo además ese momento excepcional en que apareció en escena para representar a la joven asesina de *Los delirantes* y su éxito rompió los diques y creó entusiasmos momentáneos que jamás aceptamos. Ya para entonces nos conocíamos, muchos nos visitábamos para hablar de Glenda. Desde un principio Irazusta parecía ejercer un mandato tácito que nunca había reclamado, y Diana Rivero jugaba su lento ajedrez de confirmaciones y rechazos que nos aseguraba una autenticidad total sin riesgos de infiltrados o de tilingos. Lo que había empezado como asociación libre alcanzaba ahora una estructura de clan, y a las livianas interrogaciones del principio se sucedían las preguntas concretas, la secuencia del tropezón en *El uso de la elegancia*, la réplica final de *El fuego de la nieve*, la segunda escena erótica de *Los frágiles retornos*. Queríamos tanto a Glenda que no podíamos tolerar a los advenedizos, a las tumultuosas lesbianas, a los eruditos de la estética. Incluso (nunca sabremos cómo) se dio por sentado que iríamos al café los viernes cuando en el centro pasaran una película de Glenda, y que en los reestrenos en cines de barrio dejaríamos correr una semana antes de reunirnos, para darles a todos el tiempo necesario; como en un reglamento riguroso, las obligaciones se definían sin equívoco, no acatarlas hubiera sido provocar la sonrisa despectiva de Irazusta o esa mirada amablemente horrible con que Diana Rivero denunciaba la traición y el castigo. En ese entonces las reuniones eran solamente Glenda, su deslumbrante ubicuidad en cada uno de nosotros, y no sabíamos de discrepancias o reparos. Sólo poco a poco, al principio con un sentimiento de culpa, algunos se atrevieron a deslizar críticas parciales, el desconcierto o la decepción frente a una secuencia menos feliz, las caídas en lo convencional o lo previsible. Sabíamos que Glenda no era responsable de los desfallecimientos que enturbiaban por momentos la espléndida cristalería de *El látigo* o el final de *Nunca se sabe por qué*. Conocíamos otros trabajos de sus directores, el origen de las tramas y los guiones, con ellos éramos implacables porque empezábamos a sentir que nuestro cariño por Glenda iba más allá del mero territorio artístico y que sólo ella se salvaba de lo que imperfectamente hacían los demás. Diana fue la primera en hablar de misión, lo hizo con su manera tangencial de no afirmar lo que de veras contaba para ella, y le vimos una alegría de whisky doble, de sonrisa saciada, cuando admitimos llanamente que era cierto, que no podíamos quedarnos solamente en eso, el cine y el café y quererla tanto a Glenda.

Tampoco entonces se dijeron palabras claras, no nos eran necesarias. Sólo contaba la felicidad de Glenda en cada uno de nosotros, y esa felicidad sólo podía venir de la perfección. De golpe los errores, las carencias se nos volvieron insoportables; no podíamos aceptar que *Nunca se sabe por qué* terminara así, o que *El fuego de la nieve* incluyera la infame secuencia de la partida de póker (en la que Glenda no actuaba pero que de alguna manera la manchaba como un vómito, ese gesto de Nancy Phillips y la llegada inadmisible del hijo arrepentido). Como casi siempre, a Irazusta le tocó definir por lo claro la misión que nos esperaba, y esa noche volvimos a nuestras casas como aplastados por la responsabilidad que acabábamos de reconocer y asumir, y a la vez entreviendo la felicidad de un futuro sin tacha, de Glenda sin torpezas ni traiciones.

Instintivamente el núcleo cerró filas, la tarea no admitía una pluralidad borrosa. Irazusta habló del laboratorio cuando ya estaba instalado en una quinta de Recife de Lobos. Dividimos ecuánimemente las tareas entre los que deberían procurarse la totalidad de las copias de *Los frágiles retornos*, elegida por su relativamente escasa imperfección. A nadie se le hubiera ocurrido plantearse problemas de dinero, Irazusta había sido socio de Howard Hughes en el negocio de las minas de estaño de Pichincha, un mecanismo extremadamente simple nos ponía en las manos el poder necesario, los jets y las alianzas y las coimas. Ni siquiera tuvimos una oficina, la computadora de Hagar Loss programó las tareas y las etapas. Dos meses después de la frase de Diana Rivero el laboratorio estuvo en condiciones de sustituir en *Los frágiles retornos* la secuencia ineficaz de los pájaros por otra que devolvía a Glenda el ritmo perfecto y el exacto sentido de su acción dramática. La película tenía ya algunos años y su reposición en los circuitos internacionales no provocó la menor sorpresa: la memoria juega con sus depositarios y les hace aceptar sus propias permutaciones y variantes, quizá la misma Glenda no

500

hubiera percibido el cambio y sí, porque eso lo percibimos todos, la maravilla de una perfecta coincidencia con un recuerdo lavado de escorias, exactamente idéntico al deseo.

La misión se cumplía sin sosiego, apenas asegurada la eficacia del laboratorio completamos el rescate de *El fuego de la nieve* y *El prisma*; las otras películas entraron en proceso con el ritmo exactamente previsto por el personal de Hagar Loss y del laboratorio. Tuvimos problemas con *El uso de la elegancia*, porque gente de los emiratos petroleros guardaba copias para su goce personal y fueron necesarias maniobras y concursos excepcionales para robarlas (no tenemos por qué usar otra palabra) y sustituirlas sin que los usuarios lo advirtieran. El laboratorio trabajaba en un nivel de perfección que en un comienzo nos había parecido inalcanzable aunque no nos atreviéramos a decírselo a Irazusta; curiosamente la más dubitativa había sido Diana, pero cuando Irazusta nos mostró *Nunca se sabe por qué* y vimos el verdadero final, vimos a Glenda que en lugar de volver a la casa de Romano enfilaba su auto hacia el farallón y nos destrozaba con su espléndida, necesaria caída en el torrente, supimos que la perfección podía ser de este mundo y que ahora era de Glenda para siempre, de Glenda para nosotros para siempre.

Lo más difícil estaba desde luego en decidir los cambios, los cortes, las modificaciones de montaje y de ritmo, nuestras distintas maneras de sentir a Glenda provocaban duros enfrentamientos que sólo se aplacaban después de largos análisis y en algunos casos por imposición de una mayoría en el núcleo. Pero aunque algunos, derrotados, asistiéramos a la nueva versión con la amargura de que no se adecuara del todo a nuestros sueños, creo que a nadie le decepcionó el trabajo realizado; queríamos tanto a Glenda que los resultados eran siempre justificables, muchas veces más allá de lo previsto. Incluso hubo pocas alarmas: la carta de un lector del infaltable *Times* asombrándose de que tres secuencias de *El fuego de la nieve* se dieran en un orden que creía recordar diferente, y también un artículo del crítico de *La Opinión* que protestaba por un supuesto corte en *El prisma*, imaginándose razones de mojigatería burocrática. En todos los casos se tomaron rápidas disposiciones para evitar posibles secuelas; no costó mucho, la gente es frívola y olvida o acepta o está a la caza de lo nuevo, el mundo del cine es fugitivo como la actualidad histórica, salvo para los que queremos tanto a Glenda.

Más peligrosas en el fondo eran las polémicas en el núcleo, el riesgo de un cisma o de una diáspora. Aunque nos sentíamos más que nunca unidos por la misión, hubo alguna noche en que se alzaron voces analíticas contagiadas de filosofía política, que en pleno trabajo se planteaban problemas morales, se preguntaban si no estaríamos entregándonos a una galería de espejos onanistas, a esculpir insensatamente una locura barroca en un colmillo de marfil o en un grano de arroz. No era fácil darles la espalda porque el núcleo sólo había podido cumplir la obra como un corazón o un avión cumplen la suya, ritmando una coherencia perfecta. No era fácil escuchar una crítica que nos acusaba de escapismo, que sospechaba un derroche de fuerzas desviadas de una realidad más apremiante, más necesitada de concurso en los tiempos que vivíamos. Y sin embargo no fue necesario aplastar secamente una herejía apenas esbozada, incluso sus protagonistas se limitaban a un reparo parcial, ellos y nosotros queríamos tanto a Glenda que por encima y más allá de las discrepancias éticas o históricas imperaba el sentimiento que siempre nos uniría, la certidumbre de que el perfeccionamiento de Glenda nos perfeccionaba y perfeccionaba el mundo. Tuvimos incluso la espléndida recompensa de que uno de los filósofos restableciera el equilibrio después de superar ese período de escrúpulos inanes; de su boca escuchamos que toda obra parcial es también historia, que algo tan inmenso como la invención de la imprenta había nacido del más individual y parcelado de los deseos, el de repetir y perpetuar un nombre de mujer.

Llegamos así al día en que tuvimos las pruebas de que la imagen de Glenda se proyectaba ahora sin la más leve flaqueza; las pantallas del mundo la vertían tal como ella misma —estábamos seguros— hubiera querido ser vertida, y quizá por eso no nos asombró demasiado enterarnos por la prensa de que acababa de anunciar su retiro del cine y del teatro. La involuntaria, maravillosa contribución de Glenda a nuestra obra no podía ser coincidencia ni milagro, simplemente algo en ella había acatado sin saberlo nuestro anónimo cariño, del fondo de su ser venía la única respuesta que podía darnos, el acto de amor que nos abarcaba en una entrega última, esa que los profanos sólo entenderían como ausencia. Vivimos la felicidad del séptimo día, del descanso después de la creación; ahora podíamos ver cada obra de Glenda sin la agazapada amenaza de un mañana nuevamente plagado de errores y torpezas; ahora nos reuníamos con una liviandad de ángeles o de pájaros, en un presente absoluto que acaso se parecía a la eternidad.

Sí, pero un poeta había dicho bajo los mismos cielos de Glenda que la eternidad está enamorada de las obras del tiempo, y le tocó a Diana saberlo y darnos la noticia un año más tarde. Usual y humano: Glenda anunciaba su retorno a la pantalla, las razones de siempre, la frustración del profesional con las manos vacías, un personaje a la medida, un rodaje inminente. Nadie olvidaría esa noche en el café, justamente después de haber visto *El uso de la elegancia* que volvía a las salas del centro. Casi no fue necesario que Irazusta dijera lo que todos vivíamos como una amarga saliva de injusticia y rebeldía. Queríamos tanto a Glenda que nuestro desánimo no la alcanzaba, qué culpa tenía ella de ser actriz y de ser Glenda, el horror estaba en la máquina rota, en la realidad de cifras y prestigios y Oscares entrando como una fisura solapada en la esfera de nuestro cielo tan duramente ganado. Cuando Diana apoyó la mano en el brazo de Irazusta y dijo: «Sí, es lo único que queda por hacer», hablaba por todos sin necesidad de consultarnos. Nunca el núcleo tuvo una fuerza tan terrible, nunca necesitó menos palabras para ponerla en marcha. Nos separamos deshechos, viviendo ya lo que habría de ocurrir en una fecha que sólo uno de nosotros conocería por adelantado. Estábamos seguros de no volver a encontrarnos en el café, de que cada uno escondería desde ahora la solitaria perfección de nuestro reino. Sabíamos que Irazusta iba a hacer lo necesario, nada más simple para alguien como él. Ni siquiera nos despedimos como de costumbre, con la liviana seguridad de volver a encontrarnos después del cine, alguna noche de *Los frágiles retornos* o de *El látigo*. Fue más bien un darse la espalda, pretextar que era tarde, que había que irse; salimos separados, cada uno llevándose su deseo de olvidar hasta que todo estuviera consumado, y sabiendo que no sería así, que aún nos faltaría abrir alguna mañana el diario y leer la noticia, las estúpidas frases de la consternación profesional. Nunca hablaríamos de eso con nadie, nos evitaríamos cortésmente en las salas y en la calle; sería la única manera de que el núcleo conservara su fidelidad, que guardara en el silencio la obra cumplida. Queríamos tanto a Glenda que le ofreceríamos una última perfección inviolable. En la altura intangible donde la habíamos exaltado, la preservaríamos de la caída, sus fieles podrían seguir adorándola sin mengua; no se baja vivo de una cruz.

Historia con migalas

Llegamos a las dos de la tarde al bungalow y media hora después, fiel a la cita telefónica, el joven gerente se presenta con las llaves, pone en marcha la heladera y nos muestra el funcionamiento del calefón y del aire acondicionado. Está entendido que nos quedaremos diez días, que pagamos por adelantado. Abrimos las valijas y sacamos lo necesario para la playa; ya nos instalaremos al caer la tarde, la vista del Caribe cabrilleando al pie de la colina es demasiado tentadora. Bajamos el sendero escarpado, incluso descubrimos un atajo entre matorrales que nos hace ganar camino; hay apenas cien metros entre los bungalows de la colina y el mar.

Anoche, mientras guardábamos la ropa y ordenábamos las provisiones compradas en Saint-Pierre, oímos las voces de quienes ocupan la otra ala del bungalow. Hablan muy bajo, no son las voces martiniquesas llenas de color y de risas. De cuando en cuando algunas palabras más distintas: inglés estadounidense, turistas sin duda. La primera impresión es de desagrado, no sabemos por qué esperábamos una soledad total aunque habíamos visto que cada bungalow (hay cuatro entre macizos de flores, bananos y cocoteros) es doble. Tal vez porque cuando los vimos por primera vez, después de complicadas pesquisas telefónicas desde el hotel de Diamant, nos pareció que todo estaba vacío y a la vez extrañamente habitado. La cabaña del restaurante, por ejemplo, treinta metros más abajo: abandonada pero con algunas botellas en el bar, vasos y cubiertos. Y en uno o dos de los bungalows a través de las persianas se entreveían toallas, frascos de lociones o de shampoo en los cuartos de baño. El joven gerente nos abrió uno enteramente vacío, y a una pregunta vaga contestó no menos vagamente que el administrador se había ido y que él se ocupaba de los bungalows por amistad hacia el propietario. Mejor así, por supuesto, ya que buscábamos soledad y playa; pero desde luego otros han pensado de la misma manera y dos voces femeninas y norteamericanas murmuran en el ala contigua del bungalow. Tabiques como de papel pero todo tan cómodo, tan bien instalado. Dormimos interminablemente, cosa rara. Y si algo nos hacía falta ahora era eso.

Amistades: una gata mansa y pedigüeña, otra negra más salvaje pero igualmente hambrienta. Los pájaros aquí vienen casi a las manos y las lagartijas verdes se suben a las mesas a la caza de moscas. De lejos nos rodea una guirnalda de balidos de cabra, cinco vacas y un ternero pastan en lo más alto de la colina y mugen adecuadamente. Oímos también a los perros de las cabañas en el fondo del valle; las dos gatas se sumarán esta noche al concierto, es seguro.

La playa, un desierto para criterios europeos. Unos pocos muchachos nadan y juegan, cuerpos negros o canela danzan en la arena. A lo lejos una familia —metropolitanos o alemanes, tristemente blancos y rubios— organiza toallas, aceites bronceadores y bolsones. Dejamos irse las horas en el agua o la arena, incapaces de otra cosa, prolongando los rituales de las cremas y los cigarrillos. Todavía no sentimos montar los recuerdos, esa necesidad de inventariar el pasado que crece con la soledad y el hastío. Es precisamente lo contrario: bloquear toda referencia a las semanas precedentes, los encuentros en Delft, la noche en la granja de Erik. Si eso vuelve lo ahuyentamos como a una bocanada de humo, el leve movimiento de la mano que aclara nuevamente el aire.

Dos muchachas bajan por el sendero de la colina y eligen un sector distante, sombra de cocoteros. Deducimos que son nuestras vecinas de bungalow, les imaginamos secretariados o escuelas de párvulos en Detroit, en Nebraska. Las vemos entrar juntas al mar, alejarse deportivamente, volver despacio, saboreando el agua cálida y transparente, belleza que se vuelve puro tópico cuando se la describe, eterna cuestión de las tarjetas postales. Hay dos veleros en el horizonte, de Saint-Pierre sale una lancha con una esquiadora náutica que meritoriamente se repone de cada caída, que son muchas.

Al anochecer —hemos vuelto a la playa después de la siesta, el día declina entre grandes nubes blancas— nos decimos que esta Navidad responderá perfectamente a nuestro deseo: soledad, seguridad de que nadie conoce nuestro paradero, estar a salvo de posibles dificultades y a la vez de las estúpidas reuniones de fin de año y de los recuerdos condicionados, agradable libertad de abrir un par de latas de conserva y preparar un punch de ron blanco, jarabe de azúcar de caña y limones verdes. Cenamos en la veranda, separada por un tabique de bambúes de la terraza simétrica donde, ya tarde, escuchamos de nuevo las voces apenas murmurantes. Somos una maravilla recíproca como vecinos, nos respetamos de una manera casi exagerada. Si las muchachas de la playa son realmente las ocupantes del bungalow, acaso están preguntándose si las dos personas que han visto en la arena son las que viven en la otra ala. La civilización tiene sus ventajas, lo reconocemos entre dos tragos: ni gritos, ni transistores, ni tarareos baratos. Ah, que se queden ahí los diez días en vez de ser reemplazadas por matrimonio con niños. Cristo acaba de nacer de nuevo; por nuestra parte podemos dormir.

Levantarse con el sol, jugo de guayaba y café en tazones. La noche ha sido larga, con ráfagas de lluvia confesadamente tropical, bruscos diluvios que se cortan bruscamente arrepentidos. Los perros ladraron desde todos los cuadrantes, aunque no había luna; ranas y pájaros, ruidos que el oído ciudadano no alcanza a definir pero que acaso explican los sueños que ahora recordamos con los primeros cigarrillos. *Aegri somnia.* ¿De dónde viene la referencia? Charles Nodier, o Nerval, a veces no podemos resistir a ese pasado de bibliotecas que otras vocaciones borraron casi. Nos contamos los sueños donde larvas, amenazas inciertas, y no bienvenidas pero previsibles exhumaciones tejen sus telarañas o nos las hacen tejer. Nada sorprendente después de Delft (pero hemos decidido no evocar los recuerdos inmediatos, ya habrá tiempo como siempre. Curiosamente no nos afecta pensar en Michael, en el pozo de la granja de Erik, cosas ya clausuradas; casi nunca hablamos de ellas o de las precedentes aunque sabemos que pueden volver a la palabra sin hacernos daño, al fin y al cabo el placer y la delicia vinieron de ellas, y la noche de la granja valió el precio que estamos pagando, pero a la vez sentimos que todo eso está demasiado próximo todavía, los detalles, Michael desnudo bajo la luna, cosas que quisiéramos evitar fuera de los inevitables sueños; mejor este bloqueo, entonces, *other voices, other rooms*: la literatura y los aviones, qué espléndidas drogas).

El mar de las nueve de la mañana se lleva las últimas babas de la noche, el sol y la sal y la arena bañan la piel con un caliente tacto. Cuando vemos a las muchachas bajando por el sendero nos acordamos al mismo tiempo, nos miramos. Sólo habíamos hecho un comentario casi al borde del sueño en la alta noche: en algún momento las voces del otro lado del bungalow habían pasado del susurro a algunas frases claramente audibles aunque su sentido se nos escapara. Pero no era el sentido el que nos atrajo en ese cambio de palabras que cesó casi de inmediato para retornar al monótono, discreto murmullo, sino que una de las voces era una voz de hombre.

A la hora de la siesta nos llega otra vez el apagado rumor del diálogo en la otra veranda. Sin saber por qué nos obstinamos en hacer coincidir las dos muchachas de la playa con las voces del bungalow, y ahora que nada hace pensar en un hombre cerca de ellas, el recuerdo de la noche pasada se desdibuja para sumarse a los otros rumores que nos han desasosegado, los perros, las bruscas ráfagas de viento y de lluvia, los crujidos en el techo. Gente de ciudad, gente fácilmente impresionable fuera de los ruidos propios, las lluvias bien educadas.

Además, ¿qué nos importa lo que pasa en el bungalow de al lado? Si estamos aquí es porque necesitábamos distanciarnos de lo otro, de los otros. Desde luego no es fácil renunciar a costumbres, a reflejos condicionados; sin decírnoslo, prestamos atención a lo que apagadamente se filtra por el tabique, al diálogo que imaginamos plácido y anodino, ronroneo de pura rutina. Imposible reconocer palabras, incluso voces, tan semejantes en su registro que por momentos se pensaría en un monólogo apenas entrecortado. También así han de escucharnos ellas, pero desde luego no nos escuchan; para eso deberían callarse, para eso deberían estar aquí por razones parecidas a las nuestras, agazapadamente vigilantes como la gata negra que acecha a un lagarto en la veranda. Pero no les interesamos para nada: mejor para ellas. Las dos voces se alternan, cesan, recomienzan. Y no hay ninguna voz de hombre, aun hablando tan bajo la reconoceríamos.

Como siempre en el trópico la noche cae bruscamente, el bungalow está mal iluminado pero no nos importa; casi no cocinamos, lo único caliente es el café. No tenemos nada que decirnos y tal vez por eso nos distrae escuchar el murmullo de las muchachas, sin admitirlo abiertamente estamos al acecho de la voz del hombre aunque sabemos que ningún auto ha subido a la colina y que los otros bungalows siguen vacíos. Nos mecemos en las mecedoras y fumamos en la oscuridad; no hay mosquitos, los murmullos vienen desde agujeros de silencio, callan, regresan. Si ellas pudieran imaginarnos no les gustaría; no es que las espiemos pero ellas seguramente nos verían como dos migalas en la oscuridad. Al fin y al cabo no nos desagrada que la otra ala del bungalow esté ocupada.

Buscábamos la soledad pero ahora pensamos en lo que sería la noche aquí si realmente no hubiera nadie en el otro lado; imposible negarnos que la granja, que Michael están todavía tan cerca. Tener que mirarse, hablar, sacar una vez más la baraja o los dados. Mejor así, en las sillas de hamaca, escuchando los murmullos un poco gatunos hasta la hora de dormir.

Hasta la hora de dormir, pero aquí las noches no nos traen lo que esperábamos, tierra de nadie en la que por fin —o por un tiempo, no hay que pretender más de lo posible— estaríamos a cubierto de todo lo que empieza más allá de las ventanas. Tampoco en nuestro caso la tontería es el punto fuerte; nunca hemos llegado a un destino sin prever el próximo o los próximos. A veces parecería que jugamos a acorralarnos como ahora en una isla insignificante donde cualquiera es fácilmente ubicable; pero eso forma parte de un ajedrez infinitamente más complejo en el que el modesto movimiento de un peón oculta jugadas mayores. La célebre historia de la carta robada es objetivamente absurda. Objetivamente; por debajo corre la verdad, y los portorriqueños que durante años cultivaron marihuana en sus balcones neoyorquinos o en pleno Central Park sabían más de eso que muchos policías. En todo caso controlamos las posibilidades inmediatas, barcos y aviones: Venezuela y Trinidad están a un paso, dos opciones entre seis o siete; nuestros pasaportes son los de los que resbalan sin problemas en los aeropuertos. Esta colina inocente, este bungalow para turistas pequeñoburgueses: hermosos dados cargados que siempre hemos sabido utilizar en su momento. Delft está muy lejos, la granja de Erik empieza a retroceder en la memoria, a borrarse como también se irán borrando el pozo y Michael huyendo bajo la luna, Michael tan blanco y desnudo bajo la luna.

Los perros aullaron de nuevo intermitentemente, desde alguna de las cabañas de la hondonada llegaron los gritos de una mujer bruscamente acallados en su punto más alto, el silencio contiguo dejó pasar un murmullo de confusa alarma en un semisueño de turistas demasiado fatigadas y ajenas para interesarse de veras por lo que las rodeaba. Nos quedamos escuchando, lejos del sueño. Al fin y al cabo para qué dormir si después sería el estruendo de un chaparrón en el techo o el amor lancinante de los gatos, los preludios a las pesadillas, el alba en que por fin las cabezas se aplastan en las almohadas y ya nada las invade hasta que el sol trepa a las palmeras y hay que volver a vivir.

En la playa, después de nadar largamente mar afuera, nos preguntamos otra vez por el abandono de los bungalows. La cabaña del restaurante con sus vasos y botellas obliga al recuerdo del misterio de la *Mary Celeste* (tan sabido y leído, pero esa obsesionante recurrencia de lo inexplicado, los marinos abordando el barco a la deriva con todas las velas desplegadas y nadie a bordo, las cenizas aún tibias en los fogones de la cocina, las cabinas sin huellas de motín o de peste. ¿Un suicidio colectivo? Nos miramos irónicamente, no es una idea que pueda abrirse paso en nuestra manera de ver las cosas. No estaríamos aquí si alguna vez la hubiéramos aceptado).

Las muchachas bajan tarde a la playa, se doran largamente antes de nadar. También allí, lo notamos sin comentarios, se hablan en voz baja, y si estuviéramos más cerca nos llegaría el mismo murmullo confidencial, el temor bien educado de interferir en la vida de los demás. Si en algún momento se acercaran para pedir fuego, para saber la hora... Pero el tabique de bambúes parece prolongarse hasta la playa; sabemos que no nos molestarán.

La siesta es larga, no tenemos ganas de volver al mar y ellas tampoco, las oímos hablar en la habitación y después en la veranda. Solas, desde luego. ¿Pero por qué desde luego? La noche puede ser diferente y la esperamos sin decirlo, ocupándonos de nada, demorándonos en mecedoras y cigarrillos y tragos, dejando apenas una luz en la veranda; las persianas del salón la filtran en finas láminas que no alejan la sombra del aire, el silencio de la espera. No esperamos nada, desde luego. ¿Por qué desde luego, por qué mentirnos si lo único que hacemos es esperar, como en Delft, como en tantas otras partes? Se puede esperar la nada o un murmullo desde el otro lado del tabique, un cambio en las voces. Más tarde se oirá un crujido de cama, empezará el silencio lleno de perros, de follajes movidos por las ráfagas. No va a llover esta noche.

Se van, a las ocho de la mañana llega un taxi a buscarlas, el chófer negro ríe y bromea bajándoles las valijas, los sacos de playa, grandes sombreros de paja, raquetas de tenis. Desde la veranda se ve el sendero, el taxi blanco; ellas no pueden distinguirnos entre las plantas, ni siquiera miran en nuestra dirección.

La playa está poblada de chicos de pescadores que juegan a la pelota antes de bañarse, pero hoy nos parece aún más vacía ahora que ellas no volverán a bajar. De regreso damos un rodeo sin pensarlo, en todo caso sin decidirlo expresamente, y pasamos frente a la otra ala del bungalow que siempre habíamos evitado. Ahora todo está realmente abandonado salvo nuestra ala. Probamos la puerta, se abre sin ruido, las muchachas han dejado la llave puesta por dentro, sin duda de acuerdo con el gerente que vendrá o no vendrá más tarde a limpiar el bungalow. Ya no nos sorprende que las cosas queden expuestas al capricho de cualquiera, como los vasos y los cubiertos del restaurante; vemos sábanas arrugadas, toallas húmedas, frascos vacíos, insecticidas, botellas de coca-cola y vasos, revistas en inglés, pastillas de jabón. Todo está tan solo, tan dejado. Huele a colonia, un olor joven. Dormían ahí, en la gran cama de sábanas con flores amarillas. Las dos. Y se hablaban, se hablaban antes de dormir. Se hablaban tanto antes de dormir.

La siesta es pesada, interminable porque no tenemos ganas de ir a la playa hasta que el sol esté bajo. Haciendo café o lavando los platos nos sorprendemos en el mismo gesto de atender, el oído tenso hacia el tabique. Deberíamos reírnos pero no. Ahora no, ahora que por fin y realmente es la soledad tan buscada y necesaria, ahora no nos reímos.

Preparar la cena lleva tiempo, complicamos a propósito las cosas más simples para que todo dure y la noche se cierre sobre la colina antes de que hayamos terminado de cenar. De cuando en cuando volvemos a descubrirnos mirando hacia el tabique, esperando lo que ya está tan lejos, un murmullo que ahora continuará en un avión o una cabina de barco. El gerente no ha venido, sabemos que el bungalow está abierto y vacío, que huele todavía a colonia y a piel joven. Bruscamente hace más calor, el silencio lo acentúa o la digestión o el hastío porque seguimos sin movernos de las mecedoras, apenas hamacándonos en la oscuridad, fumando y esperando. No lo confesaremos, por supuesto, pero sabemos que estamos esperando. Los sonidos de la noche crecen poco a poco, fieles al ritmo de las cosas y los astros; como si los mismos pájaros y las mismas ranas de anoche hubieran tomado posición y comenzado su canto en el mismo momento. También el coro de perros (*un horizonte de perros*, imposible no recordar el poema) y en la maleza el amor de las gatas que lacera el aire. Sólo falta el murmullo de las dos voces en el bungalow de al lado, y eso sí es silencio, el silencio. Todo lo demás resbala en los oídos que absurdamente se concentran en el tabique como esperando. Ni siquiera hablamos, temiendo aplastar con nuestras voces el imposible murmullo. Ya es muy tarde pero no tenemos sueño, el calor sigue subiendo en el salón sin que se nos ocurra abrir las dos puertas. No hacemos más que fumar y esperar lo inesperable; ni siquiera nos es dado jugar como al principio con la idea de que las muchachas podrían imaginarnos como migalas al acecho; ya no están ahí para atribuirles nuestra propia imaginación, volverlas espejos de esto que ocurre en la oscuridad, de esto que insoportablemente no ocurre.

Porque no podemos mentirnos, cada crujido de las mecedoras reemplaza un diálogo pero a la vez lo mantiene vivo. Ahora sabemos que todo era inútil, la fuga, el viaje, la esperanza de encontrar todavía un hueco oscuro sin testigos, un refugio propicio al recomienzo (porque el arrepentimiento no entra en nuestra naturaleza, lo que hicimos está hecho y lo recomenzaremos tan pronto nos sepamos a salvo de las represalias). Es como si de golpe toda la veteranía del pasado cesara de operar, nos abandonara como los dioses abandonan a Antonio en el poema de Cavafis. Si todavía pensamos en la estrategia que garantizó nuestro arribo a la isla, si imaginamos un momento los horarios posibles, los teléfonos eficaces en otros puertos y ciudades, lo hacemos con la misma indiferencia abstracta con que tan frecuentemente citamos poemas jugando las infinitas carambolas de la asociación mental. Lo peor es que no sabemos por qué, el cambio se ha operado desde la llegada, desde los primeros murmullos al otro lado del tabique que presumíamos una mera valla también abstracta para la soledad y el reposo. Que otra voz inesperada se sumara un momento a los susurros no tenía por qué ir más allá de un banal enigma de verano, el misterio de la pieza de al lado como el de la *Mary Celeste*, alimento frívolo de siestas y caminatas. Ni siquiera le damos importancia especial, no lo hemos mencionado jamás; solamente sabemos que ya es imposible dejar de prestar atención, de orientar hacia el tabique cualquier actividad, cualquier reposo.

Tal vez por eso, en la alta noche en que fingimos dormir, no nos desconcierta demasiado la breve, seca tos que viene del otro bungalow, su tono inconfundiblemente masculino. Casi no es una tos, más bien una señal involuntaria, a la vez discreta y penetrante como lo eran los murmullos de las muchachas pero ahora sí señal, ahora sí emplazamiento después de tanta charla ajena. Nos levantamos sin hablar, el silencio ha caído de nuevo en el salón, solamente uno de los perros aúlla y aúlla a lo lejos. Esperamos un tiempo sin medida posible; el visitante del bungalow calla también, también acaso espera o se ha echado a dormir entre las flores amarillas de las sábanas. No importa, ahora hay un acuerdo que nada tiene que ver con la voluntad, hay un término que prescinde de forma y de fórmulas; en algún momento nos acercaremos sin consultarnos, sin tratar siquiera de mirarnos en la oscuridad. No necesitamos mirarnos, sabemos que estamos pensando en Michael, en cómo también Michael volvió a la granja de Erik, sin ninguna razón aparente volvió aunque para él la granja ya estaba vacía como el bungalow de al lado, volvió como ha vuelto el visitante de las muchachas, igual que Michael y los otros volviendo como las moscas, volviendo sin saber que se los espera, que esta vez vienen a una cita diferente.

A la hora de dormir nos habíamos puesto como siempre los camisones; ahora los dejamos caer como manchas blancas y gelatinosas en el piso, desnudas vamos hacia la puerta y salimos al jardín. No hay más que bordear el seto que prolonga la división de las dos alas del bungalow; la puerta sigue cerrada pero sabemos que no lo está, que basta tocar el picaporte. No hay luz adentro cuando entramos juntas; es la primera vez en mucho tiempo que nos apoyamos la una en la otra para andar.

II

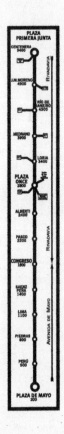

Texto en una libreta

Lo del control de pasajeros surgió —es el caso de decirlo— mientras hablábamos de la indeterminación y de los residuos analíticos. Jorge García Bouza había hecho algunas alusiones al subte de Montreal antes de referirse concretamente a la red del Anglo en Buenos Aires. No me lo dijo pero sospecho que algo había tenido que ver con los estudios técnicos de la empresa —si era la empresa misma la que hizo el control—. Con procedimientos especiales, que mi ignorancia califica así aunque García Bouza insistió en su eficaz sencillez, se había llevado exacta cuenta de los pasajeros que usaban diariamente el subte dentro de una cierta semana. Como además interesaba conocer el porcentaje de afluencia a las distintas estaciones de la línea, así como el de viajes de extremo a extremo o entre las estaciones intermedias, el control se cumplió con la máxima severidad en todos los accesos y salidas desde Primera Junta a Plaza de Mayo; en aquel entonces, hablo de los años cuarenta, la línea del Anglo no estaba todavía conectada con las nuevas redes subterráneas, lo cual facilitaba los controles.

El lunes de la semana elegida se obtuvo una cifra global básica; el martes la cifra fue aproximadamente la misma; el miércoles, sobre un total análogo, se produjo lo inesperado: contra 113.987 personas ingresadas, la cifra de los que habían vuelto a la superficie fue de 113.983. El buen sentido sentenció cuatro errores de cálculo, y los responsables de la operación recorrieron los puestos de control buscando posibles negligencias. El inspector-jefe Montesano (hablo ahora con datos que García Bouza no conocía y que yo me procuré más tarde) llegó incluso a reforzar el personal adscrito al control. Sobrándole escrúpulos, hizo dragar el subte de extremo a extremo, y los obreros y el personal de los trenes tuvieron que exhibir sus carnets a la salida. Todo esto me hace ver ahora que el inspector-jefe Montesano sospechaba borrosamente el comienzo de lo que ahora nos consta a ambos. Agrego innecesariamente que nadie dio con el supuesto error que acababa de proponer (y eliminar a la vez) cuatro pasajeros inhallables.

El jueves todo funcionó bien; ciento siete mil trescientos veintiocho habitantes de Buenos Aires reaparecieron obedientes luego de su inmersión episódica en el subsuelo. El viernes (ahora, luego de las operaciones precedentes, el control podía considerarse como perfecto), la cifra de los que volvieron a salir excedió en uno a la de los controlados a la entrada. El sábado se obtuvieron cifras iguales, y la empresa estimó terminada su tarea. Los resultados anómalos no se dieron a conocer al público, y aparte del inspector-jefe Montesano y los técnicos a cargo de las máquinas totalizadoras en la estación Once, pienso que muy poca gente tuvo noticia de lo ocurrido. Creo también que esos pocos (continúo exceptuando al inspector-jefe) razonaron su necesidad de olvido con la simple atribución de un error a las máquinas o a sus operadores.

Esto pasaba en 1946 o a comienzos del 47. En los meses que siguieron me tocó viajar mucho en el Anglo; de a ratos, porque el trayecto era largo, me volvía el recuerdo de aquella charla con García Bouza, y me sorprendía irónicamente mirando a la gente que me rodeaba en los asientos o se colgaba de las manijas de cuero como reses en los ganchos. Dos veces, en la estación José María Moreno, me pareció irrazonablemente que algunas gentes (un hombre, más tarde dos mujeres viejas) no eran simples pasajeros como los demás. Un jueves por la noche en la estación Medrano, después de ir al box y verlo a Jacinto Llanes ganar por puntos, me pareció que la muchacha casi dormida en el segundo banco del andén no estaba ahí para esperar el tren ascendente. En realidad subió al mismo coche que yo, pero solamente para bajar en Río de Janeiro y quedarse en el andén como si dudara de algo, como si estuviera tan cansada o aburrida.

Todo esto lo digo ahora, cuando ya no me queda nada por saber; así también después del robo la gente se acuerda de que muchachos mal entrazados rondaban la manzana. Y sin embargo, desde el comienzo, algo de esas aparentes fantasías que se tejen en la distracción iba más allá y dejaba como un sedimento de sospecha; por eso la noche en que García Bouza mencionó como un detalle curioso los resultados del control, las dos cosas se asociaron instantáneamente y sentí que algo se coagulaba en extrañeza, casi en miedo. Quizá, de los de fuera, fui el primero en saber.

A esto sigue un período confuso donde se mezclan el creciente deseo de verificar sospechas, una cena en *El Pescadito* que me acercó a Montesano y a sus recuerdos, y un descenso progresivo y cauteloso al subte entendido como otra cosa, como una lenta respiración diferente, un pulso que de alguna manera casi impensable no latía para la ciudad, no era ya solamente uno de los transportes de la ciudad. Pero antes de empezar realmente a bajar (no me refiero al hecho trivial de circular en el subte como todo el mundo), pasó un tiempo de reflexión y análisis. A lo largo de tres meses, en que preferí viajar en el tranvía 86 para evitar verificaciones o casualidades engañosas, me retuvo en la superficie una atendible teoría de Luis M. Baudizzone. Como le mencionara —casi en broma— el informe de García Bouza, creyó posible explicar el fenómeno por una especie de desgaste atómico previsible en las grandes multitudes. Nadie ha contado jamás a la gente que sale del estadio de River Plate un domingo de clásico, nadie ha cotejado esa cifra con la de la taquilla. Una manada de cinco mil búfalos corriendo por un desfiladero, ¿contiene las mismas unidades al entrar que al salir? El roce de las personas en la calle

521

Florida corroe sutilmente las mangas de los abrigos, el dorso de los guantes. El roce de 113.987 viajeros en trenes atestados que los sacuden y los frotan entre ellos a cada curva y a cada frenada, puede tener como resultado (por anulación de lo individual y acción del desgaste sobre el ente multitud) la anulación de cuatro unidades al cabo de veinte horas. A la segunda anomalía, quiero decir el viernes en que hubo un pasajero de más, Baudizzone sólo alcanzó a coincidir con Montesano y atribuirlo a un error de cálculo. Al final de estas conjeturas más bien literarias yo me sentía de nuevo muy solo, yo que ni siquiera tenía conjeturas propias y en cambio un lento calambre en el estómago cada vez que llegaba a una boca del subte. Por eso seguí por mi cuenta un camino en espiral que me fue acercando poco a poco, por eso viajé tanto tiempo en tranvía antes de sentirme capaz de volver al Anglo, de bajar de veras y no solamente para tomar el subte.

Aquí hay que decir que de ellos no he tenido la menor ayuda, muy al contrario; esperarla o buscarla hubiera sido insensato. Ellos están ahí y ni siquiera saben que su historia escrita empieza en este mismo párrafo. Por mi parte no hubiera querido delatarlos, y en todo caso no mencionaré los pocos nombres que me fue dado conocer en esas semanas en que entré en su mundo; si he hecho todo esto, si escribo este informe, creo que mis razones fueron buenas, que quise ayudar a los porteños siempre afligidos por los problemas del transporte. Ahora ya ni siquiera eso cuenta, ahora tengo miedo, ahora ya no me animo a bajar ahí, pero es injusto tener que viajar lenta e incómodamente en tranvía cuando se está a dos pasos del subte que todo el mundo toma porque no tiene miedo. Soy lo bastante honesto para reconocer que si ellos son expulsados —sin escándalo, claro, sin que nadie se entere demasiado—, voy a sentirme más tranquilo. Y no porque mi vida se haya visto amenazada mientras estaba ahí abajo, pero tampoco me sentí seguro un solo instante mientras avanzaba en mi investigación de tantas noches (ahí todo transcurre en la noche, nada más falso y teatral que los chorros de sol que irrumpen de los tragaluces entre dos estaciones, o ruedan hasta la mitad de las escaleras de acceso a las estaciones); es bien posible que algo haya terminado por delatarme, y que ellos ya sepan por qué paso tantas horas en el subte, así como yo los distingo inmediatamente entre la muchedumbre apretujada de las estaciones. Son tan pálidos, proceden con tan manifiesta eficiencia; son tan pálidos y están tan tristes, casi todos están tan tristes.

Curiosamente, lo que más me preocupó desde un comienzo fue llegar a saber cómo vivían, sin que las razones de esa vida me parecieran lo más importante. Casi enseguida abandoné una idea de vías muertas o socavones abandonados; la existencia de todos ellos era manifiesta y coincidía con el ir y venir de los pasajeros entre las estaciones. Es cierto que entre Loria y Plaza Once se atisba vagamente un Hades lleno de fraguas, desvíos, depósitos de materiales y raras casillas con vidrios ennegrecidos. Esa especie de Niebeland se entrevé unos pocos segundos mientras el tren nos sacude casi brutalmente en las curvas de entrada a la estación que tanto brilla por contraste. Pero me bastó pensar en la cantidad de obreros y capataces que comparten esas sucias galerías para desecharlas como reducto aprovechable; ellos no se hubieran expuesto allí, por lo menos en las primeras etapas. Me bastaron unos cuantos viajes de observación para darme cuenta de que en ninguna parte, fuera de la línea misma —quiero decir las estaciones con sus andenes, y los trenes en casi permanente movimiento—, había lugar y condiciones que se prestaran a su vida. Fui eliminando vías muertas, bifurcaciones y depósitos hasta llegar a la clara y horrible verdad por residuo necesario, ahí en ese reino crepuscular donde la noción de residuo volvía una y otra vez. Esa existencia que bosquejo (algunos dirán que propongo) se me dio condicionada por la necesidad más brutal e implacable; del rechazo sucesivo de posibilidades fue surgiendo la única posibilidad restante. Ellos, ahora estaba demasiado claro, no se localizan en parte alguna; viven en el subte, en los trenes del subte, moviéndose continuamente. Su existencia y su circulación de leucocitos —¡son tan pálidos!— favorece el anonimato que hasta hoy los protege.

Llegado a esto, lo demás era evidente. Salvo al amanecer y en la alta noche, los trenes del Anglo no están nunca vacíos, porque los porteños son noctámbulos y siempre hay unos pocos pasajeros que van y vienen antes del cierre de las rejas de las estaciones. Podría imaginarse un último tren ya inútil, que corre cumpliendo el horario aunque ya no lo aborde nadie, pero nunca me fue dado verlo. O más bien sí, alcancé a verlo algunas veces pero sólo para mí estaba realmente vacío; sus raros pasajeros eran una parte de ellos, que continuaban su noche cumpliendo instrucciones inflexibles. Nunca pude ubicar la naturaleza de su refugio forzoso durante las tres horas muertas en que el Anglo se detiene, de dos a cinco de la mañana. O se quedan en un tren que va a una vía muerta (y en ese caso el conductor tiene que ser uno de ellos) o se confunden episódicamente con el personal de limpieza nocturna. Esto último es lo menos probable, por una cuestión de indumentaria y de relaciones personales, y prefiero sospechar la utilización del túnel, desconocido por los pasajeros corrientes, que conecta la estación del Once con el puerto. Además, ¿por qué la sala con la advertencia *Entrada prohibida* en la estación José María Moreno está llena de rollos de papel, sin contar un raro arcón donde pueden guardarse cosas? La fragilidad visible de esa puerta se presta a las peores sospechas; pero con todo, aunque tal vez sea poco razonable, mi parecer es que ellos continúan de algún modo su existencia ya descrita, sin salir de los trenes o del andén de las estaciones; una necesidad estética me da en el fondo la certidumbre, acaso la razón. No parece haber residuos válidos en esa permanente circulación que los lleva y los trae entre las dos terminales.

He hablado de necesidades estéticas, pero quizás esas razones sean solamente pragmáticas. El plan exige una gran simplicidad para que cada uno de ellos pueda reaccionar mecánicamente y sin errores frente a los momentos sucesivos que comporta su permanente vida bajo tierra. Por ejemplo, como pude verificarlo después de una larga paciencia, cada uno sabe que no debe hacer más de un viaje en el mismo coche para no llamar la atención; en cambio en la terminal de Plaza de Mayo les está dado quedarse en su asiento, ahora que la congestión del transporte hace que mucha gente suba al tren en Florida para ganar un asiento y adelantarse así a los que esperan en la terminal. En Primera Junta la operación es diferente, les basta con descender, caminar unos metros y mezclarse con los pasajeros que ocupan el tren de la vía opuesta. En todos los casos juegan con la ventaja de que la enorme mayoría de los pasajeros no hacen más que un viaje parcial. Como sólo volverán a tomar el subte mucho después, entre treinta minutos si van a una diligencia corta y ocho horas si son empleados u obreros, es improbable que puedan reconocer a los que siguen ahí abajo, máxime cambiando continuamente de vagones y de trenes. Este último cambio, que me costó verificar, es mucho más sutil y responde a un esquema inflexible destinado a impedir posibles adherencias visuales en los guardatrenes o los pasajeros que coinciden (dos veces sobre cinco, según las horas y la afluencia de público) con los mismos trenes. Ahora sé, por ejemplo, que la muchacha que esperaba en Medrano aquella noche había bajado del tren anterior al que yo tomé, y que subió al siguiente luego de viajar conmigo hasta Río de Janeiro; como todos ellos, tenía indicaciones precisas hasta el fin de la semana.

La costumbre les ha enseñado a dormir en los asientos, pero sólo por períodos de un cuarto de hora como máximo.

Incluso los que viajamos episódicamente en el Anglo terminamos por poseer una memoria táctil del itinerario, la entrada en las pocas curvas de la línea nos dice infaliblemente si salimos de Congreso hacia Sáenz Peña o remontamos hacia Loria. En ellos el hábito es tal que despiertan en el momento preciso para descender y cambiar de coche o de tren. Duermen con dignidad, erguidos, la cabeza apenas inclinada sobre el pecho. Veinte cuartos de hora les bastan para descansar, y además tienen a su favor esas tres horas vedadas a mi conocimiento en que el Anglo se cierra al público. Cuando llegué a saber que poseían por lo menos un tren, lo que confirmaba acaso mi hipótesis de la vía muerta en las horas de cierre, me dije que su vida hubiera adquirido un valor de comunidad casi agradable si les hubiera sido dado viajar todos juntos en ese tren. Rápidas pero deliciosas comidas colectivas entre estación y estación, sueño ininterrumpido en un viaje de terminal a terminal, incluso la alegría del diálogo y los contactos entre amigos y por qué no parientes. Pero llegué a comprobar que se abstienen severamente de reunirse en su tren (si es solamente uno, puesto que sin duda su número aumenta paulatinamente); saben de sobra que cualquier identificación les sería fatal, y que la memoria recuerda mejor tres caras juntas a un tiempo, como dice el destrabalenguas, que a meros individuos aislados.

Su tren les permite un fugaz conciliábulo cuando necesitan recibir e irse pasando la nueva tabulación semanal que el Primero de ellos prepara en hojitas de block y distribuye cada domingo a los jefes de grupo; allí también reciben el dinero para la alimentación de la semana, y un emisario del Primero (sin duda el conductor del tren) escucha lo que cada uno tiene que decirle en materia de ropas, mensajes al exterior y estado de salud. El programa consiste en una alternación tal de trenes y de coches que un encuentro es prácticamente imposible y sus vidas vuelven a distanciarse hasta el fin de la semana. Presumo —todo esto he llegado a entenderlo después de tensas proyecciones mentales, de sentirme ellos y sufrir o alegrarme como ellos— que esperan cada domingo como nosotros allá arriba esperamos la paz del nuestro. Que el Primero haya elegido ese día no responde a un respeto tradicional que me hubiera sorprendido en ellos; simplemente sabe que los domingos hay otro tipo de pasajeros en el subte, y por eso cualquier tren es más anónimo que un lunes o un viernes.

Juntando delicadamente tantos elementos del mosaico pude comprender la fase inicial de la operación y la toma del tren. Los cuatro primeros, como lo prueban las cifras del control, bajaron un martes. Esa tarde, en el andén de Sáenz Peña, estudiaron la cara enjaulada de los conductores que iban pasando. El Primero hizo una señal, y abordaron un tren. Había que esperar la salida de Plaza de Mayo, disponer de trece estaciones por delante, y que el guarda estuviera en otro coche. Lo más difícil era llegar a un momento en que quedaran solos; los ayudó una disposición caballeresca de la Corporación de Transportes de la Ciudad de Buenos Aires, que otorga el primer coche a las señoras y a los niños, y una modalidad porteña consistente en un sensible desprecio hacia ese coche. En Perú viajaban dos señoras hablando de la liquidación de la Casa Lamota (donde se viste Carlota) y un chico sumido en la inadecuada lectura de *Rojo y Negro* (la revista, no Stendhal). El guarda estaba hacia la mitad del tren cuando el Primero entró en el coche para señoras y golpeó discretamente en la puerta de la cabina del conductor. Éste abrió sorprendido pero sin sospechar nada, y ya el tren subía hacia Piedras. Pasaron Lima, Sáenz Peña y Congreso sin novedad. En Pasco hubo alguna demora en salir, pero el guarda estaba en la otra punta del tren y no se preocupó. Antes de llegar a Río de Janeiro el Primero había vuelto al coche donde lo esperaban los otros tres. Cuarenta y ocho horas más tarde un conductor vestido de civil, con ropa un poco grande, se mezclaba con la gente que salía en Medrano, y le daba al inspector-jefe Montesano el desagrado de aumentarle en una unidad la cifra del día viernes. Ya el Primero conducía su tren, con los otros tres ensayando furtivamente para reemplazarlo cuando llegara el momento. Descuento que poco a poco hicieron lo mismo con los guardas correspondientes a los trenes que iban tomando.

Dueños de más de un tren, ellos disponen de un territorio móvil donde pueden operar con alguna seguridad. Probablemente nunca sabré por qué los conductores del Anglo cedieron a la extorsión o al soborno del Primero, ni cómo esquiva éste su posible identificación cuando enfrenta a otros miembros del personal, cobra su sueldo o firma planillas. Sólo pude proceder periféricamente, descubriendo uno a uno los mecanismos inmediatos de la vida vegetativa, de la conducta exterior. Me fue duro admitir que se alimentaban casi exclusivamente con los productos que se venden en los quioscos de las estaciones, hasta llegar a convencerme de que el más extremo rigor preside esta existencia sin halagos. Compran chocolates y alfajores, barras de dulce de leche y de coco, turrones y caramelos nutritivos. Los comen con el aire indiferente del que se ofrece una golosina, pero cuando viajan en alguno de sus trenes las parejas osan comprar un alfajor de los grandes, con mucho dulce de leche y grajeas, y lo van comiendo vergonzosamente, de a trocitos, con la alegría de una verdadera comida. Nunca han podido resolver en paz el problema de la alimentación en común, cuántas veces tendrán mucha hambre, y el dulce les repugnará y el recuerdo de la sal como un golpe de ola cruda en la boca los llenará de horrible delicia, y con la sal el gusto del asado inalcanzable, la sopa oliendo a perejil y a apio. (En esa época se instaló una churrasquería en la estación del Once, a veces llega hasta el andén del subte el olor humoso de los chorizos y los sándwiches de lomo. Pero ellos no pueden usarla porque está del otro lado de los molinetes, en el andén del tren a Moreno.)

Otro duro episodio de sus vidas es la ropa. Se desgastan los pantalones, las faldas, las enaguas. Poco estropean las chaquetas y las blusas, pero después de un tiempo tienen que cambiarse, incluso por razones de seguridad. Una mañana en que seguía a uno de ellos procurando aprender más de sus costumbres, descubrí las relaciones que mantienen con la superficie. Es así: ellos bajan de a uno en la estación tabulada, en el día y la hora tabulados. Alguien viene de la superficie con la ropa de recambio (después verifiqué que era un servicio completo; ropa interior limpia en cada caso, y un traje o vestido planchados de tanto en tanto), y los dos suben al mismo coche del tren que sigue. Allí pueden hablar, el paquete pasa del uno al otro y en la estación siguiente ellos se cambian —es la parte más penosa— en los siempre inmundos excusados. Una estación más allá el mismo agente los está esperando en el andén; viajan juntos hasta la próxima estación, y el agente vuelve a la superficie con el paquete de ropa usada.

Por pura casualidad, y después de haberme convencido de que conocía ya casi todas sus posibilidades en ese terreno, descubrí que además de los intercambios periódicos de ropas tienen un depósito donde almacenan precariamente algunas prendas y objetos para casos de emergencia, quizá para cubrir las primeras necesidades cuando llegan los nuevos, cuyo número no puedo calcular pero que imagino grande. Un amigo me presentó en la calle a un viejo que se esfuerza como *bouquiniste* en las recovas del Cabildo. Yo andaba buscando un número viejo de *Sur*; para mi sorpresa y quizá mi admisión de lo inevitable el librero me hizo bajar a la estación Perú y torcer a la izquierda del andén donde nace un pasillo muy transitado y con poco aire de subterráneo. Allí tenía su depósito, lleno de pilas confusas de libros y revistas. No encontré *Sur* pero en cambio había una puertecita entornada que daba a otra pieza; vi a alguien de espaldas, con la nuca blanquísima que tienen ya todos ellos; a sus pies alcancé a sospechar una cantidad de abrigos, unos pañuelos, una bufanda roja. El librero pensaba que era un minorista o un concesionario como él; se lo dejé creer y le compré *Trilce* en una bella edición. Pero ya en esto de la ropa supe cosas horribles. Como tienen dinero de sobra y ambicionan gastarlo (pienso que en las cárceles de costumbres amables es lo mismo), satisfacen caprichos inofensivos con una violencia que me conmueve. Yo seguía entonces a un muchacho rubio, lo veía siempre con el mismo traje marrón; sólo le cambiaba la corbata, dos o tres veces al día entraba en los lavatorios para eso. Un mediodía se bajó en Lima para comprar una corbata en el puesto del andén; estuvo largo rato eligiendo, sin decidirse; era su gran escapada, su farra de los sábados. Yo le veía en los bolsillos del saco el bulto de las otras corbatas, y sentí algo que no estaba por debajo del horror.

Ellas se compran pañuelitos, pequeños juguetes, llaveros, todo lo que cabe en los quioscos y los bolsos. A veces bajan en Lima o Perú y se quedan mirando las vitrinas del andén donde se exhiben muebles, miran largamente los armarios y las camas, miran los muebles con un deseo humilde y contenido, y cuando compran el diario o *Maribel* se demoran absortas en los avisos de liquidaciones, de perfumes, los figurines y los guantes. También están a punto de olvidar sus instrucciones de indiferencia y despego cuando ven subir a las madres que llevan de paseo a sus niños; dos de ellas, las vi con pocos días de diferencia, llegaron a abandonar sus asientos y viajar de pie cerca de los niños, rozándose casi contra ellos; no me hubiera asombrado demasiado que les acariciaran el pelo o les dieran un caramelo, cosas que no se hacen en el subte de Buenos Aires y probablemente en ningún subte.

Mucho tiempo me pregunté por qué el Primero había elegido precisamente uno de los días de control para bajar con los otros tres. Conociendo su método, ya que no a él todavía, creí erróneo atribuirlo a jactancia, al deseo de causar escándalo si se publicaban las diferencias de cifras. Más acorde con su sagacidad reflexiva era sospechar que en esos días la atención del personal del Anglo estaba puesta, directa o inconscientemente, en las operaciones de control. La toma del tren resultaba así más factible; incluso el retorno a la superficie del conductor sustituido no podía traerle consecuencias peligrosas. Sólo tres meses después el encuentro casual en el Parque Lezama del ex conductor con el inspector-jefe Montesano, y las taciturnas inferencias de este último, pudieron acercarlo y acercarme a la verdad.

Para ese entonces —hablo casi de ahora— ellos tenían tres trenes en su posesión y creo, sin seguridad, que un puesto en las cabinas de coordinación de Primera Junta. Un suicidio abrevió mis últimas dudas. Esa tarde había seguido a una de ellas y la vi entrar en la casilla telefónica de la estación José María Moreno. El andén estaba casi vacío, y yo apoyé la cara en el tabique lateral, fingiendo el cansancio de los que vuelven del trabajo. Era la primera vez que veía a uno de ellos en una casilla telefónica, y no me había sorprendido el aire furtivo y como asustado de la muchacha, su instante de vacilación antes de mirar en torno y entrar en la casilla. Oí pocas cosas, llorar, un ruido de bolso abriéndose, sonarse, y después: «Pero el canario, ¿vos lo cuidás, verdad? ¿Vos le das el alpiste todas las mañanas, y el pedacito de vainilla?». Me asombró esa banalidad, porque esa voz no era una voz que estuviera transmitiendo un mensaje basado en cualquier código, las lágrimas mojaban esa voz, la ahogaban. Subí a un tren antes de que ella pudiera descubrirme y di toda la vuelta, continuando un control de tiempos y de cambio de ropas. Cuando entrábamos otra vez en José María Moreno, ella se tiró después de persignarse (dicen); la reconocí por los zapatos rojos y el bolso claro. Había un gentío enorme, y muchos rodeaban al conductor y al guarda a la espera de la policía. Vi que los dos eran de ellos (son tan pálidos) y pensé que lo ocurrido probaría allí mismo la solidez de los planes del Primero, porque una cosa es suplantar a alguien en las profundidades y otra resistir a un examen policial. Pasó una semana sin novedad, sin la menor secuela de un suicidio banal y casi cotidiano; entonces empecé a tener miedo de bajar.

Ya sé que aún me falta saber muchas cosas, incluso las capitales, pero el miedo es más fuerte que yo. En estos días llego apenas a la boca de Lima, que es mi estación, huelo ese olor caliente, ese olor Anglo que sube hasta la calle; oigo pasar los trenes. Entro en un café y me trato de imbécil, me pregunto cómo es posible renunciar a tan pocos pasos de la revelación total. Sé tantas cosas, podría ser útil a la sociedad denunciando lo que ocurre. Sé que en las últimas semanas tenían ya ocho trenes, y que su número crece rápidamente. Los nuevos son todavía irreconocibles porque la decoloración de la piel es muy lenta y sin duda extreman las precauciones; los planes del Primero no parecen tener fallas, y me resulta imposible calcular su número. Sólo el instinto me dijo, cuando todavía me animaba a estar abajo y a seguirlos, que la mayoría de los trenes está ya llena de ellos, que los pasajeros ordinarios encuentran más y más difícil viajar a toda hora; y no puede sorprenderme que los diarios pidan nuevas líneas, más trenes, medidas de emergencia.

Vi a Montesano, le dije algunas cosas y esperé que adivinara otras. Me pareció que desconfiaba de mí, que seguía por su cuenta alguna pista o más bien que prefería desentenderse con elegancia de algo que iba más allá de su imaginación, sin hablar de la de sus jefes. Comprendí que era inútil volver a hablarle, que podría acusarme de complicarle la vida con fantasías acaso paranoicas, sobre todo cuando me dijo golpeándome la espalda: «Usted está cansado, usted debería viajar».

Pero donde yo debería viajar es en el Anglo. Me sorprende un poco que Montesano no se decida a tomar medidas, por lo menos contra el Primero y los otros tres, para cortar por lo alto ese árbol que hunde más y más sus raíces en el asfalto y la tierra. Hay ese olor a encerrado, se oyen los frenos de un tren y después la bocanada de gente que trepa la escalera con el aire bovino de los que han viajado de pie, hacinados en coches siempre llenos. Yo debería acercarme, llevarlos aparte de a uno y explicarles; entonces oigo entrar otro tren y me vuelve el miedo. Cuando reconozco a alguno de los agentes que baja o sube con el paquete de ropas, me escondo en el café y no me animo a salir por largo rato. Pienso, entre dos vasos de ginebra, que apenas recobre el valor bajaré para cerciorarme de su número. Yo creo que ahora poseen todos los trenes, la administración de muchas estaciones y parte de los talleres. Ayer pensé que la vendedora del quiosco de golosinas de Lima podría informarme indirectamente sobre el forzoso aumento de sus ventas. Con un esfuerzo apenas superior al calambre que me apretaba el estómago pude bajar al andén, repitiéndome que no se trataba de subir a un tren, de mezclarme con ellos; apenas dos preguntas y volver a la superficie, volver a estar a salvo. Eché la moneda en el molinete y me acerqué al quiosco; iba a comprar un Milkibar cuando vi que la vendedora me estaba mirando fijamente. Hermosa pero tan pálida, tan pálida. Corrí desesperado hacia las escaleras, subí tropezándome. Ahora sé que no podría volver a bajar; me conocen, al final han acabado por conocerme.

He pasado una hora en el café sin decidirme a pisar de nuevo el primer peldaño de la escalera, quedarme ahí entre la gente que sube y baja, ignorando a los que me miran de reojo sin comprender no me decida a moverme en una zona donde todos se mueven. Me parece casi inconcebible haber llevado a término el análisis de sus métodos generales y no ser capaz de dar el paso final que me permita la revelación de sus identidades y de sus propósitos. Me niego a aceptar que el miedo me apriete de esta manera el pecho; tal vez me decida, tal vez lo mejor sea apoyarme en la barandilla de la escalera y gritar lo que sé de su plan, lo que creo saber sobre el Primero (lo diré, aunque Montesano se disguste si le desbarato su propia pesquisa) y sobre todo las consecuencias de todo esto para la población de Buenos Aires. Hasta ahora he seguido escribiendo en el café, la tranquilidad de estar en la superficie y en un lugar neutro me llena de una calma que no tenía cuando bajé hasta el quiosco. Siento que de alguna manera voy a volver a bajar, que me obligaré paso a paso a bajar la escalera, pero entre tanto lo mejor será terminar mi informe para mandarlo al Intendente o al jefe de policía, con una copia para Montesano, y después pagaré el café y seguramente bajaré, de eso estoy seguro aunque no sé cómo voy a hacerlo, de dónde voy a sacar fuerzas para bajar peldaño a peldaño ahora que me conocen, ahora que al final han acabado por conocerme, pero ya no importa, antes de bajar tendré listo el borrador, diré señor Intendente o señor jefe de policía, hay alguien allí abajo que camina, alguien que va por los andenes y cuando nadie se da cuenta, cuando solamente yo puedo saber y escuchar, se encierra en una cabina apenas iluminada y abre el bolso. Entonces llora, primero llora un poco y después, señor Intendente, dice: «Pero el canario, ¿vos lo cuidás, verdad? ¿Vos le das el alpiste todas las mañanas, y el pedacito de vainilla?».

Recortes de prensa

*Aunque no creo necesario decirlo, el primer recorte es real
y el segundo imaginario.*

El escultor vive en la calle Riquet, lo que no me parece
una idea acertada pero en París no se puede elegir demasiado
cuando se es argentino y escultor, dos maneras habituales de
vivir difícilmente en esta ciudad. En realidad nos conocemos
mal, desde pedazos de tiempo que abarcan ya veinte años;
cuando me telefoneó para hablarme de un libro con repro-
ducciones de sus trabajos más recientes y pedirme un texto
que pudiera acompañarlas, le dije lo que siempre conviene
decir en estos casos, o sea que él me mostraría sus esculturas
y después veríamos, o más bien veríamos y después.
Fui por la noche a su departamento y al principio hubo
café y finteos amables, los dos sentíamos lo que inevitable-
mente se siente cuando alguien le muestra su obra a otro y so-
breviene ese momento casi siempre temible en que las hogueras se encenderán o habrá que admitir, tapándolo con
palabras, que la leña estaba mojada y daba más humo que calor. Ya antes, por teléfono, él me había comentado sus trabajos, una serie de pequeñas esculturas cuyo tema era la violencia en todas las latitudes políticas y geográficas que abarca el
hombre como lobo del hombre. Algo sabíamos de eso, una
vez más dos argentinos dejando subir la marea de los recuerdos, la cotidiana acumulación del espanto a través de cables,
cartas, repentinos silencios. Mientras hablábamos, él iba des-
pejando una mesa; me instaló en un sillón propicio y empezó
a traer las esculturas, las ponía bajo una luz bien pensada, me
dejaba mirarlas despacio y después las hacía girar poco a poco;

casi no hablábamos ahora, ellas tenían la palabra y esa palabra seguía siendo la nuestra. Una tras otra hasta completar una decena o algo así, pequeñas y filiformes, arcillosas o enyesadas, naciendo de alambres o de botellas pacientemente envueltas por el trabajo de los dedos y la espátula, creciendo desde latas vacías y objetos que sólo la confidencia del escultor me dejaba conocer por debajo de cuerpos y cabezas, de brazos y de manos. Era tarde en la noche, de la calle llegaba apenas un ruido de camiones pesados, una sirena de ambulancia.

Me gustó que en el trabajo del escultor no hubiera nada de sistemático o demasiado explicativo, que cada pieza contuviera algo de enigma y que a veces fuera necesario mirar largamente para comprender la modalidad que en ella asumía la violencia; las esculturas me parecieron al mismo tiempo ingenuas y sutiles, en todo caso sin tremendismo ni extorsión sentimental. Incluso la tortura, esa forma última en que la violencia se cumple en el horror de la inmovilidad y el aislamiento, no había sido mostrada con la dudosa minucia de tantos afiches y textos y películas que volvían a mi memoria también dudosa, también demasiado pronta a guardar imágenes y devolverlas para vaya a saber qué oscura complacencia. Pensé que si escribía el texto que me había pedido el escultor, si escribo el texto que me pedís, le dije, será un texto como esas piezas, jamás me dejaré llevar por la facilidad que demasiado abunda en este terreno.

—Eso es cosa tuya, Noemí —me dijo—. Yo sé que no es fácil, llevamos tanta sangre en los recuerdos que a veces uno se siente culpable de ponerle límites, de manearlo para que no nos inunde del todo.

—A quién se lo decís. Mirá este recorte, yo conozco a la mujer que lo firma y estaba enterada de algunas cosas por informes de amigos. Pasó hace tres años como pudo pasar anoche o como puede estar pasando en este mismo momento en Buenos Aires o en Montevideo. Justamente antes de salir para tu casa abrí la carta de un amigo y encontré el recorte.

536

Dame otro café mientras lo leés, en realidad no es necesario que lo leas después de lo que me mostraste pero no sé, me sentiré mejor si también vos lo leés.

Lo que él leyó era esto:

> La que suscribe, Laura Beatriz Bonaparte Bruschtein, domiciliada en Atoyac, número 26, distrito 10, Colonia Cuauhtémoc, México 5, D.F., desea comunicar a la opinión pública el siguiente testimonio:
>
> 1. Aída Leonora Bruschtein Bonaparte, nacida el 21 de mayo de 1951 en Buenos Aires, Argentina, de profesión maestra alfabetizadora.
>
> *Hecho*: A las diez de la mañana del 24 de diciembre de 1975 fue secuestrada por personal del Ejército argentino (Batallón 601) en su puesto de trabajo, en Villa Miseria Monte Chingolo, cercana a la Capital Federal.
>
> El día precedente ese lugar había sido escenario de una batalla que había dejado un saldo de más de cien muertos, incluidas personas del lugar. Mi hija, después de secuestrada, fue llevada a la guarnición militar Batallón 601.
>
> Allí fue brutalmente torturada, al igual que otras mujeres. Las que sobrevivieron fueron fusiladas esa misma noche de Navidad. Entre ellas estaba mi hija.
>
> La sepultura de los muertos en combate y de los civiles secuestrados, como es el caso de mi hija, demoró alrededor de cinco días. Todos los cuerpos, incluido el de ella, fueron trasladados con palas mecánicas desde el batallón a la comisaría de Lanús, de allí al cementerio de Avellaneda, donde fueron enterrados en una fosa común.

Yo seguía mirando la última escultura que había quedado sobre la mesa, me negaba a fijar los ojos en el escultor que leía en silencio. Por primera vez escuché un tictac de reloj de pared, venía del vestíbulo y era lo único audible en ese momento en que la calle se iba quedando más y más desierta; el leve sonido me llegaba como un metrónomo de la noche, una tentativa de mantener vivo el tiempo dentro de ese agujero en que estábamos como metidos los dos, esa duración que abarcaba una pieza de París y un barrio miserable de Buenos Aires, que abolía los calendarios y nos dejaba cara a cara frente a eso, frente a lo que solamente podíamos llamar eso, todas las calificaciones gastadas, todos los gestos del horror cansados y sucios.

—*Las que sobrevivieron fueron fusiladas esa misma noche de Navidad* —leyó en voz alta el escultor—. A lo mejor les dieron pan dulce y sidra, acordate de que en Auschwitz repartían caramelos a los niños antes de hacerlos entrar en las cámaras de gas.

Debió ver cualquier cosa en mi cara, hizo un gesto de disculpa y yo bajé los ojos y busqué otro cigarrillo.

Supe oficialmente del asesinato de mi hija en el juzgado número 8 de la ciudad de La Plata, el día 8 de enero de 1976. Luego fui derivada a la comisaría de Lanús, donde después de tres horas de interrogatorio se me dio el lugar donde estaba situada la fosa. De mi hija sólo me ofrecieron ver las manos cortadas de su cuerpo y puestas en un frasco, que lleva el número 24. Lo que quedaba de su cuerpo no podía ser entregado, porque era secreto militar. Al día siguiente fui al cementerio de Avellaneda, buscando el tablón número 28. El comisario me había dicho que allí encontraría «lo que quedaba de ella, porque no podían llamarse cuerpos los que les habían sido entregados». La fosa era un espacio de tierra recién removido, de cinco metros por cinco, más o menos al fondo del cementerio. Yo sé ubicar la fosa. Fue terrible darme cuenta de qué manera habían sido asesinadas y sepultadas más de cien personas, entre las que estaba mi hija.

2. Frente a esta situación infame y de tan indescriptible crueldad, en enero de 1976, yo, domiciliada en la calle Lavalle, 730, quinto piso, distrito nueve, en la Capital Federal, entablo

al Ejército argentino un juicio por asesinato. Lo hago en el mismo tribunal de La Plata, el número 8, juzgado civil.

—Ya ves, todo esto no sirve de nada —dijo el escultor, barriendo el aire con un brazo tendido—. No sirve de nada, Noemí, yo me paso meses haciendo estas mierdas, vos escribís libros, esa mujer denuncia atrocidades, vamos a congresos y a mesas redondas para protestar, casi llegamos a creer que las cosas están cambiando, y entonces te bastan dos minutos de lectura para comprender de nuevo la verdad, para...

—Sh, yo también pienso cosas así en el momento —le dije con la rabia de tener que decirlo—. Pero si las aceptara sería como mandarles a ellos un telegrama de adhesión, y además lo sabés muy bien, mañana te levantarás y al rato estarás modelando otra escultura y sabrás que yo estoy delante de mi máquina y pensarás que somos muchos aunque seamos tan pocos, y que la disparidad de fuerzas no es ni será nunca una razón para callarse. Fin del sermón. ¿Acabaste de leer? Tengo que irme, che.

Hizo un gesto negativo, mostró la cafetera.

Consecuentemente a este recurso legal mío, se sucedieron los siguientes hechos:

3. En marzo de 1976, Adrián Saidón, argentino de veinticuatro años, empleado, prometido de mi hija, fue asesinado en una calle de la ciudad de Buenos Aires por la policía, que avisó a su padre.

Su cuerpo no fue restituido a su padre, doctor Abraham Saidón, porque era secreto militar.

4. Santiago Bruschtein, argentino, nacido el 25 de diciembre de 1918, padre de mi hija asesinada, mencionada en primer lugar, de profesión doctor en bioquímica, con laboratorio en la ciudad de Morón.

Hecho: El 11 de junio de 1976, a las 12 de mediodía, llegan a su departamento de la calle Lavalle, 730, quinto piso, departamento 9, un grupo de militares vestidos de civil. Mi marido, asistido por una enfermera, se encontraba en su lecho casi moribundo, a causa de un infarto, y con un pronóstico de tres meses de vida. Los militares le preguntaron por mí y por nuestros hijos, y agregaron que: «*Cómo un judío hijo de puta puede atreverse a abrir una causa por asesinato al Ejército argentino*». Luego lo obligaron a levantarse, y *golpeándolo* lo subieron a un automóvil, sin permitirle llevarse sus medicinas.

Testimonios oculares han afirmado que para la detención el Ejército y la policía usaron alrededor de veinte coches. De él no hemos sabido nunca nada más. Por informaciones no oficiales, nos hemos enterado que falleció súbitamente en los comienzos de la tortura.

—Y yo estoy aquí, a miles de kilómetros, discutiendo con un editor qué clase de papel tendrán que llevar las fotos de las esculturas, el formato y la tapa.

—Bah, querido, en estos días yo estoy escribiendo un cuento donde se habla nada menos que de los problemas psi-co-ló-gi-cos de una chica en el momento de la pubertad. No empieces a autotorturarte, ya basta con la verdadera, creo.

—Lo sé, Noemí, lo sé, carajo. Pero siempre es igual, siempre tenemos que reconocer que todo eso sucedió en otro espacio, sucedió en otro tiempo. Nunca estuvimos ni estaremos allí, donde acaso...

(Me acordé de algo leído de chica, quizás en Agustín Thierry, un relato de cuando un santo que vaya a saber cómo se llamaba convirtió al cristianismo a Clodoveo y a su nación, de ese momento en que le estaba describiendo a Clodoveo el flagelamiento y la crucifixión de Jesús, y el rey se alzó en su trono blandiendo su lanza y gritando: «¡Ah, si yo hubiera estado ahí con mis francos!», maravilla de un deseo imposible, la misma rabia impotente del escultor perdido en la lectura.)

5. Patricia Villa, argentina, nacida en Buenos Aires en 1952, periodista, trabajaba en la agencia *Inter Press Service*, y es hermana de mi nuera.

Hecho: Lo mismo que su prometido, Eduardo Suárez, también periodista, fueron arrestados en septiembre de 1976 y conducidos presos a Coordinación General, de la policía federal de Buenos Aires. Una semana después del secuestro, se le comunica a su madre, que hizo las gestiones legales pertinentes, que lo lamentaban, que había sido un error. Sus cuerpos no han sido restituidos a sus familiares.

6. Irene Mónica Bruschtein Bonaparte de Ginzberg, de veintidós años, de profesión artista plástica, casada con Mario Ginzberg, maestro mayor de obras, de veinticuatro años.

Hecho: El día 11 de marzo de 1977, a las 6 de la mañana, llegaron al departamento donde vivían fuerzas conjuntas del Ejército y la policía, llevándose a la pareja y dejando a sus hijitos: Victoria, de dos años y seis meses, y Hugo Roberto, de un año y seis meses, abandonados en la puerta del edificio. Inmediatamente hemos presentado recurso de *habeas corpus*, yo, en el consulado de México, y el padre de Mario, mi consuegro, en la Capital Federal.

He pedido por mi hija Irene y Mario, denunciando esta horrenda secuencia de hechos a: Naciones Unidas, OEA, Amnesty International, Parlamento Europeo, Cruz Roja, etc.

No obstante, hasta ahora no he recibido noticias de su lugar de detención. Tengo una firme esperanza de que todavía estén con vida.

Como madre, imposibilitada de volver a Argentina por la situación de persecución familiar que he descrito, y como los recursos legales han sido anulados, pido a las instituciones y personas que luchan por la defensa de los derechos humanos, a fin de que se inicie el procedimiento necesario para que me restituyan a mi hija Irene y a su marido Mario, y poder así salvaguardar las vidas y la libertad de ellos. Firmado, Laura Beatriz Bonaparte Bruchstein. (De *El País*, octubre de 1978, reproducido en *Denuncia*, diciembre de 1978.)

El escultor me devolvió el recorte, no dijimos gran cosa porque nos caíamos de sueño, sentí que estaba contento de que yo hubiera aceptado acompañarlo en su libro, sólo entonces me di cuenta de que hasta el final había dudado porque tengo fama de muy ocupada, quizá de egoísta, en todo caso de escritora metida a fondo en lo suyo. Le pregunté si había una parada de taxis cerca y salí a la calle desierta y fría y demasiado ancha para mi gusto en París. Un golpe de viento me obligó a levantarme el cuello del tapado, oía mis pasos taconeando secamente en el silencio, marcando ese ritmo en el que la fatiga y las obsesiones insertan tantas veces una melodía que vuelve y vuelve, o una frase de un poema, sólo me ofrecieron ver sus manos cortadas de su cuerpo y puestas en un frasco, que lleva el número veinticuatro, sólo me ofrecieron ver sus manos cortadas de su cuerpo, reaccioné bruscamente rechazando la marea recurrente, forzándome a respirar hondo, a pensar en mi trabajo del día siguiente; nunca supe por qué había cruzado a la acera de enfrente, sin ninguna necesidad puesto que la calle desembocaba en la plaza de la Chapelle donde tal vez encontraría algún taxi, daba igual seguir por una vereda o la otra, crucé porque sí, porque ni siquiera me quedaban fuerzas para preguntarme por qué cruzaba.

La nena estaba sentada en el escalón de un portal casi perdido entre los otros portales de las casas altas y angostas apenas diferenciables en esa cuadra particularmente oscura. Que a esa hora de la noche y en esa soledad hubiera una nena al borde de un peldaño no me sorprendió tanto como su actitud, una manchita blanquecina con las piernas apretadas y las manos tapándole la cara, algo que también hubiera podido ser un perro o un cajón de basura abandonado a la entrada de la casa. Miré vagamente en torno; un camión se alejaba con sus débiles luces amarillas, en la acera de enfrente un hombre caminaba encorvado, la cabeza hundida en el cuello alzado del sobretodo y las manos en los bolsillos. Me detuve, miré de cerca; la nena tenía unas trencitas ralas, una pollera blanca y una tricota rosa, y cuando apartó las manos de la cara le vi los ojos y las mejillas y ni siquiera la semioscuridad podía borrar las lágrimas, el brillo bajándole hasta la boca.

—¿Qué te pasa? ¿Qué haces ahí?

La sentí aspirar fuerte, tragarse lágrimas y mocos, un hipo o un puchero, le vi la cara de lleno alzada hasta mí, la nariz minúscula y roja, la curva de una boca que temblaba. Repetí las preguntas, vaya a saber qué le dije agachándome hasta sentirla muy cerca.

—Mi mamá —dijo la nena, hablando entre jadeos—. Mi papá le hace cosas a mi mamá.

Tal vez iba a decir más pero sus brazos se tendieron y la sentí pegarse a mí, llorar desesperadamente contra mi cuello; olía a sucio, a bombacha mojada. Quise tomarla en brazos mientras me levantaba, pero ella se apartó, mirando hacia la oscuridad del corredor. Me mostraba algo con un dedo, empezó a caminar y la seguí, vislumbrando apenas un arco de piedra y detrás la penumbra, un comienzo de jardín. Silenciosa salió al aire libre, aquello no era un jardín sino más bien un huerto con alambrados bajos que delimitaban zonas sembradas, había bastante luz para ver los almácigos raquíticos, las cañas que sostenían plantas trepadoras, pedazos de trapos como espantapájaros; hacia el centro se divisaba un pabellón bajo remendado con chapas de zinc y latas, una ventanilla de la que salía una luz verdosa. No había ninguna lámpara encendida en las ventanas de los inmuebles que rodeaban el huerto, las paredes negras subían cinco pisos hasta mezclarse con un cielo bajo y nublado.

La nena había ido directamente al estrecho paso entre dos canteros que llevaba a la puerta del pabellón; se volvió apenas para asegurarse de que la seguía, y entró en la barraca. Sé que hubiera debido detenerme ahí y dar media vuelta, decirme que esa niña había soñado un mal sueño y se volvía a la cama, todas las razones de la razón que en ese momento me mostraban el absurdo y acaso el riesgo de meterme a esa hora en casa ajena; tal vez todavía me lo estaba diciendo cuando pasé la puerta entornada y vi a la nena que me esperaba en un vago zaguán lleno de trastos y herramientas de jardín. Una raya de luz se filtraba bajo la puerta del fondo, y la nena me la mostró con la mano y franqueó casi corriendo el resto del zaguán, empezó a abrir imperceptiblemente la puerta. A su lado, recibiendo en plena cara el rayo amarillento de la rendija que se ampliaba poco a poco, olí un olor a quemado, oí algo como un alarido ahogado que volvía y volvía y se cortaba y volvía; mi mano dio un empujón a la puerta y abarqué el cuarto infecto, los taburetes rotos y la mesa con botellas de cerveza y vino, los vasos y el mantel de diarios viejos, más allá la cama y el cuerpo desnudo y amordazado con una toalla manchada, las manos y los pies atados a los parantes de hierro. Dándome la espalda, sentado en un banco, el papá de la nena le hacía cosas a la mamá; se tomaba su tiempo, llevaba lentamente el cigarrillo a la boca, dejaba salir poco a poco el humo por la nariz mientras la brasa del cigarrillo bajaba a apoyarse en un seno de la mamá, permanecía el tiempo que duraban los alaridos sofocados por la toalla envolviendo la boca y la cara salvo los ojos. Antes de comprender, de aceptar ser parte de eso, hubo tiempo para que el papá retirara el cigarrillo y se lo llevara nuevamente a la boca, tiempo de avivar la brasa y saborear el excelente tabaco francés, tiempo para que yo viera el cuerpo quemado desde el vientre hasta el cuello, las manchas moradas o rojas que subían desde los muslos y el sexo hasta los senos donde ahora volvía a apoyarse la brasa con una escogida delicadeza, buscando un espacio de la piel sin cicatrices. El alarido y la sacudida del cuerpo en la cama que crujió bajo el espasmo se mezclaron con cosas y con actos que no escogí y que jamás podré explicarme; entre el hombre de espaldas y yo había un taburete desvencijado, lo vi alzarse en el aire y caer de canto sobre la cabeza del papá; su cuerpo y el taburete rodaron por el suelo casi en el mismo segundo. Tuve que echarme hacia atrás para no caer a mi vez, en el movimiento de alzar el taburete y descargarlo había puesto todas mis fuerzas que en el mismo instante me abandonaban, me dejaban sola como un pelele tambaleante; sé que busqué apoyo sin encontrarlo, que miré vagamente hacia atrás y vi la puerta cerrada, la nena ya no estaba ahí y el hombre en el suelo era una mancha confusa, un trapo arrugado. Lo que vino después pude haberlo visto en una película o leído en un libro, yo estaba ahí como sin estar pero estaba con una agilidad y una intencionalidad que en un tiempo brevísimo, si eso pasaba en el tiempo, me llevó a encontrar un cuchillo sobre la mesa, cortar las sogas que ataban a la mujer, arrancarle la toalla de la cara y verla enderezarse en silencio, ahora perfectamente en silencio como si eso fuera necesario y hasta imprescindible, mirar el cuerpo en el suelo que empezaba a contraerse desde una inconsciencia que no iba a durar, mirarme a mí sin palabras, ir hacia el cuerpo y agarrarlo por los brazos mientras yo le sujetaba las piernas y con un doble envión lo tendíamos en la cama, lo atábamos con las mismas cuerdas presurosamente recompuestas y anudadas, lo atábamos y lo amordazábamos dentro de ese silencio donde algo parecía vibrar y temblar en un sonido ultrasónico. Lo que sigue no lo sé, veo a la mujer siempre desnuda, sus manos arrancando pedazos de ropa, desabotonando un pantalón y bajándolo hasta arrugarlo contra los pies, veo sus ojos en los míos, un solo par de ojos desdoblados y cuatro manos arrancando y rompiendo y desnudando, chaleco y camisa y slip, ahora que tengo que recordarlo y que tengo que escribirlo mi maldita condición y mi dura memoria me traen otra cosa indeciblemente vivida pero no vista, un pasaje de un cuento de Jack London en el que un trampero del norte lucha por ganar una muerte limpia mientras a su lado, vuelto una cosa sanguinolenta que todavía guarda un resto de conciencia, su camarada de aventuras aúlla y se retuerce torturado por las mujeres de la tribu que hacen de él una horrorosa prolongación de vida entre espasmos y alaridos, matándolo sin matarlo, exquisitamente refinadas en cada nueva variante jamás descrita pero ahí, como nosotras ahí jamás descritas y haciendo lo que debíamos, lo que teníamos que hacer. Inútil preguntarse ahora por qué estaba yo en eso, cuál era mi derecho y mi parte en eso que sucedía bajo mis ojos que sin duda vieron, que sin duda recuerdan como la imaginación de London debió ver y recordar lo que su mano no era capaz de escribir. Sólo sé que la nena no estaba con nosotras desde mi entrada en la pieza, y que ahora la mamá le hacía cosas al papá, pero quién sabe si solamente la mamá o si eran otra vez las ráfagas de la noche, pedazos de imágenes volviendo desde un recorte de diario, las manos cortadas de su cuerpo y puestas en un frasco que lleva el número 24, por informantes no oficiales nos hemos enterado que falleció súbitamente en los comienzos de la tortura, la toalla en la boca, los cigarrillos encendidos, y Victoria, de dos años y seis meses, y Hugo Roberto, de un año y seis meses, abandonados en la puerta del edificio. Cómo saber cuánto duró, cómo entender que también yo, también yo aunque me creyera del buen lado también yo, cómo aceptar que también yo ahí del otro lado de manos cortadas y de fosas comunes, también yo del otro lado de las muchachas torturadas y fusiladas esa misma noche de Navidad; el resto es un dar la espalda, cruzar el huerto golpeándome contra un alambrado y abriéndome una rodilla, salir a la calle helada y desierta y llegar a la Chapelle y encontrar casi enseguida el taxi que me trajo a un vaso tras otro de vodka y a un sueño del que me desperté a mediodía, cruzada en la cama y vestida de pies a cabeza, con la rodilla sangrante y ese dolor de cabeza acaso providencial que da la vodka pura cuando pasa del gollete a la garganta.

Trabajé toda la tarde, me parecía inevitable y asombroso ser capaz de concentrarme hasta ese punto; al anochecer llamé por teléfono al escultor que parecía sorprendido por mi temprana reaparición; le conté lo que me había pasado, se lo escupí de un solo tirón que él respetó, aunque por momentos lo oía toser o intentar un comienzo de pregunta.

—De modo que ya ves —le dije—, ya ves que no me ha llevado demasiado tiempo darte lo prometido.

—No entiendo —dijo el escultor—. Si querés decir el texto sobre...

—Sí, quiero decir eso. Acabo de leértelo, ése es el texto. Te lo mandaré apenas lo haya pasado en limpio, no quiero tenerlo más aquí.

Dos o tres días después, vividos en una bruma de pastillas y tragos y discos, cualquier cosa que fuera una barricada, salí a la calle para comprar provisiones, la heladera estaba vacía y Mimosa maullaba al pie de mi cama. Encontré una carta en el buzón, la gruesa escritura del escultor en el sobre. Había una hoja de papel y un recorte de diario, empecé a leer mientras caminaba hacia el mercado y sólo después me di cuenta de que al abrir el sobre había desgarrado y perdido una parte del recorte. El escultor me agradecía el texto para su álbum, insólito pero al parecer muy mío, fuera de todas las costumbres usuales en los álbumes artísticos aunque eso no le importaba como sin duda no me había importado a mí. Había una posdata: «En vos se ha perdido una gran actriz dramática, aunque por suerte se salvó una excelente escritora. La otra tarde creí por un momento que me estabas contando algo que te había pasado de veras, después por casualidad leí *France-Soir* del que me permito recortarte la fuente de tu notable experiencia personal. Es cierto que un escritor puede argumentar que si su inspiración le viene de la realidad, e incluso de las noticias de policía, lo que él es capaz de hacer con eso lo potencia a otra dimensión, le da un valor diferente. De todas maneras, querida Noemí, somos demasiado amigos como para que te haya parecido necesario condicionarme por adelantado a tu texto y desplegar tus talentos dramáticos en el teléfono. Pero dejémoslo así, ya sabés cuánto te agradezco tu cooperación y me siento muy feliz de...».

Miré el recorte y vi que lo había roto inadvertidamente, el sobre y el pedazo pegado a él estarían tirados en cualquier parte. La noticia era digna de *France-Soir* y de su estilo: drama atroz en un suburbio de Marsella, descubrimiento macabro de un crimen sádico, ex plomero atado y amordazado en un camastro, el cadáver etcétera, vecinos furtivamente al tanto de repetidas escenas de violencia, hija pequeña ausente desde días atrás, vecinos sospechando abandono, policía busca concubina, el horrendo espectáculo que se ofreció a los, el recorte se interrumpía ahí, al fin y al cabo al mojar demasiado el cierre del sobre el escultor había hecho lo mismo que Jack London, lo mismo que Jack London y que mi memoria; pero la foto del pabellón estaba entera y era el pabellón en el huerto, los alambrados y las chapas de zinc, las altas paredes rodeándolo con sus ojos ciegos, vecinos furtivamente al tanto, vecinos sospechando abandono, todo ahí golpeándome la cara entre los pedazos de la noticia.

Tomé un taxi y me bajé en la calle Riquet, sabiendo que era una estupidez y haciéndolo porque así se hacen las estupideces. En pleno día eso no tenía nada que ver con mi recuerdo y aunque caminé mirando cada casa y crucé a la acera opuesta como recordaba haberlo hecho, no reconocí ningún portal que se pareciera al de esa noche, la luz caía sobre las cosas como una infinita máscara, portales pero no como el portal, ningún acceso a un huerto interior, sencillamente porque ese huerto estaba en los suburbios de Marsella. Pero la nena sí estaba, sentada en el escalón de una entrada cualquiera jugaba con una muñeca de trapo. Cuando le hablé se escapó corriendo hasta la primera puerta, una portera vino antes de que yo pudiera llamar. Quiso saber si era una asistenta social, seguro que venía por la nena que ella había encontrado perdida en la calle, esa misma mañana habían estado unos señores para identificarla, una asistenta social vendría a buscarla. Aunque ya lo sabía, antes de irme pregunté por su apellido, después me metí en un café y al dorso de la carta del escultor le escribí el final del texto y fui a pasarlo por debajo de su puerta, era justo que conociera el final, que el texto quedara completo para acompañar sus esculturas.

Tango de vuelta

Le hasard meurtrier se dresse au coin de la première rue.
Au retour l'heure-couteau attend.

MARCEL BÉLANGER, *Nu et noir.*

Uno se va contando despacito las cosas, imaginándolas al principio a base de Flora o una puerta que se abre o un chico que grita, después esa necesidad barroca de la inteligencia que la lleva a rellenar cualquier hueco hasta completar su perfecta telaraña y pasar a algo nuevo. Pero cómo no decirse que a lo mejor, alguna que otra vez, la telaraña mental se ajusta hilo por hilo a la de la vida, aunque decirlo venga de un puro miedo, porque si no se creyera un poco en eso ya no se podría seguir haciendo frente a las telarañas de afuera. Flora entonces, todo lo que me fue contando de a poco cuando nos juntamos, por supuesto ya no trabajaba en la casa de la señora Matilde (siempre la llamó así aunque ahora no tenía por qué seguirle dando esa seña de respeto, de sirvienta para todo servicio) y a mí me gustaba que me contara recuerdos de su pasado de chinita riojana bajando a la capital con grandes ojos asustados y unos pechitos que al fin y al cabo le iban a valer más en la vida que tanto plumero y buena conducta. A mí me gusta escribir para mí, tengo cuadernos y cuadernos, versos y hasta una novela, pero lo que me gusta es escribir y cuando termino es como cuando uno se va dejando resbalar de lado después del goce, viene el sueño y al otro día ya hay otras cosas que te golpean en la ventana, escribir es eso, abrirles los postigos y que entren, un cuaderno detrás de otro; yo trabajo en una clínica, no me interesa que lean lo que escribo, ni Flora ni nadie; me gusta cuando se me acaba un cuaderno porque es como si hubiera publicado todo eso, pero no se me ocurre publicarlo, algo golpea en la ventana y así vamos de nuevo, lo mismo una ambulancia que un nuevo cuaderno. Por eso Flora me contó tantas cosas de su vida sin imaginarse que después yo las revisaba despacito entre dos sueños y algunas las pasaba a un cuaderno, Emilio y Matilde pasaron al cuaderno porque eso no podía quedarse solamente en un llanto de Flora y pedazos de recuerdos; nunca me habló de Emilio y de Matilde sin llorar al final, yo la dejaba tranquila unos días, le alentaba otros recuerdos y en una de ésas le sacaba de nuevo aquello y Flora se precipitaba como si ya se hubiera olvidado de todo lo que me llevaba dicho, empezaba de nuevo y yo la dejaba porque más de una vez la memoria le iba trayendo cosas todavía no dichas, pedacitos ajustables a los otros pedacitos, y por mi parte yo iba viendo nacer los puntos de sutura, la unión de tanta cosa suelta o presumida, rompecabezas del insomnio o de la hora del mate delante del cuaderno, llegó el día en que me hubiera sido imposible distinguir entre lo que me contaba Flora y lo que ella y yo mismo habíamos ido agregando porque los dos, cada uno a su manera, necesitábamos como todo el mundo que aquello se completara, que el último agujero recibiera al fin la pieza, el color, el final de una línea viniendo de una pierna o de una palabra o de una escalera.

Como soy muy convencional, prefiero agarrar desde el principio, y además cuando escribo veo lo que estoy escribiendo, lo veo realmente, lo estoy viendo a Emilio Díaz la mañana en que llegó a Ezeiza desde México y bajó a un hotel de la calle Cangallo, se pasó dos o tres días dando vueltas por barrios y cafés y amigos de otros tiempos, evitando ciertos encuentros pero tampoco escondiéndose demasiado porque en ese momento no tenía nada que reprocharse. Probablemente estudiaba despacio el terreno en Villa del Parque, caminaba por Melincué y General Artigas, buscaba un hotel o una pensión baratieri, se instalaba sin apuro, tomando mate en la pieza y yendo a los boliches o al cine por la noche.

No tenía nada de fantasma pero hablaba poco y con pocos, caminaba sobre suelas de goma y se vestía con una campera negra y pantalones terrosos, los ojos rápidos para el quite y el despegue, algo que la dueña de la pensión llamaría furtividad; no era un fantasma pero se lo sentía lejos, la soledad lo rodeaba como otro silencio, como el pañuelo blanco en el cuello, el humo del faso pocas veces lejos de esos labios casi demasiado finos.

Matilde lo vio por primera vez —por esta nueva primera vez— desde la ventana del dormitorio en los altos. Flora andaba de compras y se había llevado a Carlitos para que no lloriqueara de aburrimiento a la hora de la siesta, hacía el calor espeso de enero y Matilde buscaba aire en la ventana, pintándose las uñas como le gustaban a Germán, aunque Germán andaba por Catamarca y se había llevado el auto y Matilde se aburría sin el auto para ir al centro o a Belgrano, la ausencia de Germán era ya costumbre pero el auto le seguía doliendo cuando él se lo llevaba. Le había prometido otro para ella sola cuando se fusionaran las empresas, a ella se le escapaban esas cosas de negocios salvo que por lo visto todavía no se habían fusionado, a la noche iría al cine con Perla, pediría un remise, cenarían en el centro, total el garaje le pasaba la cuenta del remise a Germán, Carlitos estaba con una erupción en las piernas y habría que llevarlo al pediatra, la sola idea le daba más calor, Carlitos haciendo escenas, aprovechando que no estaba el padre para darle un par de cachetadas, increíble ese chico cómo chantajeaba cuando se iba Germán, apenas si Flora con arrumacos y helados, también Perla y ella tomarían helados después del cine. Lo vio junto a un árbol, a esa hora las calles estaban vacías bajo la doble sombra del follaje juntándose en lo alto; la figura se recortaba al lado de un tronco, un poco de humo le subía por la cara. Matilde se echó atrás, golpeándose la espalda en un sillón, ahogando un alarido con las manos oliendo a barniz malva, refugiándose contra la pared en el fondo de la pieza.

«Milo», pensó, si eso era pensar, ese instantáneo vómito de tiempo y de imágenes. «Es Milo.» Cuando fue capaz de asomarse desde otra ventana ya no había nadie en la esquina de enfrente, dos chicos venían a lo lejos jugando con un perro negro. «Me ha visto», pensó Matilde. Si era él la había visto, estaba ahí para verla, estaba ahí y no en cualquier otra esquina, contra cualquier otro árbol. Claro que la había visto porque si estaba ahí era porque sabía dónde quedaba la casa. Y que se hubiera ido en el instante de ser reconocido, de verla retroceder tapándose la boca, era todavía peor, la esquina se llenaba de un vacío donde la duda no servía de nada, donde todo era certeza y amenaza, el árbol solo, el aire en el follaje.

Volvió a verlo al caer la tarde, Carlitos jugaba con su tren eléctrico y Flora canturreaba baguales en la planta baja, la casa de nuevo habitada parecía protegerla, ayudarla a dudar, a decirse que Milo era más alto y más robusto, que tal vez la modorra de la siesta, la luz cegadora. Cada tanto se alejaba del televisor y desde lo más lejos posible miraba por una ventana, nunca la misma pero siempre en los altos porque al nivel de la calle hubiera tenido más miedo. Cuando volvió a verlo estaba casi en el mismo sitio pero del otro lado del tronco, anochecía y la silueta se desdibujaba entre otras gentes que pasaban hablando, riendo, Villa del Parque saliendo de su letargo y yéndose a los cafés y a los cines, empezando lentamente la noche del barrio. Era él, no podía negárselo, ese cuerpo sin cambios, el gesto del brazo alzando el cigarrillo a la boca, las puntas del pañuelo blanco, era Milo que ella había matado cinco años atrás después de escaparse de México, Milo que ella había matado en papeles fabricados con coimas y complicidades en un estudio de Lomas de Zamora donde le quedaba un amigo de infancia que hacía cualquier cosa por plata pero acaso también por amistad, Milo que ella había matado de una crisis cardíaca en México para Germán, porque Germán no era hombre de aceptar otra cosa, Germán y su carrera, sus colegas y su club y sus padres, Germán para casarse y fundar una familia, el chalet y Carlitos y Flora y el auto y el campo en Manzanares, Germán y tanta plata, la seguridad, entonces decidirse casi sin pensarlo, harta de miseria y espera, al final del segundo encuentro con Germán en casa de los Recanati el viaje a Lomas de Zamora para confiarse al que primero había dicho no, que era una enormidad, que no se podía hacer, que muchos pesos, que bueno, que en quince días, que de acuerdo, Emilio Díaz muerto en México de una crisis cardíaca, casi la verdad porque ella y Milo habían vivido como muertos en esos últimos meses en Coyoacán, hasta ese avión que la había devuelto a lo suyo en Buenos Aires, a todo eso que también había sido de Milo antes de irse juntos a México y deshacerse poco a poco en una guerra de silencios y de engaños y de estúpidas reconciliaciones que no servían de nada, los telones para el nuevo acto, para una nueva noche de cuchillos largos.

El cigarrillo se seguía quemando lentamente en la boca de Milo apoyado en el tronco, mirando sin apuro las ventanas de la casa. «Cómo ha podido saber», pensó Matilde agarrándose todavía a ese absurdo de seguir pensando algo que estaba ahí, pero fuera o delante de cualquier pensamiento. Claro que había terminado por saberlo, por descubrir que estaba muerto en Buenos Aires porque en Buenos Aires estaba muerto en México, saberlo lo habría humillado y golpeado hasta la primera hojarasca de la rabia chicoteándole la cara, tirándolo a un avión de vuelta, guiándolo por un dédalo de averiguaciones previsibles, acaso el Cholo o Marina, acaso la madre de los Recanati, los viejos apeaderos, los cafés de la barra, los pálpitos y por ahí la noticia segura, se casó con Germán Morales, che, pero decime un poco cómo es posible, te digo que se casó por iglesia y todo, los Morales ya sabés, la industria textil y la guita, el respeto, viejo, el respeto, pero decime cómo es posible si ella había dicho, si nosotros creíamos que vos, no puede ser, hermano. Claro que no podía ser y por eso era todavía más, era Matilde detrás de la cortina espiándolo, el tiempo inmovilizado en un presente que lo contenía todo, México y Buenos Aires y el calor de la siesta y el cigarrillo que subía una y otra vez a la boca, en algún momento de nuevo la nada, la esquina hueca, Flora llamándola porque Carlitos no se dejaba bañar, el teléfono con Perla inquieta, esta noche no, Perla, debe ser el estómago, andá sola o con la Negra, me duele bastante, mejor me acuesto y mañana te llamo, y todo el tiempo no, no puede ser así, cómo es que no le avisaron ya a Germán si sabían, no es por ellos que encontró la casa, no puede ser por ellos, la madre de los Recanati lo hubiera llamado enseguida a Germán nada más que por el drama, por ser la primera en anunciarlo porque nunca la había aceptado como mujer de Germán, fijate qué horror, bigamia, yo siempre dije que no era de fiar, pero nadie había llamado a Germán o a lo mejor sí pero a la oficina y Germán ya viajaba lejos, seguro que la madre de los Recanati lo esperaba para decírselo en persona, para no perderse nada, ella o cualquier otro, de alguien había sabido Milo dónde vivía Germán, no podía haber encontrado el chalet por casualidad, no podía estar ahí fumando contra un árbol por casualidad. Y si de nuevo ya no estaba era igual, y cerrar todas las puertas con doble llave era igual aunque Flora se asombrara un poco, lo único seguro eran las pastillas para dormir, para al final de horas y horas dejar de pensar y perderse en una modorra rota por sueños donde nunca Milo pero ya de mañana el alarido al sentir la mano de Carlitos que había querido darle una sorpresa, el llanto de Carlitos ofendido y Flora llevándoselo a la calle, cerrá bien la puerta, Flora. Levantarse y verlo de nuevo, ahí, mirando directamente las ventanas sin el menor gesto, echarse atrás y más tarde espiar desde la cocina y nada, empezar a darse cuenta de que estaba encerrada en la casa y que eso no podía seguir así, que en algún momento tendría que salir para llevar a Carlitos al pediatra o encontrarse con Perla que telefoneaba cada día y se impacientaba y no comprendía. En la tarde anaranjada y asfixiante Milo recostado en el árbol, la campera negra con ese calor, el humo subiendo y desflecándose. O solamente el árbol pero lo mismo Milo, lo mismo Milo a cualquier hora borrándose apenas un poco con las pastillas y la televisión hasta el último programa.

Al tercer día Perla vino sin avisar, té y scones y Carlitos, Flora aprovechando un momento a solas para decirle a Perla que eso no podía ser, la señora Matilde necesita distraerse, se pasa los días encerrada, yo no entiendo, señorita Perla, se lo digo a usted aunque no me corresponde, y Perla sonriéndole en el office hacés bien, m'hijita, yo sé que los querés mucho a Matilde y a Carlitos, yo creo que está muy deprimida por la ausencia de Germán, y Flora nada, bajando la cabeza, la señora necesita distracción, yo solamente se lo digo aunque no me corresponde. Un té y los chismes de siempre, nada en Perla que pudiera hacerla sospechar, pero entonces cómo Milo había podido, imposible imaginar que la madre de los Recanati se quedara callada tanto tiempo si sabía, ni siquiera por el gusto de esperarlo a Germán y decírselo en nombre de Cristo o algo así, te engañó para que la llevaras al altar, exactamente así diría esa bruja y Germán cayéndose de las nubes, no puede ser, no puede ser. Pero sí podía ser, solamente que ahora a ella no le quedaba ni siquiera esa confirmación de que no había soñado, que bastaba ir hasta la ventana pero con Perla no, otra taza de té, mañana vamos al cine, te prometo, vení a buscarme en auto, no sé lo que me pasa en estos días, mejor vení en auto y vamos al cine, la ventana ahí al lado del sillón pero no con Perla, esperar a que Perla se fuera y entonces Milo en la esquina, tranquilo contra una pared como si esperara el colectivo, la campera negra y el pañuelo al cuello y después nada hasta otra vez Milo.

Al quinto día lo vio seguir a Flora que iba a la tienda y todo se hizo futuro, algo como las páginas que le faltaban en esa novela abandonada boca abajo en un sofá, algo ya escrito y que ni siquiera era necesario leer porque ya estaba cumplido antes de la lectura, ya había ocurrido antes de que ocurriera en la lectura. Los vio volver charlando, Flora tímida y como desconfiada, despidiéndose en la esquina y cruzando rápido. Perla vino en auto a buscarla, Milo no estaba ahí y tampoco estuvo cuando volvieron tarde en la noche pero por la mañana lo vio esperándola a Flora que iba al mercado, ahora se le acercaba directamente y Flora le daba la mano, se reían y él le tomaba el canasto y después lo traía con la verdura y la fruta, la acompañaba hasta la puerta, Matilde dejaba de verlos por la saliente del balcón sobre la vereda pero Flora tardaba en entrar, se quedaban un rato charlando delante de la puerta. Al otro día Flora llevó a Carlitos de compras y los vio a los tres riéndose y Milo le pasaba la mano por el pelo de Carlitos, a la vuelta Carlitos traía un león de pana y dijo que el novio de Flora se lo había regalado. Entonces tenés novio, Flora, las dos a solas en el living. No sé, señora, él es tan simpático, nos encontramos así de repente, me acompañó de compras, es tan bueno con Carlitos, a usted no le molesta, señora, verdad. Decirle que no, que eso era cosa suya pero que tuviera cuidado, una chica tan joven, y Flora bajando los ojos y claro, señora, él solamente me acompaña y hablamos, tiene un restaurante en Almagro, se llama Simón. Y Carlitos con una revista en colores, me la compró Simón, mamá, es el novio de Flora.

Germán telefoneó desde Salta anunciando que volvería en unos diez días, cariños, todo bien. El diccionario decía bigamia, matrimonio contraído después de haber enviudado, por el cónyuge sobreviviente. Decía estado del hombre casado con dos mujeres o de la mujer casada con dos hombres. Decía bigamia interpretativa, según los canonistas, la adquirida por el matrimonio contraído con mujer que ha perdido la virginidad, por haberse prostituido, o por haberse declarado nulo su primer matrimonio. Decía bígamo, que se casa por segunda vez sin haber muerto el primer cónyuge. Había abierto el diccionario sin saber por qué, como si eso pudiera cambiar algo, sabía que era imposible cambiar nada, imposible salir a la calle y hablar con Milo, imposible asomarse a la ventana y llamarlo con un gesto, imposible decirle a Flora que Simón no era Simón, imposible quitarle a Carlitos el león de pana y la revista, imposible confiarse a Perla, solamente estar ahí viéndolo, sabiendo que la novela tirada en el sofá estaba escrita hasta la palabra fin, que no podía alterar nada, la leyera o no, aunque la quemara o la hundiera en el fondo de la biblioteca de Germán. Diez días y entonces sí pero qué, Germán volviendo a la oficina y a los amigos, la madre de los Recanati o el Cholo, cualquiera de los amigos de Milo que le habían dado las señas de la casa, tengo que hablar con vos, Germán, es algo muy grave, hermano, las cosas irían sucediendo una detrás de otra, primero Flora con las mejillas coloradas, señora a usted no le molesta que Simón venga esta tarde a tomar el café en la cocina conmigo, solamente un ratito. Claro que no le molestaba, cómo hubiera podido molestarle si era a plena luz y por un rato, Flora tenía todo el derecho de recibirlo en la cocina y darle un café, como Carlitos de bajar a jugar con Simón que le había traído un pato de cuerda que caminaba y todo. Quedarse arriba hasta escuchar el golpe de la puerta, Carlitos subiendo con el pato y Simón me dijo que él es de River, qué macana, mamá, yo soy de San Lorenzo, mirá lo que me regaló, mirá cómo anda, pero mirá, mamá, parece un pato de veras, me lo regaló Simón que es el novio de Flora, por qué no bajaste para conocerlo.

Ahora podía asomarse a las ventanas sin las lentas inútiles precauciones, Milo ya no se detenía junto al árbol, cada tarde llegaba a las cinco y se quedaba media hora en la cocina con Flora y casi siempre Carlitos, a veces Carlitos subía antes de que se fuera y Matilde sabía por qué, sabía que en esos pocos minutos en que se quedaban solos se preparaba lo que tenía que suceder, lo que estaba ya ahí como en la novela abierta sobre el sofá, se preparaba en la cocina, en la casa de alguien que podía ser cualquiera, la madre de los Recanati o el Cholo, habían pasado ocho días y Germán telefoneando desde Córdoba para confirmar el regreso, anunciar alfajores para Carlitos y una sorpresa para Matilde, se tomaría cinco días de descanso en casa, podrían salir, ir a los restaurantes, andar a caballo en el campo de Manzanares. Esa noche le telefoneó a Perla nada más que para escucharla hablar, colgarse de su voz durante una hora hasta no poder más porque Perla empezaba a darse cuenta de que todo eso era artificial, que a Matilde le pasaba algo, tendrías que ir a ver al analista de Graciela, se te nota rara, Matilde, haceme caso. Cuando colgó no pudo ni siquiera acercarse a la ventana, sabía que esa noche ya era inútil, que no vería a Milo en la esquina ya oscura. Bajó a la cocina para estar con Carlitos mientras Flora le servía la cena, lo escuchó protestar contra la sopa aunque Flora la miraba esperando que interviniera, que la ayudara antes de llevarlo a la cama mientras Carlitos se resistía y se empecinaba en quedarse en el salón jugando con el pato y mirando la televisión. Toda la planta baja era como una zona diferente; nunca había comprendido demasiado que Germán insistiera en poner el dormitorio de Carlitos al lado del salón, tan lejos de ellos arriba, pero Germán no aceptaba ruidos por la mañana, que Flora preparara a Carlitos para la escuela y Carlitos gritara o cantara, lo besó en la puerta del dormitorio y volvió a la cocina aunque ya no tenía nada que hacer ahí, miró la puerta que daba a la pieza de Flora, se acercó y tocó el picaporte, la abrió un poco y vio la cama de Flora, el armario con las fotos de los rockers y de Mercedes Sosa, le pareció que Flora salía del dormitorio de Carlitos y cerró de golpe, se puso a mirar en la heladera. Le hice hongos como a usted le gustan, señora Matilde, le subo la cena dentro de media hora ya que no va a salir, le tengo también un dulce de zapallo que me salió muy bueno, como en mi pueblo, señora Matilde.

La escalera estaba mal iluminada pero los peldaños eran pocos y anchos, se subía casi sin mirar, la puerta del dormitorio entornada con una faja de luz rompiéndose en el rellano encerado. Ya llevaba días comiendo en la mesita al lado de la ventana, el salón de abajo era tan solemne sin Germán, en una bandeja cabía todo y Flora ágil, casi gustándole que la señora Matilde comiera arriba ahora que el señor estaba de viaje, se quedaba con ella y hablaban un poco y a Matilde le hubiera gustado que Flora comiera con ella pero Carlitos se lo hubiera dicho a Germán y Germán el discurso sobre las distancias y el respeto, la misma Flora hubiera tenido miedo porque Carlitos terminaba siempre sabiendo cualquier cosa y se lo hubiera contado a Germán. Y ahora de qué hablarle a Flora cuando lo único posible era buscar la botella que había escondido detrás de los libros y beber medio vaso de whisky de un golpe, ahogarse y jadear y volver a servirse y beber, casi al lado de la ventana abierta sobre la noche, sobre la nada de ahí afuera donde nada iba a suceder, ni siquiera la repetición de la sombra junto al árbol, la brasa del cigarrillo subiendo y bajando como una señal indescifrable, perfectamente clara.

Tiró los hongos por la ventana mientras Flora preparaba la bandeja con el postre, la oyó subir con ese algo de cascabel o de potrillo de Flora subiendo la escalera, le dijo que los hongos estaban riquísimos, encomió el color del dulce de zapallo, pidió un café doble y fuerte y que le subiera otro atado de cigarrillos del salón. Hace calor, señora Matilde, esta noche hay que dejar bien abiertas las ventanas, yo echaré insecticida antes de acostarnos, ya le puse a Carlitos, se durmió enseguida y eso que usté lo vio cómo protestaba, le falta el papá, pobrecito, y eso que Simón le estuvo contando cuentos por la tarde. Dígame si precisa algo, señora Matilde, me gustaría acostarme temprano si usté permite. Por supuesto que lo permitía aunque Flora nunca le había dicho una cosa así, terminaba su trabajo y se encerraba en su pieza para escuchar la radio o tejer, la miró un momento y Flora le sonreía contenta, levantaba la bandeja del café y bajaba a buscar el insecticida, mejor se lo dejo aquí en la cómoda, señora Matilde, usté misma lo pone antes de acostarse porque digan lo que digan huele feo, mejor cuando se esté preparando para acostarse. Cerró la puerta, el potrillo bajó liviano la escalera, un último resonar de vajilla; la noche empezó exactamente en ese segundo en que Matilde iba hasta la biblioteca para sacar la botella y traerla al lado del sillón.

La luz de la lámpara baja llegaba apenas hasta la cama en el fondo del dormitorio, confusamente se veía una de las mesas de luz y el sofá donde había quedado abandonada la novela, pero ya no estaba, después de tantos días Flora se habría decidido a ponerla sobre el estante vacío de la biblioteca. En el segundo whisky Matilde oyó sonar las diez en algún campanario lejano, pensó que nunca había oído antes esa campana, contó cada toque y miró el teléfono, a lo mejor Perla pero no, Perla a esa hora no, siempre lo tomaba mal o no estaba. O Alcira, llamarla a Alcira y decirle, solamente decirle que tenía miedo, que era estúpido pero si acaso Mario no había salido con el coche, algo así. No oyó abrirse la puerta de entrada pero daba igual, era absolutamente seguro que la puerta de entrada se estaba abriendo o iba a abrirse y no se podía hacer nada, no se podía salir al rellano iluminándolo con la luz del dormitorio y mirar hacia el salón, no se podía tocar la campanilla para que viniera Flora, el insecticida estaba ahí, el agua también ahí para los remedios y la sed, la cama abierta esperando. Fue a la ventana y vio la esquina vacía; tal vez si se hubiera asomado antes habría visto a Milo acercándose, cruzar la calle y desaparecer bajo el balcón, pero hubiera sido todavía peor, qué podía ella gritarle a Milo, cómo detenerlo si iba a entrar en la casa, si Flora le iba a abrir para recibirlo en su pieza, Flora todavía peor que Milo en ese momento, Flora que se enteraría de todo, que se vengaría de Milo vengándose en ella, revolcándola en el barro, en Germán, tirándola en el escándalo. No quedaba la menor posibilidad de nada pero tampoco podía ser ella la que gritara la verdad, en pleno imposible le quedaba una absurda esperanza de que Milo viniera solamente por Flora, que un increíble azar le hubiera mostrado a Flora por fuera de lo otro, que esa esquina hubiera sido cualquier esquina para Milo de vuelta en Buenos Aires, de Milo sin saber que ésa era la casa de Germán, sin saber que estaba muerto allá en México, de Milo sin buscarla por encima del cuerpo de Flora. Tambaleándose borracha fue hasta la cama, se arrancó la ropa que se le pegaba a la piel, desnuda se volcó de lado en la cama y buscó el tubo de pastillas, el último puerto rosa y verde al alcance de la mano. Las pastillas salían difícilmente y Matilde las iba juntando en la mesa de luz sin mirarlas, los ojos perdidos en la estantería donde estaba la novela, la veía muy bien boca abajo en el único estante vacío donde Flora la había puesto sin cerrarla, veía el cuchillo malayo que el Cholo le había regalado a Germán, la bola de cristal sobre su zócalo de terciopelo rojo. Estaba segura de que la puerta se había abierto abajo, que Milo había entrado en la casa, en la pieza de Flora, que estaría hablando con Flora o ya habría empezado a desnudarla porque para Flora ésa tenía que ser la única razón de que Milo estuviera ahí, que ganara el acceso a su pieza para desnudarla y desnudarse besándola, dejame, dejame acariciarte así, y Flora resistiéndose y hoy no, Simón, tengo miedo, dejame, pero Simón sin apuro, poco a poco la había tendido cruzada en la cama y la besaba en el pelo, le buscaba los senos bajo la blusa, le apoyaba una pierna sobre los muslos y le sacaba los zapatos como jugando, hablándole al oído y besándola cada vez más cerca de la boca, te quiero, mi amor, dejame desvestirte, dejame que te vea, sos tan linda, corriendo la lámpara para envolverla en penumbra y caricias, Flora abandonándose con un primer llanto, el miedo de que algo se oyera arriba, que la señora Matilde o Carlitos, pero no, hablá bajo, dejame así ahora, la ropa cayendo en cualquier lado, las lenguas encontrándose, los gemidos, no me hagás mal, Simón, por favor no me hagás mal, es la primera vez, Simón, ya sé, quedate así, callate ahora, no grites, mi amor, no grites.

Gritó pero en la boca de Simón que sabía el momento, que le tenía la lengua entre los dientes y le hundía los dedos en el pelo, gritó y después lloró bajo las manos de Simón que le tapaban la cara acariciándola, se ablandó con un último mamá, mamá, un quejido que iba pasando a un jadeo y a un llanto dulce y callado, a un querido, querido, la blanda estación de los cuerpos fundidos, del aliento caliente de la noche. Mucho más tarde, después de dos cigarrillos contra un apoyo de almohadas, de toalla entre los muslos llenos de vergüenza, las palabras, los proyectos que Flora balbuceaba como en un sueño, la esperanza que Simón escuchaba sonriéndole, besándola en los senos, andándole con una lenta araña de dedos por el vientre, dejándose ir, amodorrándose, dormite ahora un rato, yo voy al baño y vuelvo, no necesito luz, soy como un gato de noche, ya sé dónde está, y Flora pero no, si te oyen, Simón, no seas sonsa, ya te dije que soy como un gato y sé dónde está la puerta, dormite un momento que ya vengo, así, bien quietita.

Cerró la puerta como agregando otro poco de silencio a la casa, desnudo atravesó la cocina y el salón, enfrentó la escalera y puso el pie en el primer peldaño, tanteándolo. Buena madera, buena casa la de Germán Morales. En el tercer peldaño vio marcarse la raya de luz bajo la puerta del dormitorio; subió los otros cuatro peldaños y puso la mano en el picaporte, abrió la puerta de un solo envión. El golpe contra la cómoda le llegó a Carlitos desde un sueño intranquilo, se enderezó en la cama y gritó, muchas veces gritaba de noche y Flora se levantaba para calmarlo, para darle agua antes de que Germán se despertara protestando. Sabía que era necesario hacer callar a Carlitos porque Simón no había vuelto todavía, tenía que calmarlo antes de que la señora Matilde se inquietara, se envolvió con la sábana y corrió a la pieza de Carlitos, lo encontró sentado al pie de la cama mirando el aire, gritando de miedo, lo levantó en brazos hablándole, diciéndole que no, que ella estaba ahí, que le iba a traer chocolate, que le iba a dejar la luz prendida, oyó el grito incomprensible y salió al salón con Carlitos en brazos, la escalera iluminada por la luz de arriba, llegó al pie de la escalera y los vio en la puerta tambaleándose, los cuerpos desnudos vueltos una sola masa que se desplomaba lentamente en el rellano, que resbalaba por los peldaños, que sin desprenderse rodaba escalera abajo en una maraña confusa hasta detenerse inmóvil en la alfombra del salón, el cuchillo en el pecho de Simón boca arriba y Matilde, pero eso lo mostraría después la autopsia, con las pastillas necesarias para matarla dos horas más tarde, cuando yo ya estaba ahí con la ambulancia y le ponía una inyección a Flora para sacarla de la histeria, le daba un sedante a Carlitos y le pedía a la enfermera que se quedara hasta que llegaran los parientes o los amigos.

III

III

Clone

Todo parece girar en torno a Gesualdo, si tenía derecho a hacer lo que hizo o si se vengó en su mujer de algo que hubiera debido vengar en sí mismo. Entre dos ensayos, bajando al bar del hotel para descansar un rato, Paola discute con Lucho y Roberto, los otros juegan canasta o suben a sus habitaciones. Tuvo razón, se obstina Roberto, entonces y ahora es lo mismo, su mujer lo engañaba y él la mató, un tango más, Paolita. Tu grilla de macho, dice Paola, los tangos, claro, pero ahora hay mujeres que también componen tangos y ya no se canta siempre la misma cosa. Habría que buscar más adentro, insinúa Lucho el tímido, no es tan fácil saber por qué se traiciona y por qué se mata. En Chile puede ser, dice Roberto, ustedes son tan refinados, pero nosotros los riojanos meta facón nomás. Ríen, Paola quiere gin-tonic, es cierto que habría que buscar más atrás, más abajo, Carlo Gesualdo encontró a su mujer en la cama con otro hombre y los mató o los hizo matar, ésa es la noticia de policía o el *flash* de las doce y media, todo el resto (pero seguramente en el resto se esconde la verdadera noticia) habría que buscarlo y no es fácil después de cuatro siglos. Hay mucha bibliografía sobre Gesualdo, recuerda Lucho, si te interesa tanto averígualo cuando volvamos a Roma en marzo. Buena idea, concede Paola, lo que está por verse es si volveremos a Roma.

Roberto la mira sin hablar, Lucho baja la cabeza y después llama al mozo para pedir más tragos. ¿Te referís a Sandro?, dice Roberto cuando ve que Paola se ha perdido de nuevo en Gesualdo o en esa mosca que vuela cerca del cielo raso. No concretamente, dice Paola, pero reconocerás que ahora las cosas no son fáciles. Se le pasará, dice Lucho, es puro capricho y berrinche a la vez, Sandro no irá más lejos. Sí, admite Roberto, pero entre tanto el grupo es el que paga los platos rotos, ensayamos mal y poco y al final eso se tiene que notar. Es cierto, dice Lucho, cantamos crispados, tenemos miedo de meter la pata. Ya la metimos en Caracas, dice Paola, menos mal que la gente no conoce casi a Gesualdo, la patinada de Mario les pareció otra audacia armónica. Lo malo va a ser si en una de ésas nos pasa con un Monteverdi, mascula Roberto, a ése se lo saben de memoria, che.

No dejaba de ser bastante extraordinario que la única pareja estable del conjunto fuera la de Franca y Mario. Mirando de lejos a Mario que hablaba con Sandro frente a una partitura y dos cervezas, Paola se dijo que las alianzas efímeras, las parejas de un breve buen rato se habían dado muy poco dentro del grupo, por ahí algún fin de semana de Karen con Lucho (o de Karen con Lily, porque Karen ya se sabía y Lily a lo mejor por pura bondad o para saber cómo era eso aunque Lily también con Sandro, latitud generosa de Karen y de Lily, después de todo). Sí, había que reconocer que la única pareja estable y que merecía ese nombre era la de Franca y Mario, con anillo en el dedo y todo el resto. En cuanto a ella misma alguna vez se había concedido en Bérgamo una habitación de hotel, por si fuera poco llena de cortinados y puntillas, con Roberto en una cama que parecía un cisne, rápido interludio sin mañana, tan amigos como siempre, cosas así entre dos conciertos, casi entre dos madrigales, Karen y Lucho, Karen y Lily, Sandro y Lily. Y todos tan amigos, porque de hecho las verdaderas parejas se completaban al final de las giras, en Buenos Aires y Montevideo, allí esperaban mujeres y maridos y niños y casas y perros hasta la nueva gira, una vida de marinos con los inevitables paréntesis de marinos, nada importante, gente moderna. Hasta que. Porque ahora algo había cambiado desde. No sé pensar, pensó Paola, me salen pedazos sueltos de cosas. Estamos todos demasiado tensos, *damn it*. De golpe así, mirar de otra manera a Mario y a Sandro que discutían de música, como si por debajo imaginara otra discusión. Pero no, de eso no hablaban, justamente de eso era seguro que no hablaban. En fin, quedaba el hecho de que la única verdadera pareja era la de Mario y Franca aunque desde luego no era de eso que estaban discutiendo Mario y Sandro. Aunque a lo mejor por debajo, siempre por debajo.

Irán los tres a la playa de Ipanema, por la noche el grupo va a cantar en Río y hay que aprovechar. A Franca le gusta pasear con Lucho, tienen la misma manera de mirar las cosas como si apenas las rozaran con los dedos de los ojos, se divierten tanto. Roberto se colará a último minuto, lástima porque todo lo ve en serio y pretende auditorio, lo dejarán a la sombra leyendo el *Times* y jugarán a la pelota en la arena, nadarán y comentarán mientras Roberto se pierde en un semisueño donde vuelve a asomar Sandro, esa paulatina pérdida de contacto de Sandro con el grupo, su agazapado empecinamiento que les está haciendo tanto mal a todos. Ahora Franca lanzará la pelota blanca y roja, Lucho saltará para atraparla, se reirán como tontos a cada tiro, es difícil concentrarse en el *Times*, es difícil guardar la cohesión cuando un director musical pierde contacto como está ocurriendo con Sandro y no por culpa de Franca, no es desde luego su culpa como tampoco es culpa de Franca que ahora la pelota caiga entre las copas de los que beben cerveza bajo una sombrilla y haya que correr a disculparse. Plegando el *Times*, Roberto se acordará de su charla con Paola y Lucho en el bar; si Mario no se decide a hacer algo, si no le dice a Sandro que Franca no entrará jamás en otro juego que en el suyo, todo se va a ir al diablo, Sandro no sólo está dirigiendo mal los ensayos sino que hasta canta mal, pierde esa concentración que a su vez concentraba al grupo y le daba la unidad y el color tonal de los que tanto han hablado los críticos. Pelota al agua, carrera doble, Lucho primero, Franca tirándose de cabeza en una ola. Sí, Mario debería darse cuenta (no puede ser que no se haya dado cuenta todavía), el grupo se va a ir irremisiblemente al diablo si Mario no se decide a cortar por lo sano. ¿Pero dónde empieza lo sano, dónde hay que cortar si no ha pasado nada, si nadie puede decir que haya pasado alguna cosa?

Empiezan a sospechar, lo sé y qué voy a hacer si es como una enfermedad, si no puedo mirarla, indicarle una entrada sin que de nuevo ese dolor y esa delicia al mismo tiempo, sin que todo tiemble y resbale como arena, un viento en la escena, un río bajo mis pies. Ah, si otro de nosotros dirigiera, si Karen o Roberto dirigieran para que yo pudiera diluirme en el conjunto, simple tenor entre las otras voces, tal vez entonces, tal vez por fin. Ahí como lo ves está siempre ahora, dice Paola, ahí lo tenés soñando despierto, en mitad del más jodido de los Gesualdos, cuando hay que medir al milímetro para no irse al corno, justo entonces se te queda como en el aire, carajo. Nena, dice Lucho, las mujeres bien no dicen carajo. Pero con qué pretexto hacer el cambio, hablarle a Karen o a Roberto, sin contar que no es seguro que acepten, los dirijo desde hace tanto y eso no se cambia así nomás, técnica aparte. Anoche fue tan duro, por un momento creí que alguno me lo iba a decir en el entreacto, se ve que no pueden más. En el fondo tenés razón de putear, dice Lucho. En el fondo sí pero es idiota, dice Paola, Sandro es el más músico de todos nosotros, sin él no seríamos esto que somos. Esto que fuimos, murmura Lucho.

Hay noches ahora en que todo parece alargarse interminablemente, la antigua fiesta —un poco crispada antes de perderse en el júbilo de cada melodía— cada vez más sustituida por una mera necesidad de oficio de calzarse los guantes temblando, dice Roberto broncoso, de subir al ring previendo que te la van a dar por el coco. Delicadas imágenes, le comenta Lucho a Paola. Tiene razón, qué joder, dice Paola, para mí cantar era como hacer el amor y ahora en cambio una mala paja. Vení vos a hablar de imágenes, se ríe Roberto, pero es verdad, éramos otros, mirá, el otro día leyendo ciencia-ficción encontré la palabra justa: éramos un *clone*. ¿Un qué? (Paola). Yo te entiendo, suspira Lucho, es cierto, es cierto, el canto y la vida y hasta los pensamientos eran una sola cosa en ocho cuerpos. ¿Como los tres mosqueteros, pregunta Paola, todos para uno y uno para todos? Eso, m'hija, concede Roberto, pero ahora lo llaman *clone* que es más piola. Y cantábamos y vivíamos como uno solo, murmura Lucho, no este arrastrarse de ahora al ensayo y al concierto, los programas que no acaban nunca, nunquísima. Interminable miedo, dice Paola, cada vez pienso que alguno va a patinar de nuevo, lo miro a Sandro como si fuera un salvavidas y el muy cretino está ahí colgado de los ojos de Franca que para peor cada vez que puede mira a Mario. Hace bien, dice Lucho, es a él a quien tiene que mirar. Claro que hace bien pero todo se va yendo al diablo. Tan poco a poco que es casi peor, un naufragio en cámara lenta, dice Roberto.

Casi una manía, Gesualdo. Porque lo amaban, claro, y cantar sus a veces casi incantables madrigales demandaba un esfuerzo que se prolongaba en el estudio de los textos, buscando la mejor manera de aliar los poemas a la melodía como el príncipe de Venosa lo había hecho a su oscura, genial manera. Cada voz, cada acento debía hallar ese esquivo centro del que surgiría la realidad del madrigal y no una de las tantas versiones mecánicas que a veces escuchaban en discos para comparar, para aprender, para ser un poco Gesualdo, príncipe asesino, señor de la música.

Entonces estallaban las polémicas, casi siempre Roberto y Paola, Lucho más moderado pero flechando justo, cada uno su manera de sentir a Gesualdo, la dificultad de plegarse a otra versión aunque sólo se apartara mínimamente de lo deseado. Roberto había tenido razón, el *clone* se iba disgregando y cada día asomaban más los individuos con sus discrepancias, sus resistencias, al final Sandro como siempre zanjaba la cuestión, nadie discutía su manera de sentir a Gesualdo salvo Karen y a veces Mario, en los ensayos eran siempre ellos los que proponían cambios y encontraban defectos, Karen casi venenosamente contra Sandro (un viejo amor fracasado, teoría de Paola) y Mario resplandeciente de comparaciones, ejemplos y jurisprudencias musicales. Como en una modulación ascendente los conflictos duraban horas hasta la transacción o el acuerdo momentáneo. Cada madrigal de Gesualdo que agregaban al repertorio era un nuevo enfrentamiento, la recurrencia acaso de la noche en que el príncipe había desenvainado la daga mirando a los amantes desnudos y dormidos.

Lily y Roberto escuchando a Sandro y a Lucho que juegan a la inteligencia después de dos *scotchs*. Se habla de Britten y de Webern y al final siempre el de Venosa, hoy es un acento que habría que cargar más en *O voi, troppo felici* (Sandro) o dejar que la melodía fluya en toda su ambigüedad gesualdesca (Lucho). Que sí, que no, que en ésta está, pingpong por el placer de los tiros con efecto, las réplicas aguijón. Ya verás cuando lo ensayemos (Sandro), tal vez no sea una buena prueba (Lucho), me gustaría saber por qué, y Lucho harto, abriendo la boca para decir lo que también dirían Roberto y Lily si Roberto no se cruzara misericordioso aplastando las palabras de Lucho, proponiendo otro trago y Lily sí, los otros claro, con bastante hielo.

Pero se vuelve una obsesión, una especie de *cantus firmus* en torno al cual gira la vida del grupo. Sandro es el primero en sentirlo, alguna vez ese centro era la música y en torno a ella las luces de ocho vidas, de ocho juegos, los pequeños ocho planetas del sol Monteverdi, del sol Josquin des

Prés, del sol Gesualdo. Entonces Franca poco a poco ascendiendo en un cielo sonoro, sus ojos verdes atentos a las entradas, a las apenas perceptibles indicaciones rítmicas, alterando sin saberlo, dislocando sin quererlo la cohesión del *clone*, Roberto y Lily lo piensan al unísono mientras Lucho y Sandro vuelven ya calmados al problema de *O voi, troppo felici*, buscan el camino desde esa gran inteligencia que nunca falla con el tercer *scotch* de la velada.

¿Por qué la mató? Lo de siempre, le dice Roberto a Lily, la encontró en el bulín y en otros brazos, como en el tango de Rivero, ahí nomás el de Venosa los apuñaleó en persona o acaso sus sayones, antes de huir de la venganza de los hermanos de la muerta y encerrarse en castillos donde habrían de tejerse a lo largo de los años las refinadas telarañas de los madrigales. Roberto y Lily se divierten en fabricar variantes dramáticas y eróticas porque están hartos del problema de *O voi, troppo felici* que sigue su debate sabihondo en el sofá de al lado. Se siente en el aire que Sandro ha comprendido lo que Lucho iba a decirle; si los ensayos siguen siendo lo que son ahora, todo se volverá cada vez más mecánico, se pegará impecable a la partitura y al texto, será Carlo Gesualdo sin amor y sin celos, Carlo Gesualdo sin daga ni venganza, al fin y al cabo un madrigalista aplicado entre tantos otros.

—Ensayemos con vos, propondrá Sandro a la mañana siguiente. En realidad sería mejor que vos dirigieras desde ahora, Lucho.

—No sean tíos bolas, dirá Roberto.

—Eso, dirá Lily.

—Sí, ensayemos con vos a ver qué pasa, y si los otros están de acuerdo, seguís al frente.

—No, dirá Lucho que ha enrojecido y se odia por haber enrojecido.

—La cosa no es cambiar de dirección, dirá Roberto. Claro que no, dirá Lily.

—Capaz que sí, dirá Sandro, capaz que nos haría bien a todos.

—En todo caso yo no, dirá Lucho. No me veo, qué quieres. Tengo mis ideas como todo el mundo pero conozco mis incapacidades.

—Es un amor este chileno, dirá Roberto. Es, dirá Lily.

—Decidan ustedes, dirá Sandro, yo me voy a dormir.

—A lo mejor el sueño es buen consejero, dirá Roberto. Es, dirá Lily.

Lo buscó después del concierto, no que las cosas hubieran andado mal pero de nuevo esa crispación como una amenaza latente de peligro, de error, Karen y Paola cantando sin ánimo, Lily pálida, Franca sin mirarlo casi, los hombres concentrados y como ausentes a la vez; él mismo con problemas de voz, dirigiendo fríamente pero atemorizándose a medida que avanzaban en el programa, un público hondureño entusiasta que no bastaba para borrar ese mal gusto en la boca, por eso buscó a Lucho después del concierto y allí en el bar del hotel con Karen, Mario, Roberto y Lily, bebiendo casi sin hablar, esperando el sueño entre anécdotas desganadas, Karen y Mario se fueron enseguida pero Lucho no parecía querer separarse de Lily y Roberto, hubo que quedarse sin ganas, con la copa del estribo alargándose en el silencio. Al fin y al cabo es mejor que seamos de nuevo los de la otra noche, dijo Sandro echándose al agua, a vos te buscaba para repetirte lo que ya te dije. Ah, dijo Lucho, pero yo te contesto lo que ya te contesté. Roberto y Lily otra vez al quite, hay variantes posibles, che, por qué insistir solamente con Lucho. Como quieran, a mí me da igual, dijo Sandro bebiéndose el whisky de un trago, hablen entre ustedes, después de decidir me lo dicen. Mi voto es Lucho. El mío es Mario, dijo Lucho. No se trata de votar ahora, qué joder (Roberto exasperado y Lily pero claro). De acuerdo, tenemos tiempo, el próximo concierto es en Buenos Aires dentro de dos semanas. Yo me pego un salto a La Rioja para ver a la vieja (Roberto, y Lily yo tengo que comprarme una cartera). Tú me buscas para decirme esto, dijo Lucho, está muy bien pero una cosa así necesita explicaciones, aquí cada uno tiene su teoría y tú también desde luego, es hora de ponerlas sobre el tapete. En todo caso esta noche no, decretó Roberto (y Lily por supuesto, me caigo de sueño, y Sandro pálido, mirando sin verlo el vaso vacío).

«Esta vez se armó la gorda», pensó Paola después de erráticos diálogos y consultas con Karen, Roberto y algún otro, «del próximo concierto no pasamos, cuantimás que es en Buenos Aires y no sé por qué algo me trinca que allá todo el mundo va a hacer la pata ancha, al final la familia sostiene y en el peor de los casos yo me quedo a vivir con mamá y mi hermana a la espera de otra chance».

«Cada cual debe tener su idea», pensó Lucho, que sin hablar demasiado había estado echando sondas para todos lados. «Cada uno se las arreglará a su manera si no hay un entendimiento *clone* como diría Roberto, pero de Buenos Aires no se pasa sin que las papas quemen, me lo dice el instinto. Esta vez fue demasiado.»

Cherchez la femme. ¿La femme? Roberto sabe que más vale buscar al marido si se trata de encontrar algo sólido y cierto, Franca se evadirá como siempre con gestos de pez ondulando en su pecera, inocentes ojeadas enormes verdes, al fin y al cabo no parece culpable de nada y entonces buscar a Mario y encontrar. Detrás del humo del cigarro Mario casi sonriente, un viejo amigo tiene todos los derechos, pero claro que es eso, empezó en Bruselas hace seis meses, Franca me lo dijo enseguida. ¿Y vos?, Roberto riojano meta facón de punta. Bah, yo, Mario el sosegado, el sabio gustador de tabacos tropicales y ojos verdes grandísimos, yo no puedo hacer nada, viejo, si está metido está metido. «Pero ella», quisiera decir Roberto y no lo dice.

En cambio Paola sí, quién iba a atajar a Paola a la hora de la verdad. También ella buscó a Mario (habían llegado la víspera a Buenos Aires, faltaba una semana para el recital, el primer ensayo después del descanso había sido pura rutina sin ganas, Jannequin y Gesualdo casi lo mismo, un asco). Hacé algo, Mario, que sé yo pero hacé algo. Lo único que se puede es no hacer nada, dijo Mario, si Lucho se niega a dirigir no veo quién es capaz de reemplazar a Sandro. Vos, coño. Sí, pero no. Entonces hay que creer que lo hacés a propósito, gritó Paola, no solamente dejás que las cosas te resbalen delante de las narices sino que encima nos largás parados a todos. No alcés la voz, dijo Mario, te escucho muy bien, creeme.

Fue así como te lo cuento, se lo grité en plena cara y ya ves lo que me contesta el muy. Sh, nena, dice Roberto, cornudo es una fea palabra, si llegás a decirla en mis pagos armás una hecatombe. No lo quise decir, se arrepiente a medias Paola, nadie sabe si se acuestan juntos y al final qué importa que se acuesten o que se miren como si estuvieran acostados en pleno concierto, el asunto es otro. En eso sos injusta, dice Roberto, el que mira, el que se cae adentro, el que va como mariposa a la lámpara, el infecto idiota es Sandro, nadie le puede reprochar a Franca que le haya devuelto esa especie de ventosa que él le aplica cada vez que la tiene delante. Pero Mario, insiste Paola, cómo puede aguantar. Supongo que le tiene confianza, dice Roberto, y él sí está enamorado de ella sin necesidad de ventosas ni caras lánguidas. Ponele, acepta Paola, ¿pero por qué se niega a dirigirnos cuando Sandro es el primero en estar de acuerdo, cuando Lucho mismo se lo ha pedido y todos se lo hemos pedido?

Porque si la venganza es un arte, sus formas buscarán necesariamente las circunvoluciones que la vuelvan más sutilmente bella. «Es curioso», piensa Mario, «que alguien capaz de concebir el universo sonoro que surgía de los madrigales se vengara tan crudamente, tan a lo taita barato, cuando le estaba dado tejer la telaraña perfecta, ver caer las presas, desangrarlas paulatinamente, madrigalizar una tortura de semanas o de meses». Mira a Paola que trabaja y repite un pasaje de *Poichè l'avida sete*, le sonríe amistosamente. Sabe muy bien por qué Paola ha vuelto a hablar de Gesualdo, por qué casi todos ellos lo miran cuando se habla de Gesualdo y bajan la vista y cambian de tema. *Sete*, le dice, no marques tanto *sete*, Paolita, la sed se la siente con más fuerza si dices suavemente la palabra. No te olvides de la época, de esa manera de decir callando tantas cosas, y hasta de hacerlas.

Los vieron salir juntos del hotel, Mario llevaba a Franca del brazo, Lucho y Roberto desde el bar podían seguir su lento alejarse abrazados, la mano de Franca ciñendo la cintura de Mario que volvía un poco la cabeza para hablarle. Subieron a un taxi, el tráfico del centro los metió en su lenta serpiente.

—No entiendo, viejo —le dijo Roberto a Lucho—, te juro que no entiendo nada.

—A quién se lo dices, compañero.

—Nunca estuvo más claro que esta mañana, todo saltaba a la vista porque de vista se trata, ese inútil disimulo de Sandro que se acuerda tarde de disimular el muy imbécil, y ella todo lo contrario, por primera vez cantando para él y solamente para él.

—Karen me lo hizo notar, tienes razón, esta vez ella lo miraba a él, era ella que lo quemaba con los ojos y vaya si esos ojos pueden si quieren.

—Con lo cual ya ves —dijo Roberto—, por un lado el peor desajuste que hemos tenido desde que empezamos, y a seis horas del concierto y qué concierto, acá no perdonan, lo sabés. Eso por un lado, que es la evidencia misma de que la cosa está hecha, es algo que lo sentís con la sangre o con la próstata, a mí eso no se me ha escapado nunca.

—Casi las palabras de Karen y de Paola aparte de la próstata —dijo Lucho—. Yo debo ser menos sexy que ustedes, pero esta vez también para mí resulta transparente.

—Y por el otro lado ahí lo tenés a Mario tan contento yéndose con ella de compras o de copetines, el matrimonio perfecto.

—Ya no puede ser que él no sepa.

—Y que la deje hacerle esos arrumacos de putona barata.

—Vamos, Roberto.

—Ma qué carajo, chileno, por lo menos dejame desahogarme.

—Hacés bien —dijo Lucho—, nos hace falta antes del concierto.

—El concierto —dijo Roberto—. Me pregunto si...

Se miraron, era de cajón que se encogieran de hombros y sacaran los cigarrillos.

Nadie los verá pero lo mismo se sentirán incómodos al cruzarse en el *lobby*, Lily mirará a Sandro como si quisiera decirle algo y vacilara, se detendrá al lado de una vitrina y Sandro con un vago saludo de la mano se volverá hacia el quiosco de cigarrillos y pedirá un Camel, sentirá la mirada de Lily en la nuca, pagará y echará a andar hacia los ascensores mientras Lily se despegará de la vitrina y le pasará al lado como desde otro tiempo, desde otro efímero encuentro que ahora revive y lastima. Sandro murmurará un «qué tal», bajará los ojos mientras abre el atado de cigarrillos. Desde la puerta del ascensor la verá detenerse a la entrada del bar, volverse hacia él. Encenderá aplicadamente el cigarrillo y subirá a vestirse para el concierto, Lily irá al mostrador y pedirá un coñac, que no es bueno a esa hora como tampoco es bueno fumar dos Camel seguidos cuando hay quince madrigales esperando.

Como siempre en Buenos Aires, los amigos están allí y no sólo en la platea sino buscándolos en los camarines y las bambalinas, encuentros y saludos y palmadas, por fin de vuelta, hermano, pero qué linda estás Paolita, te presento a la madre de mi novio, che Roberto vos estás engordando demasiado, hola Sandro, leí las críticas de México, formidables, el rumor de la sala completa, Mario saludando a un viejo amigo que pregunta por Franca, debe andar por ahí, la gente empezando a aquietarse en sus plateas, diez minutos todavía, Sandro haciendo un gesto sin apuro para reunirlos, Lucho zafándose de dos chilenas pegajosas con libro de autógrafos, Lily casi a la carrera, son tan adorables pero no se puede hablar con todos, Lucho junto a Roberto echando una ojeada y de golpe hablándole a Roberto, en menos de un segundo Karen y Paola a la vez dónde está Franca, el grupo en la escena pero dónde se metió Franca, Roberto a Mario y Mario qué sé yo, la dejé en el centro a las siete, Paola dónde está Franca, y Lily y Karen, Sandro mirando a Mario, ya te digo, volvía por su cuenta, debe estar al caer, cinco minutos, Sandro yendo hacia Mario con Roberto cruzándose callado, vos tenés que saber qué pasa, y Mario ya te dije que no, pálido mirando el aire, un empleado hablando con Sandro y Lucho, carreras en las bambalinas, no está, señor, no la han visto llegar, Paola tapándose la cara y doblándose como si fuera a vomitar, Karen sujetándola y Lucho por favor, Paola, contrólate, dos minutos, Roberto mirando a Mario callado y pálido como acaso callado y pálido salió Carlo Gesualdo de la alcoba, cinco de sus madrigales en el programa, aplausos impacientes y el telón siempre bajo, no está, señor, hemos mirado por todas partes, no llegó al teatro, Roberto cruzándose entre Sandro y Mario, lo has hecho vos, dónde está Franca, a gritos, el murmullo sorprendido del otro lado, el empresario temblando, yendo hacia el telón, señoras y señores, rogamos por favor un momento de paciencia, el grito histérico de Paola, Lucho forcejeando para detenerla y Karen dando la espalda, alejándose paso a paso, Sandro quebrándose en los brazos de Roberto que lo sostiene como a un pelele, que mira a Mario pálido e inmóvil, Roberto comprendiendo que ahí tenía que ser, ahí en Buenos Aires, ahí Mario, no habrá concierto, no habrá nunca más concierto, el último madrigal lo están cantando para la nada, sin Franca lo están cantando para un público que no puede oírlo, que empieza desconcertadamente a irse.

Nota sobre el tema de un rey y la venganza de un príncipe

Cuando llega el momento, escribir como al dictado me es natural; por eso de cuando en cuando me impongo reglas estrictas a manera de variante de algo que terminaría por ser monótono. En este relato la «grilla» consistió en ajustar una narración todavía inexistente al molde de la *Ofrenda Musical* de Juan Sebastián Bach.

Se sabe que el tema de esta serie de variaciones en forma de canon y fuga le fue dada a Bach por Federico el Grande, y que luego de improvisar en su presencia una fuga basada en ese tema —ingrato y espinoso—, el maestro escribió la *Ofrenda Musical* donde el tema real es tratado de una manera más diversa y compleja. Bach no indicó los instrumentos que debían emplearse, salvo en el *Trío-Sonata* para flauta, violín y clave; a lo largo del tiempo incluso el orden de las partes dependió de la voluntad de los músicos encargados de presentar la obra. En este caso me serví de la realización de Millicent Silver para ocho instrumentos contemporáneos de Bach, que permite seguir en todos sus detalles la elaboración de cada pasaje, y que fue grabado por el London Harpsichord Ensemble en el disco *Saga* XID 5237.

Elegida esta versión (o después de ser elegido por ella, ya que escuchándola me vino la idea de un relato que se plegara a su decurso), dejé pasar el tiempo; nada puede ser apurado en la escritura y el aparente olvido, la distracción, los sueños y los azares tejen imperceptiblemente su futuro tapiz. Viajé a una playa llevando la fotocopia de la tapa del disco donde Frederick Youens analiza los elementos de la *Ofrenda Musical*; vagamente imaginé un relato que enseguida me pareció demasiado intelectual. La regla del juego era amenazadora: ocho instrumentos debían ser figurados por ocho personajes, ocho dibujos sonoros respondiendo, alternando u oponiéndose debían encontrar su correlación en sentimientos, conductas y relaciones de ocho personas. Imaginar un doble literario del London Harpsichord Ensemble me pareció tonto en la medida en que un violinista o un flautista no se pliegan en su vida privada a los temas musicales que ejecutan; pero a la vez la noción de cuerpo, de conjunto, tenía que existir de alguna manera desde el principio, puesto que la poca extensión de un cuento no permitiría integrar eficazmente a ocho personas que no tuvieran relación o contacto previos a la narración. Una conversación casual me trajo el recuerdo de Carlo Gesualdo, madrigalista genial y asesino de su mujer; todo se coaguló en un segundo y los ocho instrumentos fueron vistos como los integrantes de un conjunto vocal; desde la primera frase existiría así la cohesión de un grupo, todos ellos se conocerían y amarían u odiarían *desde antes*; y además, claro, cantarían los madrigales de Gesualdo, nobleza obliga. Imaginar una acción dramática en ese contexto no era difícil; plegarla a los sucesivos movimientos de la *Ofrenda Musical* contenía el reto, quiero decir el placer que el escritor se había propuesto antes que nada.

Hubo así la cocina literaria imprescindible; la telaraña de las profundidades habría de mostrarse en su momento, como ocurre casi siempre. Para empezar, la distribución instrumental de Millicent Silver encontró su equivalencia en ocho cantantes cuyo registro vocal guardaba una relación analógica con los instrumentos. Esto dio:

Flauta: Sandro, tenor.
Violín: Lucho, tenor.
Oboe: Franca, soprano.

Corno inglés: Karen, mezzosoprano.
Viola: Paola, contralto.
Violoncello: Roberto, barítono.
Fagote: Mario, bajo.
Clave: Lily, soprano.

Vi a los personajes como latinoamericanos, con asiento principal en Buenos Aires donde ofrecerían el último recital de una larga temporada que los había llevado a diferentes países. Los vi en el inicio de una crisis todavía vaga (más para mí que para ellos), donde lo único claro era esa fisura que empezaba a operarse en la cohesión propia de un grupo de madrigalistas. Había escrito los primeros pasajes al tanteo —no los he cambiado, creo que nunca he cambiado el comienzo incierto de tantos cuentos míos, porque siento que sería la peor traición a mi escritura— cuando comprendí que no era posible ajustar el relato a la *Ofrenda Musical* sin saber en detalle qué instrumentos, es decir, qué personajes figuraban en cada pasaje hasta el fin. Entonces, con una maravilla que por suerte todavía no me ha abandonado cuando escribo, vi que el fragmento final tendría que abarcar a todos los personajes *menos a uno*. Y ese uno, desde las primeras páginas ya escritas, había sido la causa todavía incierta de la fisura que se estaba dando en el conjunto, en eso que otro personaje habría de calificar de *clone*. En el mismo segundo la ausencia forzosa de Franca y la historia de Carlo Gesualdo, que había subtendido todo el proceso de la imaginación, fueron la mosca y la araña en la tela. Ya podía seguir, todo estaba consumado desde antes.

Sobre la escritura en sí: Cada fragmento corresponde al orden en que se da la versión de la *Ofrenda Musical* realizada por Millicent Silver; por un lado el desarrollo de cada pasaje procura asemejarse a la forma musical (canon, trío-sonata, fuga canónica, etc.) y contiene exclusivamente a los personajes que reemplazan a los instrumentos con arreglo a la tabla *supra*. Será pues útil (útil para los curiosos, pero todo curioso suele ser útil) indicar aquí la secuencia tal como la enumera Frederick Youens, con los instrumentos escogidos por la señora Silver:

Ricercar a 3 voces: Violín, viola y violoncello.
Canon perpetuo: Flauta, viola y fagote.
Canon al unísono: Violín, oboe y violoncello.
Canon en movimiento contrario: Flauta, violín y viola.
Canon en aumento y movimiento contrario: Violín, viola y violoncello.
Canon en modulación ascendente: Flauta, corno inglés, fagote, violín, viola y violoncello.
Trío-Sonata: Flauta, violín y continuo (violoncello y clave).

1. Largo
2. Allegro
3. Andante
4. Allegro

Canon perpetuo: Flauta, violín y continuo.
Canon «cangrejo»: Violín y viola.
Canon «enigma»:

a) Fagote y violoncello
b) Viola y fagote
c) Viola y violoncello
d) Viola y fagote

Canon a 4 voces: Violín, oboe, violoncello y fagote.
Fuga canónica: Flauta y clave.
Ricercar a 6 voces: Flauta, corno inglés, fagote, violín, viola y violoncello, con continuo de clave.

(En el fragmento final anunciado como «a 6 voces», el continuo de clave agrega el séptimo ejecutante.)

Como esta nota es ya casi tan extensa como el relato, no tengo escrúpulos para alargarla otro poco. Mi ignorancia en materia de conjuntos vocales es total, y los profesionales del género encontrarán aquí amplio motivo de regocijo. De hecho, casi todo lo que conozco sobre música y músicas me viene de la tapa de los discos, que leo con sumo cuidado y provecho. Esto vale también para las referencias a Gesualdo, cuyos madrigales me acompañan desde hace mucho. Que mató a su mujer es seguro; lo demás, otros posibles acordes con mi texto, habría que preguntárselo a Mario.

Graffiti

A Antoni Tàpies

Tantas cosas que empiezan y acaso acaban como un juego, supongo que te hizo gracia encontrar el dibujo al lado del tuyo, lo atribuiste a una casualidad o a un capricho y sólo la segunda vez te diste cuenta de que era intencionado y entonces lo miraste despacio, incluso volviste más tarde para mirarlo de nuevo, tomando las precauciones de siempre: la calle en su momento más solitario, ningún carro celular en las esquinas próximas, acercarse con indiferencia y nunca mirar los *graffiti* de frente sino desde la otra acera o en diagonal, fingiendo interés por la vidriera de al lado, yéndote enseguida.

Tu propio juego había empezado por aburrimiento, no era en verdad una protesta contra el estado de cosas en la ciudad, el toque de queda, la prohibición amenazante de pegar carteles o escribir en los muros. Simplemente te divertía hacer dibujos con tizas de colores (no te gustaba el término *graffiti*, tan de crítico de arte) y de cuando en cuando venir a verlos y hasta con un poco de suerte asistir a la llegada del camión municipal y a los insultos inútiles de los empleados mientras borraban los dibujos. Poco les importaba que no fueran dibujos políticos, la prohibición abarcaba cualquier cosa, y si algún niño se hubiera atrevido a dibujar una casa o un perro, lo mismo los hubieran borrado entre palabrotas y amenazas. En la ciudad ya no se sabía demasiado de qué lado estaba verdaderamente el miedo; quizá por eso te divertía dominar el tuyo y cada tanto elegir el lugar y la hora propicios para hacer un dibujo.

Nunca habías corrido peligro porque sabías elegir bien, y en el tiempo que transcurría hasta que llegaban los camiones de limpieza se abría para vos algo como un espacio más limpio donde casi cabía la esperanza. Mirando desde lejos tu dibujo podías ver a la gente que le echaba una ojeada al pasar, nadie se detenía por supuesto pero nadie dejaba de mirar el dibujo, a veces una rápida composición abstracta en dos colores, un perfil de pájaro o dos figuras enlazadas. Una sola vez escribiste una frase, con tiza negra: *A mí también me duele.* No duró dos horas, y esta vez la policía en persona la hizo desaparecer. Después solamente seguiste haciendo dibujos.

Cuando el otro apareció al lado del tuyo casi tuviste miedo, de golpe el peligro se volvía doble, alguien se animaba como vos a divertirse al borde de la cárcel o algo peor, y ese alguien por si fuera poco era una mujer. Vos mismo no podías probártelo, había algo diferente y mejor que las pruebas más rotundas: un trazo, una predilección por las tizas cálidas, un aura. A lo mejor como andabas solo te imaginaste por compensación; la admiraste, tuviste miedo por ella, esperaste que fuera la única vez, casi te delataste cuando ella volvió a dibujar al lado de otro dibujo tuyo, unas ganas de reír, de quedarte ahí delante como si los policías fueran ciegos o idiotas.

Empezó un tiempo diferente, más sigiloso, más bello y amenazante a la vez. Descuidando tu empleo salías en cualquier momento con la esperanza de sorprenderla, elegiste para tus dibujos esas calles que podías recorrer en un solo rápido itinerario; volviste al alba, al anochecer, a las tres de la mañana. Fue un tiempo de contradicción insoportable, la decepción de encontrar un nuevo dibujo de ella junto a alguno de los tuyos y la calle vacía, y la de no encontrar nada y sentir la calle aún más vacía. Una noche viste su primer dibujo solo; lo había hecho con tizas rojas y azules en una puerta de garaje, aprovechando la textura de las maderas carcomidas y las cabezas de los clavos. Era más que nunca ella, el trazo, los colores, pero además sentiste que ese dibujo valía como un pedido o una interrogación, una manera de llamarte. Volviste al alba, después que las patrullas ralearon en su sordo drenaje, y en el resto de la puerta dibujaste un rápido paisaje con velas y tajamares; de no mirarlo bien se hubiera dicho un juego de líneas al azar, pero ella sabría mirarlo. Esa noche escapaste por poco de una pareja de policías, en tu departamento bebiste ginebra tras ginebra y le hablaste, le dijiste todo lo que te venía a la boca como otro dibujo sonoro, otro puerto con velas, la imaginaste morena y silenciosa, le elegiste labios y senos, la quisiste un poco.

Casi enseguida se te ocurrió que ella buscaría una respuesta, que volvería a su dibujo como vos volvías ahora a los tuyos, y aunque el peligro era cada vez mayor después de los atentados en el mercado te atreviste a acercarte al garage, a rondar la manzana, a tomar interminables cervezas en el café de la esquina. Era absurdo porque ella no se detendría después de ver tu dibujo, cualquiera de las muchas mujeres que iban y venían podía ser ella. Al amanecer del segundo día elegiste un paredón gris y dibujaste un triángulo blanco rodeado de manchas como hojas de roble; desde el mismo café de la esquina podías ver el paredón (ya habían limpiado la puerta del garage y una patrulla volvía y volvía rabiosa), al anochecer te alejaste un poco pero eligiendo diferentes puntos de mira, desplazándote de un sitio a otro, comprando mínimas cosas en las tiendas para no llamar demasiado la atención. Ya era noche cerrada cuando oíste la sirena y los proyectores te barrieron los ojos. Había un confuso amontonamiento junto al paredón, corriste contra toda sensatez y sólo te ayudó el azar de un auto dando la vuelta a la esquina y frenando al ver el carro celular, su bulto te protegió y viste la lucha, un pelo negro tironeado por manos enguantadas, los puntapiés y los alaridos, la visión entrecortada de unos pantalones azules antes de que la tiraran en el carro y se la llevaran.

Mucho después (era horrible temblar así, era horrible pensar que eso pasaba por culpa de tu dibujo en el paredón gris) te mezclaste con otras gentes y alcanzaste a ver un esbozo en azul, los trazos de ese naranja que era como su nombre o su boca, ella ahí en ese dibujo truncado que los policías habían borroneado antes de llevársela; quedaba lo bastante para comprender que había querido responder a tu triángulo con otra figura, un círculo o acaso una espiral, una forma llena y hermosa, algo como un sí o un siempre o un ahora.

Lo sabías muy bien, te sobraría tiempo para imaginar los detalles de lo que estaría sucediendo en el cuartel central; en la ciudad todo eso rezumaba poco a poco, la gente estaba al tanto del destino de los prisioneros, y si a veces volvían a ver a uno que otro, hubieran preferido no verlos y que al igual que la mayoría se perdieran en ese silencio que nadie se atrevía a quebrar. Lo sabías de sobra, esa noche la ginebra no te ayudaría más que a morderte las manos, a pisotear las tizas de colores antes de perderte en la borrachera y el llanto.

Sí, pero los días pasaban y ya no sabías vivir de otra manera. Volviste a abandonar tu trabajo para dar vueltas por las calles, mirar fugitivamente las paredes y las puertas donde ella y vos habían dibujado. Todo limpio, todo claro; nada, ni siquiera una flor dibujada por la inocencia de un colegial que roba una tiza en la clase y no resiste al placer de usarla. Tampoco vos pudiste resistir, y un mes después te levantaste al amanecer y volviste a la calle del garage. No había patrullas, las paredes estaban perfectamente limpias; un gato te miró cauteloso desde un portal cuando sacaste las tizas y en el mismo lugar, allí donde ella había dejado su dibujo, llenaste las maderas con un grito verde, una roja llamarada de reconocimiento y de amor, envolviste tu dibujo con un óvalo que era también tu boca y la suya y la esperanza. Los pasos en la esquina te lanzaron a una carrera afelpada, al refugio de una pila de cajones vacíos; un borracho vacilante se acercó canturreando, quiso patear al gato y cayó boca abajo a los pies del dibujo. Te fuiste lentamente, ya seguro, y con el primer sol dormiste como no habías dormido en mucho tiempo.

Esa misma mañana miraste desde lejos: no lo habían borrado todavía. Volviste a mediodía: casi inconcebiblemente seguía ahí. La agitación en los suburbios (habías escuchado los noticiosos) alejaba a las patrullas urbanas de su rutina; al anochecer volviste a verlo como tanta gente lo había visto a lo largo del día. Esperaste hasta las tres de la mañana para regresar, la calle estaba vacía y negra. Desde lejos descubriste el otro dibujo, sólo vos podrías haberlo distinguido tan pequeño en lo alto y a la izquierda del tuyo. Te acercaste con algo que era sed y horror al mismo tiempo, viste el óvalo naranja y las manchas violeta de donde parecía saltar una cara tumefacta, un ojo colgando, una boca aplastada a puñetazos. Ya sé, ya sé, ¿pero qué otra cosa hubiera podido dibujarte? ¿Qué mensaje hubiera tenido sentido ahora? De alguna manera tenía que decirte adiós y a la vez pedirte que siguieras. Algo tenía que dejarte antes de volverme a mi refugio donde ya no había ningún espejo, solamente un hueco para esconderme hasta el fin en la más completa oscuridad, recordando tantas cosas y a veces, así como había imaginado tu vida, imaginando que hacías otros dibujos, que salías por la noche para hacer otros dibujos.

Historias que me cuento

Me cuento historias cuando duermo solo, cuando la cama parece más grande de lo que es y más fría, pero también me las cuento cuando Niágara está ahí y se duerme antes que yo, se enrolla como un caracolito y se duerme entre murmullos complacientes, casi como si también ella se estuviera contando una historia. Más de una vez quisiera despertarla para saber cómo es su historia (solamente murmura ya dormida y eso no es de ninguna manera una historia), pero Niágara vuelve siempre tan cansada del trabajo que no sería justo ni hermoso despertarla cuando acaba de dormirse y parece colmada, perdida en su caracolito perfumado y murmurante, de modo que la dejo dormir y me cuento historias, lo mismo que en los días en que ella tiene horario nocturno y yo duermo solo en esa bruscamente enorme cama.

Las historias que me cuento son cualquier cosa pero casi siempre conmigo en el papel central, una especie de Walter Mitty porteño que se imagina en situaciones anómalas o estúpidas o de un intenso dramatismo muy trabajado para que el que sigue la historia se divierta con el melodrama o la cursilería o el humor que deliberadamente le pone el que la cuenta. Porque Walter Mitty suele tener también su lado Jekyll y Hyde, desde luego la literatura anglosajona ha hecho estragos en su inconsciente y las historias le nacen casi siempre muy librescas y como armadas para una imprenta igualmente imaginaria. La sola idea de escribir las historias que me cuento antes de dormirme me parece inconcebible por la mañana, y además un hombre tiene que tener sus lujos secretos, sus callados despilfarros, cosas que otros aprovecharían hasta la última migaja. Y hay también la superstición, desde siempre me he dicho que si pusiera por escrito cualquiera de las historias que me cuento, esa historia sería la última por una razón que se me escapa pero que acaso tiene que ver con nociones de transgresión o de castigo; entonces no, imposible imaginarme esperando el sueño junto a Niágara o solo pero sin poder contarme una historia, teniendo que imbécilmente numerar corderitos o todavía peor recordar mis jornadas cotidianas tan poco recordables.

Todo depende del humor del momento, porque nunca se me ocurriría elegir un cierto tipo de historia, apenas apago o apagamos la luz y entro en esa segunda y hermosa capa de negrura que me traen los párpados, la historia está ahí, un comienzo casi siempre incitante de historia, puede ser una calle vacía con un auto que avanza desde muy lejos, o la cara de Marcelo Macías al enterarse de que lo han ascendido, cosa hasta este momento inconcebible dada su incompetencia, o simplemente una palabra o un sonido que se repiten cinco o diez veces y de los cuales empieza a salir una primera imagen de la historia. A veces me asombra que después de un episodio que podría calificar de burocrático, la noche siguiente la historia sea erótica o deportiva; sin duda soy imaginativo, aunque eso se note solamente antes de dormirme, pero un repertorio tan imprevistamente variable y rico no termina de asombrarme. Dilia, por ejemplo, por qué tenía Dilia que aparecer en esa historia y precisamente en esa historia cuando Dilia no era una mujer que de alguna manera se prestara a una historia semejante; por qué Dilia.

Pero hace mucho que he decidido no preguntarme por qué Dilia o el Transiberiano o Muhammad Alí o cualquiera de los escenarios donde se instalan las historias que me cuento. Si me acuerdo de Dilia en este momento ya fuera de la historia es por otras cosas que también estuvieron y

596

están fuera, por algo que ya no es la historia y acaso por eso me obliga a hacer lo que no hubiera querido ni podido hacer con las historias que me cuento. En aquella historia (solo en la cama, Niágara volvería del hospital a las ocho de la mañana) corría un paisaje de montaña y una ruta que daban miedo, que obligaban a manejar con cuidado, los faros barriendo las siempre posibles trampas visuales de cada curva, solo y a medianoche en ese enorme camión de difícil manejo en un camino de cornisa. Ser camionero siempre me ha parecido un trabajo envidiable porque lo imagino como una de las más simples formas de la libertad, ir de un lado a otro en un camión que a la vez es una casa con su colchón para pasar la noche en una ruta arbolada, una lámpara para leer y latas de comida y cerveza, un transistor para escuchar jazz en un silencio perfecto, y además ese sentimiento de saberse ignorado por el resto del mundo, que nadie esté enterado de que hemos tomado esa ruta y no otra, tantas posibilidades y pueblos y aventuras de pasaje, incluso asaltos y accidentes en los que siempre se tiene la mejor parte como cabe a Walter Mitty.

Alguna vez me he preguntado por qué camionero y no piloto de avión o capitán de transatlántico, sabiendo a la vez que responde a mi lado simple y a ras de tierra que más y más tengo que esconder de día; ser camionero es la gente que habla con los camioneros, es los lugares por donde se mueve un camionero, de manera que cuando me cuento una historia de libertad es frecuente que empiece en ese camión que recorre la pampa o un paisaje imaginario como el de ahora, los Andes o las Montañas Rocosas, en todo caso una ruta difícil en esa noche por la que yo iba subiendo cuando vi la frágil, rubia silueta de Dilia al pie de las rocas violentamente arrancadas de la nada por el haz de los faros, las paredes violáceas que volvían aún más pequeña y abandonada la imagen de Dilia haciéndome el gesto de los que piden ayuda después de haber andado tanto a pie con una mochila a la espalda.

Si ser camionero es una historia que me he contado muchas veces, no era forzoso encontrar mujeres pidiéndome que las levantara como lo estaba haciendo Dilia, aunque desde luego también las había puesto que esas historias colmaban casi siempre una fantasía en la que la noche, el camión y la soledad eran los accesorios perfectos para una breve felicidad de fin de etapa. A veces no, a veces era solamente una avalancha de la que me escapaba vaya a saber cómo, o los frenos que fallaban en el descenso para que todo terminara en un torbellino de visiones cambiantes que me obligaban a abrir los ojos y negarme a seguir, buscar el sueño o la tibia cintura de Niágara con el alivio de haber escapado a lo peor. Cuando la historia ponía a una mujer al borde de la ruta, esa mujer era siempre una desconocida, los caprichos de las historias que optaban por una muchacha pelirroja o una mulata, vistas acaso en una película o una foto de revista y olvidadas en la superficie del día hasta que la historia me las traía sin que yo las reconociera. Ver a Dilia fue entonces más que una sorpresa, casi un escándalo porque Dilia no tenía nada que hacer en esa ruta y de alguna manera estaba estropeando la historia con su gesto entre implorante y conminatorio. Dilia y Alfonso son amigos que Niágara y yo vemos de tiempo en tiempo, viven en órbitas diferentes y sólo nos acerca una fidelidad de los tiempos universitarios, la estima por temas y gustos comunes, cenar de cuando en cuando en casa de ellos o aquí, seguirlos de lejos en su vida de matrimonio con un bebé y bastante plata. Qué demonios tenía que hacer Dilia allí cuando la historia estaba sucediendo de una manera en la que cualquier muchacha imaginaria sí pero no Dilia, porque si algo estaba claro en la historia era que esa vez yo encontraría una muchacha en la ruta y de ahí sucederían algunas de las muchas cosas que pueden suceder cuando se llega a la llanura y se hace un alto después de la larga tensión del cruce; todo tan claro desde la primera imagen, la cena con otros camioneros en el bodegón del pueblo antes de la montaña, una historia ya nada original pero siempre grata por sus variantes y sus incógnitas, solamente que ahora la incógnita era diferente, era Dilia que de ninguna manera tenía sentido en esa curva de la ruta.

Puede ser que si Niágara hubiera estado ahí murmurando y resoplando dulcemente en su sueño, yo hubiera preferido no levantar a Dilia, borrarla a ella y al camión y a la historia con solamente abrir los ojos y decirle a Niágara: «Es raro, estuve por acostarme con una mujer y era Dilia», para que tal vez Niágara abriera a su vez los ojos y me besara en la mejilla tratándome de estúpido o metiendo a Freud en el baile o preguntándome si alguna vez había deseado a Dilia, para oírme decir la verdad o sea que en la perra vida, aunque entonces de nuevo Freud o algo así. Pero sintiéndome tan solo dentro de la historia, tan solo como lo que era, un camionero en pleno cruce de la sierra a medianoche, no fui capaz de pasar de largo: frené despacio, abrí la portezuela y dejé subir a Dilia que murmuró apenas un «gracias» de fatiga y somnolencia y se estiró en el asiento con su saco de viaje a los pies.

Las reglas del juego se cumplen desde el primer momento en las historias que me cuento. Dilia era Dilia pero en la historia yo era un camionero y solamente eso para Dilia, jamás se me hubiera ocurrido preguntarle qué estaba haciendo allí en plena noche o llamarla por su nombre. Pienso que en la historia lo excepcional era que esa muchacha contuviera a la persona de Dilia, su lacio pelo rubio, los ojos claros y sus piernas casi convencionalmente evocando las de un potrillito, demasiado largas para su estatura; fuera de eso la historia la trataba como a cualquier otra, sin nombre ni relación anterior, perfecto encuentro del azar. Cambiamos dos o tres frases, le pasé un cigarrillo y encendí otro, empezamos a bajar la cuesta como tiene que bajarla un camión pesado, mientras Dilia se estiraba todavía más, fumando desde un abandono y un sopor que la lavaban de tantas horas de marcha y acaso de miedo en la montaña.

Pensé que iba a dormirse enseguida y que era agradable imaginarla así hasta la planicie allá abajo, pensé que acaso hubiera sido amable invitarla a irse al fondo del camión y tirarse en una verdadera cama, pero jamás en una historia las cosas me habían permitido hacer eso porque cualquiera de las muchachas me hubiera mirado con esa expresión entre amarga y desesperada de la que imagina las intenciones inmediatas y busca casi siempre la manija de la portezuela, la fuga necesaria. Tanto en las historias como en la presumible realidad de cualquier camionero las cosas no podían pasar así, había que hablar, fumar, hacerse amigos, obtener desde todo eso la aceptación casi siempre silenciosa de un alto en un bosque o un refugio, la aquiescencia para lo que vendría luego pero que ya no era amargura ni cólera, simplemente compartir lo que ya se estaba compartiendo desde la charla, los cigarrillos y la primera botella de cerveza bebida del gollete entre dos virajes.

La dejé dormir, entonces, la historia tenía ese desarrollo que siempre me ha gustado en las historias que me cuento, la descripción minuciosa de cada cosa y de cada acto, una película lentísima para un goce que progresivamente va ascendiendo por el cuerpo y las palabras y los silencios. Todavía me pregunté por qué Dilia esa noche pero casi enseguida dejé de preguntármelo, ahora me parecía tan natural que Dilia estuviera allí entredormida a mi lado, aceptando de vez en cuando un nuevo cigarrillo o murmurando una explicación de por qué ahí en plena montaña, que la historia embrollaba hábilmente entre bostezos y frases rotas puesto que nada hubiera podido explicar que Dilia estuviera ahí en lo más perdido de esa ruta a medianoche. En algún momento dejó de hablar y me miró sonriendo, esa sonrisa de muchacha que Alfonso calificaba de compradora, y yo le di mi nombre de camionero, siempre Oscar en cualquiera de las historias, y ella dijo Dilia y agregó como agregaba siempre que era un nombre idiota por culpa de una tía lectora de novelas rosa, y casi increíblemente pensé que no me reconocía, que en la historia yo era Oscar y que ella no me reconocía.

Después es todo eso que las historias me cuentan pero que yo no puedo contar como ellas, solamente fragmentos inciertos, hilaciones acaso falsas, el farol alumbrando la mesita plegadiza en el fondo del camión estacionado entre los árboles de un refugio, el chirrido de los huevos fritos, después del queso y el dulce Dilia mirándome como si fuera a decir algo y decidiendo que no diría nada, que no era necesario explicar nada para bajarse del camión y desaparecer bajo los árboles, yo facilitándole las cosas con el café ya casi listo y hasta una tacita de grapa, los ojos de Dilia que se iban cerrando entre trago y frase, mi descuidada manera de llevar la lámpara hasta el taburete al lado del colchón, agregar una cobija por si más tarde el frío, decirle que me iba adelante a cerrar bien las portezuelas por las dudas, nunca se sabía en esos tramos desiertos y ella bajando los ojos y diciendo sabés, no te vayas a quedar allí a dormir en los asientos, sería idiota, y yo dándole la espalda para que no me viera la cara donde a lo mejor había un vago asombro por lo que me estaba diciendo Dilia aunque desde luego siempre sucedía así de una u otra manera, a veces la indiecita hablaba de dormir en el suelo o la gitana se refugiaba en la cabina y había que tomarla por la cintura y derivarla hacia adentro, llevarla a la cama aunque llorara o se debatiera, pero Dilia no, Dilia lentamente yendo de la mesa hacia la cama con una mano buscando ya el cierre de los jeans, esos gestos que yo podía ver en la historia aunque estuviera de espaldas y entrando en la cabina para darle tiempo, para decirme que sí, que todo sería como tenía que ser una vez más, una secuencia ininterrumpida y perfumada, el lentísimo traveling desde la silueta inmóvil bajo los faros en el viraje de la montaña hasta Dilia ahora casi invisible bajo las cobijas de lana, y entonces el corte de siempre, apagar la lámpara para que solamente quedara la vaga ceniza de la noche entrando por la mirilla trasera con una que otra queja de pájaro cercano.

Esa vez la historia duró interminablemente porque ni Dilia ni yo queríamos que terminara, hay historias que yo quisiera prolongar pero la chica japonesa o la fría condescendiente turista noruega no la dejan seguir, y a pesar de que soy yo quien decide en la historia llega un momento en que ya no tengo fuerzas y ni siquiera ganas de hacer durar algo que después del placer empieza a resbalar a la insignificancia, ahí donde habría que inventar alternativas o inesperados incidentes para que la historia siguiera viva en vez de irme llevando al sueño con un último beso distraído o un resto de llanto casi inútil. Pero Dilia no quería que la historia terminara, desde su primer gesto cuando resbalé junto a ella y en vez de lo esperable la sentí buscándome, desde la primera doble caricia supe que la historia no había hecho más que empezar, que la noche de la historia sería tan larga como la noche en la que yo me estaba contando la historia. Solamente que ahora no queda más que esto, palabras hablando de la historia; palabras como fósforos, gemidos, cigarrillos, risas, súplicas y demandas, café al amanecer y un sueño de aguas pesadas, de relentes y retornos y abandonos, con una primera lengua tímida de sol viniendo desde la mirilla a lamer la espalda de Dilia tirada sobre mí, a cegarme mientras la apretaba para sentirla abrirse una vez más entre gritos y caricias.

La historia termina ahí, sin despedidas convencionales en el primer pueblo de la ruta como hubiera sido casi inevitable, de la historia pasé al sueño sin otra cosa que el peso del cuerpo de Dilia durmiéndose a su vez sobre mí después de un último murmullo, cuando desperté Niágara me hablaba de desayuno y de un compromiso que teníamos por la tarde. Sé que estuve a punto de contarle y que algo me tiró hacia atrás, algo que acaso era todavía la mano de Dilia volviéndome a la noche y prohibiéndome palabras que todo lo hubieran manchado. Sí, había dormido muy bien; claro, a las seis nos encontraríamos en la esquina de la plaza para ir a ver a los Marini.

En esos días supimos por Alfonso que la madre de Dilia estaba muy enferma y que Dilia viajaba a Necochea para acompañarla, Alfonso tenía que ocuparse del bebé que le daba mucho trabajo, a ver si los visitábamos cuando volviera Dilia. La enferma murió unos días después y Dilia no quiso ver a nadie hasta dos meses más tarde; fuimos a cenar llevándoles coñac y un sonajero para el bebé y todo ya estaba bien, Dilia al término de un pato a la naranja y Alfonso con la mesa preparada para jugar canasta. La cena resbaló amablemente como debía ser porque Alfonso y Dilia son gente que sabe vivir y empezaron por hablar de lo más penoso, agotar rápido el tema de la madre de Dilia, después fue como tender suavemente un telón para volver al presente inmediato, nuestros juegos de siempre, las claves y los códigos del humor con los que se hacía tan agradable pasar la noche. Ya era tarde y coñac cuando Dilia aludió a un viaje a San Juan, la necesidad de olvidar los últimos días de su madre y los problemas con esos parientes que todo lo complican. Me pareció que hablaba para Alfonso, aunque Alfonso ya debía conocer la anécdota porque se sonreía amablemente mientras nos servía otro coñac, el desperfecto del auto en plena sierra, la noche vacía y una interminable espera al borde de la ruta en la que cada pájaro nocturno era una amenaza, retorno inevitable de tanto fantasma de infancia, luces de un camión, el miedo de que también el camionero tuviese miedo y pasara de largo, el enceguecimiento de los faros clavándola contra el acantilado, entonces el maravilloso chirrido de los frenos, la cabina tibia, el descenso entre diálogos apenas necesarios pero que ayudaban tanto a sentirse mejor.

—Se ha quedado traumatizada —dijo Alfonso—. Ya me lo contaste, querida, cada vez conozco más detalles de ese rescate, de tu San Jorge de overol salvándote del malvado dragón de la noche.

—No es fácil olvidarlo —dijo Dilia—, es algo que vuelve y vuelve, no sé por qué.

Ella quizá no, Dilia quizá no sabía por qué pero yo sí, había tenido que beber el coñac de un sorbo y servirme de nuevo mientras Alfonso alzaba las cejas, sorprendido por una brusquedad que no me conocía. Sus bromas en cambio eran más que previsibles, decirle a Dilia que se decidiera alguna vez a terminar el cuento, conocía de sobra la primera parte pero seguro que había tenido una segunda, era tan de cajón, tan de camión en la noche, tan de todo lo que es tan en esta vida.

Me fui al baño y me quedé un rato tratando de no mirarme en el espejo, de no encontrar también allí y horriblemente eso que yo había sido mientras me contaba la historia y que sentía ahora de nuevo pero aquí, ahora esta noche, eso que empezaba lentamente a ganar mi cuerpo, eso que jamás hubiera imaginado posible a lo largo de tantos años de Dilia y Alfonso, de nuestra doble pareja amiga de fiestas y cines y besos en las mejillas. Ahora era lo otro, era Dilia después, de nuevo el deseo pero de este lado, la voz de Dilia llegándome desde el salón, las risas de Dilia y de Niágara que debían estar tomándole el pelo a Alfonso por sus celos estereotipados. Ya era tarde, bebimos todavía coñac y nos hicimos un último café, desde arriba llegó el llanto del bebé y Dilia subió corriendo, lo trajo en brazos, se ha mojado todo el muy cochino, lo voy a cambiar en el baño, Alfonso encantado porque eso le daba media hora más para discutir con Niágara de las posibilidades de Vilas frente a Borg, otro coñac, piba, total ya estamos todos bien curados.

Yo no, me fui al baño para acompañarla a Dilia que había puesto a su hijo sobre una mesita y buscaba cosas en un placard. Y era como si de algún modo ella supiera cuando le dije Dilia, yo conozco esa segunda parte, cuando le dije ya sé que no puede ser pero ya ves, la conozco, y Dilia me volvió la espalda para empezar a desvestir al bebé y la vi inclinarse no solamente para soltarle los alfileres de gancho y quitarle el pañal sino como si de golpe la agobiara un peso del que tenía que librarse, del que ya estaba librándose cuando se volvió mirándome en los ojos y me dijo sí, es cierto, es idiota y no tiene ninguna importancia pero es cierto, me acosté con el camionero, decíselo a Alfonso si querés, de todas maneras él está convencido a su manera, no lo cree pero está tan seguro.

Era así, ni yo diría nada ni ella comprendería por qué me estaba diciendo eso, por qué a mí que no le había preguntado nada y en cambio le había dicho eso que ella no podía comprender de este lado de la historia. Sentí mis ojos como dedos bajando por su boca, su cuello, buscando los senos que la blusa negra dibujaba como mis manos los habían dibujado toda esa noche, toda esa historia. El deseo era un salto agazapado, un absoluto derecho a acercarme a buscarle los senos bajo la blusa y envolverla en el primer abrazo. La vi girar, inclinarse otra vez pero ahora liviana, liberada del silencio; ágilmente retiró los pañales, el olor de un bebé que se ha hecho pis y caca me llegó junto con los murmullos de Dilia calmándolo para que no llorara, vi sus manos que buscaban el algodón y lo metían entre las piernas levantadas del bebé, vi sus manos limpiando al bebé en vez de venir a mí como habían venido en la oscuridad de ese camión que tantas veces me ha servido en las historias que me cuento.

Anillo de Moebius

In memoriam J. M. y R. A.

Imposible explicarlo. Se iba apartando de aquella zona donde las cosas tienen forma fija y aristas, donde todo tiene un nombre sólido e inmutable. Cada vez ahondaba más en la región líquida, quieta e insondable donde se detenían nieblas vagas y frescas como las de la madrugada.
CLARICE LISPECTOR, *Cerca del corazón salvaje.*

Por qué no, acaso bastaría proponérselo como ella habría de hacerlo más tarde ahincadamente, y se la vería, se la sentiría con la misma claridad que ella se veía y se sentía pedaleando bosque adentro en la mañana aún fresca, siguiendo senderos envueltos en la penumbra de los helechos, en algún lugar de Dordoña que los diarios y la radio llenarían más tarde de una efímera celebridad infame hasta el rápido olvido, el silencio vegetal de esa media luz perpetua por donde Janet pasaba como una mancha rubia, un tintineo de metal (su cantimplora mal sujeta contra el crucero de aluminio), el pelo largo ofrecido al aire que su cuerpo rompía y alteraba, liviano mascarón de proa hundiendo los pies en el blando ceder alternado de los pedales, recibiendo en la blusa la mano de la brisa apretándole los senos, doble caricia dentro del doble desfile de troncos y de helechos en un verde translúcido de túnel, un olor de hongos y cortezas y musgos, las vacaciones.

Y también el otro bosque aunque fuera el mismo bosque pero no para Robert rechazado en las granjas, sucio de una noche boca abajo contra un mal colchón de hojas secas, frotándose la cara contra un rayo de sol filtrado por los cedros, preguntándose vagamente si valía la pena quedarse en la región o entrar en las planicies donde acaso lo esperaba un jarro de leche y un poco de trabajo antes de volver a los grandes caminos o perderse de nuevo en bosques sin nombre, el mismo bosque siempre con hambre y esa inútil cólera que le torcía la boca.

En la estrecha encrucijada Janet frenó indecisa, derecha o izquierda o todavía adelante, todo igualmente verde y fresco, ofrecido como dedos de una gran mano terrosa. Había salido del albergue para jóvenes al despuntar el día porque el dormitorio estaba lleno de alientos pesados, de fragmentos de pesadillas ajenas, de olor a gente poco bañada, los alegres grupos que habían tostado maíz y cantado hasta medianoche antes de tirarse vestidos sobre los catres de tela, las chicas de un lado y los muchachos más lejos, vagamente ofendidos por tanto reglamento idiota, ya medio dormidos en mitad de los irónicos inútiles comentarios. En pleno campo antes del bosque había bebido la leche de la cantimplora, jamás volver a encontrarse de mañana con la gente de la noche, también ella tenía su reglamento idiota, recorrer Francia mientras duraran el dinero y el tiempo, sacar fotos, llenar su cuaderno de tapas naranja, diecinueve años ingleses con ya muchos cuadernos y millas pedaleando, la predilección por los grandes espacios, los ojos debidamente azules y el rubio pelo suelto, grande y atlética y profesora de jardín de infantes felizmente dispersos en playas y aldeas de la patria felizmente lejana. A la izquierda, quizás, había una leve pendiente en la penumbra, dejarse ir después de un simple golpe de pedal. Empezaba a hacer calor, la silla de la bicicleta la recibía pesadamente, con una primera humedad que más tarde la obligaría a bajarse, a despegar el slip de la piel y a alzar los brazos para que el aire fresco se paseara bajo la blusa. Eran apenas las diez, el bosque se anunciaba lento y profundo; tal vez antes de llegar a la ruta del lado opuesto fuera bueno instalarse al pie de un roble y comer los sándwiches, escuchando la radio de bolsillo o agregando una jornada más a su diario de viaje interrumpido muchas veces por inicios de poemas y pensamientos no siempre felices que el lápiz escribía y después tachaba con pudor, con trabajo.

No era fácil verlo desde la senda. Sin saberlo había dormido a veinte metros de un hangar abandonado, y ahora le pareció estúpido haber dormido sobre el suelo húmedo cuando detrás de las planchas de pino llenas de agujeros se veía un piso de paja seca bajo el techo casi intacto. Ya no tenía sueño y era una lástima; miró inmóvil el hangar y no le sorprendió que la ciclista llegara por el sendero y frenara, ella sí como desconcertada, frente a la construcción asomando entre los árboles. Antes de que Janet lo viera él ya sabía todo, todo de ella y de él en una sola marea sin palabras, desde una inmovilidad que era como un futuro agazapado. Ahora ella volvía la cabeza, la bicicleta inclinada y un pie en tierra, y encontraba sus ojos. Los dos parpadearon a la vez.

Sólo se podía hacer una cosa en esos casos poco frecuentes pero siempre probables, decir *bon jour* y partir sin excesivo apuro. Janet dijo *bon jour* y empujó la bicicleta para dar media vuelta; su pie se desprendía del suelo para dar el primer golpe de pedal cuando Robert le cortó el paso y sujetó el manubrio con una mano de uñas negras. Todo era clarísimo y confuso a la vez, la bicicleta volcándose y el primer grito de pánico y protesta, los pies buscando un inútil apoyo en el aire, la fuerza de los brazos que la ceñían, el paso casi a la carrera entre las tablas rotas del hangar, un olor a la vez joven y salvaje de cuero y sudor, una barba oscura de tres días, una boca quemándole la garganta.

Nunca quiso hacerle daño, nunca había dañado para poseer lo poco que le había sido dado en los previsibles reformatorios, solamente era así, veinticinco años y así, todo a la vez lento como cuando tenía que escribir su nombre, Robert letra por letra, después el apellido todavía más lento, y rápido como el gesto que a veces le valía una botella de leche o un pantalón puesto a secar en el césped de un jardín, todo podía ser lento e instantáneo a la vez, una decisión seguida de un deseo de que todo durara mucho, que esa chica no se debatiera absurdamente puesto que él no quería hacerle daño, que comprendiera la imposibilidad de escaparse o de ser socorrida y se sometiera quietamente, ni siquiera sometiéndose, dejándose ir como él se dejaba ir tendiéndola sobre la paja y gritándole al oído que se callara, que no fuera idiota, que esperara mientras él buscaba botones y broches sin encontrar más que convulsiones de resistencia, ráfagas de palabras en otro idioma, gritos, gritos que alguien terminaría por escuchar.

No había sido exactamente así, había el horror y la revulsión frente al ataque de la bestia, Janet había luchado por zafarse y huir a la carrera y ahora ya no era posible y el horror no venía totalmente de la bestia barbuda porque no era una bestia, su manera de hablarle al oído y sujetarla sin hundirle las manos en la piel, sus besos que caían sobre su cara y su cuello con picor de barba crecida pero besos, la revulsión venía de someterse a ese hombre que no era una bestia hirsuta pero un hombre, la revulsión de alguna manera la había acechado desde siempre, desde su primera sangre una tarde en la escuela, mistress Murphy y sus advertencias a la clase con acento de Cornualles, las noticias de policía en los diarios siempre comentadas en secreto en el pensionado, las lecturas prohibidas donde aquello no era aquello que las lecturas aconsejadas por mistress Murphy habían insinuado rosadamente con o sin Mendelssohn y lluvia de arroz, los comentarios clandestinos sobre el episodio de la primera noche en *Fanny Hill*, el largo silencio de su mejor amiga al retorno de sus bodas y después el brusco llanto pegada contra ella, fue horrible, fue horrible, Janet, aunque más tarde la felicidad del primer hijo, la vaga evocación una tarde de paseo juntas, hice mal en exagerar tanto, Janet, un día verás, pero ya demasiado tarde, la idea fija, fue tan horrible, Janet, otro cumpleaños, la bicicleta y el plan de viajar sola hasta que tal vez, tal vez poco a poco, diecinueve años y el segundo viaje de vacaciones a Francia, Dordoña en agosto.

Alguien terminaría por escuchar, se lo gritó cara contra cara aunque ya sabía que ella era incapaz de comprender, lo miraba desorbitadamente y suplicaba algo en otro idioma, luchando por zafar las piernas, por enderezarse, durante un momento le pareció que quería decirle algo que no era solamente gritos o súplicas o insultos en su lengua, le desabrochó la blusa buscando ciegamente los cierres más abajo, fijándola al colchón de paja con todo su cuerpo cruzado sobre el de ella, pidiéndole que no gritara más, que ya no era posible que siguiera gritando, alguien iba a venir, déjame, no grites más, déjame de una vez, por favor, no grites.

Cómo no luchar si él no comprendía, si las palabras que hubiera querido decirle en su idioma brotaban en pedazos, se mezclaban con sus balbuceos y sus besos y él no podía comprender que no se trataba de eso, que por horrible que fuera lo que estaba tratando de hacerle, lo que iba a hacerle, no era eso, cómo explicarle que hasta entonces nunca, que *Fanny Hill*, que por lo menos esperara, que en su maleta había crema facial, que así no podría ser, no podría ser sin eso que había visto en los ojos de su amiga, la náusea de algo insoportable, fue horrible, Janet, fue tan horrible. Sintió ceder la falda, la mano que corría bajo el slip y lo arrancaba, se contrajo con un último estallido de angustia y luchó por explicar, por detenerlo al borde para que eso fuera diferente, lo sintió contra ella y la embestida entre los muslos entornados, un dolor punzante que crecía hasta el rojo y el fuego, aulló de horror más que de sufrimiento como si eso no pudiera ser todo y solamente el inicio de la tortura, sintió sus manos en su cara tapándole la boca y resbalando hacia abajo, la segunda embestida contra la que ya no se podía luchar, contra la que ya no había gritos ni aire ni lágrimas.

Sumido en ella en un brusco término de lucha, acogido sin que continuara esa desesperada resistencia que había tenido que abatir empalándola una y otra vez hasta llegar a lo más hondo y sentir toda su piel contra la suya, el goce vino como un látigo y se anegó en un balbuceo agradecido, en un ciego abrazo interminable. Apartando la cara del hueco del hombro de Janet, le buscó los ojos para decírselo, para agradecerle que al final hubiera callado; no podía sospechar otras razones para esa resistencia salvaje, ese debatirse que lo había obligado a forzarla sin lástima, pero ahora tampoco comprendía bien la entrega, el brusco silencio. Janet lo estaba mirando, una de sus piernas había resbalado lentamente hacia afuera. Robert empezó a apartarse, a salir de ella, mirándola en los ojos. Comprendió que Janet no lo veía.

Ni lágrimas ni aire, el aire había faltado de golpe, desde el fondo del cráneo una ola roja le había tapado los ojos, ya no tenía cuerpo, lo último había sido el dolor una y otra vez y entonces en mitad del alarido el aire había faltado de golpe, expirado sin volver a entrar, sustituido por el velo rojo como párpados de sangre, un silencio pegajoso, algo que duraba sin ser, algo que era de otro modo donde todo seguía estando pero de otro modo, más acá de los sentidos y del recuerdo.

No lo veía, los ojos dilatados le pasaban a través de la cara. Arrancándose de ella se arrodilló a su lado, hablándole mientras sus manos reajustaban malamente el pantalón y buscaban la hebilla del cierre como trabajando por su cuenta, alisando la camisa y metiendo los faldones bajo el cinturón. Veía la boca entreabierta y torcida, el hilo de baba rosada resbalando por el mentón, los brazos en cruz con las manos crispadas, los dedos inmóviles, el pecho inmóvil, el vientre desnudo inmóvil con sangre brillando, resbalando lentamente por los muslos entreabiertos. Cuando gritó, levantándose de un salto, creyó por un segundo que el grito venía de Janet, pero desde arriba, parado como un muñeco oscilante, veía las marcas en la garganta, el torcimiento inadmisible del cuello que ladeaba la cabeza de Janet, la volvía algo que se estaba burlando de él con un gesto de títere caído, todas las cuerdas cortadas.

De otro modo, tal vez desde el principio mismo, en todo caso ya no allí, movida a algo como una diafanidad, un medio translúcido en el que nada tenía cuerpo y donde eso que era ella no se situaba desde pensamientos u objetos, ser viento siendo Janet o Janet siendo viento o agua o espacio pero siempre claro, el silencio era luz o lo contrario o las dos cosas, el tiempo estaba iluminado y eso era ser Janet, algo sin asidero, sin una mínima sombra de recuerdo que interrumpiera y fijara ese decurso como entre cristales, burbuja dentro de una masa de plexiglás, órbita de pez transparente en un ilimitado acuario luminoso.

El hijo de un leñador encontró la bicicleta en el sendero y a través de los tablones del hangar entrevió el cuerpo boca arriba. Los gendarmes verificaron que el asesino no había tocado la maleta o el bolso de Janet.

Derivar en lo inmóvil sin antes ni después, un ahora hialino sin contacto ni referencias, un estado en el que continente y contenido no se diferenciaban, un agua fluyendo en el agua, hasta que sin transición era el ímpetu, un violento *rush* proyectándola, sacándola sin que algo pudiera aprehender el cambio, solamente el *rush* vertiginoso en lo horizontal o vertical de un espacio estremecido en su velocidad. Alguna vez se salía de lo informe para acceder a una rigurosa fijeza igualmente separada de toda referencia y sin embargo tangible, hubo esa hora en que Janet cesó de ser agua del agua o viento del viento, por primera vez sintió, se sintió encerrada y limitada, cubo de un cubo, inmóvil cubidad. En ese estado cubo fuera de lo translúcido y lo huracanado, algo como una duración se instalaba, no un antes o un después pero un ahora más tangible, un comienzo de tiempo reducido a un presente espeso y manifiesto, cubo en el tiempo. De haber podido elegir hubiera preferido el estado cubo sin saber por qué, acaso porque en los continuos cambios era la única condición donde nada cambiaba como si allí se estuviera dentro de límites dados, en la certeza de una cubidad constante, de un presente que insinuaba una presencia, casi una tangibilidad, un presente que contenía algo que acaso era tiempo, acaso un espacio inmóvil donde todo desplazamiento quedaba como trazado. Pero el estado cubo podía ceder a los otros vértigos y antes y después o durante se estaba en otro medio, se era nuevamente resbalamiento fragoroso en un océano de cristales o de rocas diáfanas, un fluir sin dirección hacia nada, una succión de tornado con torbellinos, algo como resbalar en el entero follaje de una selva, sostenida de hoja en hoja por una apesantez de baba del diablo y ahora —ahora sin antes, un ahora seco y dado ahí— acaso otra vez el estado cubo cercando y deteniendo, límites en el ahora y el ahí que de alguna manera era reposo.

El proceso se abrió en Poitiers a fines de julio de 1956. Robert fue defendido por Maître Rolland; el jurado no admitió las circunstancias atenuantes derivadas de una orfandad temprana, los reformatorios y el desempleo. El acusado escuchó con un tranquilo estupor la sentencia de muerte, los aplausos de un público entre el cual se contaban no pocos turistas británicos.

Poco a poco (¿poco a poco en una condición fuera del tiempo? Maneras de decir) se iban dando otros estados que acaso ya se habían dado, aunque *ya* significara antes y no había antes; ahora (y tampoco ahora) imperaba un estado viento y ahora un estado reptante en el que cada ahora era penoso, la oposición total al estado viento porque sólo se daba como arrastre, un progresar hacia ninguna parte; de haber podido pensar, en Janet se hubiera abierto paso la imagen de la oruga recorriendo una hoja suspendida en el aire, pasando por sus caras y volviendo a pasar sin la menor visión ni tacto ni límite, anillo de Moebius infinito, reptación hasta el borde de una cara para ingresar o ya estar en la opuesta y volver sin cesación de cara a cara, un arrastre lentísimo y penoso ahí donde no había medida de la lentitud o del sufrimiento pero se era reptación y ser reptación era lentitud y sufrimiento. O lo otro (¿lo otro en una condición sin términos comparables?), ser fiebre, recorrer vertiginosamente algo como tubos o sistemas o circuitos, recorrer condiciones que podían ser conjuntos matemáticos o partituras musicales, saltar de punto en punto o de nota en nota, entrar y salir de circuitos de computadora, ser conjunto o partitura o circuito recorriéndose a sí mismo y eso daba ser fiebre, daba recorrer furiosamente constelaciones instantáneas de signos o notas sin formas ni sonidos. De alguna manera era el sufrimiento, la fiebre. Ser ahora el estado cubo o ser ola contenía una diferencia, se era sin fiebre o sin reptación, el estado cubo no era la fiebre y ser fiebre no era el estado cubo o el estado ola. En el estado cubo ahora — un ahora de pronto más ahora—, por primera vez (un ahora donde acababa de darse un indicio de primera vez), Janet dejó de ser el estado cubo para ser en el estado cubo, y más tarde (porque esa primera diferenciación del ahora entrañaba el sentimiento de más tarde) en el estado ola Janet dejó de ser el estado ola para ser en el estado ola. Y todo eso contenía los indicios de una temporalidad, ahora se podía reconocer una primera vez y una segunda vez, un ser en ola o ser en fiebre que se sucedían para ser seguidos por un ser en viento o ser en follaje o ser de nuevo en cubo, ser cada vez más Janet en, ser Janet en el tiempo, ser eso que no era Janet pero que pasaba del estado cubo al estado fiebre o volvía al estado oruga, porque cada vez más los estados se fijaban y establecían y de algún modo se delimitaban no solamente en tiempo sino en espacio, se pasaba de uno a otro, se pasaba de una placidez cubo a una fiebre circuito matemático o follaje de selva ecuatorial o interminables botellas cristalinas o torbellinos de maelstrom en suspensión hialina o reptación penosa sobre superficies de doble cara o poliedros facetados.

La apelación fue rechazada y trasladaron a Robert a la Santé en espera de la ejecución. Sólo la gracia del presidente de la república podía salvarlo de la guillotina. El condenado pasaba los días jugando al dominó con los guardianes, fumando sin cesar, durmiendo pesadamente. Soñaba todo el tiempo, por la mirilla de la celda los guardianes lo veían removerse en el camastro, levantar un brazo, estremecerse.

En alguno de los pasos habría de darse el primer rudimento de un recuerdo, resbalando entre las hojas o al cesar en el estado cubo para ser en la fiebre supo de algo que había sido Janet, inconexamente una memoria intentaba entrar y fijarse, una vez fue saber que era Janet, acordarse de Janet en un bosque, de la bicicleta, de Constance Myers y de unos chocolates en una bandeja de alpaca. Todo empezaba a aglomerarse en el estado cubo, se iba dibujando y definiendo confusamente, Janet y el bosque, Janet y la bicicleta, y con las ráfagas de imágenes se precisaba poco a poco un sentimiento de persona, una primera inquietud, la visión de un tejado de maderas podridas, estar boca arriba y sujeta por una fuerza convulsiva, miedo al dolor, frote de una piel que le pinchaba la boca y la cara, algo se acercaba abominable, algo luchaba por explicarse, por decirse que no era así, que eso no hubiera tenido que ser así, y al borde de lo imposible el recuerdo se detenía, una carrera en espiral acelerándose hasta la náusea la arrancaba del cubo para hundirla en ola o en fiebre, o lo contrario, la aglutinante lentitud de reptar una vez más sin otra cosa que eso, que ser en reptación, como ser en ola o vidrio era de nuevo solamente eso hasta otro cambio. Y cuando recaía en el estado cubo y volvía a un reconocimiento confuso, hangar y chocolate y rápidas visiones de campanarios y condiscípulas, lo poco que podía hacer luchaba sobre todo por durar ahí en la cubidad, por mantenerse en ese estado donde había detención y límites, donde se terminaría por pensar y reconocerse. Una y otra vez llegó a las sensaciones últimas, al picor de una piel barbuda contra su boca, a la resistencia bajo unas manos que le arrancaban la ropa antes de perderse de nuevo instantáneamente en una carrera fragorosa, hojas o nubes o gotas o huracanes o circuitos fulminantes. En el estado cubo no podía pasar del límite donde todo era horror y revulsión pero si a la voluntad le hubiera sido dada esa voluntad se habría fijado ahí donde afloraba Janet sensible, donde había Janet queriendo abolir la recurrencia. En plena lucha contra el peso que la aplastaba sobre la paja del hangar, obstinándose en decir que no, que eso no tenía que pasar así entre gritos y paja podrida, resbaló una vez más al moviente estado en que todo fluía como creándose en el acto de fluir, un humo girando en su propio capullo que se abre y se enrosca en sí mismo, el ser en olas, en el transvasarse indefinible que ya tantas veces la había mantenido en suspensión, alga o corcho o medusa. Con esa diferencia que Janet sintió venir desde algo que se parecía al despertar de un sueño sin sueños, al caer en el despertar de una mañana en Kent, ser de nuevo Janet y su cuerpo, una noción de cuerpo, de brazos y espaldas y pelo flotando en el medio hialino, en la transparencia total porque Janet no veía su cuerpo, era su cuerpo por fin de nuevo pero sin verlo, era conciencia de su cuerpo flotando entre olas o humo, sin ver su cuerpo Janet se movió, adelantó un brazo y tendió las piernas en un impulso de natación, diferenciándose por primera vez de la masa ondulante que la envolvía, nadó en agua o en humo, fue su cuerpo y gozó en cada brazada que ya no era carrera pasiva, traslación interminable. Nadó y nadó, no necesitaba verse para nadar y recibir la gracia de un movimiento voluntario, de una dirección que manos y pies imprimían a la carrera. Caer sin transición en el estado cubo fue otra vez el hangar, volver a recordar y a sufrir, otra vez hasta el límite del peso insoportable, del dolor lancinante y la marea roja tapándole la cara, se encontró del otro lado reptando con una lentitud que ahora podía medir y abominar, pasó a ser fiebre, a ser *rush* de huracán, a ser de nuevo en olas y gozar de su cuerpo Janet, y cuando al término de lo indeterminado todo coaguló en el estado cubo, no fue el horror sino el deseo lo que la esperaba al otro lado del término, con imágenes y palabras en el estado cubo, con el goce de su cuerpo en el ser en olas. Comprendiendo, reunida con sí misma, invisiblemente ella Janet, deseó a Robert, deseó otra vez el hangar de otra manera, deseó a Robert que la había llevado a lo que era ahí y ahora, comprendió la insensatez bajo el hangar y deseó a Robert, y en la delicia de la natación entre cristales líquidos o estratos de nubes en la altura lo llamó, le tendió su cuerpo boca arriba, lo llamó para que consumara de verdad y en el goce la torpe consumación en la paja maloliente del hangar.

Duro es para el abogado defensor comunicar a su cliente que el recurso de gracia ha sido denegado; Maître Rolland vomitó al salir de la celda donde Robert, sentado al borde del camastro, miraba fijamente el vacío.

De la sensación pura al conocimiento, de la fluidez de las olas al cubo severo, uniéndose en algo que de nuevo era Janet, el deseo buscaba su camino, otro paso entre los pasos recurrentes. La voluntad volvía a Janet, al principio la memoria y las sensaciones se habían dado sin un eje que las modulara, ahora con el deseo la voluntad volvía a Janet, algo en ella tendía un arco como de piel y de tendones y de vísceras, la proyectaba hacia eso que no podía ser, exigiendo el acceso por dentro o por fuera de los estados que la envolvían y abandonaban vertiginosamente, su voluntad era el deseo abriéndose paso en líquidos y constelaciones fulminantes y lentísimos arrastres, era Robert en alguna parte como término, la meta que ahora se dibujaba y tenía un nombre y un tacto en el estado cubo y que después o antes en la ahora placentera natación entre olas y cristales se resolvía en clamor, en llamada acariciándola y lanzándola a sí misma. Incapaz de verse, se sentía; incapaz de pensar articuladamente, su deseo era deseo y Robert, era Robert en algún estado inalcanzable pero que la voluntad Janet buscaba forzar, un estado Robert en el que el deseo Janet, la voluntad Janet querían acceder como ahora otra vez al estado cubo, a la solidificación y delimitación en que rudimentarias operaciones mentales eran más y más posibles, jirones de palabras y recuerdos, sabor de chocolate y presión de pies en pedales cromados, violación entre convulsiones de protesta donde ahora anidaba el deseo, la voluntad de finalmente ceder entre lágrimas de goce, de aceptación agradecida, de Robert.

Su calma era tan grande, su gentileza tan extrema que lo dejaban solo de a ratos, venían a espiar por la mirilla de la puerta o a proponerle cigarrillos o una partida de dominó. Perdido en su estupor que de algún modo lo había acompañado siempre, Robert no sentía el paso del tiempo. Se dejaba afeitar, iba a la ducha con sus dos guardianes, alguna vez preguntaba por el tiempo, si estaría lloviendo en Dordoña.

Fue siendo en olas o cristales que una brazada más vehemente, un desesperado golpe de talón la lanzó a un espacio frío y encerrado, como si el mar la vomitara en una gruta de penumbra y de humo de Gitanes. Sentado en el camastro Robert miraba el aire, el cigarrillo quemándose olvidado entre los dedos. Janet no se sorprendió, la sorpresa no tenía curso ahí, ni la presencia ni la ausencia; un tabique transparente, un cubo de diamante dentro del cubo de la celda la aislaba de toda tentativa, de Robert ahí delante bajo la luz eléctrica. El arco de sí misma tendido hasta lo último no tenía cuerda ni flecha contra el cubo de diamante, la transparencia era silencio de materia infranqueable, ni una sola vez Robert había alzado los ojos para mirar en esa dirección que solamente contenía el aire espeso de la celda, las volutas del tabaco. El clamor Janet, la voluntad Janet capaz de llegar hasta ahí, de encontrar hasta ahí se estrellaba en una diferencia esencial, el deseo Janet era un tigre de espuma translúcida que cambiaba de forma, tendía blancas garras de humo hacia la ventanilla enrejada, se ahilaba y se perdía retorciéndose en su ineficacia. Lanzada en un último impulso, sabiendo que instantáneamente podía ser otra vez reptación o carrera entre follajes o granos de arena o fórmulas atómicas, el deseo Janet clamó la imagen de Robert, buscó alcanzar su cara o su pelo, llamarlo de su lado. Lo vio mirar hacia la puerta, escrutar un instante la mirilla vacía de ojos vigilantes. Con un gesto fulminante Robert sacó algo de debajo del cobertor, una vaga soga de sábana retorcida. De un salto alcanzó la ventanilla, pasó la soga. Janet aullaba llamándolo, estrellaba el silencio de su aullido contra el cubo de diamante. La investigación mostró que el reo se había ahorcado dejándose caer sobre el suelo con todas sus fuerzas. El tirón debió hacerle perder los sentidos y no se defendió de la asfixia; apenas habían pasado cuatro minutos desde la última inspección ocular de los guardianes. Ya nada, en pleno clamor la ruptura y el paso a la solidificación del estado cubo, quebrado por el ingreso Janet en el ser fiebre, recorrido en espiral de incontables alambiques, salto a una profundidad de tierra espesa donde el avance era un morder obstinado en sustancias resistentes, pegajoso ascender a niveles vagamente glaucos, paso al ser en olas, primeras brazadas como una felicidad que ahora tenía un nombre, hélice invirtiendo su giro, desesperación vuelta esperanza, poco importaban ya los pasos de un estado a otro, ser en follaje o en contrapunto sonoro, ahora el deseo Janet los provocaba, los buscaba con una flexión de puente enviándose al otro lado en un salto de metal. En alguna condición, pasando por algún estado o por todos a la vez, Robert. En algún momento ser fiebre Janet o ser en olas Janet podía ser Robert olas o fiebre o estado cubo en el ahora sin tiempo, no Robert sino cubidad o fiebre porque también a él lentamente los ahoras lo dejarían pasar a ser en fiebre o en olas, le irían dando Robert poco a poco, lo filtrarían y arrastrarían y fijarían en una simultaneidad alguna vez entrando en lo sucesivo, el deseo Janet luchando contra cada estado para sumirse en los otros donde todavía Robert no, ser una vez más en fiebre sin Robert, paralizarse en el estado cubo sin Robert, entrar blandamente en el líquido donde las primeras brazadas eran Janet, entera sintiéndose y sabiéndose Janet, pero allí alguna vez Robert, allí seguramente alguna vez al término del tibio balanceo en olas cristales una mano alcanzaría la mano de Janet, sería al fin la mano de Robert.

DESHORAS
(1983)

Botella al mar

Epílogo a un cuento

Querida Glenda, esta carta no le será enviada por las vías ordinarias porque nada entre nosotros puede ser enviado así, entrar en los ritos sociales de los sobres y el correo. Será más bien como si la pusiera en una botella y la dejara caer a las aguas de la bahía de San Francisco en cuyo borde se alza la casa desde donde le escribo; como si la atara al cuello de una de las gaviotas que pasan como latigazos de sombra frente a mi ventana y oscurecen por un instante el teclado de esta máquina. Pero una carta de todos modos dirigida a usted, a Glenda Jackson en alguna parte del mundo que probablemente seguirá siendo Londres; como muchas cartas, como muchos relatos, también hay mensajes que son botellas al mar y entran en esos lentos, prodigiosos *sea-changes* que Shakespeare cinceló en *La Tempestad* y que amigos inconsolables inscribirían tanto tiempo después en la lápida bajo la cual duerme el corazón de Percy Bysshe Shelley en el cementerio de Cayo Sextio, en Roma.

Es así, pienso, que se operan las comunicaciones profundas, lentas botellas errando en lentos mares, tal como lentamente se abrirá camino esta carta que la busca a usted con su verdadero nombre, no ya la Glenda Garson que también era usted pero que el pudor y el cariño cambiaron sin cambiarla, exactamente como usted cambia sin cambiar de una película a otra. Le escribo a esa mujer que respira bajo tantas máscaras, incluso la que yo le inventé para no ofenderla, y le escribo porque también usted se ha comunicado ahora conmigo debajo de mis máscaras de escritor; por eso nos hemos ganado el derecho de hablarnos así, ahora que sin la más mínima posibilidad imaginable acaba de llegarme su respuesta, su propia botella al mar rompiéndose en las rocas de esta bahía para llenarme de una delicia en la que por debajo late algo como el miedo, un miedo que no acalla la delicia, que la vuelve pánica, la sitúa fuera de toda carne y de todo tiempo como usted y yo sin duda lo hemos querido cada uno a su manera.

No es fácil escribirle esto porque usted no sabe nada de Glenda Garson, pero a la vez las cosas ocurren como si yo tuviera que explicarle inútilmente algo que de algún modo es la razón de su respuesta; todo ocurre como en planos diferentes, en una duplicación que vuelve absurdo cualquier procedimiento ordinario de contacto; estamos escribiendo o actuando para terceros, no para nosotros, y por eso esta carta toma la forma de un texto que será leído por terceros y acaso jamás por usted, o tal vez por usted pero sólo en algún lejano día, de la misma manera que su respuesta ya ha sido conocida por terceros mientras que yo acabo de recibirla hace apenas tres días y por un mero azar de viaje. Creo que si las cosas ocurren así, de nada serviría intentar un contacto directo; creo que la única posibilidad de decirle esto es dirigiéndolo una vez más a quienes van a leerlo como literatura, un relato dentro de otro, una coda a algo que parecía destinado a terminar con ese perfecto cierre definitivo que para mí deben tener los buenos relatos. Y si rompo la norma, si a mi manera le estoy escribiendo este mensaje, usted que acaso no lo leerá jamás es la que me está obligando, la que tal vez me está pidiendo que se lo escriba.

Conozca, entonces, lo que no podía conocer y sin embargo conoce. Hace exactamente dos semanas que Guillermo Schavelzon, mi editor en México, me entregó los primeros ejemplares de un libro de cuentos que escribí a lo largo de estos últimos tiempos y que lleva el título de uno de ellos, *Queremos tanto a Glenda*. Cuentos en español, por supuesto, y que sólo serán traducidos a otras lenguas en los años próximos, cuentos que esta semana empiezan apenas a circular en México y que usted no ha podido leer en Londres, donde por lo demás casi no se me lee y mucho menos en español. Tengo que hablarle de uno de ellos sintiendo al mismo tiempo, y en eso reside el ambiguo horror que anda por todo esto, lo inútil de hacerlo porque usted, de una manera que sólo el relato mismo puede insinuar, lo conoce ya; contra todas las razones, contra la razón misma, la respuesta que acabo de recibir me lo prueba y me obliga a hacer lo que estoy haciendo frente al absurdo, si esto es absurdo, Glenda, y yo creo que no lo es aunque ni usted ni yo podamos saber lo que es.

Usted recordará entonces, aunque no puede recordar algo que nunca ha leído, algo cuyas páginas tienen todavía la humedad de la tinta de imprenta, que en ese relato se habla de un grupo de amigos de Buenos Aires que comparten desde una furtiva fraternidad de club el cariño y la admiración que sienten por usted, por esa actriz que el relato llama Glenda Garson pero cuya carrera teatral y cinematográfica está indicada con la claridad suficiente para que cualquiera que lo merezca pueda reconocerla. El relato es muy simple: los amigos quieren tanto a Glenda que no pueden tolerar el escándalo de que algunas de sus películas estén por debajo de la perfección que todo gran amor postula y necesita, y que la mediocridad de ciertos directores enturbie lo que sin duda usted había buscado mientras las filmaba. Como toda narración que propone una catarsis, que culmina en un sacrificio lustral, éste se permite transgredir la verosimilitud en busca de una verdad más honda y más última; así el club hace lo necesario para apropiarse de las copias de las películas menos perfectas, y las modifica allí donde una mera supresión o un cambio apenas perceptible en el montaje repararán las imperdonables torpezas originales. Supongo que usted, como ellos, no se preocupa por las despreciables imposibilidades prácticas de una operación que el relato describe sin detalles farragosos; simplemente la fidelidad y el dinero hacen lo suyo, y un día el club puede dar por terminada la tarea y entrar en el séptimo día de la felicidad. Sobre todo de la felicidad porque en ese momento usted anuncia su retiro del teatro y del cine, clausurando y perfeccionando sin saberlo una labor que la reiteración y el tiempo hubieran terminado por mancillar.

Sin saberlo... Ah, yo soy el autor del cuento, Glenda, pero ahora ya no puedo afirmar lo que me parecía tan claro al escribirlo. Ahora me ha llegado su respuesta, y algo que nada tiene que ver con la razón me obliga a reconocer que el retiro de Glenda Garson tenía algo de extraño, casi de forzado, así al término justo de la tarea del ignoto y lejano club. Pero sigo contándole el cuento aunque ahora su final me parezca horrible puesto que tengo que contárselo a usted, y es imposible no hacerlo puesto que está en el cuento, puesto que todos lo están sabiendo en México desde hace diez días y sobre todo porque usted también lo sabe. Simplemente, un año más tarde Glenda Garson decide retornar al cine, y los amigos del club leen la noticia con la abrumadora certidumbre de que ya no les será posible repetir un proceso que sienten clausurado, definitivo. Sólo les queda una manera de defender la perfección, el ápice de la dicha tan duramente alcanzada: Glenda Garson no alcanzará a filmar la película anunciada, el club hará lo necesario y para siempre.

Todo esto, usted lo ve, es un cuento dentro de un libro, con algunos ribetes de fantástico o de insólito, y coincide con la atmósfera de los otros relatos de ese volumen que mi editor me entregó la víspera de mi partida de México. Que el libro lleve ese título se debe simplemente a que ninguno de los otros cuentos tenía para mí esa resonancia un poco nostálgica y enamorada que su nombre y su imagen despiertan en mi vida desde que una tarde, en el Aldwych Theater de Londres, la vi fustigar con el sedoso látigo de sus cabellos el torso desnudo del marqués de Sade; imposible saber, cuando elegí ese título para el libro, que de alguna manera estaba separando el relato del resto y poniendo toda su carga en la cubierta, tal como ahora en su última película que acabo de ver hace tres días aquí en San Francisco, alguien ha elegido un título, *Hopscotch*, alguien que sabe que esa palabra se traduce por *Rayuela* en español. Las botellas han llegado a destino, Glenda, pero el mar en el que derivaron no es el mar de los navíos y de los albatros.

Todo se dio en un segundo, pensé irónicamente que había venido a San Francisco para hacer un cursillo con estudiantes de Berkeley y que íbamos a divertirnos ante la coincidencia del título de esa película y el de la novela que sería uno de los temas de trabajo. Entonces, Glenda, vi la fotografía de la protagonista y por primera vez fue el miedo. Haber llegado de México trayendo un libro que se anuncia con su nombre, y encontrar su nombre en una película que se anuncia con el título de uno de mis libros, valía ya como una bonita jugada del azar que tantas veces me ha hecho jugadas así; pero eso no era todo, eso no era nada hasta que la botella se hizo pedazos en la oscuridad de la sala y conocí la respuesta, digo respuesta porque no puedo ni quiero creer que sea una venganza.

No es una venganza sino un llamado al margen de todo lo admisible, una invitación a un viaje que sólo puede cumplirse en territorios fuera de todo territorio. La película, desde ya puedo decir que despreciable, se basa en una novela de espionaje que nada tiene que ver con usted o conmigo, Glenda, y precisamente por eso sentí que detrás de esa trama más bien estúpida y cómodamente vulgar se agazapaba otra cosa, impensablemente otra cosa puesto que usted no podía tener nada que decirme y a la vez sí, porque ahora usted era Glenda Jackson y si había aceptado filmar una película con ese título yo no podía dejar de sentir que lo había hecho desde Glenda Garson, desde los umbrales de esa historia en la que yo la había llamado así. Y que la película no tuviera nada que ver con eso, que fuera una comedia de espionaje apenas divertida, me forzaba a pensar en lo obvio, en esas cifras o escrituras secretas que en una página de cualquier periódico o libro previamente convenidos remiten a las palabras que transmitirán el mensaje para quien conozca la clave. Y era así, Glenda, era exactamente así. ¿Necesito probárselo cuando la autora del mensaje está más allá de toda prueba? Si lo digo es para los terceros que van a leer mi relato y ver su película, para lectores y espectadores que serán los ingenuos puentes de nuestros mensajes: un cuento que acaba de editarse, una película que acaba de salir, y ahora esta carta que casi indeciblemente los contiene y los clausura.

Abreviaré un resumen que poco nos interesa ya. En la película usted ama a un espía que se ha puesto a escribir un libro llamado *Hopscotch* a fin de denunciar los sucios tráficos de la CIA, del FBI y del KGB, amables oficinas para las que ha trabajado y que ahora se esfuerzan por eliminarlo. Con una lealtad que se alimenta de ternura usted lo ayudará a fraguar el accidente que ha de darlo por muerto frente a sus enemigos; la paz y la seguridad los esperan luego en algún rincón del mundo. Su amigo publica *Hopscotch*, que aunque no es mi novela deberá llamarse obligadamente *Rayuela* cuando algún editor de best-sellers la publique en español. Una imagen hacia el final de la película muestra ejemplares del libro en una vitrina, tal como la edición de mi novela debió estar en algunas vitrinas norteamericanas cuando Pantheon Books la editó hace años. En el cuento que acaba de salir en México yo la maté simbólicamente, Glenda Jackson, y en esta película usted colabora en la eliminación igualmente simbólica del autor de *Hopscotch*. Usted, como siempre, es joven y bella en la película, y su amigo es viejo y escritor como yo. Con mis compañeros del club entendí que sólo en la desaparición de

Glenda Garson se fijaría para siempre la perfección de nuestro amor; usted supo también que su amor exigía la desaparición para cumplirse a salvo. Ahora, al término de esto que he escrito con el vago horror de algo igualmente vago, sé de sobra que en su mensaje no hay venganza sino una incalculablemente hermosa simetría, que el personaje de mi relato acaba de reunirse con el personaje de su película porque usted lo ha querido así, porque sólo ese doble simulacro de muerte por amor podía acercarlos. Allí, en ese territorio fuera de toda brújula usted y yo estamos mirándonos, Glenda, mientras yo aquí termino esta carta y usted en algún lado, pienso que en Londres, se maquilla para entrar en escena o estudia el papel para su próxima película.

Berkeley, California, 29 de septiembre de 1980.

Fin de etapa

A Sheridan LeFanu, por ciertas casas.
A Antoni Taulé, por ciertas mesas.

Tal vez se detuvo ahí porque el sol ya estaba alto y el mecánico placer de manejar el auto en las primeras horas de la mañana cedía paso a la modorra, a la sed. Para Diana ese pueblo de nombre anodino era otra pequeña marca en el mapa de la provincia, lejos de la ciudad en la que dormiría esa noche, y la plaza que las copas de los plátanos protegían del calor de la carretera se daba como un paréntesis en el que entró con un suspiro de alivio, frenando al lado del café donde las mesas desbordaban bajo los árboles.

El camarero le trajo un anisado con hielo y le preguntó si más tarde querría almorzar, sin apuro porque servían hasta las dos. Diana dijo que daría una vuelta por el pueblo y que volvería. «No hay mucho que ver», le informó el camarero. Le hubiera gustado contestarle que tampoco ella tenía muchas ganas de mirar, pero en cambio pidió aceitunas negras y bebió casi bruscamente del alto vaso donde se irisaba el anisado. Sentía en la piel una frescura de sombra, algunos parroquianos jugaban a las cartas, dos chicos con un perro, una vieja en el puesto de periódicos, todo como fuera del tiempo, estirándose en la calina del verano. Como fuera del tiempo, lo había pensado mirando la mano de uno de los jugadores que mantenía largamente la carta en el aire antes de dejarla caer en la mesa con un latigazo de triunfo. Eso que ella ya no se sentía con ánimo de hacer, prolongar cualquier cosa bella, sentirse vivir de veras en esa dilación deliciosa que alguna vez la había sostenido en el temblor del tiempo. «Curioso que vivir pueda volverse una pura aceptación», pensó mirando al perro que jadeaba en el suelo, «incluso esta aceptación de no aceptar nada, de irme casi antes de llegar, de matar todo lo que todavía no es capaz de matarme». Dejaba el cigarrillo entre los labios, sabiendo que terminaría por quemárselos y que tendría que arrancarlo y aplastarlo como lo había hecho con esos años en que había perdido todas las razones para llenar el presente con algo más que cigarrillos, la chequera cómoda y el auto servicial. «Perdido», repitió, «tan bonito tema de Duke Ellington y ni siquiera me lo acuerdo, dos veces perdido, muchacha, y también perdida la muchacha, a los cuarenta ya es solamente una manera de llorar dentro de una palabra».

Sentirse de golpe tan idiota exigía pagar y darse una vuelta por el pueblo, ir al encuentro de cosas que ya no vendrían solas al deseo y a la imaginación. Ver las cosas como quien es visto por ellas, allí esa tienda de antigüedades sin interés, ahora la fachada vetusta del museo de bellas artes. Anunciaban una exposición individual, ninguna idea del pintor de nombre poco pronunciable. Diana compró un billete y entró en la primera sala de una módica casa de piezas corridas, penosamente transformada por ediles de provincia. Le habían dado un folleto que contenía vagas referencias a una carrera artística sobre todo regional, fragmentos de críticas, los elogios típicos; lo abandonó sobre una consola y miró los cuadros, en el primer momento pensó que eran fotografías y le llamó la atención el tamaño, poco frecuente ver ampliaciones tan grandes en color. Se interesó de veras cuando reconoció la materia, la perfección maniática del detalle; de golpe fue a la inversa, una impresión de estar viendo cuadros basados en fotografías, algo que iba y venía entre los dos, y aunque las salas estaban bien iluminadas la indecisión duraba frente a esas telas que acaso eran pinturas de fotografías o resultados de una obsesión realista que llevaba al pintor hasta un límite peligroso o ambiguo.

En la primera sala había cuatro o cinco pinturas que volvían sobre el tema de una mesa desnuda o con un mínimo de objetos, violentamente iluminada por una luz solar rasante. En algunas telas se sumaba una silla, en otras la mesa no tenía otra compañía que su sombra alargada en el piso azotado por la luz lateral. Cuando entró en la segunda sala vio algo nuevo, una figura humana en una pintura que unía un interior con una amplia salida hacia jardines poco precisos; la figura, de espaldas, se había alejado ya de la casa donde la mesa inevitable se repetía en primer plano, equidistante entre el personaje pintado y Diana. No costaba mucho comprender o imaginar que la casa era siempre la misma, ahora se agregaba la larga galería verdosa de otro cuadro donde la silueta de espaldas miraba hacia una puerta-ventana distante. Curiosamente la silueta del personaje era menos intensa que las mesas vacías, tenía algo de visitante ocasional que se paseara sin demasiada razón por una vasta casa abandonada. Y luego había el silencio, no sólo porque Diana parecía ser la sola presencia en el pequeño museo, sino porque de las pinturas emanaba una soledad que la oscura silueta masculina no hacía más que ahondar. «Hay algo en la luz», pensó Diana, «esa luz que entra como una materia sólida y aplasta las cosas». Pero también el color estaba lleno de silencio, los fondos profundamente negros, la brutalidad de los contrastes que daba a las sombras una calidad de paños fúnebres, de lentas colgaduras de catafalco.

Al entrar en la segunda sala descubrió sorprendida que además de otra serie de cuadros con mesas desnudas y el personaje de espaldas, había algunas telas con temas diferentes, un teléfono solitario, un par de figuras. Las miraba, por supuesto, pero un poco como si no las viera, la secuencia de la casa con las mesas solitarias tenía tanta fuerza que el resto de las pinturas se convertía en un aderezo suplementario, casi como si fueran cuadros de adorno colgando en las paredes de la casa pintada y no en el museo. Le hizo gracia descubrirse tan hipnotizable, sentir el placer un poco amodorrado de ceder a la imaginación, a los fáciles demonios del calor de mediodía. Volvió a la primera sala porque no estaba segura de acordarse bien de una de las pinturas que había visto, descubrió que en la mesa que creía desnuda había un jarro con pinceles. En cambio, la mesa vacía estaba en el cuadro colgado en la pared opuesta, y Diana se quedó un momento buscando conocer mejor el fondo de la tela, la puerta abierta tras de la cual se adivinaba otra estancia, parte de una chimenea o de una segunda puerta. Cada vez se le hacía más evidente que todas las habitaciones correspondían a una misma casa, como la hipertrofia de un autorretrato en el que el artista hubiera tenido la elegancia de abstraerse, a menos que estuviera representado en la silueta negra (con una larga capa en uno de los cuadros) dando obstinadamente la espalda al otro visitante, a la intrusa que había pagado para entrar a su vez en la casa y pasearse por las piezas desnudas.

Volvió a la segunda sala y fue hacia la puerta entornada que comunicaba con la siguiente. Una voz amable y un poco cohibida la hizo volverse; un guardián uniformado —con ese calor, el pobre—, venía a decirle que el museo cerraba a mediodía pero que volvería a abrirse a las tres y media.

—¿Queda mucho por ver? —preguntó Diana, que bruscamente sentía el cansancio de los museos, la náusea de los ojos que han comido demasiadas imágenes.

—No, la última sala, señorita. Hay un solo cuadro ahí, dicen que el artista quiso que estuviera solo. ¿Quiere verlo antes de irse? Yo puedo esperar un momento.

Era idiota no aceptar, Diana lo sabía cuando dijo que no y los dos cambiaron una broma sobre los almuerzos que se enfrían si no se llega a tiempo. «No tendrá que pagar otro billete si vuelve», dijo el guardián, «ahora ya la conozco». En la calle, enceguecida por la luz cenital, se preguntó qué diablos le pasaba, era absurdo haberse interesado hasta ese punto por el hiperrealismo o lo que fuera de ese pintor ignoto, y de golpe dejar caer el último cuadro que acaso era el mejor. Pero no, el artista había querido aislarlo de los otros y eso indicaba acaso que era muy diferente, otra manera u otro tiempo de trabajo, para qué romper así una secuencia que duraba en ella como un todo, incluyéndola en un ámbito sin resquicios. Mejor no haber entrado en la última sala, no haber cedido a la obsesión del turista concienzudo, a la triste manía de querer abarcar los museos hasta el final.

Vio a la distancia el café de la plaza y pensó que era la hora de comer; no tenía apetito pero siempre había sido así cuando viajaba con Orlando, para Orlando el mediodía era el instante crucial, la ceremonia del almuerzo sacralizando de alguna manera el tránsito de la mañana a la tarde, y desde luego Orlando se hubiera negado a seguir andando por el pueblo cuando el café estaba ahí a dos pasos. Pero Diana no tenía hambre y pensar en Orlando le dolía cada vez menos; echar a andar alejándose del café no era desobedecer o traicionar rituales. Podía seguir acordándose sin sumisión de tantas cosas, abandonarse al azar de la marcha y a una vaga evocación de algún otro verano con Orlando en las montañas, de una playa que acaso volvía para exorcizar la brasa del sol en la espalda y la nuca, Orlando en esa playa batida por el viento y la sal mientras Diana se iba perdiendo en las callejas sin nombres y sin gentes, al ras de los muros de piedra gris, mirando distraídamente algún raro portal abierto, una sospecha de patios interiores, de brocales con agua fresca, glicinas, gatos adormecidos en las lajas. Una vez más el sentimiento de no recorrer un pueblo sino de ser recorrida por él, los adoquines de la calzada resbalando hacia atrás como en una cinta móvil, ese estar ahí mientras las cosas fluyen y se pierden a la espalda, una vida o un pueblo anónimo. Ahora venía una pequeña plaza con dos bancos raquíticos, otra calleja abriéndose hacia los campos linderos, jardines con empalizadas no demasiado convencidas, la soledad totalmente mediodía, su crueldad de matador de sombras, de paralizador del tiempo. El jardín un poco abandonado no tenía árboles, dejaba que los ojos corrieran libremente hasta la ancha puerta abierta de la vieja casa. Sin creerlo y a la vez sin negarlo Diana entrevió en la penumbra una galería idéntica a la de uno de los cuadros del museo, se sintió como abordando el cuadro desde el otro lado, fuera de la casa en vez de estar incluida como espectadora en sus estancias. Si algo había de extraño en ese momento era la falta de extrañeza en un reconocimiento que la llevaba a entrar sin vacilaciones en el jardín y acercarse a la puerta de la casa, por qué no al fin y al cabo si había pagado su billete, si no había nadie que se opusiera a su presencia en el jardín, su paso por la doble puerta abierta, recorrer la galería abriéndose a la primera sala vacía donde la ventana dejaba entrar la cólera amarilla de la luz aplastándose en el muro lateral, recortando una mesa vacía y una única silla.

Ni temor ni sorpresa, incluso el fácil recurso de apelar a la casualidad había resbalado por Diana sin encontrar asidero, para qué envilecerse con hipótesis o explicaciones cuando ya otra puerta se abría a la izquierda y en una habitación de altas chimeneas la mesa inevitable se desdoblaba en una larga sombra minuciosa. Diana miró sin interés el pequeño mantel blanco y los tres vasos, las repeticiones se volvían monótonas, el embate de la luz tajeando la penumbra. Lo único diferente era la puerta del fondo, que estuviera cerrada en vez de entornada introducía algo inesperado en un recorrido que se cumplía tan dócilmente. Deteniéndose apenas, se dijo que la puerta estaba cerrada simplemente porque ella no había entrado en la última sala del museo, y que mirar detrás de esa puerta sería como volver allá para completar la visita. Todo demasiado geométrico al fin y al cabo, todo impensable y a la vez como previsto, tener miedo o asombrarse parecía tan incongruente como ponerse a silbar o preguntar a gritos si había alguien en la casa.

Ni siquiera una excepción en la única diferencia, la puerta cedió a su mano y fue otra vez lo de antes, el chorro de luz amarilla estrellándose en una pared, la mesa que parecía más desnuda que las otras, su proyección alargada y grotesca como si alguien le hubiera arrancado violentamente una carpeta negra para tirarla al suelo, y por qué no verla de otra manera, como un rígido cuerpo a cuatro patas que acabara de ser despojado de sus ropas ahí caídas en una mancha negruzca. Bastaba mirar las paredes y la ventana para encontrar el mismo teatro vacío, esta vez sin siquiera otra puerta que prolongara la casa hacia nuevas estancias. Aunque había visto la silla junto a la mesa, no la había incluido en su primer reconocimiento pero ahora la sumaba a lo ya sabido, tantas mesas con o sin sillas en tantas habitaciones semejantes. Vagamente decepcionada se acercó a la mesa y se sentó, se puso a fumar un cigarrillo, a jugar con el humo que trepaba en el chorro de luz horizontal, dibujándose a sí mismo como si quisiera oponerse a esa voluntad de vacío de todas las piezas, de todos los cuadros, del mismo modo que la breve risa en algún lugar a espaldas de Diana cortó por un instante el silencio aunque acaso sólo fuera un breve llamado de pájaro allí afuera, un juego de maderas resecas; inútil, por supuesto, volver a mirar en la habitación precedente donde los tres vasos sobre la mesa lanzaban sus débiles sombras contra la pared, inútil apurar el paso, huir sin pánico pero sin mirar atrás.

En la calleja un chico le preguntó la hora y Diana pensó que debería apresurarse si quería almorzar, pero el camarero estaba como esperándola bajo los plátanos y le hizo un gesto de bienvenida señalándole el lugar más fresco. Comer no tenía sentido pero en el mundo de Diana casi siempre se había comido así, ya porque Orlando decía que era hora de hacerlo o porque no quedaba más remedio entre dos ocupaciones. Pidió un plato y vino blanco, esperó demasiado para un lugar tan vacío; ya antes de tomar el café y pagar sabía que iba a volver al museo, que lo peor en ella la obligaba a revisar eso que hubiera sido preferible asumir sin análisis, casi sin curiosidad, y que si no lo hacía iba a lamentarlo al final de la etapa cuando todo se volviera usual como siempre, los museos y los hoteles y el recuento del pasado. Y aunque en el fondo nada quedara en claro, su inteligencia se tendería en ella como una perra satisfecha apenas verificara la total simetría de las cosas, que el cuadro colgado en la última sala del museo representaba obedientemente la última habitación de la casa; incluso el resto podría entrar también en el orden si hablaba con el guardián para llenar los huecos, al fin y al cabo había tantos artistas que copiaban exactamente sus modelos, tantas mesas de este mundo habían acabado en el Louvre o en el Metropolitan duplicando realidades vueltas polvo y olvido.

Cruzó sin apuro las dos primeras salas (había una pareja en la segunda, hablándose en voz baja aunque hasta ese momento fueran los únicos visitantes de la tarde). Diana se detuvo ante dos o tres de los cuadros, y por primera vez el ángulo de la luz entró también en ella como una imposibilidad que no había querido reconocer en la casa vacía. Vio que la pareja retrocedía hacia la salida, y esperó a quedarse sola antes de ir hacia la puerta de la última sala. El cuadro estaba en la pared de la izquierda, había que avanzar hasta el centro para ver bien la representación de la mesa y de la silla donde se sentaba una mujer. Al igual que el personaje de espaldas en algunos de los otros cuadros, la mujer vestía de negro pero tenía la cara vuelta de tres cuartos, y el pelo castaño le caía hasta los hombros del lado invisible del perfil. No había nada que la distinguiera demasiado de lo anterior, se integraba a la pintura como el hombre que se paseaba en otras telas, era parte de una secuencia, una figura más dentro de la misma voluntad estética. Y a la vez había algo allí que acaso explicaba que el cuadro estuviera solo en la última sala, de las semejanzas aparentes surgía ahora otro sentimiento, una progresiva convicción de que esa mujer no sólo se diferenciaba del otro personaje por el sexo sino que su actitud, el brazo izquierdo colgando a lo largo del cuerpo, la leve inclinación del torso que descargaba su peso sobre el codo invisible apoyado en la mesa, estaban diciéndole otra cosa a Diana, le estaban mostrando un abandono que iba más allá del ensimismamiento o la modorra. Esa mujer estaba muerta, su pelo y su brazo colgando, su inmovilidad inexplicablemente más intensa que la fijación de las cosas y los seres en los otros cuadros: la muerte ahí como una culminación del silencio, de la soledad de la casa y sus personajes, de cada una de las mesas y las sombras y las galerías.

Sin saber cómo se vio otra vez en la calle, en la plaza, subió al auto y salió a la carretera hirviente. Había acelerado a fondo pero poco a poco fue bajando la velocidad y sólo empezó a pensar cuando el cigarrillo le quemó los labios, era absurdo pensar cuando había tantas cassettes con la música que Orlando había amado y olvidado y que ella solía escuchar de a ratos, aceptando atormentarse con la invasión de recuerdos preferibles a la soledad, a la vaga imagen del asiento vacío a su lado. La ciudad estaba a una hora de distancia, como todo parecía estar a horas o a siglos de distancia, el olvido por ejemplo o el gran baño caliente que se daría en el hotel, los whiskys en el bar, el diario de la tarde. Todo simétrico como siempre para ella, una nueva etapa dándose como réplica de la anterior, el hotel que completaría un número par de hoteles o abriría el impar que la etapa siguiente colmaría; como las camas, los surtidores de nafta, las catedrales o las semanas. Y lo mismo hubiera debido ocurrir en el museo donde la repetición se había dado maniáticamente, cosa por cosa, mesa por mesa, hasta la ruptura final insoportable, la excepción que había hecho estallar en un segundo ese perfecto acuerdo de algo que ya no entraba en nada, ni en la razón ni en la locura. Porque lo peor era buscar algo razonable en eso que desde el principio había tenido algo de delirio, de repetición idiota, y a la vez sentir como una náusea que sólo su cumplimiento total le hubiera devuelto una conformidad razonable, hubiera puesto esa locura del buen lado de su vida, lo hubiera alineado con las otras simetrías, con las otras etapas. Pero entonces no podía ser, algo había escapado ahí y no se podía seguir adelante y aceptarlo, todo su cuerpo se tendía hacia atrás como resistiendo al avance, si algo quedaba por hacer era dar media vuelta y regresar, convencerse con todas las pruebas de la razón de que eso era idiota, que la casa no existía o que sí, que la casa estaba ahí pero que en el museo sólo había una muestra de dibujos abstractos o de pinturas históricas, algo que ella no se había molestado en ver. La fuga era una sucia manera de aceptar lo inaceptable, de infringir demasiado tarde la única vida imaginable, la pálida aquiescencia cotidiana a la salida del sol o a las noticias de la radio. Vio llegar un refugio vacío a la derecha, viró en redondo y entró de nuevo en la carretera, corriendo a fondo hasta que las primeras granjas en torno al pueblo volvieron a su encuentro. Dejó atrás la plaza, recordaba que tomando a la izquierda llegaría a un término donde podía dejar el auto, siguió a pie por la primera calleja vacía, oyó cantar una cigarra en lo alto de un plátano, el jardín abandonado estaba ahí, la gran puerta seguía abierta.

Para qué demorarse en las dos primeras habitaciones donde la luz rasante no había perdido intensidad, verificar que las mesas seguían ahí, que tal vez ella misma había cerrado la puerta de la tercera estancia al salir. Sabía que bastaba empujarla, entrar sin obstáculos y ver de lleno la mesa y la silla. Sentarse otra vez para fumar un cigarrillo (la ceniza del otro se acumulaba prolijamente en un ángulo de la mesa, la colilla había debido tirarla en la calle), apoyándose de lado para evitar el embate directo de la luz de la ventana. Buscó el encendedor en el bolso, miró la primera voluta del humo que se enroscaba en la luz. Si la leve risa había sido al fin y al cabo un canto de pájaro, afuera no cantaba ningún pájaro ahora. Pero le quedaban muchos cigarrillos por fumar, podía apoyarse en la mesa y dejar que su mirada se perdiera en la oscuridad de la pared del fondo. Podía irse cuando quisiera, por supuesto, y también podía quedarse; acaso sería hermoso ver si la luz del sol iba subiendo por la pared, alargando más y más la sombra de su cuerpo, de la mesa y de la silla, o si seguiría así sin cambiar nada, la luz inmóvil como todo el resto, como ella y como el humo inmóviles.

Segundo viaje

El que me presentó a Ciclón Molina fue el petiso Juárez
una noche después de las peleas, al poco tiempo Juárez se fue
a Córdoba por un trabajo pero yo seguí encontrándome cada
tanto con Ciclón en ese café de Maipú al quinientos que ya
no está más, casi siempre los sábados después del box. Posi-
blemente hablamos de Mario Pradás desde la primera vez,
Juárez había sido uno de los hinchas más rabiosos de Mario,
aunque no más que Ciclón porque Ciclón fue sparring de
Mario cuando se preparaba para el viaje a Estados Unidos y
se acordaba de tantas cosas de Mario, la forma en que pegaba, sus famosas agachadas hasta el suelo, su hermosa izquierda, su coraje tranquilo. Todos habíamos seguido la carrera de
Mario, era raro que nos encontráramos después del box en el
café sin que alguien se acordara en cualquier momento de
Mario, y siempre entonces había un silencio en la mesa, los
muchachos pitaban callados, después venían los recuentos,
las precisiones, a veces las polémicas sobre fechas, adversa-
rios y performances. Ahí Ciclón tenía más para decir que los
otros porque había sido sparring de Mario Pradás y también
lo había tratado como amigo, nunca se le olvidaba que Mario
le había conseguido la primera preliminar en el Luna Park en
una época en que el ring estaba más lleno de candidatos que
un ascensor de ministerio.

—La perdí por puntos —decía en esos casos Ciclón, y
todos nos reíamos, parecía cómico que hubiera pagado tan
mal el favor que le hacía Mario. Pero Ciclón no se enojaba

con nosotros, sobre todo conmigo después que Juárez le dijo que yo no me perdía pelea y que era una enciclopedia en eso de campeones mundiales desde los tiempos de Jack Johnson. Tal vez por eso a Ciclón le gustaba encontrarme solo en el café los sábados a la noche, hablábamos largo sobre cosas del deporte. Le gustaba enterarse de los tiempos de Firpo, para él todo eso era mitología y lo saboreaba como un chico, Gibbons y Tunney, Carpentier, yo le iba contando de a pedazos con ese gusto de sacar recuerdos a flote, todo lo que no le podía interesar a mi señora ni a mi nena, te darás cuenta. Y había otra cosa y es que Ciclón seguía peleando en preliminares, ganaba o perdía más o menos parejo, sin escalar posiciones, era de los que el público conocía sin encariñarse, una que otra voz alentándolo apenas en la modorra de las peleas de relleno. No había nada que hacer y él lo sabía, no era un pegador, le faltaba técnica en un tiempo en que había tantos livianos que se las sabían todas; sin decírselo, claro, yo lo llamaba el boxeador decente, el tipo que se ganaba unos pesos peleando lo mejor posible, sin cambiar demasiado de ánimo cuando ganaba o perdía; como los pianistas de bar o los partiquinos, fijate, haciendo lo suyo como distraído, nunca lo noté cambiado después de una pelea, llegaba al café si no estaba muy golpeado, nos tomábamos unas cervezas y él esperaba y recibía los comentarios con una sonrisa mansa, me daba su versión de la cosa desde el ring, a veces tan diferente de la mía desde abajo, nos alegrábamos o nos quedábamos callados según los casos, las cervezas eran festejo o linimento, lindo el pibe Ciclón, lindo amigo. A él justamente le tenía que pasar, pero qué, es una de esas cosas que uno cree y no cree, eso que a lo mejor le pasó a Ciclón y que él mismo no entendió nunca, eso que empezó sin aviso después de una pelea perdida por puntos y una empatada justo justo, en el otoño de un año que no me acuerdo bien, hace ya tanto.

Lo que sé es que antes de que empezara eso habíamos vuelto a hablar de Mario Pradás, y Ciclón me ganaba lejos cuando hablábamos de Mario, de él sí sabía más que nadie y eso que no había podido acompañarlo a Estados Unidos para la pelea por el campeonato mundial, el entrenador había elegido solamente a un sparring porque allá sobraban y le tocó a José Catalano, pero lo mismo Ciclón estaba al tanto de todo por otros amigos y por los diarios, cada pelea ganada por Mario hasta la noche del campeonato y lo que pasó después, eso que ninguno de nosotros podía olvidar pero que para Ciclón era todavía peor, una especie de lastimadura que se le sentía en la voz y en los ojos cuando se acordaba.

—Tony Giardello —decía—. Tony Giardello, hijo de puta.

Nunca lo había oído insultar a los que le habían ganado a él, en todo caso no los insultaba así, como si le hubieran ofendido a la madre. Que Giardello hubiera podido con Mario Pradás no le entraba en la cabeza, y por la forma en que se había informado de la pelea, de cada detalle que había juntado leyendo y escuchando a otros, se sentía que en el fondo no aceptaba la derrota, le buscaba sin decirlo alguna explicación que la cambiara en su memoria, y sobre todo que cambiara lo otro, lo que había pasado después cuando Mario no alcanzó a reponerse de un nocaut que le había dado vuelta la vida en diez segundos para meterlo en un descenso insalvable, en dos o tres peleas mal ganadas o empatadas contra tipos que antes no le hubieran aguantado cuatro vueltas, y al final el abandono y la muerte en pocos meses, su muerte de perro después de una crisis que ni los médicos entendieron, allá por Mendoza donde no había ni hinchas ni amigos.

—Tony Giardello —decía Ciclón mirando la cerveza—. Qué hijo de puta.

Una sola vez me animé a decirle que nadie había dudado de la forma en que Giardello le había ganado a Mario, y que la mejor prueba era que después de dos años seguía siendo campeón mundial y que había defendido tres veces más el título. Ciclón escuchó sin decir nada, pero nunca repetí el comentario y tengo que decir que tampoco él insistió en el insulto, como si se diera cuenta. Se me mezcla un poco el tiempo, debió ser para entonces que vino la pelea —de semifondo por falta de cosa mejor esa noche— con el zurdo Aguinaga, y que Ciclón después de boxear como siempre los primeros tres rounds salió en el cuarto como si anduviera en bicicleta y en cuarenta segundos lo dejó al zurdo colgando de las sogas. Esa noche pensé que lo encontraría en el café pero seguro que se fue a festejar con otros amigos o a su bulín (estaba casado con una piba de Luján y la quería mucho), de modo que me quedé sin comentarios. Claro que después de eso no podía extrañarme que los del Luna Park le armaran una pelea de fondo con Rogelio Coggio, que venía con mucha fama de Santa Fe, y aunque me temía lo peor para Ciclón fui a hinchar por él y te juro que casi no pude creer lo que pasó, quiero decir que al principio no pasó nada y Coggio la tenía ganada desde lejos a partir de la cuarta vuelta, lo del zurdo me empezaba a parecer una pura casualidad cuando Ciclón empezó a atacar casi sin guardia desde el vamos, de golpe Coggio se le colgó como de una percha, la gente de pie no entendía nada y ya Ciclón de un uno-dos lo sentaba por ocho segundos y casi enseguida lo dormía con un gancho que se habrá oído hasta en la Plaza de Mayo. Te la debo, como se decía entonces.

Esa noche Ciclón llegó al café con la barra de adulones que siempre se apilan a los ganadores, pero después de festejar un rato y hacerse fotos con ellos vino a mi mesa y se sentó como queriendo que lo dejaran tranquilo. No se lo veía cansado aunque Coggio le había dejado una ceja a la miseria, pero lo que más me extrañó fue que me miraba distinto, casi como preguntándome o preguntándose algo; por momentos se frotaba la muñeca derecha y me volvía a mirar medio raro. Yo qué te voy a decir, estaba tan asombrado después de lo que había visto que más bien esperaba que él hablara, aunque al final tuve que darle mi versión de la cosa y creo que Ciclón se dio bien cuenta de que yo no terminaba de creerlo, el zurdo y Coggio en menos de dos meses y en esa forma, me faltaban las palabras.

Me acuerdo, el café se iba quedando vacío aunque el patrón nos dejaba a nosotros lo que se nos daba la gana después de bajar la metálica. Ciclón bebió otra cerveza casi de un trago y se frotó de nuevo la muñeca resentida.

—Debe ser Alesio —dijo—, uno no se da bien cuenta pero seguro son los consejos de Alesio.

Lo decía como tapando un agujero, sin convicción. Yo no estaba al tanto de que había cambiado de entrenador y claro, me pareció que de ahí podía venir la cosa, pero hoy que vuelvo a pensarlo siento que tampoco estaba convencido. Claro que alguien como Alesio podía hacer mucho por Ciclón, pero esa pegada de nocaut no podía aparecer por milagro. Ciclón se miraba las manos, se frotaba la muñeca.

—No sé lo que me pasa —dijo como si le diera vergüenza—. Me pasa de golpe, las dos veces fue igual, viejo.

—Te estás entrenando fenómeno —le dije—, se ve clarito la diferencia.

—Ponele, pero así de repente... ¿Es brujo, Alesio?

—Vos seguí dándole —le dije por bromear y para sacarlo de esa especie de ausencia en que lo notaba—, para mí que ya no te ataja nadie, Ciclón.

Y así nomás era, después de la pelea con el Gato Fernández a nadie le quedó duda de que el camino estaba abierto, el mismo camino de Mario Pradás dos años antes, un barco, dos o tres peleas de apronte, el desafío por el campeonato del mundo. Fueron tiempos jodidos para mí, hubiera dado cualquier cosa por acompañarlo a Ciclón pero no me podía mover de Buenos Aires, estuve con él lo más posible, nos veíamos bastante en el café aunque ahora Alesio lo cuidaba y le medía la cerveza y otras cosas. La última vez fue después de la pelea con el Gato; no se me olvida que Ciclón me buscó entre el gentío del café y me pidió que fuéramos a caminar un rato por el puerto. Se metió en el auto y le negó a Alesio que viniera con nosotros, nos bajamos en uno de los docks y dimos una vuelta mirando los barcos. Desde el vamos yo había tenido como una idea de que Ciclón quería decirme algo; le hablé de la pelea, de cómo el Gato se había jugado hasta el final, era de nuevo como llenar agujeros porque Ciclón me miraba sin escuchar mucho, asintiendo y callándose, el Gato, sí, nada fácil el Gato.

—Al principio me diste un julepe —le dije—. A vos te lleva un rato calentarte, y es peligroso.

—Ya lo sé, carajo. Alesio se pone hecho una fiera cada vez, se piensa que lo hago a propósito o de puro compadre.

—Es malo, che, por ahí te pueden madrugar. Y ahora...

—Sí —dijo Ciclón, sentándose en un rollo de soga—, ahora es Tony Giardello.

—Así nomás es, compadre.

—Qué querés, Alesio tiene razón, vos también tenés razón. No pueden entender, te das cuenta. Yo mismo no lo entiendo, por qué tengo que esperar.

—¿Esperar qué?

—Qué sé yo, que venga —dijo Ciclón y desvió la cara.

No me lo vas a creer pero aunque de alguna manera no me agarró tan de sorpresa, lo mismo me quedé medio cortado, pero Ciclón no me dio tiempo a salir del paso, me miraba fijo en los ojos como queriendo decidirse.

—Vos te das cuenta —dijo—. Ni a Alesio ni a nadie les puedo hablar mucho porque les tendría que romper la cara, no me gusta que me tomen por loco.

Repetí el viejo gesto que se hace cuando no podés hacer otra cosa, le puse la mano en el hombro y se lo apreté.

—No entiendo un carajo —le dije—, pero te agradezco, Ciclón.

—Al menos vos y yo podemos hablar —dijo Ciclón—. Como la noche de Coggio, te acordás. Vos te diste cuenta, vos me dijiste: «Seguí así».

—Bueno, no sé de qué me habré dado cuenta, solamente que estaba bien que fuera así y te lo dije, no habré sido el único.

Me miró como para hacerme sentir que no era solamente eso, después se puso a reír. Nos reímos los dos, aflojando los nervios.

—Dame un faso —dijo Ciclón—, por una vez que Alesio no me está vigilando como a un nene.

Fumamos de cara al río, al viento húmedo de esa medianoche de verano.

—Ya ves, es así —dijo Ciclón como si ahora le costara menos hablar—. Yo no puedo hacer nada, tengo que pelear esperando hasta que llega ese momento. En una de ésas me van a noquear en frío, te juro que me da miedo.

—Te lleva tiempo calentarte, es eso.

—No —dijo Ciclón—, vos sabés muy bien que no es eso. Dame otro faso.

Esperé sin saber qué, y él fumaba mirando el río, el cansancio de la pelea se le estaba cayendo encima de a poco, habría que volver al centro. Me costaba cada palabra, te juro, pero después de eso tenía que preguntarle, no nos podíamos quedar así porque iba a ser peor, Ciclón me había traído al puerto para decirme algo y no podíamos quedarnos así, ves.

—No te sigo muy bien —le dije—, pero a lo mejor pensé igual que vos, porque de otra manera no se entiende lo que pasa.

—Lo que pasa lo sabés —dijo Ciclón—. Qué querés que piense, decímelo vos.

—No sé —me costó decirle.

—Siempre es igual, empieza en un descanso, no me doy cuenta de nada, Alesio que me grita qué sé yo en la oreja, viene la campana y cuando salgo es como si apenas empezara, no te puedo explicar pero es tan diferente. Si no fuera que el otro es el mismo, el zurdo o el Gato, creería que estoy soñando o algo así, después no sé bien lo que pasa, dura tan poco.

—Para el otro, querés decir —intercalé en broma.

—Sí, pero también yo, cuando me levantan el brazo ya no siento más nada, estoy de vuelta y no entiendo, me tengo que convencer de a poco.

—Ponele —dije sin saber qué decir—, ponele que es algo así, andá a saber. La cosa es que sigas hasta el final, no hay que hacerse mala sangre buscando explicaciones. Yo en el fondo creo que lo que te pone así es lo que vos querés, y está muy bien, no hay que seguir dándole vueltas.

—Sí —dijo Ciclón—, debe ser eso, lo que yo quiero.

—Aunque no estés convencido.

—Ni vos tampoco, porque no te animás a creerlo.

—Dejá eso, Ciclón. Lo que vos querés es noquearlo a Tony Giardello, eso está claro, me parece.

—Está claro, pero...

—Y a mí se me hace que no querés hacerlo solamente por vos.

—Ahá.

—Y entonces te sentís mejor, algo así.

Caminábamos de vuelta al auto. Me pareció que Ciclón aceptaba con su silencio eso que nos había estado atando la lengua todo el tiempo. Después de todo era otra manera de decirlo sin caer en una de miedo, si me seguís un poco. Ciclón me dejó en la parada del colectivo; manejaba despacio, medio dormido en el volante. Capaz que le pasaba algo antes de llegar a su casa; me quedé inquieto, pero al otro día vi las fotos de un reportaje que le habían hecho por la mañana. Se hablaba de proyectos, claro, del viaje al norte, de la gran noche acercándose despacio.

Ya te dije que no pude acompañarlo a Ciclón, pero con la barra juntábamos informaciones y no nos perdíamos detalle. Igual había sido cuando el viaje de Mario Pradás, primero las noticias sobre el entrenamiento en New Jersey, la pelea con Grossmann, el descanso en Miami, una postal de Mario al *Gráfico* hablando de la pesca de tiburones o algo así, después la pelea con Atkins, el contrato por el mundial, la crítica yanqui cada vez más entusiasta y al final (fijate si no es triste, digo al final y es tan cierto, carajo) la noche con Giardello, nosotros colgados de la radio, cinco vueltas parejas, la sexta de Mario, la séptima empatada, casi a la salida de la octava la voz del locutor como ahogándose, repitiendo la cuenta de los segundos, gritando que Mario se levantaba, volvía a caer, la nueva cuenta hasta el fin, Mario nocaut, después las fotos que eran como vivir de nuevo tanta desgracia, Mario en su rincón y Giardello poniéndole un guante en la cabeza, el final, te digo, el final de todo eso que habíamos soñado con Mario, desde Mario. Cómo me iba a extrañar que más de un periodista porteño hablara del viaje de Ciclón con sobreentendidos de revancha simbólica, así la llamaban. El campeón seguía allá esperando contendientes y acabando con todos, era como si Ciclón pisara las huellas del otro viaje y tuviera que pasar por las mismas cosas, las barreras que los yanquis le alzaban a cualquiera que buscara el camino del campeonato, cuantimás, si no era del país. Cada vez que leía esos artículos pensaba que si Ciclón hubiera estado conmigo los habríamos comentado nomás que mirándonos, entendiéndolos de una manera tan diferente de los otros. Pero Ciclón también estaría pensando en eso sin necesidad de leer los diarios, cada día que pasaba tenía que ser para él como una repetición de algo que le apretaría el estómago, sin querer hablarle a nadie como había hablado conmigo y eso que no habíamos hablado gran cosa. Cuando en el cuarto round se sacó de encima la primera mosca, un tal Doc Pinter, le mandé un telegrama de alegría y él me contestó con otro: *Seguimos, un abrazo*. Después vino la pelea con Tommy Bard, que le había aguantado los quince rounds a Giardello el año antes, Ciclón lo noqueó en el séptimo, no te hablo del delirio en Buenos Aires, vos eras muy pibe y no te podés acordar, hubo gente que no fue al trabajo, se armaron líos en las fábricas, yo creo que no quedó cerveza en ninguna parte. La hinchada estaba tan segura que la nueva pelea la daban por descontada, y tenían razón porque Gunner Williams le aguantó apenas cuatro vueltas a Ciclón. Ahora empezaba lo peor, la espera desesperante hasta el doce de abril, la última semana nos juntaba cada noche en el café de Maipú con diarios y fotos y pronósticos, pero el día de la pelea me quedé solo en casa, ya habría tiempo para festejar con la barra, ahora Ciclón y yo teníamos que estar mano a mano desde la radio, desde algo que me cerraba la garganta y me obligaba a beber y a fumar y a decirle cosas idiotas a Ciclón, hablándole desde el sillón, desde la cocina, dando vueltas como un perro y pensando en lo que acaso estaría pensando Ciclón mientras le vendaban las manos, mientras anunciaban los pesos, mientras un locutor repetía tantas cosas que sabíamos de memoria, el recuerdo de Mario Pradás volviendo para todos desde otra noche que no se podía repetir, que nunca habíamos aceptado y que queríamos borrar como se borran a trago limpio las cosas más amargas.

Vos sabés muy bien lo que pasó, para qué te voy a contar, las tres primeras vueltas de Giardello más veloz y técnico que nunca, la cuarta con Ciclón aceptándole la pelea mano a mano y poniéndolo en apuros al final del round, la quinta con todo el estadio de pie y el locutor que no alcanzaba a decir lo que estaba pasando en el centro del ring, imposible seguir el cambio de golpes más que gritando palabras sueltas, y casi en la mitad del round el directo de Giardello, Ciclón desviándose a un lado sin ver llegar el gancho que lo mandó de espaldas por toda la cuenta, la voz del locutor llorando y gritando, el ruido de un vaso estrellándose en la pared antes de que la botella me hiciera pedazos el frente de la radio, Ciclón nocaut, el segundo viaje idéntico al primero, las pastillas para dormir, qué sé yo, las cuatro de la mañana en un banco de alguna plaza. La puta madre, viejo.

Seguro, no hay nada que comentar, vos dirás que es la ley del ring y otras mierdas, total no lo conociste a Ciclón y por qué te vas a hacer mala sangre. Aquí lloramos, sabés, fuimos tantos que lloramos solos o con la barra, y muchos pensaron y dijeron que en el fondo había sido mejor porque Ciclón no habría aceptado nunca la derrota y era mejor que acabara así, ocho horas de coma en el hospital y se acabó. Me acuerdo, en una revista escribieron que él había sido el único que no se había enterado de nada, mirá si no es bonito, hijos de puta. No te cuento del entierro cuando lo trajeron, después de Gardel fue lo más grande que se vio en Buenos Aires. Yo me abrí de la barra del café porque me sentía mejor solo, pasó no sé cuánto tiempo antes de encontrarme con Alesio en las carreras por pura casualidad. Alesio estaba en pleno trabajo con Carlos Vigo, ya sabés la carrera que hizo ese pibe, pero cuando fuimos a tomarnos una cerveza se acordó de lo amigo que yo había sido de Ciclón y me lo dijo, me lo dijo de una manera rara, mirándome como si no supiera muy bien si tenía que decirlo o si lo estaba diciendo porque después quería decirme otra cosa, algo que lo trabajaba desde adentro. Alesio tenía fama de callado, y yo pensando de nuevo en Ciclón prefería fumar un faso atrás de otro y pedir más cerveza, dejar que pasara el tiempo sintiendo que estaba al lado de alguien que había sido un buen amigo de Ciclón y había hecho todo lo que podía por él.

—Te quiso mucho —le dije en un momento, porque lo sentía y era justo decírselo aunque él lo supiera—. Siempre que me hablaba de vos antes del viaje era como si fueras su padre. Me acuerdo una noche que salimos juntos, por ahí me pidió un faso y después me dijo: «Ahora que no está Alesio, que me cuida como si fuera un nene».

Alesio bajó la cabeza, se quedó pensando.

—Ya sé —me dijo—, era un pibe derecho, nunca tuve problemas con él, por ahí se me escapaba un rato pero volvía callado, siempre me daba la razón y eso que soy un chinche, todos lo dicen.

—Ciclón, carajo.

Nunca me voy a olvidar cuando Alesio levantó la cara y me miró como si de golpe hubiera decidido algo, como si un momento largamente esperado hubiera llegado para él.

—No me importa lo que pienses —dijo marcando cada palabra con su acento donde Italia no había muerto del todo—. A vos te lo cuento porque fuiste su amigo. Una sola cosa te pido, si creés que estoy piantado andate sin contestar, yo sé que de todos modos nunca vas a decir nada.

Me quedé mirándolo, y de golpe fue de nuevo una noche en el puerto, un viento húmedo que nos mojaba la cara a Ciclón y a mí.

—Lo llevaron al hospital, sabés, y lo trepanaron porque el médico dijo que era muy grave pero que se podía salvar. Fijate que no era solamente la piña sino el golpe en la nuca, la forma en que pegó en la lona, yo lo vi tan claro y oí el ruido, a pesar de los gritos oí el ruido, viejo.

—¿Vos creés de veras que se hubiera salvado?

—Qué sé yo, al fin y al cabo he visto nocauts peores en mi vida. La cosa es que a las dos de la mañana ya lo habían operado y yo estaba en el pasillo esperando, no nos dejaban verlo, éramos dos o tres argentinos y algunos yanquis, poco a poco me fui quedando solo con uno que otro del hospital. Como a las cinco un tipo me vino a buscar, yo no pesco mucho inglés pero le entendí que ya no había nada que hacer. Estaba como asustado, era un enfermero viejo, un negro. Cuando vi a Ciclón...

Creí que no iba a hablar más, le temblaba la boca, bebió volcándose cerveza en la camisa.

—Nunca vi una cosa igual, hermano. Era como si lo hubieran estado torturando, como si alguien hubiera querido vengarse de no sé qué. No te puedo explicar, estaba como hueco, como si lo hubieran chupado, como si le faltara toda la sangre, perdoná lo que te digo pero no sé cómo decirlo, era como si él mismo hubiera querido salirse de él, arrancarse de él, comprendés. Como una vejiga desinflada, un muñeco

656

roto, te das cuenta, pero roto por quién, para qué. Bueno, andate si querés, no me dejés seguir hablando.

Cuando le puse la mano en el hombro me acordé que también con Ciclón la noche del puerto, también la mano en el hombro de Ciclón.

—Como quieras —le dije—. Ni vos ni yo podemos entender, qué sé yo, a lo mejor sí pero no lo creeríamos. Lo que yo sé es que no fue Giardello el que mató a Ciclón, Giardello puede dormir tranquilo porque no fue él, Alesio.

Por supuesto no comprendía, como tampoco vos por la cara que estás poniendo.

—Esas cosas pasan —dijo Alesio—. Claro que Giardello no tuvo la culpa, che, no necesitás decírmelo.

—Ya sé, pero vos me has confiado eso que viste, y es justo que te lo agradezca. Te lo agradezco tanto que te voy a decir algo más antes de irme. Por más lástima que nos dé Ciclón, debe haber otro que la merece más que él, Alesio.

Creéme, hay otro al que yo le tengo doblemente lástima, pero para qué seguir, no te parece, ni Alesio entendió ni vos tampoco ahora. Y yo, bueno, qué sé yo lo que entendí, te lo cuento por si en una de ésas, nunca se sabe, la verdad que no sé por qué te lo cuento, a lo mejor porque ya estoy viejo y hablo demasiado.

Satarsa

Adán y raza, azar y nada.

Cosas así para encontrar el rumbo, como ahora lo de atar a la rata, otro palindroma pedestre y pegajoso, Lozano ha sido siempre un maniático de esos juegos que no parece ver como tal puesto que todo se le da a la manera de un espejo que miente y al mismo tiempo dice la verdad, le dice la verdad a Lozano porque le muestra su oreja derecha a la derecha, pero a la vez le miente porque Laura y cualquiera que lo mire verá la oreja derecha como la oreja izquierda de Lozano, aunque simultáneamente la definan como su oreja derecha; simplemente la ven a la izquierda, cosa que ningún espejo puede hacer, incapaz de esa corrección mental, y por eso el espejo le dice a Lozano una verdad y una mentira, y eso lo lleva desde hace mucho a pensar como delante de un espejo; si atar a la rata no da más que eso, las variantes merecen reflexión, y entonces Lozano mira el suelo y deja que las palabras jueguen solas mientras él las espera como los cazadores de Calagasta esperan a las ratas gigantes para cazarlas vivas.

Puede seguir así durante horas, aunque en este momento la cuestión concreta de las ratas no le deja demasiado tiempo para perderse en las posibles variantes. Que todo eso sea casi deliberadamente insano no le extraña, a veces se encoge de hombros como si quisiera sacarse de encima algo que no consigue explicar, con Laura se ha habituado a hablar de la cuestión de las ratas como si fuera la cosa más normal y en realidad lo es, por qué no va a ser normal cazar ratas gigantes en Calagasta, salir con el pardo Illa y con Yarará a cazar las ratas. Esa misma tarde tendrán que acercarse de nuevo a las colinas del norte porque pronto habrá un nuevo embarque de ratas y hay que aprovecharlo al máximo, la gente de Calagasta lo sabe y anda a las batidas por el monte aunque sin acercarse a las colinas, y las ratas también lo saben, por supuesto, y cada vez es más difícil campearlas y sobre todo capturarlas vivas.

Por todas esas cosas a Lozano no le parece nada absurdo que la gente de Calagasta viva ahora casi exclusivamente de la captura de las ratas gigantes, y es en el momento en que prepara unos lazos de cuero muy delgado que le salta el palindroma de atar a la rata y se queda con un lazo quieto en la mano, mirando a Laura que cocina canturreando, y piensa que el palindroma miente y dice la verdad como todo espejo, claro que hay que atar a la rata porque es la única manera de mantenerla viva hasta enjaularla(s) y dárselas a Porsena que estiba las jaulas en el camión que cada jueves sale para la costa donde espera el barco. Pero también es una mentira porque nadie ha atado jamás una rata gigante como no sea metafóricamente, sujetándola del cuello con una horquilla y enlazándola hasta meterla en la jaula, siempre con las manos bien lejos de la boca sanguinolenta y de las garras como vidrios manoteando el aire. Nadie atará nunca a una rata, y menos desde la última luna en que Illa, Yarará y los otros han sentido que las ratas desplegaban nuevas estrategias, se volvían aún más peligrosas por invisibles y agazapadas en refugios que antes no empleaban, y que cazarlas se va a volver cada vez más difícil ahora que las ratas los conocen y hasta los desafían.

—Todavía tres o cuatro meses —le dice Lozano a Laura, que está poniendo los platos en la mesa bajo el alero del rancho—. Después podremos cruzar al otro lado, las cosas parecen más tranquilas.

—Puede ser —dice Laura—, en todo caso mejor no pensar, cuántas veces nos ha ocurrido equivocarnos.

—Sí. Pero no nos vamos a quedar siempre aquí cazando ratas.

—Es mejor que pasar al otro lado a destiempo y que las ratas seamos nosotros para ellos.

Lozano ríe, anuda otro lazo. Es cierto que no están tan mal, Porsena paga al contado las ratas y todo el mundo vive de eso, mientras sea posible cazarlas habrá comida en Calagasta, la compañía danesa que manda los barcos a la costa necesita cada vez más ratas para Copenhague, Porsena cree saber que las usan para experiencias de genética en los laboratorios. Por lo menos que sirvan para eso, dice a veces Laura.

Desde la cuna que Lozano ha fabricado con un cajón de cerveza viene la primera protesta de Laurita. El cronómetro, la llama Lozano, el lloriqueo en el segundo exacto en que Laura está terminando de preparar la comida y se ocupa del biberón. Casi no necesitan un reloj con Laurita, les da la hora mejor que el bip-bip de la radio, dice riéndose Laura que ahora la levanta en brazos y le muestra el biberón, Laurita sonriente y ojos verdes, el muñón golpeando en la palma de la mano izquierda como en un remedo de tambor, el diminuto antebrazo rosado que termina en una lisa semiesfera de piel; el doctor Fuentes (que no es doctor pero da igual en Calagasta) ha hecho un trabajo perfecto y no hay casi huella de cicatriz, como si Laurita no hubiera tenido nunca una mano ahí, la mano que le comieron las ratas cuando la gente de Calagasta empezó a cazarlas a cambio de la plata que pagaban los daneses y las ratas se replegaron hasta que un día fue el contraataque, la rabiosa invasión nocturna seguida de fugas vertiginosas, la guerra abierta, y mucha gente renunció a cazarlas para solamente defenderse con trampas y escopetas, y buena parte volvió a cultivar la mandioca o a trabajar en otros pueblos de la montaña. Pero otros siguieron cazándolas, Porsena pagaba al contado y el camión salía cada jueves hacia la costa, Lozano fue el primero en decirle que seguiría cazando ratas, se lo dijo ahí mismo en el rancho mientras Porsena miraba la rata que Lozano había matado a patadas y Laura corría con Laurita a lo del doctor Fuentes y ya no se podía hacer nada, solamente cortar lo que quedaba colgando y conseguir esa cicatriz perfecta para que Laurita inventara su tamborcito, su silencioso juego.

Al pardo Illa no le molesta que Lozano juegue tanto con las palabras, quién no es loco a su manera, piensa el pardo, pero le gusta menos que Lozano se deje llevar demasiado y por ahí quiera que las cosas se ajusten a sus juegos, que él y Yarará y Laura lo sigan por ese camino como en tantas otras cosas lo han seguido en esos años desde la fuga por las quebradas del norte después de las masacres. En esos años, piensa Illa, ya ni sabemos si fueron semanas o años, todo era verde y continuo, la selva con su tiempo propio, sin soles ni estrellas, y después las quebradas, un tiempo rojizo, tiempo de piedra y torrentes y hambre, sobre todo hambre, querer contar los días o las semanas era como tener todavía más hambre, entonces habían seguido los cuatro, primero los cinco pero Ríos se mató en un despeñadero y Laura estuvo a punto de morirse de frío en la montaña, ya estaba de seis meses y se cansaba pronto, tuvieron que quedarse vaya a saber cuánto abrigándola con fuegos de pasto seco hasta que pudo caminar, a veces el pardo Illa vuelve a ver a Lozano llevando a Laura en brazos y Laura no queriendo, diciendo que ya está bien, que puede caminar, y seguir hacia el norte, hasta la noche en que los cuatro vieron las lucecitas de Calagasta y supieron que por el momento todo iría bien, que esa noche comerían en algún rancho aunque después los denunciaran y llegara el primer helicóptero a matarlos. Pero no los denunciaron, ahí ni siquiera conocían las posibles razones para denunciarlos, ahí todo el mundo se moría de hambre como ellos hasta que alguien descubrió a las ratas gigantes cerca de las colinas y Porsena tuvo la idea de mandar una muestra a la costa.

—Atar a la rata no es más que atar a la rata —dice Lozano—. No tiene ninguna fuerza porque no te enseña nada nuevo y porque además nadie puede atar a una rata. Te quedás como al principio, esa es la joda con los palindromas.

—Ajá —dice el pardo Illa.

—Pero si lo pensás en plural todo cambia. Atar a las ratas no es lo mismo que atar a la rata.

—No parece muy diferente.

—Porque ya no vale como palindroma —dice Lozano—. Nomás que ponerlo en plural y todo cambia, te nace una cosa nueva, ya no es el espejo o es un espejo diferente que te muestra algo que no conocías.

—¿Qué tiene de nuevo?

—Tiene que atar a las ratas te da Satarsa la rata.

—¿Satarsa?

—Es un nombre, pero todos los nombres aíslan y definen. Ahora sabés que hay una rata que se llama Satarsa. Todas tendrán nombres, seguro, pero ahora hay una que se llama Satarsa.

—¿Y qué ganás con saberlo?

—Tampoco sé, pero sigo. Anoche pensé en dar vuelta el asunto, desatar en vez de atar. Y en cuanto pensé en desatarlas vi la palabra al revés y daba sal, rata, sed. Cosas nuevas, fijate, la sal y la sed.

—No tan nuevas —dice Yarará que escucha de lejos—, aparte de que siempre andan juntas.

—Ponele —dice Lozano—, pero muestran un camino, a lo mejor es la única manera de acabar con ellas.

—No las acabemos tan pronto —se ríe Illa—, de qué vamos a vivir si se acaban.

Laura trae el primer mate y espera, apoyándose un poco en el hombro de Lozano. El pardo Illa vuelve a pensar que Lozano juega demasiado con las palabras, que en una de ésas se va a bandear del todo, que todo se va a ir al diablo.

Lozano también lo piensa mientras prepara los lazos de cuero, y cuando se queda solo con Laura y Laurita les habla de eso, les habla a las dos como si Laurita pudiera comprender y a Laura le gusta que incluya a su hija, que estén los tres más juntos mientras Lozano les habla de Satarsa o de cómo salar el agua para acabar con las ratas.

—Para atarlas de veras —se ríe Lozano—. Fíjate si no es curioso, el primer palindroma que conocí en mi vida también hablaba de atar a alguien, no se sabe a quién, pero a lo mejor ya era Satarsa. Lo leí en un cuento donde había muchos palindromas pero solamente me acuerdo de ése.

—Me lo dijiste una vez en Mendoza, creo, se me ha borrado.

—Átale, demoníaco Caín, o me delata —dice cadenciosamente Lozano, casi salmodiando para Laurita que se ríe en la cuna y juega con su ponchito blanco.

Laura asiente, es cierto que ya están queriendo atar a alguien en ese palindroma, pero para atarlo tienen que pedírselo nada menos que a Caín. Tratándolo de demoníaco por si fuera poco.

—Bah —dice Lozano—, la convención de siempre, la buena conciencia arrastrándose en la historia desde el vamos, Abel el bueno y Caín el malo como en las viejas películas de cowboys.

—El muchacho y el villano —se acuerda Laura casi nostálgica.

—Claro que si el inventor de ese palindroma se hubiera llamado Baudelaire, lo de demoníaco no sería negativo, sino todo lo contrario. ¿Te acordás?

—Un poco —dice Laura—. Raza de Abel, duerme, bebe y come, Dios te sonríe complacido.

—Raza de Caín, repta y muere miserablemente en el fango.

—Sí, y en una parte dice algo como raza de Abel, tu carroña abonará el suelo humeante, y después dice raza de

Caín, arrastra a tu familia desesperada a lo largo de los caminos, algo así.

—Hasta que las ratas devoren a tus hijos —dice Lozano casi sin voz.

Laura hunde la cara en las manos, hace ya tanto que ha aprendido a llorar en silencio, sabe que Lozano no va a tratar de consolarla, Laurita sí, que encuentra divertido el gesto y se ríe hasta que Laura baja las manos y le hace una mueca cómplice. Ya va siendo la hora del mate.

Yarará piensa que el pardo Illa tiene razón y que en una de ésas la chifladura de Lozano va a acabar con esa tregua en la que por lo menos están a salvo, por lo menos viven con la gente de Calagasta y se quedan ahí porque no se puede hacer otra cosa, esperando que el tiempo aplaste un poco los recuerdos del otro lado y que también los del otro lado se vayan olvidando de que no pudieron atraparlos, de que en algún lugar perdido están vivos y por eso culpables, por eso la cabeza a precio, incluso la del pobre Ruiz despeñado de un barranco hace tanto tiempo.

—Es cuestión de no seguirle la corriente —piensa Illa en voz alta—. Yo no sé, para mí siempre es el jefe, tiene eso, comprendés, no sé qué, pero lo tiene y a mí me basta.

—Lo jodió la educación —dice Yarará—. Se la pasa pensando o leyendo, eso es malo.

—Puede. Yo no sé si es eso, Laura también fue a la facultad y ya ves, no se le nota. No me parece que sea la educación, lo que lo pone loco es que estemos embretados en este aujero, y lo que pasó con Laurita, pobre gurisa.

—Vengarse —dice Yarará—. Lo que quiere es vengarse.

—Todos queremos vengarnos, unos de los milicos y otros de las ratas, es difícil guardar la cabeza fresca.

A Illa se le ocurre que la locura de Lozano no cambia nada, que las ratas siguen ahí y que es difícil cazarlas, que la gente de Calagasta no se anima a ir demasiado lejos porque se acuerdan de los cuentos, del esqueleto del viejo Millán o de la mano de Laurita. Pero también ellos están locos, y sobre todo Porsena con el camión y las jaulas, y los de la costa y los daneses están todavía más locos gastando plata en ratas para vaya a saber qué. Eso no puede durar mucho, hay chifladuras que se cortan de golpe y entonces será de nuevo el hambre, la mandioca cuando haya, los chicos muriéndose con las barrigas hinchadas. Por eso mejor estar locos, al fin y al cabo.

—Mejor estar locos —dice Illa, y Yarará lo mira sorprendido y después se ríe, asiente casi.

—Cuestión de no seguirle el tren cuando la empieza con Satarsa y la sal y esas cosas, total no cambia nada, él es siempre el mejor cazador.

—Ochenta y dos ratas —dice Illa—. Le batió el récord a Juan López, que andaba en las setenta y ocho.

—No me hagás pasar calor —dice Yarará—, yo con mis treinta y cinco apenas.

—Ya ves —dice Illa—, ya ves que él siempre es el jefe, por donde lo busques.

Nunca se sabe bien cómo llegan las noticias, de golpe hay alguien que sabe algo en el almacén del turco Adab, casi nunca indica la fuente, pero la gente vive tan aislada que las noticias llegan como una bocanada del viento del oeste, el único capaz de traer un poco de fresco y a veces de lluvia. Tan raro como las noticias, tan breve como el agua que acaso salvará los cultivos siempre amarillos, siempre enfermos. Una noticia ayuda a seguir tirando, aunque sea mala.

Laura se entera por la mujer de Adab, vuelve al rancho y la dice en voz baja como si Laurita pudiera comprender, le alcanza otro mate a Lozano que lo chupa despacio, mirando el suelo donde un bicho negro progresa despacio hacia el fogón. Alargando apenas la pierna aplasta al bicho y termina el mate, lo devuelve a Laura sin mirarla, de mano a mano como tantas veces, como tantas cosas.

—Habrá que irse —dice Lozano—. Si es cierto, estarán muy pronto aquí.

—¿Y adónde?

—No sé, y aquí nadie lo sabrá tampoco, viven como si fueran los primeros o los últimos hombres. A la costa en el camión, supongo, Porsena estará de acuerdo.

—Parece un chiste —dice Yarará, que arma un cigarrillo con lentos movimientos de alfarero—. Irnos con las jaulas de las ratas, date cuenta. ¿Y después?

—Después no es problema —dice Lozano—. Pero hace falta plata para ese después. La costa no es Calagasta, habrá que pagar para que nos abran camino al norte.

—Pagar —dice Yarará—. A eso habremos llegado, tener que cambiar ratas por la libertad.

—Peor son ellos que cambian la libertad por ratas —dice Lozano.

Desde su rincón donde se obstina en remendar una bota irremediable, Illa se ríe como si tosiera. Otro juego de palabras, pero hay veces en que Lozano da en el blanco y entonces casi parece que tuviera razón con su manía de andar dando vuelta los guantes, de verlo todo desde la otra punta. La cábala del pobre, ha dicho alguna vez Lozano.

—La cuestión es la gurisa —dice Yarará—. No nos podemos meter en el monte con ella.

—Seguro —dice Lozano—, pero en la costa se puede encontrar algún pesquero que nos deje más arriba, es cuestión de suerte y de plata.

Laura le tiende un mate y espera, pero ninguno dice nada.

—Yo pienso que ustedes dos deberían irse ahora —dice Laura sin mirar a nadie—. Lozano y yo veremos, no hay por qué demorarse más, váyanse ya por la montaña.

Yarará enciende un cigarrillo y se llena la cara de humo. No es bueno el tabaco de Calagasta, hace llorar los ojos y le da tos a todo el mundo.

—¿Alguna vez encontraste una mujer más loca? —le dice a Illa.

—No, che. Claro que a lo mejor quiere librarse de nosotros.

—Váyanse a la mierda —dice Laura dándoles la espalda, negándose a llorar.

—Se puede conseguir suficiente plata —dice Lozano—. Si cazamos bastantes ratas.

—Si cazamos.

—Se puede —insiste Lozano—. Es cosa de empezar hoy mismo, irnos a buscarlas. Porsena nos dará la plata y nos dejará viajar en el camión.

—De acuerdo —dice Yarará—, pero del dicho al hecho ya se sabe.

Laura espera, mira los labios de Lozano como si así pudiera no verle los ojos clavados en una distancia vacía.

—Habrá que ir hasta las cuevas —dice Lozano—. No decirle nada a nadie, llevar todas las jaulas en la carreta del tape Guzmán. Si decimos algo nos van a salir con lo del viejo Millán y no van a querer que vayamos, ya sabés que nos aprecian. Pero el viejo tampoco les dijo nada esa vez y fue por su cuenta.

—Mal ejemplo —dice Yarará.

—Porque iba solo, porque le fue mal, por lo que quieras. Nosotros somos tres y no somos viejos. Si las acorralamos en la cueva, porque yo creo que es una sola cueva y no muchas, las fumigamos hasta hacerlas salir. Laura nos va a cortar esa piel de vaca para envolvernos bien las piernas arriba de las botas. Y con la plata podemos seguir al norte.

—Por las dudas llevamos todos los cartuchos —le dice Illa a Laura—. Si tu marido tiene razón habrá ratas de sobra para llenar diez jaulas, y las otras que se pudran a tiro limpio, carajo.

—El viejo Millán también llevaba la escopeta —dice Yarará—. Pero claro, era viejo y estaba solo.

Saca el cuchillo y lo prueba en un dedo, va a descolgar la piel de vaca y empieza a cortarla en tiras regulares. Lo va a hacer mejor que Laura, las mujeres no saben manejar cuchillos.

El zaino tira siempre hacia la izquierda, aunque el tobiano aguanta y la carreta sigue abriendo una vaga huella, derecho al norte en los pastizales; Yarará tiende más las riendas, le grita al zaino que sacude la cabeza como protestando. Ya casi no hay luz cuando llegan al pie del farallón, pero de lejos han visto la entrada de la cueva dibujándose en la piedra blanca; dos o tres ratas los han olido y se esconden en la cueva mientras ellos bajan las jaulas de alambre y las disponen en semicírculo cerca de la entrada. El pardo Illa corta pasto seco a machetazos, bajan estopa y kerosene de la carreta y Lozano va hasta la cueva, se da cuenta de que puede entrar agachando apenas la cabeza. Los otros le gritan que no sea loco, que se quede afuera; ya la linterna recorre las paredes buscando el túnel más profundo por el que no se puede pasar, el agujero negro y moviente de puntos rojos que el haz de luz agita y revuelve.

—¿Qué hacés ahí? —le llega la voz de Yarará—. ¡Salí, carajo!

—Satarsa —dice Lozano en voz baja, hablándole al agujero desde donde lo miran los ojos en torbellino—. Salí vos, Satarsa, salí rey de las ratas, vos y yo solos, vos y yo y Laurita, hijo de puta.

—¡Lozano!

—Ya voy, nene —dice despacio Lozano. Elige un par de ojos más adelantados, los mantiene bajo el haz de luz, saca el revólver y tira. Un remolino de chispas rojas y de golpe nada, capaz que ni siquiera le dio. Ahora solamente el humo, salir de la cueva y ayudar a Illa que amontona el pasto y la estopa, el viento los ayuda; Yarará acerca un fósforo y los tres esperan al lado de las jaulas; Illa ha dejado un pasaje bien marcado para que las ratas puedan escapar de la trampa sin quemarse, para enfrentarlas justo delante de las jaulas abiertas.

—¿Y a esto le tenían miedo los de Calagasta? —dice Yarará—. Capaz que el viejo Millán se murió de otra cosa y se lo comieron ya fiambre.

—No te fíes —dice Illa.

Una rata salta afuera y la horquilla de Lozano la atrapa por el cuello, el lazo la levanta en el aire y la tira en la jaula; a Yarará se le escapa la que sigue, pero ahora salen de a cuatro o cinco, se oyen los chillidos en la cueva y apenas tienen tiempo de atrapar a una cuando ya cinco o seis resbalan como víboras buscando evitar las jaulas y perderse en el pastizal. Un río de ratas sale como un vómito rojizo, allí donde se clavan las horquillas hay una presa, las jaulas se van llenando de una masa convulsa, las sienten contra las piernas, siguen saliendo montadas las unas sobre las otras, destrozándose a dentelladas para escapar al calor del último trecho, desbandándose en la oscuridad. Lozano como siempre es el más rápido, ya ha llenado una jaula y va por la mitad de la otra, Illa suelta un grito ahogado y levanta una pierna, hunde la bota en una masa moviente, la rata no quiere soltar y Yarará con su horquilla la atrapa y la enlaza, Illa putea y mira la piel de vaca como si la rata estuviera todavía mordiendo. Las más enormes salen al final, ya no parecen ratas y es difícil hundirles la horquilla en el pescuezo y levantarlas en el aire; el lazo de Yarará se rompe y una rata escapa arrastrando el pedazo de cuero, pero Lozano grita que no importa, que apenas falta una jaula, entre Illa y él la llenan y la cierran a golpes de horquilla, empujan los pasadores, con ganchos de alambre las alzan y las suben a la carreta y los caballos se espantan y Yarará tiene que sujetarlos por el bocado, hablarles mientras los otros trepan al pescante. Ya es noche cerrada y el fuego empieza a apagarse.

Los caballos huelen las ratas y al principio hay que darles rienda, se largan al galope como queriendo hacer pedazos la carreta, Yarará tiene que sofrenarlos y hasta Illa ayuda, cuatro manos en las riendas hasta que el galope se rompe y vuelven a un trote intermitente, la carreta se desvía y las ruedas se enredan en piedras y malezas, atrás las ratas chillan y se destrozan, de las jaulas viene ya el olor a sebo, a mierda líquida, los caballos lo huelen y relinchan defendiéndose del bocado, queriendo zafarse y escapar, Lozano junta las manos con las de los otros en las riendas y ajustan poco a poco la marcha, coronan el monte pelado y ven asomar el valle, Calagasta con tres o cuatro luces apenas, la noche sin estrellas, a la izquierda la lucecita del rancho en medio del campo como hueco, alzándose y bajando con las sacudidas de la carreta, apenas quinientos metros, perdiéndose de golpe cuando la carreta entra en la maleza donde el sendero es puro latigazo de espinas contra las caras, la huella apenas visible que los caballos encuentran mejor que las seis manos aflojando poco a poco las riendas, las ratas aullando y revolcándose a cada sacudida, los caballos resignados pero tirando como si quisieran llegar ya, estar ya ahí donde los van a soltar de ese olor y esos chillidos para dejarlos irse al monte y encontrarse con su noche, dejar atrás eso que los sigue y los acosa y los enloquece.

—Te vas volando a buscar a Porsena —le dice Lozano a Yarará—, que venga enseguida a contarlas y a darnos la plata, hay que arreglar para salir de madrugada con el camión.

El primer tiro parece casi en broma, débil y aislado, Yarará no ha tenido tiempo de contestarle a Lozano cuando la ráfaga llega con un ruido de caña seca rompiéndose en mil pedazos contra el suelo, una crepitación apenas más fuerte que los chillidos de las jaulas, un golpe de costado y la carreta desviándose a la maleza, el zaino a la izquierda queriendo arrancarse a los tirones y doblando las manos, Lozano y Yarará saltando al mismo tiempo, Illa del otro lado, aplastándose en la maleza mientras la carreta sigue con las ratas aullando y se para a los tres metros, el zaino pateando en el suelo, todavía

671

sostenido a medias por el eje de la carreta, el tobiano relinchando y debatiéndose sin poder moverse.

—Cortate por ahí —le dice Lozano a Yarará.

—Pa qué mierda —dice Yarará—. Llegaron antes, ya no
vale la pena.

Illa se les reúne, alza el revólver y mira la maleza como
buscando un claro. No se ve la luz del rancho, pero saben que
está ahí, justo detrás de la maleza, a cien metros. Oyen las voces, una que manda a gritos, el silencio y la nueva ráfaga, los
chicotazos en la maleza, otra buscándolos más abajo a puro
azar, les sobran balas a los hijos de puta, van a tirar hasta cansarse. Protegidos por la carreta y las jaulas, por el caballo
muerto y el otro que se debate como una pared moviente, relinchando hasta que Yarará le apunta a la cabeza y lo liquida,
pobre tobiano tan guapo, tan amigo, la masa resbalando a lo
largo del timón y apoyándose en las ancas del zaino que todavía se sacude de tanto en tanto, las ratas delatándolos con chillidos que rompen la noche, ya nadie las hará callar, hay que
abrirse hacia la izquierda, nadar brazada a brazada en la maleza espinosa, echando hacia adelante las escopetas y apoyándose para ganar medio metro, alejarse de la carreta donde
ahora se concentra el fuego, donde las ratas aúllan y claman
como si entendieran, como vengándose, no se puede atar a
las ratas, piensa Illa, tenías razón mi jefe, me cago en tus jue-
guitos, pero tenías razón, puta que te parió con tu Satarsa,
cuánta razón tenías, conchetumadre.

Aprovechar que la maleza se adelgaza, que hay diez metros en que es casi pasto, un hueco que se puede franquear
revolcándose de lado, las viejas técnicas, rodar y rodar hasta
meterse en otro pastizal tupido, levantar bruscamente la cabeza para abarcarlo todo en un segundo y esconderse de nuevo, la lucecita del rancho y las siluetas moviéndose, el reflejo
instantáneo de un fusil, la voz del que da órdenes a gritos, la ba-
lacera contra la carreta que grita y aúlla en la maleza. Lozano

no mira de lado ni hacia atrás, ahí hay solamente silencio, hay Illa y Yarará muertos o acaso como él resbalando todavía entre las matas y buscando un refugio, abriendo picada con el ariete del cuerpo, quemándose la cara contra las espinas, ciegos y ensangrentados topos alejándose de las ratas, porque ahora sí son las ratas, Lozano las está viendo antes de sumirse de nuevo en la maleza, de la carreta llegan los chillidos cada vez más rabiosos pero las otras ratas no están ahí, las otras ratas le cierran el camino entre la maleza y el rancho, y aunque la luz sigue encendida en el rancho, Lozano sabe ya que Laura y Laurita no están ahí, o están ahí pero ya no son Laura y Laurita ahora que las ratas han llegado al rancho y han tenido todo el tiempo que necesitaban para hacer lo que habrán hecho, para esperarlo como lo están esperando entre el rancho y la carreta, tirando una ráfaga tras otra, mandando y obedeciendo y tirando ahora que ya no tiene sentido llegar al rancho, y sin embargo otro metro, otro revolcón que le llena las manos de espinas hirvientes, la cabeza asomándose para mirar, para ver a Satarsa, saber que ese que grita instrucciones es Satarsa y todos los otros son Satarsa y enderezarse y tirar la inútil andanada de perdigones contra Satarsa, que bruscamente gira hacia él y se tapa la cara con las manos y cae hacia atrás, alcanzado por los perdigones que le han llegado a los ojos, le han reventado la boca, y Lozano tirando el otro cartucho contra el que vuelve la ametralladora hacia él y el blando estampido de la escopeta ahogado por la crepitación de la ráfaga, las malezas aplastándose bajo el peso de Lozano que cae de boca entre las espinas que se le hunden en la cara, en los ojos abiertos.

La escuela de noche

De Nito ya no sé nada ni quiero saber. Han pasado tantos años y cosas, a lo mejor todavía esta allá o se murió o anda afuera. Más vale no pensar en él, solamente que a veces sueño con los años treinta en Buenos Aires, los tiempos de la escuela normal y claro, de golpe Nito y yo la noche en que nos metimos en la escuela, después no me acuerdo mucho de los sueños pero algo queda siempre de Nito como flotando en el aire, hago lo que puedo para olvidarme, mejor que se vaya borrando de nuevo hasta otro sueño aunque no hay nada que hacerle, cada tanto es así, cada tanto todo vuelve como ahora.

La idea de meterse de noche en la escuela anormal (lo decíamos por jorobar y por otras razones más sólidas) la tuvo Nito, y me acuerdo muy bien que fue en *La Perla* del Once y tomándonos un cinzano con bitter. Mi primer comentario consistió en decirle que estaba más loco que una gallina, pesealokual —así escribíamos entonces, desortografiando el idioma por algún deseo de venganza que también tendría que ver con la escuela—, Nito siguió con su idea y dale con que la escuela de noche, sería tan macanudo meternos a explorar, pero qué vas a explorar si la tenemos más que manyada, Nito, y sin embargo me gustaba la idea, se la discutía por puro pelearlo, lo iba dejando acumular puntos poco a poco.

En algún momento empecé a aflojar con elegancia, porque también a mí la escuela no me parecía tan manyada aunque lleváramos allí seis años y medio de yugo, cuatro para recibirnos de maestros y casi tres para el profesorado en letras, aguantándonos materias tan increíbles como Sistema Nervioso, Dietética y Literatura Española, esta última la más increíble porque en el tercer trimestre no habíamos salido ni saldríamos del Conde Lucanor. A lo mejor por eso, por la forma en que perdíamos el tiempo, la escuela nos parecía medio rara a Nito y a mí, nos daba la impresión de faltarle algo que nos hubiera gustado conocer mejor. No sé, creo que también había otra cosa, por lo menos para mí la escuela no era tan normal como pretendía su nombre, sé que Nito pensaba lo mismo y me lo había dicho a la hora de la primera alianza, en los remotos días de un primer año lleno de timidez, cuadernos y compases. Ya no hablábamos de eso después de tantos años, pero esa mañana en *La Perla* sentí como si el proyecto de Nito viniera de ahí y que por eso me iba ganando poco a poco; como si antes de acabar el año y darle para siempre la espalda a la escuela tuviéramos que arreglar todavía una cuenta con ella, acabar de entender cosas que se nos habían escapado, esa incomodidad que Nito y yo sentíamos de a ratos en los patios o las escaleras y yo sobre todo cada mañana cuando veía las rejas de la entrada, un leve apretón en el estómago desde el primer día al franquear esa reja pinchuda tras de la cual se abría el peristilo solemne y empezaban los corredores con su color amarillento y la doble escalera.

—Hablando de reja, la cosa es esperar hasta medianoche —había dicho Nito— y treparse ahí donde me tengo vistos dos pinchos doblados, con poner un poncho basta y sobra.

—Facilísimo —había dicho yo—, justo entonces aparece la cana en la esquina o alguna vieja de enfrente pega el primer alarido.

—Vas demasiado al cine, Toto. ¿Cuándo viste a alguien por ahí a esa hora? El músculo duerme, viejo.

De a poco me iba dejando tentar, seguro que era idiota y que no pasaría nada ni afuera ni adentro, la escuela sería la misma escuela de la mañana, un poco frankenstein en la oscuridad si querés, pero nada más, qué podía haber ahí de noche aparte de bancos y pizarrones y algún gato buscando lauchas, que eso sí había. Pero Nito dale con lo del poncho y la linterna, hay que decir que nos aburríamos bastante en esa época en que a tantas chicas las encerraban todavía bajo doble llave marca papá y mamá, tiempos bastantes austeros a la fuerza, no nos gustaban demasiado los bailes ni el fútbol, leíamos como locos de día pero a la noche vagábamos los dos —a veces con Fernández López que murió tan joven— y nos conocíamos Buenos Aires y los libros de Castelnuovo y los cafés del bajo y el dock sur, al fin y al cabo no parecía tan ilógico que también quisiéramos entrar en la escuela de noche, sería completar algo incompleto, algo para guardar en secreto y por la mañana mirar a los muchachos y sobrarlos, pobres tipos cumpliendo el horario y el Conde Lucanor de ocho a mediodía.

Nito estaba decidido, si yo no quería acompañarlo saltaría solo un sábado a la noche, me explicó que había elegido el sábado porque si algo no andaba bien y se quedaba encerrado tendría tiempo para encontrar alguna otra salida. Hacía años que la idea lo rondaba, quizá desde el primer día cuando la escuela era todavía un mundo desconocido y los pibes de primer año nos quedábamos en los patios de abajo, cerca del aula como pollitos. Poco a poco habíamos ido avanzando por corredores y escaleras hasta hacernos una idea de la enorme caja de zapatos amarilla con sus columnas, sus mármoles y ese olor a jabón mezclado con el ruido de los recreos y el ronroneo de las horas de clase, pero la familiaridad no nos había quitado del todo eso que la escuela tenía de territorio diferente a pesar de la costumbre, los compañeros, las matemáticas. Nito se acordaba de pesadillas donde cosas instantáneamente borradas por un despertar violento habían sucedido en galerías de la escuela, en el aula de tercer año, en las escaleras de mármol; siempre de noche, claro, siempre él solo en la escuela petrificada por la noche, y eso Nito no alcanzaba a olvidarlo por la mañana, entre cientos de muchachos y de ruidos. Yo en cambio nunca había soñado con la escuela pero lo mismo me descubría pensando cómo sería con luna llena, los patios de abajo, las galerías altas, imaginaba una claridad de mercurio en los patios vacíos, la sombra implacable de las columnas. A veces lo descubría a Nito en algún recreo, apartado de los otros y mirando hacia lo alto donde las barandillas de las galerías dejaban ver cuerpos truncos, cabezas y torsos pasando de un lado a otro, más abajo pantalones y zapatos que no siempre parecían pertenecer al mismo alumno. Si me tocaba subir solo la gran escalera de mármol, cuando todos estaban en clase, me sentía como abandonado, trepaba o bajaba de a dos los peldaños, y creo que por eso mismo volvía a pedir permiso unos días después para salir de clase y repetir algún itinerario con el aire del que va a buscar una caja de tiza o el cuarto de baño. Era como en el cine, la delicia de un suspenso idiota, y por eso creo que me defendí tan mal del proyecto de Nito, de su idea de ir a hacerle frente a la escuela; meternos allí de noche no se me hubiera ocurrido nunca, pero Nito había pensado por los dos y estaba bien, merecíamos ese segundo cinzano que no tomamos porque no teníamos bastante plata.

Los preparativos fueron simples, conseguí una linterna y Nito me esperó en el Once con el bulto de un poncho bajo el brazo; empezaba a hacer calor ese fin de semana pero no había mucha gente en la plaza, doblamos por Urquiza casi sin hablar y cuando estuvimos en la cuadra de la escuela miré atrás y Nito tenía razón, ni un gato que nos viera. Solamente entonces me di cuenta de que había luna, no lo habíamos buscado pero no sé si nos gustó aunque tenía su lado bueno para recorrer las galerías sin usar la linterna.

Dimos la vuelta a la manzana para estar bien seguros, hablando del director que vivía en la casa pegada a la escuela y que comunicaba por un pasillo en los altos para que pudiera llegar directamente a su despacho. Los porteros no vivían allí y estábamos seguros de que no había ningún sereno, qué hubiera podido cuidar en la escuela en la que nada era valioso, el esqueleto medio roto, los mapas a jirones, la secretaría con dos o tres máquinas de escribir que parecían pterodáctilos. A Nito se le ocurrió que podía haber algo valioso en el despacho del director, ya una vez lo habíamos visto cerrar con llave al irse a dictar su clase de matemáticas, y eso con la escuela repleta de gente o a lo mejor precisamente por eso. Ni a Nito ni a mí ni a nadie le gustaba el director, más conocido por el Rengo; que fuera severo y nos zampara amonestaciones y expulsiones por cualquier cosa era menos una razón que algo en su cara de pájaro embalsamado, su manera de llegar sin que nadie lo viera y asomarse a una clase como si la condena estuviera pronunciada de antemano. Uno o dos profesores amigos (el de música, que nos contaba cuentos verdes, el de sistema nervioso que se daba cuenta de la idiotez de enseñar eso en un profesorado en letras) nos habían dicho que el Rengo no solamente era un solterón convicto y confeso sino que enarbolaba una misoginia agresiva, razón por la cual en la escuela no habíamos tenido ni una sola profesora. Pero justamente ese año el ministerio debía haberle hecho comprender que todo tenía su límite, porque nos mandaron a la señorita Maggi que les enseñaba química orgánica a los del profesorado en ciencias. La pobre llegaba siempre a la escuela con un aire medio asustado, Nito y yo nos imaginábamos la cara del Rengo cuando se la encontraba en la sala de profesores. La pobre señorita Maggi entre cientos de varones, enseñando la fórmula de la glicerina a los reos de séptimo ciencias.

—Ahora —dijo Nito.

Casi meto la mano en un pincho pero pude saltar bien, la primera cosa era agacharse por si a alguien le daba por mirar desde las ventanas de la casa de enfrente, y arrastrarse hasta encontrar una protección ilustre, el basamento del busto de Van Gelderen, holandés y fundador de la escuela. Cuando llegamos al peristilo estábamos un poco sacudidos por el escalamiento y nos dio un ataque de risa nerviosa. Nito dejó el poncho disimulado al pie de una columna, y tomamos a la derecha siguiendo el pasillo que llevaba al primer codo de donde nacía la escalera. El olor a escuela se multiplicaba con el calor, era raro ver las aulas cerradas y fuimos a tantear una de las puertas; por supuesto, los gallegos porteros no las habían cerrado con llave y entramos un momento en el aula donde seis años antes habíamos empezado los estudios.

—Yo me sentaba ahí.

—Y yo detrás, no me acuerdo si ahí o más a la derecha.

—Mirá, se dejaron un globo terráqueo.

—¿Te acordás de Gazzano, que nunca encontraba el África?

Daban ganas de usar las tizas y dejar dibujos en el pizarrón, pero Nito sintió que no habían venido para jugar, o que jugar era una manera de no admitir que el silencio nos envolvía demasiado. Volvimos al corredor y fuimos hacia la escalera; desde lejos vino como un eco de música, reverberando apenas en la caja de la escalera; también oímos una frenada de tranvía, después nada. Se podía subir sin necesidad de la linterna, el mármol parecía estar recibiendo directamente la luz de la luna, aunque el piso alto la aislara de ella. Nito se paró a mitad de la escalera para convidarme con un cigarrillo y encender otro; siempre elegía los momentos más absurdos para empezar a fumar.

Desde arriba miramos el patio de la planta baja, cuadrado como casi todo en la escuela, incluidos los cursos. Seguimos por el corredor que lo circundaba, entramos en una o dos aulas y llegamos al primer codo donde estaba el laboratorio; ése sí los gallegos lo habían cerrado con llave, como si alguien pudiera venir a robarse las probetas rajadas y el microscopio del tiempo de Galileo. Desde el segundo corredor vimos que la luz de la luna caía de lleno sobre el corredor opuesto donde estaba la secretaría, la sala de profesores y el despacho del Rengo. El primero en tirarme al suelo fui yo, y Nito un segundo después porque habíamos visto al mismo tiempo las luces en la sala de profesores.

—La puta madre, hay alguien ahí.

—Rajemos, Nito.

—Esperá, a lo mejor se les quedó prendida a los gallegos.

No sé cuánto tiempo pasó pero ahora nos dábamos cuenta de que la música venía de ahí, parecía tan lejana como en la escalera pero la sentíamos venir del corredor de enfrente, una música como de orquesta de cámara con todos los instrumentos en sordina. Era tan impensable que nos olvidamos del miedo o él de nosotros, de golpe había como una razón para estar ahí y no el puro romanticismo de Nito. Nos miramos sin hablar, y él empezó a moverse gateando y pegado a la barandilla hasta llegar al codo del tercer corredor. El olor a pis de las letrinas contiguas había sido como siempre más fuerte que los esfuerzos combinados de los gallegos y la acaroína. Cuando nos arrastramos hasta quedar al lado de las puertas de nuestra aula, Nito se volvió y me hizo seña de que me acercara más:

—¿Vamos a ver?

Asentí, puesto que ser loco parecía lo único razonable en ese momento, y seguimos a gatas, cada vez más delatados por la luna. Casi no me sorprendí cuando Nito se enderezó, fatalista, a menos de cinco metros del último corredor donde las puertas apenas entornadas de la secretaría y la sala de profesores dejaban pasar la luz. La música había subido bruscamente, o era la menor distancia; oímos rumor de voces, risas, unos vasos entrechocándose. Al primero que vimos fue a Raguzzi, uno de séptimo ciencias, campeón de atletismo y gran hijo de puta, de esos que se abrían paso a fuerza de músculos y compadradas. Nos daba la espalda, casi pegado a la puerta, pero de golpe se apartó y la luz vino como un látigo cortado por sombras movientes, un ritmo de machicha y dos parejas que pasaban bailando. Gómez, que yo no conocía mucho, bailaba con una mina de verde, y el otro podía ser Kurchin, de quinto letras, un chiquito con cara de chancho y anteojos, que se prendía a un hembrón de pelo renegrido con traje largo y collares de perlas. Todo eso sucedía ahí, lo estábamos viendo y oyendo pero naturalmente no podía ser, casi no podía ser que sintiéramos una mano que se apoyaba despacito en nuestros hombros, sin forzar.

—Ushtedes no shon invitados —dijo el gallego Manolo—, pero ya que eshtán vayan entrando y no she hagan los locos.

El doble empujón nos tiró casi contra otra pareja que bailaba, frenamos en seco y por primera vez vimos el grupo entero, unos ocho o diez, la victrola con el petiso Larrañaga ocupándose de los discos, la mesa convertida en bar, las luces bajas, las caras que empezaban a reconocernos sin sorpresa, todos debían pensar que habíamos sido invitados y hasta Larrañaga nos hizo un gesto de bienvenida. Como siempre Nito fue el más rápido, en tres pasos estuvo contra una de las paredes laterales y yo me le apilé, pegados como cucarachas contra la pared empezamos a ver de veras, a aceptar eso que estaba pasando ahí. Con las luces y la gente la sala de profesores parecía el doble de grande, había cortinas verdes que yo nunca había sospechado cuando de mañana pasaba por el corredor y le echaba una ojeada a la sala para ver si ya había llegado Migoya, nuestro terror en la clase de lógica. Todo tenía un aire como de club, de cosa organizada para los sábados a la noche, los vasos y los ceniceros, la victrola y las lámparas que sólo alumbraban lo necesario, abriendo zonas de penumbra que agrandaban la sala.

Vaya a saber cuánto tardé en aplicar a lo que nos estaba pasando un poco de esa lógica que nos enseñaba Migoya, pero Nito era siempre el más rápido, una ojeada le había bastado para identificar a los condiscípulos y al profesor Iriarte, darse cuenta de que las mujeres eran muchachos disfrazados, Perrone y Macías y otro de séptimo ciencias, no se acordaba del nombre. Había dos o tres con antifaces, uno de ellos vestido de hawaiana y gustándole a juzgar por los contoneos que le hacía a Iriarte. El gallego Fernando se ocupaba del bar, casi todo el mundo tenía vasos en las manos, ahora venía un tango por la orquesta de Lomuto, se armaban parejas, los muchachos sobrantes se ponían a bailar entre ellos, y no me sorprendió demasiado que Nito me agarrara de la cintura y me empujara hacia el medio.

—Si nos quedamos parados aquí se va a armar —me dijo—. No me pisés los pies, desgraciado.

—No sé bailar —le dije, aunque él bailaba peor que yo. Estábamos en la mitad del tango y Nito miraba de cuando en cuando hacia la puerta entornada, me había ido llevando despacio para aprovechar la primera de cambio, pero se dio cuenta de que el gallego Manolo estaba todavía ahí, volvimos al centro y hasta intentamos cambiar chistes con Kurchin y Gómez que bailaban juntos. Nadie se dio cuenta de que se estaba abriendo la doble puerta que comunicaba con la antesala del despacho del Rengo, pero el petiso Larrañaga paró el disco en seco y nos quedamos mirando, sentí que el brazo de Nito temblaba en mi cintura antes de soltarme de golpe.

Soy tan lento para todo, ya Nito se había dado cuenta cuando empecé a descubrir que las dos mujeres paradas en las puertas y teniéndose de la mano eran el Rengo y la señorita Maggi. El disfraz del Rengo era tan exagerado que dos o tres aplaudieron tímidamente pero después solamente hubo un silencio de sopa enfriada, algo como un hueco en el tiempo. Yo había visto travestis en los cabarets del bajo pero una cosa así nunca, la peluca pelirroja, las pestañas de cinco centímetros, los senos de goma temblando bajo una blusa salmón, la pollera de pliegues y los tacos como zancos. Llevaba los brazos llenos de pulseras, y eran brazos depilados y blanqueados, los anillos parecían pasearse por sus dedos ondulantes, ahora había soltado la mano de la señorita Maggi y con un gesto de una infinita mariconería se inclinaba para presentarla y darle paso. Nito se estaba preguntando por qué la señorita Maggi seguía pareciéndose a ella misma a pesar de la peluca rubia, el pelo estirado hacia atrás, la silueta apretada en un largo traje blanco. La cara estaba apenas maquillada, tal vez las cejas un poco más dibujadas, pero era la cara de la señorita Maggi y no el pastel de frutas del Rengo con el rímmel y el rouge y el flequillo pelirrojo. Los dos avanzaron saludando con una cierta frialdad casi condescendiente, el Rengo nos echó una ojeada acaso sorprendida pero que pareció cambiarse por una aceptación distraída, como si ya alguien lo hubiera prevenido.

—No se dio cuenta, che —le dije a Nito lo más bajo que pude.

—Tu abuela —dijo Nito—, vos te creés que no ve que estamos vestidos como reos en este ambiente.

Tenía razón, nos habíamos puesto pantalones viejos por lo de la reja, yo estaba en mangas de camisa y Nito tenía un pulóver liviano con una manga más bien perforada en un codo. Pero el Rengo ya estaba pidiendo que le dieran una copita no demasiado fuerte, se la pedía al gallego Fernando con unos gestos de puta caprichosa mientras la señorita Maggi reclamaba un whisky más seco que la voz con que se lo pedía al gallego. Empezaba otro tango y todo el mundo se largó a bailar, nosotros los primeros de puro pánico y los recién llegados junto con los demás, la señorita Maggi manejando al Rengo a puro juego de cintura. Nito hubiera querido acercarse a Kurchin para tratar de sacarle algo, con Kurchin teníamos más trato que con los otros, pero era difícil en ese momento en que las parejas se cruzaban sin rozarse y nunca quedaba espacio libre por mucho tiempo. Las puertas que daban a la sala de espera del Rengo seguían abiertas, y cuando nos acercamos en una de las vueltas, Nito vio que también la puerta del despacho estaba abierta y que adentro había gente hablando y bebiendo. De lejos reconocimos a Fiori, un pesado de sexto letras, disfrazado de militar, y a lo mejor esa morocha de pelo caído en la cara y caderas sinuosas era Moreira, uno de quinto letras que tenía fama de lo que te dije.

Fiori vino hacia nosotros antes de que pudiéramos esquivarnos, con el uniforme parecía mucho mayor y Nito creyó verle canas en el pelo bien planchado, seguro que se había puesto talco para tener más pinta.

—Nuevos, eh —dijo Fiori—. ¿Ya pasaron por oftalmología?

La respuesta debíamos tenerla escrita en la cara y Fiori se nos quedó mirando un momento, nos sentíamos cada vez más como reclutas delante de un teniente compadrón.

—Por allá —dijo Fiori, mostrando con la mandíbula una puerta lateral entornada—. En la próxima reunión me traen el comprobante.

—Sí señor —dijo Nito, empujándome a lo bruto. Me hubiera gustado reprocharle el sí señor tan lacayo pero Moreira (ahora sí, ahora seguro que era Moreira) se nos apiló antes de que llegáramos a la puerta y me agarró de la mano.

—Vení a bailar a la otra pieza, rubio, aquí son tan aburridos.

—Después —dijo Nito por mí—. Volvemos enseguida.

—Ay, todos me dejan sola esta noche.

Pasé el primero, deslizándome no sé por qué en vez de abrir del todo la puerta. Pero los porqués nos faltaban a esa altura, Nito que me seguía callado miraba el largo zaguán en penumbras y era otra vez cualquiera de las pesadillas que tenía con la escuela, ahí donde nunca había un porqué, donde solamente se podía seguir adelante y el único porqué posible era una orden de Fiori, ese cretino vestido de milico que de golpe se sumaba a todo lo otro y nos daba una orden, valía como una orden pura que debíamos obedecer, un oficial mandando y andá a pedir razones. Pero esto no era una pesadilla, yo estaba a su lado y las pesadillas no se sueñan de a dos.

—Rajemos, Nito —le dije en la mitad del zaguán—. Tiene que haber una salida, esto no puede ser.

—Sí, pero esperá, me trinca que nos están espiando.

—No hay nadie, Nito.

—Por eso mismo, huevón.

—Pero Nito, esperá un poco, parémonos aquí. Yo tengo que entender lo que pasa, no te das cuenta de que...

—Mirá —dijo Nito, y era cierto, la puerta por donde habíamos pasado estaba ahora abierta de par en par y el uniforme de Fiori se recortaba clarito. No había ninguna razón para obedecer a Fiori, bastaba volver y apartarlo de un empujón como tantas veces nos empujábamos por broma o en serio en los recreos. Tampoco había ninguna razón para seguir adelante hasta ver dos puertas cerradas, una lateral y otra de frente, y que Nito se metiera por una y se diera cuenta demasiado tarde de que yo no estaba con él, que estúpidamente había elegido la otra puerta por error o por pura bronca. Imposible dar media vuelta y salir a buscarme, la luz violeta del salón y las caras mirándolo lo fijaban de golpe en eso que abarcó de una sola ojeada, el salón con el enorme acuario en el centro alzando su cubo transparente hasta el cielo raso, dejando apenas lugar para los que pegados a los cristales miraban el agua verdosa, los peces resbalando lentamente, todo en un silencio que era como otro acuario exterior, un petrificado presente con hombres y mujeres (que eran hombres que eran mujeres) pegándose a los cristales, y Nito diciéndose ahora, ahora volver atrás, Toto imbécil dónde te metiste, huevón, queriendo dar media vuelta y escaparse, pero de qué si no pasaba nada, si se iba quedando inmóvil como ellos y viéndolos mirar los peces y reconociendo a Mutis, a la Chancha Delucía, a otros de sexto letras, preguntándose por qué eran ellos y no otros, como ya se había preguntado por qué tipos como Raguzzi y Fiori y Moreira, por qué justamente los que no eran nuestros amigos por la mañana, los extraños y los mierdas, por qué ellos y no Láinez o Delich o cualquiera de los compañeros de charlas o vagancias o proyectos, por qué entonces Toto y él entre esos otros aunque fuera culpa de ellos por meterse de noche en la escuela y esa culpa los juntara con todos esos que de día no aguantaban, los peores hijos de puta de la escuela, sin hablar del Rengo y del chupamedias de Iriarte y hasta de la señorita Maggi también ahí, quién lo hubiera dicho pero también ella, ella la única mujer de veras entre tantos maricones y desgraciados.

Entonces ladró un perro, no era un ladrido fuerte pero rompió el silencio y todos se volvieron hacia el fondo invisible del salón, Nito vio que de la bruma violeta salía Caletti, uno de quinto ciencias, con los brazos en alto venía desde el fondo como resbalando entre los otros, sosteniendo en alto un perrito blanco que volvía a ladrar debatiéndose, las patas atadas con una cinta roja y de la cinta colgando algo como un pedazo de plomo, algo que lo sumergió lentamente en el acuario donde Caletti lo había tirado de un solo envión, Nito vio al perro bajando poco a poco entre convulsiones, tratando de liberar las patas y volver a la superficie, lo vio empezar a ahogarse con la boca abierta y echando burbujas, pero antes de que se ahogara los peces ya estaban mordiéndolo, arrancándole jirones de piel, tiñendo de rojo el agua, la nube cada vez más espesa en torno al perro que todavía se agitaba entre la masa hirviente de peces y de sangre.

Todo eso yo no podía verlo porque detrás de la puerta que creo se cerró sola no había más que negro, me quedé paralizado sin saber qué hacer, detrás no se oía nada, entonces Nito, dónde estaba Nito. Dar un paso adelante en esa oscuridad o quedarme ahí clavado era el mismo espanto, de golpe sentir el olor, un olor a desinfectante, a hospital, a operación de apendicitis, casi sin darme cuenta de que los ojos se iban acostumbrando a la tiniebla y que no era tiniebla, ahí en el fondo había una o dos lucecitas, una verde y después una amarilla, la silueta de un armario y de un sillón, otra silueta que se desplazaba vagamente avanzando desde otro fondo más profundo.

—Venga, m'hijito —dijo la voz—. Venga hasta aquí, no tenga miedo.

No sé cómo pude moverme, el aire y el suelo eran como una misma alfombra esponjosa, el sillón con palancas cromadas y los aparatos de cristal y las lucecitas; la peluca rubia y planchada y el vestido blanco de la señorita Maggi fosforecían vagamente. Una mano me tomó por el hombro y me empujó hacia adelante, la otra mano se apoyó en mi nuca y me obligó a sentarme en el sillón, sentí en la frente el frío de un vidrio mientras la señorita Maggi me ajustaba la cabeza entre dos soportes. Casi contra los ojos vi brillar una esfera blanquecina con un pequeño punto rojo en el medio, y sentí el roce de las rodillas de la señorita Maggi que se sentaba en el sillón del lado opuesto de la armazón de cristales. Empezó a manipular palancas y ruedas, me ajustó todavía más la cabeza, la luz iba cambiando al verde y volvía al blanco, el punto rojo crecía y se desplazaba de un lado a otro, con lo que me quedaba de visión hacia arriba alcanzaba a ver como un halo el pelo rubio de la señorita Maggi, teníamos las caras apenas separadas por el cristal con las luces y algún tubo por donde ella debía estar mirándome.

—Quedate quietito y fijate bien en el punto rojo —dijo la señorita Maggi—. ¿Lo ves bien?

—Sí, pero...

—No hablés, quedate quieto, así. Ahora decime cuándo dejás de ver el punto rojo.

Qué sé yo si lo veía o no, me quedé callado mientras ella seguía mirando por el otro lado, de golpe me daba cuenta de que además de la luz central estaba viendo los ojos de la señorita Maggi detrás del cristal del aparato, tenía ojos castaños y por encima seguía ondulando el reflejo incierto de la peluca rubia. Pasó un momento interminablemente corto, se oía como un jadeo, pensé que era yo, pensé cualquier cosa mientras las luces cambiaban poco a poco, se iban concentrando en un triángulo rojizo con bordes violeta, pero a lo mejor no era yo el que respiraba haciendo ruido.

—¿Todavía ves la luz roja?

—No, no la veo, pero me parece que...

—No te muevas, no hablés. Mira bien, ahora.

Un aliento me llegaba desde el otro lado, un perfume caliente a bocanadas, el triángulo empezaba a convertirse en una serie de rayas paralelas, blancas y azules, me dolía el mentón apresado en el soporte de goma, hubiera querido levantar la cabeza y librarme de esa jaula en la que me sentía amarrado, la caricia entre los muslos me llegó como desde lejos, la mano que me subía entre las piernas y buscaba uno a uno los botones del pantalón, entraba dos dedos, terminaba de desabotonarme y buscaba algo que no se dejaba agarrar, reducido a una nada lastimosa hasta que los dedos lo envolvieron y suavemente lo sacaron fuera del pantalón, acariciándolo despacio mientras las luces se volvían más y más blancas y el centro rojo asomaba de nuevo. Debí tratar de zafarme porque sentí el dolor en lo alto de la cabeza y el mentón, era imposible salir de la jaula ajustada o tal vez cerrada por detrás, el perfume volvía con el jadeo, las luces bailaban en mis ojos, todo iba y volvía como la mano de la señorita Maggi llenándome de un lento abandono interminable.

—Dejate ir —la voz llegaba desde el jadeo, era el jadeo mismo hablándome—, gozá, chiquito, tenés que darme aunque sea unas gotas para los análisis, ahora, así, así.

Sentí el roce de un recipiente allí donde todo era placer y fuga, la mano sostuvo y corrió y apretó blandamente, casi no me di cuenta de que delante de los ojos no había más que el cristal oscuro y que el tiempo pasaba, ahora la señorita Maggi estaba detrás de mí y me soltaba las correas de la cabeza. Un latigazo de luz amarilla golpeándome mientras me enderezaba y me abrochaba, una puerta del fondo y la señorita Maggi mostrándome la salida, mirándome sin expresión, una cara lisa y saciada, la peluca violentamente iluminada por la luz amarilla. Otro se le hubiera tirado encima ahí nomás, la hubiera abrazado ahora que no había ninguna razón para no abrazarla o besarla o pegarle, otro como Fiori o Raguzzi, pero tal vez nadie lo hubiera hecho y la puerta se le hubiera cerrado como a mí a la espalda con un golpe seco, dejándome en otro pasadizo que giraba a la distancia y se perdía en su propia curva, en una soledad donde faltaba Nito, donde sentí la ausencia de Nito como algo insoportable y corrí hacia el codo y cuando vi la única puerta me tiré contra ella y estaba cerrada con llave, la golpeé y oí mi golpe como un grito, me apoyé contra la puerta resbalando poco a poco hasta quedar de rodillas, a lo mejor era debilidad, el mareo después de la señorita Maggi. Del otro lado de la puerta me llegaron la gritería y las risas.

Porque ahí se reía y se gritaba fuerte, alguien había empujado a Nito para hacerlo avanzar entre el acuario y la pared de la izquierda por donde todos se movían buscando la salida, Caletti mostrando el camino con los brazos en alto como había mostrado al perro al entrar, y los otros siguiéndolo entre chillidos y empujones, Nito con alguien atrás que también lo empujaba tratándolo de dormido y de fiaca, no había terminado de pasar la puerta cuando ya el juego empezaba, reconoció al Rengo que entraba por otro lado con los ojos vendados y sostenido por el gallego Fernando y Raguzzi que lo cuidaban de un tropezón o un golpe, los demás ya se estaban escondiendo detrás de los sillones, en un armario, debajo de una cama, Kurchin se había trepado a una silla y de ahí a lo alto de una estantería mientras los otros se desparramaban en el enorme salón y esperaban los movimientos del Rengo para evadirlo en puntas de pie o llamándolo con voces en falsete para engañarlo, el Rengo se contoneaba y soltaba gritidos con los brazos tendidos buscando atrapar a alguno, Nito tuvo que huir hacia una pared y luego esconderse detrás de una mesa con floreros y libros, y cuando el Rengo alcanzó al petiso Larrañaga con un chillido de triunfo, los demás salieron aplaudiendo de los escondites y el Rengo se sacó la venda y se la puso a Larrañaga, lo hacía duramente y apretándole los ojos

690

aunque el petiso protestaba, condenándolo a ser el que tenía que buscarlos, la gallina ciega atada con la misma despiadada fuerza con que habían atado las patas del perrito blanco. Y otra vez dispersarse entre risas y cuchicheos, el profesor Iriarte dando saltos, Fiori buscando donde esconderse sin perder la calma compadrona, Raguzzi sacando pecho y gritando a dos metros del petiso Larrañaga que se abalanzaba para no encontrar más que el aire, Raguzzi de un salto fuera de su alcance gritándole *¡Me Tarzan, you Jane,* boludo!, el petiso perplejo dando vueltas y buscando en el vacío, la señorita Maggi que reaparecía para abrazarse con el Rengo y reírse de Larrañaga, los dos con gritos de miedo cuando el petiso se tiró hacia ellos y se escaparon por un pelo de sus manos tendidas, Nito saltando hacia atrás y viendo cómo el petiso agarraba por el pelo a Kurchin que se había descuidado, el alarido de Kurchin y Larrañaga sacándose la venda pero sin soltar la presa, los aplausos y los gritos, de golpe silencio porque el Rengo alzaba una mano y Fiori a su lado se plantaba en posición de firme y daba una orden que nadie entendió pero era igual, el uniforme de Fiori como la orden misma, nadie se movía, ni siquiera Kurchin con los ojos llenos de lágrimas porque Larrañaga casi le arrancaba el pelo, lo mantenía ahí sin soltarlo.

—Tusa —mandó el Rengo—. Ahora tusa y caricatusa. Ponelo.

Larrañaga no entendía, pero Fiori le mostró a Kurchin con un gesto seco, y entonces el petiso le tiró del pelo obligándolo a agacharse cada vez más, ya los otros se iban poniendo en fila, las mujeres con gritos y recogiéndose las polleras, Perrone el primero y después el profesor Iriarte, Moreira haciéndose la remilgada, Caletti y la Chancha Delucía, una fila que llegaba hasta el fondo del salón y Larrañaga sujetando a Kurchin agachado y soltándolo de golpe cuando el Rengo hizo un gesto y Fiori ordenó «¡Saltar sin pegar!», Perrone en punta y detrás toda la fila, empezaron a

saltar apoyando las manos en la espalda de Kurchin arquea-
do como un chanchito, saltaban al rango pero gritando
«¡Tusa!», gritando «¡Caricatusa!» cada vez que pasaban por
encima de Kurchin y rehacían la fila del otro lado, daban la
vuelta al salón y empezaban de nuevo, Nito casi al final saltando lo más liviano que podía para no aplastar a Kurchin,
después Macías dejándose caer como una bolsa, oyendo al
Rengo que chillaba «¡Saltar y pegar!», y toda la fila pasó de
nuevo por encima de Kurchin pero ahora buscando patearlo
y golpearlo a la vez que saltaban, ya habían roto la fila y rodeaban a Kurchin, con las manos abiertas le pegaban en la
cabeza, la espalda, Nito había alzado el brazo cuando vio a
Raguzzi que soltaba la primera patada en las nalgas de Kurchin que se contrajo y gritó, Perrone y Mutis le pateaban las
piernas mientras las mujeres se ensañaban con el lomo de
Kurchin, que aullaba y quería enderezarse y escapar pero
Fiori se acercaba y lo retenía por el pescuezo gritando «¡Tusa, caricatusa, pegar y pegar!», algunas manos ya eran puños
cayendo sobre los flancos y la cabeza de Kurchin, que cla-
maba pidiendo perdón sin poder zafarse de Fiori, de la lluvia
de patadas y trompadas que lo cercaban. Cuando el Rengo y
la señorita Maggi gritaron una orden al mismo tiempo, Fiori
soltó a Kurchin que cayó de costado, sangrándole la boca,
del fondo del salón vino corriendo el gallego Manolo y lo levantó como si fuera una bolsa, se lo llevó mientras todos
aplaudían rabiosamente y Fiori se acercaba al Rengo y a la
señorita Maggi como consultándolos.

Nito había retrocedido hasta quedar en el borde del
círculo que empezaba a romperse sin ganas, como queriendo
seguir el juego o empezar otros, desde ahí vio cómo el Rengo
mostraba con el dedo al profesor Iriarte, y a Fiori que se le
acercaba y le hablaba, después una orden seca y todos empezaron a formarse en cuadro, de a cuatro en fondo, las mujeres
atrás y Raguzzi como adalid del pelotón, mirando furioso a
Nito que tardaba en encontrar un lugar cualquiera en la se-

gunda fila. Todo esto lo vi yo clarito mientras el gallego Fernando me traía de un brazo después de haberme encontrado detrás de la puerta cerrada y abrirla para hacerme entrar de un empellón, vi cómo el Rengo y la señorita Maggi se instalaban en un sofá contra la pared, los otros que completaban el cuadro con Fiori y Raguzzi al frente, con Nito pálido entre los de la segunda fila, y el profesor Iriarte que se dirigía al cuadro como en una clase, después de un saludo ceremonioso al Rengo y a la señorita Maggi, yo perdiéndome como podía entre las locas del fondo que me miraban riéndose y cuchicheando hasta que el profesor Iriarte carraspeó y se hizo un silencio que duró no sé hasta cuándo.

—Se procederá a enunciar el decálogo —dijo el profesor Iriarte—. Primera profesión de fe.

Yo lo miraba a Nito como si todavía él pudiera ayudarme, con una estúpida esperanza de que me mostrara una salida, una puerta cualquiera para escaparnos, pero Nito no parecía darse cuenta de que yo estaba ahí detrás, miraba fijamente el aire como todos, inmóvil como todos ahora.

Monótonamente, casi sílaba a sílaba, el cuadro enunció:

—Del orden emana la fuerza, y de la fuerza emana el orden.

—¡Corolario! —mandó Iriarte.

—Obedece para mandar, y manda para obedecer —recitó el cuadro.

Era inútil esperar que Nito se diera vuelta, hasta creo haber visto que sus labios se movían como si se hicieran el eco de lo que recitaban los otros. Me apoyé en la pared, un panel de madera que crujió, y una de las locas, creo que Moreira, me miró alarmada. «Segunda profesión de fe», estaba ordenando Iriarte cuando sentí que eso no era un panel sino una puerta, y que cedía poco a poco mientras yo me iba dejando resbalar en un mareo casi agradable. «Ay, pero qué te pasa, precioso», alcanzó a cuchichear Moreira y ya el cuadro enunciaba una frase que no comprendí, girando de lado pasé al otro lado y cerré la puerta, sentí la presión de las manos de Moreira y Macías que buscaban abrirla y bajé el pestillo que brillaba maravillosamente en la penumbra, empecé a correr por una galería, un codo, dos piezas vacías y a oscuras con al final otro pasillo que llevaba directamente al corredor sobre el patio en el lado opuesto a la sala de profesores. De todo eso me acuerdo poco, yo no era más que mi propia fuga, algo que corría en la sombra tratando de no hacer ruido, resbalando sobre las baldosas hasta llegar a la escalera de mármol, bajarla de a tres peldaños y sentirme impulsado por esa casi caída hasta las columnas del peristilo donde estaba el poncho y también los brazos abiertos del gallego Manolo cerrándome el paso. Ya lo dije, me acuerdo poco de todo eso, tal vez le hundí la cabeza en pleno estómago o lo barajé de una patada en la barriga, el poncho se me enredó en uno de los pinchos de la reja pero lo mismo trepé y salté, en la vereda había un gris de amanecer y un viejo andando despacio, el gris sucio del alba y el viejo que se quedó mirándome con una cara de pescado, la boca abierta para un grito que no alcanzó a gritar.

Todo ese domingo no me moví de casa, por suerte me conocían en la familia y nadie hizo preguntas que no hubiera contestado, a mediodía llamé por teléfono a casa de Nito pero la madre me dijo que no estaba, por la tarde supe que Nito había vuelto pero que ya andaba otra vez afuera, y cuando llamé a las diez de la noche, un hermano me dijo que no sabía dónde estaba. Me asombró que no hubiera venido a buscarme, y cuando el lunes llegué a la escuela me asombró todavía más encontrármelo en la entrada, él que batía todas las marcas en materia de llegadas tarde. Estaba hablando con Delich, pero se separó de él y vino a encontrarme, me estiró la mano y yo se la apreté aunque era raro, era tan raro que nos diéramos la mano al llegar a la escuela. Pero qué importaba si ya lo otro me venía a borbotones, en los cinco minutos que faltaban para la campana teníamos que decirnos tantas cosas, pero entonces vos qué hiciste, cómo te escapaste, a mí me atajó el gallego y entonces, sí, ya sé, estaba diciéndome Nito, no te excités tanto, Toto, dejame hablar un poco a mí. Che, pero es que... Sí, claro, no es para menos. ¿Para menos, Nito, pero vos me estás cachando o qué? Ahora mismo tenemos que subir y denunciarlo al Rengo. Esperá, esperá, no te calentés así, Toto.

Eso seguía, como dos monólogos cada uno por su lado, de alguna manera yo empezaba a darme cuenta de que algo no andaba, de que Nito estaba como en otra cosa. Pasó Moreira y saludó con una guiñada de ojos, de lejos vi a la Chancha Delucía que entraba corriendo, a Raguzzi con su saco deportivo, todos los hijos de puta iban llegando mezclados con los amigos, con Llanes y Alermi que también decían qué tal, viste cómo ganó River, qué te había dicho, pibe, y Nito mirándome y repitiendo aquí no, ahora no, Toto, a la salida hablamos en el café. Pero mirá, mirá, Nito, miralo a Kurchin con la cabeza vendada, yo no me puedo quedar callado, subamos juntos, Nito, o voy solo, te juro que voy solo ahora mismo. No, dijo Nito, y había como otra voz en esa sola palabra, no vas a subir ahora, Toto, primero vamos a hablar vos y yo.

Era él, claro, pero fue como si de repente no lo conociera. Me había dicho que no como podía habérmelo dicho Fiori, que ahora llegaba silbando, de civil por supuesto, y saludaba con una sonrisa sobradora que nunca le había conocido antes. Me pareció como si todo se condensara de golpe en eso, en el no de Nito, en la sonrisa inimaginable de Fiori; era de nuevo el miedo de esa fuga en la noche, de las escaleras más voladas que bajadas, de los brazos abiertos del gallego Manolo entre las columnas.

—¿Y por qué no voy a subir? —dije absurdamente—. ¿Por qué no lo voy a denunciar al Rengo, a Iriarte, a todos?

—Porque es peligroso —dijo Nito—. Aquí no podemos hablar ahora, pero en el café te explico. Yo me quedé más que vos, sabés.

—Pero al final también te escapaste —dije como desde una esperanza, buscándolo como si no lo tuviera ahí delante mío.

—No, no tuve que escaparme, Toto. Por eso te digo que te calles ahora.

—¿Y por qué tengo que hacerte caso? —grité, creo que a punto de llorar, de pegarle, de abrazarlo.

—Porque te conviene —dijo la otra voz de Nito—. Porque no sos tan idiota para no darte cuenta de que si abrís la boca te va a costar caro. Ahora no podés comprender y hay que entrar a clase. Pero te lo repito, si decís una sola palabra te vas a arrepentir toda la vida, si es que estás vivo.

Jugaba, claro, no podía ser que me estuviera diciendo eso, pero era la voz, la forma en que me lo decía, ese convencimiento y esa boca apretada. Como Raguzzi, como Fiori, ese convencimiento y esa boca apretada. Nunca sabré de qué hablaron los profesores ese día, todo el tiempo sentía en la espalda los ojos de Nito clavados en mí. Y Nito tampoco seguía las clases, qué le importaban las clases ahora, esas cortinas de humo del Rengo y de la señorita Maggi para que lo otro, lo que importaba de veras, se fuera cumpliendo poco a poco, así como poco a poco se habían ido enunciando para él las profesiones de fe del decálogo, una tras otra, todo eso que iría naciendo alguna vez de la obediencia al decálogo, del cumplimiento futuro del decálogo, todo eso que había aprendido y prometido y jurado esa noche y que alguna vez se cumpliría para el bien de la patria cuando llegara la hora y el Rengo y la señorita Maggi dieran la orden de que empezara a cumplirse.

Deshoras

Ya no tenía ninguna razón especial para acordarme de todo eso, y aunque me gustaba escribir por temporadas y algunos amigos aprobaban mis versos o mis relatos, me ocurría preguntarme a veces si esos recuerdos de la infancia merecían ser escritos, si no nacían de la ingenua tendencia a creer que las cosas habían sido más de veras cuando las ponía en palabras para fijarlas a mi manera, para tenerlas ahí como las corbatas en el armario o el cuerpo de Felisa por la noche, algo que no se podría vivir de nuevo pero que se hacía más presente como si en el mero recuerdo se abriera paso una tercera dimensión, una casi siempre amarga pero tan deseada contigüidad. Nunca supe bien por qué, pero una y otra vez volvía a cosas que otros habían aprendido a olvidar para no arrastrarse en la vida con tanto tiempo sobre los hombros. Estaba seguro de que entre mis amigos había pocos que recordaran a sus compañeros de infancia como yo recordaba a Doro, aunque cuando escribía sobre Doro no era casi nunca él quien me llevaba a escribir sino otra cosa, algo en que Doro era solamente el pretexto para la imagen de su hermana mayor, la imagen de Sara en aquel entonces en que Doro y yo jugábamos en el patio o dibujábamos en la sala de la casa de Doro.

Tan inseparables habíamos sido en esos tiempos del sexto grado, de los doce o trece años, que no era capaz de sentirme escribiendo separadamente sobre Doro, aceptarme desde fuera de la página y escribiendo sobre Doro. Verlo era verme simultáneamente como Aníbal con Doro, y no hubiera podido recordar nada de Doro si al mismo tiempo no hubiera sentido que Aníbal estaba también ahí en ese momento, que era Aníbal el que había pateado aquella pelota que rompió un vidrio de la casa de Doro una tarde de verano, el susto y las ganas de esconderse o de negar, la aparición de Sara tratándolos de bandidos y mandándolos a jugar al potrero de la esquina. Y con todo eso venía también Banfield, claro, porque todo había pasado allí, ni Doro ni Aníbal hubieran podido imaginarse en otro pueblo que en Banfield donde las casas y los potreros eran entonces más grandes que el mundo.

Un pueblo, Banfield, con sus calles de tierra y la estación del Ferrocarril Sud, sus baldíos que en verano hervían de langostas multicolores a la hora de la siesta, y que de noche se agazapaba como temeroso en torno a los pocos faroles de las esquinas, con una que otra pitada de los vigilantes a caballo y el halo vertiginoso de los insectos voladores en torno a cada farol. A tan poca distancia las casas de Doro y de Aníbal que la calle era para ellos como un corredor más, algo que seguía manteniéndolos unidos de día o de noche, en el potrero jugando al fútbol en plena siesta o bajo la luz del farol de la esquina mirando cómo los sapos y los escuerzos hacían rueda para comerse a los insectos borrachos de dar vueltas en torno a la luz amarilla. Y el verano, siempre, el verano de las vacaciones, la libertad de los juegos, el tiempo solamente de ellos, para ellos, sin horario ni campana para entrar a clase, el olor del verano en el aire caliente de las tardes y las noches, en las caras sudadas después de ganar o perder o pelearse o correr, de reírse y a veces de llorar pero siempre juntos, siempre libres, dueños de su mundo de barriletes y pelotas y esquinas y veredas.

De Sara le quedaban pocas imágenes, pero cada una se recortaba como un vitral a la hora del sol más alto, con azules y rojos y verdes penetrando el espacio hasta hacerle daño, a veces Aníbal veía sobre todo su pelo rubio cayéndole sobre los hombros como una caricia que él hubiera querido sentir contra su cara, a veces su piel tan blanca porque Sara no salía casi nunca al sol, absorbida por los trabajos de la casa, la madre enferma y Doro que volvía cada tarde con la ropa sucia, lastimadas las rodillas, las zapatillas embarradas. Nunca supo la edad de Sara en ese entonces, solamente que ya era una señorita, una joven madre de su hermano que se volvía más niño cuando ella le hablaba, cuando le pasaba la mano por la cabeza antes de mandarlo a comprar algo o pedirles a los dos que no gritaran tanto en el patio. Aníbal la saludaba tímido, dándole la mano, y Sara se la apretaba amablemente, casi sin mirarlo pero aceptándolo como esa otra mitad de Doro que casi diariamente venía a la casa para leer o jugar. A las cinco los llamaba para darles café con leche y bizcochos, siempre en la mesita del patio o en la sala sombría; Aníbal sólo había visto dos o tres veces a la madre de Doro, dulcemente desde su sillón de ruedas les decía su hola chicos, su tengan cuidado con los autos, aunque había tan pocos autos en Banfield y ellos sonreían seguros de sus esquives en la calle, de su invulnerabilidad de jugadores de fútbol y corredores. Doro no hablaba nunca de su madre, casi siempre en la cama o escuchando radio en el salón, la casa era el patio y Sara, a veces algún tío de visita que les preguntaba lo que habían estudiado en la escuela y les regalaba cincuenta centavos. Y para Aníbal siempre era verano, de los inviernos no tenía casi recuerdos, su casa se volvía un encierro gris y neblinoso donde sólo los libros contaban, la familia en sus cosas y las cosas fijas en sus huecos, las gallinas que él tenía que cuidar, las enfermedades con largas dietas y té y solamente a veces Doro, porque a Doro no le gustaba quedarse mucho en una casa donde no los dejaban jugar como en la suya.

Fue a lo largo de una bronquitis de quince días que Aníbal empezó a sentir la ausencia de Sara, cuando Doro venía a visitarlo le preguntaba por ella y Doro le contestaba distraído que estaba bien, lo único que le interesaba era si esa semana iban a poder jugar de nuevo en la calle. Aníbal hubiera querido saber más de Sara pero no se animaba a preguntar mucho, a Doro le hubiera parecido estúpido que se preocupara por alguien que no jugaba como ellos, que estaba tan lejos de todo lo que ellos hacían y pensaban. Cuando pudo volver a la casa de Doro, todavía un poco débil, Sara le dio la mano y le preguntó cómo andaba, no tenía que jugar a la pelota para no cansarse, mejor que dibujaran o leyeran en la sala; su voz era grave, hablaba como siempre le hablaba a Doro, afectuosamente pero lejos, la hermana mayor atenta y casi severa. Antes de dormirse esa noche, Aníbal sintió que algo le subía a los ojos, que la almohada se le volvía Sara, una necesidad de apretarla en los brazos y llorar con la cara pegada a Sara, al pelo de Sara, queriendo que ella estuviera ahí y le trajera los remedios y mirara el termómetro sentada a los pies de la cama. Cuando su madre vino por la mañana para frotarle el pecho con algo que olía a alcohol y a mentol, Aníbal cerró los ojos y fue la mano de Sara alzándole el camisón, acariciándolo livianamente, curándolo.

Era de nuevo el verano, el patio de la casa de Doro, las vacaciones con novelas y figuritas, con la filatelia y la colección de jugadores de fútbol que pegaban en un álbum. Esa tarde hablaban de pantalones largos, ya no faltaba mucho para ponérselos, quién iba a entrar en la secundaria con pantalones cortos. Sara los llamó para el café con leche y a Aníbal le pareció que había escuchado lo que decían y que en su boca había como un resto de sonrisa, a lo mejor se divertía oyéndolos hablar de esas cosas y se burlaba un poco. Doro le había dicho que ya tenía novio, un señor grande que la visitaba los sábados pero que él no había visto todavía. Aníbal lo imaginaba como alguien que le traía bombones a Sara y hablaba con ella en la sala, igual que el novio de su prima Lola, en pocos días se había curado de la bronquitis y ya podía jugar de nuevo en el potrero con Doro y los otros amigos. Pero de noche era triste y a la vez tan hermoso, solo en su cuarto antes de dormirse se decía que Sara no estaba ahí, que nunca entraría a verlo ni sano ni enfermo, justo a esa hora en que él la sentía tan cerca, la miraba con los ojos cerrados sin que la voz de Doro o los gritos de los otros chicos se mezclaran con esa presencia de Sara sola ahí para él, junto a él, y el llanto volvía como un deseo de entrega, de ser Doro en las manos de Sara, de que el pelo de Sara le rozara la frente y su voz le dijera buenas noches, que Sara le subiera la sábana antes de irse.

Se animó a preguntarle a Doro como de paso quién lo cuidaba cuando estaba enfermo, porque Doro había tenido una infección intestinal y había pasado cinco días en la cama. Se lo preguntó como si fuera natural que Doro le dijera que su madre lo había atendido, sabiendo que no podía ser y que entonces Sara, los remedios y las otras cosas. Doro le contestó que su hermana le hacía todo, cambió de tema y se puso a hablar de cine. Pero Aníbal quería saber más, si Sara lo había cuidado desde que era chico, y claro que lo había cuidado porque su mamá llevaba ocho años casi inválida y Sara se ocupaba de los dos. Pero entonces, ¿ella te bañaba cuando eras chico? Seguro, ¿por qué me preguntás esas pavadas? Por nada, por saber nomás, debe ser tan raro tener una hermana grande que te baña. No tiene nada de raro, che. ¿Y cuando te enfermabas de chico ella te cuidaba y te hacía todo? Sí, claro. ¿Y a vos no te daba vergüenza que tu hermana te viera y te hiciera todo? No, qué vergüenza me iba a dar, yo era chico entonces. ¿Y ahora? Bueno, ahora igual, por qué me va a dar vergüenza cuando estoy enfermo.

Por qué, claro. A la hora en que cerrando los ojos imaginaba a Sara entrando de noche en su cuarto, acercándose a su cama, era como un deseo de que ella le preguntara cómo estaba, le pusiera la mano en la frente y después bajara las sábanas para verle la lastimadura en la pantorrilla, le cambiara la venda tratándolo de tonto por haberse cortado con un vidrio. La sentía levantándole el camisón y mirándolo desnudo, tocándole el vientre para ver si estaba inflamado, tapándolo de nuevo para que se durmiera. Abrazado a la almohada se sentía de pronto tan solo, y cuando abría los ojos en el cuarto ya vacío de Sara era como una marea de congoja y de delicia porque nadie, nadie podía saber de su amor, ni siquiera Sara, nadie podía comprender esa pena y ese deseo de morir por Sara, de salvarla de un tigre o de un incendio y morir por ella, y que ella se lo agradeciera y lo besara llorando. Y cuando sus manos bajaban y empezaba a acariciarse como Doro, como todos los chicos, Sara no entraba en sus imágenes, era la hija del almacenero o la prima Yolanda, eso no podía suceder con Sara que venía a cuidarlo de noche como lo cuidaba a Doro, con ella no había más que esa delicia de imaginarla inclinándose sobre él y acariciándolo y el amor era eso, aunque Aníbal ya supiera lo que podía ser el amor y se lo imaginara con Yolanda, todo lo que él le haría alguna vez a Yolanda o a la chica del almacenero.

El día del zanjón fue casi al final del verano, después de jugar en el potrero se habían separado de la barra y por un camino que solamente ellos conocían y que llamaban el camino de Sandokán se perdieron en la maleza espinosa donde una vez habían encontrado un perro ahorcado en un árbol y habían huido de puro susto. Arañándose las manos se abrieron paso hasta lo más tupido, hundiendo la cara en el ramaje colgante de los sauces hasta llegar al borde del zanjón de aguas turbias donde siempre habían esperado pescar mojarritas y nunca habían sacado nada. Les gustaba sentarse al borde y fumar los cigarrillos que Doro hacía con chala de maíz, hablando de las novelas de Salgari y planeando viajes y cosas. Pero ese día no tuvieron suerte, a Aníbal se le enganchó un zapato en una raíz y se fue para adelante, se agarró de Doro y los dos resbalaron en el talud del zanjón y se hundieron hasta la cintura, no había peligro pero fue como si, manotearon desesperados hasta sujetarse de la ramazón de un sauce, se arrastraron trepando y puteando hasta lo alto, el barro se les había metido por todas partes, les chorreaba dentro de las camisas y los pantalones y olía a podrido, a rata muerta.

Volvieron casi sin hablar y se metieron por el fondo del jardín en la casa de Doro, esperando que no hubiera nadie en el patio y pudieran lavarse a escondidas. Sara colgaba ropa cerca del gallinero y los vio venir, Doro como con miedo y Aníbal detrás, muerto de vergüenza y queriendo de veras morirse, estar a mil leguas de Sara en ese momento en que ella los miraba apretando los labios, en un silencio que los clavaba ridículos y confundidos bajo el sol del patio.

—Era lo único que faltaba —dijo solamente Sara, dirigiéndose a Doro pero tan para Aníbal balbuceando las primeras palabras de una confesión, era culpa suya, se le había enganchado un zapato y entonces, Doro no tuvo la culpa de que, lo que había pasado era que todo estaba tan refaloso.

—Vayan a bañarse ahora mismo —dijo Sara como si no lo hubiera oído—. Sáquense los zapatos antes de entrar y después se lavan la ropa en la pileta del gallinero.

En el baño se miraron y Doro fue el primero en reírse pero era una risa sin convicción, se desnudaron y abrieron la ducha, bajo el agua podían empezar a reírse de veras, a pelearse por el jabón, a mirarse de arriba abajo y a hacerse cosquillas. Un río de barro corría hasta el desagüe y se diluía poco a poco, el jabón empezaba a dar espuma, se divertían tanto que en el primer momento no se dieron cuenta de que la puerta se había abierto y que Sara estaba ahí mirándolos, acercándose a Doro para sacarle el jabón de la mano y frotárselo en la espalda todavía embarrada. Aníbal no supo qué hacer, parado en la bañadera se puso las manos en la barriga, después se dio vuelta de golpe para que Sara no lo viera y fue todavía peor, de tres cuartos y con el agua corriéndole por la cara, cambiando de lado y otra vez de espaldas, hasta que Sara le alcanzó el jabón con un lavate mejor las orejas, tenés barro por todas partes.

Esa noche no pudo ver a Sara como las otras noches, aunque apretaba los párpados lo único que veía era a Doro y a él en la bañadera, a Sara acercándose para inspeccionarlos de arriba abajo y después saliendo del baño con la ropa sucia en los brazos, generosamente yendo ella misma a la pileta para lavarles las cosas y gritándoles que se envolvieran en las toallas de baño hasta que todo estuviera seco, dándoles el café con leche sin decir nada, ni enojada ni amable, instalando la tabla de planchar bajo las glicinas y poco a poco secando los pantalones y las camisas. Cómo no había podido decirle algo al final cuando los mandó a vestirse, decirle solamente gracias, Sara, qué buena es, gracias de veras, Sara. No había podido decir ni eso y Doro tampoco, habían ido a vestirse callados y después la filatelia y las figuritas de aviones sin que Sara apareciera de nuevo, siempre cuidando a su madre al anochecer, preparando la cena y a veces tarareando un tango entre el ruido de los platos y las cacerolas, ausente como ahora bajo los párpados que ya no le servían para hacerla venir, para que supiera cuánto la quería, qué ganas de morirse de veras después de haberla visto mirándolos en la ducha.

Debió ser en las últimas vacaciones antes de entrar en el colegio nacional, sin Doro porque Doro iría a la escuela normal, pero los dos se habían prometido seguir viéndose todos los días aunque fueran a escuelas diferentes, qué importaba si por la tarde seguirían jugando como siempre, sin saber que no, que algún día de febrero o marzo jugarían por última vez en el patio de la casa de Doro porque la familia de Aníbal se mudaba a Buenos Aires y solamente podrían verse los fines de semana, amargos de rabia por un cambio que no querían admitir, por una separación que los grandes les imponían como tantas cosas, sin preocuparse por ellos, sin consultarlos.

Todo de golpe iba rápido, cambiaba como ellos con los primeros pantalones largos, cuando Doro le dijo que Sara se iba a casar a principios de marzo, se lo dijo como algo sin importancia y Aníbal ni siquiera hizo un comentario, pasaron días antes de que se animara a preguntarle a Doro si Sara iba a seguir viviendo con él después de casada, pero sos idiota vos, cómo se van a quedar aquí, el tipo tiene mucha guita y se la va a llevar a Buenos Aires, tiene otra casa en Tandil y yo me voy a quedar con mi mamá y tía Faustina que la va a cuidar.

Ese sábado último de las vacaciones vio llegar al novio en su auto, lo vio de azul y gordo, con lentes, bajándose del auto con un paquetito de masas y un ramo de azucenas. En su casa lo llamaban para que empezara a embalar sus cosas, la mudanza era el lunes y todavía no había hecho nada. Hubiera querido ir a la casa de Doro sin saber por qué, estar solamente ahí, pero su madre lo obligó a empaquetar sus libros, el globo terráqueo, las colecciones de bichos. Le habían dicho que tendría una pieza grande para él solo con vista a la calle, le habían dicho que podría ir al colegio a pie. Todo era nuevo, todo iba a empezar de otra manera, todo giraba lentamente, y ahora Sara estaría sentada en la sala con el gordo del traje azul, tomando el té con las masas que él había traído, tan lejos del patio, tan lejos de Doro y él, sin nunca más llamarlos para el café con leche debajo de las glicinas.

El primer fin de semana en Buenos Aires (era cierto, tenía una pieza grande para él solo, el barrio estaba lleno de negocios, había un cine a dos cuadras), tomó el tren y volvió a Banfield para ver a Doro. Conoció a la tía Faustina, que no les dio nada cuando terminaron de jugar en el patio, se fueron a caminar por el barrio y Aníbal tardó un rato en preguntarle por Sara. Bueno, se había casado por civil y ya estaban en la casa de Tandil para la luna de miel, Sara iba a venir cada quince días a ver a su madre. ¿Y no la extrañás? Sí, pero qué querés. Claro, ahora está casada. Doro se distraía, empezaba a cambiar de tema y Aníbal no encontraba la manera de que siguiera hablándole de Sara, a lo mejor pidiéndole que le contara el casamiento y Doro riéndose, yo qué sé, habrá sido como siempre, del civil se fueron al hotel y entonces vino la noche de bodas, se acostaron y entonces el tipo. Aníbal escuchaba mirando las verjas y las baldosas, no quería que Doro le viera la cara y Doro se daba cuenta, seguro que vos no sabés lo que pasa la noche de bodas. No jodas, claro que sé. Lo sabés pero la primera vez es diferente, a mí me contó Ramírez, a él se lo dijo el hermano que es abogado y se casó el año pasado, le explicó todo. Había un banco vacío en la plaza, Doro había comprado cigarrillos y le seguía contando y fumando, Aníbal asentía, tragaba el humo que empezaba a marearlo, no necesitaba cerrar los ojos para ver contra el fondo del follaje el cuerpo de Sara que nunca había imaginado como un cuerpo, ver la noche de bodas desde las palabras del hermano de Ramírez, desde la voz de Doro que le seguía contando.

Ese día no se animó a pedirle la dirección de Sara en Buenos Aires, lo dejó para otra visita porque tenía miedo de Doro en ese momento, pero la otra visita no llegó nunca, el colegio empezó y los nuevos amigos, Buenos Aires se tragó poco a poco a Aníbal cargado de libros de matemáticas y tantos cines en el centro y la cancha de River y los primeros paseos de noche con Beto, que era un porteño de veras. También a Doro le estaría pasando lo mismo en La Plata, cada tanto Aníbal pensaba en mandarle unas líneas porque Doro no tenía teléfono, después venía Beto o había que preparar algún trabajo práctico, fueron meses, el primer año, vacaciones en Saladillo, de Sara no iba quedando más que alguna imagen aislada, una ráfaga de Sara cuando algo en María o en Felisa le recordaba por un momento a Sara. Un día del segundo año la vio nítidamente al salir de un sueño y le dolió con un dolor amargo y quemante, al fin y al cabo no había estado tan enamorado de ella, total antes era un chico y Sara nunca le había prestado atención como ahora Felisa o la rubia de la farmacia, nunca había ido a un baile con él como su prima Beba o Felisa para festejar la entrada a cuarto año, nunca lo había dejado acariciarle el pelo como María, ir a bailar a San Isidro y perderse a medianoche entre los árboles de la costa, besar a Felisa en la boca entre protestas y risas, apoyarla contra un tronco y acariciarle el pecho, bajar hasta perder la mano en ese calor huyente y después de otro baile y mucho cine encontrar un refugio en el fondo del jardín de Felisa y resbalar con ella hasta el suelo, sentir en la boca su sabor salado y dejarse buscar por una mano que lo guió, por supuesto no le iba a decir que era la primera vez, que había tenido miedo, ya estaba en primer año de ingeniería y no le podía decir eso a Felisa y después ya no hizo falta porque todo se aprendía tan rápido con Felisa y algunas veces con su prima Beba.

Nunca más supo de Doro y no le importó, también se había olvidado de Beto que enseñaba historia en algún pueblo de provincia, los juegos se habían ido dando sin sorpresa y como a todo el mundo, Aníbal aceptaba sin aceptar, algo que debía ser la vida aceptaba por él, un diploma, una hepatitis grave, un viaje al Brasil, un proyecto importante en un estudio con dos o tres socios. Estaba despidiéndose de uno de ellos en la puerta antes de ir a tomar una cerveza después del trabajo cuando vio venir a Sara por la vereda de enfrente. Bruscamente recordó que la noche antes había soñado con Sara y que era siempre el patio de la casa de Doro aunque no pasaba nada, aunque Sara solamente estaba ahí colgando ropa o llamándolos para el café con leche, y el sueño se acababa así casi sin haber empezado. Tal vez porque no pasaba nada las imágenes eran de una precisión cortante bajo el sol del verano de Banfield que en el sueño no era el mismo que el de Buenos Aires; tal vez también por eso o por falta de algo mejor había rememorado a Sara después de tantos años de olvido (pero no había sido olvido, se lo repitió hoscamente a lo largo del día), y verla venir ahora por la calle, verla ahí vestida de blanco, idéntica a entonces con el pelo azotándole los hombros a cada paso en un juego de luces doradas, encadenándose a las imágenes del sueño en una continuidad que no le extrañó, que tenía algo de necesario y previsible, cruzar la calle y enfrentarla, decirle quién era y que ella lo mirara sorprendida, no lo reconociera y de golpe sí, de golpe sonriera y le tendiera la mano, se la apretara de veras y siguiera sonriéndole.

—Qué increíble —dijo Sara—. Cómo te iba a reconocer después de tantos años.

—Usted sí, claro —dijo Aníbal—. Pero ya ve, yo la reconocí enseguida.

—Lógico —dijo lógicamente Sara—. Si ni siquiera te habías puesto pantalones largos. Yo también habré cambiado tanto, lo que pasa es que sos mejor fisonomista.

Dudó un segundo antes de comprender que era idiota seguir tratándola de usted.

—No, no has cambiado, ni siquiera el peinado. Sos la misma.

—Fisonomista pero un poco miope —dijo ella con la antigua voz donde la bondad y la burla se enredaban.

El sol les daba en la cara, no se podía hablar entre el tráfico y la gente. Sara dijo que no tenía apuro y que le gustaría tomar algo en un café. Fumaron el primer cigarrillo, el de las preguntas generales y los rodeos, Doro era maestro en Adrogué, la mamá se había muerto como un pajarito mientras leía el diario, él estaba asociado con otros muchachos ingenieros, les iba bien aunque la crisis, claro. En el segundo cigarrillo Aníbal dejó caer la pregunta que le quemaba los labios.

—¿Y tu marido?

Sara dejó salir el humo por la nariz, lo miró despacio en los ojos.

—Bebe —dijo.

708

No había ni amargura ni lástima, era una simple información y después otra vez Sara en Banfield antes de todo eso, antes de la distancia y el olvido y el sueño de la noche anterior, exactamente como en el patio de la casa de Doro y aceptándole el segundo whisky como siempre casi sin hablar, dejándolo a él que siguiera, que le contara porque él tenía mucho más para contarle, los años habían estado tan llenos de cosas para él, ella era como si no hubiese vivido mucho y no valía la pena decir por qué. Tal vez porque acababa de decirlo con una sola palabra.

Imposible saber en qué momento todo dejó de ser difícil, juego de preguntas y respuestas, Aníbal había tendido la mano sobre el mantel y la mano de Sara no rehuyó su peso, la dejó estar mientras él agachaba la cabeza porque no podía mirarla en la cara, mientras le hablaba a borbotones del patio, de Doro, le contaba las noches en su cuarto, el termómetro, el llanto contra la almohada. Se lo decía con una voz lisa y monótona, amontonando momentos y episodios pero todo era lo mismo, me enamoré tanto de vos, me enamoré tanto y no te lo podía decir, vos venías de noche y me cuidabas, vos eras la mamá joven que yo no tenía, vos me tomabas la temperatura y me acariciabas para que me durmiera, vos nos dabas el café con leche en el patio, te acordás, vos nos retabas cuando hacíamos pavadas, yo hubiera querido que me hablaras solamente a mí de tantas cosas pero vos me mirabas desde tan arriba, me sonreías desde tan lejos, había un inmenso vidrio entre los dos y vos no podías hacer nada para romperlo, por eso de noche yo te llamaba y vos venías a cuidarme, a estar conmigo, a quererme como yo te quería, acariciándome la cabeza, haciéndome lo que le hacías a Doro, todo lo que siempre le habías hecho a Doro, pero yo no era Doro y solamente una vez, Sara, solamente una vez y fue horrible y no me olvidaré nunca porque hubiera querido morirme y no pude o no supe, claro que no quería morirme pero eso era el amor, querer morirme porque vos me habías mirado todo entero como a un chico, habías entrado en el baño y me habías mirado a mí que te quería, y me habías mirado como siempre lo habías mirado a Doro, vos ya de novia, vos que ibas a casarte y yo ahí mientras me dabas el jabón y me mandabas que me lavara hasta las orejas, me mirabas desnudo como a un chico que era y no te importaba nada de mí, ni siquiera me veías porque solamente veías a un chico y te ibas como si nunca me hubieras visto, como si yo no estuviera ahí sin saber cómo ponerme mientras me estabas mirando.

—Me acuerdo muy bien —dijo Sara—. Me acuerdo tan bien como vos, Aníbal.

—Sí, pero no es lo mismo.

—Quién sabe si no es lo mismo. Vos no podías darte cuenta entonces, pero yo había sentido que me querías de esa manera y que te hacía sufrir, y por eso yo tenía que tratarte igual que a Doro. Eras un chico pero a veces me daba tanta pena que fueras un chico, me parecía injusto, algo así. Si hubieras tenido cinco años más... Te lo voy a decir porque ahora puedo y porque es justo, aquella tarde entré a propósito en el baño, no tenía ninguna necesidad de ir a ver si se estaban lavando, entré porque era una manera de acabar con eso, de curarte de tu sueño, de que te dieras cuenta que vos no podrías verme nunca así mientras que yo tenía el derecho de mirarte por todos lados como se mira a un chico. Por eso, Aníbal, para que te curaras de una vez y dejaras de mirarme como me mirabas pensando que yo no lo sabía. Y ahora sí otro whisky, ahora que los dos somos grandes.

Del anochecer a la noche cerrada, por caminos de palabras que iban y venían, de manos que se encontraban un instante sobre el mantel antes de una risa y otros cigarrillos, quedaría un viaje en taxi, algún lugar que ella o él conocían, una habitación, todo como fundido en una sola imagen instantánea resolviéndose en una blancura de sábanas y la casi inmediata, furiosa convulsión de los cuerpos en un interminable encuentro, en las pausas rotas y rehechas y violadas y cada vez menos creíbles, en cada nueva implosión que los segaba y los sumía y los quemaba hasta el sopor, hasta la última brasa de los cigarrillos del alba. Cuando apagué la lámpara del escritorio y miré el fondo del vaso vacío, todo era todavía pura negación de las nueve de la noche, de la fatiga a la vuelta de otro día de trabajo. ¿Para qué seguir escribiendo si las palabras llevaban ya una hora resbalando sobre esa negación, tendiéndose en el papel como lo que eran, meros dibujos privados de todo sostén? Hasta algún momento habían corrido cabalgando la realidad, llenándose de sol y verano, palabras patio de Banfield, palabras Doro y juegos y zanjón, colmena rumorosa de una memoria fiel. Sólo que al llegar a un tiempo que ya no era Sara ni Banfield el recuento se había vuelto cotidiano, presente utilitario sin recuerdos ni sueños, la pura vida sin más y sin menos. Había querido seguir y que también las palabras aceptaran seguir adelante hasta llegar al hoy nuestro de cada día, a cualquiera de las lentas jornadas en el estudio de ingeniería, pero entonces me había acordado del sueño de la noche anterior, de ese sueño de nuevo con Sara, de la vuelta de Sara desde tan lejos y atrás, y no había podido quedarme en este presente en el que una vez más saldría por la tarde del estudio y me iría a beber una cerveza al café de la esquina, las palabras habían vuelto a llenarse de vida y aunque mentían, aunque nada era cierto, había seguido escribiéndolas porque nombraban a Sara, a Sara viniendo por la calle, tan hermoso seguir adelante aunque fuera absurdo, escribir que había cruzado la calle con las palabras que me llevarían a encontrar a Sara y dejarme reconocer, la única manera de reunirme por fin con ella y decirle la verdad, llegar hasta su mano y besarla, escuchar su voz y verle el pelo azotándole los hombros, irme con ella hacia una noche que las palabras irían llenando de sábanas y caricias, pero cómo seguir ya, cómo empezar desde esa noche una vida con Sara cuando ahí al lado se oía la voz de

Felisa que entraba con los chicos y venía a decirme que la cena estaba pronta, que fuéramos enseguida a comer porque ya era tarde y los chicos querían ver al pato Donald en la televisión de las diez y veinte.

Pesadillas

Esperar, lo decían todos, hay que esperar porque nunca se sabe en casos así, también el doctor Raimondi, hay que esperar, a veces se da una reacción y más a la edad de Mecha, hay que esperar, señor Botto, sí doctor pero ya van dos semanas y no se despierta, dos semanas que está como muerta, doctor, ya lo sé, señora Luisa, es un estado de coma clásico, no se puede hacer más que esperar. Lauro también esperaba, cada vez que volvía de la facultad se quedaba un momento en la calle antes de abrir la puerta, pensaba hoy sí, hoy la voy a encontrar despierta, habrá abierto los ojos y le estará hablando a mamá, no puede ser que dure tanto, no puede ser que se vaya a morir a los veinte años, seguro que está sentada en la cama y hablando con mamá, pero había que seguir esperando, siempre igual m'hijito, el doctor va a volver a la tarde, todos dicen que no se puede hacer nada. Venga a comer algo, amigo, su madre se va a quedar con Mecha, usted tiene que alimentarse, no se olvide de los exámenes, de paso vemos el noticioso. Pero todo era de paso allí donde lo único que duraba sin cambio, lo único exactamente igual día tras día era Mecha, el peso del cuerpo de Mecha en esa cama, Mecha flaquita y liviana, bailarina de rock y tenista, ahí aplastada y aplastando a todos desde hacía semanas, un proceso viral complejo, estado comatoso, señor Botto, imposible pronosticar, señora Luisa, nomás que sostenerla y darle todas las chances, a esa edad hay tanta fuerza, tanto deseo de vivir. Pero es que ella no puede ayudar, doc-

713

tor, no comprende nada, está como, ah perdón Dios mío, ya ni sé lo que digo.

Lauro tampoco lo creía del todo, era como un chiste de Mecha que siempre le había hecho los peores chistes, vestida de fantasma en la escalera, escondiéndole un plumero en el fondo de la cama, riéndose tanto los dos, inventándose trampas, jugando a seguir siendo chicos. Proceso viral complejo, el brusco apagón una tarde después de la fiebre y los dolores, de golpe el silencio, la piel cenicienta, la respiración lejana y tranquila. Única cosa tranquila allí donde médicos y aparatos y análisis y consultas hasta que poco a poco la mala broma de Mecha había sido más fuerte, dominándolos a todos de hora en hora, los gritos desesperados de doña Luisa cediendo después a un llanto casi escondido, a una angustia de cocina y de cuarto de baño, las imprecaciones paternas divididas por la hora de los noticiosos y el vistazo al diario, la incrédula rabia de Lauro interrumpida por los viajes a la facultad, las clases, las reuniones, esa bocanada de esperanza cada vez que volvía del centro, me la vas a pagar, Mecha, esas cosas no se hacen, desgraciada, te la voy a cobrar, vas a ver. La única tranquila aparte de la enfermera tejiendo, al perro lo habían mandado a casa de un tío, el doctor Raimondi ya no venía con los colegas, pasaba al anochecer y casi no se quedaba, también él parecía sentir el peso del cuerpo de Mecha que los aplastaba un poco más cada día, los acostumbraba a esperar, a lo único que podía hacerse.

Lo de la pesadilla empezó la misma tarde en que doña Luisa no encontraba el termómetro y la enfermera, sorprendida, se fue a buscar otro a la farmacia de la esquina. Estaban hablando de eso porque un termómetro no se pierde así no más cuando se lo está utilizando tres veces al día, se acostumbraban a hablarse en voz alta al lado de la cama de Mecha, los susurros del comienzo no tenían razón de ser porque Mecha era incapaz de escuchar, el doctor Raimondi estaba seguro de que el estado de coma la aislaba de toda sensibilidad, se podía decir cualquier cosa sin que nada cambiara en la expresión indiferente de Mecha. Todavía hablaban del termómetro cuando se oyeron los tiros en la esquina, a lo mejor más lejos, por el lado de Gaona. Se miraron, la enfermera se encogió de hombros porque los tiros no eran una novedad en el barrio ni en ninguna parte, y doña Luisa iba a decir algo más sobre el termómetro cuando vieron pasar el temblor por las manos de Mecha. Duró un segundo pero las dos se dieron cuenta y doña Luisa gritó y la enfermera le tapó la boca, el señor Botto vino de la sala y los tres vieron cómo el temblor se repetía en todo el cuerpo de Mecha, una rápida serpiente corriendo del cuello hasta los pies, un moverse de los ojos bajo los párpados, la leve crispación que alteraba las facciones, como una voluntad de hablar, de quejarse, el pulso más rápido, el lento regreso a la inmovilidad. Teléfono, Raimondi, en el fondo nada nuevo, acaso un poco más de esperanza aunque Raimondi no quiso decirlo, santa Virgen, que sea cierto, que se despierte mi hija, que se termine este calvario, Dios mío. Pero no se terminaba, volvió a empezar una hora más tarde, después más seguido, era como si Mecha estuviera soñando y que su sueño fuera penoso y desesperante, la pesadilla volviendo y volviendo sin que pudiera rechazarla, estar a su lado y mirarla y hablarle sin que nada de lo de fuera le llegara, invadida por esa otra cosa que de alguna manera continuaba la larga pesadilla de todos ellos ahí sin comunicación posible, sálvala, Dios mío, no la dejes así, y Lauro que volvía de una clase y se quedaba también al lado de la cama, una mano en el hombro de su madre que rezaba.

Por la noche hubo otra consulta, trajeron un nuevo aparato con ventosas y electrodos que se fijaban en la cabeza y las piernas, dos médicos amigos de Raimondi discutieron largo en la sala, habrá que seguir esperando, señor Botto, el cuadro no ha cambiado, sería imprudente pensar en un síntoma favorable. Pero es que está soñando, doctor, tiene pesadillas, usted mismo la vio, va a volver a empezar, ella siente algo y sufre tanto, doctor. Todo es vegetativo, señora Luisa, no hay conciencia, le aseguro, hay que esperar y no impresionarse por eso, su hija no sufre, ya sé que es penoso, va a ser mejor que la deje sola con la enfermera hasta que haya una evolución, trate de descansar, señora, tome las pastillas que le di.

Lauro veló junto a Mecha hasta medianoche, de a ratos leyendo apuntes para los exámenes. Cuando se oyeron las sirenas pensó que hubiera tenido que telefonear al número que le había dado Lucero, pero no debía hacerlo desde la casa y no era cuestión de salir a la calle justo después de las sirenas. Veía moverse lentamente los dedos de la mano izquierda de Mecha, otra vez los ojos parecían girar bajo los párpados. La enfermera le aconsejó que se fuera de la pieza, no había nada que hacer, solamente esperar. «Pero es que está soñando», dijo Lauro, «está soñando otra vez, mírela». Duraba como las sirenas ahí afuera, las manos parecían buscar algo, los dedos tratando de encontrar un asidero en la sábana. Ahora doña Luisa estaba ahí de nuevo, no podía dormir. ¿Por qué —la enfermera casi enojada— no había tomado las pastillas del doctor Raimondi? «No las encuentro», dijo doña Luisa como perdida, «estaban en la mesa de luz pero no las encuentro». La enfermera fue a buscarlas, Lauro y su madre se miraron, Mecha movía apenas los dedos y ellos sentían que la pesadilla seguía ahí, que se prolongaba interminablemente como negándose a alcanzar ese punto en que una especie de piedad, de lástima final la despertaría como a todos para rescatarla del espanto. Pero seguía soñando, de un momento a otro los dedos empezarían a moverse otra vez. «No las veo por ninguna parte, señora», dijo la enfermera. «Estamos todos tan perdidos, uno ya no sabe adónde van a parar las cosas en esta casa.»

Lauro volvió tarde la noche siguiente, y el señor Botto le hizo una pregunta casi evasiva sin dejar de mirar el televisor, en pleno comentario de la Copa. «Una reunión con amigos», dijo Lauro buscando con qué hacerse un sándwich. «Ese gol fue una belleza», dijo el señor Botto, «menos mal que retransmiten el partido para ver mejor esas jugadas campeonas». Lauro no parecía interesado en el gol, comía mirando al suelo. «Vos sabrás lo que hacés, muchacho», dijo el señor Botto sin sacar los ojos de la pelota, «pero andate con cuidado». Lauro alzó la vista y lo miró casi sorprendido, primera vez que su padre se dejaba ir a un comentario tan personal. «No se haga problema, viejo», le dijo levantándose para cortar todo diálogo.

La enfermera había bajado la luz del velador y apenas se veía a Mecha. En el sofá, doña Luisa se quitó las manos de la cara y Lauro la besó en la frente.

—Sigue lo mismo —dijo doña Luisa—. Sigue todo el tiempo así, hijo. Fijate, fijate cómo le tiembla la boca, pobrecita, qué estará viendo, Dios mío, cómo puede ser que esto dure y dure, que esto...

—Mamá.

—Pero es que no puede ser, Lauro, nadie se da cuenta como yo, nadie comprende que está todo el tiempo con una pesadilla y que no se despierta...

—Yo lo sé, mamá, yo también me doy cuenta. Si se pudiera hacer algo, Raimondi lo habría hecho. Vos no la podés ayudar quedándote aquí, tenés que irte a dormir, tomar un calmante y dormir.

La ayudó a levantarse y la acompañó hasta la puerta. «¿Qué fue eso, Lauro?», deteniéndose bruscamente. «Nada, mamá, unos tiros lejos, ya sabés.» Pero qué sabía en realidad doña Luisa, para qué hablar más. Ahora sí, ya era tarde, después de dejarla en su dormitorio tendría que bajar hasta el almacén y desde ahí llamarlo a Lucero.

No encontró la campera azul que le gustaba ponerse de noche, anduvo mirando en los armarios del pasillo por si su madre la hubiera colgado ahí, al final se puso un saco cualquiera porque hacía fresco. Antes de salir entró un momento en la pieza de Mecha, casi antes de verla en la penumbra sintió la pesadilla, el temblor de las manos, la habitante secreta resbalando bajo la piel. Las sirenas afuera otra vez, no debería salir hasta más tarde, pero entonces el almacén estaría cerrado y no podría telefonear. Bajo los párpados los ojos de Mecha giraban como si buscaran abrirse paso, mirarlo, volver de su lado. Le acarició la frente con un dedo, tenía miedo de tocarla, de contribuir a la pesadilla con cualquier estímulo de fuera. Los ojos seguían girando en las órbitas y Lauro se apartó, no sabía por qué pero tenía cada vez más miedo, la idea de que Mecha pudiera alzar los párpados y mirarlo lo hizo echarse atrás. Si su padre se había ido a dormir podría telefonear desde la sala bajando la voz, pero el señor Botto seguía escuchando los comentarios del partido. «Sí, de eso hablan mucho», pensó Lauro. Se levantaría temprano para telefonearle a Lucero antes de ir a la facultad. De lejos vio a la enfermera que salía de su dormitorio llevando algo que brillaba, una jeringa de inyecciones o una cuchara.

Hasta el tiempo se mezclaba o se perdía en ese esperar continuo, con noches en vela o días de sueño para compensar, los parientes o amigos que llegaban en cualquier momento y se turnaban para distraer a doña Luisa o jugar al dominó con el señor Botto, una enfermera suplente porque la otra había tenido que irse por una semana de Buenos Aires, las tazas de café que nadie encontraba porque andaban desparramadas en todas las piezas, Lauro dándose una vuelta cuando podía y yéndose en cualquier momento, Raimondi que ya ni tocaba el timbre antes de entrar para la rutina de siempre, no se nota ningún cambio negativo, señor Botto, es un proceso en el que no se puede hacer más que sostenerla, le estoy reforzando la alimentación por sonda, hay que esperar. Pero es que sueña todo el tiempo, doctor, mírela, ya casi no descansa. No es eso, señora Luisa, usted se imagina que está soñando pero son reacciones físicas, es difícil explicarle porque en estos casos hay otros factores, en fin, no crea que tiene conciencia de eso que parece un sueño, a lo mejor por ahí es buen síntoma tanta vitalidad y esos reflejos, créame que la estoy siguiendo de cerca, usted es la que tiene que descansar, señora Luisa, venga que le tome la presión.

A Lauro se le hacía cada vez más difícil volver a su casa con el viaje desde el centro y todo lo que pasaba en la facultad, pero más por su madre que por Mecha se aparecía a cualquier hora y se quedaba un rato, se enteraba de lo de siempre, charlaba con los viejos, les inventaba temas de conversación para sacarlos un poco del agujero. Cada vez que se acercaba a la cama de Mecha era la misma sensación de contacto imposible, Mecha tan cerca y como llamándolo, los vagos signos de los dedos y esa mirada desde adentro, buscando salir, algo que seguía y seguía, un mensaje de prisionero a través de paredes de piel, su llamada insoportablemente inútil. Por momentos lo ganaba la histeria, la seguridad de que Mecha lo reconocía más que a su madre o a la enfermera, que la pesadilla alcanzaba su peor instante cuando él estaba ahí mirándola, que era mejor irse enseguida puesto que no podía hacer nada, que hablarle era inútil, estúpida, querida, dejate de joder, querés, abrí de una vez los ojos y acabala con ese chiste barato, Mecha idiota, hermanita, hermanita, hasta cuándo nos vas a estar tomando el pelo, loca de mierda, pajarraca, mandá esa comedia al diablo y vení que tengo tanto que contarte, hermanita, no sabés nada de lo que pasa pero lo mismo te lo voy a contar, Mecha, porque no entendés nada te lo voy a contar. Todo pensado como en ráfagas de miedo, de querer aferrarse a Mecha, ni una palabra en voz alta porque la enfermera o doña Luisa no dejaban nunca sola a Mecha, y él ahí necesitando hablarle de tantas cosas, como Mecha a lo mejor estaba hablándole desde su lado, desde los ojos cerrados y los dedos que dibujaban letras inútiles en las sábanas.

Era jueves, no porque supieran ya en qué día estaban ni les importara pero la enfermera lo había mencionado mientras tomaban café en la cocina, el señor Botto se acordó de que había un noticioso especial, y doña Luisa que su hermana de Rosario había telefoneado para decir que vendría el jueves o el viernes. Seguro que los exámenes ya empezaban para Lauro, había salido a las ocho sin despedirse, dejando un papelito en la sala, no estaba seguro de volver para la cena, que no lo esperaran por las dudas. No vino para la cena, la enfermera consiguió por una vez que doña Luisa se fuera temprano a descansar, el señor Bo-tto se había asomado a la ventana de la sala después del telejuego, se oían ráfagas de ametralladora por el lado de Plaza Irlanda, de pronto la calma, casi demasiada, ni siquiera un patrullero, mejor irse a dormir, esa mujer que había contestado a todas las preguntas del telejuego de las diez era un fenómeno, lo que sabía de historia antigua, casi como si estuviera viviendo en la época de Julio César, al final la cultura daba más plata que ser martillero público. Nadie se enteró de que la puerta no iba a abrirse en toda la noche, que Lauro no estaba de vuelta en su pieza, por la mañana pensaron que descansaba todavía después de algún examen o que estudiaba antes del desayuno, solamente a las diez se dieron cuenta de que no estaba. «No te hagás problema», dijo el señor Botto, «seguro que se quedó festejando algo con los amigos». Para doña Luisa era la hora de ayudarla a la enfermera a lavar y cambiar a Mecha, el agua templada y la colonia, algodones y sábanas, ya mediodía y Lauro no, pero es raro, Eduardo, cómo no telefoneó por lo menos, nunca hizo eso, la vez de la fiesta de fin de curso llamó a las nueve, te acordás, tenía miedo de que nos preocupáramos y eso que era más chico. «El pibe andará loco con los exámenes», dijo el señor Botto, «vas a ver que llega de un momento a otro, siempre aparece para el noticioso de la una». Pero Lauro no estaba a la una, perdiéndose las noticias deportivas y el flash sobre otro atentado subversivo frustrado por la rápida intervención de las fuerzas del orden, nada nuevo, temperatura en paulatino descenso, lluvias en la zona cordillerana.

Era más de las siete cuando la enfermera vino a buscar a doña Luisa que seguía telefoneando a los conocidos, el señor Botto esperaba que un comisario amigo lo llamara para ver si se había sabido algo, a cada minuto le pedía a doña Luisa que dejara la línea libre pero ella seguía buscando en el carnet y llamando a gente conocida, capaz que Lauro se había quedado en casa del tío Fernando o estaba de vuelta en la facultad para otro examen. «Dejá quieto el teléfono, por favor», pidió una vez más el señor Botto, «no te das cuenta de que a lo mejor el pibe está llamando justamente ahora y todo el tiempo le da ocupado, qué querés que haga desde un teléfono público, cuando no están rotos hay que dejarle el turno a los demás». La enfermera insistía y doña Luisa fue a ver a Mecha, de repente había empezado a mover la cabeza, cada tanto la giraba lentamente a un lado y al otro, había que arreglarle el pelo que le caía por la frente. Avisar enseguida al doctor Raimondi, difícil ubicarlo a fin de tarde pero a las nueve su mujer telefoneó para decir que llegaría enseguida. «Va a ser difícil que pase», dijo la enfermera que volvía de la farmacia con una caja de inyecciones, «cerraron todo el barrio no se sabe por qué, oigan las sirenas». Apartándose apenas de Mecha que seguía moviendo la cabeza como en una lenta negativa obstinada, doña Luisa llamó al señor Botto, no, nadie sabía nada, seguro que el pibe tampoco podía pasar pero a Raimondi lo dejarían por la chapa de médico.

—No es eso, Eduardo, no es eso, seguro que le ha ocurrido algo, no puede ser que a esta hora sigamos sin saber nada, Lauro siempre...

—Mirá, Luisa —dijo el señor Botto—, fijate cómo mueve la mano y también el brazo, primera vez que mueve el brazo, Luisa, a lo mejor...

—Pero si es peor que antes, Eduardo, no te das cuenta de que sigue con las alucinaciones, que se está como defendiendo de... Hágale algo, Rosa, no la deje así, yo voy a llamar a los Romero que a lo mejor tienen noticias, la chica estudiaba con Lauro, por favor póngale una inyección, Rosa, ya vuelvo, o mejor llamá vos, Eduardo, preguntales, andá enseguida.

En la sala el señor Botto empezó a discar y se paró, colgó el tubo. Capaz que justamente Lauro, qué iban a saber los Romero de Lauro, mejor esperar otro poco. Raimondi no llegaba, lo habrían atajado en la esquina, estaría dando explicaciones, Rosa no podía darle otra inyección a Mecha, era un calmante demasiado fuerte, mejor esperar hasta que llegara el doctor. Inclinada sobre Mecha, apartándole el pelo que le tapaba los ojos inútiles, doña Luisa empezó a tambalearse, Rosa tuvo el tiempo justo para acercarle una silla, ayudarla a sentarse como un peso muerto. La sirena crecía viniendo del lado de Gaona cuando Mecha abrió los párpados, los ojos velados por la tela que se había ido depositando durante semanas se fijaron en un punto del cielo raso, derivaron lentamente hasta la cara de doña Luisa que gritaba, que se apretaba el pecho con las manos y gritaba. Rosa luchó por alejarla, llamando desesperada al señor Botto que ahora llegaba y se quedaba inmóvil a los pies de la cama mirando a Mecha, todo como concentrado en los ojos de Mecha que pasaban poco a poco de doña Luisa al señor Botto, de la enfermera al cielo raso, las manos de Mecha subiendo lentamente por la cintura, resbalando para juntarse en lo alto, el cuerpo estremeciéndose en un espasmo porque acaso sus oídos escuchaban ahora la multiplicación de las sirenas, los golpes en la puerta que hacían temblar la casa, los gritos de mando y el crujido de la madera astillándose después de la ráfaga de ametralladora, los alaridos de doña Luisa, el envión de los cuerpos entrando en montón, todo como a tiempo para el despertar de Mecha, todo tan a tiempo para que terminara la pesadilla y Mecha pudiera volver por fin a la realidad, a la hermosa vida.

Diario para un cuento

2 de febrero, 1982

A veces, cuando me va ganando como una cosquilla de cuento, ese sigiloso y creciente emplazamiento que me acerca poco a poco y rezongando a esta Olympia Traveller de Luxe

> (de luxe no tiene nada la pobre, pero en cambio ha tra-veleado por los siete profundos mares azules aguantán-dose cuanto golpe directo o indirecto puede recibir una portátil metida en una valija entre pantalones, botellas de ron y libros),

así a veces, cuando cae la noche y pongo una hoja en blanco en el rodillo y enciendo un Gitane y me trato de estúpido,

> (¿para qué un cuento, al fin y al cabo, por qué no abrir un libro de otro cuentista, o escuchar uno de mis dis-cos?),

pero a veces, cuando ya no puedo hacer otra cosa que empezar un cuento como quisiera empezar éste, justamente entonces me gustaría ser Adolfo Bioy Casares.

Quisiera ser Bioy porque siempre lo admiré como escri-tor y lo estimé como persona, aunque nuestras timideces res-pectivas no ayudaron a que llegáramos a ser amigos, aparte de otras razones de peso, entre ellas un océano temprana y literalmente tendido entre los dos. Sacando la cuenta lo mejor posible creo que Bioy y yo sólo nos hemos visto tres veces en esta vida. La primera en un banquete de la Cámara Argentina del Libro, al que tuve que asistir porque en los años cuarenta yo era el gerente de esa asociación, y en cuanto a él vaya a saber por qué, y en el curso del cual nos presentamos por encima de una fuente de ravioles, nos sonreímos con simpatía, y nuestra conversación se redujo a que en algún momento él me pidió que le pasara el salero. La segunda vez Bioy vino a mi casa en París y me sacó unas fotos cuya razón de ser se me escapa aunque no así el buen rato que pasamos hablando de Conrad, creo. La última vez fue simétrica y en Buenos Aires, yo fui a cenar a su casa y esa noche hablamos sobre todo de vampiros. Desde luego en ninguna de las tres ocasiones hablamos de Anabel, pero no es por eso que ahora quisiera ser Bioy sino porque me gustaría tanto poder escribir sobre Anabel como lo hubiera hecho él si la hubiera conocido y si hubiera escrito un cuento sobre ella. En ese caso Bioy hubiera hablado de Anabel como yo seré incapaz de hacerlo, mostrándola desde cerca y hondo y a la vez guardando esa distancia, ese desasimiento que decide poner (no puedo pensar que no sea una decisión) entre algunos de sus personajes y el narrador. A mí me va a ser imposible, y no porque haya conocido a Anabel puesto que cuando invento personajes tampoco consigo distanciarme de ellos aunque a veces me parezca tan necesario como al pintor que se aleja del caballete para abrazar mejor la totalidad de su imagen y saber dónde debe dar las pinceladas definitorias. Me será imposible porque siento que Anabel me va a invadir de entrada como cuando la conocí en Buenos Aires al final de los años cuarenta, y aunque ella sería incapaz de imaginar este cuento —si vive, si todavía anda por ahí, vieja como yo—, lo mismo va a hacer todo lo necesario para impedirme que lo escriba como me hubiera gustado, quiero decir un poco como hubiera sabido escribirlo Bioy si hubiera conocido a Anabel.

¿Por eso estas notas evasivas, estas vueltas del perro alrededor del tronco? Si Bioy pudiera leerlas se divertiría bastante, y nomás que para hacerme rabiar uniría en una cita literaria las referencias de tiempo, lugar y nombre que según
él la justificarían. Y así, en su perfecto inglés,

> *It was many and many years ago,*
> *In a kingdom by the sea,*
> *That a maiden there lived whom you may know*
> *By the name of Annabel Lee—*

—Bueno —hubiera dicho yo—, empecemos porque era
una república y no un reino en ese tiempo, pero además Anabel escribía su nombre con una sola ene, sin contar que *many
and many years ago* había dejado de ser una *maiden*, no por
culpa de Edgar Allan Poe sino de un viajante de comercio de
Trenque Lauquen que la desfloró a los trece años. Sin hablar
de que además se llamaba Flores y no Lee, y que hubiera dicho desvirgar en vez de la otra palabra de la que desde luego
no tenía idea.

Curioso que ayer no pude seguir escribiendo (me refiero a la historia del viajante de comercio), quizá precisamente
porque sentí la tentación de hacerlo y ahí nomás Anabel, su
manera de contármelo. ¿Cómo hablar de Anabel sin imitarla,
es decir sin falsearla? Sé que es inútil, que si entro en esto
tendré que someterme a su ley, y que me falta el juego de
piernas y la noción de distancia de Bioy para mantenerme lejos y marcar puntos sin dar demasiado la cara. Por eso juego
estúpidamente con la idea de escribir todo lo que no es de ve-

ras el cuento (de escribir todo lo que no sería Anabel, claro), y por eso el lujo de Poe y las vueltas en redondo, como ahora las ganas de traducir ese fragmento de Jacques Derrida que encontré anoche en *La vérité en peinture* y que no tiene absolutamente nada que ver con todo esto pero que se le aplica lo mismo en una inexplicable relación analógica, como esas piedras semipreciosas cuyas facetas revelan paisajes identificables, castillos o ciudades o montañas reconocibles. El fragmento es de difícil comprensión, como se acostumbra *chez* Derrida, y lo traduzco un poco a la que te criaste (pero él también escribe así, sólo que parece que lo criaron mejor):

«no (me) queda casi nada: ni la cosa, ni su existencia, ni la mía, ni el puro objeto ni el puro sujeto, ningún interés de ninguna naturaleza por nada. Y sin embargo amo: no, es todavía demasiado, es todavía interesarse sin duda en la existencia. No amo pero me complazco en eso que no me interesa, por lo menos en eso que es igual que ame o no. Ese placer que tomo, no lo tomo, antes bien lo devolvería, yo devuelvo lo que tomo, recibo lo que devuelvo, no tomo lo que recibo. Y sin embargo me lo doy. ¿Puedo decir que me lo doy? Es tan universalmente subjetivo —en la pretensión de mi juicio y del sentido común— que sólo puede venir de un puro afuera. Inasimilable. En último término, este placer que me doy o al cual más bien me doy, por el cual me doy, ni siquiera lo experimento, si experimentar quiere decir sentir: fenomenalmente, empíricamente, en el espacio y en el tiempo de mi existencia interesada o interesante. Placer cuya experiencia es imposible. No lo tomo, no lo recibo, no lo devuelvo, no lo doy, no me lo doy jamás porque *yo* (yo, sujeto existente) no tengo jamás acceso a lo bello en tanto que tal. En tanto que existo no tengo jamás placer puro».

Derrida está hablando de alguien que enfrenta algo que le parece bello, y de ahí sale todo eso; yo enfrento una nada, que es este cuento no escrito, un hueco de cuento, un embudo de cuento, y de una manera que me sería imposible comprender siento que eso es Anabel, quiero decir que hay Anabel aunque no haya cuento. Y el placer reside en eso, aunque no sea un placer y se parezca a algo como una sed de sal, como un deseo de renunciar a toda escritura mientras escribo (entre tantas otras cosas porque no soy Bioy y no conseguiré nunca hablar de Anabel como creo que debería hacerlo).

Por la noche

Releo el pasaje de Derrida, verifico que no tiene nada que ver con mi estado de ánimo e incluso mis intenciones; la analogía existe de otra manera, parecería estar entre la noción de belleza que propone ese pasaje y mi sentimiento de Anabel; en los dos casos hay un rechazo a todo acceso, a todo puente, y si el que habla en el pasaje de Derrida no tiene jamás ingreso en lo bello en tanto que tal, yo que hablo en mi nombre (error que no hubiera cometido nunca Bioy), sé penosamente que jamás tuve y jamás tendré acceso a Anabel como Anabel, y que escribir ahora un cuento sobre ella, un cuento de alguna manera *de* ella, es imposible. Y así al final de la analogía vuelvo a sentir su principio, la iniciación del pasaje de Derrida que leí anoche y me cayó como una prolongación exasperante de lo que estaba sintiendo aquí frente a la Olympia, frente a la ausencia del cuento, frente a la nostalgia de la eficacia de Bioy. Justo al principio: «No (me) queda casi nada: ni la cosa, ni su existencia, ni la mía, ni el puro objeto ni el puro sujeto, ningún interés de ninguna naturaleza por nada». El mismo enfrentamiento desesperado contra una nada desplegándose en una serie de subnadas, de negativas del discurso; porque hoy, después de tantos años, no me queda ni Anabel, ni la existencia de Anabel, ni mi existencia con relación a la suya, ni el puro objeto de Anabel, ni mi puro sujeto de entonces frente a Anabel en la pieza de la calle Reconquista, ni ningún interés de ninguna naturaleza por nada, puesto que todo eso se fue consumando *many and many years ago*, en un país que es hoy mi fantasma o yo el suyo, en un tiempo que hoy es como la ceniza de estos Gitanes acumulándose día a día hasta que madame Perrin venga a limpiarme el departamento.

6 de febrero

Esta foto de Anabel, puesta como señalador en nada menos que una novela de Onetti y que reapareció por mera acción de la gravedad en una mudanza de hace dos años, sacar una brazada de libros viejos de la estantería y ver asomarse la foto, tardar en reconocer a Anabel.

Creo que se le parece bastante aunque le extraño el peinado, cuando vino por primera vez a mi oficina llevaba el pelo recogido, me acuerdo por puro coágulo de sensaciones que yo estaba metido hasta las orejas en la traducción de una patente industrial. De todos los trabajos que me tocaba aceptar, y en realidad tenía que aceptarlos todos mientras fueran traducciones, los peores eran las patentes, había que pasarse horas trasvasando la explicación detallada de un perfeccionamiento en una máquina eléctrica de coser o en las turbinas de los barcos, y desde luego yo no entendía absolutamente nada de la explicación y casi nada del vocabulario técnico, de modo que avanzaba palabra a palabra cuidando de no saltarme un renglón pero sin la menor idea de lo que podía ser un árbol helicoidal hidro-vibrante que respondía magnéticamente a los tensores 1, 1' y 1" (dibujo 14). Seguro que Anabel había golpeado en la puerta y que no la oí, cuando levanté los ojos estaba al lado de mi escritorio y lo que más se veía de ella era la cartera de hule brillante y unos zapatos que no tenían nada que ver con las once de la mañana de un día hábil en Buenos Aires.

Por la tarde

¿Estoy escribiendo el cuento o siguen los aprontes para probablemente nada? Viejísima, nebulosa madeja con tantas puntas, puedo tirar de cualquiera sin saber lo que va a dar; la de esta mañana tenía un aire cronológico, la primera visita de Anabel. Seguir o no seguir esas hebras: me aburre lo consecutivo pero tampoco me gustan los *flashbacks* gratuitos que complican tanto cuento y tanta película. Si vienen por su cuenta, de acuerdo; al fin y al cabo quién sabe lo que es realmente el tiempo; pero nunca decidirlos como plan de trabajo. De la foto de Anabel tendría que haber hablado después de otras cosas que le dieran más sentido, aunque tal vez por algo asomó así, como ahora el recuerdo del papel que una tarde encontré clavado con un alfiler en la puerta de la oficina, ya nos conocíamos bien y aunque profesionalmente el mensaje podía perjudicarme ante los clientes respetables, me hizo una gracia infinita leer NO ESTÁS, DESGRACIADO, VUELVO A LA TARDE (las comas las agrego yo, y no debería hacerlo pero ésa es la educación). Al final ni siquiera vino, porque a la tarde empezaba su trabajo del que nunca tuve una idea detallada pero que en conjunto era lo que los diarios llamaban el ejercicio de la prostitución. Ese ejercicio cambiaba bastante rápidamente para Anabel en la época en que alcancé a hacerme una idea de su vida, casi no pasaba una semana sin que por ahí me soltara un mañana no nos vemos porque en el *Fénix* necesitan una copera por una semana y pagan bien, o me dijera entre dos suspiros y una mala palabra que el yiro andaba flojo y que iba a tener que meterse unos días en lo de la Chempe para poder pagar la pieza a fin de mes.

729

La verdad es que nada parecía durarle a Anabel (y a las otras chicas), ni siquiera la correspondencia con los marineros, me había bastado un poco de práctica en el oficio para calcular que el promedio en casi todos los casos era de dos o tres cartas, cuatro con suerte, y verificar que el marinero se cansaba o se olvidaba pronto de ellas o viceversa, aparte de que mis traducciones debían de carecer de suficiente libido o arrastre sentimental y los marineros por su lado no eran lo que se llama hombres de pluma, de modo que todo se acababa rápido. Qué mal estoy explicando todo esto, también a mí me cansa escribir, echar palabras como perros buscando a Anabel, creyendo por momento que van a traérmela tal como era, tal como éramos *many and many years ago.*

8 de febrero

Lo que es peor, me cansa releer para encontrar una hilación, y además esto no es el cuento, de manera que entonces Anabel entró aquella mañana en mi oficina de San Martín casi esquina Corrientes, y me acuerdo más de la cartera de hule y los zapatos con plataforma de corcho que de su cara ese día (es cierto que las caras de la primera vez no tienen nada que ver con la que está esperando en el tiempo y la costumbre). Yo trabajaba en el viejo escritorio que había heredado un año antes junto con toda la vejez de la oficina y que todavía no me sentía con ánimos de renovar, y estaba llegando a una parte especialmente abstrusa de la patente, avanzando frase a frase rodeado de diccionarios técnicos y una sensación de estarlos estafando a Marval y O'Donnell que me pagaban las traducciones. Anabel fue como la entrada trastornante de una gata siamesa en una sala de computadoras, y se hubiera dicho que lo sabía porque me miró casi con lástima antes de decirme que su amiga Marucha le había dado mi dirección. Le pedí que se sentara, y por puro chiqué seguí traduciendo una frase en la que una calandria de calibre intermedio establecía una misteriosa confraternidad con un cárter antimagnético blindado X^2. Entonces ella sacó un cigarrillo rubio y yo uno negro, y aunque me bastaba el nombre de Marucha para que todo estuviera claro, lo mismo la dejé hablar.

9 de febrero

Resistencia a construir un diálogo que tendría más de invención que de otra cosa. Me acuerdo sobre todo de los clisés de Anabel, su manera de decirme «joven» o «señor» alternadamente, de decir «una suposición», o dejar caer un «ah, si le cuento». De fumar también por clisé, soltando el humo de un solo golpe casi antes de haberlo absorbido. Me traía una carta de un tal William, fechada en Tampico un mes antes, que le traduje en voz alta antes de ponérsela por escrito como me lo pidió enseguida. «Por si se me olvida algo», dijo Anabel, sacando cinco pesos para pagarme. Le dije que no valía la pena, mi ex socio había fijado esa tarifa absurda en los tiempos en que trabajaba solo y había empezado a traducirles a las minas del bajo las cartas de sus marineros y lo que ellas les contestaban. Yo le había dicho: «¿Por qué les cobra tan poco? O más o nada sería mejor, total no es su trabajo, usted lo hace por bondad». Me explicó que ya estaba demasiado viejo como para resistir al deseo de acostarse de cuando en cuando con alguna de ellas, y que por eso aceptaba traducirles las cartas para tenerlas más a tiro, pero que si no les hubiera cobrado ese precio simbólico se habrían convertido todas en unas madame de Sevigné y eso ni hablar. Después mi socio se fue del país y yo heredé la mercadería, manteniéndola dentro de las mismas líneas por inercia. Todo iba muy bien, Marucha y las otras (había cuatro entonces) me juraron que no le pasarían el santo a ninguna más, y el promedio era de dos por mes, con carta a leerles en español y carta a escribirles en inglés (más raramente en francés). Entonces por lo visto a Marucha se le olvidó el juramento, y balanceando su absurda cartera de hule reluciente entró Anabel.

10 de febrero

Esos tiempos: el peronismo ensordeciéndome a puro altoparlante en el centro, el gallego portero llegando a mi oficina con una foto de Evita y pidiéndome de manera nada amable que tuviera la amabilidad de fijarla en la pared (traía las cuatro chinches para que no hubiera pretextos). Walter Gieseking daba una serie de admirables recitales en el Colón, y José María Gatica caía como una bolsa de papas en un ring de Estados Unidos. En mis ratos libres yo traducía *Vida y cartas de John Keats,* de Lord Houghton; en los todavía más libres pasaba buenos ratos en *La Fragata,* casi enfrente de mi oficina, con amigos abogados a quienes también les gustaba el Demaría bien batido. A veces Susana—

Es que no es fácil seguir, me voy hundiendo en recuerdos y a la vez queriendo huirles, exorcizarlos escribiéndolos (pero entonces hay que asumirlos de lleno y ésa es la cosa). Pretender contar desde la niebla, desde cosas deshilachadas por el tiempo (y qué irrisión ver con tanta claridad la cartera negra de Anabel, oír nítidamente su «gracias, joven», cuando le terminé la carta para William y le di el vuelto de diez pesos). Sólo ahora sé de veras lo que pasa, y es que nunca supe gran cosa de lo que había pasado, quiero decir las razones profundas de ese tango barato que empezó con Anabel, desde Anabel. Cómo entender de veras esa anécdota de milonga en la que había una muerte de por medio y nada menos que un frasco de veneno, no era a un traductor público con oficina y chapa de bronce en la puerta a quien Anabel le iba a decir toda la verdad, suponiendo que la supiera. Como con tantas otras cosas en ese tiempo, me manejé entre abstracciones, y ahora al final del camino me pregunto cómo pude vivir en esa superficie bajo la cual resbalaban y se mordían las criaturas de la noche porteña, los grandes peces de ese río turbio que yo y tantos otros ignorábamos. Absurdo que ahora quiera contar algo que no fui capaz de conocer bien mientras estaba sucediendo, como en una parodia de Proust pretendo entrar en el recuerdo como no entré en la vida para al fin vivirla de veras. Pienso que lo hago por Anabel, finalmente quisiera escribir un cuento capaz de mostrármela de nuevo, algo en que ella misma se viera como no creo que se haya visto en ese entonces, porque también Anabel se movía en el aire espeso y sucio de un Buenos Aires que la contenía y a la vez la rechazaba como a una sobra marginal, lumpen de puerto y pieza de mala muerte dando a un corredor al que daban tantas otras piezas de tantos otros lumpens, donde se oían tantos tangos al mismo tiempo mezclándose con broncas, quejidos, a veces risas, claro que a veces risas cuando Anabel y Marucha se contaban chistes o porquerías entre dos mates o una cerveza nunca lo bastante fría. Poder arrancar a Anabel de esa imagen confusa y manchada que me queda de ella, como a veces las cartas de William le llegaban confusas y manchadas y ella me las ponía en la mano como si me alcanzara un pañuelo sucio.

11 de febrero

Entonces esa mañana me enteré de que el carguero de William había estado una semana en Buenos Aires y que ahora llegaba la primera carta de William desde Tampico acompañando el clásico paquete con los regalos prometidos, slips de nailon, una pulsera fosforescente y un frasquito de perfume. Nunca había muchas diferencias en las cartas de los amigos de las chicas y sus regalos, ellas pedían sobre todo ropas de nailon que en esa época era difícil conseguir en Buenos Aires, y ellos mandaban los regalos con mensajes casi siempre románticos en los que por ahí irrumpían referencias tan concretas que se me hacía difícil traducírselas en voz alta a las chicas que, por supuesto, me dictaban cartas o me daban borradores llenos de nostalgias, noches de baile y pedidos de medias cristal y blusas color tango. Con Anabel era lo mismo, apenas acabé de traducirle la carta de William se puso a dictarme la respuesta, pero yo conocía esa clientela y le pedí que me indicara solamente los temas, de la redacción me ocuparía más tarde. Anabel se me quedó mirando, sorprendida.

—Es el sentimiento —dijo—. Tiene que poner mucho sentimiento.

—Por supuesto, quédese tranquila y dígame lo que tengo que contestar.

Fue el nimio catálogo de siempre, acuse de recibo, ella estaba bien pero cansada, cuándo volvía William, que le escribiera por lo menos una postal desde cada puerto, que le dijera a un tal Perry que no se olvidara de mandar la foto que les había sacado juntos en la costanera. Ah, y que le dijera que lo de la Dolly seguía igual.

—Si no me explica un poco esto... —empecé.

—Dígale nomás así, que lo de la Dolly sigue lo mismo. Y al final dígale, bueno, ya sabe, que sea con sentimiento, si me entiende.

—Claro, no se preocupe.

Quedó en pasar al otro día y cuando vino firmó la carta después de mirarla un momento, se la veía capaz de entender bastantes palabras, se detenía largo en uno que otro párrafo, después firmó y me mostró un papelito donde William había puesto fechas y puertos. Decidimos que lo mejor era mandarle la carta a Oakland, y ya para entonces se había roto el hielo y Anabel me aceptaba el primer cigarrillo y me miraba escribir el sobre, apoyada en el borde del escritorio y canturreando alguna cosa. Una semana después me trajo un borrador para que yo le escribiera urgente a William, parecía ansiosa y me pidió que le hiciera enseguida la carta, pero yo estaba tapado de partidas de nacimiento italianas y le prometí escribirla esa tarde, firmarla por ella y despacharla al salir de la oficina. Me miró como dudando, pero después dijo bueno y se fue. A la mañana siguiente se apareció a las once y media para estar segura de que yo había mandado la carta. Fue entonces que la besé por primera vez y quedamos en que iría a su casa al salir del trabajo.

12 de febrero

No era que me gustaran particularmente las chicas del bajo en ese entonces, me movía en el cómodo pequeño mundo de una relación estable con alguien a quien llamaré Susana y calificaré de kinesióloga, solamente que a veces ese mundo me resultaba demasiado pequeño y demasiado confortable, entonces había como una urgencia de sumersión, una vuelta a tiempos adolescentes con caminatas solitarias por los barrios del sur, copas y elecciones caprichosas, breves interludios quizá más estéticos que eróticos, un poco como la escritura de este párrafo que releo y que debería tachar pero que guardaré porque así ocurrían las cosas, eso que he llamado sumersión, ese encanallamiento objetivamente innecesario puesto que Susana, puesto que T. S. Eliot, puesto que Wilhelm Backhaus, y sin embargo, sin embargo.

13 de febrero

Ayer me encabroné contra mí mismo, es divertido pensarlo ahora. De todas maneras lo sabía desde el comienzo, Anabel no me dejará escribir el cuento porque en primer lugar no será un cuento y luego porque Anabel hará (como lo hizo entonces sin saberlo, pobrecita) todo lo que pueda por dejarme solo delante de un espejo. Me basta releer este diario para sentir que ella no es más que una catalizadora que busca arrastrarme al fondo mismo de cada página que por eso no escribo, al centro del espejo donde hubiera querido verla a ella y en cambio aparece un traductor público nacional debidamente diplomado, con su Susana previsible y hasta cacofónica, sususana, por qué no la habré llamado Amalia o Berta. Problemas de escritura, no cualquier nombre se presta a... (¿Vas a seguir?)

Por la noche

De la pieza de Anabel en Reconquista al quinientos preferiría no acordarme, sobre todo quizá porque sin que ella pudiera saberlo esa pieza quedaba muy cerca de mi departamento en un piso doce y con ventanas dando a una espléndida vista del río color de león. Me acuerdo (increíble que me acuerde de cosas así) que al citarme con ella estuve tentado de decirle que mejor viniera a mi bulín donde tendríamos whisky bien helado y una cama como a mí me gustan, y que me contuvo la idea de que Fermín el portero con más ojos que Argos la viera entrar o salir del ascensor y mi crédito con él se viniera abajo, él que saludaba casi conmovido a Susana cuando nos veía salir o llegar juntos, él que sabía distinguir en materia de maquillajes, tacos de zapatos y carteras. Me arrepentí apenas empecé a subir la escalera, y estuve a punto de dar media vuelta cuando salí al corredor al que daban no sé cuántas piezas, victrolas y perfumes. Pero ya Anabel me estaba sonriendo desde la puerta de su cuarto, y además había whisky aunque no estuviera helado, había las obligatorias muñecas pero también una reproducción de un cuadro de Quinquela Martín. La ceremonia se cumplió sin apuro, bebimos sentados en el sofá y Anabel quiso saber cuándo había conocido a Marucha y se interesó por mi antiguo socio del que las otras minas le habían hablado. Cuando le puse una mano en el muslo y la besé en la oreja, me sonrió con naturalidad y se levantó para retirar el cobertor rosa de la cama. Su sonrisa al despedirnos, cuando dejé unos billetes debajo de un cenicero, siguió siendo la misma, una aceptación desapegada que me conmovió por lo sincera, otros hubieran dicho que por lo profesional. Sé que me fui sin hablarle como había pensado hacerlo de su última carta a William, qué me importaban sus líos al fin y al cabo, también yo podía sonreírle como ella me había sonreído, también yo era un profesional.

16 de febrero

Inocencia de Anabel, como ese dibujo que hizo un día en mi oficina mientras yo la tenía esperando por culpa de una traducción urgente, y que debe andar perdido dentro de algún libro hasta que tal vez asome como su foto en una mudanza o una relectura. Dibujo con casitas suburbanas y dos o tres gallinas picoteando en la vereda. ¿Pero quién habla de inocencia? Fácil tildar a Anabel por esa ignorancia que la llevaba como resbalando de una cosa a otra; de golpe, debajo, tangible tantas veces en la mirada o en las decisiones, la entrevisión de algo que se me escapaba, de eso que la misma Anabel llamaba un poco dramáticamente «la vida», y que para mí era un territorio vedado que sólo la imaginación o Roberto Arlt podían darme vicariamente. (Me estoy acordando de Hardoy, un abogado amigo, que a veces se metía en turbios episodios suburbanos por mera nostalgia de algo que en el fondo sabía imposible, y de donde volvía sin haber participado de veras, mero testigo como yo testigo de Anabel. Sí, los verdaderos inocentes éramos los de corbata y tres idiomas; en todo caso Hardoy como buen abogado apreciaba su función de testigo presencial, la veía casi como una misión. Pero no es él sino yo quien quisiera escribir este cuento sobre Anabel.)

17 de febrero

No lo llamaré intimidad, para eso hubiera tenido que ser capaz de darle a Anabel lo que ella me daba tan naturalmente, hacerla subir a mi casa por ejemplo, crear una paridad aceptable aunque siguiera teniendo con ella una relación tarifada entre cliente regular y mujer de la vida. En ese entonces no pensé como lo estoy pensando ahora que Anabel no me reprochó nunca que la mantuviera estrictamente al borde; debía parecerle la ley del juego, algo que no excluía una amistad suficiente como para llenar con risas y bromas los huecos fuera de la cama, que son siempre los peores. Mi vida la tenía perfectamente sin cuidado a Anabel, sus raras preguntas eran del género de: «¿Vos tuviste un perrito de chico?», o: «¿Siempre te cortaste el pelo tan corto?». Yo ya estaba bastante al tanto de lo de la Dolly y de Marucha, de cualquier cosa en la vida de Anabel, mientras ella seguía sin saber y sin importársele que yo tuviera una hermana o un primo, barítono este último. A Marucha la conocía de antes por lo de las cartas, y a veces en el café de Cochabamba me encontraba con ella y con Anabel para tomar cerveza (importada). Por una de las cartas a William me había enterado de las broncas entre Marucha y la Dolly, pero lo que llamaré el asunto del frasquito no se puso serio hasta bastante después, al principio era para reírse de tanta inocencia (¿he hablado de la inocencia de Anabel? Me aburre releer este diario que me está ayudando cada vez menos a escribir el cuento), porque Anabel que era carne y uña con Marucha le había contado a William que la Dolly le seguía sacando los mejores puntos a Marucha, tipos de guita y hasta uno que era hijo de un comisario como en el tango, le hacía la vida imposible en lo de la Chempe y visiblemente aprovechaba que a Marucha se le estaba cayendo un poco de pelo, que tenía problemas de incisivos y que en la cama, etcétera. Todo eso Marucha se lo lloraba a Anabel, a mí menos porque tal vez no me tenía tanta confianza, yo era el traductor y gracias, dice que sos fenómeno, me contaba Anabel, vos le interpretás todo tan bien, el cocinero de ese buque francés hasta le manda más regalitos que antes, Marucha piensa que debe ser por el sentimiento que ponés.

—¿Y a vos no te mandan más?

—No, che. Seguro que de puro celos escribís angosto.

Decía cosas así, y nos reíamos tanto. Incluso riéndose me contó lo del frasquito que ya una o dos veces había aparecido en el temario para las cartas a William sin que yo hiciera preguntas porque dejarla venir sola era uno de mis placeres. Me acuerdo que me lo contó en su pieza mientras abríamos una botella de whisky después de habernos ganado el derecho al trago.

—Te juro, me quedé dura. Siempre me pareció un poco piantado, a lo mejor porque no le entiendo mucho la parla y eso que al final él siempre se hace entender. Claro, no lo conocés, si le vieras esos ojos que tiene, como un gato amarillo, le queda bien porque es un tipo de pinta, cuando sale se pone unos trajes que si te cuento, aquí nunca se ven géneros así, sintéticos me entendés.

—¿Pero qué te dijo?

—Que cuando vuelva me va a traer un frasquito. Me lo dibujó en la servilleta y arriba puso una calavera y dos huesos cruzados. ¿Me seguís ahora?

—Te sigo, pero no entiendo por qué. ¿Vos le hablaste de la Dolly?

—Claro, la noche que él me vino a buscar cuando llegó el barco, Marucha estaba conmigo, lloraba y devolvía la comida, yo tuve que agarrarla para que no saliera ahí nomás a cortarle la cara a la Dolly. Fue justo cuando supo que la Dolly le había sacado al viejo de los jueves, andá a saber lo que esa hija de puta le dijo de Marucha, a lo mejor lo del pelo que en una de ésas era algo contagioso. Con William le dimos ferné y la acostamos en esta misma cama, se quedó dormida y así pudimos salir a bailar. Yo le conté todo lo de la Dolly, seguro que entendió porque eso sí, me entiende todo, me clava los ojos amarillos y solamente le tengo que repetir algunas cosas.

—Esperá un poco, mejor nos tomamos otro scotch, esta tarde todo ha sido doble —le dije dándole un chirlo, y nos reímos porque ya el primero había estado bien cargadito—. ¿Y vos qué hiciste?

—¿Te creés que soy tan paparula? Que no, claro, le rompí la servilleta a pedacitos para que comprendiera. Pero él dale con el frasquito, que me lo iba a mandar para que Marucha se lo pusiera en un copetín. *In a drink*, dijo. Me dibujó a un cana en otra servilleta y después lo tachó con una cruz, eso quería decir que no sospecharían de nada.

—Perfecto —dije yo—, este yanqui se cree que aquí los médicos forenses son unos felipones. Hiciste bien, nena, cuantimás que el frasquito ese iba a pasar por tus manos.

—Eso.

(No me acuerdo, cómo podría *acordarme* de ese diálogo. Pero fue así, lo escribo escuchándolo, o lo invento copiándolo, o lo copio inventándolo. Preguntarse de paso si no será eso la literatura.)

19 de febrero

Pero a veces no es así sino algo mucho más sutil. A veces se entra en un sistema de paralelas, de simetrías, y a lo mejor por eso hay momentos y frases y sucesos que se fijan para siempre en una memoria que no tiene demasiados méritos (la mía en todo caso) puesto que olvida tanta cosa más importante.

No, no siempre hay invención o copia. Anoche pensé que tenía que seguir escribiendo todo esto sobre Anabel, que a lo mejor me llevaría al cuento como verdad última, y de golpe fue otra vez la pieza de Reconquista, el calor de febrero o marzo, el riojano con los discos de Alberto Castillo al otro lado del corredor, ese tipo no acababa nunca de despedirse de su famosa pampa, hasta Anabel empezaba a hincharse y eso que ella para la música, *adióóós pááámpa míía*, y Anabel sentada desnuda en la cama y acordándose de su pampa allá por Trenque Lauquen. Tanto lío que arma ése por la pampa, Anabel despectiva encendiendo un cigarrillo, tanto joder por una mierda llena de vacas. Pero Anabel, yo te creía más patriótica, hijita. Una pura mierda aburrida, che, yo creo que si no me vengo a Buenos Aires me tiro a un zanjón. Poco a poco los recuerdos confirmatorios y de golpe, como si le hiciese falta contármelo, la historia del viajante de comercio, casi no había empezado cuando sentí que eso yo ya lo sabía, que eso ya me lo habían contado. La fui dejando hablar como a ella le hacía falta hablarme (a veces el frasquito, ahora el viajante), pero de alguna manera yo no estaba ahí con ella, lo que me estaba contando me venía de otras voces y otros ámbitos con perdón de Capote, me venía de un comedor en el hotel del polvoriento Bolívar, ese pueblo pampeano donde había vivido dos años ya tan lejanos, de esa tertulia de amigos y gente de paso donde se hablaba de todo pero sobre todo de mujeres, de eso que entonces los muchachos llamábamos los elementos y que tanto escaseaban en la vida de los solteros pueblerinos.

Qué claro me acuerdo de aquella noche de verano, con la sobremesa y el café con grapa al pelado Rosatti le volvían cosas de otros tiempos, era un hombre que apreciábamos por el humor y la generosidad, el mismo hombre que después de un cuento más bien subido de Flores Diez o del pesado Salas, se largaba a contarnos de una china ya no muy joven que él visitaba en su rancho por el lado de Casbas donde ella vivía de unas gallinas y una pensión de viuda, criando en la miseria a una hija de trece años.

Rosatti vendía autos nuevos y usados, se llegaba hasta el rancho de la viuda cuando le caía bien en algunas de sus giras, llevaba algunos regalos y se acostaba con la viuda hasta el otro día. Ella estaba encariñada, le cebaba buenos mates, le freía empanadas y según Rosatti no estaba nada mal en la cama. A la Chola la mandaban a dormir al galponcito donde en otros tiempos el finado guardaba un sulky ya vendido; era una chica callada, de ojos escapadizos, que se perdía de vista apenas llegaba Rosatti y a la hora de cenar se sentaba con la cabeza gacha y casi no hablaba. A veces él le llevaba un juguete o caramelos, que ella recibía con un «gracias, don» casi a la fuerza. La tarde en que Rosatti se apareció con más regalos que de costumbre porque esa mañana había vendido un Plymouth y estaba contento, la viuda agarró por el hombro a la Chola y le dijo que aprendiera a darle bien las gracias a don Carlos, que no fuera tan chúcara. Rosatti, riéndose, la disculpó porque le conocía el carácter, pero en ese segundo de confusión de la chica la vio por primera vez, le vio los ojos renegridos y los catorce años que empezaban a levantarle la blusita de algodón. Esa noche en la cama sintió las diferencias y la viuda debió sentirlas también porque lloró y le dijo que él ya no la quería como antes, que seguro iba a olvidarse de ella que ya no le rendía como al principio. Los detalles del arreglo no los supimos nunca, en algún momento la viuda fue a buscar a la Chola y la trajo al rancho a los tirones. Ella misma le arrancó la ropa mientras Rosatti la esperaba en la cama, y como la chica gritaba y se debatía desesperada, la madre le sujetó las piernas y la mantuvo así hasta el final. Me acuerdo que Rosatti bajó un poco la cabeza y dijo, entre avergonzado y desafiante: «Cómo lloraba...». Ninguno de nosotros hizo el menor comentario, el silencio espeso duró hasta que el pesado Salas soltó una de las suyas y todos, y sobre todo Rosatti, empezamos a hablar de otras cosas.

Tampoco yo le hice el menor comentario a Anabel. ¿Qué le podía decir? ¿Que ya conocía cada detalle, salvo que había por lo menos veinte años entre las dos historias, y que el viajante de comercio de Trenque Lauquen no había sido el mismo hombre, ni Anabel la misma mujer? ¿Que todo era siempre más o menos así con las Anabel de este mundo, salvo que a veces se llamaban Chola?

23 de febrero

Los clientes de Anabel, vagas referencias con algún nombre o alguna anécdota. Encuentros casuales en los cafés del bajo, fijación de una cara, una voz. Por supuesto nada de eso me importaba, supongo que en ese tipo de relaciones compartidas nadie se siente un cliente como los otros, pero además yo podía saberme seguro de mis privilegios, primero por lo de las cartas y también por mí mismo, algo que le gustaba a Anabel y me daba, creo, más espacio que a los otros, tardes enteras en la pieza, el cine, la milonga y algo que a lo mejor era cariño, en todo caso ganas de reírse por cualquier cosa, generosidad nada mentida en la manera que tenía Anabel de buscar y dar el goce. Imposible que fuera así con los otros, los clientes, y por eso no me importaban (la idea era que no me importaba Anabel, pero por qué me acuerdo hoy de todo esto), aunque en el fondo hubiera preferido ser el único, vivir así con Anabel y del otro lado con Susana, claro. Pero Anabel tenía que ganarse la vida y de cuando en cuando me llegaba algún indicio concreto, como cruzarme en la esquina con el gordo —nunca supe ni pregunté su nombre, ella lo llamaba el gordo a secas—, y quedarme viéndolo entrar en la casa, imaginarlo rehaciendo mi propio itinerario de esa tarde, peldaño a peldaño hasta la galería y la pieza de Anabel y todo el resto. Me acuerdo que me fui a beber un whisky a *La Fragata* y que me leí todas las noticias del extranjero de *La Razón*, pero por debajo lo sentía al gordo con Anabel, era idiota pero lo sentía como si estuviera en mi propia cama, usándola sin derecho.

A lo mejor por eso no fui muy amable con Anabel cuando se me apareció en la oficina unos días después. A todas mis clientas epistolares (vuelve a salir la palabra de una manera bastante curiosa, ¿eh Sigmund?) les conocía los caprichos y los humores a la hora de darme o dictarme una carta, y me quedé impasible cuando Anabel casi me gritó escríbile ahora mismo a William que me traiga el frasquito, esa perra hija de puta no merece vivir. *Du calme*, le dije (entendía bastante bien el francés), qué es eso de ponerse así antes del vermú. Pero Anabel estaba enfurecida y el prólogo a la carta fue que la Dolly le había vuelto a sacar un punto con auto a Marucha y andaba diciendo en lo de la Chempe que lo había hecho para salvarlo de la sífilis. Encendí un cigarrillo como bandera de capitulación y escribí la carta donde absurdamente había que hablar a la vez del frasquito y de unas sandalias plateadas treinta y seis y medio (máximo treinta y siete). Tuve que calcular la conversión a cinco o cinco y medio para no crearle problemas a William, y la carta resultó muy corta y práctica, sin nada del sentimiento que habitualmente reclamaba Anabel aunque ahora lo hiciera cada vez menos por razones obvias. (¿Cómo imaginaba lo que yo podía decirle a William en las despedidas? Ya no me exigía que le leyera las cartas, se iba enseguida pidiéndome que la despachara, no podía saber que yo seguía fiel a su estilo y que le hablaba de nostalgia y cariño a William, no por exceso de bondad sino porque había que prever las respuestas y los regalos, y eso en el fondo debía ser el barómetro más seguro para Anabel.)

Esa tarde lo pensé despacio y antes de despachar la carta agregué una hoja separada en la que me presentaba sucintamente a William como el traductor de Anabel, y le pedía que viniera a verme apenas desembarcara y sobre todo antes de verse con Anabel. Cuando lo vi entrar dos semanas después, lo de los ojos amarillos me impresionó más que el aire entre agresivo y cortado del marinero en tierra. No hablamos mucho en el aire, le dije que estaba al tanto de la cuestión del frasquito pero que las cosas no eran tan tremendas como Anabel las pensaba. Virtuosamente me mostré preocupado por la seguridad de Anabel que, en caso de que las papas quemaran, no podría mandarse mudar en un barco como él iba a hacerlo tres días más tarde.

—Bueno, ella me lo pidió —dijo William sin alterarse—. A mí me da pena Marucha, y es la mejor manera de que todo se arregle.

De creerle, el contenido del frasquito no dejaba la menor huella, y eso curiosamente parecía suprimir toda noción de culpabilidad en William. Sentí el peligro y empecé mi trabajo sin forzar la mano. En el fondo los líos con la Dolly no estaban ni mejor ni peor que en su último viaje, claro que Marucha se sentía cada vez más harta y eso caía sobre la pobre Anabel. Yo me interesaba por el asunto porque era el traductor de todas esas chicas y las conocía bien, etcétera. Saqué el whisky después de colgar un cartel de *ausente* y cerrar con llave la oficina, y empecé a beber y a fumar con William. Lo medí desde la primera vuelta, primario y sensiblero y peligroso. Que yo fuera el traductor de las frases sentimentales de Anabel parecía darme un prestigio casi confesional, en el segundo whisky supe que estaba enamorado de veras de Anabel y que quería sacarla de la vida, llevársela a los States en un par de años cuando arreglara, dijo, unos asuntos pendientes. Imposible no ponerme de su lado, aprobar caballerescamente sus intenciones y apoyarme en ellas para insistir en que lo del frasquito era la peor cosa que podía hacerle a Anabel. Empezó a verlo por ese lado pero no me ocultó que Anabel no le perdonaría que le fallara, que lo trataría de flojo y de hijo de puta, y ésas eran cosas que él no le podía aceptar ni siquiera a Anabel.

Usando como ejemplo el acto de echarle más whisky en el vaso, sugerí el plan en el que me tendría por aliado. El frasquito por supuesto se lo daría a Anabel, pero lleno de té o de coca-cola; por mi parte yo lo tendría al tanto de las novedades con el sistema de las hojitas separadas, para que las cartas de Anabel guardaran todo lo que era de ellos dos solamente, y seguro que entre tanto lo de la Dolly y Marucha se arreglaba por cansancio. Si no era así —en algo había que ceder frente a esos ojos amarillos que se iban poniendo cada vez más fijos—, yo le escribiría para que mandara o trajera el frasquito de veras, y en cuanto a Anabel estaba seguro de que comprendería llegado el caso si yo me declaraba responsable del engaño para bien de todos, etcétera.

—O.K. —dijo William. Era la primera vez que lo decía, y me pareció menos idiota que cuando se lo escuchaba a mis amigos. Nos dimos la mano en la puerta, me miró amarillo y largo, y dijo: «Gracias por las cartas». Lo dijo en plural, o sea que pensaba en las cartas de Anabel y no en la sola hoja separada. ¿Por qué esa gratitud tenía que hacerme sentir tan mal, por qué una vez a solas me tomé otro whisky antes de cerrar la oficina y salir a almorzar?

26 de febrero

Escritores que aprecio han sabido ironizar amablemente sobre el lenguaje de alguien como Anabel. Me divierten mucho, claro, pero en el fondo esas facilidades de la cultura me parecen un poco canallas, yo también podría repetir tantas frases de Anabel o del gallego portero, y hasta por ahí me pasará hacerlo si al final escribo el cuento, no hay nada más fácil. Pero en esos tiempos me dedicaba más bien a comparar mentalmente el habla de Anabel y de Susana, que las desnudaba tanto más profundamente que mis manos, revelaba lo abierto y lo cerrado en ellas, lo estrecho y lo ancho, el tamaño de sus sombras en la vida. Nunca le oí la palabra «democracia» a Anabel, que sin embargo la escuchaba o leía veinte veces por día, y en cambio Susana la usaba con cualquier motivo y siempre con la misma cómoda buena conciencia de propietaria. En materias íntimas Susana podía aludir a su sexo, mientras que Anabel decía la concha o la parpaiola, palabra esta última que siempre me ha fascinado por lo que tiene de ola y de párpado. Y así estoy desde hace diez minutos porque no me decido a seguir con lo que falta (y que no es mucho y no responde demasiado a lo que vagamente esperaba escribir), o sea que en toda esa semana no supe nada de Anabel como era previsible puesto que estaría todo el tiempo con William, pero un fin de mañana se me apareció con evidentemente parte de los regalos de nailon que le había traído William, y una cartera nueva de piel de no sé qué de Alaska, que en esa temporada hacía subir el calor con sólo mirarla. Vino para contarme que William acababa de irse, lo que no era noticia para mí, y que le había traído la cosa (curiosamente evitaba llamarla frasquito) que ya estaba en manos de Marucha.

No tenía ninguna razón para inquietarme ahora, pero era bueno hacerse el preocupado, saber si Marucha tenía clara conciencia de la barbaridad que eso significaba, etcétera, y Anabel me explicó que le había hecho jurar por su santa madre y la virgen de Luján que solamente si la Dolly volvía a, etcétera. De paso le interesó saber lo que yo opinaba de la cartera y las medias cristal, y nos citamos en su casa para la otra semana, porque ella andaba bastante ocupada después de tanto *full-time* con William. Ya se iba, cuando se acordó:

—Él es tan bueno, sabés. ¿Te das cuenta esta cartera lo que le habrá costado? Yo no le quería decir nada de vos, pero él me hablaba todo el tiempo de las cartas, dice que vos le transmitís propiamente el sentimiento.

—Ah —comenté, sin saber demasiado por qué la cosa me caía un poco atravesada.

—Mirala, tiene doble cierre de seguridad y todo. Al final le dije que vos me conocías bien y que por eso me interpretabas las cartas, total a él qué le importa si ni siquiera te ha visto.

—Claro, qué le puede importar —alcancé a decir.

747

—Me prometió que en el otro viaje me trae un tocadiscos de esos con radio y todo, ahora sí que le ponemos la tapa al riojano de adiós pampa mía si vos me compras discos de Canaro y D'Arienzo.

No había terminado de irse cuando me telefoneó Susana, que por lo visto acababa de entrar en uno de sus ataques de nomadismo y me invitaba a irme con ella en su auto a Necochea. Acepté para el fin de semana, y me quedaron tres días en que no hice más que pensar, sintiendo poco a poco cómo me subía algo raro hasta la boca del estómago (¿tiene boca el estómago?). Lo primero: William no le había hablado a Anabel de sus planes de casamiento, era casi obvio que la patinada involuntaria de Anabel le había caído como una patada en la cabeza (y que lo hubiera disimulado era lo más inquietante). O sea que.

Inútil decirme que a esa altura me estaba dejando llevar por deducciones tipo Dickson Carr o Ellery Queen, y que al fin y al cabo a un tipo como William no tenía por qué quitarle el sueño que yo fuera uno más entre los clientes de Anabel. Pero a la vez sentía que no era así, que precisamente un tipo como William podía haber reaccionado de otra manera, con esa mezcla de sensiblería y zarpazo que yo le había calado desde el vamos. Porque además ahora venía lo segundo: Enterado de que yo hacía algo más que traducirle las cartas a Anabel, ¿por qué no había subido a decírmelo, de buenas o de malas? No me podía olvidar que me había tenido confianza y hasta admiración, que de alguna manera se había confesado con alguien que entre tanto se meaba de risa de tanta ingenuidad, y eso William tenía que haberlo sentido y cómo en ese momento en que Anabel se había deschavado. Era tan fácil imaginarlo a William acostándola de una trompada y viniendo directamente a mi oficina para hacer lo mismo conmigo. Pero ni lo uno ni lo otro, y eso...

Y eso qué. Me lo dije como quien se toma un Ecuanil, al fin y al cabo su barco ya andaba lejos y todo quedaba en hipótesis; el tiempo y las olas de Necochea las borrarían de a poco, y además Susana estaba leyendo a Aldous Huxley, lo que daría materia para temas más bien diferentes, enhorabuena. Yo también me compré nuevos libros en el camino a casa, me acuerdo que algo de Borges y/o de Bioy.

27 de febrero

Aunque ya casi nadie se acuerda, a mí me sigue conmoviendo la forma en que Spandrell espera y recibe la muerte en *Contrapunto*. En los años cuarenta ese episodio no podía tocar tan de lleno a los lectores argentinos; hoy sí, pero justamente cuando ya no lo recuerdan. Yo le sigo siendo fiel a Spandrell (nunca releí la novela ni la tengo aquí a mano), y aunque se me hayan borrado los detalles me parece ver de nuevo la escena en que escucha la grabación de su cuarteto preferido de Beethoven, sabiendo que el comando fascista se acerca a su casa para asesinarlo, y dando a esa elección final un peso que vuelve aún más despreciables a sus asesinos. También a Susana le había conmovido ese episodio, aunque sus razones no me parecieron exactamente las mías y acaso las de Huxley; todavía estábamos discutiendo en la terraza del hotel cuando pasó un diariero y le compré *La Razón* y en la página ocho vi policía investiga muerte misteriosa, vi una foto irreconocible de la Dolly, pero su nombre completo y sus actividades notoriamente públicas, transportada de urgencia al hospital Ramos Mejía sucumbió dos horas más tarde a la acción de un poderoso tóxico. Nos volvemos esta noche, le dije a Susana, total aquí no hace más que lloviznar. Se puso frenética, la oí tratarme de déspota. Se vengó, pensaba dejándola hablar, sintiendo el calambre que me subía de las ingles hasta el estómago, se vengó el muy hijo de puta, lo que estará gozando en su barco, otra que té o coca-cola, y esa imbécil de Marucha que va a cantar todo en diez minutos.

Como ráfagas de miedo entre cada frase enfurecida de Susana, el whisky doble, el calambre, la valija, puta si va a cantar, se va a venir con todo apenas le aplaudan la cara.

Pero Marucha no cantó, a la tarde siguiente había un papélito de Anabel debajo de la puerta de la oficina, nos vemos a las siete en el café del Negro, estaba muy tranquila y con la cartera de piel, ni se le había ocurrido pensar que Marucha podía meterla en un lío. Lo jurado jurado, ponele la firma, me lo decía con una calma que me hubiera parecido admirable si no hubiese tenido tantas ganas de agarrarla a bife limpio. La confesión de Marucha llenaba media página del diario, y eso precisamente era lo que estaba leyendo Anabel cuando llegué al café. El periodista no iba más allá de las generalidades propias del oficio, la mujer declaró haberse procurado un veneno de efecto fulminante que vertió en una copa de licor, o sea en el cinzano que la Dolly bebía de a litros. La rivalidad entre ambas mujeres había alcanzado su punto culminante, agregaba el concienzudo notero, y su trágico desenlace, etcétera.

No me parece raro haber olvidado casi todos los detalles de ese encuentro con Anabel. La veo sonreírme, eso sí, la oigo decirme que los abogados probarían que Marucha era una víctima y que saldría en menos de un año; lo que me queda de esa tarde es sobre todo un sentimiento de absurdo total, algo imposible de decir aquí, haberme dado cuenta de que en ese momento Anabel era como un ángel flotando por encima de la realidad, segura de que Marucha había tenido razón (y era cierto, pero no en esa forma) y que a nadie le iba a pasar nada grave. Me hablaba de todo eso y era como si me estuviera contando una radionovela, ajena a ella misma y sobre todo a mí, a las cartas, sobre todo a las cartas que me embarcaban derecho viejo con William y con ella. Me lo decía desde la radionovela, desde esa distancia incalculable entre ella y yo, entre su mundo y mi terror que buscaba cigarrillos y otro whisky, y claro, claro que sí, Marucha es de ley, claro que no va a cantar.

Porque si de algo estaba seguro en ese momento era de que no podía decirle nada al ángel. Cómo mierda hacerle entender que William no se iba a conformar con eso ahora, que seguramente escribiría para perfeccionar su venganza, para denunciarla a Anabel y de paso meterme en el ajo por encubridor. Se me hubiera quedado mirando como perdida, a lo mejor me hubiera mostrado la cartera como una prueba de buena fe, él me la regaló, cómo te vas a imaginar que haga una cosa así, todo el catálogo.

No sé de qué hablamos después, me volví a mi departamento a pensar, y al otro día arreglé con un colega para que se hiciera cargo de la oficina por un par de meses; aunque Anabel no conocía mi departamento me mudé por las dudas a uno que justamente alquilaba Susana en Belgrano y no me moví de ese salubre barrio para evitar un encuentro casual con Anabel en el centro. Hardoy, que tenía toda mi confianza, se dedicó con deleite a espiarla, bañándose en la atmósfera de eso que él llamaba los bajos fondos. Tantas precauciones resultaron inútiles pero entre tanto me sirvieron para dormir un poco mejor, leer un montón de libros y descubrir nuevas facetas y hasta encantos inesperados en Susana, convencida la pobre de que yo estaba haciendo una cura de reposo y paseándome por todas partes en su auto. Un mes y medio después llegó el barco de William, y esa misma noche supe por Hardoy que Anabel se había encontrado con él y que se habían pasado hasta las tres de la mañana bailando en una milonga de Palermo. Lo único lógico hubiera debido ser el alivio, pero no creo haberlo sentido, fue más bien como que Dickson Carr y Ellery Queen eran una pura mierda y la inteligencia todavía peor que la mierda comparada con esa milonga en la que el ángel se había encontrado con el otro ángel (per modo di dire, claro), para de paso entre tango y tango escupirme en plena cara, ellos de su lado escupiéndome sin verme, sin saber de mí y sobre todo importándoseles un carajo de mí, como el que escupe en una baldosa sin siquiera mirarla. Su ley y su mundo de ángeles, con Marucha y de algún modo también con la Dolly, y yo de este otro lado con el calambre y el valium y Susana, con Hardoy que me seguía hablando de la milonga sin darse cuenta de que yo había sacado el pañuelo, de que mientras lo escuchaba y le agradecía su amistosa vigilancia me estaba pasando el pañuelo para secarme de alguna manera la escupida en plena cara.

28 de febrero

Quedan algunos detalles menores: cuando volví a la oficina tenía todo pensado para explicarle convincentemente mi ausencia a Anabel; conocía de sobra su falta de curiosidad, me aceptaría cualquier cosa y ya andaría con alguna nueva carta para traducir, a menos que entre tanto hubiera conseguido otro traductor. Pero Anabel no vino nunca más a mi oficina, por ahí era una promesa que le había hecho a William con juramento y virgen de Luján, o nomás que se había ofendido de veras por mi ausencia, o que la Chempe la tenía demasiado ocupada. Al principio creo que la esperé vagamente, no sé si me hubiera gustado verla entrar pero en el fondo me ofendía que me estuviera borrando tan fácilmente, quién le iba a traducir las cartas como yo, quién podía conocer a William o a ella mejor que yo. Dos o tres veces, en la mitad de una patente o una partida de nacimiento me quedé con las manos en el aire, esperando que la puerta se abriera y entrara Anabel con zapatos nuevos, pero después llamaban educadamente y era una factura consular o un testamento. Por mi parte seguí evitando los lugares donde hubiera podido encontrármela por la tarde o la noche. Hardoy tampoco la vio más, y en esos meses se me dio el juego de venirme a Europa por un tiempo, y al final me fui quedando, me fui aquerenciando hasta ahora, hasta el pelo canoso, esta diabetes que me acorrala en el departamento, estos recuerdos. La verdad, me hubiera gustado escribirlos, hacer un cuento sobre Anabel y esos tiempos, a lo mejor me hubieran ayudado a sentirme mejor después de escribirlo, a dejar todo en orden, pero ya no creo que vaya a hacerlo, hay este cuaderno lleno de jirones sueltos, estas ganas de ponerme a completarlos, de llenar los huecos y contar otras cosas de Anabel, pero lo que apenas alcanzo a decirme es que me gustaría tanto escribir ese cuento sobre Anabel y al final es una página más en el cuaderno, un día más sin empezar el cuento. Lo malo es que no termino de convencerme de que nunca podré hacerlo porque entre otras cosas no soy capaz de escribir sobre Anabel, no me vale de nada ir juntando pedazos que en definitiva no son de Anabel sino de mí, casi como si Anabel estuviera queriendo escribir un cuento y se acordara de mí, de cómo no la llevé nunca a mi casa, de los dos meses en que el pánico me sacó de su vida, de todo eso que ahora vuelve aunque seguramente a Anabel le importó muy poco y solamente yo me acuerdo de algo que es tan poco pero que vuelve y vuelve desde allá, desde lo que acaso hubiera tenido que ser de otra manera, como yo y como casi todo allá y aquí. Ahora que lo pienso, cuánta razón tiene Derrida cuando dice, cuando me dice: No (me) queda casi nada: ni la cosa, ni su existencia, ni la mía, ni el puro objeto ni el puro sujeto, ningún interés de ninguna naturaleza por nada. Ningún interés, de veras, porque buscar a Anabel en el fondo del tiempo es siempre caerme de nuevo en mí mismo, y es tan triste escribir sobre mí mismo aunque quiera seguir imaginándome que escribo sobre Anabel.

HISTORIAS (INESPERADAS)

Nota de los editores:

En reconocimiento de su pertenencia a la obra general de Julio Cortázar, completamos esta edición con las siete piezas siguientes, publicadas en el volumen *Papeles inesperados* (Alfaguara, 2009) y, por eso, reunidas aquí bajo el título "Historias (inesperadas)".

Teoría del cangrejo*

Habían levantado la casa en el límite de la selva, orientada al sur para evitar que la humedad de los vientos de marzo se sumara al calor que apenas mitigaba la sombra de los árboles.

Cuando Winnie llegaba

Dejó el párrafo en suspenso, apartó la máquina de escribir y encendió la pipa. Winnie. El problema, como siempre, era Winnie. Apenas se ocupaba de ella la fluidez se coagulaba en una especie de

Suspirando, borró *en una especie de*, porque detestaba las facilidades del idioma, y pensó que ya no podría seguir trabajando hasta después de cenar; pronto llegarían los niños de la escuela y habría que ocuparse de los baños, de prepararles la comida y ayudarlos en sus

¿Por qué en mitad de una enumeración tan sencilla había como un agujero, una imposibilidad de seguir? Le resultaba incomprensible, puesto que había escrito pasajes mucho más arduos que se armaban sin ningún esfuerzo, como si de alguna manera estuvieran ya preparados para incidir en el lenguaje. Por supuesto, en esos casos lo mejor era

Tirando el lápiz, se dijo todo se volvía demasiado abstracto; los *por supuesto los en esos casos*, la vieja tendencia a huir de situaciones definidas. Tenía la impresión de alejarse

* *Triunfo*, Madrid, n.º 418, 6 de junio de 1970.

cada vez más de las fuentes, de organizar puzzles de palabras que a su vez
        Cerró bruscamente el cuaderno y salió a la veranda.
        Imposible dejar esa palabra, *veranda*.

Ciao, Verona*

—Tu n'a pas su me conquérir —prononça
Vally, lentement—. Tu n'a eu ni la force,
ni la patience, ni le courage de vaincre
mon repliement hostile vis-à-vis de
l'être qui veut me dominer.
—Je ne l'ignore point, Vally. Je ne formule
pas le plus légère reproche, la plus légère
plainte. Je te garde l'inexprimable
reconnaissance de m'avoir inspiré cet
amour que je n'ai point su te faire partager.
RENÉE VIVIEN,
Une femme m'apparut…

Fue en Boston y en un hotel, con pastillas. Lamia Ma-
raini, treinta y cuatro años. A nadie le sorprendió demasiado, algunas mujeres lloraron en ciudades lejanas, la que
vivía en Boston se fue esa noche a un nightclub y lo pasó
padre (así se lo dijo a una amiga mexicana). Entre los pocos
papeles de la valija había tarjetas postales con solamente
nombres de pila, y una larga carta romántica fechada meses antes pero apenas leída, casi intocada en el ancho sobre
azul. No sé, Lamia —una escritura redonda y aplicada, un
poco lenta pero viniendo evidentemente de alguien que
no hacía borradores—, no sé si voy a enviarte esta carta,
hace ya tanto que tu silencio me prueba que no las lees y yo
nunca aprendí a enviarte notas breves que acaso hubieran
despertado un deseo de respuesta, dos líneas o uno de esos
dibujos con flechas y ranitas que alguna vez me enviaste

desde Ischia, desde Managua, descansos de viaje o maneras de llenar una hora de hastío con una mínima gentileza un poco irónica.

Ves, apenas empiezo a hablarte se siente —tú lo sentirás más que yo y rechazarás esta carta con un malhumor de gata mal despierta— que no podré ser breve, que cuando empiezo a hablarte hay como un tiempo abolido, es otra vez la oficina del cern y las lentas charlas que nos salvaban de la bruma burocrática, de los papeles como polvorientos sobre nuestros escritorios, *urgente*, *traducción inmediata*, el placer de ignorar un mundo al que nunca pertenecimos de veras, la esperanza de inventarnos otro sin prisa pero tenso y crispado y lleno de torbellinos e inesperadas fiestas. Hablo por mí, claro, tú no lo viste nunca así pero cómo podía yo saberlo entonces, Lamia, cómo podía adivinar que al hablarme te estabas como peinando o maquillando, siempre sola, siempre vuelta hacia ti, yo tu espejo Mireille, tu eco Mireille, hasta el día en que abrieras la puerta del fin de tu contrato y saltaras a la vida calle afuera, aplastaras el pie en el acelerador de tu Porsche que te lanzaría a otras cosas, a lo que ahora estarás viviendo sin imaginarme aquí escribiéndote.

Digamos que te hablo para que mi carta llene una hora hueca, un intervalo de café, que alzarás la vista entre frase y frase para mirar cómo pasa la gente, para apreciar esas pantorrillas que una falda roja y unas botas de blando cuero delimitan impecablemente. ¿Dónde estás, Lamia, en qué playa, en qué cama, en qué lobby de hotel te alcanzará esta carta que entregaré a un empleado indiferente para que le ponga los sellos y me indique el precio del franqueo sin mirarme, sin más que repetir los gestos de la rutina? Todo es impreciso, posible e improbable: que la leas, que no te llegue, que te llegue y no la leas, entregada a juegos más ceñidos; o que la leas entre dos tragos de vino, entre dos respuestas a esas preguntas que siempre te harán las que viven la indecible fortuna de compartirte en una mesa o una reunión de amigos; sí, un azar de instantes o de humores, el sobre que asoma en tu bolso y que decides abrir porque te aburres, o que hundes entre un peine y una lima de uñas, entre monedas sueltas y pedazos de papel con direcciones o mensajes. Y si la lees, porque no puedo tolerar que no la leas aunque sólo sea para interrumpirla con un gesto de hastío, si la lees hasta aquí, hasta esta palabra aquí que se aferra a tus ojos, que busca guardar tu mirada en lo que sigue, si la lees, Lamia, qué puede importarte lo que quiero decirte, no ya que te amo porque eso lo sabes desde siempre y te da igual y no es noticia, realmente no es noticia para ti allá donde estés amando a otra o solamente mirando el río de mujeres que el viento de la calle acerca a tu mesa y se lleva en lentas bordadas, cediéndote por un instante sus singladuras y sus máscaras de proa, las regatas multicolores que alguna ganará sin saberlo cuando te levantes y la sigas, la vuelvas única en la muchedumbre del atardecer, la abordes en el instante preciso, en el portal exacto donde tu sonrisa, tu pregunta, tu manera de ofrecer la llave de la noche sean exactamente halcón, festín, hartazgo.

Digamos entonces que te voy a hablar de Javier para divertirte un rato. A mí no me divierte, te lo ofrezco como una libación más a las tantas que he volcado a tus pies (¿compraste al fin esos zapatos de Gregsson que habías visto en *Vogue* y que burlonamente decías desear más que los labios de Anouk Aimée?). No, no me divierte pero a la vez necesito hablar de él como quien vuelve y vuelve con la lengua sobre un trocito de carne trabado entre los dientes; me hace falta hablar de él porque desde Verona hay en él algo de súcubo (¿de íncubo? Siempre me corregiste y ya ves, sigo en la duda) y entonces el exorcismo, echarlo de mí como también él buscó echarme de él en ese texto que tanta gracia te hizo en México cuando leíste su último libro, tu tarjeta postal que tardé en comprender porque jugabas con cada palabra, enredabas las sílabas y escribías en semicírculos que se seccionaban mezclando pedazos de sentido, descarrilando la mirada. Es curioso, Lamia, pero de alguna manera ese texto de Javier es real, él pudo convertirlo en un relato literario y darle un título un poco numismático y publicarlo como pura ficción, pero las cosas pasaron así, por lo menos las cosas exteriores que para Javier fueron las más importantes, y a veces para mí. Su estúpido error —entre tantísimos otros— estuvo en creer que su texto nos abarcaba y de alguna manera nos resumía; creyó por escritor y por vanidoso, que tal vez son las misma cosa, que las frases donde hablaba de él y de mí usando el plural completaban una visión de conjunto y me concedían la parte que me tocaba, el ángulo visual que yo hubiera tenido el derecho de reclamar en ese texto. La ventaja de no ser escritora es que ahora te voy a hablar de él honesta y simple y epistolarmente en primera persona; y no guardaré copia, Lamia, y nadie podrá enviarle una postal a Javier con una broma irónica sobre esto. Porque es tiempo de ver las cosas como son, para él su texto contenía la verdad y era así, pero sólo para él. Demasiado fácil hablar de las caras de la medalla y creerse capaz de ir de una a otra, pasar del yo a un plural literario que pretendía incluirme. A veces sí, no lo niego, no estoy diciendo resentidamente todo esto, Javier, créeme que no (Lamia me perdonará esta brusca sustitución de corresponsal, en la mañana de los hechos y sus razones y sus no explicaciones vaya a saber si no te estoy escribiendo a ti, pobre amigo mojado de imposible), pero era necesario que la otra cara de la medalla tuviera su verdadera voz, te mostrara tal como es un hombre cuando lo sacan de su cómoda rutina, lo desnudan de sus trapos y sus mitos y sus máscaras.

Por lo demás te debo una aclaración, Lamia, aunque no dejarás de observar que no es a ti sino a Javier a quien se la debo, y desde luego tienes razón. Si leíste bien su texto (a veces una crueldad instantánea te lleva a superponer la irrisión al juicio, y nada ni nadie te haría cambiar esa visión demoníaca que es entonces la tuya), habrás visto que a su manera le da vergüenza haberlo escrito, son cosas que no puede dejar de decir pero que en el fondo hubiera preferido callarse. Desde luego para él también era un exorcismo, necesitó sufrir como imagino que sufrió al escribirlo, confiando en una liberación, en un efecto de sangría. Y por eso cuando se decidió a hacerme llegar el texto, mucho antes de publicarlo junto con otros relatos imaginarios, agregó una carta donde confesaba precisamente eso que tú habías encontrado intolerable. También él, Lamia, también él. Te copio sus palabras: "Ya sé, Mireille, es obsceno escribir estas cosas, darlas a los mirones. Qué quieres, están los que van a confesarse a las iglesias, están los que escriben interminables cartas y también los que fingen urdir una novela o un cuento con sus aconteceres personales. Qué quieres, el amor pide calle, pide viento, no sabe morir en la soledad. Detrás de este triste espectáculo de palabras tiembla indeciblemente la esperanza de que me leas, de que no me haya muerto del todo en tu memoria". Ya vez el tipo de hombre, Lamia; no te enseño nada nuevo porque para ti todos son iguales, en lo que te equivocas, pero por desgracia él entra exactamente en el molde de desprecio que les has definido para siempre.

No me olvido de tu mueca el día en que te dije que Javier me daba lástima; era exactamente mediodía, bebíamos martinis en el bar de la estación, te ibas a Marsella y acababas de darme una lista de cosas olvidadas, un trámite bancario, llamadas telefónicas, tu recurrente herencia de esas pequeñas servidumbres que acaso inventabas en parte para dejarme por lo menos una limosna. Te dije que Javier me daba lástima, que había contestado con dos líneas amables su carta casi histérica de Londres, que lo vería tres semanas después en un plan de turismo amistoso. No te burlaste directamente, pero la elección de Verona te llenó de chispas los ojos, reíste entre dos tragos, evitaste las citas clásicas, por supuesto, te fuiste sin dejarme saber lo que pensabas; tu beso fue quizás más largo que otras veces, tu mano se cerró un momento en mi brazo. No alcancé siquiera a decirte que nada podía ocurrir que me cambiara, me hubiera gustado decírtelo sólo por mí, puesto que tú te alejabas otra vez hacia una de tus presas, se lo sentía en tu manera de mirar el reloj, de contar desde ese instante el tiempo que te separaba del encuentro. No lo creerás pero en los días que siguieron pensé poco en ti, tu ausencia se volvía cada vez más tangible y casi no era necesario verte, la oficina sin ti era tu territorio terminante, tu lápiz imperioso a un lado de tu mesa, la funda de la máquina cubriendo el teclado que tanto me gustaba ver cuando tus dedos bailaban envueltos en el humo de tu Chesterfield; no necesitaba pensar en ti, las cosas eran tú, no te habías ido. Poco a poco la sombra de Javier volvía a entrar como tantas veces había entrado él a la oficina, pretextando una consulta para demorarse de pie junto a mi mesa y al final proponiéndome un concierto o un paseo de fin de semana. Enemiga de la improvisación y del desorden como me conoces, le había escrito que me ocuparía de reservar hotel, de fijar los horarios; él me lo agradeció desde Londres, llegó a Verona media hora antes que yo una mañana de mayo, bebió esperándome en el bar del hotel, me apretó apenas en sus brazos antes de quitarme la maleta, decirme que no lo creía, reírse como un chico, acompañarme a mi habitación y descubrir que estaba enfrente de la suya, apenas algo más al fondo del corredor amortiguado de estucos y cortinados marrones, el mismo hotel Accademia de otro viaje mío, la seguridad de la calma y del buen trato. No dijo nada, claro, miró las dos puertas y no dijo nada. Otro me hubiera reprochado la crueldad de esa cercanía, o preguntado si era una simple casualidad en el mecanismo del hotel. Lo era, sin duda, pero también era verdad que yo no había pedido expresamente que nos alojaran en pisos diferentes, difícil decirle eso a un gerente italiano y además parecía una manera de que las cosas fueran limpias y claras, un encuentro de amigos que se quieren bien.

Me doy cuenta de que todo esto se esfuma en una linealidad perfectamente falsa como todas las linealidades, y que sólo puede tener sentido si entre tus ojos (¿siguen siendo azules, siguen reflejando otros colores y llenándose de brillos dorados, de bruscas y terribles fugas verdes para volver con un simple aletazo de los párpados al aguamarina desde donde me enfrenta para siempre tu negativa, tu rechazo?), entre tus ojos y esta página se interpone una lupa capaz de mostrarte algunos de los infinitos puntos que componen la decisión de citarse en Verona y vivir una semana en dos piezas separadas apenas por un pasillo y por dos imposibilidades. Te digo entonces que si respondí a la carta de Javier, si lo cité en Verona, esos actos se dieron dentro de una admisión tácita del pasado, de todo lo que conociste hasta el punto final del texto de Javier. No te rías pero ese encuentro se basaba en algo así como un orden del día, mi voluntad de hablar, de decirle la verdad, de acaso encontrar un terreno común donde el contento fuera posible, una manera de seguir marchando juntos como alguna vez en Ginebra. No te rías pero en mi aceptación había cariño y respeto, había el Javier de las tardes en mi cabaña, de las noches de concierto, el hombre que había podido ser mi amigo de vagabundeos, de Schumann y de Marguerite Yourcenar (no te rías, Lamia, eran playas de encuentro y de delicia, allí sí había sido posible esa cercanía que él acabó haciendo pedazos con su torpe conducta de oso en celo); y cuando le expuse el orden del día, cuando acepté un reencuentro en Verona para decirle lo que él hubiera debido adivinar desde tanto antes, su alegría me hizo bien, me pareció que acaso para nosotros se abría un terreno común donde los juegos fueran otra vez posibles, y mientras bajaba para encontrarme con él en el bar y salir a la calle bajo la llovizna de mediodía me sentí la misma de antes, libre de los recuerdos que nos manchaban, de la infinita torpeza de las dos noches de Ginebra, y él también parecía estar como recién lavado de su propia miseria, esperándome con proyectos de paseos, la esperanza de encontrar en Verona los mejores spaghettis de Italia, las capillas y los puentes y las charlas que ahuyentaran los fantasmas.

Veo, cómo podría no verla, tu sonrisa entre maligna y compasiva, te imagino encogiéndote de hombros y acaso dando a leer mi carta a la que bebe o fuma a tu lado, tregua amable en una siesta de almohadas y murmullos. Me expongo a tu desprecio o a tu lástima, pero a esa hora él era como un puerto después de ti en Ginebra. Su mano en mi brazo ("¿estás bastante abrigada, no te molesta la lluvia?") me guiaba al azar por una ciudad que yo conocía mejor que él hasta que en algún momento le mostré el camino, bajamos a la Piazza delle Erbe y fueron el rojo y el ocre, la discusión sobre el gótico, el dejarse llevar por la ciudad y sus vitrinas, disentir sobre las tumbas de los Escalígeros, él sí y yo no, la deriva deliciosa por callejas sin destino preciso, el primer almuerzo allí donde yo había comido mariscos alguna vez y no los encontraría ahora pero qué importaba si el vino era bueno y la penumbra nos dejaba hablar, nos dejaba mirarnos sin la doble humillación de las últimas miradas en Ginebra. Lo encontré el de siempre, dulce y un poco brusco al mismo tiempo, la barba más corta y los ojos más cansados, las manos huesudas triturando un cigarrillo antes de encenderlo, su voz en la que había también una manera de mirarme, una caricia que sus dedos no podían ya tender hasta mi cara. Había como una espera tácita y necesaria, un lento interregno que llenábamos de anécdotas, trabajos y viajes, recuento de vidas separadas corriendo por países distantes, Eileen evocada pasajeramente porque él siempre había sido leal conmigo y tampoco ahora callaba su pequeña historia sin salida. Nos sentimos bien mientras bebíamos el café y la grappa (sabes que soy experta en grappa y él aceptó mi elección y la aprobó con un gesto infantil, tímidamente pasando un dedo por mi nariz y recogiendo la mano como si yo fuera a reprochárselo); ya entonces habíamos comparado planos y preferencias, yo habría de guiarlo por palacios e iglesias y además él necesitaba un paraguas y pañuelos y también quería mi consejo para comprar calcetines porque ya se sabe que en Italia. Amigos, sí, derivando otra vez, buscando San Zeno y cruzando nuestro primer puente con un sol inesperado que temblaba frío y dudoso en las colinas.

Cuando volvimos al hotel con proyectos de paseo nocturno y cena suntuosa, jugando a ser turistas y a tener por fin un largo tiempo sin oficinas ni obligaciones, Javier me invitó a beber un trago en su habitación y yo convertí su cama en un diván mientras él abría una botella de coñac y se sentaba en el único sillón para mostrarme libros ingleses. Sentíamos pasar la tarde sin premura, hablábamos de Verona, los silencios se abrían necesarios y bellos como esas pausas en una música que también son música; estábamos bien, podíamos mirarnos. En algún momento yo debería hablar, por eso sobre todo habíamos venido a Verona pero él no hacía preguntas, puerilmente asombrado de verme ahí, sintiéndome otra vez tan cerca, sentada a lo yoga en su cama. Se lo dije, esperaríamos a mañana, hablaríamos; él bajó la cabeza y dijo sí, dijo no te preocupes, hay tiempo, déjame estar tan bien así. Por todo eso fue bueno volver a mi cuarto al anochecer, perderme largo rato en una ducha y mirar los tejados y las colinas. No me creas más ingenua de lo que soy, esa tarde había sido lo que Javier, inexplicablemente entusiasta del boxeo, hubiera llamado el primer round de estudio, la cortesía sigilosa de quienes buscan o temen los flancos peligrosos, el brusco ataque frontal, pero detrás de la cordura se agazapaba tanto sucio pasado; ahora solamente esperábamos, cada cual de su lado, cada cual en su rincón.

El otro día llegó después de caminar con frío y jugando, chianti y mariscos, el Adige crecido y gentes cantando en las plazas. Ah Lamia, es difícil escribir frases legibles cuando lo que quiero reconstruir para ti —para qué para ti, ajena y sarcástica— contiene ya el final y el final no es más que palabras mezcladas y confusas, *ciao* por ejemplo, esa manera de saludar o despedirse indistintamente, o botón, pipa, rechazo, cine soviético, última copa de whisky, insomnio, palabras que me lo dicen todo pero que es preciso alisar, conectar con otras para que comprendas, para que el discurso se tienda en la página como las cosas se tendieron en el tiempo de esos días. Botón por ejemplo, llevé una camisa de Javier a mi cuarto para coserle un botón, o pipa, ves, al otro día después de vagar por el mercado de la Piazza delle Erbe pasó que él me miró con esa cara lisa y nueva con que me miraba como deben mirar los boxeadores en el primer round, convencido acaso de que todo estaba bien así y que todo seguiría sin cambios en esa nueva manera de mirarnos y de andar juntos, y después tuvo una gran sonrisa misteriosa y me dijo que ya estaba enterado, que me había visto buscar en mi bolso cuando charlábamos en su cuarto, mi gesto un poco desolado al descubrir que me había dejado la pipa en Ginebra, mi placer de las tardes junto al fuego en la cabaña cuando escuchábamos Brahms, mi cómica enternecedora hermosa semejanza con George Sand, mi gusto por el tabaco holandés que él detestaba, fumador de mezclas escocesas, y no podía ser, era absolutamente necesario que esa tarde encendiéramos al mismo tiempo nuestras pipas en su cuarto o en el mío, y ya había mirado las vitrinas mientras paseábamos y sabía adónde debíamos ir para que yo eligiera la pipa que iba a regalarme, el paquete de horrible tabaco que no era más que una de mis aberraciones, sentir que era tan feliz diciéndomelo, jugando conmigo a que yo me conmoviera y aceptara su regalo y entre los dos sopesáramos largamente las pipas hasta encontrar la justa medida y el justo color. Volvimos a instalarnos en su cuarto, los pequeños rituales se repitieron acompasadamente, fumamos mirándonos con aire apreciativo, cada cual su tabaco pero un mismo humo llenando poco a poco el aire mientras él callaba y su mano venía un segundo hasta mi rodilla y entonces sí, entonces era la hora de decirle lo que él ya sabía, torpemente pero al fin decírselo, poner en palabras y pausas eso que él tenía que saber de alguna manera aunque creyera no haberlo sabido nunca. Cállate, Lamia, cállate esa palabra de burla que siento venir a tu boca como una burbuja ácida, no me dejes estar tan sola en esa hora en que bajé la cabeza y él comprendió y puso en el suelo la pequeña lámpara para que sólo el fuego de nuestras pipas ardiera alternativamente mientras yo no te nombraba pero todo estaba nombrándote, mi pipa, mi voz como quemada por la pena, la simple horrible definición de lo que soy frente a quien me escuchaba con los ojos cerrados, acaso un poco pálido aunque siempre la palidez me pareciera un simple recurso de escritores románticos.

De él no esperaba más que una admisión y acaso, después, que me dijera que estaba bien, que no había nada que decir y nada que hacer frente a eso. Ríete triunfalmente, dale a tu perversa sapiencia el cauce que te pide ahora. Porque no fue así, por supuesto, solamente su mano otra vez apretando mi rodilla como una aceptación dolorosa, pero después empezaron las palabras mientras yo me dejaba resbalar en la cama y me aferraba al último resto de silencio que él destruía con su apagado soliloquio. Ya en Ginebra, en el otro contexto, lo había oído abogar por una causa perdida, pedirme que fuera suya porque después, porque nada podía estar dicho ni ser cierto antes, porque la verdad empezaría del otro lado, al término del viaje de los cuerpos, de su lenguaje diferente. Ahora era otra cosa, ahora él sabía (pero lo había sabido antes sin de veras saberlo, su cuerpo lo había sabido contra el mío y ésa era mi falta, mi mentira por omisión, mi dejarlo llegar dos veces desnudo a mi desnuda entrega para que todo se resolviera en frío y vergüenza de amanecer entre sábanas inútiles), ahora él lo sabía por mí y no lo aceptaba, bruscamente se erguía y se apretaba a mí para besarme en el cuello y en el pelo, no importa que sea así Mireille, no sé si es verdad hasta ese punto o solamente un filo de navaja, un caminar por un techo a dos aguas, quizá quieres librarme de mi propia culpa, de haberte tenido entre los brazos y solamente la nada, el imposible encuentro. Cómo decirle que no, que acaso sí, cómo explicarle y explicarme mi rechazo más profundo fingiéndose tan sólo timidez y espera, algo como un cuerpo de virgen contraído por los pavores de tanto atavismo (no te rías, pantera de musgo, qué otra cosa puedo hacer que alinear estas palabras), y decirle a la vez que mi rechazo no tenía remedio, que jamás su deseo se abriría paso en algo que le era ajeno, que solamente pudo haber sido tuyo o de otra, tuyo o de cualquiera que hubiese venido a mí con un abrazo de perfecta simetría, de senos contra senos, de hundido sexo contra hundido sexo, de dedos buscando en un espejo, de bocas repitiendo una doble alternada succión interminable.

Pero son tan estúpidos, Lamia, ahora sí puedes estallar en la carcajada que te quema la garganta, qué se puede esperar o hacer frente a alguien que retrocede sin retroceder, que acata la imposibilidad a la vez que se rebela inútilmente. Ya sé, a eso le estás llamando esperanza, si estuvieras conmigo me mirarías irónica, preguntarías entre dos bocanadas de Chesterfield si a pesar de todo yo esperaba de mí algo como una mutación, lo que él había llamado caminar sobre un techo a dos aguas y entonces resbalar por un momento a su lado; si a pesar de tantos años de solitaria confirmación todavía esperaba un margen suficiente como para darme y dar una breve felicidad de llamarada. ¿Qué te puedo decir? Que sí, acaso, que acaso en ese momento lo esperé, que él estaba allí para eso, para que yo lo esperara, pero que para esperarlo tenía que pasar otra cosa, un rechazo total de la amistad y la cortesía y Verona by night y el puente Risorgimento, que su mano saltara de mi rodilla a mis senos, se hundiera entre mis muslos, me arrancara a tirones la ropa, y en cambio él era el perfecto emblema del respeto, su deseo se mecía en humo y palabras, en esa mirada de perro bueno, de mansa desesperada esperanza, y solamente pedirme que fuera más allá, pedírmelo como el caballero que era, rogarme que diera el salto tras del cual podía nacer al fin la alegría, que en ese mismo instante me desnudara y me diera, ahí en esa cama y en ese instante, que fuera suya porque solamente así sabríamos lo que iba a venir, la orilla opuesta del verdadero encuentro. Y no, Lamia, entonces no, si en ese segundo yo no era capaz de saber lo que sucedería si sus manos y su boca cayeran sobre mí como el violador sobre su presa, en cambio yo misma no haría el primer gesto de la entrega, mi mano no bajaría al cierre de mis pantalones, al broche del corpiño. Mi negativa fue escuchada desde un silencio donde todo parecía hundirse, la luz y las caras y el tiempo, me acarició apenas la mejilla y bajó la cabeza, dijo que comprendía, que una vez más era su culpa, su inevitable manera de echarlo todo a perder, otro coñac, acaso, irse a la calle como una manera de olvido o de recomienzo Verona, de recomienzo pacto. Le tuve tanta lástima, Lamia, nunca lo había deseado menos y por eso podía tenerle lástima y estar de su lado y mirarme desde sus ojos y odiarme y compadecerlo, vámonos a la calle, Javier, aprovechemos la última luz, admiremos el improbable balcón de Julieta, hablemos de Shakespeare, tenemos tantas cosas para hablar a falta de música, cambiemos Brahms por un Campari en los cafecitos del centro o vayamos a comprar tu paraguas, tus calcetines, es tan divertido comprar calcetines en Verona.

Ya ves, ya ves, son tan estúpidos, Lamia, pasan como topos al lado de la luz. Ahora que recuerdo, que reconstruyo nuestro diálogo con esa precisión que me ha dado el infierno bajo forma de memoria, sé que él dejó pasar todo lo importante, que el pobre estaba tan desarmado tan deshecho tan desolado que no se le ocurrió lo único que le quedaba por hacer, ponerme cara a cara contra mí misma, obligarme a ese escrutinio que en otros planos hacemos diariamente ante nuestro espejo, arrancarme las máscaras de lo convencional (eso que siempre me reprochaste, Lamia), del miedo a mí misma y a lo que puede venir, la aceptación de los valores de mamá y papá ("ah, por lo menos sabes que ellos y el catecismo te dictan las conductas", otra vez tú, por supuesto), y así sin lástima como la forma más extrema y más hermosa de la lástima irme llevando al grito y al llanto, desnudarme de otra manera que quitándome la ropa, invitándome al salto, a la implosión y al vértigo, quitándome la máscara Mireille mujer para que él y yo viéramos al fin la verdadera cara de la mujer Mireille, y decidir entonces pero no ya desde las reglas del juego, decirle vete de aquí ahora mismo o sentir que teníamos tantos días por delante para hundirnos el uno en el otro, bebernos y acariciarnos, los sexos y las bocas y cada poro y cada juego y cada espasmo y cada sueño ovillado y murmurante, ese otro lado al que él no era capaz de lanzarme. ¿Qué hubiéramos perdido, qué hubiéramos ganado? La ruleta de la cama, ahí donde yo seguía sentada todavía, el rojo o el negro, el amor de frente y de espaldas, la ruta de los dedos y las lenguas, los olores de mareas y de pelo sudado, los interminables lenguajes de la piel. Todo lo que enumero sin verdaderamente conocerlo, Lamia, todo lo que tú no quisiste nunca darme y que yo no supe buscar en otras, barrida y destrozada por las lejanas inepcias de la juventud, la estúpida iniciación forzada en un verano provincial, la reiterada decepción frente a esa llaga incurable en la memoria, el temor de ceder al deseo descubierto una tarde en una galería de Lausanne, la parálisis de toda voluntad cuando sólo se podía hacer una cosa, asentir a la pulsión que me golpeaba con su ola verde frente a esa chica que bebía su té en la terraza, ir a ella y mirarla, ir a ella y ponerle la mano en el hombro y decirle como tú lo haces, Lamia, decirle simplemente: te deseo, ven.

Pero no, son estúpidos, Lamia, en esa hora en que pudo abrirme como una caja donde esperan flores, como la botella donde duerme el vino, una vez más se retrajo sumiso y cortés, comprendiendo (comprendiendo lo que no bastaba comprender, Lamia, lo que había que forzar con una espléndida marea de injurias y de besos, no hablo de seducción sexual, no hablo de caricias eróticas, lo sabes de sobra), comprendiendo y quedándose en la comprensión, perro mojado, topo inane que sólo sería capaz de escribir de nuevo alguna vez lo que no había sabido vivir, como ya lo había hecho después de Ginebra para tu especial delectación de hembra de hembras, tú la plenamente señora de ti misma mirándonos y riéndote, imposible amor mío triunfando una vez más sin saberlo en una pieza de un hotel de Verona, ciudad de Italia.

Así escrito parece difícil, improbable, pero después lo pasamos bien aquella tarde, éramos eso, ves, y por la noche hubo el descubrimiento de una trattoria en una calleja, la gente amable y riente a la hora de la difícil elección entre lasagne y tortellini; puedo decirte que también hubo un concierto de arias de ópera donde discutimos voces y estilos, un autobús que nos llevó a un pueblo cercano donde nos perdimos. Era ya el cuarto día, después de un viaje hasta Vicenza para visitar el teatro olímpico del Palladio, allí busqué un bolso de mano y Javier me ayudó y finalmente lo eligió por mí tratándome de Hamlet de barraca de feria, y yo le dije que nunca había podido decidirme enseguida y él me miró apenas, hablábamos de compras pero él me miró y no dijo nada, eligió por mí, prácticamente ordenando a la vendedora que empaquetara el bolso sin darme más tiempo a dudar, y yo le dije que me estaba violando, se lo dije así, Lamia, sin pensarlo se lo dije y él volvió a mirarme y comprendí y hubiera querido que olvidara, era tan inútil y tan de tu lado decirle una cosa así, le di las gracias por haberme sacado de esa tienda donde olía podridamente a cuero, al otro día fuimos a Mantua para ver los Giulio Romano del Palacio del Té, un almuerzo y otros Campari, las cenas de vuelta en Verona, las buenas noches cansadas y soñolientas en el pasillo donde él me acompañaba hasta la puerta de mi cuarto y allí me besaba livianamente y me daba las gracias, se volvía a su cuarto casi pared por medio, insomnio por medio, vaya a saber qué consuelos bastardos entre dos cigarrillos y la resaca del coñac.

Nada había sucedido que me diera el derecho de volverme antes a Ginebra, aunque nada tenía ya sentido puesto que el pacto era como un barco haciendo agua, una doble comedia lastimosamente amable en la que de veras nos reíamos, estábamos contentos por momentos y por momentos lejanamente juntos, tomados del brazo en las callejas y los puentes. También él debía desear el regreso a Londres porque el balance estaba hecho y no nos dejaba el menor pretexto para un encuentro en otra Verona del futuro, aunque tal vez hablaríamos de eso ahora que éramos buenos amigos como ves, Lamia, tal vez fuera Amsterdam dentro de cinco meses o Barcelona en primavera con todos los Gaudí y los Joan Miró para ir a ver juntos. No lo hicimos, ninguno de los dos adelantó la menor alusión al futuro, nos manteníamos cortésmente en ese presente de pizza y vinos y palacios, llegó el último día después de pipas y paseos y esa tarde en que nos perdimos en un pueblo cercano y hubo que andar dos horas por senderos entre bosques buscando un restaurante y una parada de ómnibus. Los calcetines eran esplendidos, elegidos por mí para que Javier no reincidiera en sus tendencias abigarradas que le quedaban tan mal, y el paraguas sirvió para protegernos de la llovizna rural y anduvimos bajo el frío del atardecer oliendo a gamuza mojada y a cigarrillos, amigos en Verona hasta esa noche en que él tomaría su tren a las once y yo me quedaría en el hotel hasta la mañana siguiente. La víspera Javier había soñado conmigo pero no me había dicho nada, sólo supe de su sueño dos meses después cuando me escribió a Ginebra y me lo dijo, cuando me envió esa última carta que no le contesté como tampoco tú me contestarás ésta, dentro de la justa necesaria simetría que parece ser el código del infierno. Gentil como siempre, quiero decir estúpido como siempre, no me habló del sueño del último día aunque debía carcomerle el estómago, un sordo cangrejo mordiéndolo mientras comíamos las delicias del último almuerzo en la trattoria preferida. Creo que nada hubiera cambiado si ese día Javier me hubiese hablado del sueño, aunque acaso sí, acaso yo habría terminado por darle mi cuerpo reseco como una limosna o un rescate, solamente para que no se fuera con la boca amarga de pesadilla, con la sonrisa fija del que tiene que mostrarse cortés hasta la última hora y no manchar el pacto de Verona con otra inútil tentativa. Ah Lamia, anoche releí estas páginas porque te escribo fragmentariamente, pasan días y nubes en la cabaña mientras te voy escribiendo este diario de improbable lectura, y entonces soy yo quien las relee y eso significa verme de otra manera, enfrentar un espejo que me muestra fría y decidida frente a una torpe esperanza imposible. Nunca lo traicioné, Lamia, nunca le di una máscara a besar, pero ahora sé que su sueño de alguna manera contenía Ginebra, el no haber sido capaz de decirle la verdad cuando su deseo era más fuerte que su instinto (words, words, words?), cuando le cedí dos veces mi cuerpo para nada, para oírlo llorar con la cara hundida en mi pelo. No era traición, te digo, simplemente imposibilidad de hablarle en ese terreno y también la vaga esperanza de que acaso encontraríamos un contento, una armonía, que tal vez más tarde empezaría otra manera de vivir, sin mutaciones espectaculares, sin conversión aconsejable, simplemente yo podría decirle entonces la verdad y confiar en que comprendiera, que me quisiera así, que me aceptara en un futuro donde quizá habría Brahms y viajes y hasta placer, por qué no también placer. Ves, su impotente desconcierto, su doble fiasco habría de asomar en el sueño de Verona ahora que sabía mi interminable inútil esperanza de ti, de mi antagonista semejante, de mi doble cara a cara y boca a boca, del amor que acaso estás dándole a tu presa del momento allí donde te hayan llegado estos papeles.

¿Quieres oír el sueño? Te lo diré con sus palabras, no las copio de su carta sino de mi memoria donde giran como una mosca insoportable y vuelven y vuelven. Es él quien lo cuenta: Estábamos en una cama, tendidos sobre un cobertor y vestidos, era evidente que no habíamos hecho el amor, pero a mí me desconcertaba el tono trivial de Mireille, sus casi frívolas referencias al largo silencio que había habido entre nosotros durante meses. En algún momento le pregunté si no había leído mi carta enviada desde Londres mucho después del último encuentro, del último desencuentro en Ginebra. Su respuesta era ya la pesadilla: no, no la había leído (y no le importaba, evidentemente); desde luego la carta había llegado porque en la oficina le habían dicho que pasara a recogerla, una carta certificada en un sobre alargado, pero ella no había bajado a buscarla, probablemente estaba todavía allí. Y mientras me lo decía con una tranquila indiferencia, la delicia de haberme encontrado otra vez con ella, de estar tendido a su lado sobre ese cobertor morado o rojo empezaba a mezclarse con el desconcierto frente a su manera de hablarme, su displicente reconocimiento de una carta no buscada, no leída.

Un sueño al fin, los cortes arbitrarios de esos montajes en que todo bascula sin razón aparente, tijeras manejadas por monos mentales y de golpe estábamos en Verona, en el presente y en San Zeno pero era una iglesia a la española, un vasto pastiche con enormes esculturas grotescas en los portales que franqueábamos para recorrer las naves, y sin transición estábamos otra vez en una cama pero ahora en la misma iglesia, detrás de un gigantesco altar o acaso en una sacristía. Tendidos en diagonal, sin zapatos, Mireille con un abandono satisfecho que nada tenía que ver conmigo. Y entonces mujeres embozadas se asomaban por una puerta estrecha y nos miraban sin hablar, se miraban entre ellas como si no lo creyeran, y en ese segundo yo comprendía el sacrilegio de estar allí en una cama, hubiera querido decírselo a Mireille y cuando iba a hacerlo le veía de lleno la cara, me daba cuenta de que no solamente lo sabía sino que era ella quien había orquestado el sacrilegio, su manera de mirarme y de sonreír eran la prueba de que lo había hecho deliberadamente, que asistía con un gozo innominable al descubrimiento de las mujeres, a la alarma que ya debían haber dado. Sólo quedaba el frío horror de la pesadilla, tocar fondo y medir la traición, la trampa última. Casi innecesario que las mujeres hicieran señas de complicidad a Mireille, que ella riera y se levantara de la cama, caminara sin zapatos hasta reunirse con ellas y perderse tras la puerta. El resto como siempre era torpeza y ridículo, yo tratando de encontrar y ponerme los zapatos, creo que también el saco, un energúmeno vociferando (el intendente o algo así), gritándome que yo había sido invitado a la ciudad pero que después de eso era mejor que no fuera a la fiesta del club porque sería mal recibido. En el instante de despertarme se daban al mismo tiempo la necesidad rabiosa de defenderme y lo otro, lo único importante, el indecible sentimiento de la traición tras de lo cual no quedaba más que ese grito de bestia herida que me sacó del sueño.

Tal vez hago mal en contarte esto que conocí mucho después, Lamia, pero tal vez era necesario, otra carta de la baraja, no sé. El último día de Verona empezó apaciblemente con un largo paseo y un almuerzo lleno de caprichos y de bromas, vino la tarde y nos instalamos en el cuarto de Javier para las últimas pipas y una renovada discusión sobre Marguerite Yourcenar, créeme que yo estaba contenta, finalmente éramos amigos y el pacto se cumplía, hablamos de Ingmar Bergman y ahí sí, creo, me dejé llevar por lo que tú hubieras apreciado infinitamente y en algún momento (es curioso cómo se me ha quedado en la memoria aunque Javier disimuló limpiamente algo que debía llegarle como una bofetada en plena cara) dije lo que pensaba de un actor norteamericano con el que habría de acostarse Liv Ullmann en no sé cuál de las películas de Bergman, y se me escapó y lo dije, sé que hice un gesto de asco y lo traté de bestia velluda, dije las palabras que describían al macho frente a la rubia transparencia de Liv Ullmann y cómo, cómo, dime cómo, Lamia, cómo podía ella dejarse montar por ese fauno untado de pelos, dime cómo era posible soportarlo, y Javier escuchó y un cigarrillo, sí, el recuento de otras películas de Bergman, *La vergüenza*, claro, y sobre todo *El séptimo sello*, la vuelta al diálogo ya sin pelos, el escollo mal salvado, yo iría a descansar un rato a mi pieza y nos encontraríamos para la última cena (ya está escrito, ya te habrás sonreído, dejémoslo así) antes de que él se fuera a la estación para su tren de las once.

Aquí hay un hueco, Lamia, no sé exactamente de qué hablábamos, había anochecido y las lámparas jugaban con los halos del humo. Sólo recuerdo gestos y movimientos, sé que estábamos un poco distantes como siempre antes de una despedida, sé también que no habíamos hablado de un nuevo encuentro, que eso esperaba el último momento si es que realmente esperaba. Entonces Javier me vio levantarme para volver a mi cuarto y vino hacia mí, me abrazó mientras hundía la cara en mi hombro y me besaba en el pelo, en el cuello, me apretaba duramente y era un murmullo de súplica, las palabras y los besos una sola súplica, no podía evitarlo, no podía no amarme, no podía dejarme ir de nuevo así. Era más fuerte que él, por segunda vez rompía el pacto y lo destruía todo si ese todo significaba todavía algo, no podía aceptar que lo rechazara como lo estaba rechazando, sin decirle nada pero helándome bajo sus manos, helándome Liv Ullmann, sintiéndolo temblar como tiemblan los perros mojados, los hombres cuando sus caricias se pudren sobre una piel que los ignora. No le tuve lástima como se la tengo ahora mientras te escribo, pobre Javier, pobre perro mojado, pudimos haber sido amigos, pudimos Amsterdam o Barcelona o una vez más los quintetos de Brahms en la cabaña, y tenías que estropearlo de nuevo entre balbuceos de una ya innoble esperanza, dejándome tu saliva en el pelo, la marca de tus dedos en la espalda.

Me olvido casi de que te estoy escribiendo a ti, Lamia, sigo viendo su cara aunque no quería mirarlo, pero cuando abrí mi puerta vi que no me había seguido esos pocos pasos, que estaba inmóvil en el marco de su puerta, pobre estatua de sí mismo, espectador del castillo de naipes cayendo en una lluvia de polillas.

Ya sé lo que quisieras preguntarme, qué hice cuando me quedé sola. Me fui al cine, querida, después de una muy necesaria ducha me fui al cine a falta de mejor cosa y pasé delante de la puerta de Javier y bajé las escaleras y me fui al cine para ver una película soviética, ése fue mi último paseo dentro del pacto de Verona, una película con cazadores en la zona boreal, heroísmo y abnegación y por suerte nada pero absolutamente nada de amor, Lamia, dos horas de paisajes hermosos y tundras heladas y gente llena de excelentes sentimientos. Volví al hotel a las ocho de la noche, no tenía hambre, no tenía nada, encontré bajo mi puerta una nota de Javier, imposible irse así, estaba en el bar esperando la hora del tren, te juro que no te diré una sola palabra que pueda molestarte pero ven, Mireille, no puedo irme así. Y bajé, claro, y no era un bello espectáculo con su valija al lado de la mesa y un segundo o tercer whisky en la mano, me acercó un sillón y estaba muy sereno y me sonreía y quiso saber qué había hecho y yo le conté de la película soviética, él la había visto en Londres, buen tema para un cuarto de hora de cultura estética y política, de un par de cigarrillos y otro trago. Le concedí todo el tiempo necesario pero aún le quedaba más de una hora antes de irse a la estación, le dije que estaba cansada y que me iba a dormir. No hablamos de otro encuentro, no hablamos de nada que hoy pueda recordar, se levantó para abrazarme y nos besamos en la mejilla, me dejó ir sola hacia la escalera pero escuché todavía su voz, solamente mi nombre como quien echa una botella al mar. Me volví y le dije *ciao*.

Dos meses después llegó su carta que no contesté, curioso pensar ahora que en su sueño de Verona había una carta que yo ni siquiera había leído. Da lo mismo al fin y al cabo, claro que la leí y que me dolió, era otra vez la tentativa inútil, el largo aullido del perro contra la luna, contestarla hubiera abierto otro interregno, otra Verona y otro *ciao*. Sabes, una noche sonó el teléfono en la cabaña, a la hora en que él en otro tiempo me llamaba desde Londres. Por el sonido supe que era una llamada de larga distancia, dije el "hola" ritual, lo repetí, tú sabes lo que se siente cuando alguien escucha y calla del otro lado, es como una respiración presente, un contacto físico, pero no sé, acaso una se oye respirar a sí misma, del otro lado cortaron, nadie volvió a llamar. Nadie ha vuelto a llamar, tampoco tú, solamente me llaman para nada, hay tantos amigos en Ginebra, tantas razones idiotas para llamar por teléfono.

¿Y si en definitiva fuera Javier quien escribe esta carta, Lamia? Por juego, por rescate, por un último mísero patetismo, previendo que no la leerás, que nada tienes que ver con ella, que la medalla te es ajena, apenas una razón de irónica sonrisa. ¿Quién podrá decirlo, Lamia? Ni tú ni yo, y él tampoco lo dirá, tampoco él. Hay como un triple *ciao* en todo esto, cada cual volverá a sus juegos privados, él con Eileen en la fría costumbre londinense, tú con tu presa del día y yo que escucho a Brahms cerca de un fuego que no reemplaza nada, que es solamente un fuego, la ceniza que avanza, que veo ya como nieve entre las brasas, en el anochecer de mi cabaña sola.

París, 1977

Potasio en disminución*

Está claro que nadie le da importancia salvo la señora Fulvia, sobre todo porque los sábados hay una enormidad de trabajo y medio barrio pretende que le preparen las recetas, le vendan dentífrico y callicida, sin hablar de los nenes lastimados y los que vienen a pedir que les saquen la arenita del ojo o les pongan la inyección de antibiótico, por lo cual si verdaderamente hay una disminución del potasio en la farmacia de don Jaime no es cosa que éste o su empleada principal perciban con suficiente perspicuidad. A pesar de eso la señora Fulvia dale con lo del potasio, justo cuando entran dos monjas en busca de algodón y bicarbonato de soda mientras una señora más bien peluda insiste en recorrer el entero espigón de las cremas de belleza, como se ve don Jaime no está para perder tiempo y la señora Fulvia considerablemente afligida se retira a la trastienda y se pregunta si en todas las farmacias pasa lo mismo, si los farmacéuticos y sus empleadas principales son igualmente insensibles a la disminución del potasio.

El problema es que el potasio sigue disminuyendo en la farmacia y ya han dado las once y media, con lo cual el cierre del comercio a partir de mediodía hará imposible toda tentativa para restablecer el equilibrio. La señora Fulvia se anima a volver a la carga y decírselo a don Jaime, que la mira como si fuera una iguana y no solamente le

* *Unomásuno*, México, 8 de diciembre de 1980.

ordena que se calle sino que se suba a los estantes de los colagogos para bajar el tubo de Chofitol que una señora de aire cadavérico reclama con pasión y receta médica. Parece mentira, piensa la señora Fulvia encaramada en una escalera más bien procelosa, o no se dan cuenta de la situación o les importa un real carajo, la santa Virgen me perdone.

Así llega el mediodía y en todas partes se oye el ruido de las cortinas metálicas guillotinando la semana, o sea que el cuerpo de los días hábiles queda tendido en plena calle y la cabeza del sábado y el domingo rueda hacia el interior de los comercios y las casas, de donde se sigue que la señora Fulvia debe encaminarse a la cocina para prepararle el almuerzo a don Jaime que no por nada es su marido, todo eso previo barrido de la farmacia según órdenes municipales, pero esta vez la disminución del potasio la perturba de tal manera que solamente atina a decirle a la empleada principal algo como "no se aflija demasiado, a lo mejor todo se arregla", frase que la empleada registra con una no disimulada tendencia a reírsele en la cara antes de sacarse el delantal y despedirse hasta el lunes.

Se diría que todo está en contra, piensa la señora Fulvia, no quieren entender, yo para qué me obstino, decime un poco. Pero nadie le dice nada porque don Jaime ya está delante de un Cinzano con fernet y no hay más que mirarlo para saber que se nefrega en el potasio cuando los sábados hay polenta con pajaritos y una botella de nebiolo.

"Habría que consultar la lista de las farmacias de turno", piensa la señora Fulvia revolviendo la polenta que ya está en la etapa tumultuosa del plop plop y no hay que descuidarse porque eso acaba siempre en el cielorraso, "a lo mejor encontramos alguna con sobreabundancia de potasio y entonces sería cuestión de entenderse entre colegas". Se dispone a decírselo a don Jaime pero antes de que pueda proferir la primera palabra le cae encima un "traéte el salame para ir haciendo boca", vocablos que la arrollan y la empujan cuchillo y plato playo y rodajitas porque a don Jaime le gusta cortado muy fino. Desalentada la señora Fulvia se sienta a la mesa y pela una rodaja de salame, la pasea por encima de la lengua antes de morderla y al final la propulsa hacia el proceso masticatorio con ayuda de pan y manteca. "Fue una buena mañana", dice don Jaime metido en la sección fútbol del diario. "Sí pero", interjecta la señora Fulvia sin pasar de ahí porque la polenta exige ingreso inmediato en la fuente y todos los cuidados conexos, pese a que cada vez le parece más imprescindible decírselo a don Jaime pero qué, imprescindible sí pero qué, a don Jaime pero sí, querido, aquí viene la ensalada. Me van a matar de angustia, piensa la señora Fulvia, el lunes a las nueve yo no sé lo que va a pasar cuando abramos, cada vez hay menos potasio, eso es seguro, habría que hacer algo antes. Lo malo es que todo se queda ahí como los platos vacíos o el primer bostezo de don Jaime, la vida en el fondo es eso, piensa la señora Fulvia, se llega hasta un borde y entonces nada, claro que lo más posible es eso, que no pase nada, pero está lo del potasio, hay disminución y ellos dale con las pastillas de goma y el laxante para la nena, no se puede seguir aceptando que no acepten, que se suban a los estantes y lean las recetas como si el potasio no hubiera disminuido, charlando con los clientes siempre locuaces en las farmacias porque se sienten un poco en lo del médico, el olor del eucaliptus da confianza y los delantales blancos, los frascos de colores. Hay duraznos, dice la señora Fulvia, si querés te pelo uno pero antes tendríamos que. Mandate un buen café a la italiana, corta don Jaime que ya está delante de la TV porque el partido empieza a las y veinte intactas.

Así llegará el lunes a las nueve, se dice la señora Fulvia moliendo el café, yo misma subiré la cortina metálica y seré la primera en ver la calle desde adentro, estaré ahí para recibir la semana en plena cara, ahí en la puerta viendo venir a la hija de los Romani o al gordo de la carnicería que los lunes amanece indigestado y necesita algo que le asiente los ravioles del domingo, la empleada principal empezará a explicarle a la señorita Grossi o a cualquier otra señorita que la píldora no es cosa de macana, don Jaime aparecerá con un guardapolvo almidonado y dirá como siempre otra semanita por delante y cincuenta y dos que hacen el año, frase que siempre regocija a la empleada principal, repetición exacta de cualquier lunes a las nueve salvo el potasio porque seguro que este lunes no será como los otros pero a ellos no les importa y entonces, entonces todo puede ser tan diferente, piensa la señora Fulvia secándose una lágrima y colando el café, yo creo que al final voy a conseguir decírselo pero qué, la cosa es que no entiendo lo que tengo que decirle, no entiendo la disminución del potasio, directamente no entiendo el potasio, no entiendo por qué no entiendo que a lo mejor no es importante, no entiendo que todo eso solamente me caiga a mí, me haga tanto mal a mí aquí sola, aquí con el café que se va a enfriar si no me apuro. Cabrera metió un gol de sobrepique, dice don Jaime, qué tipo fenómeno, che.

Peripecias del agua*

Basta conocerla un poco para comprender que el agua está cansada de ser un líquido. La prueba es que apenas se le presenta la oportunidad se convierte en hielo o en vapor, pero tampoco eso la satisface; el vapor se pierde en absurdas divagaciones y el hielo es torpe y tosco, se planta donde puede y en general sólo sirve para dar vivacidad a los pingüinos y a los gin and tonic. Por eso el agua elige delicadamente la nieve, que la alienta en su más secreta esperanza, la de fijar para sí misma las formas de todo lo que no es agua, las casas, los prados, las montañas, los árboles.

Pienso que deberíamos ayudar a la nieve en su reiterada pero efímera batalla, y que para eso habría que escoger un árbol nevado, un negro esqueleto sobre cuyos brazos incontables baja a establecerse la blanca réplica perfecta. No es fácil, pero si en previsión de la nevada aserráramos el tronco de manera que el árbol se mantuviera de pie sin saber que ya está muerto, como el mandarín memorablemente decapitado por un verdugo sutil, bastaría esperar que la nieve repitiera el árbol en todos sus detalles y entonces retirarlo a un lado sin la menor sacudida, en un leve y perfecto desplazamiento.

No creo que la gravedad deshiciera el albo castillo de naipes, todo ocurriría como en una suspensión de lo vulgar y lo rutinario; en un tiempo indefinible, un árbol de nieve

* *Unomásuno*, México, 11 de abril de 1981.

sostendría el realizado sueño del agua. Quizá le tocara a un pájaro destruirlo, o el primer sol de la mañana lo empujara hacia la nada con un dedo tibio. Son experiencias que habría que intentar para que el agua esté contenta y vuelva a llenarnos jarras y vasos con esa resoplante alegría que por ahora sólo guarda para los niños y los gorriones.

En Matilde

A veces la gente no entiende la forma en que habla Matilde, pero a mí me parece muy clara.

—La oficina viene a las nueve —me dice— y por eso a las ocho y media mi departamento se me sale y la escalera me resbala rápido porque con los problemas del transporte no es fácil que la oficina llegue a tiempo. El ómnibus, por ejemplo, casi siempre el aire está vacío en la esquina, la calle pasa pronto porque yo la ayudo echándola atrás con los zapatos; por eso el tiempo no tiene que esperarme, siempre llego primero. Al final el desayuno se pone en fila para que el ómnibus abra la boca, se ve que le gusta saborearnos hasta el último. Igual que la oficina, con esa lengua cuadrada que va subiendo los bocados hasta el segundo y el tercer piso.

—Ah —digo yo, que soy tan elocuente.

—Por supuesto —dice Matilde—, los libros de contabilidad son lo peor, apenas me doy cuenta y ya salieron del cajón, la lapicera me salta a la mano y los números se apuran a ponérsele debajo, por más despacio que escriba siempre están ahí y la lapicera no se les escapa nunca. Le diré que todo eso me cansa bastante, de manera que siempre termino dejando que el ascensor me agarre (y le juro que no soy la única, muy al contrario), y me apuro a ir hacia la noche que a veces está muy lejos y no quiere venir. Menos mal que en el café de la esquina hay siempre algún sándwich que quiere metérseme en la mano, eso me da fuerzas para no pensar que después yo voy a ser el sándwich del ómnibus. Cuando el living de mi casa termina de empaquetarme y la ropa se va a las perchas y los cajones para dejarle el sitio a la bata de terciopelo que tanto me habrá estado esperando, la pobre, descubro que la cena le está diciendo algo a mi marido que se ha dejado atrapar por el sofá y las noticias que salen como bandadas de buitres del diario. En todo caso el arroz o la carne han tomado la delantera y no hay más que dejarlos entrar en las cacerolas, hasta que los platos deciden apoderarse de todo aunque poco les dura porque la comida termina siempre por subirse a nuestras bocas que entre tanto se han vaciado de las palabras atraídas por los oídos.

—Es toda una jornada —digo.

Matilde asiente; es tan buena que el asentimiento no tiene ninguna dificultad en habitarla, de ser feliz mientras está en Matilde.

La fe en el Tercer Mundo

A las ocho de la mañana el padre Duncan, el padre Heriberto y el padre Luis empiezan a inflar el templo, es decir que están a la orilla de un río o en un claro de selva o en cualquier aldea cuanto más tropical mejor, y con ayuda de la bomba instalada en el camión empiezan a inflar el templo mientras los indios de los alrededores los contemplan desde lejos y más bien estupefactos porque el templo que al principio era como una vejiga aplastada se empieza a enderezar, se redondea, se esponja, en lo alto aparecen tres ventanitas de plástico coloreado que vienen a ser los vitrales del templo, y al final salta una cruz en lo más alto y ya está, plop, hosanna, suena la bocina del camión a falta de campana, los indios se acercan asombrados y respetuosos y el padre Duncan los incita a entrar mientras el padre Luis y el padre Heriberto los empujan para que no cambien de idea, de manera que el servicio empieza apenas el padre Heriberto instala la mesita del altar y dos o tres adornos con muchos colores que por lo tanto tienen que ser extremadamente santos, y el padre Duncan canta un cántico que los indios encuentran sumamente parecido a los balidos de sus cabras cuando un puma anda cerca, y todo esto ocurre dentro de una atmósfera sumamente mística y una nube de mosquitos atraídos por la novedad del templo, y dura hasta que un indiecito que se aburre empieza a jugar con la pared del templo, es decir que le clava un fierro nomás que para ver cómo es eso que se infla y obtiene exactamente

lo contrario, el templo se desinfla precipitadamente y en
la confusión todo el mundo se agolpa buscando la salida
y el templo los envuelve, los aplasta, los cobija sin hacerles daño alguno por supuesto pero creando una confusión
nada propicia a la doctrina, máxime cuando los indios tienen amplia ocasión de escuchar la lluvia de coños y carajos
que distribuyen los padres Heriberto y Luis mientras se de-
baten debajo del templo buscando la salida.

Secuencias*

Dejó de leer el relato en el punto donde un personaje dejaba de leer el relato en el lugar donde un personaje
dejaba de leer y se encaminaba a la casa donde alguien que
lo esperaba se había puesto a leer un relato para matar el
tiempo y llegaba al lugar donde un personaje dejaba de leer
y se encaminaba a la casa donde alguien que lo esperaba se
había puesto a leer un relato para matar el tiempo.

* Traducido del francés por Aurora Bernárdez.

Índice

Último round

Octaedro

Alguien que anda por ahí

Un tal Lucas

I.

II.

III.

Un tal Lucas (inesperado)

Historias (inesperadas)